国家出版基金项目
NATIONAL PUBLICATION FOUNDATION

清詩話全编

嘉慶期四

張寅彭 編纂
姚蓉 點校

上海古籍出版社

第四册目次

小澥草堂雜論詩

小瀞草堂雜論詩提要

《小瀞草堂雜論詩》不分卷，據咸豐三年刊《小瀞草堂古今詩集》本點校。撰者牟願相，字亶夫，號鐵李，山東棲霞人。乾隆諸生。與兄庭相有文名於時。小瀞草堂乃所居祖屋，始由亶夫名之，故亦以爲號。有《小瀞草堂詩文集》。此書原附於《詩集》後，無序跋。其中「詩小評」一句一評，每句取一自然之物或一人文之相，用以比附詩人詩風。此種形式唐宋已有之，如張舜民《芸叟詩評》、蔡絛《百衲詩評》、敖陶孫《臞翁詩評》等，頗傳妙趣。牟氏此作亦煞費苦心，不無可觀，如評王維「如翠竹得風，天然而笑」，即合於王詩立足現實而後方透出禪意之性質。偶入王羲之《蘭亭序》一條，則非關詩。「雜論詩」、「又雜論詩」篇幅無多，然上自《三百首》，下迄前明，議論亦甚爲酣暢。中如評曹子建爲大家，盛唐必王維而非他家可與李、杜鼎足，王昌齡七絶勝太白，陸游在蘇、黄下等，皆已漸與後世主流意見合。評陳子昂、宋之問爲初唐第一第二，而又詆爲小人，則已先於潘德輿《養一齋詩話》著論矣。篇中亦有偏激不通語，如評「中唐只是暢」之「暢」，與盛唐之「厚」對，尚能度其大意；然下例以「昌黎詩古奥詰曲，不能上口，蓋以暢故」，則不知所云矣。至謂蕭統爲「古今第一無眼力之人」，「其次便是從來讀《文選》之人」；趙執信《聲調譜》「言古詩中有律調，更氣死人」，此種口吻，殊非所宜。

小瀣草堂雜論詩

棲霞牟願相鐵李著

詩小評

《十九首》如星羅秋旻，芒寒久耀。

蘇武李陵詩如清廟朱絃，古音嘹唳。

古樂府如冷水澆臂，陡然一驚。

魏武帝詩如鴻門、鉅鹿，霸氣淋漓。

魏文帝詩如邯鄲美女，跕屣鳴琴。

曹子建植詩如年少美遨，磊塊中潛。

王仲宣粲詩如漢工銅器，土埋不蝕。

劉公幹楨詩如泥下蛙潛，聲宏身小。

阮嗣宗籍詩如夕陽亭下，涕淚千古。

嵇叔夜康詩如水鳥刷羽，顧影自矜。

張茂先華詩如澗窄山平，風雲不起。

陸士衡機詩如木神土鬼，誑人香火。

潘安仁岳詩如欄邊鵝鴨，體重飛難。

左太沖思詩如天嶺氣交，幽人來憩。

傅休奕玄小詩頗有風流媚趣，其他如醜女簪花，武人磨墨。

劉越石琨詩如孤鶴夜吟，松露下滴。

張景陽協詩如院幽僧獨，木稺秋香。

郭景純璞詩如吴、越鄉談，口角清歷。

王逸少羲之傳詩不多，其《蘭亭》一篇，如蘇仙高屋，翹視群兒。

陶淵明潛詩如天春氣靄，花落水流。

謝康樂靈運詩如朗月秋懸，内涵山影。

鮑明遠照詩如胡纓楚客，劍氣縱横。

顔延之延年《秋胡行》、《五君咏》，如褰衣下水，捧藕出泥。

謝玄暉朓詩如月出軒開，琴僧捲袂。

謝惠連詩如松林月過，偶聞樵音。

梁簡文帝詩如秋蝶依草，欲懶欲愁。

江文通淹詩如客主獻酬，笙簫間作。

沈休文約詩如錦衣山行，多逢荆棘。

何仲言遜詩如寒螢洗露，碧火流空。

柳文暢惲詩如夜漱井水，齒頰冰寒。

江總持總徐孝穆陵詩如怖敵小兒，可牀下伏。

陰子堅鏗詩如鸚鵡學人，語音滯澀。

庾子山信詩如野圃菜花，村香襲人。

初唐王勃楊烱盧照鄰駱賓王四子詩如沉沉夥涉，篝火狐鳴。

沈佺期宋之問燕張説許蘇頲詩如上林虎象，魄大氣馴。

張曲江九齡詩如銅鐵千年，古光秀出。

陳伯玉子昂詩如霞落雲銷，天山晴朗。

李太白白詩如飢鷹下掠，逸氣横空。

杜子美甫詩如書成天泣，血漬石上。

王摩詰維詩如初祖達摩過江説法，又如翠竹得風，天然而笑。

孟襄陽浩然詩如過雨石泉，清見魚影。

劉挺卿眘虚詩如幽人夜坐，隔水吹笙。

常盱眙建詩如山伏水落，有氣有魂。

儲太祝光羲詩如歷齒蓬頭，無慚兒子。

高達夫適詩如魯儒方屨，緩步生塵。

岑嘉州參詩如雪天劍客，罷酒出門。

李東川頎詩如枯松老柏，勁氣中含。

王龍標昌齡詩如謝客山游，殊饒豪氣。

元次山結詩如百歲老人，冠履古製。

劉文房長卿詩如陳倉野鷄，色碧聲雄。

韋蘇州應物詩如骨冷神清，獨寢無夢。

柳子厚宗元詩如玄鶴夜鳴，聲含霜氣。

韓退之愈詩如戰酣喝日，退舍倒行。

孟東野郊詩如夜黑風玄，石言不息。

李長吉賀詩如雨洗秋墳，鬼燈如月。

錢仲文起詩如水頭山脚，獨樹人家。

張文昌籍王仲初建詩如風落霜梨，觸牙鬆脆。

白樂天居易元微之稹詩如梨園法曲，其聲動心。

賈閬仙島詩如如臘病僧，袈裟碎破。

李義山商隱詩如漢帷鬼女，真贋微茫。

温飛卿庭筠詩如繡文罷刺，雙倚市門。

皮襲美日休陸魯望龜蒙詩如疥背駱駝，全無嫵媚。

雜論詩

七言始於《柏梁》，四言始於韋孟，作始可耳，必尊而奉之，過矣。先輩如徐昌穀、王貽上，皆不滿韋孟作，比之嚼蠟，最爲特見。

愚素不好韋孟詩，爲其名大，不敢倡言非之。及見徐、王餘論，遂持其説。因思如愚尚是世間第二流人，更有心是徐、王而陽笑之者。

四言詩佳者，自唐山《房中歌》、相如《封禪頌》、魏武《短歌》、淵明《歸鳥》外，頗不多見。潘、陸直是無情，最爲下劣。李空同乃云：「大陸渾成，過於曹子建。」余所不解。

古今第一無眼力人是昭明太子，其次便是從來讀《文選》之人。

《文選》古書，自當愛惜。顧世人奉之與《三百篇》等，讀者謂之讀《選》，學者謂之學《選》，直欲易古詩之名，謂之《選》詩，可笑人也。吾思蘇東坡耳。

自劉勰《文心雕龍》外，有鍾嶸《詩品》，敖陶孫、嚴滄浪《詩評》，徐昌穀《譚藝》，王太倉《巵言》，俱可覽觀。然余尤喜鍾退谷《詩歸》中瑣碎評語，皆如我意之所欲出。

東坡不取《文選》與余同，東坡所以不取《文選》與余異。坡疑蘇、李「河梁」之詩爲僞撰。微論蘇、李，即《録別》擬作，亦非魏、晉所及。

《古詩十九》，情詞俱極，必欲辨其誰作，則章句之學。

漢樂府自爲古奥冥幻之音，不受《雅》、《頌》束縛，遂能與《三百篇》争勝。魏、晉以下，步步摹倣漢人，不復能出脱矣。

詩自《三百篇》後，有三大宗：曹子建、陶淵明、杜子美也。

陳思王外，仲宣尚有名篇，公幹絶少佳製。昔人以曹、劉並稱，恐陳思不受耳。

阮步兵《咏懷》，其原出於《十九首》，少帶寒儉。鍾退谷一意抹却，殊未得其平。

左太沖自是晉代一傑，惜不多耳。蘇、李詩便不嫌其少，此身分也。

潘、陸才名，古今無異辭。然未免鈍根，定無夙慧。

景陽華浄，景純精圓，越石清拔。越石固自上。

讀陶詩到極得意處，心中如無《三百篇》。

謝康樂吐翕山川，妙絶千古，獨其樂府不滿人。康樂樂府專擬大陸，大陸固不滿人也。

顔延之《秋胡》、《五君》外，别無可采。然《秋胡》、《五君》之作，其妙絶人。

鮑明遠在宋定爲好手，李太白全學此人。

魏、晉後，五言變化已極，七言殊寥寥，其絶出者獨明遠耳。

讀謝宣城詩，令人不敢復言五字句。

沈約四聲八病，最害詩，其自運亦促促不能暢人。

詩一厄於嬴秦偶語者棄市，再厄於趙宋習詩賦者杖一百，至追貶前代詩人陶淵明、李白、杜甫等官，然總不若沈休文四聲八病蠹詩入微。近有趙執信又著《聲調譜》，言古詩中有律調，更氣死人。唐韓昌黎於平韵古詩故作聱牙詰曲之調，蘇東坡和之，我用我法耳，趙執信遂以律人耶？余於《聲調譜》別有詳細批駁，兹不具。

六代詩自數公外，江淹、何遜差有氣，庾子山小詩亦有思致。杜子美亟稱子山，蓋子美之待人以恕。

《三百篇》渾噩，譬則黄、農。蘇、李、《十九首》古動，譬則虞、夏。古樂府變調，譬則湯、武。三曹詩廣大悉備，譬則周公。阮步兵寄託遥深，譬則泰伯。左思靈動，譬則散宜生。陶之清譬則伯夷，其和則柳下惠也。謝康樂大方，譬則召公。鮑明遠俊逸，譬則太公。謝宣城古秀，譬則微子。杜子美集大成，譬則宣聖。李太白猶龍之伎，譬則老聃。王摩詰透澈之悟，譬則佛如來。

曹子建全幅精神在君臣上用，陶淵明全幅精神在朋友、田園上用，謝康樂全幅精神在山水上用，《子夜》、《讀曲》諸詩人全幅精神在兒女情艷上用。今人既欲君臣詩妙，又欲朋友、田園、山水詩妙，又欲兒女情艷詩妙，使己爲造物者，肯兼與之乎？

初唐王、楊四子，創開草昧，頗類項王。至陳子昂之古，張九齡之秀，宋之問之健，乃足貴耳。

盛唐自李、杜外，舊以王、李、高、岑並稱，非也。王維定合與李、杜鼎足，岑參在李、杜、王三家之下，亦可肩隨，至李頎、高適，則詩中之長者。

杜子美詩，自漢、魏以來，都兼其體，所不能兼者陶耳。

李太白詩，只是一「爽」字，爲此不能到古人奧處。

唐人諸體詩都臻工妙者，惟王摩詰一人。

唐人學陶者，儲光羲、王昌齡、王維、孟浩然、韋應物、柳宗元。然昌齡氣傲，宗元氣慘，浩然清詞麗句，有小謝之意。

韋蘇州氣太幽，較淵明作儘少自在。淵明信筆揮灑，都入化境。蘇州詩極用力，畢竟不免文士氣。

漁洋謂「儲詩帶丹鉛氣，田園、樵牧諸作，又迂闊不近事情。」此論未公。光羲丹鉛，誠所不免，至於田園、樵牧等詩，以己之性情出之，而自與陶會，王、韋且猶不暇，可輕議乎？

王昌齡紙墨之間，都作傲氣，便是不得其死之根。

元次山樸素中更饒娬媚。

劉昚虛亦是齊、梁體段，其骨清耳；且字句外，有靈氣往來。

常建詩一片空靈境界，然或根柢未深，學之恐墮魔道。

詩至盛唐，至矣。中唐如韓退之、孟東野、李長吉、白樂天，雖失刻露，要各具五丁開山之力。至晚唐諸公，乃僅僅以律句絶句自喜耳。

韓退之詩有論氣，「風雅」二字都用不着。其《琴操》諸作，浸淫向漢、魏上去矣。

劉文房五言長律，博厚深醇，不減少陵；求杜得劉，不爲失求。

白樂天「俗」字固不可易，然以元微之並觀，樂天定是不俗人。

中唐詩以道得人心中事爲工，意盡而語竭。元、白以煩，張、王以簡，孟東野詩瘦骨崚嶒，不幸令人以賈島匹之。

李長吉詩奇險，孟東野詩劖刻，皆鑿喪元氣之人，故郊貧而賀夭。其實從漢、魏門庭中來。

錢（越）〔起〕詩儘有裴、王意，其失也淺。儲、王作清詩，定有厚氣裹其筆端。

李商隱詩，明暗參半。然欲取一人備晚唐之數，定在此君。

李滄溟云：「唐無五言古而有其古詩。」蓋謂唐五言古詩不類漢、魏耳。然漢、魏無商、周詩，晉、宋無漢、魏詩，齊、梁無晉、宋詩，獨唐乎？

讀全唐詩已，覺數十名家外，其他中下詩人，去人正自不遠。

宋初尚崑體，蘇、梅二子始矯其失。至歐公波瀾愈大，其七言古歌妙處，乃非晚唐所及。

東坡詩多嫌率爾，及其得意，遂與工部、吏部並耶。

山谷詩生硬刻露，爲江西初祖。昔人論山谷，只欲道前人未道語耳。

陸游古詩局步稍窄，去蘇、黄二子，中間可著數人。

宋詩有習氣，暗中摸索，亦能認得。元詩亦然。至明空同、大復力矯其弊，雖離宋學，而蕭然自得之趣，乃反不如宋人。

明詩中如李空同、何大復、徐昌穀、高子業都不可祧，李于鱗、王弇州真市肆之豪。

論詩數十則，獨抒己見，不傍前人，親切確鑿，只緣評者作者相隔不遠耳。張墨賓

又雜論詩

《十九首》萬愁萬苦，古今讀者萬輩，各有愁苦處，恰好觸着。

張平子《四愁》，印板山水耳，接搨百本，都無妍媸。

蔡文姬《十八拍》，當是一曲。拍者，樂之節奏。樂必有拍，或數聲而後入拍，或一聲數拍，非謂十八拍定十八曲也。今所傳《十八拍》，蓋董生擬作，詞亦不工。自古迄今，知者惟我耳。

劉公幹詩「昔我從元后」，王仲宣詩「一由我聖君」，詞士輕偷，頗不足怪。孔融魯國男子，其詩亦云：「夢想曹公歸來」，又云：「曹公憂國無私。」

魏人詩文，以氣爲主。晉則左太沖詩有逸氣，劉越石亦不弱。宋惟鮑明遠氣足以起其文。他若二陸、二張、二傅、二潘等，則身大而氣小。至陶淵明、謝康樂，又以韵不以氣，蓋五言之極則。

古人文字能攝魂取魄，如晉《白紵舞歌》第一句：「輕軀徐起何洋洋。」恰如舞女初至，呼其小名，

姗姗欲下。

嘗試合墨水一器，取傅玄《艷歌行》讀之。篇中直用古詞，略改數字。古詞「自名爲羅敷」，傅改「名」爲「字」，罰飲一斗。古詞「一顧傾人城，再顧傾人國」，傅改爲「一顧傾朝市，再顧國爲虚」，罰飲三斗。古詞「使君自南來，五馬立躊躇」，傅改「五」爲「四」，罰飲四斗。古詞「使君自有婦，羅敷自有夫」，傅改爲「有鄙夫」，又益以「天地正厥位」二句，罰飲二斗。共計飲墨水一石。陌人云少。

讀淵明詩，覺一草一木，一酒一琴，都有「吾與點也」之意。

淵明只去得一「傲」字，其詩遂高妙乃爾。可見「傲」字壞人。

謝康樂《登池上樓》詩：「池塘生春草，園柳變鳴禽。」只是卧病初起，耳目一新。昔人求其説不得，至謂「王澤竭而草生，候將變而蟲鳴」。

王融詩「樹花雜成錦，月池皎如練」，謝玄暉用之作「餘霞散成綺，澄江静如練」，本自偷語，李太白七絶「解道澄江静如練，令人長憶謝玄暉」，此亦如「黄花散金」，張翰劣句，事境相觸，援引成詩，豈真以五百年風流讓江東老兵哉！然自宋、元以來，論謝詩驚人處，定推此句。明謝山人榛微有異論，王元美遂筆之《巵言》，欲以此敗山人之名，直是癡絶。余謂玄暉生平作詩，不幸以王融語得名，特爲洗之。

曹子建氣骨奇高，詞采華茂，左思得其氣骨，陸機摹其詞采。左一傳而爲鮑照，再傳而爲李白；陸一傳而爲大小謝，再傳而爲孟浩然。沿流溯源，去曹益遠。

初唐大家，陳子昂第一，宋之問次之，然二子皆小人。武后時，子昂上《大周受命頌》，後死於貪令之手。之問附武三思殺五王，以狡險盈惡賜死。每恨其人，不爲詩文作主。或云宋之問五言古：「舟子怯桂水，最云斯路難。吾生抱忠信，吟嘯自安閑。」不當作一名士耶？曰此正小人無忌憚之詞，君子戒慎恐懼，定不云爾。杜子美詩：「百年不敢料，一墜那復取？」

李太白、王龍標七絶，爲有唐之冠。其實龍標第一，蓋太白熟，龍標生。「生」字有二義，一訓生熟，一訓生死。然生硬熟軟，生秀熟平，生辣熟甘，生新熟舊，生痛熟木。果生堅熟落，穀生茂熟槁，惟其不熟，所以不死。

儲、王並稱，王高；王、孟並稱，王厚；王、韋並稱，王真；裴、王並稱，王大。

王右丞詩「識道年已長」，真過來人語。孫過庭《書譜》：「通會之際，人書俱老。」極可感嘆。

詩到中唐盡：昌黎艱奥盡，東野劖削盡，蘇州、柳州深永盡，李賀奇險盡，元、白曲暢盡，張、王輕俊盡，文房幽健盡。

盛唐只是厚，中唐只是暢。昌黎詩古奥詰曲，不能上口，而妨於厚，蓋以暢故。

昌黎《送文暢》詩：「又聞識大道，何路補剠刖。」乃述文暢語。其《與孟簡書》序大顛本末云：「與之語，雖不盡解，要自胸中無滯礙。」亦謂大顛不盡解韓語耳。朱考亭悉取而反之，以爲昌黎求教佛屠之辭。蓋考亭持論頗偏，每羅織前賢，使不爲完人，而於昌黎尤酷。

（王天覺點校）

芙蓉港詩詞話

芙蓉港詩詞話提要

《芙蓉港詩詞話》一卷，據光緒元年常熟可廬龐氏刊本點校。撰者徐涵（一七三〇——一八一三），字有容，一字仲米。江蘇常熟人。邑武生。有《竹林野語》等。首有嘉慶十三年自序，當即作於此時。按徐氏與其外弟朱石樵比鄰而居，悠游莫逆，終日以詩詞、書畫、篆刻諸藝遣懷，爰采交遊親宗乃至平昔素昧者之詩詞，集爲此帙，篇幅無多，不免局小。

芙蓉港詩詞話序

芙蓉港之勝，水闊處多栽紅藕花，夾岸徧植木芙蓉，夏秋之交，佳景相接續，嗜幽者有熊魚之兼愛。然港花卻今衰而昔盛，港名乃昔肇而今傳。余外弟朱石樵居其濱。石樵之言曰：「人生貴適志，勳爵亦奚爲？」於是不以時藝鞭心，惟以古歡鐫腑，殫精於古文、詩、詞，及書、畫、篆刻諸學。又兼樹春冬花卉，彌縫園景之闕失。日坐花香鳥語間，爲逍遥之游焉。余性疎狂，跡閒散，樂與之游，心莫逆也。矧蓉港距余家竹溪僅衣帶水耳，四時佳興，輒一棹猶夷而訪諸。時則「故人家在桃花岸，直到門前溪水流」，俄而「竹深留客處，荷净納涼時」，繼乃「微雲淡河漢，疎雨滴梧桐」，迨夫「竹爐湯沸火初紅」之候，而梅花月白，掃雪清談之興益深矣。由是頻年蹤影，多寄傲於幽人之蘭室，而披襟抵掌之談，雅不諧於俗情塵識，恒以詩詞美句爲茶話之資。第吾與石樵比，各守雌養神，宗老氏之學，不肯一勞其心液，枯腸索句，在所深戒。爰取交游親串之著作，并見聞之所得，雖平昔素昧者，亦多採録，名之曰「芙蓉港詩詞話」。夫話有佳話，有閒話。閒則無過漁樵之談，佳必詩詞之説。然以詩詞而出吾儕之吻，即謂之漁樵閒話也亦可。旁有獻疑者曰：「君奈何以叢脞之筆墨，而爲他人作嫁衣裳也乎？」曰：非然。夫集腋成裘，綴綵爲錦，物色雖具，未始非纖紉者之功。今我以才人嘔出之心肝，消磨我優游之歲月，不亦愈夫狗馬之俠騁，歌舞之情癡，博簺之喪志，日相徵逐，而卒付諸虚擲者歟？抑太史氏有云：「巖穴之士，得附驥尾而名益彰。」則斯帙也，或他日有涉江采芙蓉之人，猥憐我之所集，辱加青目，傳誦而揄揚於世，則吾兩人雪泥鴻爪之跡，亦可邀緑水芙蓉之芳譽以傳，又何必自立芳言，以傳不朽哉？雖然，傳與不傳，良有數在，焉能臆度而預計，吾但遣吾一時之興會而已耳，是爲序。時嘉慶戊辰孟夏望日，竹溪徐涵撰。

芙蓉港詩詞話

竹溪　徐涵　集

趙虚谷先生諱貴斯，字協恭，癸卯恩科孝廉，以無妄之累詿誤。恃其長才，遨遊名山，足跡幾徧天下。所至多弔古豪吟之作，兹所録特吉光片羽，以誌吾曹之瓣香云爾。其《詠月》曰：「清絶自成照，何曾桂樹生。有時通夜白，一片得秋明。遠水若相接，浮雲或並行。劇憐圓易缺，誰悟善持盈。」《富陽早晴》云：「新水生漁浦，高城出麗譙。晴山銜曉日，夜雨長春潮。巒翠溼猶滴，江烟暖易消。曬帆纔半幅，便有好風招。」《聞歸雁有感》云：「畢竟家何處，而云北是歸。高城殘照下，萬里一行飛。急無相亂，天寒定有依。旅人歸未得，緣汝淚沾衣。」《將赴黔中留别兩弟》云：「雪消冰散水生肥，萬里春流到舊磯。吾道乘桴寧計遠，人情懷土覺今非。裝輕書卷攜難足，别遽梅花放尚稀。老屋三間君好住，爲余移榻掃苔衣。」《謁伏波祠》云：「敗壁龍蛇上古苔，百蠻歌舞舊祠開。雲臺諸將空青史，誰向陳編點鬼來。」《六十自述》云：「夢裏悲歡未是真，緣知無想亦無因。愁拌一醉過千日，老放雙眸閲兩輪。結習已空惟覓句，平生多誤是謀身。放翁家世吾猶及，六十陶甄荷至仁。」《舟中望赤甲白鹽二山》云：「倚江增峽勢，奔峭冠諸峰。遠帶秋沙白，斜銜夕照紅。曉晴青忽斷，夜雨黑疑空。想象誅茅屋，開門向背中。」《月夜舟經采石》云：「天門中斷鎖回瀾，孤嶼沿流控帶偏。建業江山明月下，石頭城郭晚潮邊。一燈魚艞星光溼，半夜笳吹荻浦傳。坐覺吟身滿風露，櫓聲如雁水如烟。」《八月十三夜月》云：「人情期後夜，月色已今宵。鏡亞徐盈掌，弓圓漸彀腰。星河微自隱，關塞白知遥。待長輪邊地，天風桂欲飄。」《十四夜月》云：「看是尋常月，清光占素秋。晚先迎面出，遠已入懷流。香霧寒猶薄，金波艷欲浮。平分期信宿，蟾兔近盈眸。」《水中雁字》云：「野鶩家雞競擅場，帝鴻墨海掞天章。凌雲賦就雙鈎健，秋水篇裁尺幅長。露布北來秋入塞，懷沙南去影沈湘。過江未暇傳書札，爲倩池頭寫一行。」《詠豆腐》云：「服食神仙事不難，磑牀幾轉便還丹。凝來石髓風猶嫩，點出春酥露未乾。倒篋易償鄰叟值，顧名原合腐儒餐。人間買菜都求益，休與先生溷一柈。」公長於古風，得力於子美、子瞻，方欲選録，稿爲其孫索去，遂爾闕如，悵甚。

雲間黄莪山思怗，年少美姿，詩筆俊逸。有《題秋山射獵圖》云：「花驄蹀躞角弓彎，小隊紅旗上翠巒。才摘金絲齊仰首，秋雲影裏一鷹盤。」涵在雲間，將游武林，贈句云：「天上麒麟徐孝穆，生成意興劇飛揚。千金買笑名姬館，一劍論心俠少場。眼底雲山添畫本，客中風月賦詩囊。挂帆欲趁申潮去，吴越相思自此長。」交情亦頗綿密，録此詩，想見握手時焉。

陳石鶴，華亭人。於王孝廉齋壁見其所繪徑丈大松，蟠鬱蒼古可愛。有《詠老牛》詩一聯云：「脊梁立過鴉無數，鼻孔聽殘笛幾枝。」問所典，曰：「龍無耳，以角聽。牛有耳，以鼻聽。」句甚奇峭，人亦善格物，博雅之流也。

湯大槮《詠雞》詩：「喔喔聲從茅店傳，支離瘦肋德偏全。絃歌邑裏牛刀下，虎豹關中狗盜先。警鬭才人曾作檄，養生處士共談禪。羽毛無恙饒仙骨，啄得餘丹亦上天。」大槮名鼎，字象九，曾誤逮縲絶似曹唐《病馬》之法，過崔鴛鴦、鄭鷓鴣、袁白燕輩死句多矣。此詠頗有寄託，若以《圍爐詩話》例律之，則詩中有人，絶似曹唐《病馬》之法，過崔鴛鴦、鄭鷓鴣、袁白燕輩死句多矣。

上江有別虞橋，相傳楚虞兮自刭處也。清浦女史廖雲錦，古檀先生之女也。從父宦游，嘗過此橋，低徊難去。父歿後，家居食貧，鬻丹青自給，《題所畫虞美人花》曰：「春風曾過別虞橋，絶世容華久寂寥。爲憶楚宫歌舞意，香魂貞艶託冰綃。」

施墨樵攜示馮定潭詩鈔，録其《游永濟寺》詩云：「微雨過山澗，招提晚獨尋。鐘聲銷遠浦，幢影落疎林。臺瞰一江日，峰遮半寺陰。怒濤方避險，小立散幽襟。」馮名俊，字俊人，婁東諸生也。

陳華字賡雲，釜峰人，資性瀟灑，口不言財，脱盡豪華公子氣習。其才詩、書、畫三絶，有《鯨碧軒詩》刻行世。余嘗於秋夜宿其軒中聯吟，陳有詩曰：「銀河淡不流，梧葉下金井。候蟲隱西壁，月浸空階冷。人静草堂深，琴聲出花影。」

袁太史簡齋先生，文章詩賦允爲一代宗匠，倉山隨園諸刻，久矣膾炙人口，未遑畢録。昨有客誦其贈薛一瓢一律云：「醫術非君好，雲池水恰清。九州傳國手，百鬼避神名。散藥如頒賑，籌方當用兵。衰年難掩户，也爲活蒼生。」筆固俊逸磊落，詩法亦律細格嚴，洵稱老手，宜天下騷壇推爲祭酒云。

余表弟朱上舍兆僖，字振鵬，號晉亭，博雅多才，好填詞，刻畫秀麗，駸駸乎闖入《珂雪詞》之堂奧。今録其仲夏過伊弟石樵桂香書屋，讀余題句，并觀主人篆刻，愛莫能捨，因吟《沁園春》一闋，詞曰：「踐約而來，驟雨初過，風光正融。見石砌萱枝，吐花旖旎，竹棚豆蔓，敷葉青葱。示我新詩，急爲朗誦，慚愧觚生句未工。誰爲敵，有南州作者，難與争鋒。吾家小阮如龍。忽捧出瑶章匣數重。歎蛟蟠螭伏，異形如繪，紺銅古玉，腕力能攻。章法參差，篆文典麗，印出珊瑚一片紅。觀止矣，見月明遠岫，歸趁涼風。」

棲霞馬元馭女史馬江香之父，老畫師也。筆格蒼古，得江南布衣之正派，有題畫二絶云：「板橋曲曲小溪斜，春色催人上酒家。帘外乳鶯啼不斷，一村細雨落桃花。」「大婦攜筐小婦行，溝間蠶豆子初成。今年預卜蠶桑好，一面花開四面生。」

余母舅家有王勤忠所繪墨秋葵一軸，筆法秀逸，脱去黄筌父子句染習氣，洵名筆也。自題一絶云：「百卉逼秋凋翠色，一花經雨擁紅妝。人間最有榮枯事，莫倚先華笑晚芳。」勤忠諱武，郡城名紳，雅善書畫，能横槊賦詩。其畫後爲表妹奩贈中挈去，今必化爲烟雲矣。偶然記此，良用憮然。

古人之風尚，畫則繪壁，詩則題壁，近日此風絶影矣。惟釜峰大慈寺東樓房廊壁有許吟亭繪墨竹，余寫泉石，潘見心題古風一篇於端，其序云：「客歲己丑之秋，蓮公偕吟亭許君，憩大慈寺東樓。吟亭畫竹廊壁，不布坡石，蓋有待也。今春，仲米大兄過江臯，往觀，爲補繪焉。墨瀋淋漓，興會飈舉，遂作是歌。既題於壁，仲米索書此卷。他日寄示吟亭，能無笑予作佛頭著穢者乎？」其歌云：「降帆山人老畫史，時入遠公蓮社裏。翩然攜手來江干，禪參玉版析微旨。無生偏動有生機，欲寫琅玕鮮籐紙。循廊灑墨作个个，空地篠簜鬬神似。蕭森久不倚寒巖，物外孤高兩君子。兹晨怪石忽飛來，誰爲法供合二美。磊砢徐郎志介如，此特自爲寫照耳。雲根烟骨漱清漪，篔簹谷任愚公徙。不少偷閒過院客，長令四座清風起。伊予瓠落東海濱，擬向林泉問知己。兩君留筆慰幽寂，頻引芒鞋度山阯。竹兮石兮聞足跫，無情也解有情喜。米顛白傅拜且師，我何人斯不仰企。願聽説法同點頭，面壁終身亦足矣。故知吾友具仙骨，好敵畫松卻潮水。」時庚寅三月。見心名鎬，梅里人，諸生，有才，善書，得米襄陽之氣骨，書名冠邑。

王恂字省三，號雲溪，海濱吴市人。小隱不慕功名，家藏名畫法帖甚夥，書法出入晉、唐諸家，善鑒畫，抉畫家三昧。詩工諸體，著有《雲溪集》。不幸散佚，僅存贈余五古一篇云：「予本疎散徒，性癖耽山水。賦質苦孱弱，足跡僅千里。春蠶抱繭中，醯雞老甕底。蓬山役夢遊，滄洲尋畫裏。好手不易逢，名蹟背貧士。鐵網罥珊瑚，所遇偶然耳。當代品稱神，吾虞畊烟史。嘗恨生也晚，不獲親杖履。其徒豈乏人，碌碌奚足齒。寥寥五十年，後來難繼起。何期交友中，傑出南州子。英華漱芳潤，眼底遺青紫。逸氣干雲霄，天外長劍倚。丘壑具胸中，烟霞生臂指。機警更靈速，一悟超於理。唐宋而元明，諸法窮源委。藴思深於淵，縱筆捷如矢。細膩入毫髮，蕭疎絶塵滓。開拓恣尋丈，幽邃營寸咫。或刻畫精微，或不求形似。妙用存一心，萬變何能已。豈徒炫俗目，直欲泣神鬼。荆關董巨儔，前身無那是。憶昨戊子夏，冒暑勞移趾。下榻北窗風，匝月鸞棲枳。討論諸舊跡，一一定臧否。爲我圖屏障，光怪騰縑紙。春山撫右丞，秋樹類承旨。巫雲深窈窕，弱水渺涯涘。茂密鬱風雷，升騰幻海市。金碧擁樓臺，頗及北宗李。偶臨白石翁，積雪更明霽。淋漓元氣融，精華兼衆美。清輝見伯仲，楊蔡等奴婢。珍重張座隅，清風穆然至。置身至其間，頓覺塵襟洗。無論智愚賢，擊節歎觀止。清宵説劍餘，三弄調宫徵。興寫歲寒枝，老幹極奇詭。瘦影溅冰霜，暗香浮遐邇。俄然盡廿紙，深得華光髓。

越今三春秋，更進神乎技。精奇奪化工，亦何可比擬。笑予素狷介，嗜好移貪侈。請索殊不廉，唐突恃知己。安欲積縑素，與君遊一紀。賞窮江山奇，寫盡天地祕。一圖系一詩，狂言附驥尾。予詩甚劣俗，可能不予鄙。迴想君之才，猶未止於此。」又齋壁以草緑畫大芭蕉，自題云：「愛蕉無地植，繪壁挹餘清。從此窗前雨，疑聞葉上聲。」君詩之餘，雅愛度曲，音節字韵，精究無誤，一時歌壇推爲祭酒，故詩名爲曲所掩。人但知爲風流狹客，莫辨其爲博雅才人。古諺云「士以技賤」，洵然。

蕭亞史，雲間周浦人，年少美丰姿，尤善吟詠。至滬城，贈瀛洲女史吴澹霞一律云：「詩自清新畫自妍，芳蹤翰墨有深緣。嬌疑無骨花應妒，香許同心佛也憐。十載幽愁虚夜月，三生魂夢託春鵑。簾移梅影東風輭，飛上瑶臺莫化烟。」

昨録趙虚谷先生詩未竟，其稿即索去。今復得讀，補入七首。其《詠黄鶴樓》云：「昔登江城黄鶴樓，思欲跨鶴淩蒼洲。西瞻荆郢送落日，下瞰沔漢分江流。今如澤雉求飲啄，旁人笑比羊公鶴。人生如夢醒即休，安能解盡生平憂。座側有盧生卧像。誰人與世略無事，祇向夢裏過春秋。仙人騏驥雲中客，華表千年丹頂赤。江上層樓萬頃臨，塵中去日雙丸疾。江山獨立渺長烟，城郭人民滿眼前。山繞荆門趨大别，江連漢水帶晴川。」又《赤壁并引》云：「赤壁距郡郭不數里，直署齋之西，望之蔚然。迫於行役，不得一至。因留數句，爲山靈解嘲。」其詩云：「江横斷岸山壓城，捲簾招之來遠青。惜無一葉泝江水，空有兩賦張雲屏。朱欄碧瓦照山谷，布襪青鞋徒繫足。樹裏斜陽入紫烟，樓中鼓角驚蒼麓。當年擫笛成清奏，吹徹魚龍夜深吼。幽人一去風月閒，山鶴不鳴江自瀏。江空月白故依然，詩卷長留天地間。爲喚老仙辭玉局，還牽雲夢澤南船。」又《沈香船歌并引》云：「漵浦柟木洞半嶺有沈香船一，舟人云是呂仙遺跡，作歌記之。」其歌曰：「天宫夜發昆嵐風，質多吹沈瓊海中。根節滲漉珊瑚叢，栴檀婆律名種同。古斑駁蝕磨青銅，仙人朝遊謁木公。沙棠木蘭屏不從，别令刳木施鬼工。雲斤月斧雕艨艟，長虹纜繫扶桑東。蓬萊水淺不可通，縱棹偶泊天南峰。至今千年閣石矼，烟霾雨洗吹舡篷。舟人何從識呂翁，云是神物留仙蹤。山紅碉碧翠阜濃，首尾十二窗玲瓏。星槎挂月歲一逢，此船黏著疑膠融。仙乎神遊八極窮，飛去弱水過三重。船兮終古懸崆巃，惟憂負去夜壑空，起視不見雲滃滃。」又《重九後一日分水歸舟途次記四十韻》：「縣齋一月宿，秋露夕已瀼。言思小籬東，細菊斑斑黄。西風送歸艇，矯若去鳥翔。一棹下瀨舟，孤裝寄空艎。頭纖俛啄鶴，腹大浮河魴。插竹貫兩頭，挽比弱纜强。林烟沈灰塢，矼石激碓牀。屈折百里間，灘淺舲難揚。低鬟漾石髮，碎璧遺珠璫。溪影破一篙，鷗飛亂無行。雪點没遥渚，烟霏漏重岡。陽崖削地骨，陰洞流神漿。孤撑劍戟聳，連衍屏幛張。奥窔牖决垣，欹斜屋摧宗。縈迴千仞壁，繚繞百步廊。聳疑叠翠髻，墮若垂羅裳。凹如注杯盂，一掬捧帝觴。凸如累重甗，宰樹封若堂。前迎面老魄，後立眉纖長。睇遐極窈渺，聽寂凌琤琮。厓昏蹲獸伏，樹暗潛虬僵。弭櫼楓樹林，谿風颯然涼。晨熹豁烟靄，鼓枻投蒼茫。嶺月尚瀲灩，山雲正飛颺。桐廬港汊分，空闊横江光。津亭夜吹角，漁浦朝鳴榔。鴉柏方竊紅，秋容試新霜。江潮挾過雨，客帆半卸檣。及霽經富春，嵐翠浮青蒼。飛樓俯空渚，倒影澄川梁。波淨熨練紋，輕舟指餘杭。盈盈西子湖，芙蓉爛銀塘。涉江不可采，渺渺愁余望。嗟我山澤癯，官舍非所當。稍喜山縣僻，及觀叢桂芳。薪蒸松櫟賤，林塢榛栗香。木實誠細微，儉惠庶不傷。扁舟返吴會，歸卧稻蟹鄉。瘦菊尚堪把，白醪試初嘗。無妨小摇落，破例作重陽。」《坐破山西房》云：「杖策入山寺，疎鐘度高林。西偏啓精廬，竹色生廊陰。古苔若敗繡，破碎無完襟。西嶺半夕陽，倒影光森沈。群峰羅户下，青翠排瑶簪。風月閟一丘，佛香静愔愔。老松厭閲世，龍蟄潛幽深。竹亦改舊節，毁方略從今。潭空失水鑑，誰知湛然心。浩歌無與和，谷鳥空遺音。」《秋晚村居雜興》云：「籬缺門常掩，畦空徑許穿。墮檐喧鬭雀，撼樹落驚蟬。魚賤朝登俎，鴉翻曉下田。過頭秫擺穟，倚杖話豐年。」《渡錢江漫興》云：「一馬浮江事已虚，行都臺榭浪淘餘。景炎三日來無信，空向前潮問子胥。」

芙蓉港朱上舍晉亭名兆僖，博古工詩，并優詞筆，句必驚人，洵我里中之秦淮海也。有贈予《沁園春》一闋云：「矍鑠精神，松柏之姿，經霜彌鮮。想少日情懷，鬭雞走馬，壯年瀟灑，擫笛揮絃。五嶽停胸，九河懸口，眼底何人值一錢。流光駛，羨風流跌蕩，八十餘年。　世人誰得真詮，只散誕逍遥便是仙。况縱筆丹青，家珍鉅幅，充囊錦繡，人誦瑶篇。破壁神通，淩雲才藻，壽世寧殊草聖傳。情閒適，覓山麋海鶴，結侣流連。」是作雖多過譽之虚言，然其叙事簡潔，琢句雅逸，抗步騷壇，詎能把袖而拍其肩也。予時年八十有二，追録平生贈言，兹爲壓卷，敢不藏弆以爲榮，况可供茶餘揮麈之談耶。

劉冕山，浙之旌德人，僑居我邑子游巷西。初爲漆工，善刻扁聯碑銘，於枯毫旋轉交搭處，絲微不紊，洵稱名手，且談笑無市井氣習。余吟《沁園春》一闋以贈之曰：「仙派劉郎，文冢餘風，藝洵神奇。喜鳥跡模糊，漆書復古，簪花斌媚，鐵筆趨時。帚解邕分，髮諳張草，刻畫懷僧米虎兒。句填整，卻飛而能白，白且能飛。　閒雲野鶴羈栖，只狎得梅花勝逸妻。　向帝子臺前，捉刀含笑，賢人巷口，粥字忘飢。　南國騷壇，西園墨客，妙體煩鐫石與梨。　君煩否，索青旗買醉，紅樹山蹊。」

前録潘見心詩多所遺佚，而見心墓草已宿，茲於辛未歲之七月，偶得其自鈔詩册，愛其書法，引我吟興，録此六首，以補話資。　其《詠六月雪盆樹》云：「斗室渾疑寒暑兼，幽窗矮樹映疎簾。　談玄塵畔争霏玉，濃緑枝頭訝撒鹽。　香散薰風留粉蝶，光分清夜墮銀蟾。　沁人心肺堪忘熱，一枕桃笙任黑甜。」《中秋月下同吴一帆許吟亭泛舟游性河菴即事》云：「晚步溪邊上小舟，載將月色梵林游。　桂香靄靄經魚寂，庭水溶溶藻荇浮。　漫道維摩仍示疾，也同楚客解悲秋。　相攜話别柴門外，回首新鴻過蓼洲。」《錦峰夜步同方畔梅》云：「探幽還秉燭，共向錦峰游。　木落四山響，風高一雁秋。　星河隨嶺轉，漁火隔湖收。　不盡登臨意，長吟上小舟。」《一雨》云：「久晴真歷慣，一雨轉生驚。　乍洗游氛净，還藏皓月明。　籬邊滋菊色，墻角亂蕉聲。　未絶來牟望，朝來尚勸畊。」《春日田園雜興和蘇理齋》云：「徑曲村虚處士風，深林春駐景無窮。　桃花雨漲三篙水，楊柳烟環十畝宫。　土脈漸蘇争荷鍤，桑芽堪摘試提籠。　仙源即在人間世，何必攜家古洞中。」《過勝蓮菴》云：「祇林何事感滄桑，觸景偏教身世忘。　舊柳因風仍作態，寒梅點水自流香。　客來小徑攜殘屐，鳥下空庭背夕陽。　惟有墻頭山色好，經霜松柏鬱蒼蒼。」《避暑烏目墩》云：「爲逃殘暑入深林，七碗風清野客襟。　鬬鴨動萍開水面，鳴蟬落葉感秋心。　兩湖歸艇波光皛，半嶺斜陽樹色陰。　忽訝殷雷催雨陣，晚程反怕嫩涼侵。」

朱愛閒名麐，字周廷，能填詞，善顧曲。　有《愛閒樓集》，未刊而逸去。　詞名爲度曲所掩，時人漸有不知者，因録其《賀新涼》一闋。其題曰：「潘子晉三、沈子西京，余忘形友也。相繼即世，秋夜有懷，因吟《賀新涼》一闋以記今昔之感云。」「涼夜風蕭瑟。弄秋聲、聲聲攪耳，引儂悲戚。痛憶素交齊物化，所化乃其形質。舊曾共、花晨春夕。酒後興酣雙耳熱，恣談鋒肺腑都無隔。塵緣短，忽長别。沈腰潘鬢皆陳跡。冷騷壇、三人角逐，僅存余一。焉得庭生懷夢草，夜夜歡吟如昔。翦一點、殘燈明滅。窗外恍疑跫應響，悄冥冥尋到莓墻側。蹤杳渺，月空白。」《祝錢翁八十壽調寄〈千秋歲〉》云：「晚秋消受，長命花開茂。橘緑徧，橙黄透。園林當好景，綺席香金獸。蘭争秀，紛紛舞綵娱清晝。渭水持竿候，神采方瞳守。家世古，籛鏗後。八旬初度一，八百應加九。余詞醜，侑君美酒添君壽。」又有《菩薩蠻》「答黄荆山原韵」云：「余生性拗居猶僻，小園望杳雲峰碧。白日總虚過，青春誤已多。抱琴騎鶴去，枵腹難燒煮。著意語荆山，毋如吾愛閒。」

石樵表弟有《石池魚樂》一絶云：「淺碧粼粼沼一方，萍花缺處逗天光。輕鯈莫訝沈波避，我自無心度石梁。」其園居瀟洒，忘機避俗之樂，讀其詩，可想見其爲人。

石流居士黄鎮，字荆山，貧而工詩。與朱愛閒、翁怡齋、朱也魯，常聯詩酒之會於香泉家叔齋中，琢磨字意，鍼砭句法，興酣跌宕，亦我里中一畸人也。余弱冠時，誦其《春曉》詩一律曰：「幾陣鶯聲央畫樓，晨光初動月華收。花間香露泠泠下，柳外晴烟漠漠浮。殘醉客醒猶戀夢，嬾妝人倚未梳頭。輕寒喜有烘簷日，捲上湘簾挂玉鉤。」今則雲散風流，老成凋謝矣。録其遺作，良用惘然。

西澗先生名材潤，官僉憲，楚之黄岡人。僑居吾虞，與王露濡、王柳南諸君子善，遂卜南村，而占籍焉。茲録其遺句四律。其《讀書臺懷古》云：「山水清音勝管絃，層臺高峙俯琴川。文章不朽名長在，魂魄還登理或然。聞道書藏三萬卷，誰知事過一千年。六朝寸土何曾保，輸與昭明有數椽。」《枕易》云：「書齋終日守韋編，點罷研硃倦欲眠。聊代曲肱横《大易》，卻因授枕見先天。半生憂患都成夢，數刻酣甜當假年。醒後悠然如有會，乾坤只在短牀前。」《冬夜感懷》云：「昔時初附孝廉郎，破帽騎驢赴舉場。廣武山前思阮籍，招賢屋畔哭田光。濁河渡與冰争路，野店眠憑雪共牀。六十一年成底事，孤燈空照滿頭霜。」《生理》云：「老人生理自艱難，始信人情有萬端。畏冷翻思秋後熱，逢春又遇社前寒。境如黄柏無非苦，性比青梅總帶酸。故舊那知飢欲死，書來反覆勸加餐。」

余少年時，冬日訪鹿苑上人於虎嘯菴，覩其徒擊劍，即事有詩云：「獨訪逃塵客，行行御朔風。穿林隨獵者，覓渡問漁童。雲地閒蹤僻，霞天遠眺空。鳥喧松寺静，犬吠石門通。黄衲迎階下，金容禮室中。窗幽摇翠竹，几净卧絲桐。愛我陳浮蟻，呼徒舞截虹。庭隅鋒勢攪，簷際練光衝。野馬高低變，山猿跳躑同。有身誰得見，無隙孰能攻。猛甚神皆聳，倏然技忽終。整衣收肅殺，侍立類倥侗。狂笑酬仙斝，浩歌醉梵宫。興闌尋話别，谷口夕陽紅。」虎嘯菴即觀音院，詩僧鹿苑駐錫處。其送客必以石橋爲限，因名其菴曰「虎嘯」。今院主屢易，情景迥異，慨録前詩，以誌舊蹤云。

陶漢字玉莊，諦堂人，有武備，善吟詩，爲蒙師於吾里。朱也魯贈之以詩，即步韵答曰：「沮洳應難語漢汾，可憐臣也不如人。虀鹽常嗜渾忘澀，薑桂初嘗便覺辛。鶯坐喬柯鳴艷冶，蘭依空谷被陽春。汪洋倘許塵纓污，指我迷途敬問津。」

徐君涵有《竹林野語》，亦話及詩詞，何不以此并入。希濴輯《虞邑幽光集》，承潘君潤示所藏此書，俾得採録，受益良多。

道光二十年冬同里後學楊希濴謹識。

吾虞鹽鐵塘之西有沈市焉。居户百許，水木明瑟，風景至爲幽倩。徐有容先生世居其間。先生名涵，號仲米，晚號竹溪，邑武生。據姚齊宋《甑塵紀略》稱其精書法，四體各臻其勝，山水酷摹襄陽。嘗游雲間，極爲時輩推重。兼工詩歌，善騎射，鼓琴擫笛，倚聲度曲，皆稱能品。著作頗夥，見於我友丁君初我常熟縣《藝文志》所載者，有《竹林野語》等七種，多未刊行。其中《芙蓉港詩詞話》一卷，《虞邑幽光集》曾稍輯録，流傳極寡。癸酉秋日，同里王君紀玉以所臧舊鈔全帙惠假，擕蘇迻録，臧諸篋衍，未暇公世也。今秋在蘇，識趙君學南，趙君喜收舊籍，表章鄉邦文獻不遺餘力，與余好尚略同。茗柯閒話，偶及是書，亟慫恿刊印，余遂有叢刊之輯。先將此編校讐一過，並倩趙君覆校，付諸梓人，藉廣其傳云。乙亥長至，海隅龐曌識，時客吴下。

（劉奕點校）

静讀齋詩話

静讀齋詩話提要

《静讀齋詩話》一卷，據光緒二十一年刊《香杜草》本點校。撰者任昌運，字英培，號香杜，浙江海鹽人。乾隆四十二年舉人，歷官武康、金華、餘杭等地教諭。有《香杜草》。按此卷末一則記戊辰九月事，書當成於嘉慶十三年後。然則嘉慶本附於《香杜草二集》後（光緒本附於《三集》後），乃十一年《香杜草》刻成後之增刻者。僅二十則，略述平生讀書作詩之心得，其趣識頗近古雅。如論鍊句法，以兩句鍊作一句爲上，此即王昌齡《詩格》「古文格高，一句見意」，「其次兩句見意」之義也。然承平自處，作詩亦頗强調當下有我，其詩自矜云：「對影復爲誰，明月梅花我。」所謂「只要言出肺腑，景觸目前，自可成家」，亦乾、嘉盛世詩學之普遍意識也。

静讀齋詩話

海鹽任昌運

余家篁野，去横山一牛鳴地，殳山梅會里約十里。唐詩人顧況居横山，況詩「家住雙峰蘭若邊」是也。明初貝助教瓊居殳山，詩名籍甚，不下高青丘。本朝朱竹垞太史寓梅里，與同里諸子結詩社，名重海内，百年來風流未絶。余年弱冠，聞前輩譚詩，得其指授。迄今歷五十年，遍閲唐、宋、元、明諸大家，變化不一，總之，不離前人圭臬爲近是。

鍾嶸《詩品》：「『清晨登隴首』，羌無故實；『明月照積雪』，詎出經史。」華亭王鹿柴先生語竹垞云：「詩有一學而即能者，有學之終身而不能者。此事關乎天分，作詩必具宿慧，若鈍根人，不能下一轉語。」

老杜云：「讀書破萬卷，下筆如有神。」須看「破」字，若囫圇讀過，雖萬卷無益也。作詩須讀萬卷書，走萬里路。余生平足跡歷燕、趙、齊、魯，覽平原千里，望齊烟九點。睹金、焦之山，登姑蘇之臺。涉錢江，歷富春、桐廬、嚴陵瀨，抵姑蔑之墟。江山感觸，間有吟咏。然五岳未登其一，四海僅域方隅，見聞拘執，未足當宗炳卧遊。雖窮年挾册，亦僅如蟫魚脈望，徒蝕神仙之字而已。

王阮亭先生論詩以神韵爲標的，以自然爲極則。余服膺斯語，乃嘆逞才氣者徒遊汗漫，矜博奥者有類胥鈔。詩以性情爲主，卷軸佐之，若無神韵，不免貽笑傖父。

詩貴情與景會，必胸中有真情，目前有真景，迅筆直書，自覺興會淋漓。若無真情真景，徒事撏撦，不作可也。

詩莫難於七絶，尤莫難於五律。蓋五律節短而韵長，必須包含一切，意在言外，乃稱作手。

詩要一氣貫串，起結尤爲喫緊，中聯要警策，老杜云「語不驚人死不休」是也。若起結不佳，中有警句，亦非全璧。

咏物詩，須寓一人在内乃活；詠人詩，須寫景不致板腐。陸龜蒙《咏木蘭詩》、王阮亭《露筋廟詩》，此皆千古絶唱。前人不傳之秘，余特爲拈出。

或問余作詩法，曰：「多讀書。」又問，曰：「先鍊意。」又問，曰：「善養氣。」

余生平别無嗜好，讀書數十年如一日。今老矣，精力漸衰，鎮日攤書，不求甚解。然有時相悦以解，因作詩云：「讀書有味堪娱老，飲酒無多半養生。」

詩有鍊句法，如樂天「野火燒不盡，春風吹又生」，鍊作一句：「春入燒痕青。」「聽君一夕話，勝讀十年書」，鍊作一句：「話勝十年書。」余閲《山左詩鈔》，有「痛飲歌《騷》門晝閉，无人來往即深山」，余鍊作一句：「門閉即深山。」

余讀古人詩，喜與古人唱和，或用其韵，或和其詩。如《梅花》用東坡韵，《食笋》用山谷韵，《贈竹》用放翁韵，《十二辰》用朱子韵，《紅菊》用何大復韵，《秋柳》用王漁洋韵；《夜坐聽竹聲》和宋潘良貴，《盜發亞父塚》和元吴淵穎，《春日田園雜興》和月泉吟社，《瓶中紫牡丹》和王伯穀，《觀打魚歌》和謝方山,《菜花》和彭少宰,《菊花》和馬墨麟,《蘭花》和丁野鶴。如此者不勝枚舉,然皆自適己意,非敢争勝前人也。

詩與禪通。禪從悟入,拈花微笑,當下即證勝果。詩亦從悟入,無論唐、宋、元、明,皆可鍊作金丹。若本無所悟,縱高談格調,仿佛唐音,徒笑衣冠優孟耳。

或問余:詩必宗唐而黜宋乎?余曰:否否。詩以道性情,古人有性情,今人獨無性情乎?前人云:「今月不如古月明。」今人不見古時明月,但看今時明月,亦自光景常新。故作詩者無論唐、宋,只要言出肺腑,景觸目前,意真而氣清,格正而詞雅,自可卓然成家。若必妄擬樂府,剽竊老杜,其失也高而空、古而贋。又或蛇神牛鬼,遁作别調,執化人之袪,舞天魔之隊,其失也奇而邪、險而膚。又或幻入蠒絲,夢入鼠穴,幽異靈秀,步武鍾、譚,其失也巧而纖,志薄而力衰。是皆學詩者之過也。扶輪大雅,當標淳古之聲,作和平之響,是爲力追正始。

或評余詩「紅樹補秋山」,是著色畫;「蒼烟補斷林」,是潑墨畫。余不解畫理,愧謝斯言。

余西窗獨坐,得句云:「對影復爲誰,明月梅花我。」蒔塘同年亟賞之,勸余寫作小照,張文魚飛白題照。每遇庭梅初放,對月飲酒,亦快事也。

《分甘餘話》:蜀中出竹炭,阮亭先生問蜀士,無知者。今臨安山中有之。又鄉人搗香爲業,余詩云「火山燒竹炭,水碓擣香泥」是也。

余少時夢中作詩文,頗能記憶,晚歲不復能記。戊辰九月,夢咏孤山林處士宅,得句云:「飛來白鶴人初去，開到梅花月亦香。」醒後足成一絶。

曾大父少慧篤學，留心經濟，不屑屑於詞章。乾隆丁酉舉孝廉，歷署武康、金華教諭，選授餘杭。既居冷官，惟以敦行力學教士子，暇則以筆墨自娱。營生壙於魚山東，植梅百本，攜賓客飲酒歌詠其間。刻有《香杜草》三集、《静讀齋詩話》一卷行於世。粵匪之亂，家藏卷帙盡付劫灰，中心惓惓，常以不得重覩遺編爲憾。甲午秋，長子壽彭倅登賢書，返筸墅故居，遍詢族人，始覓得此板。敬謹拂拭，雖字迹略有漫漶，然猶幸板無闕失。曾大父所苦心經營者，重得公諸天下，不至湮没於後世。爰識數語，俾我子孫永遠寶之云爾。光緒乙未仲春曾孫賢謹識。

（吴忱、楊焄、王天覺點校）

北江詩話

北江詩話提要

《北江詩話》六卷，據光緒丁丑授經堂刊本點校。撰者洪亮吉（一七四六——一八〇九），字稚存，號北江居士，晚年從伊犁赦歸後，又號更生居士。江蘇陽湖人。乾隆五十五年進士，授翰林院編修，督貴州學政。任滿還京，入值上書房。嘉慶四年以言事得罪，遣戍伊犁，未幾赦還。有《洪北江全集》。《清史稿》卷三五六有傳。按此書卷二有「今歲嘉慶六年辛酉恩科」云云，卷四又記及嘉慶十一年丙寅在宣城事，知作於其最後數年間。刊刻則已在作者身後，據《粤雅堂叢書》伍崇曜二跋，初刻於道光二十八年戊申，僅前四卷，咸豐四年甲寅續刻後二卷。此本王國均序則謂抄自《卷葹閣叢書》，而由洪氏曾孫用懃重加校正一過。亮吉直臣，爲學經史輿地，無不涉獵，亦喜爲詩文。此書内容叢雜，金石文字、科場故實、名教節烈、山川地誌、名物考訂、人物臧否、書畫品第等，皆有涉及，其中分藏書家等第一則，最爲後世所援引。然全書終以説詩爲主，人亦無視其爲筆記者也。其論詩宗《三百篇》，下及六朝與唐，無取於宋、元以下，然自作詩卻近宋。亮吉性坦誠，交遊廣，實涉乾、嘉詩壇甚深，書中亦以評騭康熙以來詩人最爲可聽。卷一即以敖陶孫《詩評》體摹畫乾隆詩人之風格，達一百餘位之衆。所喻多有味，如以「通天神狐」喻袁枚，以「劍俠入道」喻蔣士銓，以「秋蟲」、「病鶴」喻黄景仁，以「博士解經」喻翁方綱之類，皆妙而有當。而自評爲「激湍峻嶺，殊少迴旋」，亦可謂自知之明。卷五又正式提出錢載、施朝幹、錢灃、任大椿四家，以爲可替乾隆中葉以來袁、王、蔣、趙「四大家」之説，上述乾隆百家詩評亦以錢載爲首。其説雖不盡當，然有見識而勇於持論每如此。稍後如郭麐、黄培芳等，亦皆推尊錢蘀石爲乾隆大家，其論實自亮吉始。又亮吉推蘀石，然並不甚排斥袁枚，蓋以隨園有性情故也。其指斥不假辭色者，惟一邵長蘅耳，由邵及於宋犖、王士禛，所涉趙執信璧還詩集事雖有誤，（林昌彝《海天琴思録》已糾之）然此數家皆以性情不真、不佳而致見黜，亦非爲無因。其論詩尚實，原與秋谷近，又屢言詠物需實賦題面等，皆此意。可見此時之評詩家雖有宗尚，然已不分唐、宋矣。

重刊北江詩話序

大雅不作，古義寖衰，末學膚詞，尠所闡發。求其扶植根柢，陶冶性情，作詩家指南者，百不獲一也。鄉先達洪稚存先生，忠讜偉節，詳載國史，生平著作等身，以詁經輿地之學，爲本朝巨擘，故刊行各種，幾於家有其書。此《北江詩話》六卷，乃晚年手定，刻之者三家：張詩舲中丞，李雲生太守，及蜀中周霽堂茂才也。張刻袖珍本，止前四卷，李刻僅後二卷，惟周刻爲同里湯秋史比部抄自《卷施閣叢書》中，實爲足本。惜以後進思附青雲，輒加評點於簡端，多繳繳呪齵之辭，而鮮鈎識索鑰之助，遂使讀者有佛頭着穢之憾焉。余維先生立身以忠孝爲大，論學以經史爲宗，論詩以《三百篇》爲主，故於魏晉詩人，獨取陶靖節，以其去古未遠也。盛唐李、杜，已視爲詩派之支流，歷宋、元、明，旁及各家，吞雲夢者八九，目中安有餘子哉？夫不探崑崙之源者，不足與觀水；不登泰岱之巔者，不足與觀山。誦先生之詩話，必想見先生之胸襟，而後能知其扶植根柢，陶冶性靈，作詩家之指南者，若是其難能而可貴也。先生曾孫用懃，因原刻體例未合，重加校正，隨全集一併重刊，並乞誌其緣起如此，則又孝子慈孫之用心，非尋常刊布古籍者所可同日語也夫。

光緒三年歲次强圉大淵獻陽月，同里後學王國均謹撰。

北江詩話卷一

西漢文章最盛，如鄒、枚、嚴、馬以迄淵、雲等，班固不區分別爲立傳，此文章所以盛也。至范蔚宗始別作《文苑傳》，而文章遂自東漢衰矣。

漢文人無不識字，司馬相如作《凡將篇》、揚雄作《訓纂篇》是矣。隋、唐以來，即學者亦不甚識字，曹憲法《廣雅》以「餅」爲「餅」、顔師古注《漢書》以「汶」爲「汶」是矣。

余最喜觀時雨既降、山川出雲氣象，以爲實足以窺化工之藴。古今詩人雖善狀情景者，不能到也。陶靖節之「平疇交遠風，良苗亦懷新」，庶幾近之。次則韋蘇州之「微雨夜來過，不知春草生」，亦是。此陶、韋詩之足貴。他人描摩景色者，百思不能到也。

世俗以爲月中有姮娥，又有蟾蜍，非也。張衡《靈憲》云：「羿請不死之藥於西王母，姮娥竊之，奔月宫，遂託身於月，是爲蟾蜍。」是蟾蜍即姮娥所化，非有二也。高誘《淮南王書注》亦云姮娥「奔入月中，爲月精」。今人稱美色者，必曰「月中姮娥」，無論事涉輕褻，亦失之遠矣。

唐詩人去古未遠，尚多比興，如「玉顔不及寒鴉色」、「雲想衣裳花想容」、「一片冰心在玉壺」，及玉溪生《錦瑟》一篇，皆比體也。如「秋花江上草」、「黄河水直人心曲」、「孤雲與歸鳥，千里片時間」，以及李、杜、元、白諸大家，最多興體。降及宋、元，直陳其事者十居其七八，而比興體微矣。

《三百篇》無一篇非雙聲叠韵。降及《楚辭》與淵、雲、枚、馬之作，以迄《三都》、《兩京》諸賦，無不盡然。唐詩人以杜子美爲宗，其五七言近體無一非雙聲叠韵也。間有對句雙聲叠韵而出句或否者，然亦不過十分之一。中唐以後，韓、李、温諸家亦然。至宋、元、明詩人，能知此者漸鮮。本朝王文簡頗知此訣，集中如「他日差池春燕影，祇今憔悴晚烟痕」，此類數十聯，亦可追蹤古人。然叠韵易曉，而雙聲難知，則聲音、訓詁之學宜講也。

杜牧之與韓、柳、元、白同時，而文不同韓、柳，詩不同元、白，復能於四家外，詩文皆别成一家，可云特立獨行之士矣。韓與白亦素交，而韓不仿白，白亦不學韓，故能各臻其極。

詠古詩，雖許翻新，然亦須略諸時勢，方不貽後人口實。如唐末李昌符《緑珠詠》曰：「誰〔遺〕（遣）當年墮樓死，無人巧笑破孫家。」意極新顈。然按《晉書》紀傳，石崇被殺未久，趙王倫即敗，秀亦同誅，不待緑珠之入而家已破矣。若崇肯遣緑珠，緑珠即從命以往，亦徒喪名節耳。詩人作詩，自當成人之美，如「一代紅顔爲君盡」，何等氣色。而昌符顧爲此語，吾卜其非端人也。

明御史江陰李忠毅獄中寄父詩「出世再應爲父子，此心原不問幽明」，讀之使人增天倫之重。宋蘇文忠公《獄中寄子由》詩「與君世世爲兄弟，又結他生未了因」，讀之令人增友于之誼。唐杜工部《送鄭虔詩》「便與先生成永訣，九重泉路盡交期」，讀之令人增友朋之風義。唐元相悼亡詩「惟將終夜長開眼，報答平生未展眉」，讀之令人增伉儷之情。孰謂詩不可以感人哉？

昆明錢侍御灃，爲當代第一流人。即以詩而論，亦不作第二人想。五言如「寒渚一孤雁，烟籬五母雞」、「風連巫峽動，烟入洞庭寬」，七言如「夜不分明花氣冷，春將狼藉雨聲多」、「曉簾纔捲燕交人，午睡欲終蟬一吟」、「拆皆成字燕新麥，望即生津飣小梅」、「門接山光來異縣，墻分花氣與芳鄰」，皆戛戛獨造。至五言古《長風》三首及《還家》三首，七言長短句《赴隨州》一篇，無意學古人而自然入古，其杜老《北征》、元叟《春陵行》之比乎？

錢宗伯載詩，如樂廣清言，自然入理。紀尚書昀詩，如泛舟苕、霅，風日清華。王方伯太岳詩，如白頭宮監，時説開、天。陳方伯奉茲詩，如壓雪老梅，愈形倔強。張上舍鳳翔詩，如倀鬼哭虎，酸風助哀。馮文肅英廉詩，如申、韓著書，刻深自喜。蔣編修士銓詩，如劍俠入道，猶餘殺機。朱學士筠詩，如激電怒雷，雲霧四塞。翁閣學方綱詩，如博士解經，苦無心得。袁大令枚詩，如通天神狐，醉即露尾。錢文敏維城詩，如名流入座，意態自殊。畢宮保沅詩，如飛瀑萬仞，不擇地流。舅氏蔣侍御和寧詩，如宛、洛少年，風流自賞。吴舍人泰來詩，如便服輕裘，僅堪適體。錢少詹大昕詩，如漢儒傳經，酷守師法。王光禄鳴盛詩，如霽日初出，晴雲滿空。趙光禄文哲詩，如宮人入道，未洗鉛華。王司寇昶詩，如盛服趨朝，自矜風度。嚴侍讀長明詩，如觸目琳瑯，率非己有。王侍講文治詩，如太常法曲，究係正聲。施太僕朝幹詩，如讀甘讒鼎銘，發人深省。任侍御大椿詩，如灞橋銅狄，冷眼看春。鮑郎中之鍾詩，如昆侖琵琶，未除舊習。張舍人壎詩，如廣筵招客，間雜屠沽。程吏部晉芳詩，如白傅作詩，老嫗都解。曹學士仁虎詩，如珍饌滿前，不能隔宿。張大令鶴詩，如繩樞瓮牖，時發奇花。湯大令大奎詩，如故侯門第，樽俎尚存。張宮保百齡詩，如逸客遊春，衫裳倜儻。舅氏蔣檢討蘅詩，如長孺戇直，至老益堅。汪明經中詩，如病馬振鬣，時鳴不平。錢通副澧詩，如淺話桑麻，亦關治術。李主事鼎元詩，如海山出雲，時有可采。姚郎中鼐詩，如山房秋曉，清氣流行。吴祭酒錫麒詩，如青緑溪山，漸趨蒼古。黄二尹景仁詩，如咽露秋蟲，舞風病鶴。顧進士敏恒詩，如半空鶴唳，清響四流。瞿主簿華詩，如危樓斷簫，醒人殘夢。高孝廉文照詩，如碎裁古錦，花樣尚存。方山人薰詩，如獨行空谷，時逗疎香。趙兵備翼詩，如東方正諫，時雜詼諧。阮侍郎元詩，如金莖殘露，色晃朝陽。淩教授廷堪詩，如畫壁蝸涎，篆碑蘚蝕。李兵備廷敬詩，如三齊服官，組織輕巧。林上舍鎬詩，如狂飈入座，花葉四飛。曾都轉燠詩，如鷹隼脱鞲，精采溢目。王典籍芑孫詩，如中朝大官，老於世事。秦方伯瀛詩，如久旱名山，尚流空翠。錢大令維喬詩，如逸客飧霞，惜難輕舉。屠州守紳詩，如栽盆紅藥，蓄沼文魚。劉侍讀錫五詩，如匡鼎説詩，能傾一座。管侍御世銘詩，如朝正岳瀆，鹵簿森嚴。方上舍正澍詩，如另闢池臺，廣饒佳麗。法祭酒式善詩，如巧匠琢玉，瑜能掩瑕。梁侍講同書詩，如山半鐘魚，響參天籟。潘侍御庭筠詩，如枯禪學佛，情劫未忘。史文學善長詩，如春雲出岫，舒卷自如。黎明經簡詩，如怒猊飲澗，激電搜林。馮户部敏昌詩，如老鶴行庭，舉止生硬。趙郡丞懷玉詩，如鮑家驄馬，骨瘦步工。汪助教端光詩，如新月入簾，名花照鏡。楊大令倫詩，如臨摹畫幅，稍覺失真。楊户部芳燦詩，如金碧池臺，炫人心目。布政揆詩，如滄溟泛舟，忽得奇寶。孫兵備星衍少日詩，如飛天仙人，足不履地。吕司訓星垣詩，如宿霧埋山，斷虹飲渚。張檢討問陶詩，如騏驥就道，顧視不凡。何工部道生詩，如王謝家兒，自饒繩檢。劉刺史大觀詩，如極邊春色，仍帶荒寒。吴禮部蔚光詩，如百草作花，艷奪桃李。徐大令書受詩，如范睢宴客，草具雜陳。趙大令希璜詩，如麋鹿駕車，終難就範。施上舍晉詩，如湖海元龍，未除豪氣。伊大守秉綬詩，如貞元朝士，時務關心。方太守體詩，如松風竹韵，爽客心脾。張司馬鉉詩，如鑿險追幽，時逢異境。張上舍崟詩，如倪迂短幅，神韵悠然。劉孝廉嗣綰詩，如荷露烹茶，甘香四徹。金秀才學蓮詩，如殘蟾照海，病燕依樓。吴孝廉嵩梁詩，如仙子拈花，自饒風格。徐刺史嵩詩，如神女散髮，時時弄珠。吴司訓照詩，如風入竹中，自饒清韵。姚文學椿詩，如洛陽少年，頗通治術。孫吉士原湘詩，如玉樹浮花，金莖滴露。唐刺史仲冕詩，如出峽樓船，帆檣乍整。張大令吉安詩，如青子入筵，味别百果。陳博士石麟詩，如晴雲舒紅，媚此幽谷。項州倅墉詩，如春草乍緑，尚存冬心。邵進士葆祺詩，如香車寶馬，照耀通衢。郭文學麐詩，如大隄遊女，顧影自憐。張上舍問簪詩，如秋棠作花，凄艷欲絶。胡孝廉世琦詩，如陟險驊騮，攫空鷹隼。羅山人聘詩，如仙人奴隸，曾入蓬萊。僧慧超詩，如松花作飯，不飽獮猴。巨超詩，如荇葉製羹，藉清牢醴。僧小顛詩，如張顛作草，時覺神來。僧果仲詩，如郭象注莊，偶露才語。僧寒石詩，如老衲升壇，不礙真率。閨秀歸懋昭詩，如白藕作花，不香而韵。崔恭人錢孟鈿詩，如沙彌升座，靈警異常。孫恭人王采薇詩，如斷緑零紅，凄艷欲絶。吴安人謝淑英詩，如出林勁草，先受驚風。張宜人鮑茝香詩，如栽花隙地，補種桑麻。余所知近時詩人如此，内惟黎明經簡未及識面。或問君詩何如？曰：「僕詩如激湍峻嶺，殊少回旋。」

陸放翁六十年中萬首詩，可云多矣，然萬首實不始於此。前蜀王仁裕生平作詩滿萬首，蜀人呼曰「詩窖子」，見《蜀檮杌》及《十國春秋》。

雕蟲小技，壯夫不爲。余於詩家詠物亦然。然亦有不可盡廢者。丹徒李明經御，性孤潔，嘗詠佛手柑云：「自從散罷天花後，空手而今也是香。」如皋吴布衣，性簡傲，嘗詠風箏云：「直到九霄方駐足，更無一刻肯低頭。」讀之而二君之性情畢露，誰謂詩不可以見人品耶？

詩有後出而愈工者，余自伊犂赦歸，有紀恩詩云：「一體視猶同赤子，十旬俗已悉烏孫。」人以「烏孫」「赤子」爲工。後趙兵備翼見贈一聯云：「足以烏孫途上繭，頭幾黄祖座中梟。」則可云奇警矣。後同年韋大令佩金亦自伊犂赦回，余登揚州高明寺浮圖望海并懷韋中一聯云：「夢裏烏孫疑鬼國，望中黑子是神山。」亦爲揚州人傳誦，然卒不能及趙也。

怪可醫，俗不可醫。澀可醫，滑不可醫。孫可之之文，盧玉川之詩，可云怪矣。樊宗師之記，王半山之歌，可云澀矣。然非餘子所能及也。近時詩人喜學白香山、蘇玉局，幾於十人而九然，吾見其俗耳，吾見其滑耳。非二公之失，不善學者之失也。

近青浦王侍郎昶有《湖海詩傳》之選，刊成寄余。余於近日詩人，獨取嶺南黎簡及雲間姚椿，以其能拔戟自成一家耳。

侍郎詩派出於長洲沈宗伯德潛，故所選詩一以聲調格律爲準，其病在於以己律人，而不能各隨人之所長以爲去取，似尚不如《篋衍集》、《感舊集》之不拘於一格也。

侍郎居青浦之朱家角，昨歲二月，余自吴江至上海，因便道訪之。侍郎已病不能起，耳目之用並廢，蓋年已八十矣。瀕行，侍郎持余哭，諄諄以身後志銘見屬。然尚能詩，口占一律贈余，末二語云：

「一語望君須記取，好爲有道撰新碑。」余亦爲之揮淚而别。

詩固忌拙，然亦不可太巧。近日袁大令枚《隨園詩集》，頗犯此病。「老尚多情覺壽徵」，商太守盤詩也。「若使風情老無分，夕陽不合照桃花」，袁大令枚詩也。二公到老風情不衰，於此可見。

黄二尹景仁，久客都中，寥落不偶，時見之於詩。如所云「千金無馬骨，十丈有車塵」，又云「名心澹似幽州日，骨相寒經易水風」，可以感其高才不遇、孤客酸辛之況矣。

孫兵備星衍，少日詩才爲同輩中第一。如集中「千杯酹我上北邙」等十數篇，求之古人中，亦不多得。小詩亦凄艷絶倫，如《夜坐詠月》云：「一度落如人小别，片時圓比夢難成。」《廣陵客感》云：「紅燭照顔年少去，碧山回首昔遊非。」讀之皆令人惘惘。中年以後，專研六書訓詁之學，遂不復作詩。即間有一二篇，亦與少日所作如出兩手矣。

汪助教端光詩，如著色屏風，五采奪目，而復能光景常新。同輩中鮮有其偶。艷體詩尤擅場，嘗有句云：「並無歧路傷離别，正是華年算死生。」描摩盡致，《疑雨集》不能過也。

學昌黎、昌谷兩家詩，不可更過。朱竹君學士詩，學昌黎而過者也，然才氣畢竟不凡。記其少時送人長句，有云：「江南四月不成春，落盡桃花澹天地。」今北地有此才否？

劉文正統勳不以詩名，然偶有作，必出人頭地。乾隆中，張桐城相國廷玉予告歸里，奉勅作送行詩，時門下士如趙編修翼等，皆客公所，並令擬作，卒莫有稱意者。公在機廷，忽自握管爲之，中一聯云：「住憐夢裏雲山繞，去惜天邊雨露多。」遂繕進呈，純皇帝亦大賞之。一時送行詩，遂無有出公右者。

管侍御世銘，以制舉文得名。然所作詩，實出制舉文之上。記其《漢茂陵》一律云：「要使天驕讋漢旌，登臺絶幕遠横行。雄心晚爲泉鳩悔，萬命先因宛馬輕。獨攝衣冠容汲直，不留弓劍待蘇卿。凄涼玉盌人間出，起告曾無同舍生。」神完氣足，非僅以格調見長者。

畢宫保沅詩，如洪河大川，沙礫雜出，而渾渾淪淪處，自與衆流不同。平生所作，歌行最佳，次則七律。憶其《荆州水災記事》云「劈空斧落得生門」，又云「人鬼黄泉争路入，蛟龍白日上城遊」，真景亦可云奇景。至《河南使署喜雨》詩云「五更陡入清涼夢，萬物平添歡喜心」，則又民物一體，不愧古大臣心事矣。

余自伊犂蒙恩赦回，以出關入關所作，編爲《荷戈》、《賜環》二集，海内交舊作詩題集後者，不下百首，惟同年曾運使燠一絶，最爲得體，云：「君得爲詩是國恩，長歌萬里入關門。請看紹聖元符際，蘇軾文章戒不存。」

吴任臣撰《十國春秋》，搜采極博。然如前蜀安康長公主，見《後蜀紀》及《徐光溥傳》，僧醋頭，見僧智諲、後蜀賈鄂、王昭遠等傳，而《前蜀公主傳》、《後蜀僧衆傳》不列及之，何也？

余於四時，最喜二月，以春事方半，百草怒生，萬花方蕊，物物具發生氣象故也，一至三月，則過於爛漫矣，因喜此月。於是植物亦最喜杏，動物亦最喜燕。少日讀《國風》「燕燕于飛」及《夏小正》「來降燕乃睇，囿有見杏」，輒覺神往。稍長，凡前人詩詞之詠杏及燕者，無不喜諷之。杏詩如「海杏大如拳」、「客子光陰詩卷裏，杏花消息雨聲中」、「小樓一夜聽春雨，深巷明朝賣杏花」，詞如「杏花疎雨裏，吹笛到天明」，及「紅杏枝頭春意鬧」、「杏花春雨江南」之類是矣。自所作亦不下十數篇，在汴梁客館有《杏花》詩四絶句，其一云：「倚牆臨水只疑仙，艷絶東風二月天。要與春人鬬標格，有花枝處有秋千。」極爲同人所賞。在貴州日，《行部至都匀驛館》云：「無人知道春將半，時有出牆紅杏花。」《里中檥舟亭即事》云：「一春消息杏花知。」餘不盡録。燕詩如「燕燕尾涎涎」、「袖中有短札，願寄雙飛燕」與「金窗繡户長相見」、「飛入尋常百姓家」、「亂入紅樓檢杏梁」，詞如「落花人獨立，微雨燕雙飛」、「軟語商量不定，看足柳昏花暝」之類是也。自所作亦不下數十篇，童時《賣花聲》詞云：「燕子平生真恨事，不見梅花。」爲江南北女士所傳誦。按試貴州遵義府，使院有句云：「與客生疏惟燕翦，背人開落有棠梨。」《伊犂紀事四十首》中有云：「只有塞垣春燕苦，一生不及見雕梁。」《滬瀆客中雜詠》云：「避俗仍居雲水鄉，下安吟榻上雕梁。雙棲燕子孤眠客，一室權分上下牀。」他如《歸燕曲》等，皆係長篇，不更録入。

呂司訓星垣詩，好奇特，不就繩尺，曾用七陽全韵作「柏梁體」見貽，多至三四百句。末二句云：「識乾坤生材厚中央，前後萬古不敢望。」頗極奇肆，然古人無此例也。余亦嘗贈以長句，末四語云：「君文名已三載，才如百川不歸海。銀河倒注弱水西，努力滄溟欲相待。」亦頗寓規於獎云。

呂又有句云：「桃花離離暗妖廟。」又題《博浪椎圖》云：「人間十日索不得，海上大嘯波濤聲。」蓋好奇不肯作常語如此。

古今詠月詩，佳者極多。然如「明月照高樓」、「明月照積雪」、「月華臨静夜」等篇，皆係興到之作，非規規於詠月也。李、杜爲唐大家，即詠月詩而論，亦非人所能到。杜云：「四更山吐月，殘夜水明樓。」李云：「青天中道流孤月。」又云：「五峰轉月色，百里行松聲。」寫月有聲有色如此，後人復何能著筆耶？古今詠雪月詩，高超者多，詠正面者殊少。王右丞「灑空深巷静，積素廣庭閒」，可云詠正面矣。吾友孫兵備星衍《終南山館看月》詩：「空裏輝流不定明，烟中影接多時緑。」亦庶幾近之。畢宫保有青衣周某，頗學作詩，嘗有句云：「燭短夜初長。」余與同人皆賞之。

楊比部夢符，好學六朝文，小詩亦極幽峭。余嘗以一聯戲之曰：「詩筆四靈文六代，科名兩度籍三州。」蓋楊寄籍山東，補博士弟子，續舉陝西鄉試，成進士則又浙江原籍也。比部後又寄居吾鄉，宅在烏衣橋三將軍巷。卒後，其子以比部遺命，乞余爲六朝文格以表其墓，末云：「訪將軍之巷，大樹猶存；過邗水之橋，溪流半涸」，亦足以悽愴傷心者矣，即指此也。

河豚以江陰爲第一，鰣魚以采石磯爲第一，刀鱭以江寧棲霞港爲第一。余《七招》中所云「牛渚銀鱗，晴江石華，味或華而不清，質或清而不華。藐江鄉之風味，首鯸鮧之足誇」是也。

劉相國墉，繼正揆席，人皆呼爲「小諸城」。性滑稽，一日在政事堂早飯，忽朗吟曰：「但使下民無殿屎，何妨宰相有堂餐。」一坐爲之噴飯。

嘉慶十年正月，紀尚書昀奉命以原官協辦大學士，乃未半月遽卒，年八十一矣。乾隆中四庫館開，其編目提要，皆公一手所成，最爲贍博。生平尤喜爲説部書，多至六七種。故余哭公詩云：「最憐干寶《搜神記》，亦附劉歆《輯略編》。」先是，又誤傳翁閣學方綱卒，余亦有輓詩云：「最喜客談金石例，略嫌公少性情詩。」蓋金石學爲公專門，詩則時時欲入考證也。後乃知誤傳，而詩已播於人口。或公聞之，亦不以爲怪耳。

山陰酒，始見於梁元帝《金樓子》，并呼之爲「甜酒」。考前代酒最著名者，曰「宜城醪」、「蒼梧清」、「京口酒」、「蘭陵酒」、「雪下酒」，及酒泉郡本以酒得名。余曾歷品之，究以「山陰酒」爲第一，酒泉郡酒及「雪下」次之。「蘭陵酒」，今沂州蘭山縣，釀酒法已失傳。若「宜城」、「京口」酒，《南史·邵陵王綸傳》稱「曲阿酒」，皆重濁，又失之太甜，與今吴中之「福真」、錫山之「惠泉」相等，未見其美也。「汾州酒」、「滄州酒」，性又與「燒春」同，自當别論。「蒼梧清」亦同「燒春」。「雪下酒」，今名「南潯酒」。

近時士大夫頗留意飲饌，然余謂必不得已，《酒譜》爲上，《茶經》次之，至一肴一味皆有食單，斯最下耳。

果以哈密瓜爲上，即古之敦煌瓜也。然必届時至其地食，乃佳。若貢京師者，則皆豫摘，色香味多未全，非其至也。其次則綏桃、哀梨。又次則洞庭之楊梅、閩中之橘、柚。又次則涼州之蒲桃、泉州之甘蔗、伊犁之蘋果。若安石榴、廣南荔枝，則實未嘗至其地，俟再論定。

魚則海魚爲上，河魚次之，江魚次之，湖魚又次之。尋常溪港之魚，則味薄而腥矣。

南中多禽，北中多獸。南中禽多巢居，北中獸多穴居。若南獸之巢居，如熊橧之類。北中禽之穴土，如鳥鼠同穴之類。則亦僅見者耳。塞外則凡禽皆穴居，以風多而林木少故也。

小説家所言，亦皆有本，如《西遊記》之雷音寺、火焰山，皆在吐魯番道中，余遣戍伊犂日曾過之。裴岑紀功碑在巴里坤南山頂關帝廟中，余本擬歸日搨數十本以貽好古者。及歸，及取道於小南路，不經此，遂無由搨取，迄今以爲歉。至舍間金石，藏有此碑，尚係客西安時所購得。

終南山中牡丹高百餘尺，均係木本，花皆大如斗，香氣聞數百里。

「窮達戀明主，耕桑亦近郊」，唐錢起詩也。「身多疾病思田里，邑有流亡愧俸錢」，唐韋應物詩也。讀之覺温厚和平，去《三百篇》不遠。

杜工部詩「近來海内爲長句，汝與山東李白好」，足見長句最難，非有十分力量、十分學問者，不能作也。即以唐而論，以長句擅場者，李、杜、韓而外，亦惟高、岑、王、李四家耳。

「不知今夜遊何處，侍從皆騎白鳳凰」，逼真神仙。「黄昏風雨黑如磐，别我不知何處去」，逼真劍俠。「千回飲博家仍富，幾處報仇身不死」，逼真豪士。「天寒翠袖薄，日暮倚修竹」，逼真美人。「門前債主雁行列，屋裏酒人魚貫眠」，逼真無賴。「依倚將軍勢，調笑酒家胡」，逼真豪奴。近江甯友人燕山南《暑夜納凉》詩云：「破芭蕉畔一絲風」，逼真窮鬼語。陳毅《感事》云「偏是荒年飯量加」，逼真餓鬼語。

余蒙師唐先生爲垣，素工詩，今集多散失，猶憶其《過殤女厝棺》詩曰：「白晝畏人依故隴，黄昏覓伴嘯孤村。」荒寒蕭瑟，及小兒女情態，並寫得出。

菜花詩始於張翰「黄花如散金」，太白所云「張翰黄花句」也。近人菜花詩又有「花枝不上美人頭」句，余獨以爲不然。曾反其意，作一詩曰：「摘得菜花何處用，嫩黄先襯玉搔頭。」亦明此花之可以上美人頭耳。客歲，又有句曰：「深紅不艷深黄艷，菜甲花開蝶四飛。」

滬瀆城近海，土人爲言曾有蛟幻作人夜叩門者，故相戒夜不闢扉。余紀事詩有云：「一樓四面窗，面面臨曠野。老蛟能變人，時來嚇居者。」即指此。

伊犂地較西安已高八百一十里，見《元和郡縣志》。故初一日即見新月，余紀事詩所云「月朔新蟾已抱肩」也。

湯泉以黄山硃砂泉爲第一，久浴之，實可延年益壽。驪山及昌平者次之，餘則硫黄泉居多，水性酷烈，僅可以除風溼及疥癬之疾耳。余按試貴州，《浴郭外湯泉》詩云：「半生莫謂塵勞慣，已試人間第七湯。」蓋指黄山及臨潼、盩厔、昌平州、和州、句容與石阡也。後遣戍伊犂，又浴湯泉一，近頭臺蘆草溝。

近時九列中詩，以錢宗伯載爲第一，紀尚書昀次之。宗伯以古體勝，尚書以近體勝。漢軍英廉相國，亦其次也。

黄二尹景仁詩「太白高高天尺五，寶刀明月共輝光」，「獨立市橋人不識，一星如月看多時」，豪語也。「全家都在風聲裏，九月衣裳未翦裁」，「足如可析似勞薪」，苦語也。「似此星辰非昨夜，爲誰風露立中宵」，「買得我拚珠十斛，賺來誰費豆三升」，雋語也。

江甯詩人何士顒，居長干里，有友人投一詩曰：「仰首欲攀低首拜，長干一塯一詩人。」

近人有《蘋果》詩云：「緑如春水方生日，紅似朝霞欲上時。」新穎而不涉纖，亦詠物詩之佼佼者。

近時能爲中、晚唐詩者，無過方上舍正澍，其《遊仙》詩云「鈞天樂苦無新奏，唱我紅牆夢裏詩」，「無數仙官齊仰首，殿中一帝一書生」，讀之飄飄欲仙。至若「月黑花臺一箇螢」，「紅豆樓窗懸小影」，「年年一度忌辰開」，則又鬼氣偪人矣。

吴祭酒偉業詩，熟精諸史，是以引用確切，裁對精工。然生平殊昧平仄，如以長史之「長」爲平聲、韋杜之「韋」爲仄聲，實非小失。

朱檢討彝尊《曝書亭集》，始學初唐，晚宗北宋，卒不能鎔鑄自成一家。

近來浙中詩人，皆瓣香厲鶚《樊榭山房集》。然樊榭氣局本小，又意取尖新，恐不克爲詩壇初祖。

同里錢秀才季重，工小詞，然飲酒使氣，有不可一世之概。有三子，溺愛過甚，不令就塾，飯後即引與嬉戲，惟恐不當其意。嘗記其柱帖云：「酒酣或化莊生蝶，飯飽甘爲孺子牛。」真狂士也。

「生不並時憐我晚，死無他恨惜公遲」，查編修慎行過紅豆山莊作也。近湖北張明經本，有《題袁大令小倉山房集後》云：「奄有衆長緣筆妙，未臻高格恨才多。」同一用意，而各極其妙。

北江詩話卷二

詩文之可傳者有五：一曰性，二曰情，三曰氣，四曰趣，五曰格。詩文之以至性流露者，自六經四始而外，代殊不乏，然不數數覯也。其情之纏綿悱惻，令人可以生，可以死，可以哀，可以樂，則《三百篇》及《楚騷》等皆無不然。「河梁」、「桐樹」之於友朋，秦嘉、荀粲之於夫婦，其用情雖不同，而情之至則一也。至詩文之有真氣者，秦、漢以降，孔北海、劉越石以迄有唐李、杜、韓、高、岑諸人，其尤著也。趣亦有三：有天趣，有生趣，有別趣。莊漆園、陶彭澤之作，可云有天趣者矣。元道州、韋蘇州亦其次也。東方朔之《客難》、枚叔之《七發》，以及阮籍《詠懷》、郭璞《遊仙》，可云有生趣者矣。《僮約》之作，《頭責》之文，以及鮑明遠、江文通之涉筆，可云有別趣者矣。至詩文講格律，已入下乘。然一代亦必有數人，如王莽之摹《大誥》，蘇綽之倣《尚書》，其流弊必至於此。明李空同、李于鱗輩，一字一句必規倣漢、魏、三唐，甚至有竄易古人詩文一二十字，即名爲己作者，此與蘇綽等亦何以異。本朝邵子湘、方望溪之文，王文簡之詩，亦不免有此病，則拘拘於格律之失也。

李太白或以爲隴西人，或以爲蜀人，或以爲山東人。今以新舊《唐書》本傳及集中詩校之，云白十歲通詩書，既長，隱岷山，又爲益州長史蘇頲所禮，是白爲蜀人無疑。嗣後客任城，又與孔巢父等稱「竹溪六逸」，皆在山東。杜甫詩據見在而言，故云「近來海内爲長句，汝與山東李白好」也。至隴西，李氏之望，又非居地。

李、杜皆當稱「拾遺」。肅宗至德二年，拜甫爲左拾遺。代宗立，以左拾遺召白，而白已卒。若甫稱「工部」，則劍南參幕日檢校之官，李稱「翰林」，則賀知章薦舉時供奉之署，皆非實職，故云當稱「拾遺」爲是，况皆朝廷之所授也。

宋朱嚴第三人及第，王禹偁贈詩曰：「榜眼科名釋褐初。」是宋人亦以第三人爲榜眼。

人之一生，皆從忙裏過卻。試思百事匆忙，即富貴有何趣味？故富貴而能閒者，上也。否則甯可不富貴，不可不閒。余在翰林日，冬仲大雪，忽同年張船山過訪，遂相與縱飲，興豪而酒少，因掃庭畔雪入酒足之。曾有句云：「閒中富貴誰能有，白玉黄金合成酒。」此閒中一重公案也。及自伊犁蒙恩赦歸，抵家日，偶賦一絶云：「病餘纔得卸櫜鞬，桃李迎門恍欲言。從此卻營閒富貴，蝦蟇給廪鶴乘軒。」蓋散人之樂，實有形神並釋、魂夢俱恬者。此又閒中公案之一重也。此詩偶忘編入集，附記於此。

陶彭澤詩，有化工氣象。餘則惟能描摩山水，刻畫風雲，如潘、陸、鮑、左、二謝等是矣。

臧洪之節，過於魯連。弘演之忠，逾於豫讓。高漸離之友誼，青萍子之後勁也。欒布之義烈，王叔治之先聲也。

姑蘇、姑胥、姑餘，皆一地也。姑胥、餘並音同。《淮南・覽冥訓》：「軼鶤雞於姑餘。」高誘注：「姑餘，山名，在吴。」

忠義奮發之語，有古今一致者。祖逖渡江，中流擊楫曰：「祖逖不能清中原而復反者，有如此江。」《宋·岳飛傳》：除荆南鄂州制置使，渡江中流，顧幕屬曰：「飛不擒賊，不涉此。」然逖方披荆棘，得河南數郡即卒，而飛竟盪平襄、鄧，剪滅湖湘諸賊，始朝服入朝。則忠義奮發雖同，而飛之才勇過於逖矣。李愬之用元濟降將李祐，岳飛之用楊幺賊黨黄佐，其用意並同。

飛後定謚「忠武」，見飛孫珂《金陀粹編》。其謚册引諸葛亮、郭子儀二人皆謚「忠武」爲比，而《宋史》本傳不載，可云疎略矣。邯鄲淳《曹娥碑》，見《古文苑》，文筆平實，不足以當「黄絹幼婦，外孫齏臼」之譽也。蔡中郎《郭有道碑》，自言「臨文無愧辭」，今讀之絶無異人處。蓋東京文體之衰，此二篇又東漢之平平者，乃知向日盛傳此二碑，皆係耳食，爲古人所欺耳。余《詠史》詩云：「不被古人瞞到底，《曹娥碑》與《郭君碑》。」

關神武欲取秦宜禄妻，見《蜀記》，裴松之注《三國志》引之。近有一腐儒必欲爲神武辯無此事，不知英雄好色，本屬平常，不足爲神武諱也。

賦物詩，貴在小中見大。前人詠簷馬詩，五律下半云：「當世正多事，吾曹方苦兵。那堪檐漏下，又作戰場聲。」余近遊天台，自嵊縣陸行，坐竹兜，甚適，亦有一律，下半云：「半世皋比座，前塵使者軺。老夫雙繭足，曾走萬程遥。」亦或庶幾耳。

《左傳》僖公十三年城濮之戰，《傳》言執宛春以怒楚。今《廬州府志》載宛春爲廬州人，不知何據。

七律之多，無有過於宋陸務觀者。次則本朝查慎行。陸詩善寫景，查詩善寫情。寫景故千變萬化，層出不窮；寫情故宛轉關生，一唱三歎。蓋詩家之能事畢，而七律之能事亦畢矣。近日趙兵備翼亦擅此體，可爲陸、查之亞。

中唐以後，小杜才識，亦非人所及。文章則有經濟，古近體詩則有氣勢。倘分其所長，亦足以了數子，宜其薄視元、白諸人也。

有唐一代，詩文兼擅者，惟韓、柳、小杜三家，次則張燕公、元道州。他若孫可之、李習之、皇甫持正，能爲文而不能爲詩；高、岑、王、李、李、杜、韋、孟、元、白，能爲詩而不能爲文，即有文亦不及其詩。至詩及排偶文兼者，亦祇王、楊、盧、駱及李玉溪五家。餘則蘇頲、吕温、崔融、李華、李德裕等，文勝於詩；李嶠、張九齡、李益、皮日休、陸龜蒙等，詩勝於文，均不能兼擅也。宋代詩文兼擅者，亦惟歐陽文忠、蘇文忠、王荆公，南渡則朱文公，餘亦各有所長，不能兼美。

杜工部之於庾開府，李供奉之於謝宣城，可云神似。至謝、庾各有獨到處，李、杜亦不能兼也。

宋初楊、劉、錢諸人學「西崑」，而究不及「西崑」。歐陽永叔自言學昌黎，而究不及昌黎。王荆公亦言學子美，而究不及子美。蘇端明自言學劉夢得，而究亦不能過夢得。所謂棋輸先著也。

東漢人之學，以鄭北海爲最。東漢人之文，以孔北海爲最。東漢人之品，以管北海爲最。

人才古今皆同，本無所不有。必視君相好尚所在，則人才亦趨集焉。漢尚經術，而儒流皆出於漢。唐尚詞章，而詩家皆出於唐。宋重理學，而理學皆出於宋。明重氣節，而氣節皆出於明。所謂下流之化上，捷於影響也。

一代割據之主，皆有人材佐之，方足以倔强歲月。石趙之右侯，苻秦之王景略，李蜀之范長生等是矣。降至唐末、五代皆然。吴越之羅隱，荆南之粱震，馬氏之高郁，皆其人也。他若李密之用邴元真，王世充之用段達，以迄張士誠之用黄、蔡、葉，雖欲不亡，得乎？

秦三良，魯兩生，以迄田横島中之五百士，諸葛誕麾下之數百人，皆未竟其用而死，惜哉！鵲巢避太歲，明有所燭也。拘儒避反支，識有所囿也。

徐知誥輔吴之初，年未强仕，以爲非老成不足壓衆，遂服藥變其鬚鬢，一日成霜。宋寇萊公急欲作相，其法亦然。余見近時公卿，鬚鬢皓然，而百方覓藥以求其黑者，見又出二公下矣。袁大令枚有《染鬚》詩，余嘗戲之曰：「公事事欲學香山，即此一端，已斷不及。香山詩曰『白鬚人立月明中』，又云『風光不稱白髭鬚』，而公欲飾貌修容，是直陸展染鬚髮，欲以媚側室耳。」坐客皆大笑。

宋真宗稱向敏中大耐官職，此言實可警熱中及浮躁者。蓋一切功名富貴，惟能耐，器始遠大。徐中書步雲，召試得雋，急足至，方同客食牢丸，喜極，以牢丸覓口，半日不得口所在。人傳以爲笑。此即不能耐故也。《世語》稱魏文帝與陳思王争爲太子，及文帝得立，抱辛毗頸曰：「辛君知我喜不？」毗歸告其女憲英，憲英以爲「宜懼而喜，何以能久？魏其不昌乎。」是知倉猝中最足以覘人氣局度量也。

屠刺史紳，生平好色，正室至四五，娶妾媵仍不在此數，卒以此得暴疾卒。余久之哭以詩曰：「閒情究累韓光政，醇酒終傷魏信陵。」蓋傷之也。

孫兵備星衍配王恭人，善詩，所著有《長離閣集》，兵備曾屬余爲之序。蓋余次子盼孫，曾聘恭人所生次女。然兩家子女，不久並殤。恭人亦年二十四即卒。其閨房唱和詩，雖半經兵備裁定，然其幽奇惝怳處，兵備亦不能爲。如「青山獨歸處，花暗一層樓」，「一院露光團作雨，四山花影下如潮」。此類數十聯，皆未經人道語。

《新唐書・楊貴妃傳》：「妃嗜荔枝，必欲生致之，乃置騎傳送，走數千里，味未變已至京師。」杜牧之詩所云「一騎紅塵妃子笑，無人知是荔枝來」者也。人遂傳送荔枝自此始，不知非也。《後漢書・和帝紀》云臨武長汝南唐羌上書，云「舊南海獻龍眼、荔枝，十里一置，五里一候，奔騰阻險，死者繼略」云云，帝遂下詔勅大官勿復受獻，由是遂省焉。謝承《後漢書》所載亦同。是荔枝之貢，東漢初已然，不自唐始，亦不自貴妃始也。

李賢《後漢書》注引《帝王世紀》：「紂時，傾宫婦人衣綾紈者三百餘人。」「綾」字始見此。《説文》：「東齊謂布帛之細者曰綾。」《玉篇》：「綾，文繒也。」蓋布帛之細者皆可名綾，今俗有綾布是也。

余里中有以酒食醉飽至成獄訟者，余戲贈以詩，内一聯云：「内史獄詞由海蛤，涪翁風病起江瑶。」一時傳以爲工。

《史記》：「吕不韋使其客八人著所聞，集論爲《八覽》、《十二紀》，三十餘萬言。」漢淮南王客亦八人，《漢書》所云「八公」者是。今考兩家賓客，類皆割裂諸子、撏撦紀傳成書。秦以前古書亡佚既多，無從對勘，即以今世所傳《文子》一書校之，遭其割截者十至七八，又故移徙前後，倒亂次序，以掩飾一時耳目，而博取重資。故余詠史中有一篇云：「著書空費萬黄金，剽竊根原尚可尋。《吕覽》、《淮南》盡如此，兩家賓客太欺心。」足見賓客之不足恃，古今一轍。唐章懷太子注《後漢書》，魏王泰著《括地志》等盡然。李書簏以一手注《文選》，所以可貴也。

余自塞外還，道出河南偃師，聞吾友武大令億卒，往哭之。其子明經穆淳出謝，並乞題數語於繐帳，以慰先人。余即作一聯云：「降年有永有不永，廉吏可爲不可爲。」蓋大令諸兄皆老壽，惟大令年未周甲也。

青陽涂上舍國熙《淮陰侯》一詩，頗有論古之識，今録之：「首建奇謀闢漢疆，韓侯未肯負高皇。不將十面收强楚，終見三齊識假王。相背君休思蒯徹，存心誰復似張良。臨風空灑英雄淚，淮水淮山兩渺茫。」

寫景易，寫情難。寫情猶易，寫性最難。若全椒王文學鼇詩二斷句，直寫性者也：「呼奴具朝飧，慰兒長途飢。關心雨後寒，試兒身上衣。」「兒飢與兒寒，重勞慈母心。天地有寒燠，母心隨時深。」實能道出慈母心事。

近人有《白門莫愁湖》詩：「英雄與兒女，各自占千秋。」余以爲英雄、兒女平分，尚未公允，曾口占一絶云：「神仙富貴分頭占，一箇茅山一蔣山。只有斯湖尚公道，英雄兒女總相關。」蓋分言之，不如渾言之耳。

「問君能有幾多愁，卻似一江春水向東流。」李後主詞寫愁可謂至矣。余最愛白門凌秀才霄《秦淮春漲》詩云：「春情從此如春水，傍著闌干日夜生。」寫情亦可云獨到。二君皆借春水以喻，然一覺傷心欲絶，一覺逸興遄飛，則二君之所遇然也。

「蟬曳殘聲過別枝」，實屬體物之妙。余又見殘聲未到別枝，而半道復爲雀所食者，雀嗉中尚若音響，曾作《哺蟬行》云：「一蟬響一枝，十蟬響十柯。閒開四面窗，蟬響何其多。餘聲尚未到別樹，黄雀突來將汝哺。微蟲雖小響未泯，倘向黄雀喉中尋。」亦可見天地間景物，無所不有，苦吟者亦描寫不盡耳。

《左傳》：蔡哀侯見息媯，弗賓。又云：楚子元欲蠱文夫人，及子元反自鄭，遂處王宫。曰「弗賓」，曰「欲蠱」，蓋好色之招釁也。今漢水入江處，有桃花夫人廟，相傳即息夫人。余嘗題一絶云：「空將妾貌比桃妍，石上桃花色可憐。何似望夫山上石，不回頭已一千年。」弔之亦原之耳。

《詩序》言江漢之女，被文王之化，有不爲强暴所污者。是知遇强暴而不污，惟第一等烈女子能之。若息媯之遇楚文，高澄妻之值高洋，皆所云强暴之污也。洋之禽獸行，固不足責，楚文能爲伐蔡復仇，似良心尚有未泯處。至子元蠱之成與否，尚屬疑案。總之，悲其遇可也，原其心亦可也。若元微之之崔氏，則失之於前；陸務觀之妻唐氏，則失之於後，又不可援息媯之例。

女子不幸而作秋胡之妻、樂羊之婦，然身可死，名不可没也。若息媯者，則又恨其名之傳也。

如畫溪山，必須畫舫乃稱。平山堂之舫，不及西子湖；西子湖之舫，不及桃葉渡。至若山陰鏡湖之舟，雖船船皆畫，然正如薄笨之車，旋轉不便耳。

虎丘泛舟，以朱翠炫目勝。秦淮泛舟，以絲竹沸耳勝。平山堂泛舟，以園林池館稱心勝。若西子湖、鑑湖，則以上三者，春秋佳日，時時有之，又加以山水清華，洞壑奇妙，風雲變化，烟雨迷離，覺可以娱心志、悦耳目者，無逾此也。外如鴛鴦湖之百重楊柳，消夏灣之千里芙蕖，柳色花光，亦其次也。

余屢夢至一處：石壁陗削，門外有古澗，時濯足其中。遇有不稱心事，輒誦舊作二句云：「久無胸次居公等，别有池臺寄夢中。」即指此也。

李青蓮之詩，佳處在不著紙。杜浣花之詩，佳處在力透紙背。韓昌黎之詩，佳處在字向紙上皆軒昂。

漢昭帝十四歲，識上書人之詐；顯宗八歲，辨奏牘之誣，皆所謂「生而知之」者。魏高貴鄉公亦然，特所遇不幸耳。漢靈帝之不登高，晉惠帝之「何不食肉糜」，則真下愚耳。然以惠帝之愚暗，而於嵇紹之死，則曰「侍中血弗浣」；成帝之童蒙，而於劉超、鍾雅之遇害，則云「還我侍中、右衛」，是知惟忠義可以感人，無智愚賢不肖之異矣。

蘇端明爲《上清宫碑》改作一事，不敢斥言，作一詩嫁名唐代云：「淮西功業冠吾唐，吏部文章日月光。千載斷碑人膾炙，不知世有段文昌。」近時朱檢討彝尊因事斥出南書房，亦有一絶云：「海内文章有定評，南來庾信北徐陵。誰知著作修文殿，物論翻歸祖孝徵。」二公意皆有所指。然非二公之才望、學殖，亦不敢作此詩也。

歐陽公善詩而不善評詩，如所推蘇子美、梅聖俞，皆非冠絶一代之才。又自詡《廬山高》一篇，在公集中亦屬中下。甚矣，知人知己之難也！

歐陽公「行人舉頭飛鳥驚」七字，畢竟不凡。幔亭張樂，艷説中秋；蘭亭賦詩，韵傳上巳。黄羅傳柑之在元夜，白衣送酒之屬重陽。以及曲江之三月三日，驪山之七月七夕，皆藉詩文得傳。他若盱江之五日，上河之清明，又以圖繪益著。文人筆墨，有益於良辰勝地如此。

明李空同、王弇州皆以長句得名。李之「戰勝歸來血洗刀，白日不動青天高」，王之「老夫興發不可删，大海迴風生紫瀾」，皆屬歌行中傑作。

近時長沙張進士九徵、吾鄉萬進士應馨，才氣皆風發泉湧，惜尚多浮響。

王新城尚書作《聲調譜》，然尚書生平所作七言歌行，實受聲調之累。唐宋名家、大家，均不若此。「甯可枝頭抱香死，不曾吹墮北風中」，「此世但除君父外，不曾别受一人恩」，此宋末鄭所南思肖詩也，讀之頑夫廉、懦夫立志。

言情之作，至魂夢往來，可云至矣。潛山丁秀才鵬年又翻進一層云：「如何夢亦相逢少，怕我傷心未肯來。」

商太守盤《秋霞曲》、楊户部芳燦《鳳齡曲》，皆能叙小兒女情事，宛轉關生。然淋漓盡致中，下語復極有分寸，則商爲過之。

詩人愛用六朝，然能出新意者亦少。惟陳布衣毅《牛首山》詩極爲警策，云：「似愁人世興亡速，不肯回頭望六朝。」

無錫一縣，明及本朝進士第一凡三人，而皆名臯。正德九年唐臯，曾寓居無錫，萬曆二年孫繼臯，今歲嘉慶六年辛酉恩科則顧臯。不及二百年，三人相繼魁天下，而皆名臯，亦異事也。

詩人用意，有不謀而合者。宋陳子高詩云：「淚眼生憎好天氣，離腸偏觸病心情。」而吾友汪助教端光云：「並無歧路傷離別，正是華年算死生。」雖取徑各別，而用意則同。然二聯亦皆前人所未道也。

王新城《居易録》載鼎甲之衰，未有如康熙丁丑者：狀元李蟠以科場事流徙奉天，榜眼嚴虞惇以子弟中式降調，探花姜宸英亦以科場事牽涉，卒於請室。余謂康熙癸未亦然：狀元王式丹以江南科場事牽涉，卒於罪所；榜眼趙晉以辛卯江南主試賄賂狼藉，爲巡撫張伯行參奏，伏法；探花錢名世則以年羹堯黨，世宗憲皇帝特書「名教罪人」四字賜之。乾隆乙未科一甲三人亦不利：狀元吴錫齡、探花沈清藻，皆及第後未一年即卒；榜眼汪鏞以傳臚不到，未受職先已罰俸，官編修幾三十年，垂老始改御史。

高東井孝廉，高才不遇，所作詩亦時有憤時嫉俗之語。嘗記其《觀劇》一絶云：「曲江宴上探花回，試窘師門卻費才。端莫輕他由竇客，許多卿相此中來。」

李太白詩：「相迎不道遠，直至長風沙。」長風沙今在安慶府懷甯縣，即石牌灣也。《宋史·周湛傳》：「爲江淮發運使，上言大江歷舒州、長風沙，其地最險，謂之石碑灣。湛役三千萬工，鑿河十里以避之，人以爲利。」《水經注》：「江水徑長風山南，得長風口，江浦也。」

「錢唐門外卸蒲帆，小婢相扶上岸攙。一晌當風立無奈，夕陽紅透紫羅衫。」此余癸巳年初到西湖作也，不復存稿。戊午冬，乞假歸，薄遊湖上，於春渚徵君扇頭見之。

羅世村，湖北人。成嘉慶四年進士，距鄉試時，已十一上春官矣。其題號舍詩曰：「年年棄甲笑于思，依舊青鞋布韈來。三十三回燒畫燭，可知蠟淚已成堆。」羅多髯，故以自嘲云。其房師潘學士世恩爲余言之。

章編修道鴻，甲午江南解元也。是科余本擬第一人，房師以制藝中數語恐犯磨勘，力言於主司，抑置副榜第一，而章遂首多士矣。章亦十一上春官，及入翰林，已爲余七科後輩，功名之遲速有定如此。康熙中，粵東梁佩蘭亦十二上春官，方得第，然選庶吉士未及散館而卒。

「古來才大難爲用」，杜工部詩也。《新唐書·隱逸·孫思邈傳》：「獨孤信異之曰：『聖童也，顧器大難爲用。』」或即工部語所本。

李學士中簡在上書房最久，諸皇子皆服其品學。乾隆乙酉歲秋，上偶以「鳩喚雨」命題，試内廷諸翰林。君詩最速成，中一聯云：「愆陽猶可挽，拙性本無他。」

應制、應試皆例用八韻詩。八韻詩於諸體中，又若別成一格。有作家而不能作八韻詩者，有八韻詩工而實非作家者。如項郎中家達，貴主事徵，雖不以詩名家，而八韻則極工。項壬子年考差，題爲《王道如龍首得龍字》，五六云：「詎必全身見，能令衆體從。」貴己酉年朝考題爲《草色遥看近卻無得無字》，五六云：「緑歸行馬外，青入濯龍無。」可云工矣。吴祭酒錫麒，諸作外復工此體，然庚戌考差，題爲《林表明霽色得寒字》，吴頸聯下句云「照破萬家寒」，時閲卷者爲大學士伯和珅，忽大驚曰：「此卷有破家字，斷不可取。」吴卷由此斥落。足見場屋中詩文，即字句亦須檢點。

詩有自然超脱，雖不作富貴語，而必非酸寒人所能到者。馮相國英廉《詠雪》詩「填平世上崎嶇路，冷到人間富貴家」，畢尚書沅《喜雨》詩「五更陡入清涼夢，萬物平添歡喜心」之類是也。

近人作金山詩，五言以方上舍正澍「萬古不知地，全山如在舟」二語爲最，七言以童山人鈺「重叠樓臺知地少，奔騰江海覺天忙」二語爲最。

余有《憶女紡孫》詩云：「不是阿耶偏愛汝，歸甯無母最傷心。」及讀濬縣周大令遇渭詩《送女》云：「來時有母去時無。」則兩層并作一層，益覺沈痛。

商太守盤詩似勝於袁大令枚，以新警而不佻也。

余頗不喜吾鄉邵山人長蘅詩，以其作意矜情，描頭畫角，而又無真性情與氣也。晚年，入宋商丘犖幕，則復學步邯鄲，益不足觀。其散體文，亦惟有古人面目，苦無獨到處。

原壤《貍首》之歌，已開阮籍之先，賴聖人能救正之耳。

静者心多妙。體物之工，亦惟静者能之。如柳柳州「回風一蕭瑟，林影久參差」，李嘉祐「細雨溼衣看不見，閒花落地聽無聲」，鹵莽人能體會及此否？

詩家例用倒句法，方覺奇峭生動。如韓之《雉帶箭》云：「將軍大笑官吏賀，五色離披馬前墮。」杜之《冬狩行》云：「草中狐兔盡何益，天子不在咸陽宫。」使上下句各倒轉，則平率已甚，夫人能爲之，不必韓、杜矣。

作牡丹詩自不宜寒儉，即如前人詩「國色朝酣酒，天香夜染衣」，比體也。「一叢深色花，十户中人賦」，諷諭體也。外如「看到子孫能幾家」、「一生能得幾回看」，皆是空處著筆，能實詮題面者實少。若不得已求其次，則唐李山甫之「數苞仙艷火中出，一片異香天上來」，宋潘紫巖之「一縷暗藏金世界，千重高擁玉樓臺」，尚能形容盡致。余自少至今，牡丹詩不下數十首，然實詮題面者亦殊不多，今略附數聯於後。辛酉年《三月十五日在舍間看牡丹》詩：「得天獨厚開盈尺，與月同圓到十分。」壬子年《京邸國花堂看牡丹》詩：「縱教風雨無寒色，占得樓臺是此花。」今歲《培園看牡丹》詩：「十里散香蘇地脈，萬花低首避天人。」又：「當晝乍舒千尺錦，殿春仍與十分香。」及少日里中《騰光館看牡丹》詩：「調脂金鼎儼同味，承露玉盤饒異香。」與本日所作六首，不知可有一二語能仿佛花王體格否？

白牡丹詩，以唐韋端己「入門惟覺一庭香」，及開元明公「別有玉盤承露冷，無人起向月中看」爲最。近人詩「富貴叢中本色難」，亦其次也。余昨在宣城張司訓珍席上詠白牡丹云：「三霄雨露承青帝，一朵芳菲號素王。」以花在泮池旁，或尚切題也。

紅牡丹詩，前人絶少。余前在同鄉劉宫贊種之席上賦牡丹詩，中二聯云：「神仙隊裏仍耽酒，富貴叢中獨賜緋。影共朝霞相激射，情於紅袖最因依。」僅敷衍題字，不能工也。

太倉王秀才芥子，有牡丹詩一聯云：「相公自進姚黄種，妃子偏吟李白詩。」爲一時所傳誦，然究傷纖巧。

北江詩話卷三

藏書家有數等：得一書必推求本原，是正缺失，是謂考訂家，如錢少詹大昕、戴吉士震諸人是也。次則辨其板片，注其錯譌，是謂校讎家，如盧學士文弨、翁閣學方綱諸人是也。次則搜采易本，上則補石室金匱之遺亡，下可備通人博士之瀏覽，是謂收藏家，如鄞縣范氏之天一閣、錢唐吴氏之瓶花齋、崑山徐氏之傳是樓諸家是也。次則第求精本，獨嗜宋刻，作者之旨意縱未盡窺，而刻書之年月最所深悉，是謂賞鑒家，如吴門黄主事丕烈、鄔鎮鮑處士廷博諸人是也。又次則於舊家中落者，賤售其所藏，富室嗜書者，要求其善價，眼别真贋，心知古今，閩本、蜀本一不得欺，宋槧、元槧見而即識，是謂掠販家，如吴門之錢景開、陶五柳、湖州之施漢英諸書估是也。

南宋之文，朱元晦大家也。南宋之詩，陸務觀大家也。

成親王工詩，年四十六，髮已半白。嘗有《夜坐》詩曰：「事繁書慰夜，心短睡辭人。」

詩人之工，未有不自識字讀書始者。即以唐初四子論，年僅弱冠，而所作《孔子廟碑》，近日淹雅之士有半不知其所出者，他可類推矣。以韓文公之頫視一切，而必諄諄曰：「凡爲文辭，宜略識字。」杜工部詩家宗匠也，亦曰：「讀書難字過。」可見讀書又必自識字始矣。弄麞宰相，伏獵侍郎，不聞有詩文傳世，職是故耳。近時士大夫，亦有讀「鍼灸」之「灸」爲「炙」，「草菅」之「菅」爲「管」，呼「金日磾」、

「万俟卨」一如本字者，則「弄麈」、「伏獵」又可以分謗矣。

吾鄉有進士起家、現居要地者，人乞其一札爲寒士先導，用《晉書・劉宏傳》「得劉公一紙書，勝於十部從事」語，此君復械云：「劉公何人？現居何職？乞開示，以便往拜。」人傳以爲口實云。

人但知陶淵明詩一味真淳，不填故實，而以爲作詩可不讀書，不知淵明所著《聖賢群輔録》等，又考訂精詳，一字不苟也。

道家之有真實本領者，釋氏不能學。道家之祖尚元虚者，釋氏始竊其緒餘以名於世。大抵釋氏書之精，皆《莊》、《列》之緒餘也。其至粗如「道在屎橛」等，釋氏亦竊之。南宋儒者，似又竊釋氏緒餘。

李白《扶風豪士歌》，在吴中所作，非贈人也。涇縣舊志以爲贈縣人萬巨所作，鑿矣。

今時學者，讀斷爛朝報，即以爲通曉世事，讀高頭講章，即以爲沈酣經籍，何與昔人之知今知古異乎！

此即莊子所謂「每況愈下」也。

詩句限年，往往成讖。袁大令枚丁酉元日詩「不賀賓朋先自賀，堂前九十四齡親」，然太夫人即於是年棄養。朱學士筠辛丑歲自福建學使任滿歸，歲朝作詩，有「五十三年律漸工」句，果於是年下世。乾隆中，皇五子□□王亦最工詩，於謝世之前，賦《元日》詩云「三十九年蒙豢養」，亦不久奄忽。三詩並出無心，又並作於元日，並成詩讖，可云異矣。

余最愛明張夢晉一絶云：「隱隱江城玉漏催，勸君且盡掌中杯。高樓明月清歌夜，此是人生第幾回?」謂有思之惘惘，盡而不盡之致。近時桐城方世泰亦有二語云：「稱心一日足千古，高會百年能幾回?」便稍覺直致，然亦似《劍南集》中語。

詩詞之界甚嚴。北宋人之詞，類可入詩，以清新雅正故也。南宋人之詩，類可入詞，以流艷巧惻故也。至元而詩與詞更無別矣。此虞伯生、吴淵穎諸人所以可貴也。

李明經御，字琴夫，詩有奇氣，京口詞人之冠也。嘗見其《讀戰國策書後》九首之一云：「解紛如解玉連環，一笑飄然東海還。世上共求天下士，不知東海在人間。」

今歲二月中，遊天台，獨未及訪銅壺滴漏，以爲歉事。秋杪，以事至焦山，張司馬鉉自京口攜其台、蕩、黄山詩，屬爲訂定。内有《越山至銅壺滴漏處》一篇，云：「俯觀繩繫背，側立僕持踵。」頗能繪涉險情事。又云：「佛以四海水，入山一毛孔。」雖用釋典，亦與此題確稱。張娶詩人鮑海門女，字茝香，亦能詩。有《送外遊黄山台蕩》一律，頗工。張答之曰：「粗成唱和今生願，小證烟波夙世緣。」前余在京師，鮑郎中之鍾屢誇其二妹皆工詩，余未之信，今茝香即其第二妹也。

司馬從弟上舍崟，工近體詩。畫青緑山水，殊有元人筆法。曾作《萬里荷戈圖》見贈。余寄以二詩，末一首云：「荷戈人在夕陽邊，宛馬如龍不著鞭。欲貌鴻濛萬里雪，别施輕粉寫祁連。」上舍時時誦之。

焦山後有松、寥二小山，境極幽邃，鷹雕黿獺，遂各據其一。今一山峰頂盡白，蓋鷹糞所積也。余守風山後，曾久憩於此。偶得句云：「鷹同獺占東西嶺，浪與人争出没舟。」荒寒奇險之景，或亦遊焦山者所未及道耳。

太倉蘇加玉茂才遊山詩，亦頗刻畫盡致。如《遊黄山朱砂菴至文殊院》詩云：「抱崖十指牢，垂巖一足賸。屈膝磨過腹，縮頂低觸脛。」遊山實有此境。辛酉冬，余過太倉，飲汪庶子學金家三日，無日不與茂才偕，飲量甚豪，一如其詩。

今人以「餻」字爲俗，並附會云唐劉夢得作《九日》詩，不敢用「餻」字。此説未確。《方言》：「餌謂之餻。」《廣雅》：「餻，餌也。」惟《説文》不收此字，徐鉉《新附》始有之。然詩人所用字，豈能盡出《説文》耶？《北史・綦連猛傳》：「謡云：『七月刈禾太早，九月噉餻未好。』」是六朝時歌謡已用「餻」字矣。

吾鄉乾隆壬戌、乙丑二科，皆得鼎甲二人：壬戌榜眼楊述曾、探花湯大紳，乙丑狀元錢維城、榜眼莊存與是也。然宋時亦有之：熙寧癸丑省元邵綱、狀元余中，皆毗陵人是矣。

《萬青閣偶談》載一甲三人，同時皆至八座，惟康熙癸丑狀元韓菼爲禮書，榜眼王鴻緒爲户書，探花徐秉義爲吏侍。今考乾隆乙丑亦同，狀元錢維城刑侍贈尚書，榜眼莊存與禮侍，探花王際華户書，亦皆同時，又皆曾直南書房，皆曾爲會試總裁，似又過癸丑矣。

《槐廳載筆》載兄弟同時爲主考，尚漏吾鄉莊少宗伯存與修撰培因。皆乾隆丙子，一典試浙江，一典試福建，皆道出里門。不二年，又皆視學。一直隸，一福建。無錫秦編修泉，弟編修潮。皆乾隆癸卯。一典河南，一典陝西。若父子同時爲考官者，大學士劉統勳主考順天，其子編修墉主考廣西，皆乾隆丙子。及吾鄉劉冢宰綸主考順天，其子編修躍雲主考山東，皆乾隆庚寅也。

《池北偶談》載順治戊戌一甲三人，常熟孫承恩、鹽城孫一致、全椒吴國對，皆江南人。己亥一甲三人，亦皆江南，徐元文、華亦祥、葉方藹也。至乾隆庚戌一甲三人，亦皆江南，吴縣石韞玉、青陽王宗城與亮吉是也。下科始分江蘇、安徽爲二。是科特旨，命無錫嵇文恭璜赴禮部恩榮宴，會後同年與同鄉後進三人，接坐禮部堂上，則又戊戌、己亥所不能及。信乎壽考作人之化所致也。

殿試卷例以前十本進呈。惟乾隆庚辰年，秦尚書蕙田等以十本外尚有佳卷奏，奉特旨，許以十二本進呈。是科十四名以前並入翰林，洵屬異數。至乙卯年恩科，大學士伯和珅讀卷，以無佳策，止取八本呈覽。然是科一甲有兩盛事：狀元王以銜即本科會元王以鋙胞兄，探花潘世璜又前科狀元潘世恩從兄也。

本朝一百餘年，湖南士子成進士，未有入進呈十本中者。有之，自乾隆庚辰，今劉參相權之始。暨嘉慶乙丑，劉充殿試讀卷官，而狀元、探花皆在湖南矣。考宋淳熙丁未，湖南亦最盛，省元湯璹、狀元王容，皆長沙人。見《齊東野語》。

方上舍正澍有《過瓦官寺》詩曰：「廢苑苔生天子筆，寺舊有梁武帝題額。荒街春繡地丁花。」歎其屬對之工。然亦有所本，唐人詩云：「牀頭兩甕地黄酒，架上一封天子書。」語亦生峭可喜。乃知方詩又本於此也。

宋蘇子容詩「把麻人衆引聲長」，蘇子由詩亦云「明日白麻傳好語，曼聲微繞殿中央」，蓋唐、宋時宣麻制，皆曼延其聲如歌詠之狀。今殿試臚傳日，鴻臚寺官立殿下唱第，引聲亦甚長。唱一甲三人、二甲第一人、三甲第一人，必移時始畢，蓋古法也。又一甲三人，唱名至三次，亦寓慎重之意。又俗語謂狀元「獨占鼇頭」，語非盡無稽。臚傳畢，贊禮官引東班狀元、西班榜眼二人前趨至殿陛下，迎殿試榜，抵陛，則狀元稍前，進立中陛石上，石正中鐫升龍及巨鼇，蓋警蹕出入所由，即古所謂螭頭矣。俗語所本以此。榜亭出，一甲三人隨之，由午門正中而出。蓋親王、宰相亦無此異數。大學士嵇文恭公嘗笑語余曰「某爲宰相十年，不及一日之新進」云。

作詩造句難，造字更難。若造境、造意，則非大家不能。近日順德黎明經簡，頗擅此長。惜年甫四十而卒，然所存諸詩，尚足以睥睨一世。

唐少府軼華，居中河橋側，余未出塾，即與訂交。倜儻有俠氣，沈淪簿尉，非其志也。今寄居皖公山左，余遊匡廬，曾便道訪之，爲題柱帖云：「看山蹤跡吾還健，入世心期爾最先。」蓋總角時第一相識也。

作富貴語，不必金、玉、珠、寶也。如「夜深斜搭秋千索，樓閣冥濛細雨中」，及「夜深臺殿月高低」，僅寫雨及月，而富貴氣象宛然，然尚有臺、殿、樓、閣字也。温八叉詩云：「隔竹見籠疑有鶴，捲簾看畫静無人。」韋端己詩：「銀燭樹前長似畫，露桃花裏不知秋。」第二等人家，即無此氣象。近人詩，則「天氣清涼人好睡，闌干閒在月明中」，及「路暗迷人百種花」亦是。余前有《送春》詩云：「三面水亭簾不捲，百花香裏度殘春。」又《初夏》云：「居然一服清涼散，不啖荷珠即露珠。」正不必用八寶丹，自爾不寒儉也。

杜工部之救房琯，則生平「許身稷契」之一念誤之也。李供奉之知郭子儀，則生平慕魯仲連一流人之識廓之也。韓吏部之折王庭湊，則生平諫佛骨及不好神仙之定見致之也。能諫佛骨即能驅鰐魚，能驅鰐魚即能折王庭湊，故余嘗有《詠史》詩曰：「異類强藩盡低首，王庭湊與鰐魚同。」

古人事皆有本。明宣德時芳草鬭雞缸，即仿漢時春草雞翹織刺以爲之者。史游《急就篇》：「春草雞翹鳧翁濯。」顔師古注云：「春草，象其初生纖麗之狀也。雞翹，雞尾之曲垂者。」言織刺爲春草雞翹之形，一曰染衣色似之。蓋漢儒施於綃素者，明則用之於磁器耳。

《御覽》引《春秋考異郵》云：「戴紝出，蠶期起。」《詩正義》引里語云：「促織鳴，嬾婦驚。」止可相對。古人重女工，故蟲鳴亦皆以紝織爲名，巧婦、布母、女鷗、工雀，名義並同。

王文簡詩，律體勝於古體，五、七言絶句又勝於五、七律。余最愛其《國士橋》一篇云：「國士橋邊水，千秋恨不窮。如聞柱厲叔，死報莒敖公。」《蜈蟣夫人祠》一篇云：「霸氣江東久寂寥，永安宫殿莽蕭蕭。都將家國無窮恨，分付潯陽上下潮。」以爲此非詩人之詩，可與知人論世矣。

余最喜宋魏野《上寇萊公》詩云：「有官居鼎鼐，無地起樓臺。」夫萊公以崛起爲宰執，立朝未久，而云「無地起樓臺」，世尚傳其清節。今吾鄉劉文定公，官卿相者三十年，其子今少司馬躍雲繼之，父子服官於朝，至七十年之久，而家無一畝之宫、半頃之地，可云清矣。昨聞少司馬以年過七十，與休歸里，余憂其棲止無地也，先寄以詩曰：「此福真難及，君恩賜鑑湖。」乍看拋笏晃，才敢憶尊鱸。卿相兩傳久，田廬一寸無。誰將去官日，清節繪成圖？」孰謂古今人不相及哉。

吴門汪布衣緄，字墨莊。少工詩，所遇輒不偶。近歲自都中攜貴人書謁揚州都轉，都轉甚禮之。

復爲友人所讒，卒無所得。寄食於江上舍藩家，江亦赤貧之士也。聞余至揚，偕江來訪，因同至傍花村看菊，坐半，江代吟其少日詩曰：「斟酌橋西舊酒樓，樓中夜夜唱《涼州》。棗花簾外初圓月，一度銷魂便白頭。」余爲之擊節，以爲不減明張夢晉「高樓明月清歌夜」一絶。明日，因攜之謁揚州太守伊君秉綬，屬爲之地，太守亦極賞此詩。酒間，汪又誦其一聯云：「古原牛嚙新生草，小院蜂攢乍放花。」亦南宋詩之佳者。

廬山周圍五百里，界九江、南康、饒州三府境，其雄偉奇秀，非霍山及衡嶽可比，又實居江、漢之衝，不知當時何以不作南嶽。余《遊廬山》詩有云：「天風一回盪，大氣自蟠礴。南瞻隘衡湘，北望小灊霍。稽首告上真，茲當作南嶽。」非於匡君貢諛，乃紀實耳。

古人之名，有必不可與之爭者，即或名槩古人，亦須俟後人論定而軒輊之，當吾身則不可。嘗見岳州岳陽樓詩榜有二：東則孟襄陽，西則杜浣花，餘人不敢參也。前有妄人官是郡者，别作一榜，以己所作與杜、孟鼎足焉。甫去任，人即撤之。此與古人爭名之過也。采石太白樓，亦最爲東南勝景。余少時即見神龕旁有杜帖云：「我輩到來惟飲酒，先生在上莫題詩。」三十年復過此，則杜榜易矣。詢之，則近日貲郎守是郡者所爲。吁！可云不自量矣。

桐城潘君恂，宰陽湖日，勤於吏治，每至冬夜三鼓，必親巡坊市，稽察非常。余友人楊繼曾自親串家醉歸，適值之。楊本龍城書院肆業諸生，有文譽。潘平時亦賞之，姑貸其過，命作《飲酒犯夜賦》，以「酒人犯法欲闖城門」爲韵，限辰刻至縣交卷。楊素工帖括，不嫻詞賦，窘極，四鼓走訪余館中，長跽乞憐。余不得已，披衣起，爲代作，破曙甫畢。猶記末一聯云：「倘思玉汝於成，一篇之誥原在；不畏金吾之戒，三章之法何存？」潘君極賞之，并贈金以歸。

今關神武廟徧海内，然柱帖絶少佳者。余少時曾代人作二聯，云：「一樣英雄感騅逝，千秋家國尚鵑啼。」又云：「《左傳》癖應開杜預，季興功足抵岑彭。」近遊三天洞，道出孫家埠，里人方新神廟，乞作一柱聯長句，余爲題云：「稍緩須臾，匝歲即元稱章武；庶幾夙夜，一篇亦志在《春秋》。」

前人詩云「老健方知妬婦賢」，亦有所本。《北史・隋獨孤后傳》：「后性尤妬忌，崩後，宣華夫人陳氏、容華夫人蔡氏俱有寵，帝頗惑之。由是發疾，至危篤，謂侍者曰：『使皇后在，吾不及此。』」則知妬婦亦有可取者。然若魏孝文幽后、齊馮淑妃等，身不正而復妬，則又獨孤后之罪人矣。

同年李賡芸，字許齋，才學兼茂，以二甲第二人成進士，以爲必預館選。然是科一甲三人皆江南人，故李遂以知縣即用。余送之出都，詩末云：「郎官改祕閣，此例亦有舊。二十有七人，待子成列宿。」後李以循吏著聲，今見官浙江嘉興府太守。而黄主事鉞，遂以能書被薦入懋勤殿，未幾，對品改贊善，擢中允，竟符列宿之數。

今世士惟務作詩，而不喜涉學，逮世故日膠，性靈日退，遂皆有「江淹才盡」之誚矣。《北齊書・孫搴傳》：「邢邵嘗謂之曰：『更須讀書。』搴曰：『我精騎三千，足敵君羸卒數萬。』」豈今之不務讀書者，胸次皆有孫搴三千精騎耶？

錢州倅坫，工篆書，然自負不凡，嘗刊一石章云：「斯冰之後直至小生。」余嘗戲之曰：「是何足道。張景仁淺陋下才，尚作蒼頡以來一人，斯、冰上視蒼公，卑卑不足道耳。」蓋《北齊書・儒林傳》：景仁以侍書致位通顯，遂除侍中，封建安王。故李百藥云：「自蒼頡以來，八體取進，一人而已。」蓋譏之也。

詩除《三百篇》外，即《古詩十九首》亦時有化工之筆。即如「青青河畔草」及「四顧何茫茫，東風摇百草」，後人詠草詩，有能及之者否？次則「池塘生春草」，春草碧色，尚有自然之致。又次則王胄之「春草無人隨意緑」，可稱佳句。至唐白傅之「草緑裙腰一道斜」，鄭都官之「香輪莫碾青青草」，則纖巧而俗矣。孰謂詩不以時代降耶？

詞臣掌誥册，固屬佳選，然亦隨時代爲榮辱。唐賈至世撰傳位册，詞林以爲美談。獨李昊世修降表，則世以爲口實矣。是雖才不逮至，然亦可悲其遇也。

袁大令枚詩，有失之淫艷者。然如「春花不紅不如草，少年不美不如老」，亦殊有齊、梁間歌曲遺意。又《月中苗歌》云：「胡蝶思花不思草，郎思情妹不思家。」詞雖俚，而亦有古意，不可以苗歌忽之也。

「人之將死，其言也善」。蓋死生之際，亦天良激發之時。宋陸務觀、近時吴偉業，皆詩中大作家也。陸臨終詩云：「死去應知萬事空，但悲不見九州同。王師北定中原日，家祭無忘告乃翁。」人悲之，人復敬之。吴臨終填《賀新涼》一闋，其下半闋云：「故人慷慨多奇節。爲當年沈吟不斷，草間偷活。艾灸眉頭瓜噴鼻，此事終當決絶。早患苦重來千疊。脱屣妻孥非易事，便一錢不值何須說。人世事，幾圓缺。」人悲之，人無惜之者。則名義之繫人，豈不重乎？若謝康樂臨命詩：「韓亡子房奮，秦帝魯連耻。本是江海人，忠義動君子。」則非由衷之談，世亦不能爲所欺也。最下則范蔚宗之「雖無嵇生琴，差有夏侯色。」則未死之際，已爲其甥所嘲，益不足言矣。

余有《論詩絶句》二十篇，中一首云：「早年壇坫各相期，江左三家識力齊。山下蘼蕪時感泣，息夫人勝夏王姬。」又辛酉年至太倉，過吴祭酒故居，一律云：「寂寞城南土一抔，野梅零落水雲愁。生無木石填滄海，死有祠堂傍弇州。《同谷》七歌才愈老，《秣陵》一曲淚俱流。興亡忍話前朝事，江總歸來已白頭。」亦悲之也。以江總倣之，才品適合。

西施古皆以爲吴王美女，獨司馬彪《莊子注》以爲夏姬。馮夷古皆以爲河伯，獨彪注述舊説以爲吕公子之妻。狙公古皆以爲老狙及狙之長者，獨彪注以爲典狙之官。彪，魏晉間博識大儒，必有所本，非苟爲異説者。

吾鄉雲車，相傳爲隋司徒陳杲仁守城時所製，不知即古雲梯遺製也。《墨子》：「公輸班爲雲梯。」《淮南・兵略訓》：「攻不待衝隆雲梯而城拔。」高誘注：「雲梯，可依雲而立，所以瞰敵之城中。」今吾鄉雲車，高亦與雉堞齊。惟古法以數十人推挽而前，今則以有力者一人肩之，爲不同耳。

英雄好色，奸雄反可以不好色。英雄好色者，所謂不修小節，如關長生之欲娶秦宜禄妻，李西平之欲挈西川妓歸，及郭汾陽、韓蘄王、常開平等皆是也。奸雄反可以不好色者，蓋别有大志，轉不以聲色爲意，如褚淵遺侍山陰公主，備見逼迫，卒不及亂。相傳明趙文華爲諸生時，館一富家，其夫已殁，妻甚少，慕趙風格，夜半叩門，趙詢知爲主人妻，堅不啓，明早託故辭館出，不與人言也。後淵轉以此爲世主所重，趙亦以此爲里鄙所推。安知二人不即以此爲盜名地耶？若王莽之買婢，詐云贈後將軍朱子元，隋煬之屏斥姬侍，獨與蕭后共處，則又强制之力，不久即敗露也。

郭象《莊子注》：「是猶對牛鼓簧耳。」今人云「對牛彈琴」，或本於此。

「亡息肯矜紅粉艷，避秦祇覺白衣尊。」從舅氏蔣侍御和寧少日《詠白桃花》詩也。「春風似翦頻頻削，秋露如珠不敢零。」舅氏《詠方竹》詩也。均有巧思。

瓜州東北，七十年前又漲一新洲，長廣四十里，土人名翠屏洲。洲上桃花極多，三月中，在焦公山望之，爛若錦繡，故又名桃花洲。王秀才豫，洲上詩人也，曾乞余作《桃花洲歌》。秀才與阮侍郎元、秦京兆瀛交最密，所著《種竹軒詩集》，京兆爲之序。

今人以九江郡西琵琶洲，謂得名於白傅爲江州司馬時聽商婦琵琶於此，因號琵琶洲。不知非也。《水經注・江水下》：「江水東逕琵琶山南，山下有琵琶灣。」考其道里，正在潯陽境内，則琵琶之名久矣。

北江詩話卷四

詩人不可無品，至大節所在，更不可虧。杜工部、韓吏部、白少傅、司空工部、韓兵部，上矣。李太白之於永王璘，已難爲諱。又次則王摩詰。再次則柳子厚、劉夢得。又次則元微之。最下則鄭廣文。若宋之問、沈佺期尚不在此數。至王、楊、盧、駱及崔國輔、温飛卿等，不過輕薄之尤，喪檢則有之，失節則未也。

昨歲遊廬山，憩於同年九江太守方君體官廨數日。廨後即庾公樓，太守以柱榜見屬，余爲篆一聯云：「半壁江山真劇郡，一樓風月幾傳人。」太守首肯。然頗嫌「劇郡」二字非古。余舉《三國志·王觀傳》示之，明帝即位，下詔書，使郡縣條爲劇、中、平，時觀爲涿郡守，遂上言以涿郡爲外劇。始折服也。唐楊倞《荀子注》云：「劇，囂煩也。」是魏時之劇、中、平，即今之衝、煩、疲、難所本。

今楷書之匀圓豐滿者，謂之「館閣體」，類皆千手雷同。乾隆中葉後，四庫館開，而其風益盛。然此體唐、宋已有之，段成式《酉陽雜俎·詭習》内有：「有官楷，手書。」沈括《筆談》云：「三館楷書，不可謂不精不麗，求其佳處，到死無一筆。」是矣。竊以謂此種楷法，在書手則可，士大夫亦從而傚之，何耶？本朝若沈文恪、姜西溟諸人之在聖祖時，查詹事、汪中允、陳奕禧之在世宗時，張文敏、汪文端之在高宗時，庶幾卓爾不群矣。至若梁文定、彭文勤之楷法，則又昔人所云「堆墨」書也。

本朝册封使至安南、琉球等國，海船中例載漆棺，以備不虞。棺上必釘銀牌十數枚，鐫曰「天使某人之柩」。蓋預防危險時，天使即朝衣冠，卧棺内，至船將覆，則棺外已施釘，令其隨流漂没。海船過而見之，或鈎取上船，至内地則告於有司，以還其家。必釘銀牌者，所以犒水手，無此，則恐見亦不撩取也。然事亦有所本。宋天聖中，御史知雜事章頻使遼，死於虜中。虜中無棺櫬，轝至范陽，方斂。自是遼人常造數漆棺，以銀飾之，每有使人入境，則載以隨行，至今爲例。事亦見《筆談》。

昔人笑馮道「忘攜《兔園册子》來」。然《兔園册子》，畢竟是唐及五代時習尚。若今日之習尚，吾見其龍頭雜事而已矣。又考《兔園册子》雖不傳，大要是類書之淺近者，雖不及歐陽詢、虞世南、徐堅之詳審，要亦其次也。蓋初唐人撰集，定無不舉來歷，匙自作聰明之弊，勝今日之《錦字箋》、《廣事類賦》遠矣。唐人及北宋人著書，皆有法度，故白《六帖》既遠勝孔《六帖》，《廣事類賦》去吴淑《事類賦》則又不可道里計矣。

唐宋詩人，永年者殊少。杜甫年五十九，李白年六十餘，王維年六十一，韓愈年五十七。《孟浩然傳》云：「年四十始遊京師，張九齡、王維雅稱道之。」今考張九齡以開元二十一年十二月作相，王維始從濟州參軍擢右拾遺，是浩然遊京師當在開元二十二年以後，至開元末，浩然已卒，是年亦不出五十。《高適傳》言五十始爲詩，其卒在永泰元年，年當在七十左右。白居易年七十五。宋歐陽修、王安石、蘇軾皆六十六。至南宋，則詩人老壽者多：陸務觀年八十六，楊廷秀年八十三，范成大年七十，尤袤年七十。

袁大令枚，自作《生輓》詩，雖極曠達，然尚不如豸青山人李鍇二語，蓋其胸次之高，悟道之早，又非大令所能及。其句云：「定知無物還天地，何不將身占水雲？」

余家藏古鏡極多，海馬蒲桃至十餘面，相傳皆漢時物也。六朝鏡亦四、五，内有二面形質極薄，而雕鏤甚工，疑皆宫禁中所用殉葬。其一背銘云：「天上見長，心思君王。」一背銘云：「久不見，侍前稀，君行卒，我安歸？」篆法工整，語亦悽艷。余在貴州，曾以「天上見長」鏡作消寒會詩題，亦曾以課多士。

倪進士模，居望江之大雷岸。余遊匡山回，阻風華陽鎮，因徒步二十里訪之。其讀書草堂距家三里，正面建德諸山，屋旁即雷港也。余以「二水山房」顔之。草堂後，小閣七間，積書至五萬卷，金石千餘卷。平生嗜古錢，撰《泉譜》四卷，極爲精審。時阻雨，留三宿乃去。談次，出其《懷人詩》三十首，乞爲點定。詩非所長，蓋學人之餘事耳。

趙州師道南，今望江令師範之子也，生有異才，年未三十卒。其遺詩名《天愚集》，頗有新意。五言如「海霞明雁路，松日淡僧衣」，「一庭如野闊，雙鶴並人長」，均係未經人道者。時趙州有怪鼠，白日入人家，即伏地嘔血死，人染其氣，亦無不立殞者。道南賦《鼠死行》一篇，奇險怪偉，爲集中之冠。不數日，道南亦即以怪鼠死，奇矣。

九江府署後，距城有樓三楹，人傳爲晉庾亮與殷浩等登眺之所，不知非也。亮鎮荆州時，治所實在今湖北武昌縣，土人名爲小武昌，以别於今武昌府，在江之北。樓正面江，故名南樓。若九江府在江南，有樓面江，乃北樓耳，何得云亮與浩等所登乎？余同年方太守體，以爲亮弟翼鎮江州時所築樓，近之。余有《庾樓》詩一篇云：「吴楚山川此上游，兹樓剛對武昌樓。南來傑閣推章郡，東下雄藩是石頭。頻歲舳艫趨海道，全家棣萼領江州。憑闌一望真無際，千點飛帆雜渚鷗。」蓋訂向來之誤也。《文選注》以此爲湓口南樓。

廬山甲於東南，然最勝者則文殊臺之陗，佛手巖之奇，黄龍寺之古樹，開先寺之飛瀑，可稱四絶。

楊兵備煒，少余三歲，與其從兄大令倫，皆童年舊交也。以戊戌庶常起家，官至南昌太守。公事去官，復緣衡工例，需次道員。今已發廣東，到日即署肇羅道矣。其《自嘲》一首，余極愛其頸聯，云：「舊叨甲第登瀛選，新署頭銜納粟官。」洵紀實也。

章炯，績溪人。詩酷嗜昌谷，己所作亦有神似者，如「娉婷鬼女夜行役，漆燈照見雙履跡。土花蝕面不分明，猶帶生前小桃色。」年甫三十卒，信乎其爲鬼才也。

江上舍藩，寓居江都，實旌德人也。爲惠定宇徵君再傳弟子，學有師法，作小詩亦工。其《過畢弇山宫保墓道》詩曰：「公本愛才勤説項，我因自好未依劉。」亦隱然自具身分。余識上舍已二十年，惜其爲飢寒所迫，學不能進也。

孟東野詩：「出門即有礙，誰謂天地寬。」非世路之窄，心地之窄也。即十字而跼天蹐地之形，已畢露紙上矣。杜牧之詩：「蓬蒿三畝居，寬於一天下。」非天下之寬，胸次之寬也。即十字而幕天席地之槩，已畢露紙上矣。一號爲「詩囚」，一目爲「詩豪」，有以哉。

「我未成名君未嫁」，同傷淪落也。「爾得老成余白首」，同悲老大也。用意不同，而寄慨則一。

馬融《西第頌》，陸游《南園記》，事甚相類。文人稱頌時宰功德，即杜工部、韓吏部亦不免，何況明吳與弼諸人乎？腕可斷，文不可作，真高人一籌者矣。

「粉白黛緑」，古人皆言「粉白黛黑」。《楚辭·大招》：「粉白黛黑，施芳澤只。」張揖、郭璞並云：「靚，粉白黛黑也。」「靚」與「艶」同。《玉篇》、《廣韵》並同：「䩄艶，青黑色。」

李善《文選注》成於唐顯慶三年，而《三都賦》皆標題云「劉淵林注」，恐係後人追改。《蜀都賦注》引《管子》曰「四民雜處」，即改「民」作「人」，豈其避太宗諱，而不避高祖諱者乎？

黔中田教諭鈞，能詩，嘗記其《題桃花源圖》一律内頸聯云：「青隴人耕無税地，紅燈兒讀未燒書。」頗有新意。乙卯八月初三日，十三府教官録科到者四人，都匀縣訓導殷象賢，南籠府訓導吴永輔，安順府訓導鄧成洛，平越府訓導冉奇瑜，試以《論語》題文一首，《秋海棠》詩八韵。吴永輔、殷象賢詩並可擅場。吴詩云：「無枝憑鳥宿，有葉庇蟲啾。」殷詩云：「浣露香彌潔，經風膩欲流。一枝酣午夢，數朶媚晴秋。」二人皆己酉拔貢生，詩筆清新，亦田教諭之亞也。

五丈原在郿縣西南，與岐山縣接界，原平如掌。余癸卯歲訪莊大令炘於郿縣，曾騎馬偏歷之。原盡處有諸葛忠武祠三楹，以漢前將軍關神武配。祠已荒圮，余有長句記游，末云「回風蕭蕭馬蹶起，如掌原平三十里」是也。丙寅三月，余在宣城，忽有主簿郭蘭芬投謁，自云岐山人，并言縣人已重新五丈原諸葛忠武祠，乞作一詩，以刊祠壁。余爲賦一律云：「五丈原高氣杳冥，三分國勢費調停。地形縱復輸中夏，天象居然見大星。丙魏尚慚真宰相，孫曹同媿小朝廷。茫茫川阜仍如昔，渭水蒼凉太乙青。」郭，本縣學生，亦頗能詩，惜到任未半歲即卒。

僧果仲詠王昭君詩：「和戎原漢策，遣妾亦君情。」論斷平允，可以正前人「漢恩自淺胡自深」諸句之失。

贈人詩，能確切不移，則雖應世之篇，亦即可以傳世。乾隆中，宜興湯侍御先甲，以建言爲上所知，旋即擢鴻臚卿。王太守嵩高，時在揚州安定書院代山長，劉侍講星煒贈詩云：「海内共傳真御史，殿中新拜大鴻臚。」人以爲稱題。乾隆末葉，蒙古伍彌泰以西安將軍入爲協辦大學士，旋即正揆席。孫兵備星衍乞萬進士應馨代作一詩賀之，内云：「唐代中書多節度，漢家丞相即將軍。」伍讀之，亦擊節。憶乙卯冬，余以黔中使竣入都，時畢尚書沅在辰陽籌餉，邀留數日，出其所定《靈巖山館集》屬題。官移一嶽，即編一集，蓋尚書自陝西、河南擢督湖廣，旋降撫山東，不久仍復舊尚書。一生愛才如命，使節所歷，五嶽又皆在部中，故余詩中一聯云：「諸生並致層霄上，五嶽分標各卷中。」前客河南撫署，亦有贈尚書詩曰：「管下名山皆有嶽，座中奇士盡談經。」時邵學士晉涵、孫兵備星衍、錢州判坫及余，皆在幕中耳。

余遊大別山日晚薄醉，歷山澗中，忽得一詩云：「朱顔壯士慘西日，白髮女史悲餘春。鬼桃初花怪鵩集，神幄半燼祆狐蹲。此時此景不沈醉，豈待三尺蓬蒿墳。」讀之覺有鬼氣，須更以醇酒沃之。

李善注《思舊賦》，引《文士傳》云：「嵇康臨死，顔色不變，謂兄曰：『向以琴來不？』曰：『已來。』康取調之，爲《太平引》，曲成，歎息曰：『《太平引》絶於今日耶。』」又引《嵇康别傳》曰：「袁左尼嘗從吾學《廣陵散》，吾每固靳之不與，《廣陵散》於今絶矣。」據二書，則《太平引》、《廣陵散》當係二曲，康臨刑所彈者《太平引》，而又憶及《廣陵散》也。故余《詠史》詩曰：「交若不擇人，巽穢籍猖獗。《太平》與《廣陵》，二曲一時絶。」

李善注《文選》，雖止究音訓，然亦間正文義。如江淹《恨賦》「或有孤臣危涕，孽子墜心」，善注云：「心當云危，涕當云墜，江氏好奇，故互文以見義耳。」然實亦不然，《漢書·揚雄傳》「猋泣雷厲」，既可云「猋泣」，即可云「危涕」。《字書》亦云：「猋，疾也。」又昔人云「心膽俱墜」，則「墜心」亦無不可。蓋江氏雖好奇，而亦無礙義訓也。

王昭君賜單于一事，《琴操》之言，最得其實。云王昭君者，齊國王襄女也，年十七，獻元帝。會單于遣使請一女子，帝謂後宮欲至單于者起。昭君喟然而歎，越席而起。乃賜單于。是昭君之行，蓋由自請。而《西京雜記》妄以爲事由毛延壽，説最鄙陋，而世俗信之，何耶？余曾有一絶正之云：「奇童請尺組，奇女請和戎。莫信無稽説，媸妍出畫工。」

莊刺史炘，余僚壻也，長余十歲，壬辰夏，始訂交於寧國試院之青雲樓。刺史博學能文，生平慕王深寧品學，輯其遺文，多至數卷，亦可見其勤矣。尤篤于友誼。余遣戍，道出邠州，刺史正官其地，固留二日，瀕行稱貸贈贐。余到戍百日，曾兩得刺史書，以文與可戒蘇和仲詩相勖，所謂「北客若來休問訊，西湖雖好莫題詩」是也。余至今感之。今歲客宛陵，偶登祐聖閣，望青雲樓，有懷刺史一律云：「五千里外談遊迹，三十年來歎離群。」即指訂交之始言之。

余在黔中，與彭廷棟、花連布兩軍門交最厚。後二君皆進勦銅仁苗匪，先後死國事。彭死正大營，而花之死尤烈。其諭祭碑文，余在翰林時所製，叙死節事頗詳，亦藉以報知己也。平時飲量尤洪，至數斗不亂。在軍營時，余曾作《平苗凱歌十章》，寄福文襄相國，内一首云：「出險方看建鼓旗，居然絳灌列偏裨。前軍早報花連市，已解長圍入永綏。」其才勇可知。

唐韓翃詩「日暮漢宮傳蠟燭」，然燭之用蠟，究不知起於何時。《楚辭》云：「蘭膏明燭，華容備些。」《文子》曰：「膏燭以明自銷。」《史記》曰：「始皇冢中，以人魚膏爲燭。」是古燭炬之外，或亦以膏爲之，亦稱爲脂燭是矣。桓譚《新論》：「燈中脂炷，燋秃將滅。」徐廣曰：「人魚似鮎，四足。」《正義》引《異物志》云：「人魚似人形，長尺餘，始皇冢中以人魚膏爲燭，即此。」大抵古人之燭，或用麻，或用木蓼，或用胡麻，或用脂膏，並無所謂蠟燭。《潛夫論・遏利篇》始有「脂蠟明燈」之語。三國以後，方屢見於書。《晉書》及《世説》：石崇及石季龍皆以蠟燭炊。又《晉書・周顗傳》：顗弟嵩以蠟蠋投顗。《後魏書》：世祖南伐，劉義恭獻蠟燭至。齊、梁間并有詠蠟燭詩。合此數事觀之，蠟燭容起於東漢以後。詩人之詩，固不必責以考據也。《説文》亦無「蠟」字。《玉篇》、《廣韵》：「蠟，蜜滓也。」《西京雜記》雖有閩越王獻高帝蜜燭事，然《雜記》所言，本非可據。又按《南粤王趙佗傳》，祇言獻桂蠹一器。應劭注云：「桂蠹，中蝎蟲也。」桂蠹係可食之物，故小顏云：「此蟲食蓼，故味辛，而漬之以蜜食之。」《西京雜記》之蜜燭，蓋因桂蠹而附會耳。然亦可知蠟燭之制，必起於粤中，以其地有蜜滓也。

鍾會《遺榮賦》、潘岳《閒居賦》，似乎能不汲汲於仕宦矣，然實皆中躁而外恬，心競而迹讓，非僅不能欺人，亦並不能自欺也。

「采菊東籬下，悠然見南山」，忘世之侶，其天機活潑如此。即《陳風》詩人「衡門之下，可以棲遲」之遺意也。「南登霸陵岸，回首望長安」，憫時之儔，其情致纏綿若此。即《周南》詩人「陟彼高岡，我馬玄黄」之遺意也。余故謂魏、晉人詩，去《三百篇》未遠。

牛女七月七夕相會，雖始見於《風俗通》。至曹植《九詠》注，始明言牽牛爲夫、織女爲婦。自此以後，遂皆以爲口實矣。近時沈文慤德潛《七夕感事》一篇，極自然，亦極大方，其一聯云：「只有生離無死別，果然天上勝人間。」蓋沈時悼亡期近故也。近時七夕詩，遂無有過此者。即沈全集中詩，亦無過此二語者。

今人云：凡食鼈者，不得復食莧。蓋莧能生鼈，二者同食，恐於腹中作蟲耳。古食禁方即有之，《淮南畢萬術》亦云：「青泥殺鼈，得莧復生。」可證。又《畢萬術》云：「燒黿致鼈。」許慎注云：「取黿燒之，鼈自至。」試之亦殊驗。

余友黄文學肇書，平生事事謹飭，即作家書寄兒子，亦必閉門具草，竟日方竣，其生徒常笑之。然作家書本最難，魏文帝《典論》亦引里語曰：「汝無自譽，觀汝作家書。」余嘗以此觀親戚朋友，其家書之簡净明晰，詞約而理足者，必善爲文者也。

詩各有所長，即唐宋大家，亦不能諸體並美。每見今之工律詩者，必强爲歌行古詩，以掩其短，其工古體者，亦然。是謂舍其所長，用其所短。心未嘗不欲突過名家、大家，而卒至於不能成家者，此也。

高青丘詩，高華而未沈實，則年限之也。李空同詩，蒼莽而未變化，則意氣之虚憍害之也。大抵兩家詩不可以觀全集，唯膾炙人口者佳耳。

詩人所遊覽之地，與詩境相肖者，惟大、小謝。温、台諸山，雄奇深厚，大謝詩境似之。宣、歙諸山，清遠綿渺，小謝詩境似之。

遊山詩，能以一二句檃括一山者最寡。孟東野《南山》詩云：「南山塞天地，日月石上生。」可云善狀終南山矣。近日畢尚書沅《登華山》云：「三峰三霄通，一嶽一石作。」余丙午歲《遊嵩高山》云：「四面各萬里，兹山天當中。」或庶幾可步武東野。

顧寧人詩有金石氣，吴野人詩有薑桂氣。同時名輩雖多，皆未能臻此境也。

王文簡之學古人也，略得其神，而不能遺貌。沈文慤之學古人也，全師其貌，而先已遺神。用前人名句入詩，仿於元遺山，而成於王文簡。然必不得已，則用其全句可也。若王文簡用杜詩「意象慘淡經營中」，而必改末一字爲「成」字，非湊韵，則直欲掩其迹耳。點金成鐵，其能爲文簡解乎。

詩可以作、可以不作，則不作可也。陸劍南六十年間萬首詩，吾以爲貽誤後人不少。

吾鄉「六逸」詩，惟揚起文宗發天分最高，故所爲詩，亦度越流輩。録其《春日飲友人花下》云：「桃花已紅顔，李花已白首。鮑家復值湯惠休，千載風流一杯酒。緑烟滿堂吹不開，明月欲去花徘徊。人間到底不能别，除是襄陽醉裏回。」無意學太白，而神致似之。

「言爲心聲」，固也。然必謂製危苦之詞者，所遇必窘阨；作吉祥之語者，處境必豐腴，則亦不然。吾鄉楊孝廉印曾及猶子上舍敦復，一生喜作金華殿中語，然孝廉一第後，即客死於外；上舍則垂老不遇，並不免飢寒，則又事之不可解者。

劉明經大猷，工制舉業，窮老不遇而卒，人不知其能詩也。嘗讀其《臨安懷古》二十截句，多未經人道語。如《岳忠武墓》云：「地下若逢于少保，南朝天子竟生還。」可云警策。

凡作一事，古人皆務實，今人皆務名。即如繪畫家，唐以前無不繪故事，所以著勸懲而昭美惡，意至善也。自董、巨、荆、關出，而始以山水爲工矣。降至倪、黄，而并以筆墨超脱，擺脱畦徑爲工矣。求其能繪故事者，十不得三四也，而人又皆鄙之，以爲不能與工山水者並論。豈非久久而離其宗乎？即詩何獨不然。魏晉以前，除友朋答贈、山水眺遊外，亦皆喜詠事實，如《古詩爲焦仲卿妻作》以迄諸葛亮《梁父吟》、曹植《三良詩》等是矣。至唐以後，而始有偶成漫興之詩，連篇接牘，有至累十累百不止者，此與繪事家之工山水何異。縱極天下之工，能借之以垂勸戒否耶？是則觀於詩、畫兩門，而古今之升降可知矣。

錢閣學載《詠丁香》詩云：「曉風纓絡索垂地，細雨玲瓏玉倚天。」頗極體物之工。

詠物詩有實賦者，近人《詠臙脂》云「南朝有井君王入，北地無山婦女愁」等是也。有虚摩者，全椒張明經龍光應試《詠艾人》云「抱病七年嘗憶爾，多情五日又逢君」等皆是。

或曰：「今之稱詩者衆矣，當具何手眼觀之？」余曰：「除二種詩不看，詩即少矣。假王、孟詩不看，假蘇詩不看是也。何則？今之心地明了而邊幅稍狹者，必學假王、孟；質性開敏而才氣稍裕者，必學假蘇詩。若言詩能不犯此二者，則必另具手眼，自寫性情矣。是又余所急欲觀者也。」

詩有俚語而可傳者，江寧燕秀才山南句云：「神仙怪底飛行速，天上程途不拐彎。」思之卻有至理。

嚴侍讀長明詩致清遠，善能借古人意境轉進一層。記其在《秦中消寒四集・同詠蠟梅》句云：「幾時過小雪，一樹恰斜陽。」可云工巧。然生平不能造意、造句，是以尚難方駕古人。

吾友孫君星衍，工六書篆籀之學，其爲詩似青蓮、昌谷，亦足絶人。然性情甚僻。其客陝西巡撫畢公使署也，嘗眷一伶郭芍藥者，固留之宿，至夜半，伶忽啼泣求歸，時戟轅已鎖，孫不得已，接長梯百尺，自高垣度過之，爲邏者所獲，白於節使，節使詢知其故，急命釋之，若惟恐孫之知也。後酒間淩肆益甚，同幕者不勝其忿，爲公檄逐之。檄中有「目無前輩，淩轢同人」諸語，節使見而手裂之，更延孫别館，有加禮焉。時程編修晉芳，以貧病乞假詣西安，節使虚上室迎之，未數日即病，節使率姬侍，爲料理湯藥，不歸寢者旬日。及卒，凡附身附棺之具，節使及余輩皆躬親之，不假手僕隸也。一日兩舉哀，官吏來弔者，竟忘程爲客死矣。櫬歸日，復以三千金恤其遺孤。時言舍人朝標投節使一詩曰：「任昉全家欣有託，禰衡一箇儘容狂。」洵實録也。孫後以乾隆丁未第二人及第，自編修改部，今官山東督糧道。

謝玄暉有《之宣城出新林浦向板橋》詩，宣城圖經及方志、藝文載此詩，土人遂以今城東十里新林浦板橋當之，不知非也。景定《建康志》：「板橋在江寧縣城南三十里，新林橋在城西南十五里。」《金陵故事》：「晉伐吴，丞相張悌死之。悌家在板橋西。」《揚州記》：「金陵南沿江有新林橋，即梁武帝敗齊師之處。」新林、板橋皆沿江津渡之所，玄暉自都下赴宣城，故先經新林，後向板橋也，詩首二句即云「江路西南永，歸舟東北騖」是矣。若今宣城東新林浦板橋，距江甚遠，何得云「天際歸舟」、「雲中江樹」乎？圖經、方志誤認「之宣城」三字，即以爲二地皆在宣城，非也。李太白詩「獨酌板橋浦，古人誰可徵？玄暉難再得，灑酒氣填膺」，即指謝此詩而言。

揚州舊城有文選樓，土人相傳，以爲梁昭明撰《文選》之處，不知非也。昭明未嘗至揚州，蓋實隋曹憲注《文選》之樓。李善即憲弟子，亦州人也。余曾有詩正之曰：「隋唐開選學，曹李足名家。一代人材盛，兹樓歲月賒。户通金屈戌，城傍玉鈎斜。借問今時彦，何人擅五車？」

北江詩話卷五

李太白詩，不特天才卓越，即引用故實，亦皆領異標新。如「蓬萊文章建安骨」，《後漢書・竇章傳》：「是時學者稱東觀爲老氏藏室，道家蓬萊山，鄧康遂薦章入東觀，爲校書郎。」是白所言「蓬萊文章」，即東觀文章也。《俠客行》「鄲邯先震驚」，邯鄲古未有倒言「鄲邯」者，然張宴《漢書注》：「邯山在邯鄲縣東城下。單，盡也。」是「鄲邯先震驚」，爲盡邯山之地皆震驚耳。白詩不肯作常語如此。他若《行路難》、《上雲樂》等樂府，皆非讀破萬卷者，不能爲也。

乾隆中葉以後，士大夫之詩，世共推袁、王、蔣、趙矣。然其詩雖各有所長，亦各有流弊。好之者或謂突過前哲，而不滿之者又皆退有後言。平心論之，四家之傳，及傳之久與否，亦均未可定。若不屑於傳與不傳，而決其必可不朽者，其爲錢、施、錢、任乎。宗伯載之詩精深，太僕朝榦之詩古茂，通副澧之詩高超，侍御大椿之詩淒麗，其故當又求之於性情、學識、品格之間，非可以一篇一句之工拙定論也。今四家俱在，試合袁、蔣等四家並觀之，吾知必有以鄙言爲然者矣。太僕詩以四言、五言爲最，次則歌行，即近體亦别出杼軸，迥不猶人，讀其詩，可以知其品也。五言《哭亡婦》云：「白水貧家味，紅羅舊日衣。」七言《志感》云：「委蛇歲月羞言禄，寂寞功名稱不才。」何婉而多風若此！侍御於三《禮》最深，所著《深衣考》等，禮家皆奉爲矩度。故其詩亦長於考證，集中金石及題畫諸長篇是也。然終不以學問掩其性情，故詩人、學人，可以並擅其美。猶記其《送友》一聯云：「無言便是别時淚，小坐强於去後書。」情至之語，余時時喜誦之。

本朝文教覃敷，即異域人亦皆工於聲律。余嘗見滇中土司李鴻齡詩，幾欲俯首至地。鴻齡雖寄居蒙自，實緬甸國人。五言歌行實有奇趣，近體則倜儻風流，幾欲合方城、玉谿爲一手，與粵東之黎洵可稱勁敵。誰謂九州之外、六經之表，無奇傑偶偉之士乎？

余嘗讀《魏書·崔浩傳》，而歎其學識迥非代、朔諸臣所能冀及。然至於殊死者，史家以爲非毁佛法所致。豈其然哉？蓋其人事事欲見己之長，遂事事欲形人之短耳。其論王猛、慕容恪、劉裕，可云當矣。余則以此論浩，曰：「若崔浩之達識，魏太武之荀彧也。以浩觀之，而高允爲不可及矣。」余嘗有《詠史樂府》論浩、允云：「臣才區區勞奬識，清河司徒臣不及。」蓋謂此也。

近時詩之能學盧玉川者，無過江寧周幔亭，有《詠僕夢魘》詩云：「被我一聲嗽，跌碎夢滿地。」可謂奇而入理矣。次則上虞張上舍鳳翔，其《詠西瓜燈》云：「藍團盧杞臉，醉劊月支頭。」

杜工部詩「赤岸水與銀河通」，前人即以在今江寧六合縣者當之。郭璞《江賦》所云「鼓洪濤於赤岸」，李善《文選注》：「赤岸在廣陵輿縣。」是也。余以爲雖詩人放筆所及，固不可以道里繩之，然地勢畢竟太迴遠。《水經注·河水下》引《孝經援神契》曰：「河者，上應天漢。」《西京雜記》亦有「河水上通天河」之説。則此赤岸當以在黄河者爲是。今考《水經注》：「大河又東逕赤岸北，即河夾岸。」下引《秦州記》「枹罕有河夾岸，岸廣四十丈」云云，是赤岸在枹罕縣矣。上距河源甚近，當即工部詩所云

「與銀河通」者也。

詩奇而入理，乃謂之奇。若奇而不入理，非奇也。盧玉川、李昌谷之詩，可云奇而不入理者矣。詩之奇而入理者，其惟岑嘉州乎。如《遊終南山》詩：「雷聲傍太白，雨在八九峰。東望紫閣雲，西入白閣松。」余嘗以乙巳春夏之際，獨遊南山紫、白二閣，遇急雨，回憩草堂寺，時原空如沸，山勢欲頽，急雨劈門，怒雷奔谷，而後知岑詩之奇矣。又嘗以己未冬杪，謫戍出關，祁連雪山，日在馬首，又晝夜行戈壁中，沙石嚇人，没及髁膝，而後知岑詩「一川碎石大如斗，隨風滿地石亂走」之奇而實確也。大抵讀古人之詩，又必身親其地，身歷其險，而後知心驚魄動者，實由於耳聞目見得之，非妄語也。

《北史·盧思道傳》：「年十六，中山劉松爲人作碑銘，以示思道，思道讀之，多所不解，乃感激讀書，師事河間邢子才。後復爲文示松，松不能甚解，乃喟然歎曰：『學之有益，豈徒然哉。』」余嘗有詩曰：「劉松製碑銘，思道難了了。思道既讀書，爲文松不曉。信知學益人，飢者待之飽。明明愚與智，一日互顛倒。詞章尚如此，何況窮理道。百事且勿營，扃門讀書蚤。」觀思道之言，而益知孫搴之妄矣。《李謐傳》：「少師事孔璠，數年後，璠還就謐請業。」與此同。

體物之工，後人有未及前人者。即如漢、唐以來，詠蘭詩亦至多矣，而《楚辭·九歌》以二語括之，曰：「緑葉兮素枝，芳菲菲兮襲予。」祇八字而色、香、味並到。詠橘詩亦多矣，而《九章》之《橘頌》以十四字括之，曰：「曾枝剡棘，圓果摶兮。青黄雜糅，文章爛兮。」祇四語而枝、葉、蒂、幹、花、實、形狀、采色並出。後人從何處著筆耶？

《唐書·白居易傳》：「嘗與胡杲、吉皎、鄭據、劉真、盧貞、張渾、狄兼謩、盧貢燕集，皆高年不仕者，人慕之，繪爲《九老圖》。」按居易集中，亦歷述九人官爵、里居、姓字，以年齒爲序，蓋事實仿於後魏中書令高允之《徵士頌》，歷載中書侍郎固安侯范陽盧元子真等三十四人，而各係以頌，其前後當亦以年爲次。吾鄉莊氏南華九老會，其附入者，又二十一人。石門君之孫徵君宇逵，亦各爲頌以繫之，亦仿允之例也。余曾爲作序，見集中。

杜工部之在嚴鄭公幕府也，所作詩與鄭公不同。杜牧之之在牛奇章幕府也，所作詩與奇章公不同。歐陽文忠公之在錢思公幕府也，思公學「西崑」，而文忠則學杜。陸渭南之在范石湖幕府也，石湖主清新，而渭南則主沈鬱。故能各自名家，并拔戟自成一隊。即明沈明臣、徐渭之在胡梅林幕府，梅林雖不作詩，然二君亦皆能各極所長。雖督府嚴重，尚各有脱略儀檢、不可一世之槩。惟吾鄉邵山人長蘅，初所作詩，既描摩盛唐，苦無獨到，及一入宋商丘幕府，則又亦步亦趨，不能守其故我矣。人或以其名重，尚艷而稱之。吾以爲其品既不及前脩，則其詩亦更容論定也。

唐杜光庭爲道士，撰集諸道經，多以己説參之，俗語稱「杜撰」，或以爲即始於此，非也。《顔氏家訓·雜藝篇》：「江南閭里間有《畫書賦》，乃陶隱居弟子杜道士所爲，其人未甚識字，輕爲軌則，託名貴師，世俗傳言，後生頗爲所誤。」考林罕《字源偏旁小説序》「又作《隸書賦》」云，假託許慎，頗乖經據。實則陶先生弟子杜道士所爲，大誤時俗。吾家子孫，不得收寫」云云。余意「杜撰」二字，蓋出於此。然兩人皆姓杜，又同爲道士，又皆工作僞，可怪也。余嘗有《消夏十絶》，其一云：「有鵝欲换書，寧取羲之媚？不學兩道流，後先工作僞。」

岳陽樓望洞庭湖詩，少陵一篇尚矣。次則劉長卿「叠浪浮元氣，中流没太陽」，余以爲在孟襄陽「氣蒸雲夢澤，波撼岳陽城」二語之上，通首亦較孟詩遒勁。

余昨過錢清鎮，有閨閣詩人孫秀芬，欲執贄門下，余婉辭卻之。然閲其所作中有《詠夕陽》一律，其頸聯云：「流水杳然去，亂山相向愁。」居然唐賢興到之作。余歎賞久之，以爲可以配「王曉月」也。

高麗使臣朴齊家，工詩及畫。其入貢也，慕中國士大夫，每有一面，輒作《見懷詩》一章，多至五十餘首，可謂好事矣。按：朴本吴越著姓。《東國通鑑》云：「新羅景明王七年，吴越國文士朴嚴投高麗，爲春部少卿。」吴任臣《十國春秋・吴越武肅王世家》亦云：「天寶十六年，我國文士朴嚴之裔，自唐末至今已八九百年，尚爲其國文學侍從之臣，世澤可云長矣。」

文宋瑞有《己卯十月一日至燕》詩：「黄粱得失俱成幻，五十年前元未生。」蓋是時信國正五十也。與阿文成《五十自壽》詩「四十九年前一日，世間原未有斯人」，二公之詩不謀適合，均不愧英奇本色。

李昌谷「酒酣喝月使倒行」，語奇矣，而理解不足。若宋遺民鄭所南「翻海洗青天」句，則語至奇，而理亦至足，遂爲古今奇語之冠。

陳明經增，海寧人，束髮即有詩名。然屢試不第，人以「三十老明經」目之。余識之於江陰官廨，出近作就正，因決其必當遠到。其詩尤工七言，如《雜興》云：「未開桃李村無色，來話桑麻客有情。」《齋居》云：「騎月雨從春後積，出山雲在樹頭濃。」《閨意》云：「紅樓日晚愁多少，翠被春寒夢有無？」

《牡丹》云：「一尺梳鬟争玉面，千金論價買春風。」其《詩箴》十六篇，學司空表聖體，亦有新意。

年家子管學洛，工制舉業，四十不售，遂入貲爲郎。然詩與詞皆工，實爲後來之秀。記其《雨中牡丹》四絶，末一首云：「小窗燈影照無眠，簷漏聲聲欲曙天。更比落紅還可惜，倚闌人不似當年。」可云丰神絶世。其《賀新涼》詞中數語云：「恨不奮身千載上，趁古人未説吾先説。」亦有新意。

唐有兩李龜年。一在僖宗時，見《五代史・南詔蠻下》，云「僖宗幸蜀，募能使南詔者，得宗室子李龜年」云云。是李龜年又唐之宗室也。

詩之遇合，有得之於柱帖者。吾鄉錢侍講名世，未遇時，留滯京邸。歲除，幾無以爲生。時新城王文簡官刑部尚書，素好士，錢不得已，以春帖子干之云：「尚書天北斗，司寇魯東家。」文簡大契之，周邮甚至，并爲延譽，錢不久遂登上第。

乾隆間，丹徒鮑山人皋，旅客維揚。時博陵尹少宰會一以前巡撫視鹺邗上，方抵任，商人浼山人爲聽事柱聯，山人書十六字云：「淮海維揚，貢金三品；文武吉甫，爲憲萬邦。」少宰一見，賞歎欲絶，知爲山人所作，遂延入爲上客。山人一生温飽，皆十六字之力也。

徐凝《廬山瀑布》詩：「終古長如匹練飛，一條界破青山色。」東坡以爲惡詩，是矣。然東坡詩如「嶺上晴雲破絮帽，樹頭曉日挂銅鉦」諸聯，獨非惡詩乎？且非獨此也，「銅鉦」又屬凑韵。嘗有友人子以詩見示，筆甚清脆，卷中忽以「銅鉦」二字代曉日，予曾諭之曰：「東坡此種，最不可學，今用庚字韵，故曰銅鉦；若元字韵，則必曰銅盆；寒字韵，則必曰銅盤；歌字韵，則必曰銅鍋矣。」坐客皆失笑。韓退之「縞帶銀杯」，亦同此類。

里中楊氏，自前明至國朝，科第不絶，土人傳爲「旗竿里楊氏」是也。其子弟會文之所曰騰光館，饒有泉石之勝。凡外人預斯會，得雋者又數十人。余童年亦預焉。然楊氏子弟工制藝者極多，若以詩名者，惟上舍元錫爲最。所著有《攬煇閣集》，歌行尤擅場，五、七言律詩亦豪宕自喜。五言如「狂名千載後，心事一杯中」，「幾人能小住，終歲爲誰忙」，「萬瓦露華白，一窗燈影紅」。七言如「論才直欲兒文舉，罵坐猶能弟灌夫」，「雲泥可隔交終淺，蕉鹿相尋夢或真」，《屋漏牆圮》云「難使壁如司馬立，竟無垣與段干踰」。皆戛戛獨造，非尋行數墨者所能到也。

秋試揭曉，順天、江南類皆在重九前後。揚州申副憲𪻐，官京師日，重九日同人集黑窑廠，登高賦詩云：「古來重九西風冷，明日長安落葉多。」蓋是年以初十日揭曉也。人傳誦以爲工。今歲余偶在里中，重九前同人日日讌集，聞江寧當以初七日揭曉，亦賦一詩云：「回風已墮千林葉，冒雨誰登九日樓？」皆借落葉以喻報罷之人。惟此回揭曉在重九前，情事又不同耳。

余督學貴州日，曾兩值鄉試，甲寅、乙卯是也。先期即拔取十三府諸生之能文者，聚貴山書院中，院中生徒有額缺，余捐廉俸，爲廣額數十名。科、歲兩試，皆先期於五月前抵省。五月一日試諸生，頭場準例《四書》文三首，詩八韵，以一日夜爲限，二、三場亦然。余亦宿書院中，俟諸生交卷畢始歸。六月一日則試二場，七月一日則試三場。時總憲馮公光熊，方撫黔中，與余尤相契，每書院扃試日，亦分派文武員弁巡邏，以防傳遞。余又苦黔中無書，先令人於江、浙購買《十四經》、《二十二史》、《資治通鑑》、《通典》、《通考》以及《文選》、《文苑英華》、《玉海》等書，貯書院中，令諸生尋誦博覽。試三場日，并明諭諸生曰：「所問策皆在此數部中。諸生能各尋原委，條析以對，即屬佳士。不必束書不觀也。」後張吉士本枝、胡吏部萬青等，會試皆以對策獲雋，即其效矣。貴州中額祇四十名，甲寅科肄業書院者中至二十四名，乙卯科復中至二十七名，可云多矣。任滿日，督撫例以學臣賢否具摺入奏，時督臣爲大學士福康安，撫臣即總憲，即以此具奏，爲學臣課士之效。丙辰召見時，復蒙純皇帝垂詢及之，亦異數也。試後，余輒令院中生徒，録闈藝送署中，爲決去取，頗復不爽。乙卯歲，銅仁苗匪滋事，督、撫並在軍營，代辦監臨者爲鍾祥賀方伯長庚。是科余決院中生徒中式者當有八人，填榜日自第六名起，至四十名止，所擬者僅得五人。方伯好立異同，不待填榜，竟即笑向余曰：「使者此次決科，當有一二名遺漏矣。」余亦笑應之曰：「且待填畢再議。」及書五魁竟，則黄生鶴魁多士，張生本枝第二，胡生萬青第四，八人者竟無一不售。方伯忽大驚曰：「何術之神若此？」余曰：「此易曉耳。順天、江、浙大省，積卷至萬餘，可中可不中之卷又多，故難預定。若貴州則入試者僅三千人，其科歲試皆在三名以前者，平日能文可知。所懼者八韵詩、五道策，或擡頭不諳禁例，及有平仄失粘等病耳。余皆束之於書院中，一月數課，課藝成，皆面指其得失。則以上諸病，漸可以除。闈藝又復過人，寧有不售之理耶？」諸公皆悦服而散。

古詩「青青河畔草」一篇，連用叠字，蓋本於《離騷》、《九章》之《悲回風》。《離騷》以後，學騷者宋玉、賈誼、東方朔、嚴忌、王褒、劉向、王逸等若干人，而皆不及《騷》，以絶調難學也。陶淵明以後，學陶者韋應物、柳宗元以迄蘇軾、陳無己等若干人，而皆不及陶，亦以絶調難學也。庾信《哀江南賦》無意學《騷》，亦無一類《騷》，而轉似《騷》。王維、裴迪《輞川》諸作，元結《春陵》篇及《浯溪》等詩，無意學陶，亦無一類陶，而轉似陶。則又當於神明中求之耳。

《説苑》「鄂君乘青翰之舟，下鄂渚，浮洞庭，榜人擁楫而歌，鄂君舉繡被而覆之」云云。此鄂君當亦以封於鄂得名。按《史記·楚世家》：「熊渠伐庸揚粵至於鄂，乃立其中子紅爲鄂王。」《世家》蓋據《世本》，是鄂之名已久。即《楚辭》「乘鄂渚而反顧」，亦當在鄂君之前。而地理書乃云鄂渚以鄂君得名，其誤已不足辯矣。余戊辰年江行，曾有一絶正之曰：「楚詞鄂渚由來舊，轉説嘉名肇鄂君。一等荒唐不須述，朝爲行雨暮行雲。」

江夏縣有邵陵王廟，祀梁邵陵王綸，香火尚盛。余亦以詩正之云：「一間茅屋荆昭廟，卻有層臺祀此王。不敢更將碑石讀，傷心韋粲死青塘。」

自黄州至漢陽，江岸南北，名山極多。然山名大半起唐、宋時，非《禹貢》山川及《漢書·地理志》等之舊也。如大别、小别等山，誤始於唐李吉甫。内方山、壺頭山、烏陵峰等，誤始於宋樂史；漢川之赤壁山，誤亦始於吉甫。黄岡縣之赤壁山，本名赤鼻山，誤始於宋蘇軾。他若武昌縣亦有西塞山，通城縣有雞籠山，皆非舊地。蓋辯之不勝辯矣。大别、小别等考，在文集中。江行抵黄州，亦有一絶云：「坡老尚難知赤壁，路人更莫指烏林。惟餘鮑照書臺在，風月千年是賞心。」蓋謂此也。

劉長卿，開、寶進士，《全唐詩》編在李、杜以前，蓋計其年代，實與王、孟同時。然詩體格既殊，用意亦迴别。前人以長卿冠「大曆十子」，蓋以詩境而論，實異於開、寶諸公耳。即如同一謫官也，摩詰則云「執政方持法，明君無此心」，不特善則歸君，亦可云婉而多風矣。若文房之《將赴嶺外留題蕭寺遠公院》則直云「此去播遷明主意，白雲何事欲相留」，殊傷於婞直也。孟浩然之「不才明主棄」，亦同此病，宜其見斥於盛世哉。劉、孟之不及王，亦以此。

有心作衰颯之詩，白香山是也。如「行年三十九，歲暮日斜時」，夫年始三十九，何便至「歲暮日斜」？此有心作衰颯之詩也。若無心作衰颯之詩，則亦非佳兆，如顧况之「老夫年七十，不作多時別」，柳宗元之「從此憂來非一事，豈容華髮待流年」等詩是矣。余友黄君仲則，方盛年，忽作一詩云：「茫茫來日愁如海，寄語羲和快著鞭。」余竊憂之，果及中歲而卒。余六十後，忽以不得已事重赴漢江，將歸，同人餞於黄鶴樓江岸，以爲不更能作楚遊矣。余故反其意，作《留别》一首云：「未覺山公興便頹，殘年短景苦相催。瀕行不與仙人别，此世偏應一再來。」或亦自相慰藉之語耳。

武昌魚雖多，而味稍薄。即以鱘黄魚而論，産關以東者爲最，次則東南沿海。若武昌所産，則味鮮而實薄矣。惟槎頭縮頭鯿及鱖花，則洞庭湖者爲最，其次則武昌、黄州一帶江水中。余自九江泝流至漢陽，日市此二魚自給，飽飯後輒誦唐張志和「西塞山前白鷺飛，桃花流水鱖魚肥」一詞，爲之神往。

唐崔塗詩：「曹瞞尚不能容物，黄祖何因解愛才？」前人每以此二語爲禰正平一生定論矣，殊不知非也。知正平者，孔北海以外，惟祖一人。觀其謂「惟處士能道祖意中」語，則非不知己可知。其子又能使賦鸚鵡，則賞音復在一家是已。後正平之不得其死，實自取之。若以《春秋》誅意之法斷之，則殺正平者仍屬曹瞞，非黄祖也。曹瞞不肯居殺士之名，故送之劉表。表名列顧厨，又漢末之好名者，故又轉而至黄祖耳。即以三國鼎峙之主而論，諸毛繞涿，便以殺身，謂蜀先主能容之乎？張子布之積薪，虞仲翔之遠謫，倘歸之孫討虜，謂討虜能容之乎？是正平之殺身，本由素定，黄祖特不幸居殺正平之名耳。余前有詩云：「狂生不殺示有容，磨刀仍復及孔融。」非刻論矣。昨過鸚鵡洲，有感，又賦一絶云：「一杯酹爾楚江干，雪涕臨風感萬端。不解愛才仍嫁禍，平心黄祖勝曹瞞。」願與論世者更決之。其次則杜拾遺之於嚴武，亦正平之往事也。《雲溪友議》以爲武欲殺杜甫，冠鈎於簾者三，其母徒跣救之，始免。李白之《蜀道難》，爲房琯、杜甫而作也。事雖不可盡據，然觀其贈甫詩「莫倚善題《鸚鵡賦》」一語，則已兆殺機矣。甫之得免禍，亦幸已哉。平心論之，對其子孫斥名其祖父，事本難堪，即以此殺身，亦非盡嚴武之過也。

潘安仁之斥孫秀微時，蘇子瞻之揚章惇陰事，亦皆取禍之道，不可爲法。

康熙中葉，大僚中稱詩者，王、宋齊名。宋開府江南，遂有《漁洋緜津合刻》。相傳趙秋谷宫贊罷官南遊，過吴門，宋倒屣迎之，以《合刻》見貽。趙歸寓後，書一柬復宋云：「謹登《漁洋詩鈔》，《緜津詩》謹璧。」宋銜之刺骨。時王已爲大司寇，宋便中以千金貽之，欲王賦一詩，作王、宋齊名之證，王貽以一絶云：「尚書北闕霜侵鬢，開府江南雪滿頭。誰識朱顔兩年少，王揚州與宋黄州。」此詩不録集中，見盧運使見曾所輯《山左詩鈔》。若平心論之，趙固傷輕薄，然宋豈止不及王，亦并不及秋谷也。至吾鄉邵山人長蘅所作詩序，實係阿私所好，不足爲據。余過黄州日，憶及此事，亦曾賦詩云：「百年誰續雪堂遊，苦竹寒蘆起暮愁。畢竟後來才士少，詩名數到宋黄州。」未知諸君子以其言爲諦否？

北江詩話卷六

開、寶諸賢七律，以王右丞、李東川爲正宗。右丞之精深華妙，東川之清麗典則，皆非他人所及。然門徑始開，尚未極其變也。至大曆十才子，對偶始參以活句，盡變化錯綜之妙。如盧綸「家在夢中何日到，春來江上幾人還」，劉長卿「漢文有道恩猶薄，湘水無情弔豈知」，劉禹錫「懷舊空吟聞笛賦，到鄉翻似爛柯人」，白居易「曾犯龍鱗容不死，欲騎鶴背覓長生」，開後人多少法門。即以七律論，究當以此種爲法，不必高談崔顥之《黄鶴樓》、李白之《鳳皇臺》及杜甫之《秋興》、《詠懷古跡》諸什也。若許渾、趙嘏而後，則又惟講琢句，不復有此風格矣。

七律至唐末造，惟羅昭諫最感慨蒼涼，沈鬱頓挫，實可以遠紹浣花，近儷玉溪。蓋由其人品之高，見地之卓，迥非他人所及。次則韓致堯之沈麗，司空表聖之超脱，真有念念不忘君國之思。孰云吟詠不以性情爲主哉！若吴子華之悲壯，韋端己之淒艷，則又其次也。

皮、陸詩，能寫景物而無性情，又在唐彦謙、崔塗、李山甫諸人之下。

韋端己《秦中吟》諸樂府，學白樂天而未到。《聞再幸梁洋》、《過揚州謁蔣帝廟》諸篇，學李義山、温方城而未到。然亦唐末一巨手也。

王建、張籍以樂府名，然七律亦有人所不能及處。建之《贈閻少保》云：「問事愛知天寶日，識人皆在武皇前。」《華清宫感舊》云：「輦前月照羅衣淚，馬上風吹蠟炬灰。」籍之《贈梅處士》云：「講《易》自傳新注義，題詩不署舊官名。」《寒食内宴》云：「瑞烟深處開三殿，春雨微時引百官。」皆莊雅可誦。

《圖經》：「馮夷，華陰潼關里人也。服食成水仙，爲河伯。」今考王充《論衡》「夏桀無道，費昌問馮夷」云云，是馮夷尚屬夏末時人。然《山海經》已有「馮夷之都」，則與夏時馮夷又屬兩人。《地書》又云：「河伯馮夷者，本吕公子之妻。」是河伯又屬女子。三人皆名馮夷，皆爲水仙，又皆作河伯，可異也。馮、冰同音。

同年秦觀察維嶽，壯歲悼亡，即不置姬侍。雖官鹽筴，自奉一如諸生。詩不多作，然蹊徑迴殊，語語超脱。五言如《泊舟江岸》云：「江渚魚争釣，衡陽雁正回。」七言如《黄岡即事》云：「新茶雀舌關心久，舊牘蠅頭信手鈔。」他若《勘災展賑》諸作，則又仁人之言，語語自肺腑流出者矣。

昌黎詩有奇而太過者，如《此日足可惜》一篇内「甲午憩時門，臨泉窺鬬龍」，豈此時時門復有龍鬬耶？若僅用舊事，則「窺」字易作「思」字或「憶」字爲得。

皇甫持正不長於詩，故評詩亦未甚確。即如元次山詩文，皆别成片段，而持正乃云：「次山有文章，可惋只在碎。」余頗不爲然。下云「長於指敍」，始得次山梗概。蓋持正究長於評文，不長於論詩耳。

孟東野詩，篇篇皆似古樂府，不僅《遊子吟》、《送韓愈從軍》諸首已也。即如「良人昨日去，明月又不圓」，魏晉後即無此等言語。他若昌黎《南山》詩，可云奇警極矣，而東野以二語敵之曰：「南山塞天地，日月石上生。」宜昌黎之一生低首也。次則「上天下天水，出地入地舟。」造語亦非他人所能到。高常侍之於杜浣花，賀祕監之於李謫仙，張水部之於韓昌黎，始可謂之詩文知己。即如水部《祭韓公》詩云：「獨得雄直氣，發爲古文章。」亦惟此二語可該括韓公詩文，外若白太傅何常不傾倒昌黎，然僅云「户大嫌甜酒，才高厭小詩」而已。蓋韓、白詩派不同，故所言只如此而已。

李樊南之知杜舍人，亦非他人所及，所云「惟其有之，是以似之」也。

謫仙獨到之處，工部不能道隻字，謫仙之於工部亦然。退之獨到之處，白傅不能道隻字，退之之於白傅亦然。所謂可一不可兩也。外若沈之與宋，高之與岑，王之與孟，韋之與柳，温之與李，張、王之樂府，皮、陸之聯吟，措詞命意不同，而體格並同，所謂笙磬同音也。唐初之四傑，大曆之十子亦然。欲於李、杜、韓、白之外求獨到，則次山之在天寶，昌谷之在元和，寥寥數子而已。詩文並可獨到，則昌黎而外，惟杜牧之一人。

又有似同而實異者：燕、許並名，而燕之詩勝於許；韋、柳並名，而韋之文不如柳；温、李並名，而李之駢體文常勝於温。此又同中之異也。詩與駢體文俱工，則燕公而外，唯王、楊、盧、駱及義山五人。

杜工部、盧玉川諸人，工詩而不工文。皇甫持正、孫可之諸人，工文而不工詩。

元和、長慶以來詩人如白太傅、杜舍人，皆有節槩，非同時輩流所及，其寄情深色亦同。余昨有《題琵琶亭》二絶，云：「兒女英雄事總空，當時一樣淚珠紅。琵琶亭上無聲泣，便與唐衢哭不同。」其二云：「江州司馬宦中唐，誰似分司御史狂。同是才人感淪落，樊川亦賦杜秋娘。」

武元衡、沈詢皆死於非命，未死前一日，皆爲五言斷句，遂皆作詩讖。詢詩云：「莫打南來雁，從他向北飛。打時雙打取，莫遣兩分離。」果夫婦併命。元衡詩云：「夜久喧暫息，池臺惟月明。無因駐清景，日出事還生。」果日未出而先隕。又何其奇也。較潘岳《寄石崇》詩「投分寄石友，白首同所歸」，其驗尚在數年以後者，不爲異矣。

汪文學璨，旌德人，隨父賈於泰州，遂寄居焉。雖賈而工詩。其弟秀才璸，受業於余。璨時以所作託璸寄質，余心賞之，惜年未三十而卒。臨終屬其弟乞余爲作詩序，余憐而許之。猶憶其《寄婦》詩云：「不知何處秋砧急，錯認山妻擣藥聲。」《春閨》云：「陌上小桃紅不了，可能開到壻歸時。」蓋工於言情者。余序中以唐李觀爲比，李翺所云「觀之文如此，官止於太子校書，年止於二十九」。今璨功名止於上舍，生年亦止二十九，均可云才人命薄矣。弟璸亦能詩，其寒食訪余里第有句云：「寒食連番雨，桃花到處村。」

高侍郎啓，以宮詞「小犬隔花空吠影，夜深宮禁有誰來」二語賈禍，至於殺身。不知廸詩實有所承，語意非創自啓也。唐王涯《宮詞》三十首之一云：「白雪猧兒拂地行，慣眠紅毯不曾驚。深宮更有何人到，只曉金階吠晚螢。」詞意與廸詩略同，但較廸詩稍藴藉耳。

隋文帝獨孤皇后，以高熲呼之爲「一婦人」，遂銜恨刺骨。然唐太宗后長孫氏，亦開國皇后也，其病中諭太子，即自稱「一婦人」。何度量之相越，一至此也？卒之隋一傳而亡，唐延祚至四百年，亦未始不由於闔德矣。

古人卜葬，必先作買地券，或鐫於瓦石，或書作鐵券，蓋俗例如此。又必高估其值，多至千百萬。又必以天地日月爲證，殊爲可笑。然此風自漢、晉時已有之。明嘉靖中，山陰縣民於本縣十七都地墾得晉太康五年瓦莂，云：「大男楊紹，從土公買冢地一丘，東極闞澤，西極南縢，南極北背，北極于湖。直錢四百萬，即日交畢。日月爲質，四時爲任。太康九年九月廿九日，對共破莂，民有私約如律令。」後閱元遺山《續夷堅志》載曲陽縣燕川青陽壩有人起墓，得鐵券刻金字，云：「勑葬忠臣王處存，賜錢九萬九千九百九十九貫九百九十九文。」事在唐哀宗時。則唐、五代時土風尚然。其錢數必如此者，蓋不欲滿十萬，或當時俗例然耳。不知此例自何代始止。然今人於墓前列界石，書四至，尚本於此。余爲山陰童鈺題《楊紹買地莂歌》，在集中。

今人言一日十二時，若古人止有十時。《左傳》昭五年「卜楚丘，曰：日之數十，故有十時」是也。今人推禄命者言八字，若宋以前，只有六字。蓋第用年月日，不取時也。

《寧國府圖經》：「涇縣西五里有淳于棼故居。」云棼「南齊明帝時爲相國，嘗捨宅爲寺」云云。《名勝志》：「棼又作髡。」益非。今考唐李公佐《南柯記》云：「東平淳于棼，吴楚游俠之士，嗜酒使氣，不守細行，累巨産，養豪客，曾以武藝補淮南軍裨將，因酒忤帥，斥逐。家居廣陵郡東十里。」當即其人。下云「貞元九年九月，因沈醉致疾」云云。無論公佐此傳皆屬寓言，即實有其人，亦唐中葉人，非南齊也。又云官相國，豈幻夢中位居台輔，即信以爲實耶？《圖經》及方志蓋又因公佐所言而附會之，地理家遂采爲名勝古蹟，誤之誤矣。

又涇縣名宦，於三國吴時首列陳焦，云生有善政，死即留葬桃花潭側，宣德中《縣志》并載焦葬後七日，穿土化爲小兒，坐於墓上，久乃不見云云。皆因《吴志・孫林傳》於永安四年載安吴民陳焦死，埋之六日，更生，穿土中出。《太平廣記・再生部》引《五行志》亦同。二志並云安吴民，則非涇縣宰可知。方志之誣妄如此，而人輒信之，並列於祀典，何也？

詩雖小道，然實足以覘國家氣運之衰旺。即如五代晉時，馮道奉使契丹，高祖宴之於禁中，及使回，道賦詩云：「殿上一杯天子泣，門前雙節國人嗟。」蓋是時燕、雲十六州已割屬契丹，國勢奄奄，如日之垂暮。故雖宰相作詩，而氣象衰颯如此。至宋則不然，太祖、太宗之世，宇内漸已削平，景物熙熙，已若日之初煦，故李昉《禁林春直》詩云：「一院有花春晝永，八方無事詔書稀。」又《昌陵挽詩》云：「奠玉五回朝上帝，御樓三度納降王。」何等氣象。蓋同一宰相也，而吐屬不同如此，孰謂詩不隨氣運轉移乎？

謝靈運《山居賦》、李德裕《平泉草木記》，其川壑之美、卉木之奇，可云極一時之盛矣。然轉眼已不能有，尚不如申屠因樹之屋、泉明種柳之方，轉得長子孫、永年代也。蓋勝地園林，亦如名人書畫，過眼雲烟，未有百年不易主者。是知一賦一記，雖擅美古今，究與昭陵之以法書殉葬、元章之欲抱古帖自沈者，同一不達矣。

（姚蓉、劉蕾點校）

無聲詩話

無聲詩話提要

《無聲詩話》一卷，據嘉慶間刊《巖石詩鈔》本點校。撰者釋古巖，本名胡照，字見明。安徽涇縣長春庵僧。有《巖石詩鈔》等。此卷附於《詩鈔》後。書中記事署年者，最晚爲嘉慶十三年戊辰登幕山樓作畫，當成於此後不久。「無聲」者，即指畫也。故中多記畫事，略及畫派畫法，間以詩出之，然一主從「蒲團得來」，則必不能出色也。

無聲詩話一卷

涇上釋古巖胡照著

老杜云：「十日畫一水，五日畫一石。」意蓋欲矜重其技，非謂遲而後工也。近日操觚家輒云數十日始成一幅，殊與「能事不受相促迫」之意不相似矣。吾爲之捧腹。

此扇頭小景也，意欲訪靈壁、石谿一派。然以形較之，尚不能似，況神似乎。大抵此道不從蒲團得來，雖八法備具，終不能使木佛放光，照諸天世界。

己酉春，於南郊古香齋得覯肖巖先生《陽春烟景圖》，用筆森秀，極得北苑法。偶爾效顰，未免爲邯鄲之步矣。頃置之不甚留意，後見琴士忽爲許可云：「雖工緻不敵，自有一種蒼莽之氣，出入毫楮間。」因復爲題數語存之，殆所謂好醜不自知者耶？

邇來得静巖唐氏畫一大幅，諦審之，多用乾筆。其品最爲高雅，不在斤斤細巧也。用其意，作一小幅，雖復變之，不離本源，豈有舍古法而獨創者乎。

此倣王烟客法，得詩云：「一重遠樹一重山，萬里蒼茫咫尺間，擬結茅廬盤石頂，朝朝登嘯不知還。」隨意自玩，亦人間清曠之樂乎。時辛亥仲夏月上浣，寫於巧峰之麓。

近日畫家多以太倉派爲宗，視吾鄉先達蔑如也。吾以意爲之，雖深厚不及麓臺，似亦略得其生趣，識者鑒諸。

東坡詩云：「當其下手風雨快，筆所未到氣已吞。」可想見古人解衣磅礴之致。

董文敏云：「畫家須用勾染法，使其如雲氣冉冉欲墮，乃佳。」然此必絹素乃可，若近日市中所購新紙，雖宗伯再生，恐亦未能也。

山水自王右丞爲開山祖，而南北派以分。吾郡瞿山翁、黄太松後，不惟作者寥寥，解此道者亦不可多得矣。

吾輩作畫，當於氣韵求之。一入作家，雖樹木、峰巒蒼然有致，而習氣未除，未免爲有識所呵矣。

老杜詩云：「群山萬壑赴荆門。」自來山水家能寫得此句意出否？

予自歷瀟湘，得江山勝槩，起而追之，殊不應手。兹復强爲執筆，安得洞庭九疑從吾几席間出乎？

擬古人詩云：「曉來筆底起寒烟，興在高山流水邊。咫尺畫成千里勢，疎林穩繫釣魚船。」時甲寅嶺梅花發之月也，寫於彈指閣之右。

唐氏静岩嘗自題其畫曰：「余武夫，未能治五經，焉能通畫理？」然觀其筆下，沉厚之氣，殊不可當，斷非不讀書者所能爲也。余奉釋氏教，於儒術既茫乎其未有聞，而世所云筆墨中有禪機者，竊以爲空空不足道。因臨唐氏畫，附識於此。

予由鳩江逆流溯漢而上，江光泱漭，蕩滌塵垢，不覺胸中另有一段世界，忽忽從十指間出也。

旅寓維揚，久雨不出。時將初夏，烟雲變滅，草木鬱葱，數日間不覺衆緑滿目矣。輒圖一幅，殆不自知其興會之所至云。

雲林詩曰：「醉後揮毫寫山色，嵐霏雲氣淡無痕。」偶用其意作數筆，不知於先生語有合焉否？

近日紙多不受墨，惟扇頭及册頁稍可下筆。然好事者輒取市中所購促成之，安得有佳者？此在解人當自知也。

古之詠柳者多矣，而總以《三百篇》「昔我往矣」二語爲最。寫境者無以踰其境，道情者無以過其情。余每作柳枝，輒有「依依」字不能去諸懷，何古人之能移我情也。

柳之妙，宜風宜雨，宜晴宜月，宜臺亭，宜樓閣，宜長堤，宜板橋，宜春初，宜秋後，宜山間，宜水邊，宜居人，宜遊子，宜艷妝，宜素衣。予每拈毫，獨取唐人一語，曰「深柳讀書堂」。

香光居士云：「論畫當以目見者爲準，若遠指古人，不獨欺人，寔自欺耳。」近見款識，動云摹倣宋元，吾不知宋、元遺跡，果能留傳否也。其能免於自欺哉？時乙卯上巳節，識於百尺樓中。

古人云：字可生，畫不可熟。而近人但云用筆熟則妙，「生」之一字，竟無有能領略者。吾安得同好中取古人斯語，一再思之也。

春來苦雨，艱於出遊。呼童取泉煮茗，掃室熱爐，讀三王畫。偶有所得，輒臨一過，非敢謂繼跡前人，聊當卧遊丘壑間云爾。

丁巳冬十月，吴學山先生過訪。談論之間，如遇清風。越兩晝夜，即欲返輿。出素紙囑畫，爲擬董香光居士《秋江雲渺圖》。作數筆，不知法鑑以爲何如？

東坡《題子由棲賢僧堂記》云：「讀之覺巖巒飛瀑，逼人寒栗。」余以手繪擬之，其妙處又在不立文字也。一笑。

壬子秋，鄧君石如由新安過我，不遇，宿復齋館中。台巖先生出予《巖關古寺圖册》請題。後數日，予歸而讀之，因作扇頭小景以報。然翁詩多畫意，予畫苦無詩情矣，幸而教之則甚善。

昔石田翁少年作畫，紙不過盈尺。至晚年，則一日可得數大幅。可知古人才氣雖異尋常，亦必銖積寸累，乃能有此醇而後肆之作。不自量度，輒倣筆爲此幅，得無爲識者呵乎。詩云：「一幅鶩溪不肯裁，連篇屢牘作雲堆。何時倣得石田意，筆底千山萬水來。」時已未長至日，識於集虚樓之東偏。

歲在己未之春二月，梅抱村先生枉顧，出篋中《宇宙大觀畫册》示予。諦觀之，如有所得。先生索畫，時無佳紙，未應命也。近檢案頭，得素册，作五頁以報。其一種荒率蒼古之意，欲擬思翁，恐明鑑未肯許之。

丙辰，余客金陵。從梅石居先生假得董文敏山水，讀數日。戊午復訪之，則已爲有力者奪去，不勝悵然。己未冬，就遠溪雪公講席，遇素上人，言論之間，都成妙諦。余欲作丹青贈之，而筆墨疎懶，竟未能也。庚申春三月，聞上人主席方丈，予無以賀，爰拈毫，追憶董公之筆而摹繪之，還質上人，中有禪機否也？

世傳洪谷子善畫雲中山頂，四面峻厚。予近見梅石居先生家董宗伯小幅，烟雲變滅，如海上蓬萊，想亦洪谷子遺意也。作此，恨不能寄似石居。

予嘗於新安曹宫保家，得見王麓臺山水。相對匝月，其妙處時存心目之間，不能去也。今年夏，新安程也園居士寄來紙一幅，囑畫。追圖其意，亦似十得八九，自訝魚目可以混珠。但不知以真跡較之，果何如耳。

久雨初晴，夏風和暢，山窗半展，竹榻生凉。讀雲林畫，忽忽如有所得。輙臨十紙，聊以賞心，不知工拙也。

我愛李成味道，萬山一色勻勻。簑翁溪上獨釣，野舍疎梅報春。

一塊圓明無罣礙，故率性而行，有何恐佈。近得趙君，教以雲樹，兩合青山，一段烟霧。

壬戌七月，過大藍山，晤芝公，同尋放歌臺、活潑灘，李白所經遊處。夕陽返照，清風徐來，叢林翠壁之間，都成畫意。歸而圖之，以誌一時登臨之樂，吾師以爲何如？

我有祇園，無拘無束，梵唄之餘，悠然寡欲。朝登於山，暮聚於谷。囊括烟雲，不滿一掬。近爲胡君索我一幅，漫圖數筆，得無上覺，了達貪嗔，清虚快樂。

壬子余過新安，客居程樞部也園華亭書屋，與程君評詩讀畫月有餘矣。言論間，未嘗不道虞九先生之高雅也。因問曾交好否，余赧顔不能對。今春予弟介石過訪，歸語先生風流倜儻，并及名園佳勝，窗月横松，溪風韵竹。四方君子，喜得賢主人往來，假館唱和之詩盈壁。承囑介石，索予山水。予畫本不足觀，而先生又精於六法者，勉强應命，爲臨黄子久《碧溪青嶂圖》以報，不知法鑑以爲何如？

余愚鈍，拙於學問，焉能通畫理？僧家有云：吾此門中，唯論見地，不論功行，所謂一超直入如來地，是脩與悟不得作兩重案也。得毋書與畫亦猶是耶？

我不願混風塵，亦不願勞魚鹿，一生眷此山之間。欲取山泉洗吾腹，可惜三昧與六法，終日饑腸燒木佛。

癸亥重九後二日，訪顥存先生於壩水支嵐寺，晤仁伯先生，見贈五古一章。其詩清逸出塵，幾難追步。而予又匆遽欲去，無暇研思，漫成三絶并圖小景一幅，以報瓊瑶之贈焉。

乙丑春，於幕溪琴士先生館中，得見梅壑散人查氏畫，氣韵厚重，寔不可學而能。惜余生也晚，未得親傳其法，追而圖之，未能仿佛其一二，殆所謂尚隔兩塵者耶。

自吴城至餘杭，山水秀麗。舟行兩月，如遊小李將軍圖畫中也。時湖上客攜王時敏、蕭尺木畫二幅見示。余視之，皆贋本耳。客驚曰：「真僞了然，師能繪事乎？」即出素紙，囑寫放翁「山重水復疑無路，柳暗花明又一村」之句。予如其意，爲作一圖。但畫中山重水復，未盡其勝。客曰：「作畫衹取大意，何必以形象拘拘也。」遂欣然攜去。此幅未嘗入古人門庭，迄今憶之，常有不慊於中云。

世稱李營丘樹千曲萬曲，董北苑特作勁挺之狀。畫禪亦云畫樹之竅，只在多曲，雖一枝一節，無有可直者。然吾近見前人遺墨多作直樹，無復有曲者，豈其與古人自相謬戾與？毋亦傳所云曲而有直體者，正不當於形象間求之也。

古人作山水，多寫人物，或高人，或逸士，或漁父，或樵夫。余每拈毫，獨取雲林一法，不作人物。戊辰三月，偶至幕山。登樓四顧，見春光秀麗，清溪翠竹，環繞其間，觀者咸曰此天然名畫。予欣然展紙爲圖，雖不形似，而形似自在其中矣。未知山中禪友以爲何如？

石山妙公過我，出袖中小箋囑畫。予謂師所居山，即佳畫也。因於台泉八景中，取飛泉，作數筆，贈以詩曰：「欲繪石山景，惟憐瀑布懸。時時行客過，翹首望高巔。羡君久拄杖，呼吸此雲烟。」

（張宇超點校）

蘭言萃腋

蘭言萃腋提要

《蘭言萃腋》十二卷拾遺二卷，據復旦大學藏稿本點校。撰者吴展成（一七四五—？），字螟巢，别號二瓢，浙江嘉興人。課徒爲業。有《春在草堂集》。此書未刊，前有嘉慶七年陳球序，正編紀事則晚至十一年丙寅，《拾遺》更晚至十七年壬申，蓋以之與生命同步也。作者去世前致信友人鄒桓（耕雲），託付此書，有「今以生平所著《蘭言萃腋》併《拾遺》一部，共五本十四卷，敬以奉贈。雖爲書不多，亦頗費數年心力。今歲春間復自手鈔成帙，特草草未及裝訂」云云，至此方告竣，所述與今傳本合。吴氏愛慕袁枚，曾以詩作投隨園，論詩亦略主性靈。其著《蘭言萃腋》，記録生平韵事甚爲細緻，又搜討友人佳句逸事不遺餘力，一如《隨園詩話》，作者固已自言喜讀《隨園詩話》矣。惟行跡所限，方圓大抵不出鄉邑，自難匹隨園「十三行省」之廣幅耳。然嘉興風雅極盛，其叔吴文溥，友人中如顧列星、馮登府等，皆有詩名於時，與吴氏論詩相契，故全書所録，亦頗不俗。又吴氏擅詞，與蕭紀龍（蕭齋）、田枌（秋水）、李汝章（沁碧）、顧列星（退飛）號「填詞五友」。書中頗録詞作，幾與詩相埒，實可易名爲「詩詞話」也。

蘭言萃腋序

球向與仲孚舍姪豐論今時之才子，輒稱季重爲當代之詞人。螟巢吴先生，學富青箱，名垂黄絹。月明橋畔，慣憶吹簫；雨滴階前，頻聞剪燭。遂使緑么小部，長歌淮海之篇；紅豆雛姬，競唱屯田之句。此其證也，更有進焉。先生接物和平，眼固無分青白；持身謹飭，口尤不解雌黄。隨地識韓，逢人説項。延陵挂劍，自昔無雙；巢父遺瓢，於今有二。先生别號「二瓢」。滅梁鴻之竈，熱不因人；登陶侃之廬，貧偏好客。爰有雕龍奇士，捫虱英流。皂帽承風，日至依劉之轍；烏篷壓雪，時來訪戴之船。凡遇曳裾，即爲倒屣。南州下榻，鐃有名賢；北海傾尊，都非俗物。胸皆懷玉，恍遊群玉山頭；座盡熏香，宛入衆香國裏。斯時也。射覆藏鈎，不成韵事；賭棊鬥茗，未暢幽情。而乃吐懸河、傾倒峽。或論文甚細，酒常滿於一樽；或講道殊深，雪遂忘乎三尺。或言忠言孝，嚴君平夙具風規；或論世論人，許子將别存月旦。或闡生公之法，石使點頭；或聞處宗之辭，雞還啓口。或劉安乍遇，即可品仙；或蘇軾驟逢，何妨説鬼。迨夫謝屐歸時，陶輿去後，先生擇其言之雅者，集而成是書焉，名曰《蘭言萃腋》，不啻海市羅珍矣。嗟乎，塵揮晉代，俱尚清談；枕啓中郎，難藏秘旨。球也幾回展讀，似從秋雨聯牀；逐次披尋，如與春風並坐。捧書大喜，速命挑燈；擊節狂呼，急教取酒。昔日歷觀鉅製，箋已取辦小紅；今時復覩佳編，杯乃重浮大白。嘉慶壬戌秋仲，藴齋弟陳球拜手序。

自題

大雅不復作，吾生亦有涯。盟心憐舊雨，過眼泣空花。渺渺千秋業，蕭蕭兩鬢華。伊人疑宛在，託興詠蒹葭。

席硯尋知己，茶杯悟老禪。狂奴仍故態，韵語集新編。獨賞風塵外，相思雲樹邊。遥情殊不盡，感慨到窮泉。

遊仙疑幻誕，作達且詼諧。世態還如此，卿言亦復佳。冥鴻留雪印，寸草發春荄。研劍非無地，沉憂或可埋。

已斷名場夢，頻牽旅客魂。青春抛我去，白社幾人存？片玉懷長暖，遺珠手可捫。聊將珍重意，撫卷一評論。

道光丁酉四月，後學沈蓮敬校。

蘭言萃腋卷之一

嘉興螟巢吴展成手編

地山黄二丈本謙，一日以七言詩一句，屬余作對，曰：「殘年賴有佛相依。」蓋地山晚年有逃禪想，故心契是語也。余問：「此何人句邪？」笑曰：「忘之矣。」余舉陸劍南「結習尚存詩入夢」爲對。地山撫掌稱善。既而曰：「惡敢當此？」余曰：「僕稔先生素工於詩，且下筆酷似劍南，無多讓也。」曾記其客窗不寐，偶成四律云：「此身如燕傍人居，物外無心覺有餘。童子解吟尋舊句，老妻識字寄家書。裝緜護冷衣重補，把酒澆愁甕不虚。聞見兩忘消六鑿，眼前隨分且相於。」「一枕蘧蘧夢欲回，遥聞巷柝入風來。不眠亦爽酒初醒，吹火禦寒爐尚偎。鼠舐殘羹聲弄巧，僕酣僵卧囈難猜。有懷摩詰書中意，夜静多思裴秀才。」「少年把筆素心皆，疑義紛披撥霧霾。鰕菜雜陳餐脱粟，龕燈長照伴清齋。相逢老態原非昔，卻喜童心尚未乖。舊雨衹今聊可數，教人那不惜朋儕。」「憂樂相尋歲月多，老來漸識養天和。争蝸蠻觸須臾事，撼樹蚍蜉瞬息過。足弱早拖方竹杖，齒危不廢折楊歌。一心那抵千心用，爲問紅顔有幾何？」詩若不經意而出，往往多見道語，知其留心於内典深矣。

新鄭宰思堂本誠，地山昆弟也。爲人風流倜儻，亦工吟咏。少壻於横塘石嵓村李氏。時余先君子館其家，獲訂交焉。余年八齡，隨先君子讀書水閣。適秋日，先君子與思堂咏蘆。思堂詩先成，中一聯云：「塞外風寒悲筆策，江天月白怨琵琶。」先君子擊節歎賞，以爲名句。後三十年，余偶與蕭齋蕭君紀龍談及，蕭齋曰：「僕昔偕錢山人，亦賦是題，各有愜意句。僕詩一聯云：『晚風江上無邊白，秋水灘頭第幾灣。』錢詩一聯云：『一天晴雪漁藏艇，萬里西風鴈作家。』今聆子所述，又未知鹿死誰手矣。」

蕭齋最工體物，嘗手録一卷示余，余爲題辭。又善畫山水，不肯輕作。性嗜酒，人往往於醉中得之。兼妙填詞，曾記其《風中柳·題畫》一闋云：「此地誅茅，聊蓋兩三間屋。也不須、別居幽谷。疏疏脩竹。陰陰喬木。喜蝸廬、儘堪吟讀。　采樵一逕，界破春山新緑。縱雲封、了無紆曲。黄精飽腹，青鞋穩足。好相尋、爛柯仙局。」

乾隆癸卯，余鄉試失意歸，侘傺無聊，戲度北樂府一套。蕭齋讀而賞焉，因扼腕謂余：「僕昔年亦赴鄉闈，至杭，寓昭慶僧寺。榜下報罷，復浪遊旬日乃返。曾題《滿江紅》一闋於寺壁云：『蕭寺無憀，獨自箇、忽然來客。更聽盡、酸風吹雨，亂鴉啼夕。幾日看馳騏驥足，何人不是文章伯。笑南山、又作敝廬歸，今猶昔。　增一點，龍門額。空萬里，鵬程翮。縱三年重遇，衫青鬢白。月府從渠高折桂，沙堤容我閑攜屐。醉西湖、且盡杖頭懸，青錢百。』後袁太史枚入寺見之，大加歎賞，以爲奇筆，戒寺僧慎勿塗抹，再三珍重而去。」

錢山人梅，別號玉崖。以熛燒爲業，列肆春波門内。生平愛詩，不啻性命。日手一編，吟哦不輟，人不知其能詩也。一日蕭齋攜錢過肆，買下酒物。蕭齋固吟客也，玉崖出《蘆花詩》示之，詰其誰作，則以己對，蕭齋大駭驚服，遂與定交唱和，而玉崖始爲人所知矣。晚以不肖子悖逆無狀，遯而出舍，賣卜於星橋，猶時時與人談詩。惜余識玉崖晚，迨知其能詩，而玉崖已歿。其詩散佚，僅於友人秋水莊君處，獲其殘稿，録得數首，大率皆其少作，晚歲不與焉。詩多唐音，如《曉發京口》云：「一帆飛渡水程寬，吴楚平分壯大觀。瓜步籠烟芳樹曉，海門浴日怒濤丹。雲開古寺金山出，江抱孤城鐵甕寒。自昔可憐天塹險，六朝回首事漫漫。」《臨安懷古》云：「東南形勝古錢唐，誰賦荷花十里香？臣主未能籌戰守，湖山底事管興亡。春風桃柳空經眼，夜月亭臺易斷腸。莫問舊時歌舞地，冬青一樹日蒼黄。」《烏江懷古》云：「誓掃三秦氣似虹，拔山終古説重瞳。八千已中韓人計，百戰空成豎子功。紅粉甘心隨地下，英雄無意返江東。悲歌莫歎天亡楚，衰草長陵牧笛風。」皆一時膾炙人口。

詩有不著色相，盡得風流。如玉崖《咏落花》云：「青帝茫茫亦寡恩，近魂無術賦招魂。昨宵紙帳聞鵑泣，連日春衫罷酒痕。縱有琴書消白晝，難禁風雨易黄昏。蒼苔滿徑無人迹，寂寂閑庭獨閉門。」《咏落梅》云：「零亂芳時隕玉容，長門幽恨託樓東。夢回巫峽雲初散，人去梁園雪未融。半榻疏香春黯黯，一庭殘月夜濛濛。天家已待和羹用，詞客休嗟蕙帳空。」此等詩，幾於神品矣。

玉崖又有《弔真娘墓》一絶云：「山自青青花自芳，一杯絮酒弔真娘。昔遊記得錢唐地，松柏西泠幾樹蒼。」余亦有《弔蘇小小墓》一絶云：「桃花如夢柳如烟，油壁香車憶往年。曾過臯橋西畔路，傷心都在墓門前。」讀玉崖所作，知詩人此援彼引，良有同心，不謀而合也。

余嘗和蕭齋《馬嵬驛懷古》七律詩，同學楚雲鄭秀才湘見之，退成十首。余擇其尤者，録其六云：「一曲新聲唱羽衣，百年唐祚爲衰微。將軍能致蛾眉死，道士空携鈿盒歸。驛舍荒凉春寂寂，征途憑弔客依依。紅顔縱好終傾國，莫遣蓬山訪玉妃。」「掩面難禁淚滿衣，銀河斜轉女星微。三更鼓角漁陽動，萬里艱難蜀道歸。信是帝家中路棄，何如田舍白頭依。人間一語休忻羡，男不封侯女作妃。」「一別金門棄舞衣，昭陽回首夕陽微。羯兒負國鑾輿出，驍將勤王社稷歸。燕市詩成山鬼驗，《涼州》歌徹笛聲依。三千佳麗雖無比，金粟堆終傍惠妃。」「花冠鳳舄紫綃衣，天上人間事更微。魚玉已含難再出，檀槽雖在莫思歸。迢遥枉向仙山覓，倉猝誰教哲婦依？不及梁家能悔悟，《金樓》一曲怨徐妃。」「劍戟光鋩動鐵衣，咸陽東望路微微。紅顔此日爲君盡，白骨何年傍使歸？別殿秋風遺像在，空堂夜月斷魂依。早知寵極翻成怨，悔不終爲壽邸妃。」「風沙漠漠上征衣，雲棧縈迴鳥道微。賸有離支充土貢，已無鸚鵡問君歸。朝元閣冷諸伶散，勤政樓空阿監依。姊妹承恩曾一瞬，獨慙地下見梅妃。」

楚雲賦才敏妙，同學中罕有儷者。癸卯鄉試，適丁内艱不與。余時以録遺入場，先期耑發。越一月，楚雲忽拏舟至杭，訪余旅次，手編《寄懷樂府》一套贈余云：「〔仙吕·月兒高〕雨點空階響，新涼動書幌。偃息蕭齋裏，陣陣寒生帳。愁聽閑庭葉落梧桐颺，蒼苔門掩誰來訪？大比年時，掄才際會，故人正滿錢唐。誰憐我鎩羽頹翎，臨風暗惆悵。〔桂枝香〕韶華已往，雄心猶壯。幾回翹首雲衢，旅館夢魂飛傍。奈萱摧北堂，萱摧北堂，牽衣誰向？倚閭誰仰？最堪傷，七度鄉闈客，旋添兩鬢霜。〔不是路〕利鎖名韁，也算男兒得意場。言非妄，鵬摶有路任遨翔。看昂藏，龍門待汲桃花浪，兔窟先探桂子香。情酣暢，趁秋風直擊扶摇上，挂名金榜，挂名金榜。〔排歌〕雁齒橋邊，烏衣巷旁，人家夾道樓房。想君從此寄行裝，更挾聯吟舊雨狂。道詩盈篋酒滿觴，客中情況不凄涼。蘆花白，桕葉黄，湖邊風景足徜徉。〔皂羅袍〕君是一時無兩，抱封侯骨相，臺閣文章。太阿出匣動星芒，明珠白璧人争賞。偏是我窮廬在疚，端憂未忘；篝燈煮夢，抽身未遑。頭顱如許生真枉。〔大聖樂〕想當年意氣飛揚，視功名如運掌，趕文場不作文魔樣。君與我，忘形相。有時節心隨流水臨花港，有時節目送歸雲上野航。風流豪宕，渾不似含酸潦倒，顧影徬徨。〔解三酲〕曾記得移尊畫舫，曾記得對榻僧廊。曾記得南屏共訪磨崖障，曾記得嶺踏風篁，曾記得扶笻步月蓮花嶂，曾記得聯袂觀濤羅刹江。長思想。到而今回首，盡付黄粱。〔皂角兒〕喜君家懷錐探囊，笑他人羡魚結網，快今宵同心話長，慰從前離群悒怏。惟願取筆如椽，文如錦，氣如虹，才如海，三場倜儻。其中得喪，朱衣暗將，且待到重陽時候，驗取吴剛。〔尾聲〕歸期僂指中秋望，莫便匆匆返故鄉，留待我同步西湖十里塘。」余受而讀之，句工字穩，韵妥律叶。竊見其平日未嘗製曲，乃偶焉涉筆，不媿當行家，洵難及已。夫何余以失意歸。暇日跋其後曰：「嗟乎，昔人有言『過屠門而大嚼，雖不得肉，亦且快意。』余垂翅雲程，有孤雅望，願知己之感，何日忘之。行將朗吟百通，以快生平之意，寧不於是曲亦云也哉。」

先師柳園鄭夫子晉錫，嘗有《咏蝶》七律數章，頗具宋元名人風致。惜余從遊時尚幼，不能强識，第記其一聯云：「影度窗前金粉澹，宿來花底夢魂香。」足可想見全璧也。

世兄尺木夏秀才龍田，曾謂余言：「我以『愚公移山』對『智伯决水』，君以爲工否？」余駭曰：「此千古絶對也。」補入對類彙海中，又添一則佳話矣。

梅里珊客孔秀才繼麟，聖裔也。授徒滮湖東偏虞氏之宅，距余館齋不遠。珊客有吟癖，交余後，日以詩詞往來。堆累盈案，直如置身山陰道中，令人應接不暇。甲辰季春之閏，余在館次，知山妻病亟。飛櫂里門，道經珊客館下，投以小詞，調寄《虞美人》云：「八行書寄催歸櫂，驚破詩魂小。東風無賴颭菰蒲，釀就十分眉恨度圓湖。　家緣苦趣愁人老，僕僕黄塵道。未償吟債豈容逋，生怕聞漁檻底一潛夫。」聞漁檻，珊客寓齋。已而婦疾稍痊，遂復之館。珊客酬韻謔余云：「掃眉才子捹飛櫂，膽爲情人小。野鴛驚起拍新蒲，那把一腔煩惱訴南湖。　安排天分齊眉老，指點邯鄲道。許多詩客愛吟逋，報道梅花無恙慰兒夫。」

陳秀才浦，號笠舟。一日携其尊人澹廬先生詩《夢圖小影》來徵余題。展視之，乃横幅浙派山水，豆人寸樹，略存形似而已。且先有一詩在上云：「茅屋山橋客到稀，蕭蕭林壑點春衣。香分雀舌茶初放，緑暗烏頭筍正肥。石磴素琴清影拂，竹籬小徑亂雲圍。遥看隔塢樵歸處，一縷松烟繞夕暉。」因叩其繪圖命名之意，并詩爲何人所作。笠舟具言：「昔年家君客遊富春山，偶憩一道觀門首，見壞壁有詩，即圖中句，而姓氏剥落，莫可辨識。因録之歸，投諸篋中，已十年矣。今春忽夢一道士訊之曰：『山中之詩，頗憶得否？』駭問其詩安在，道士笑曰：『在壁間。』醒而思得其故，亟起翻篋，則詩稿宛然在也。爰情友人，仿佛詩中景象，寫作卷子，以存其意，并乞同好者和焉。」余爲題七古長句一首，復次原韵二律云：「詩情客況兩依稀，鴻爪分明印羽衣。江國林嵐春破緑，人家櫻筍夏催肥。十年陳迹留仙夢，六尺新圖傲錦圍。異日看君重過此，摩挱苔壁弄斜暉。」「還往嚴灘遊客稀，伊人曾此攬征衣。元都踏去桃花老，赤壁歸來鶴夢肥。畫裏雲山如有待，宅邊松菊漸成圍。三生公案尋詩話，底用登臨怨夕暉？」其後和者多人，咸以余詩爲得當。

武林岳廟，友人過者輒有所題。顧以悼惜少保之故，往往指斥高宗。蕭齋過而見之，笑曰：「弔其臣而對其君，忠武有知，其心安乎？」乃大書一律正之。其詩曰：「憑君讐檜復讎金，莫怨思陵少酌斟。報國忍教彰主過，旌忠原自識臣心。夕陽亭下風波急，老鶴屯邊緯繣深。如此英雄甘坐死，由來天意總難任。」歸以示余，余曰：「語則平允，而意更沉痛。明眼人當自知之。」

詩筆貴曲，則耐人尋味。否則噍然易竭耳。余少時，有某郡守者，春時忽有龍舟之興，僚佐希其風旨，遂於馬埸湖中舞之。邀郡守於烟雨樓觀焉。維時萬人蜂擁，千舟雲集，湖中蔆芡茭蘆之屬，一洗而空之，勿顧也。余戲作《龍舟謡》以諷之，其辭云：「馬埸湖，烟雨樓。太守來，看龍舟。搖者金，伐者鼓。太守來，龍舟舞。聞道太守能愛民，與民同樂慣行春。阿儂不解行春樂，但見龍舟愁殺人。阿儂愁，愁何益，太守而今不似昔。昔年此時來勸農，歌白首，舞黄童，甘棠之下呼召公。」黄二丈地山見之，語余曰：「如此短篇，其氣易促，子運以曲筆，便覺雋永矣。」余以是篇有觸於當道之諱，集中删去不存。近閱簡齋袁太史論詩貴曲，著其説於《小倉山房詩話》中，諄諄誨人，因憶得而筆之。

余生平詩夢最多，醒時惝怳，不甚記憶，大率零篇斷句而已。癸丑春夜，寓齋獨宿，夢與荆園夏世丈樹聲村南野步。自登雲橋至永新橋，道中東風甚急，楊花亂落，撲面沾衣。因語荆園，相與聯句。荆園即首唱云：「春水滿河橋，春風拂柳條。」余續吟云：「濛濛飛似雪，脉脉滚成潮。」荆園復續云：「紫陌塵空染，青樓夢欲消。」余結云：「芳魂應不遠，爲倩酒旗招。」吟畢，見尺木偕楚雲嬉笑而來，俱有醉態，各道所以。余乃誦所聯句，楚雲曰：「無意中那得有如此佳句耶？」尺木遽拍余肩而大言曰：「使君於此處不凡。」遂驚寤，急起記之，喜其一字不遺。時尺木、楚雲久已作古，惟荆園巋然尚存。

蘭言萃腋卷之二

嘉興螟巢吴展成手編

丙辰季春，與門下士張生斯岡、吕生清泰，放舟滮湖。至烟雨樓，迴翔間，見兩生沾沾私語。余問何説耶，對曰：「我兩人即景聯句。」余笑曰：「老子於此，興復不淺，胡爲棄我如遺？」對曰：「僅得三句耳。」余曰：「誦來看。」張生云：「『面面湖光面面樓，樓前小泊木蘭舟。誰人絃管翻新曲』，其下則久而未屬矣。」余曰：「『有客鶯花憶舊遊』何如耶？」對曰：「妙甚。」余乃再添一句云：「風弄柳緜慵欲舞」，吕生云：「波浮蘋葉緑初稠。韶華九十看將盡」，張生云：「逸興還從此地留。」余爲之大喜，歸至寓齋急録之。

春夏之交，古香曹君言純折簡招賞罌粟，余諾之。至則賓朋滿座，爲褚君長春、姚君鑨、許君淙、沈君汪度、何君元度、梅君長銛、曹君言纘及張生斯岡、吕生清泰。主人樂甚，餉客極精雅，先以岕茶，繼之杏酪，笑語移時，酒肴爰設。乃命張射侯於圃南，一童執弓矢，一童司旗鼓以待。令曰：「請諸君各發三矢，中者入席坐飲，不中者對席立飲。」於是更番較射，各有中否。觥籌交錯，迨乎射畢，已杯盤狼籍矣。復拈韵牌，得十藥韵，即事聯句，約每人兩韵。主人首唱云：「吾廬不得有，是身將焉托。摒擋及家具，愛惜在花藥。」蓋時將出售所居，故慨乎云然也。余聯云：「眷此廣庭中，米囊正舒蕚。於焉朋盍簪，相與酒傾爵。」褚君聯云：「倒載情所甘，追歡力未弱。熟路車驅馳，逸興馬騰躍。」姚君聯云：

「賓筵主意勤，客座我容惡。百巧換千窮，九射無一著。」張生聯云：「顧寧呈箭笴，且用灌櫻酪。受填腸肚飢，沾潤津齒涸。」許君聯云：「陰晴天景殊，早晚氣候各。際茲春夏交，勝比溱洧謔。」沈君聯云：「莫遣雨散絲，更令風捲籜。雜英空繽紛，好事頓乖錯。」吕生聯云：「架以葦枝條，闌以草絚索。留戀多繁辭，從容訂後約。」曹君聯云：「我儕動即違，造物定豈虐。同遊等過夢，重來失舊格。」何君聯云：「愁心蠶裹繭，醒眼魚守鑰。殘題續緩吟，餘醞漬覆篛。」梅君聯云：「人生亦有涯，到處可尋樂。小園賦新居，會擬筆更閣。」主賓共十乙人，得五古二十二韵。吟成，日且暮矣。遂盡歡而散。聞是日期而不至者，尚有戴君樹滋、錢君善揚、陳君志寧、殷君樹柏諸同調云。

稻廬胡君開昌，貌清癯，長身鶴立。生平嗜古，遇圖書彝鼎之屬，摩抄不倦。曾於廢寺土中掘得蘇東坡《馬券碑》，輦致嘉學流虹亭砌壁，人皆欽重之。聞某僧房藏有名畫，不遠數十里，拏舟相訪。中夜冒雨，枵腹而歸，并繪《雨夜扁舟訪畫圖》，余爲題詩，有「儂若當年爲地主，不教剪韭讓茅容」之句，其風格如此。學政按臨，廣文列入優生送試。既出場，大悔之，笑謂余曰：「朝廷召試博學鴻儒，一賦一詩，以布衣得授翰林檢討。今乃博一盌麪耶？」晚苦家計寥落，客館荆溪。未幾，抱疾遄返。猶力疾爲余題《仙瓢圖册》而殁。無子，祇一女。嫁後，室中長物都化烟雲烏有矣。交余晚而最暱，每謂余曰：「君耐久朋也。」詩工整鍊。其《仙瓢題册》七古云：「漆園剖成五石瓢，廓其大矣徒虚枵。制器必尚取携便，挹彼注茲利用饒。箕山厭之心已槁，陋巷得之憂始消。由來文士喜匏酌，陶人冶人慵相招。屋角每思蔭苦葉，庭隅早遣培纖苗。青虬奮蟄引修蔓，彈丸巨細無空條。長若松間鶴延頸，瘦如花下蜂垂腰。中有不材亦匏繫，割棄籬落憑風飄。日暄雨潤飽霜露，形質變化肌色超。黄琮堅栗出玉府，黄雲層疊來丹霄。神工遊戲施伎巧，摩娑光澤殊鎸雕。二瓢居士一朝獲，寶愛奚翅英瓊瑶。以之遠取銀河水，胸中磈礧應先澆。從兹持泛蓬壺境，滿斟醽醁群仙邀。醉歌碧落流光曲，更和紫館長生謡。歸來誇示舊儔侣，繪圖裁句嘉名標。」

乾隆辛亥長夏，余抱絶絃之戚。諸友先後投以悼輓之作，惟退飛顧丈列星及古香二人詩，别具町畦，自成刻摯。退飛二絶云：「自古文人多薄命，從來名士善言愁。西風萬里悲長簟，明月中宵怕倚樓。」「二氏空觀總屬魔，鎸心愛業豈容磨。蘼蕪山下多潘令，莫鼓莊盆放誕歌。」古香二絶云：「箭激西風夜入城，梧桐楊柳怨秋聲。滿庭絡緯方無婦，料得蘭盆祀不成。」「茶鐺經卷賸形骸，滿紙新詞説命乖。老大堪憐學兒女，當街流淚哭荆釵。」

畦春陳君豐，湖海士也。豪於酒。余授徒北郭之盧師浜時，與作比鄰，彼此倡和。畦春有《梅花》詩一聯云：「霜禽欲下人歸後，玉笛偷吹月上時。」筆致幽秀乃爾。

余神交松賓沈君瑚，博學愛吟詠。家居城東之焦山門，以病廢閑居不出。每誦余著作，輒稱道之。余亦東西萍梗，未嘗造廬一訪。然彼此寄詩定交，數載郵筒無間。今已殁矣。爰録其和余《春日書懷》蛇字韵詩四律云：「懶惰無心逐鈿車，盡捻書籍問東家。文章空灑秋風淚，品藻俄成老眼花。早識騎牛還勝馬，底須撥草更尋蛇。一篇《齊物》年來悟，鼠腹鷦巢儘自誇。」「病幻無端鬼一車，十全是處覓醫家。養生室配君臣藥，媚我庭栽姊妹花。慣向牀頭聞鬥蟻，每從杯底悞驚蛇。近來何事差堪憫，入座呼翁信可誇。」「駒隙光陰走電車，功名終讓別人家。宋郊任退風前鷁，江筆徒開夢裏花。有客題門都是鳳，無心求顯便爲蛇。頭銜自署村夫子，句讀斷斷也足誇。」「水漲春波響釣車，疏疏籬畔幾漁家。一聲社鼓驚來燕，三月東風悵落花。隱霧未成君子豹，爲文擬學率然蛇。延陵吴季真同調，笑撚吟髭評共誇。」詩境老而彌熟矣。

秋水田上舍枌，與余爲束髮交。詩詞下筆滚滚不休，而詞尤絶妙。蓋少爲春橋朱先生高足，得其倚聲之學居多。長而工醫，行術吴中，垂二十年，音問闊絶。嗣以身攖末疾，乃歸。見余握手，歡若平生。復同唱和。自刻其詩，號《忍冬山房稿》，屬余跋焉。詞號《柳橋漁笛譜》，惜不及刊而殁。殁後，繼起無人，家亦中落矣。曾賦《金縷曲》一闋，題余《啖蔗詞》云：「自歎知音寡。廿年來、久疏音問，合并難也。才得今朝重牽袂，我正輕帆歸乍。訴不盡、蟬聯情話。從此底須添惆悵，向花前、緑酒傾杯斝。同倡和，續吟社。　堆胸萬卷誰能亞？羨才華、清新俊逸，肯輸顔謝。何事彼蒼偏多吝，猶困斯人在野。剩老去、祇將愁寫。填出香詞金荃本，怕爭鈔、紙貴應增價。珠入手，夜光射。」

秋水既抱疾將歸，簡齋袁太史適至吴門，秋水賦四律投謁，歸以示余。余愛之，録其二云：「抽簪脱灑賦歸田，管領騷壇五十年。本是山中閑宰相，得爲世上老神仙。平生癖抱烟霞痼，到處情深車笠緣。吟罷錦帆竿上月，吴孃傳唱百花船。」「慣度金鍼啓瞽矇，詩名海内數三公。謂太史及蔣清容、趙甌北也。才誇絶世渾無匹，語到驚人似易工。映照千秋同皓月，詼諧四座盡春風。瓣香競祝紅閨裏，都入珊瑚鐵網中。」頗能道盡太史。時余亦有郵贈太史二作，詩存集中。

雪舫高秀才桐，家於郡東浄同寺。授徒附郭，余得交焉。亦有和余蛇字韵詩，録其二云：「烏飛兔走迭如車，久客渾忘不是家。夜夜厭聽孤館雨，年年幾見故園花。劇憐詩瘦還同鶴，祇媿書慵絶類蛇。磊落襟懷猶未展，敢將小技向人誇。」「生涯未習賈牽車，耕讀兼參是我家。夜捲疏簾邀璧月，曉添活水養瓶花。遣懷惟藉杯中蟻，贈俠空餘袖裏蛇。自喜春秋猶未艾，雄心如故竊堪誇。」

退飛老人學問極有根柢，詩筆亦清矯。每有俯視一切，不屑與噲伍之概。時偕余論詩，余心折之。生平著作甚多，胸中悲憤，盡寓於詩，故徵羽激揚之音，尤爲出色。余最愛其《飲酒》詩，其一云：「世途有菀枯，我道無進退。惟醉返其真，一飲卻百痗。緜緜如嬰孩，沉沉冥讎愛。輟聰更墮明，默與天地會。此豈醒者知，言之徒憒憒。」其二云：「大醉一千日，小醉兩月餘。阮公與元石，致豈有二歟？萬事無過死，未死神何居。祇有大醉去，沉沉遊華胥。焉知哀與樂，亦不識毁譽。客有欲言者，浮白與之俱。」其三云：「猛虎飽欲死，飢烏飛傍誰？側身天地間，亦欲營敝帷。東家金如山，西舍粱成茨。而我亦何爲，生涯惟酒卮。一醉即身世，何者爲寒飢。親朋縱悼我，醉夢不自知。死埋陶家側，或爲盛酒瓻。有心不使醒，庶以遂我私。」其四云：「孑居秋夜長，所歡棄我逝。迢迢七尺軀，漸覺無安置。我生善酒悲，醉輒傷往事。坐此厭杯鐺，揮之不忍視。路逢燕市人，引車必深避。今與麴生遭，纚纚偏頌義。得毋蹈歧舌，所言非素志。問君胡乃然，末路多况瘁。藉此中山醖，乃可得長寐。楊朱與屈原，惜未窺此秘。持杯祝酒星，沉湎禦螭魅。冥然無凄凉，没世以自恣。」四詩悲凉蒼老，不讓古人。

填詞家例舉周、柳温柔，蘇、辛豪放。二者分道而馳，然畢竟以温柔爲主，豪放爲别派。猶之禪家，畢竟臨濟是正宗，曹洞是旁宗也。退飛善填詞，另是一種筆致。嘗問余：「某詞何似？」余曰：「先生之詞，秉剛健之筆，達纏緜之思，使讀者錐心瀝血則有餘，蕩魄銷魂則不足。殆參周、柳、蘇、辛而合者。當如禪家斷橋一派，既非臨濟，又非曹洞之比也。然自有不可磨滅之氣，發乎性靈。若必欲規橅步趨，便失卻本來面目，曷足貴哉？」退飛深韙余言。嘗示余《南屏弔張司馬墓》，調《望海潮》一闋，云：「江潮無信，南枝難寄，萇宏碧化空山。抔土猶留，佳城未築，惟餘蔓草斑斑。廟食定何年？只猿哀月苦，蟲弔風酸。惆悵西臺，化爲朱鳥，幾時還？　當年一劍登壇。有臨江節士，横海樓船。柴市唧鬚，睢陽喋血，得公鼎足奚慚。箕尾正芒寒。問誰包麥飯，慟哭荒原。暝色催歸，斜陽林外，數聲鵑。」余和之云：「疊鼓鳴笳，金刀鐵馬，孤臣氣作河山。碧血燐飛，紅心草宿，至今抔土斕斑。忼慨憶當年。有鄂公努力，信國含酸。爲問江頭，八千子弟，幾人還？　欃槍夜落齋壇。歎雨拋犀甲，浪没戈船。恨極輿尸，情深埋骨，肯教義勇懷慚。烟景一湖寒。惹來遊詞客，憑弔高原。望帝春心，臨風脉脉，訴啼鵑。」不敢自藏其拙，並録之，以俟知音者覽焉。

退飛之交余，以沁碧李君爲介。沁碧大布衣也，名汝章，詩詞俱美。余時以《遊仙詩》寄沁碧，適爲退飛所見，遂偕來定交。至沁碧之交余，則無所介也。沁碧以醫術行，暇則酷好填詞。自恨梓里間少同調者，乃搜訪得余。把晤於吕氏寓齋，踞坐談詞。余亦自喜得朋，娓娓不倦，沁碧無以難也。繼出所作來挑余戰，余更嚴旗鼓，堅壁壘以待。乃相與解甲釋兵，一笑而罷。沁碧謂余曰：「君詞原本夢窗，某則瓣香玉田一派。雖所受不同，要皆南宋法乳。今而後，獲一倚聲知己矣。」沁碧所作既多，乃合詩並刊，號《灌園餘事》。而余之《啖蔗詞》亦於是乎刻成，曾有《滿江紅》一闋寄沁碧，結語云：「執斧空慚修月手，蟠根擬托謫仙靈。看他年、留作合編摹，能不能？」蓋亦自信爲水乳之合矣。

乾隆辛丑歲，余偕吕上舍霞亭及門下二三子、海上二客，泛舟橫塘西偏晏公祠看桂，曾賦七律二章於僧舍。越十餘年，復偕莊上舍秋水、魏塘諸昆季重遊，見前詩猶在壁間，慨然有感，復次原韵二律云：「自憐衰柳卧江潭，起向秋芳理舊探。雅侣相携同縞紵，幽花獨出勝薝曇。飄飄舟泛仙源近，冉冉香從梵室參。擬約八公來此地，不令雞犬傲淮南。」「年年帬屐滿迴廊，吹得西風别樣忙。萬簇寒金和雪墜，一庭空翠倚雲長。鄉關流轉成陳迹，羈客興懷索和章。莫話蟾宫修月手，尊前愁絶老吴剛。」秋水讀罷，大書一絶於後云：「一種佳遊事也均，何須感慨憶前塵。十年題壁詩仍在，縱不紗籠亦快人。」因顧魏塘曰：「阿弟可能寫兩句否？」時携酒肴在座，魏塘執杯而言曰：「此事還讓阿兄，弟惟能飲酒而已。」余即戲代魏塘解嘲次韵云：「一般援例入成均，弟不隨兄步後塵。人各有能烏可强，詩人莫笑酒邊人。」相與盡歡而返。

諺云：「十月雷，人死鈀來推。」蓋沴氣爲灾也。乾隆庚寅孟冬十日黄昏，天大風雨雷電，中宵乃止。是夜爲族弟坤之胞妹，于歸里東夏氏。綵輿行至中途，震雷一聲，輿杠中折，人皆駭焉。余時以送妹出閣，適在其家，燈下成一詩云：「十月忽聞雷，愆期洵異哉。龍蛇何處蟄，天地一時開。早識憂虞象，誰施燮理才？不堪民命蹙，愁絶此驚猜。」族弟讀罷曰：「兄詩甚卓，弟今宵席上，未免國爾忘家矣。」余笑曰：「子毋遽也。行且及此。」乃續一詩云：「之子憐歸妹，艱哉及此時。道途雖咫尺，變異自矜持。一震輿幾覆，三生數莫知。遭逢良不偶，況乃是佳期。」相與咨嗟而罷。次年，果里中人死無算，而妹亦以娩難亡。

任子光祖，字昭來，別號稻廬，與余有世講之誼。一日向余問曰：「七夕牛女之事，古今恒艷稱之。相傳爲天帝謫罰，俾其夫婦離居，一年一會。而詞客填詞，有『人間動是隔年期，奈天上方纔隔夜』之句，是又據人間一年，天上一夜之説而作者。果爾，是牛女宵宵相聚，並不離居，非所以爲罰也。二者將何説以處此？」余曰：「牛女之事，本屬文人荒唐附會，相沿久矣。顧雖以假作真，亦不可自相矛盾。既信謫罰離居之説，則無容參入隔年隔夜之説。蓋古人文字，有離之兩美，合之兩傷者，此類是也。」因口占一詩，以正其謬云：「文人讕語最堪嗤，七夕相逢説更歧。罪謫既由天肆罰，光陰直與世同時。真真假假無勞辨，是是非非莫異辭。果爾隔年才隔夜，雙星何事惜分離？」詩成，任子傳鈔而去。

咏物詩，不難貼切，難於渾脱；不難陳處翻新，難於小中見大。我友蕭齋，獨推擅場。觀其咏早梅云：「爭犯雪霜先表白，欲回天地未來春。」玉蘭云：「照來夜月難分色，吹得春風也欲寒。」牡丹云：「分移盡出繁華地，看賞先存珍重心。」金銀花云：「幾見芳菲曾夜識，也知黃白費春工。」並頭蓮云：「君子從來稱比德，美人原不擅專房。」秋海棠云：「有時經雨還垂淚，看去何人不斷腸。」白菊云：「縞衣雅稱仙姬骨，粉本真傳處士神。」藍菊云：「三徑薄寒拖水色，重陽新霽染天光。」白雁云：

「寒影驚回銀漢徹，霜毛老去玉關歸。」玄鶴云：「語留華表愁烏有，睡足喬松夢黑甜。」方竹云：「僧栽丈室數竿静，客到中庭四面看。」雪云：「瀉竹有聲青露節，落梅無影凍連花。」壓歲錢云：「一夜肯教遲玉漏，百年空羡鑄銅山。」陞官圖云：「遷轉何妨聊作戲，笑談真可覓封侯。」東坡肉云：「素風未識端方品，肉食終貽大塊羞。」咏物如此，不徒巧合，抑亦大方。余嘗戲之曰：「古有崔鴛央、鄭鷓鴣、楊春草、袁白燕，各以一物得名。君之咏物，並皆佳妙，直宜名爲蕭咏物矣。」

聞蕭齋尚有懷古詩一卷，其妙不亞咏物，每以未見爲歉。夫何蕭齋殁，其子麟赳赳也，中鄉試武闈，人材頗不俗。暇日遇之，詢其尊人殁後，著作可借觀否乎？則瞠目汗顔，茫無以對。余笑曰：「嚴挺之乃有此兒。」

惕園邵君豐城，居善邑清風涇，博極群書，著作等身，詩詞兼擅。徵選國朝四代詩餘，留心幾二十年，已得千家，尚未艾也。會余《啖蔗詞》刻成，見之，亟來訂交，并託搜羅，余諾之，郵寄亦不下百種。惕園一貧儒，傭書餬口，今且耄矣，猶孜孜不倦，洵難得也。嘗以自製《蕉隱詞》見示，中有《懷友》叠韵《渡江雲》十三闋，工力悉敵。余讀之，調《菩薩蠻》題其後云：「羡君氣誼真無幾，寄懷舊雨情何已。好付十三絃，聲聲雁柱邊。　嗟余空晼晚，才結知音伴。漫道白頭新，今朝見古人。」惕園和韵答余云：「晨星落落今餘幾，離情細寫殊難已。獨自撫冰絃，愁深落葉邊。　相知猶未晚，願結詞壇伴。從此韵添新，何殊遇故人。」

吕生清泰從余遊，天資敏捷。帖括之暇，見余填詞，亦刻意爲之。余頗亦時時引進，不一二年間，居然下筆中肯。曾有《賀沈君柳坪令嗣合巹·鵲橋仙》云：「屏間射雀，樓頭跨鳳，一闋同心交奏。檀郎原是小東陽，較燈下、腰支誰瘦？　明璫暗解，瓊蕤深閉，怕聽銅壺清漏。朝來贏得鏡臺前，看兩朵、眉峰春秀。」同余送沁碧遊山陰，《臺城路》云：「橫江風利東流去，蒲帆直飛輕櫂。篋裏方書，琴邊行李，忽動三秋懷抱。朋簪未渺。正路入山陰，故人重到。勝踏吴宫，粉香收拾苧蘿稿。原注：去年沁碧遊吴，有詞一卷，號《江南弄》。　當年右軍歸後，問籠鵝遺迹，猶賸多少？石室雲封，金庭月冷，零落衹堪凭弔。中仙又杳。縱譜出瑤華，恐成淒調。歲宴相思，回舟須及早。」甚爲前輩激賞。近來堆累盈篇，私名其稿曰《婢學》，可謂不忘所自者矣。

余生不辰，前舉一子，頗聰俊，忽殤於痘。繼乃復遭絃絶，僅遺孤孽，手足殘廢。黽勉續膠，已踰中歲。復舉一兒，亦殊端好，七十日而又殤。前後十年，叠攖慘毒。吕生作詩悼之，且慰余云：「庭蘭乳筍落新抽，贏博平添季札愁。十載業緣悲二子，七旬泡影哭千秋。歌殘薤露憐腸斷，爇遍心香拜像求。更爲先生毆鵩鳥，重教桑下祝多鳩。」乃嗣是余衰婦，病冉冉至今。竟不克副其所望，悲哉天乎。

蘭言萃腋卷之三

嘉興螟巢吴展成手編

乾隆甲寅，余年五十，偶遣無聊，作《摸魚子》詞自壽。起結處，叶淚、背兩韵，沁碧見而和焉。其詞云：「擅多才，依然潦倒，古今同一垂淚。年來别具閑經濟，默契晚香寒翠。貧或祟。付對酒當歌，幾箇懵騰醉。鄉村結袂。共漁弟樵兄，水邊林下，偶坐即高會。　懸弧日，恰善相逢稔歲，蒸梨炊黍粗遂。休言冠蓋京華滿，獨有斯人憔悴。君莫愧。看硯北名山，不朽差堪斛。拋殘瑣碎。好虚閣凝神，小窗學《易》，驗取艮其背。」余曰：「君亦叶險韵耶？僕素不强人以所不能。」沁碧曰：「不能者，庸有其人，恐未必即是某也。」余笑而謝之。

余少受業梅里潯谿王夫子汝霖，最精書理，勤攻舉業，館余家數載。若楚雲及族弟樵水坤，皆及門也。數奇不耦，蹭中歲，始獲一衿，又不三年遽殁。世兄二，一往河南不歸，一則廢書而賈。余雖先夫子遊庠，終焉瓠落，故輓詩有「薄命青衫同不耦，傷心黄土獨成塵」之句。夫子生平不善作詩，而又酷愛余詩。嘗謂余曰：「子有所作韵語，務必寄我。我雖不能詩，然知子異日必以詩名。我留之亦可出而誇示於人也。」其期望余若此。迄今追思，不禁感愧，爲之涕零。

余作《嘉禾養蠶竹枝詞》，最後結云：「何人再譜春耕曲，蓑笠場中話更佳。」芸莊徐先生鈞見之，乃作《農家詞》，屬余爲序。時余館於吕氏，相與還往無間。曾有倡和津字韵詩，至數十律云。

守白夏君儼，秀水博雅士也。余因退飛得交。初見時，贈以《金縷曲》詞，極蒙傾倒。會守白將客遊淮上，携《春江送行圖》索題，遂叠前韵二闋，作渭城之唱焉。詩宗玉谿生，穠艷雕琢。余獨録其《西郊尋春》一律云：「忙煞山翁曳杖尋，惜花人有惜春心。亟沽濁酒醉千日，肯把韶光抵萬金。草長未凝隄外碧，鳥啼才變谷中音。西郊聞説梅如雪，分付闌風莫暗侵。」則皆性靈詩也。

余填《海天緣傳奇》一部，蘭谷朱布衣琳良觀之，題二絶云：「人間恢詭事何窮，更有文章奪化工。傳得海天兒女話，一時啼笑盡生風。」「尋宮數調獨纏緜，蠻紙爭鈔十樣牋。異日詞壇添一幟，不教餘伎讓臨川。」蓋蘭谷曾導余持習化工，而臨川先生又數數降乩，故詩中及之。

表姨弟莘野張君華年，余門下士斯岡之繼父也。幼時刻苦讀書，後以獨子，少孤廢學。余嘗館其家，一日莘野晨起，見窗前喬木。首露旭光，笑謂余曰：「某雖不能詩，然知詩境貴真，如『林高先見日』五字，豈非真境？惜下句未有屬對耳。」余甚賞而韙之。丙辰歲，余適舟行官蕩。時春漲方盈，水天相接，忽得句云：「水漲欲浮天。」不禁一時觸著莘野昔年之語，以足踏船底而歎曰：「恨不得即向吾友道道。」

沁碧詩，五古學選體，邊幅稍窘。七古力追初唐四子，頗得神似。五七律則恬澹蒼鬱，高華娟秀，諸體咸備。《灌園餘事》所刻，余大半喜讀之。若沁碧者，舊雨中指不多屈也。又嘗偕余次海六鍾明經駕鰲《咏蟬》韵云：「擬寫清音向玉琴，憐伊抱樸解長吟。烟消楚岫林逾靜，怨入齊宮夜轉深。曾以八名傳《爾雅》，誰將雙翼搨來禽？孤高別有巖棲客，桂樹淹留共此心。」原注：梁簡文帝《咏蟬》詩云：「桂樹可淹留，莫謂山中久。」一時和者群推是詩擅場，蓋難於次韵之自然雅切也。

荆園世丈與余論詩極合，每向余稱道袁太史《隨園詩話》。謂其專主性靈，不尚雕琢，故其生平所作樸茂居多。嘗見其《寓齋感懷示兒》詩云：「老作傭書客，驚心歲月遷。奔馳空少壯，摇落到鄉園。市欠操贏術，耕無負郭田。一燈羞自照，白髮映青氈。」「吾族蹇如此，傷哉阿買殂。謂尺木。忍拋渠十口，誰翼我雙雛？蓬必扶能直，稂須耨者鋤。平生渾落拓，家計愧荒蕪。」「咫尺横塘路，難紓内顧牽。缾空仍昨日，婦病屢經年。力絀資參术，醫窮減食眠。扶持需爾輩，風燭總堪憐。」此等詩，言言本色，而風格亦復不卑。間有設色之句，若「桃花浪暖河橋驛，楊柳風摇古渡頭」、「淺瀨澄烟寒白鷺，疏林落日橈丹楓」、「路暗前村楓半老，香留晚徑菊初黄」、「面山雲氣黏天湧，近海潮聲動地來」，亦殊烹煉，然非荆園之所好也。

族弟樵水坤，少與余同受業於潯芻夫子。嗣以多病，復遭親歿，家漸不支，遂廢而服賈，以圖口食。居肆之暇，輒就余談詩，娓娓不休，惜少學問以副其筆耳。五言佳句，如《秋夜》云：「燈影摇虚壁，書聲入亂蛩。」《萬松嶺》云：「色連千樹翠，聲瀉一江濤。」《過翠筠山房》云：「竹林門逕舊，梅雨石苔新。」《寒山寺》云：「澗飛千尺雪，風送一宵鐘。」七言佳句，如《五人之墓》云：「逆謀鉤党朝無主，仗義鋤奸野有人。」《武林山》云：「相看萬壑朝西子，此地孤城背夕陽。」《蘇小小墓》云：「野花留靨餘春色，蔓草傷心見淚痕。」余每喜而誦之。

族姪汝嘉，生於富厚，年少遊庠，乃能脱屣膏粱紈袴習氣。詩不多作，清机自引，頗不失先民矩度。

余録其《胥江懷古》云：「伍相英風迴未消，空江日夜起寒飇。三吴霸業隨流水，千載忠魂激怒潮。臺上鹿麋方作隊，墓前松柏已干霄。姑胥門外愁烟結，髣髴靈旗倚泬寥。」《吴江鱸香亭》云：「寓目孤亭畔，烟波興有餘。江干紅葉路，知近釣人居。」《三高祠》云：「曠逸有同心，高風邁古今。清波流不盡，長繞古祠陰。」

吾里前輩任翁儀山鳳，一生佐幕晉陽。能詩，著有《釣鰲堂集》，未刊而殁，余幼時曾一覽焉。至其曾孫光祖，家道式微，離居蕩析。一旦詢其曾大父遺集，曰：「僅存耳。」余感慨久之。祇傳其《秋夜感懷》七律迴文一首云：「秋庭一夜晚生凉，露冷沾衣客恨長。收淚暗中書往事，放懷幽處解空囊。流風本性成嵇阮，問學私心會老莊。休道吾人無與可，悠悠世界眼茫茫。」此詩爲光祖平時熟誦，而余得聞而記。前輩風流，庶幾未泯。

大金川梗化時，朝廷命訥親、張廣泗用兵。余年方十齡，作詩紀事，呈先君覽焉。中一聯云：「封土百年開戰伐，將軍六月鼓貔貅。」適父執莊自超先生在座，驚歎曰：「令郎作耶？他日有明七子之響，嗣此子矣。」先君子爲之遜謝，余亦不曉所謂。迨長，得讀七子詩，反不能冀其萬一。因念先生品題之語，耿耿不忘，轉益自媿爲羊公之鶴云。

乾隆丁亥，余年二十有四。海鹽陸山人九皋，爲余寫《醉月圖小影》。時則有若雲子支明經飛、地山黄秀才本謙、書崖巢秀才士諤、蝶園莊秀才春藻，諸君皆有題詠。後遭胠篋，斯圖遂亡。追憶諸詩，不能强識，僅得支翁一絶云：「梧風桂雪一輪秋，藉地揮杯興更遒。如此襟期塵壒外，謫仙遠去阿誰儔?」黄丈一絶云:「文人愛酒兼愛月,此意曾傳太白詩。吟到舉杯邀月句,清宵相對影參差。」巢君一絶云:「皓魄當空萬籟收,桂香桐影兩悠悠。問誰領得清閑味,醉向溪山豁遠眸。」莊君則七古一首,起句云:「人生不滿百,光陰捷飛輪。男兒要且適己志,安能屈曲隨世遭苦辛?」其下則茫然矣。數十年來,余髮種種,諸君亦久爲異物,不勝邈若山河之感。惟黄丈有《弁山書屋吟稿》得讀。若支若巢若莊,竟不能存片紙。一棺長閉,泯焉已耳,思之令人三歎。題圖之作,雖未見諸君絶詣,而余爲存之者,則亦漁洋感舊之意云爾。

晴山馬君文燧,亦家焦山門,松賓之高弟也。與余同館七星橋莊氏,朝夕唱和者五年。詩多不録,録其《訪盛宜山先生瓣香庵遺址》一律云:「撥櫂來尋高士宅,鴛湖曲渚絶囂塵。竹林詩社誰爲主,皓月天涯作比鄰。古墓驚秋黄葉老,殘碑哭雨翠苔湮。高軒墨慰今何在,試訪遺賢説舊因。」時爲古石沈君莊毓原唱,和者多人,惟晴山爲探驪得珠之作。

余未交稻廬,先交其堂弟春松與昌。春松從稻廬遊,詩學雖不逮,然熏之沐之,淵源固有所自也。秋杪,偕余訪選勝庵,得句贈余云:「笑指烟霞訪遠公,滿村黄葉舞秋風。平生最愛忘機地,白社招人在此中。」「老大飄零亦可憐,十年孤客壯心捐。此行拋卻魚蝦市,不遣腥風入硯田。」時余方擬聚徒於此,故春松云爾也。

芸莊先生,耆年績學。爲詩則典贍多而丰姿少,間有思致流動。耐人咀味者,如《咏朝雲臺》云:「巫峰重叠擬天青,欲訪遺臺縹緲形。暮雨朝雲仍自在,春鵑秋蟀若爲聽。仙娥一去全無影,霞珮千年豈暫停。詞客徒然誇艷遇，襄王夢斷已冥冥。」《戲馬臺》云：「拔山氣概逞當時，遙想重瞳顧盼姿。戲馬雄豪臺自峻，沐猴事業史空垂。八千勁旅餘殘壘，半夜悲歌泣逝騅。攬轡登臨增客感，重來九日醉瑶巵。」《鳳皇臺》云：「千仞高翔勝地閑，層臺猶是峙人間。赤烏偉業成虛幻，采石精靈尚往還。佳句長留塵外賞，遥岑宛肖漢中山。何當載酒來登眺，凭檻高歌解客顔。」

梅里白齋金君餘音，偕其昆弟椒亭綸、秋崕璋，讀書吾里之禪悦庵。庵故夏氏宗祠也。余時適館於夏氏，朝夕過從，唱酬無虛日。久之，白齋客遊都中，椒亭以疾歸里，秋崖嗣余館席，余復衣食奔走，萍栖不定，風流雲散，契闊山河。去年秋崕已歿，聞之憮然。亟徵其詩，不可多得。惟録其題余《夢梅憶吟小影》二絶云：「好風吹遍古林間，烟月襟懷情自閑。愛汝行吟春色裏，暗香疎影在前山。」「水邊籬落幾枝新，時有清香暗襲人。我亦梅花谿上客，披圖忽憶故園春。」白齋題有長歌一首，起句云：「行不到庾嶺，夢不到羅浮。憶昔載酒孤山遊，梅花幾樹饒清幽。歸來一夜東風起，梅花落在畫圖裏。」其下則忘之矣。椒亭作七律一章，僅記其結句云：「莫歎年來知己少，半林吟嘯足平生」而已。益自慨衰年健忘，疇昔友朋聚樂之緣，恍如隔世。寧知一彈指間，有如是耶？秋崖尚有同題陳君《澹廬詩夢圖》一律云：「行入丹丘趣不稀，茫茫仙蹟鎖苔衣。溪邊積雨雲常潤，嵓下啣花鹿自肥。投箧詩篇新夢破，披圖春色舊山圍。何當重訪鴻都客，林壑蕭蕭駐晚暉。」

體誠杜君泰，坎坷一生，咿唔半世，功名未就，賫志以殁。少與余交，詩筆寒瘦。曾見其《村齋枕上聽雨》一律云：「中宵傾雨急，欲睡竟何曾。鼠渴潛窺硯，蛾飛暗撲燈。穿窬驚隔舍，梵唄出孤僧。

側耳渾無寐，哦詩想右丞。」詩境幽寂若此。

指雲姚孝廉金聲，與蕭齋、沁碧先後交。晚乃以一扇貽余，而訂好焉。每相見，必索余三人韵語屬和。善書法，性耿介，家故奇窘，束修之外無他及。病卒時，賴諸及門醵金襄事，始克就殮。吁，可哀已。散佚生平遺稿，見於《百尺樓稿》者，十不得五六也。余録其咏狀元鞭草二律云：「芳名誰譜冠南宫，徐引群仙西復東。不斷嗚珂摇夜月，幾番攬轡縱春風。枝條影裊爐烟翠，花簇香分餅餤紅。此日輕揚歸翰苑，湖山佳氣鬱葱葱。」「根荄豈植廣寒宫，摇曳柔絲繞苑東。玉署夜寒人醉月，銅街春暖馬嘶風。也隨柳汁侵袍緑，好逐桃花結綬紅。欲擬據鞍鳴得意，瓊林分食大官葱。」枯寂題而游刃若此，可謂匠心。

蕭齋懷古詩，余僅於他處偶見兩首。其一《赤壁》云：「繼統蠶叢命自天，雄圖鼎峙尚嫌偏。東征不失吞吴計，西顧應無入蜀年。客借一帆風片穩，烏啼夜半月輪圓。空江故壘荒蘆荻，漁火閒炊數點烟。」其一《蘇小小墓》云：「一抔青草滿湖烟，駐馬西泠指玉鞭。蘭麝香消人莫問，鸎花春老客生憐。斷魂寒露迷衰柳，野哭清明弔杜鵑。同是有才埋艷骨，虎丘山下蜀溪邊。」

文樸楊君蟠，梅里未孩先生之哲嗣也。余交文樸時，未孩已病痺不起，未幾而殂，不及得其翰墨，但録文樸答余見贈詩云：「萬斛離愁付酒卮，茫茫身世欲何之。江湖行卷看誰定，鄉國詞人獨爾思。挂劍高風餘涕淚，登壇大雅仗扶持。劇憐無限殷勤意，寄我前宵夢裏詩。」「羇栖未有一枝安，損卻春心去住難。半畝區田新活計，數間破屋小盤桓。逃名自昔如逃債，得句從今勝得官。爲問騷人能愛我，早知換骨有金丹。」

楚雲天分既高，諸體入手，悉能斐然成章，不若虎賁貌似中郎也。《同人溪北舊廬賞梅》詩云：「溪北精廬好，清遊此最便。繁花看樹樹，良會記年年。簪盍交惟舊，筵開興欲顛。鄉園欣聚首，買醉不論錢。」「久雨寒偏勒，南枝花尚遲。竭來選佛地，正及仲春時。景物開懷抱，風塵老鬢絲。聯吟如可續，酩酊一題詩。」至七言佳句甚多，如「皮裏春秋雙眼白，枕邊富貴一燈青」、「自分才非蕭穎士，誰能隱似趙凡夫」、「丈室維摩偏善病，東牆宋玉易悲秋」、「梧桐自合棲么鳳，松柏還應施女蘿」、「談常捫蝨差希猛，食慣無魚敢鄙驩」、「當杯引滿看長劍，得句微吟據槁梧」、「單寒已乏封侯骨，累贅空餘負郭田」，皆倜儻雋逸。

嘯竹夫子樹本，與余先君子及周君于邰封，地山昆季，往來唱和。但所作不甚愛惜，隨手棄置。歿後，存者尠矣。余搜得《觀海》二律云：「坎德毋嫌畀自居，茫茫巨浸載扶輿。溯源直欲窮星宿，歸壑何緣洩尾閭。蜃氣迷離隨處結，仙山縹緲望中虛。由來蠡測多荒怪，呼吸陰陽本太初。」「洪連渺渺極無涯，體物曾經賦木華。包括奥區涵日月，委輸川谷蟄龍蛇。稔知懸水多鮫室，想見通天有漢槎。我欲乘風凌巨浪，紫瀾迴處矚幽遐。」《送荆園弟之山左》二律云：「兩度齊東客，今朝又著鞭。抽帆揚子渡，緤馬岱宗巔。憑仗依蓮幕，相將理硯田。池塘空有夢，回首意茫然。」「好把行裝束，辭家賦遠遊。天涯渺無際，驛路氣横秋。凉月窺征槖，青山傍柁樓。到來官舍近，莫忘寄書郵。」《四十九初度》一律云：「苒苒韶華忽忽過，半生事業竟蹉跎。當歌應擊鐵如意，對酒還斟金叵羅。貧去漸看家累少，老來偏覺曠懷多。知非我已師前哲，何待明年細揣摩。」輓先君子二律云：「天上少微落，難期處士存。淒風淩白日，苦雨暗黄昏。曠達師前哲，文章啓後昆。延陵芳躅渺，何處與招魂？」「知己眼前少，雞壇舊日盟。隱高陶靖節，詩逼謝宣城。宿草經霜白，寒風伴月清。低徊思往事，伐木怕重賡。」

尺木詩少概見，余僅於鄭氏得《蔭軒分賦雜卉》五絶一幅，録之。《臘梅》云：「百卉盡凋零，一樹黄如蠟。孰使占花魁，乃殿嘉平臘。」《黄石》云：「何年舊穀城，纍纍餘黄石。積之爲小山，不減大癡册。」《蝴蝶花》云：「小草本無情，化作莊生蝶。修葉青茸茸，争傍枝頭帖。」《紫篠》云：「春雨注如膏，牆陰放紫篠。若植開士廬，色比袈裟皎。」《金雀花》云：「不聞飛與鳴，但向枝間躍。想是永安中，遺下黄金雀。」《秋蘭》云：「誰可紉爲佩，盆中有秋蘭。國香故自在，只供同臭看。」

表兄櫪矜王君元恒，少學詩於先君子，五律獨工。後乃以詩教迪余，多蒙商榷之益。惜無子，一生著作都已淪棄。晚以幕學，客死中州。僅録其輓先君子一律云：「桐死秋風裏，哀鴻入渭陽。草吟成絶筆，原注：舅氏臨殁賦《春草》詩數章。墨蹟寄空牀。開閣雙丁在，招魂一賦章。自今思問字，夢繞雨田莊。」莊故余家草堂舊額也。

珊客頹唐放誕，善使酒，醉後狂吟，目無流輩，顧其詩特元人筆致耳。嘗示余《首春偕未孩奉陪種梅居士曹秉鈞泛舟天香庵故址看梅分賦》五古一首云：「結廬梅花溪，花香生水面。夢繞古椏杈，東風開廢院。湖鄉老居士，使屐踏尚欠。迨暇過木山，未孩書閣。招我吟帆便，檥櫂入叢篁，鼂然屋角見。其餘皆百年，望之爲色變。積雪寒林堆，迴颷寫晴練。瀹茗嚼談芬，清泠勝上善。惜不携尊罍，待月排夜宴。所喜愜重遊，紅蕾發奇艷。曾聞此庵實，氣味頗酸釅。殊嗜洽翫遲，繁英牽去戀。拗枝插船窗，一一明粉片。」又《咏白燕》七律一首云：「一樣烏衣國裏來，自憐照影雪皚皚。綠毛么鳳不相識，紅嘴鸚哥莫浪猜。戲蹴牆頭珠絡索，終疑天上玉樓臺。畫梁藻井栖難穩，夢傍梁園作賦才。」則元薩遺音也。

余館於呂氏之時，有少年新婚，伉儷甚篤。未匝月，出就外塾讀書，婦魂與之俱去，日夜立於窗外，可近而不可即，遂輾轉卧疾，朦朧間或自言之。其家人懼，亟招夫歸，則婦亦豁然清醒矣。門下士目擊來述，適春松在座，大異之。余曰：「是何異哉？君不聞臨川湯若士之言乎？理之所必無，安知情之所必有？況飲食男女，人之大欲存焉者乎？」春松曰：「竹垞朱太史《曝書亭集》中載葉元禮及吳江女子事，太史紀以《高陽臺》詞一闋，而其事遂成佳話。螟巢何勿踵之？」余欣然曰：「諾。」爰即用太史原調，亦填一闋云：「夢裏尋蹊，山頭化石，紅閨多少情癡。何事雕梁，雙飛燕羽差池。生來那慣輕離別，照孤眠、樓上花枝。黯相思、一度魂銷，一晌神馳。　也知不是檀郎意，怕堂前嚴父，窗下明師。咫尺藍橋，空餘兩地嗟咨。黄昏小影亭亭立，似當年、倩女臨時。莫歸遲、負了青春，悮了芳姿。」他日舉示春松，笑而言曰：「此實填詞一等好題目，更無處尋得來者。」

蘭言萃腋卷之四

嘉興蜈巢吴展成手編

退飛詩胎息唐音，而悲凉蒼勁，自成一家言。於七律具見大凡。余愛其《秋日雜感》云：「鐵馬聲從玉漏嚴，金風吹徹夜厭厭。無眠倦聽蛩喧砌，著意欣看兔浸檐。野老久知殘暑困，兒童也愛晚凉恬。秋燈一穗茅堂裏，擁鼻吟孤半臂添。」「誰云矍鑠舊丰姿，那有飛揚跋扈時。歧路朱公同一哭，高臺楚客已先悲。耽眠祇戀雞窠穩，暖老空聞燕玉宜。十卷《楞伽》箋未了，顛毛暗改鏡中緇。」《聞臺警》云：「長鯨東海戮還無，規外星辰亦版圖。許國一身空撫劍，憂時永夜漫傾壺。龍韜上將雷霆握，虎落諸軍風雨徂。鷹隼乘秋當奮擊，韓碑久在蔡州郛。」「拭目朱旂天半開，彤弓玉節下蓬萊。嫖姚舊著平番略，驃騎新膺授鉞才。山遠無諸深雨露，潮迴赤嵌阻風雷。莫矜蠻觸蝸能踞，尺組還看繫頸來。」《寓廬》云：「南北東西未解顔，偶携細弱滯塵寰。已悲碩鼠簞瓢罄，更怵修蛇道路艱。天意未能容放曠，人情只合共癡頑。芒鞵竹杖飄蕭髮，乞食天涯未擬還。」「先人卜宅面清漳，負郭汙萊五頃强。詎料飢驅緣舌翕，頓令播越失心臧。萍飄蓬轉蹤難定，雪壓霜欺氣不揚。孟氏三遷非得已，牽船擬欲就思光。」

妻父清溪程先生希濟，館横塘西偏袁氏。主人與余，外表兄弟也。偶傳余少作，先生見而喜之，乃以長女字余。先生壯歲豪俠，習武遊庠。旋即棄去，惟以詩酒自娱。嘗謂余曰：「功名得喪，人生自有分定，第使我女作一詩人婦，我願足矣。子其勉之。」晚年抱痛西河，竟至無後。憤極，悉舉其所作焚之，遂得狂易之疾而歿。余祇憶其《咏竹夫人》一律云：「丰骨珊珊静且幽，横陳也解傍温柔。美人林下徵嘉耦，君子宫中托好逑。夢到三更懷墮月，凉分半榻簟宜秋。可憐薄命同紈扇，棄置西風一段愁。」體物居然大方。

稼軒杜秀才禮堂，放誕風流，詼諧百出，館於楚雲之家。余與同里諸君日造其塾，論文讀畫，飲酒賦詩，覺座無稼軒不樂也。余嘗戲之曰：「稼軒姓辛，有宋詞流。稼軒姓錢，昭代鰲頭。錢維城。子也儗之，孰絀孰優？竊以自號，毋乃不侔。」稼軒答曰：「人號稼軒，軒軒霞舉。我號稼軒，同於老圃。號雖不殊，意各有主。非辛非錢，我自姓杜。」一笑而罷。工鐵筆，見余學板橋道人六分半書法，乃刻一印章贈之，其文曰：「看有幾分書。」余笑曰：「子誚我耳，而我用之，自謙自負，盡在其中，不亦善乎？」余暇日，戲填南北宫調諸曲，稼軒輒喜讀之。後東遊乍浦，以文網故，爲讐家所訐，遂悸死。余譜南宫全調大曲一套，哭而輓焉。

張生斯岡，詩筆挺秀，惜不暇持擇，全璧頗少。余喜其《咏洗車雨》七月六日雨爲洗車雨。一律云：「香車未駕漫催妝，神女前驅早自忙。一勺分來銀漢裏，千絲散出錦機旁。扶輪豈藉脂膏潤，凭軾偏留瀋蕩凉。後夜莫教頻灑淚，七月八日雨爲洒淚雨。迴鑾重把别離償。」同余和蕭齋《馬嵬驛懷古》一律云：「郵亭回首一沾衣，天步艱難賦式微。忍使豬龍掀國破，卻教鸚鵡問君歸。紅顏春夢梨花謝，白骨秋墳燐火依。休信鴻都狂道士，蓬萊深處覓仙妃。」題曹古香《種水村莊圖》二絶云：「我本横塘一釣師，輕蓑小笠雨絲絲。扁舟他日還相訪，遇爾鷗眠鷺起時。」「烟波嘯傲水雲寬，魚計爭如稼穡難。剪取吴淞描一幅，秋風遥憶我家翰。」其他五言佳句，如《咏燕》云：「巧從珠箔過，偷傍畫樓棲。」《薔薇》云：「幾層烟冒緑，一架雨飄紅。」《贈荆園》云：「空囊悲趙壹，旅食慨梁鴻。」《舟過臨平》云：「遠樹多於髪，遥山翠作屏。」七言佳句如《初夏》云：「遶廬夏木添濃翠，夾岸疏花逗晚紅。」「畫檻春歸花事少，曉窗雨過緑陰多。」顛倒解數，悉皆語妙。

詞筆凌厲過於詩，雖言情不足，然充其力，上可學步迦陵，下亦堪執鞭弭以從事於退飛老人也。《咏秋海棠・蝶戀花》云：「賸有餘春嬌八月，宜喜宜嗔，綽約雲根窟。幾縷紅絲籠翠葉，一腔檀暈中心結。　聞道懷人心不滅，淚點傾來，化作胭脂血。小婢莫教輕采擷，深閨多少愁腸絶。」《夜雨・南鄉子》云：「雲密雨浪浪，半灑疏簾浥舊香。摵摵凄凄聽未了，丁當，檐馬聲聲曲檻旁。　一枕賦高唐，小簟輕衾夢正長。惱我無眠羈客耳，凄凉，不種芭蕉也斷腸。」《乙卯七月初六夜大風雨・金縷曲》云：「飛澍穿天罅。訝瞿塘、倒傾三峽，勢同人鮓。檐溜横吹都入座，亂挾狂飈噴射。更漏點、牀牀交下。儂抱羈懷秋正苦，便斜風、細雨驚魂怕。誰又把，書帷挂。　漫空一片銀濤瀉。儘當年、南宫妙筆，也難圖畫。滿地江湖千尺浪，不辨兩崖牛馬。還愁絶、五更潮打。百里竟無山隔斷，問海濱、恐有爲魚者。話凶吉，少憑藉。」《對雪》前調前韵云：「銀海摇窗罅。砭重裘、粟高於蜎，脂乾於鮓。檐溜垂垂冰作柱，一片冷光交射。看凍雀、紛然飛下。山郭江村都壓遍，險而深、來往行人怕。無影月，漫空挂。　牀頭亟把新芻瀉。拉高陽、洪爐暖閣，置身圖畫。醉後長吟摩詰句，玉靶珠弓盤馬。想塞外、圍場親打，回首空堂天徑暮，歎年華、草草催人者。甕欲拍，枕堪藉。」用迦陵韵，乃能出險入險如此。更有題《緑陰・摸魚子》一闋，尤爲合作。詞云：「撲層檐、翠濤新漲，匆匆驚换時序。勃鳩啼罷疏烟裏，燕子將雛還乳。春已去。任紫陌紅橋，虧蔽無重數。日長院宇。又一剪東風，輕雲籠卻，淅瀝響梅雨。　舊遊客，門巷愔愔欲悮。苔痕蔭得如許。繁華到處都成夢，芳草連天催暮。君莫賦，君不見、樊川吟老銷魂句。青袍失路。但極望凭欄，關河遮斷，千里送平楚。」

錢生汝培，别號嶺梫，初不能詩，從余遊後，乃留心韵語，與諸同人倡和，亦頗有可意之作。《重九日登高懷城中諸友》云：「重九題糕會，登臨歲歲殊。那堪今日興，不與故人俱。木落空亭榭，風寒響荻蘆。才看投北鴈，應已到鴛湖。」《秋夜》云：「蕭瑟空堂静，東籬菊綻金。一簾明月夜，千里故園心。落拓情懷减，飛揚志氣深。更闌人不寐，坐聽漏聲沉。」《秋日感懷》云：「村居寥落故園蕪，静掩衡門自守株。每以家貧嚴介節，常因性懶異時趨。看鴻應識青雲上，抱璞寧教白璧污。栽得滿庭松菊在，呼朋詩酒且相娱。」亦可謂能自矜尚者矣。

西巖沈丈學山，有酒癖。飲必濡首大醉，醉則任卧田間樹下竟日夜。人或議之，則曰：「干卿何事？我自得其趣耳。」詩衝口出，隨筆書，不屑推敲從事。嘗見其賦《南巡竹枝詞》四首云：「飛步龍驤共虎賁，追隨皇子又王孫。柳陰士女低聲道，萬騎中央是至尊。」「黄旂白馬指江關，夾道歡呼識聖顔。四海一家千萬里，江南只算殿庭間。」「君臣賡唱慶明良，無逸圖開萬古香。湖上枉栽桃柳樹，豈知盛世重農桑？」「八駿時乘宛似龍，春山飛幸幾重重。野人别有烟霞癖，乞賜湖邊第一峰。」西巖善造各種詩箋，售爲酒資。又自製一小舟，號曰「琴艇」，每於清風明月之下，高歌自櫂。余曾填詞贈之，西巖大喜，出所造詩箋酬余。

吾鄉苾蒭，能詩者罕。余所交者，高雲、時三兩人而已。高雲住横塘西畔之翠筠山房，體羸善病，儼然山澤之癯。余少日學詩，蒙其指授。後以瘵疾死，徒子不肖，蕩業亡去，遺墨無所得。祇記其《過奕天山房同時公納涼分韵》二首云：「小步入東林，山房深復深。荷風迎杖屨，竹露浄衣襟。茶喜時時熟，詩還細細尋。主人能愛客，移席草堂陰。」「何以消長夏，相將到上方。砌幽苔合翠，窗静几分涼。座展安禪榻，缾傾隔宿漿。高吟殊未倦，歸路踏斜陽。」

奕天山房距翠筠不遠，時三居之。性嗜酒，喜客。客至，即出家釀具觴。與高雲及朱君蘭谷、沈丈西巖稱吟友，往來酬答最多。余録其《迎冬》一律云：「秋光老矣動悲吟，旋覺嚴凝遍野林。已悟盈虚移物態，還參消息見天心。風高晚逕黄花瘦，木落寒潭碧影深。漫道江南先得暖，哀鴻也有故鄉音。」《白菊花》一律云：「數枝新樣冒輕寒，開向閒庭雪一團。高士久傳籬下種，騷人偏愛月中看。晚香浥露秋將老，小蕊經霜色未殘。賴此微吟伴幽獨，從教粉本託毫端。」

余近得曹生言綱《秋日偕同人遊興善寺歸飲約禮堂》四律，及《寺中觀古柏》一歌，喜其詩學大進，録之。其四律云：「一櫂僧廬入，三秋客興遥。相將過曲徑，取次到平橋。石罅殘碑卧，堂坳古墖標。雲房多寂静，鳥語奏《咸韶》。」「舊雨連今雨，登臨愜素懷。葛彊忻把臂，富弼喜忘骸。殿角流鈴唤，梯桄步屧偕。新詩僧許乞，不用水松牌。」「小憩留仁蔚，長吟撫洞簫。清机參娓娓，元箸悟超超。慧遠居何在，香山社自遥。誰將臨濟版，爲我樹風標。」「久坐渾忘返，斜陽入户低。舟迴聞水調，樹遠見烏棲。小閣籠燈火，虚堂話杖藜。主人深愛客，春酒瀉玻瓈。」其一歌云：「徑乾葉落風蕭蕭，薜蘿深深寺門遥。寺外何所有，秋水一泓拍谿橋。寺中何所有，古柏一株干雲霄。柯如青銅根如鐵，横斜巧補短牆缺。霜皮剥落迸緑苔，亭亭示我歲寒節。我家老屋城東隅，三徑扶疏柏九株。山房曾題九柏額，年年詩酒歡相娱。一朝筦鑰授他人，對此能毋重踟躕。徘徊未久斜陽留，瓏璁翠色豁兩眸。西林烟靄生天末，頻聞倦鳥鳴啁啾。同遊諸公誰識賤子意，但云此樹由來三百秋。」

雪舫詩筆娟秀，瓣香樊川，每有移情之作，余輒喜誦之，逸韻清芬，覺長在人齒頰間。《秋柳》四章丰神獨絶，和者雖衆，積薪爲難。其詩云：「紅亭疏柳畫橋東，曾記春遊繫玉驄。轉眼頓驚蕭瑟甚，斜陽幾縷挂西風。」「無復毿毿緑繞城，那堪攀折送行程。津亭月落秋江曉，只聽啼烏不聽鸎。」「長條折盡賸疏枝，十里烟銷颺酒旗。幾度令人憶張緒，風流不似少年時。」「天涯常伴客停舟，春去飄零感舊遊。夢到江南腸斷處，澹烟疏雨白門秋。」又《詠紫牡丹》一律云：「紫艷初開穀雨天，疑非洛下舊流傳。飛來瓊島原無匹，看到長安劇可憐。百寶欄邊應未種，四香閣裏漫争妍。王家步障知藏在，借作花幡護最便。」《落花》一律云：「一春花事已茫茫，回首東風欲斷腸。啣入燕巢紅影潤，踏來屐齒紫泥香。園隤金谷繁華盡，令去河陽城郭荒。寂寞湘簾愁不捲，緑蕪滿地賸凄凉。」《銀魚》一律云：「橋外圓紋簇，銀花出水鮮。雅宜挑玉箸，端合配瓊筵。鶯脰春争網，蓴絲滑並憐。杜陵吟白小，二寸愛天然。」殊有大家步驟。

古香爲言綱之兄，一號種水村農，與余最契。博極群書，著述繁夥，吾鄉之篤學者，未能或之先也。顧有食古未化處，余嘗謂之曰：「翰墨之道，他人患不足，而君獨患有餘。未免筆爲才揜，奈何？」有五言古體咏古詩一卷，爲生平得意之作，余終謂其規橅太似，非羚羊挂角伎也。絶句天籟自鳴，别有雋逸之致，録其《西湖竹枝詞》兩首云：「蘇隄一桃復一桃，過橋看了又逢橋。欲知根葉愁多少，都在錢唐上下潮。」「裏湖外湖十錦舟，唱歌都有錦纏頭。上得陸家解元舫，儘無絃管也風流。」《茶禪寺後看桃花》兩首云：「緑楊深處隱青苔，茅屋人家儘未開。已覺暖遊蜂響路，路旁先有折枝來。」「夕陽西過寺鐘遲，帽影衣痕坐更癡。竟日來遊看不足，畫屏歸去買胭脂。」《野外看海棠》兩首云：「團窠清艷入纖微，片段分明織錦衣。昨日城中遊女出，知翻新樣幾張机。」「小橋流水接通津，啼鳥催歸苦傍人。緑草如茵拋坐去，回頭便是隔年春。」又答余《寄懷》五律兩首云：「歎息謀生策，乖違決勝籌。長吟空瘦骨，獨立自搔頭。野樹重重合，寒雲陣陣愁。猶憐魚鳥伴，親近使人留。」「側逕隨沙遠，柴門逐水開。婆娑聊寄跡，潦倒豈多才。晚食園蔬供，新詩谷鳥催。不辭尋寂寞，一舸傍湖來。」

少白陳君志寧，年少於余，交余亦最晚。家本徽籍，僑居於禾。能書法，真草篆隸皆具體，兼工鐵筆，善白描，爲種梅曹先生入室弟子。嘗爲余題《空花鏡影册》額篆書，册爲余二亡婦遺照。併二絶云：「鏡裏空花最斷腸，一簾曉日倚新妝。先生已是頭如雪，何必安仁賦悼亡。」「亭亭玉立向欄干，祇恐愁人不忍看。卻怪含愁倚虚幌，依然雙照淚痕乾。」

吾邑少府嵐村張先生承堞，精於音韵之學，好與文士齗齗辨論。自言潛心此道中三十餘年，今始得其肯綮。嘗慨風塵物色，同調無人。時余方填詞度曲，稍有傳誦，先生訪余呂氏寓齋，談極傾倒，余贈詩四律。復有《論韻學》一書，俱載集内。遂成知己。先生遺余自著《管窺説》數帙，後退休歸里，余譜《北宮樂府》一套送行焉。

唐生俊從余有年，作文亦殊條暢，獨不能吟詩，見雪舫、紫海輩。韻語酬酢，乃刻意爲之，時來就正，則往往皆經生學究語。余曉之曰：「詩與文，雖同一機軸，其實分道而馳。作詩獨不得闌入文中字樣，苟不知避擇，縱極其能事，不免腐儒。」生頷之，而終不能擺脱窠臼。偶與古香談及，古香笑曰：「渠開口即堯舜禹湯，下筆皆仁義禮智，先生其若之何？必如段師教康崑崙琵琶，須十年不近樂器，忘其本領，乃得之耳。」余曰：「昔見錢山人玉崖能詩而不能文，今唐生能文而不能詩。豈天之限於人者，有如是之不可轉耶？」

填詞雖小道，而界限極嚴，必上不侵詩，下不混曲，斯爲盡善。我朝竹垞朱太史之詞，兼南北宋之長，可謂集詞學之大成。一日退飛老人舉以問余曰：「君以爲尚有遺議否？」余曰：「後生輩寧敢妄肆譏評，必欲援《春秋》責備賢者之例，則愚竊有進。如太史集中所刊。《玉胞肚》一闋結語云：『便成都染就箋十樣，也寫不盡相思苦。』及《無悶》一闋結語云：『料此夜一點孤燈，知他睡也不睡。』則未免闌入曲語矣。」退飛首肯。

隱君右箴夏翁銘，爲嘯竹夫子伯祖，以畫菊名家。字近逸少，詩逼石湖。與陸東村琰卓作莫逆交。惜其後嗣式微，無片玉什襲之，僅於夫子齋頭，見單條一幅，自書《言懷》一律而已。余所得之仙瓢，即隱君手製。爰録其詩而和之，以志步趨先輩之風流云爾。其詩云：「手劚雲根結草廬，平生心事滿無餘。二升菰米晨炊飯，一卷松燈夜讀書。天理直須閑處看，人謀常向巧中疏。烟波有趣君知否，裂網伸鈎也得魚。」荆園和云：「先人風雨蔽蘧廬，過眼雲烟廿載餘。原注：同居祖屋乾隆四十年出售。韵語長留醒世句，筆鋒肯作媚時書。名場結習從來薄，市儈生涯自昔疏。慨我孫曾蕭瑟甚，誰憐彈鋏食無魚？」余和云：「豹隱南山有敝廬，自甘瓢飲傲贏餘。衡門泌水烟霞癖，老圃秋原桑柘書。尚友還遺三代直，忘年不記二毛疏。人間我亦逃名者，願與先生作婢魚。」

吕生清泰吟情亦佳，惜筆有所不副，息心静氣時，自能戛戛獨造。嘗次余《首夏日偕遊倦圃》五古云：「風雨送三春，佳興苦無托。何處踏春陽，拉余訂遊約。空谷傳足音，先生來東郭。酒罷餞春觴，小步尋谿壑。古園人跡稀，惟見燕雛掠。欹傾舞榭基，零落秋千索。屈曲探深林，攀援上高閣。野花砌下生，蔓草牆陰絡。一丘足登臨，俯仰見城廓。飛紅歷亂中，蕭疏賸芍藥。有亭浮池間，卧波通長彴。閑坐洗蓬心，相對忘歌謔。回憶去年遊，耿耿還如昨。碧荷乍舒錢，緑竹半含蘀。良友期不來，停雲賦空作。何當語主人，借此行窩樂。聯袂集高陽，來避炎歊虐。日暮詠而歸，香泥滿雙屩。得誦瑶華篇，擬譜《梅花落》。我將命小鬟，載歌侑晚酌。」《題郡廣文惺庵葉公秋林策杖圖即送其退休旋里》五律兩首云：「木葉響颼颼，蕭疏滿目秋。高枝風外落，遠黛望中收。底用停車翫，偏宜策杖遊。芒鞵聊穩足，擬與謝公儔。」「回首思高士，披圖若可尋。閑居能養志，娱老適投簪。愛此林泉樂，渾忘歲月深。誰爲彭澤宰，相對話同心。」《次友人梅花原倡》七律兩首云：「江南春信入瓊根，千樹看來記舊村。窗外有香風度隙，牆陰無影月添痕。灞橋踏遍空山客，羌笛吹殘故國魂。擬約鄰翁同覓醉，呼童暖閣早開門。」「苔蘚年年護碧絲，藐姑濯濯露清姿。香魂暗返潛依月，紙帳閑眠擬賦詩。蕭寺凍開深雪裏，長門愁絶賜珠時。關山一夜風吹滿，春轉園林若箇知？」《題古香種水村莊圖》七絶兩首云：「占取桑麻十畝間，何如小閣枕溪灣。黄塵多少風波客，肯與沙鷗一樣閑？」「石湖妙句繼滄浪，安樂窩開雲水鄉。暇日徵租無處使，不妨長貯小書倉。」皆可喜之作。

梯雲徐君志暟，余壻翁也。曩余館吕氏時，其仲子高峷從余遊，旋以詩來唱和，遂爲兒女親家。梯雲少年鋭志進取，數奇不耦，齒長於余，今髮且種種矣。談及名場事，猶拍張作骯髒語，令人慨然。所爲詩不自收拾，多所散軼。余得其數首録之。古樂府《驅車行》云：「驅車君欲行，别淚爲君傾。君行不可挽，送君難爲情。落日暮山紫，長途渺千里。何處駐行蹤，行蹤若流水。」《黄金臺》云：「霸業空流水，危臺尚可尋。龍沙留勝蹟，駿骨市黄金。七國争雄志，千秋空谷音。登高發長嘯，落日滿平林。」《春草》二律云：「一抹黏天春思同，萋迷古道有無中。離離翠接千家郭，脉脉愁含六代宫。油壁碾殘新柳月，紫騮嘶斷落花風。年年送盡王孫老，惆悵閑門徑未通。」「積雨凝烟遠莫分，燒痕春入又連雲。荒城路僻迷行跡，廢苑碑殘蝕舊文。鬥去柔香留玉爪，踏來嫩緑上紅帬。五侯門外何曾見，常恨無端送夕曛。」《落花》一律云：「無端歷亂不因風，取次翻飛失綺叢。小院簾垂春悄悄，歌筵人散雨濛濛。别來幾度成空翠，老去三分竟落紅。忍把闌干一尊酒，斷腸芳草思何窮。」《丁烈婦墓》云：墓在杉青閘。「官道茫茫峙古丘，遺香碎玉惹人愁。可憐閘下潺湲水，羞媜亭前也自流。」《吴宫》云：「夜静凉生水殿秋，蘇臺歌舞未曾休。如花宫女渾忘妒，折得芙蓉恰並頭。」《杏花》云：「紅雪吹香歷亂花，牆頭微露一枝斜。斷魂寒食年年路，認取青帘是酒家。」《春眠》云：「風雨庭花落幾枝，江南千里夢回遲。曉窗遮莫紅襟燕，説盡春愁總不知。」皆饒有風致，卓然可傳。

表姪晴川陳遴，爲人古峭，而詩殊不似其爲人。記其《夜過臨平道中》云：「客程夜發指汀洲，短櫂沿溪足卧遊。野水三更帆印月，亂山兩岸樹鳴秋。柝聲清切驚殘夢，篝火微茫隱戍樓。前路篙工頻指點，長安小市暫停舟。」《秋日湖上》云：「索句湖頭吟興偏，六橋風景劇堪憐。敗荷衰柳秋深矣，短帽輕衫致爽然。釣艇閒移花港外，客情小住酒壚邊。輸他隄上支離叟，管領朝霞共暮烟。」

蘭言萃腋卷之五

嘉興螟巢吴展成手編

紫海李君灡爲晴山門下士，余得交焉。戊午春，紫海屬余題其尊人悼亡册子，遂偕雪舫時相過從。一日以和雪舫《秋柳》原韵四首見示云：「春愁深鎖翠樓東，目斷天涯去客驄。怪道秋來太摇落，相思何處寄西風？」「秋雨離歌唱《渭城》，西風别酒酌烏程。長條憔悴不堪折，留待春歸共聽鸎。」「樓外斜陽見臏枝，心情無賴試槍旗。小蠻老去風情減，憶煞纖腰解舞時。」「流水栖鴉點客舟，風流孤負少年遊。章臺一去無消息，待得君來已報秋。」詩筆之雋，直欲與雪舫競秀矣。

家澹川叔文溥聰明絶世，淹博過人。生平肆力於詩，足跡幾半天下，所在名公巨卿，群推作手。自刊《霾林山人詩》行世，多所傳誦，兹不具論。余獨心折其集中兩句云：「底事春風欠公道，兒家門巷落花多。」不特一片性靈盎然流露，抑亦風人三百之遺。咫尺邯鄲，正難學步。他日以此語質叔，叔笑曰：「阿買故自不盲也。」

偶至古香寓齋，見一生貌如冠玉，肅衣冠向余長揖。余愕然未識，以問古香。古香曰：「妻姪角山虞光祖也。」余笑曰：「青眼窺人，於今摇落矣。數年以前，曾在西湖湖舫並載入城者。維時年才舞勺，以新入泮赴鄉試，尚婉兮孌兮也，今竟偉然丈夫耶。」古香曰：「喜此子能自刻苦，不肯蹈吴下阿蒙。近日亦作小詩，甚有思致。」遂誦其《秋柳》二絶云：「永豐西角灞陵東，細葉裁時送客驄。懊恨封姨情太薄，秋來收拾剪刀風。」「夕陽樓外數歸舟，幾度魂銷悔遠遊。自别清江消息斷，凄風苦雨不勝秋。」余歎賞久之，語古香曰：「後生可畏，正如初日芙蓉，英英欲上。倘能自愛其鼎，焉知來者之不如今也？」因顧謂角山曰：「青眼高歌望吾子，眼中之人吾老矣。」敢以杜陵二言爲贈，相與大笑。

乾隆己卯、庚辰間，士子功令應試有詩。余時帖括之暇，兼讀唐詩。循誦既久，不覺以詩語作行文議論典故用。若《棄甲曳兵而走》結比云：「累七重而貫札，士勇堪誇，彼棄者曾何所取？留一劍以捐生，君恩可答，彼曳者寧有其心？」《不可以風》落下云：「問夜何其，豫聽鸞和之風動；詰朝相見，遥知宫殿之風微。」適桐邑又韓朱先生覽之，謂同學楚雲曰：「昔羅隱試《腐草爲螢賦》，聞人隨口説典，組織成文，悉皆語妙。今吴某隨手拈得詩材，融爲文料，故自文有賦心。」

石門薌初朱君芬，與楚雲爲同門友，少日訂交於余。鄉試武林，余三人聯臂作徹夜遊。興致飛揚，幾忘肝鬲。迨後，楚雲告殂，薌初客湖北惠撫軍齡幕，不相見者數年矣。薌初天姿高邁，學問婷博。詩古文辭外，兼精醫理。嘉慶丁巳，以考貢故，數千里跳身歸。時兩浙督學使者爲芸臺阮公元，憐才愛士。薌初獻《西華懷古述遊》五排一律，用四支全韵，阮公爲之擊節，遂以明經出貢。季秋之月，吕生清泰之尊甫霞亭，患膈症甚劇，浼余作札招之來，因得爲平原之飲，握手如平生歡。余贈以《邁陂塘》詞一闋。時見其席間醉後，題《霞亭小影》一律云：「浪迹萬餘里，重過落帽辰。開顔一尊酒，轉瞬十年人。秋色梧桐老，霜華鬢髪新。烟霞客伴侣，準擬結比鄰。」詩筆一氣。

是歲督學阮公按郡科試，暇日懸牌，招填詞繪畫推算之士，各奏其能。余不入名場有年，蒙學廣文半林車公向榮以余詞學薦揚，獲呈詞稿。余賦二詩奉謝云：「焦桐出爨賞音孤，説項偏逢大匠扶。半世黄塵悲失路，一時青眼感噓枯。名心肯爲因人熱，小伎羞稱待賈沽。老去不留知己恨，憐才披拂到潛夫。」「東山絲竹憶彭宣，容我頻窺絳帳前。摇落已同凡草木，文章曾記舊丹鉛。風雲際會無畸士，桃李門牆有外篇。自笑駑駘長伏櫪，空邀珍重九方歎。」時海六鍾明經在座見之，曰：「二詩不亢不卑，大有身分，真愜當之作。」車公笑曰：「我向目子爲詞人，豈知詩人中亦無多讓耶？」

簣山王君治華，爲指雲地山高足。余罷館七星橋莊氏，簣山得嗣席焉。簣山文采風流，天資超邁。豪於酒，詩詞亦雋。余贈之句云：「彩鳳九苞千仞下，長鯨一吸百川迴。」蓋實録也。嘉慶丁巳，督學阮公按臨吾郡，重修梅里竹垞朱太史曝書亭。落成，即以是題試士，簣山拔置高等。余喜誦其《擬靖節和郭主薄》五古云：「長夏忽已至，緑遍芳樹林。薰風當户來，習習吹衣襟。好鳥鳴枝頭，時或弄清音。夕陽臨柴門，溪水雲欲深。撫我庭前松，彈我無絃琴。有酒酌盈尊，酒盡不復斟。富貴多累人，何用求華簪？一醉身世忘，那復計古今？翹首望明月，庶幾知余心。」《寒食雨》七律云：「百五韶光快著鞭，家家冷節禁炊烟。空齋落寞才三日，苦雨蕭條又一年。芳草溼遲紅蹴鞠，緑楊愁鎖畫秋千。最憐歲歲逢寒食，怨入東風叫杜鵑。」《由靈隱至韜光》云：「踏遍招提到上方，瘦筇扶我挈吟囊。泉聲瀉石晴疑雨，竹影摇風暑亦凉。門列好山屏障闊，目窮滄海練形長。老僧不慣供鷄黍，分得禪房茗盌香。」

于郃與余爲忘形交。善畫山水，法沈石田、高房山，寓秀潤於蒼勁之中。顧高自位置，若董元宰、唐六如，皆其所不滿者。家貧，又性愛揮霍，以畫餬口。得筆資，輒復隨手散去，終不名一錢，妻孥恒苦之。督學阮公試士暇，召秀才之善畫者試之。至日，于部携筆墨絹素以進，覿面揮灑，頃刻成巨幅。且上下議論古今諸畫家優劣，阮公無以難也。余見其爲人寫《春帆細雨圖》，題絶句云：「十幅蒲帆走迅湍，望中山翠撲襟寒。遥知細雨篷窗底，定説江湖行路難。」又嘗自誦其《瓜步晚渡》五絶云：「孤帆帶暝烟，落日沉江醉。回首秣陵山，遥邊溼空翠。」詩有畫境，而筆亦跳蕩不凡。

丁巳春仲，惕園寄余一札，拆視之，惟一詩云：「幾番紅杏雨，一片白鷗波。春色深如此，予懷渺若何。壚頭沽濁酒，花底按新歌。想煞南湖柳，鸎聲入夢多。」一往情深，令人傳誦不輟。

鋤月沈君德鴻以諸生爲吾浙名幕，與余師嘯竹及地山黄二丈友善，初不知其工於詞也。一日友人以《春意小册》十二幅贈余，視之，則每幅題詞其上，詞殊精妙。余録其三。其一調《醉花陰》云：「朝來春睡經時足，龍麝猶嫌俗。小步下香階，强索兒夫，親插枝頭玉。　芳蘭竟體吹清淑，何用花添馥。低語畫眉人，世世生生，共守同心祝。」其一調《如夢令》云：「正是嬌紅時候，一點春情初逗。幽韵最撩人，味比越梅酸透。知否，知否？二月梢頭荳蔻。」其一調《滿宫花》云：「理鴛衾，卸珠履。便是藍橋神遇。假饒此處不留儂，何處更留儂住？　囀鶯聲，欺燕語。蝶使輕狂偷覷。一枝紅杏出牆來，漏泄春光半樹。」詞筆妖艷，令人銷魂。此册今轉贈魏塘莊君矣。

吾禾鄉曲間，閨秀絶少。余家雖累世讀書，然咏絮者缺如也。惟族祖姑秋蟾名巽，字道嫻，爲蓼洲公女，幼耽風雅。適梅里鄭君萼樓，蓼洲客幕楚南，遂移家其地，與姑别者十有三年。一月姑與鄭君倚樓秋望，見賓鴻嘹唳南飛，有感思親，賦詩二絶云：「一字横排箏柱來，聲聲似撥楚絃哀。願爲羽翼偕飛去，縱遇高峰誓不回。」「瀟湘西去近辰州，想像高堂聽亦愁。羨爾一年歸一度，那堪羈客十餘秋。」鄭君倚聲和之。徵士沈君寅中顔其樓曰「聽鴻」。一時才藻孝思，爲諸名公所器重，繪圖題句，裝潢成卷，今藏余家。余曾賦二絶於後云：「鄉關有女獨思親，感念賓鴻秋復春。南望白雲看不見，西風愁煞倚樓人。」「記得牽衣帳各天，承歡遥隔十三年。新詩吟罷如堪寄，不要書封錦字箋。」附識於此，以俟操彤管者采云。後鄭氏式微，姑依於所親潘氏。家横塘之西地，名珠里，爰即其家授徒終老，年逾六旬，余猶及見也。

余昔館東郭之盧師浜側吕氏别業，與畦春彼此倡和。後以居停移徙，遂致間隔。頻年以來，旅遷靡定，不相見者，幾二十寒暑矣。歲戊午，適又傭書於舊地之鄭氏，得重與畦春握手道故。一日以吟卷投余，則詩學更進。余竦然謂之曰：「士夫三日不見，便當刮目相待，况廿載别君者乎？」爰摘其尤者録之。《過舍弟静吉堂遇友話舊》云：「杖策秋涇上，鄉村處處通。凉生菱葉雨，香弄稻花風。結客思原涉，論交憶孔融。當年飛動意，惆悵笑談中。」《閑居》云：「群飛凍雀噪庭柯，盡日閑居少客過。苔徑就荒因雨久，紙窗未補覺風多。酒能遣興聊諧俗，詩到言情每放歌。此是息黔安樂法，何勞豫計問行窩。」又迴文一絶云：「明窗竹浄雲陰薄，暖日春深徑草芳。情寄好風吟筆健，紙籠輕霧墨花香。」

我浙收漕之役，自乾隆二十七年後，遂致大壞。鄉民賫米入倉，實額一石，衹出七斗收執畀之。始猶譁駭，顧年復一年，官民皆視爲常例矣。有無名子作歌，黏於倉壁云：「硃籤來，催納糧。不惜納糧奉君王，但恨賫糧到官倉。田家粒粒皆辛苦，一到官倉如糞土。浮滿不作平斛量，狼籍紛紛何足數，照單納糧糧不收，聲聲額外索加頭。外加不敷内作折，儘了私加官又缺。吁嗟乎！千人怒駡萬人笑，一石糧完七斗票，正供之外何人要？九重天遠不知聞，痛絶斯民窮無告。」余與楚雲赴倉納糧，適見焉。楚雲讀罷，謂余曰：「此歌甚佳，若删去末後二句，筆情更覺冷峭。」余深然之。迄今又三十年，楚雲殁矣。偶憶此歌，有關風化，遂録存之，併誌吾友之片言中肯也。

以子輓親，於古未有。沁碧尊人既殁，一日語余曰：「僕製一對，擬書以輓先君，未識古有是事乎？」余請誦之，曰：「缾之罄矣罍維耻，樹欲静而風不寧。」余極賞之曰：「妙哉！的是以子輓親之對。惟其文，不惟其事，君又何嫌自我作古耶？」遂擘窠大書，懸於靈次。

余少時，嘗從友人作西湖十景詩，用「溪西雞齊啼」韻，經營慘澹，頗費匠心。湖州先輩徐君鳳輝見曰：「子他日自工於詩，顧有片言奉勖。如此等詩格，雅不可作。縱作之極工，亦不過鄉里之曹子建、李太白而已，不足登大雅之堂也。」余佩其言，自是絶不作此等詩矣。頃閲《隨園詩話》，太史有句云：「吟詩羞作野才子，行己莫爲小丈夫。」倍覺爽然若失。

嘗與友人論咏古詩最爲難作。余舉葉佩蓀方伯繼室夫人李含章《咏李白》五律云：「千仞翔孤鳳，酣歌一代中。在天猶被謫，入世豈能容？膽落高驃騎，恩深郭令公。再回唐社稷，諸將莫論功。」具此識力，方許其咏古。友曰：「詩則佳矣，容字不免出韵。」余辯曰：「東、冬本合，沈約强爲分之。《毛詩》『自伯之』意，東、冬本合之明證也，豈得爲疵？」

吾里新建關廟，司其事者，荆園老人之力居多。廟成，擬置匾對，荆園舉以屬余。余撰額語云：「吾日人心。」聯語云：「義勇冠三軍，浩氣塞於天地，漢賊不兩立，平生志在《春秋》。」荆園喜曰：「吾見世之爲侯匾對者，非膚泛不切，即崇奬過分。此額語即用侯語，本地風光。聯語無浮溢之辭，具見身分，合作也。」遂刊而懸諸廟。

嘉慶戊午，余在鄭氏寓齋，與竹居蔣秀才夜話。几上燃更香於盤，因拈是爲題，相與聯句。蔣起句云「二十五番清漏長」，余續云「静看星火驗焚香」。蔣云「眠遲逾刻頻消減」，余曰「夢破中宵試測量」。蔣云「窗月明時微露燼」，余曰「鄰雞唱罷不留光」。蔣云「篆灰落盡天將曙」，余曰「猶送餘芬到枕旁」。蔣欣然曰：「又可附入先生詩話中矣。」竹居名周裔，富陽人，東皋竇學使光鼐所取士也。家業造紙，時以服賈至禾，得訂好云。

余與同人分賦，得「柴草人」，一聯云：「曾駕柳車叨地主，也隨桃梗作波臣。」畦春次韵和余云：「出身原屬膏粱子，混跡聊爲草莽臣。」可稱工切而穩叶。

己未偶撿敝篋，得胡稻廬《荆溪除夕》一作，讀之黯然。蓋稻廬自荆溪歸後，即成永訣。平生有吟稿數卷，殁後不可問矣。録其詩云：「山城分歲酒頻斟，坐聽寒更感昨今。世路一生萍莫定，年華雙鬢雪先侵。蛟溪風信吟邊暖，鴛水波流夢裏深。岑寂柴荆應憶遠，燈前妻女正關心。」片羽一鸞，亦足是吾友之大概也。

金陵銕圃嚴君錠，字翰鴻。簡齋袁太史交好，《隨園詩話》中及之。乾隆壬子，以貨緞至禾，即訪余七星橋莊氏寓齋，傾蓋如故，談詩竟日。余造其旅邸答之，見行囊中，有太史全集及詩話、尺牘俱備。銕圃語余：「太史甫刻，尚未流傳，僕以交好，首蒙持贈。」余大喜，因獲借觀，然以匆匆，不及遍覽。銕圃索讀余《紅蘭樂府》，題贈二絶而去。詩投篋中，他日尋之，杳不可得，心殊悵悵。僅記其次首云：「引商刻羽興偏多，好付新聲菊部歌。他日樂郊重結社，半生風月補蹉跎。」

沁碧詩號《灌園餘事》者，已經兩刻。近復嫌其不愜己意，痛加芟削，以謀重梓，所存者，直無幾矣。余每謂其剪伐太苛，沁碧曰：「吾雅不欲後人糟蹋故耳。」余笑而諷以句云：「湮没流傳有數來，前人稿許後人裁。何妨多印鴻泥跡，如此甄陶未易才。」「絶似當年徐水鄉，百删小草自淋浪。浦翔春後誰知己，片羽終愁墮吉光。」沁碧雖見之，仍不以爲然也。

菊村朱君蕃綰，交余有年。文采風流，篤於至性。少爲尊人峙亭先生所鍾愛。弱冠時，以母喪故，一慟而絶。峙亭先生含淚長呼，竟日乃甦，自是遂有厥症。嘉慶己未三月朔，峙亭先生殁，菊村復慟而僵，幸旁觀者急救獲醒。醒後，成《更生紀痛》詩四絶，録其二云：「廿年前事最傷心，泉下歸來冷不禁。記得牀頭惟老父，呼兒聲裏淚沾襟。」「今日呼天天不膺，昔年呼我我還醒。餘生無復趨庭樂，謝豹啼來那忍聽？」同人見之，皆爲淚下。余謂至性之言，自能哀感頑艷也。

乾隆己丑暮春，楚雲偕蝶園莊君，拉余作武林遊。一日，泛舟湖上，舟子陳姓者，一蒼髯叟也。相與縱談湖上名勝。移時，陳叟忽問曰：「諸君可知十景之中，月居其二，何所取義乎？」蝶園曰：「四時之景，惟月爲佳，况於湖上？宜其言之重也。」叟笑曰：「殆非也。九景各有專屬之地，獨此景攬西湖之全。觀湖者，隨所在觀之，湖影皆不能圓，惟至此亭觀之，則隱然大環，絕無凹凸。當秋月俯照，平湖仰承，直如水精之鑑，爛銀之盤，所以爲妙。此平湖秋月，其實觀月亦觀湖也。」余拊掌曰：「此景實無人道過。徵叟言『烏知其妙哉』。」既而談及湖上古蹟，凡碑版詩文，此老頗能記誦。余益駭而問曰：「叟殆隱於長年者歟？」叟曰：「老身兒子，忝入仁和學泮。因鄙性脱略疏放，聊以操舟爲業耳。」楚雲曰：「叟必精通翰墨，今日能爲吾輩一吐否？」叟曰：「實相告，少日亦嘗讀書，三年前尚賦短句。今犬馬齒六十有二，頽廢久矣。」遂自誦其《咏西湖》絕句云：「銷金鍋裏鬥笙歌，南渡興亡遺恨多。惟有春風閑不管，年年依舊緑生波。」余不覺狂叫曰：「名句，名句！」再欲叩之，舟已抵岸。匆匆而别，悔不詢其居址名號。次日與楚雲、蝶園復往尋之，杳不可遇。

余再續鸞膠，已五十有四歲，花燭夜作詩自嘲，有「好夢半成强弩末，華年空望大刀頭」之句，自謂工切。近閲《隨園詩話》載桐城石曉堂句云：「官久真成强弩末，歸遲空望大刀頭。」不覺爽然。一日以語沁碧，沁碧曰：「不特此也。元姚燧先有句云：『薄宦已成强弩末，歸心空折大刀頭。』則石句已與古人暗合矣。」因歎後人佳句。都被前人道過，見者每以爲勦説，不亦冤乎？

嘯竹夫子一日與諸同人，在所親徐氏之居宴賞牡丹，拈韵賦詩。夫子最後大書一絕云：「當年天寶未蒙塵，閑傍闌干幾度春。我欲咏花删舊句，不知可似謫仙人。」諸同人見之歎絕，以爲不咏之咏，勝吾輩塗澤多矣，遂冠是作於諸咏之首。

雲巖張秀才霖績學撝謙，恂恂爲後起之冠。余亦有詩篇贈答，且以舊作來商榷。録其《送少白奉母歸天都》二律云：「三絶兼工未易才，風流儒雅夙叨陪。親承荻教同歐母，歸侍斑衣學老萊。南浦草濃催返櫂，北堂萱茂賦循陔。到家恰近天中節，先把蒲觴作壽杯。」「白嶽黄山霽景舒，神仙境界接吾廬。風高好善一門内，詩祝長生千首餘。娱老已聞新拓室，課兒且撿舊藏書。鴛湖他日邀星聚，重爲慈幃問起居。」他如《七夕立秋》云：「天邊牛女雙星燦，地下梧桐一葉凋。」《咏秋草》云：「舊時短笛驅歸犢，此日殘陽掠暮鴉。」皆佳句也。

己未杪秋夜雨，余在寓齋，填詞一闋，調入《木蘭花慢》，中有句云：「空牀。輕衾短簟，似孤篷、欹枕卧瀟湘。諳盡江湖滋味，應憐客鬢成霜。」越日，吕生清泰持一箋來，展視，則是夜偕張生斯岡宿古香、區農昆季几上山齋，用竹垞太史《咏落葉》調《瀟瀟雨》原韵，即景聯句也。詞云：「秋風吹不了，正蕭騷、幾陣戰長隄。古香漸窗前灑急，旋翻碧瓦，無限聲悽。清泰滴向空階夜静，點點答蛩啼。斯岡迸入愁人耳，驚破幽棲。區農　卻話年來聽慣，在湘江上下。巴水東西。古香坐深宵燈灺，衾枕漫同携。清泰喜聯牀、故人相共，勝他鄉、别館夢魂迷。斯岡休行也、任膠膠唤，罷聽鄰雞。區農」余讀而擊節，因語吕生曰：「人不可不出門行路，便增爾許吟情。下半闋，古香一起，獨能振動全篇，遂令爾等接落，盡皆出色。」繼以余作示之。然余之虚摹，終遜古香之實歷。蓋古香新自楚南歸，故能語妙如此。

海六鍾明經，篤學士也。善寫墨蘭，蕭然無俗韵。喜吟咏，有《海六詩鈔》行世。與余相契，曾有《嘗新茶》七古，屬余和之。嘉慶己未，年六十矣，以《初度述懷》七律四章，寄余索和。其詩云：「六十蹉跎歲欲闌，書生面目更酸寒。人因癡絶方謀窟，詩到工時不論官。白髪蕭疏衰境備，黄壚零落故交殘。底須采葯羅浮去，椿菌由來一例看。」「葑菲誰收藥籠中，敢云劍氣尚埋豐。卞和獻璞原拚命，鮑叔分金且禦窮。淮海飄零容短褐，山厨冷落爨孤桐。老年聞一當知幾，吴下深慚舊阿蒙。」「戲著斑衣廡下居，那堪苫寢泣皋魚？原注：乾隆丙午移居角里，是秋即遭嫡母張太君喪。乙卯又遭生母屠太君喪。溪山曾指牛眠處，原注：去年十月營葬。風雨難尋燕壘初。原注：舊宅出售。去矣成連悲絶調，原注：乾隆甲寅范治堂夫子辭世。歸歟潘岳望空廬。原注：乾隆丁酉悼亡。茫茫百感辭杯杓，素韠三年涕淚餘。」「鶴壽三朋悵各天，原注：汪君秀峰、曹君種梅、沈君古石，年皆七十。憐余衰病早華顛。已過翁子分符歲，休説蘭成射策年。千載馬肝真笑柄，半生鷄肋是書田。及時行樂猶嫌晚，借問洪崖孰拍肩。」詩頗樸茂真率，余即次原韵奉答，以當祝嘏。海六讀而善之，謂菊村曰：「螟巢和作甚佳。」後來者當未必有積薪之歎也。

蘭言萃腋卷之六

嘉興螟巢吴展成手編

庚申之夏，沁碧卧疾，余鄉居亦病，幾瀕於殆。及余病稍瘥，沁碧已於秋初告殂矣。鄭上舍柳泉，沁碧之壻，余之舊主人也。爲述其病亟時，親朋候望者咸集，環顧獨不見余，乃拊牀歎曰：「螟巢竟不及一見耶！」問之，曰：「尚有一心事託伊。」再叩之，則逝矣。蓋沁碧一生，著作甚多，率皆草稿，未遑鈔録成帙。曾向余數數言之，每以爲歉，余獨許其代爲收拾，故彌留之日，惓惓於余者，實此心事也。明年，余儻或仍館北郭，當請於柳泉，了此一重公案，庶幾不負死友。頃賦輓章，中有三絶，云：「自嗟衰病卧鄉園，露白葭蒼水一天。聞道相呼垂死日，知君憶我到窮泉。」「卷帙零星著作餘，未遑親手勒成書。浮生若夢蹉跎盡，祇恐遺文飽蠹魚。」「名山事業與誰論，不見同心已斷魂。後死肯忘平日語，他年息壤矢重敦。」

沁碧長余一齡，艱於得子。嘉慶戊午，側室舉男，才及週歲。時余館柳泉之家，方輯詩餘宫調録，沁碧遺丫角。餽余團餅。訊之，曰：「小郎試週之物也。」余大喜，適録至《念奴嬌》調，遂用東坡《赤壁懷古》韵，作詞賀之云：「晬盤初試，有提戈、挈印非常人物。仙李蟠根，初結子，也擬衝霄破壁。繡褓珠璫，瑶環瑜珥，靧面桃花雪。滿堂喧笑，看來都道英傑。　羡爾半百年過，三生緣在，門户徵祥發。此日尊前拚一醉，多少窮愁澌滅。娱老堪誇，承歡有恃，世事真毫髮。阿孃纖手，快成團餅如月。」填至末韵，自覺高歌有鬼神矣。越日，沁碧來謝，余謂之曰：「莫嫌唐突否？筆興所至，迅手直書，竟帶挈如嫂亦入詞料矣。」時柳泉在側曰：「願他日母以子貴，亦如此詞。」沁碧笑曰：「君詞固佳，壻亦可謂善頌善禱。」

余續娶婦戴，諱桂，字香輪，恩誼殊篤。僅六載，以瘵疾殂。余悲感之甚，作悼亡詩八首。表姪陳遴見之，題二絕於後云：「斜風細雨打書窗，觸忤詞人恨滿腔。重賦悼亡揮老淚，夜深獨自掩銀釭。」「十年兩度鼓盆歌，坎坷如斯奈若何。檢點青衫誰浣濯，淚痕應比酒痕多。」余讀之，倍增於邑也。

晴川平生詞不多作，余偶檢其行卷，得《百字令》三闋。其一《感舊》云：「銀牀飄葉，問小窗殘暑，幾時才退？早有新涼歌白苧，昨夢故人把袂。徑畔采香，亭邊待月，佳約何能遂？花前小酌，一樽空自相對。　尚憶知己交歡，朋簪翕集，數載脩文會。瞥眼浮雲散盡了，此際孤懷誰慰？練浦塘坳，滮湖水曲，盼斷雙魚遺。碧雲凝望，斜陽淡抹橫翠。」其二《寄王秋坪》云：「子猷無恙，悵親知契闊，羈懷誰訴？尚憶移家爲廡客，三載同聽凄雨。自返荒丘，旋栖旅舍，會面難如許。新涼一別，西風又撼庭樹。　此際九曲灣頭，地名。霜飛木落，滚滚隨流去。我正思君君念我，料也頻牽離緒。對月思鄉，聞鴻憶遠，把酒吟愁句。梅花溪畔，夢魂長繞歸路。」其三《潘二兄招同看菊》云：「殘秋勝賞，愛疏疏密密，東籬花影。相對冷風斜日裏，不比芙蓉妝靚。瘦自可人，澹於君子，標格凌霜勁。年年重九，晚香留取清韵。　最是地主安仁，情懷高寄，著意栽三徑。折簡相招天正好，一笑動人吟興。坐對晴窗，詩聯舊雨，即景同欣領。眼前佳色，欲簪羞上蓬鬢。」

嘯竹夫子最愛王漁洋《露筋祠》詩，以爲脱胎於陸魯望「月白風清欲墮時」之句。余曰：「魯望所謂『欲墮』者，蓮之墮也。漁洋所謂『初墮』者，月之墮也。特借蓮月之神，爲露筋寫照耳。」

唐劉夢得《後遊玄都觀》詩，有「桃花淨盡菜花開」之句。蓋夢得左遷出牧，十有四年，復還京師，遊此，見昔年所種之桃，無有存者，僅見菜花滿地而已。故詩中及之，自是一時並舉而言，非謂菜花之開，在桃花謝落之後也，今人往往誤看。余門下士唐俊《咏菜花》一律，中有聯云：「桃花淨後初張錦，豆莢成時始卸妝。」亦屬誤使此事。余爲易其句，併以前解喻之。偶閱陳檢討詞集内有《咏菜花》調《沁園春》一闋，中有句云：「每到年時，此花嬌處，觀裏夭桃已斷腸。」則知迦陵太史亦未免錯解誤用。

曩與同學楚雲談及宋李易安清照，實爲女士之冠。世俗所傳誦者，詞耳，乃其詩，風華典贍，有筆有書，頗不似巾幗中出者。其所著《漱玉集》，惜不得見，而散見於《寒夜録》、《釣臺集》、《彤管遺編》、《風月堂詩話》，皆載其篇什，後世特以其節少之耳。楚雲謂余曰：「近代女士之中，欲求比擬，惟我朝海昌陳太夫人夫人名燦，字湘蘋，陳素庵室也。《拙政園詩集》庶幾頡頏，其餘都遜一籌矣。」余深然其品題之當。

翠筠山房詩僧高雲，嘗與諸友賦寒食詩，一聯云：「緜上竟無逃禄士，墦間偏有乞餘人。」諷世雅切，惜忘其全首。

七夕之事，泥之則癡，闢之則愚。隨園小倉山房《詩話》論之矣。我朝儀徵程志乾學堅《旅中七夕》一聯云：「情當離合誰能遣，事即荒唐亦可憐。」不即不離，栩栩欲活。

父執巢民顧山人恬，本海鹽人。工詩，善草書，精繪事及鐵筆。晚卜居於橫塘䲘，環堵數椽，兒耕婦織。與先君子友善，唱和爲多。惜余時方丱角，未能强識。迨長，覓山人詩，不可多得。偶從奕天山房敗篋中，搜獲山人《吾廬詩稿》一卷，計按韵三十首。紙墨尚完好可誦，亟爲録出藏之，附記數首於此云：「吾廬静寄石村墟，風景依稀舊草廬。芳隴土膏春種芋，小園雨足晚栽蔬。清香楊柳橋邊酒，潑刺鸕鷀鄉裏魚。悟得逍遥真旨趣，一枝巢穩綽然餘。」「吾廬桑柘與檐齊，廬後廬前可杖藜。老嫗並居三畝宅，驕兒分畜一籠雞。柴門相望皆臨水，蓬壁斜連半是泥。久矣絶交高駕客，不須惆悵草堂低。」「吾廬風月稱吟懷，坐既翛然步亦佳。匝地幽花迎竹杖，滿階落葉襯芒鞋。沈周不媿爲人役，王績須知獨我諧。早向梅根留隙地，生將醉卧死將埋。」「吾廬傍水絶紅塵，曾對桃花笑問津。庭竹因風摇鳳翥，江雲向晚叠魚鱗。少過酒肆貧無債，數借漁舟近有鄰。一任村南狂御史，著書題作顧山人。」詩筆在石湖、放翁之間。

嘉慶庚申歲，余以家居。借寓里中夏氏得樹樓爲遊息之地。晝長無事，偶賦《夕陽》七律十首，録徵同調者和焉。門下士張生斯岡、錢生汝培兩人之詩首至。錢生則工於寫景，如「村社酒闌桑柘冷，江亭人别水天長」、「關山踏倦空羸馬，簫鼓聲迴冷畫船」、「繞樹漸看歸鳥急，隔溪稍聽暮鐘遲」、「古塔半留紅影射，暮山全抹紫烟横」，皆摹繪入神之句。張生詩更挺拔高渾，如「一輪猶復垂餘照，四海依然仰末光」、「一日消磨愁易盡，百年光陰逝如斯」、「遥村烟外三分暝，古殿林梢一抹紅」、「望去海天偏黯黯，行來閭巷倍愔愔」，皆可喜之句。亟録之，以快吾黨衣鉢之不墮也。

耐齋馬先生蒼簡，爲吾友沈撑亭之外舅。居里東石佛寺。以老諸生，談經嶽嶽。行年八十，猶勤攻舉業，騰踔名場不倦，其志可敬，亦可哀也。余少時，曾一晤於尊經閣下，傾蓋如故。惜先生杜門少出，余復萍梗西東，咫尺鄉園，神交而已。庚申，余賦《夕陽》詩，徵人共作。先生亦有和章見寄，如「入塢花光侵竹樹，歸田人語雜雞豚。納凉且喜踰亭午，尋勝偏愁際薄曛。」韵殊雋永。先生本不以吟事見長，然嘗鼎一臠，亦足令人頤朵也。

寄樵徐上舍泂，爲余嘯竹夫子内姪，家渚翁之壻翁也。居横塘之西偏。幼讀書穎悟，長而棄去，代人司質庫事。性好作詩，雖會計倥偬，而吟咏之聲不輟。嘗以所作示余，商榷改正，往往有可喜語。見余《夕陽》詩，亦有和章，如「林間鳥宿聲初亂，社裏人歸酒半醺」、「漫携拄杖看花影，笑指明霞蕩水痕」、「漁火漸炊新柳外，客帆半落小橋邊」，亦非儉於風趣者。

横塘西偏迤南地名箭涇，馬氏聚族而居焉。有號白眉者，名亮，讀書能詩，自幼勤攻舉業。余食餼之年，即來浼余保結應試。迨余不入名場有年，而白眉之衿始青。數奇難耦，見者慨然。余賦《夕陽》，白眉和得六律，録其二云：「潛移遠岫碧雲屯，似促前程北海鯤。片刻因依消白晝，六時容易近黄昏。勾留好倩疏林挂，委照猶餘禁樹温。十二欄干人倚遍，滿庭暝色破苔痕。」「春社人歸鳥倦還，深村半欲掩柴關。偶添竹徑横斜處，忽逗茶烟杳靄間。身世蒼茫渾似夢，古今照耀迭如環。桑榆暮景誰能挽，惆悵空凋鏡裏顏。」筆情甚佳。

史山史生璜，亦余門下士也。居邑南興善寺，與唐生俊爲中表兄弟。詩長於七古、五古。授徒寺東朱氏，居停沂泉主人，亦好韵語，相與唱和爲歡，倶有和余《夕陽》之作，余各録其二。史生詩云：「久無壯士挽羲車，夸父追來景已賒。廬岳峰高明瀑布，金臺路遠急歸鴉。嵐呈摩詰圖中采，綺散元暉句裏霞。好是漁歌聲斷處，采菱渡口笑喧譁。」「小還時接大還時，入隙争看野馬馳。鄭谷秋來吟更好，韓郎春去賦相思。鳥飛已倦猶呼伴，蟬報新涼未解悲。半榻餘光如可戀，傾心休道不如葵。」沂泉詩云：「竹樓相送景如何，女紀迴輪急似梭。見説人間方鼓缶，不知天上可揮戈？西江翻浪明殘雨，南浦歸雲耀碧蘿。一曲神絃村社散，桑榆影裏醉顔酡。」「乍看虹起挂江洲，到處明霞映綺樓。漁網晒來竿影淡，畫船歸去浪花浮。冬郎沉醉頻回首，子美登臨不用愁。解道古今同一瞬，可能照破幾千秋。」

唐生俊聞余與古香議其不能詩，而諸同人之能詩者，又輒以篇什夥之，遂發憤日夜吟哦。近見其所作，亦有天籟自鳴之句，如和余《夕陽》詩結句云：「行人莫遣回頭望，多少輪蹄爲爾忙？」又云：「人世幾回難了事，息机誰著祖生鞭？」居然有言外味。雖其他未能稱是，苟爲之不已，天亦何可限耶？

又有和余《菜花》詩四律，頗愜當，録之。詩云：「江南油菜最堪憐，花放春光遍野田。楊柳風梳畦町外，勃鳩雨潤麥麻邊。十分嫩緑薹偏短，一片深黄色正妍。盡道清明時節好，茜帬人過獨嫣然。」「行春挈伴恣閑遊，陣陣香來繞陌頭。曾記挑時紅雨亂，漸看灌後絳雲浮。剪金巧簇千科密，鎔蠟平鋪萬頃稠。我踏横塘西畔路，舊時門巷一勾留。原注：昔居横塘西偏，後遷負郭。」「畎畝横縱繡錯成，天工人巧剪裁精。日暄爛漫疑無影，月轉昏黄倍有情。海燕啣泥穿小朵，山鷄鳴子宿繁英。千紅萬紫飄零後，怕聽東風隴上鳴。」「漫惜繁華不久長，村南村北一般芳。桃花艷處疑張錦，豆莢成時始卸妝。釣得香鱸隨處賞，沽來春酒趁新嘗。原注：鱸魚、春酒，皆有菜花之名。韶光九十行將盡，粒綻莖枯子細詳。」

寄樵和余《夕陽》詩後，復以近作如干首投余。曰：「敢以三字爲請。」余曰：「三字云何？」曰：「我詩甚多，君爲删之；我詩殊駁，君爲改之；聞君輯《蘭言萃腋》，録人佳句，我詩倘佳，君爲摘之。此三字爲請之説也。」余笑諾其請，删者置之，改者亦非全璧，可摘者則佳句也。録其《硤川李園看梅花效元微之體》四絶句云：「飄飄遠望酒帘斜，一帶疏籬半面遮。差喜閑身無箇事，春風許我看梅花。」「攜朋小步到花前，人共梅花不計年。卻羡園翁真得趣，一堆仙骨葬梅邊。」「昔年梅底醉歌行，曾與梅花訂舊盟。此後别來凡幾載，可堪憐否故人情。」「典衣未得酒還賒，舟子催程日已斜。莫笑詩人情太淡，又將詩句别梅花。」《同友人春日西湖晚步》云：「一泓春水緑無邊，兩岸鷖聲似管絃。乍雨乍晴芳草路，輕寒輕暖杏花天。鐘鳴古寺催僧飯，馬躍長隄帶柳烟。吟遍六橋三十里，醉歸還喚渡頭船。」

緑堂朱秀才槐，年少頗好風雅，余保結獲隽之諸生也，家渚翁亟稱之。余賦《夕陽》詩十律，緑堂見之，極其傾倒。是歲以恩科鄉試，乃以余詩傳誦省下，且流播紫陽書院諸公和之，又携至梅里，徵和多人，亦一時風流佳話。其所爲詩，神韻頗勝，如「記得郵亭曾駐馬，鞭梢回指豁雙眸」、「不知此景誰多得，須向村西問酒家」，摹寫渾脱。其弟林別號杏莊，亦能詩，和句有云：「鄉村雨過窮檐麗，野寺僧歸古塔明。」「緑草黄斜平野冷，碧天紅斂遠山微。」鍊句鍊字，不愧二難。

沈小石汪度，爲古石先生莊毓哲嗣。先生騷壇碩宿，小石亦文采風流，少年博雅。嚮在古香座間，同賞鷽粟聯句，相隔又數年矣。見余《夕陽》詩徵和，遂以賡什見寄，中一聯云：「澹到白雲山外寺，艷歸黄葉樹邊村。」居然家法。

古人詩詞往往有不謀而合處，不得以所見如此，概致疑於勦説雷同也。緑堂朱君和余《夕陽》詩中有聯云：「半村黄葉僧歸寺，一帶青山客倚樓。」余甚賞之。後有香澗湯君芹孫郵來和作，中一聯云：「半林紅葉僧歸寺，萬疊蒼山客倚樓。」竟爾相似。細詢二君，居址闊絶，並無謀面，而一時出語，宛然蹈襲。使二君之詩盡傳，後世之眼光如豆者，又將致疑於勦説雷同矣。

梅里王九秀才啓曾，秋坪之弟也，別號南田。昆季俱善詩詞，而南田尤勝。曾有和余《夕陽》詩，一聯云：「吟疏古驛寒蟬覺，倚盡西風獨客知。」居然名句。

柳東馮秀才登府，少年聰雋，詩才天授。和余《夕陽》詩，與南田同作，一聯云：「殘影欲隨飛鳥盡，餘輝猶爲好山留。」名士襟期，令人想見，余目之爲「馮好山」。

藴齋陳君球，別號一簣山樵。工詩，善山水。性豪於酒，自刻一印章佩腰間，署曰「我乃酒狂」。其風趣如此。爲畦春大阮，嘗介畦春以所撰《燕山外史》屬余題辭，手寫山水一幅酬余。所居禾城之西埏里，余授徒附郭，歲時唱和。和余《夕陽》詩佳句，如「放鶴客停楓葉路，賣魚人返蓼花灘」、「古道馬蹄歸去疾，寒林鴉背帶來多」、「花飛小院碁殘後，水繞孤村門掩時」，皆體會當行語。

詩有同此一意而杼軸得宜，便覺迥然出色。如《夕陽唱和集》中，朱菊村之「牧童牛背笛聲涼」，不若任稻廬之「黄犢歸來猶在背」爲勝也；馬白眉之「擔歸樵父一肩雲」，不若吴慶升之「紅上樵夫擔一肩」爲勝也；姚春庭之「影落江天送暮鴉」，不若陳藴齋之「寒林鴉背帶來多」爲勝也；陳畦春之「轉急蟬聲喧驛路」，不若王南田之「吟疏古驛寒蟬覺」爲勝也。暇與荆園老人譚及，荆園曰：「此中關捩，祇在調遣工拙，正如李、郭行軍，易一部署，便覺壁壘生光，旌旗變色。」

屈翁山《廣東新語》載其地産怕羞草、怕驚草兩種，人有對之羞、對之驚者，其草即時枝葉偃閉，顔色憔悴，有頃乃復。余異而不信。丁巳歲，館朱上舍秋涯書塾，盆盎中竟有此草，試之果然。秋涯具言所親宦於其地，携歸見贈者。余曰：「天壤間俶詭離奇之物，何所不有。顧有傳之失實，而人信之者。若紫薇花之怕癢，虞美人花之聞樂而舞，皆虚語耳，乃詩詞且吟咏及之。若兹二草之異，無論不見於文翰，苟非身親識之，又烏能信其不誣耶？」秋涯曰：「是亦有幸不幸焉而已，豈徒二草爲然哉？」

王荆公從宋次道借本編唐詩選，中有「暝色赴春愁」之句，次道以爲「赴」字當是「起」字。荆公曰：「『赴』字佳，若『起』字，誰不能道。」斯真能得鍊字法。余賦《夕陽》詩末首結聯云：「任教暝色旋催起，月出東南已似鈎。」後觸著此段議論，遂易「起」字爲「赴」字，便覺出色多少。

嘗與友人談及炎天適口招涼之品，得西瓜、藕、水紅菱、涼粉、菉豆湯五物。友人曰：「當錫以嘉名而詠之，亦銷暑佳話。」余謂：「西瓜宜名『冷光琥珀毬』，藕宜名『通天玉臂』，水紅菱宜名『紅衣水角子』，凉粉宜名『魚子水晶膏』，菉豆湯宜名『鸚鵡粒粥』。」暇日當與友人共咏，總名之曰「銷炎五品」。惜俗冗鹿鹿，未遑題頌，奈何？

我友蕭齋冬日客武林僧舍，時天寒欲雪，見四山石壁皆作慘裂之色，異之。僧曰：「此爲石枯，寒極必雪矣。」遂得句云：「石枯生雪意。」輾轉數年，竟無屬對。一日獨坐山館，庭有老樹，葉落槎枒，朔風撼之，作餓鴟聲，又得句云：「樹禿破風聲。」大喜，以爲曩句的對，向余述之，詫爲奇語。余曰：「昔賈閬仙『獨行潭底影』一聯，苦心數年，成爲佳話。不圖孤詣，復見於君，安見古今人不相及也。」蕭齋掀髯而笑。

蘭言萃腋卷之七

嘉興螟巢吴展成手編

秀州隱君陳元亮先生，康熙間人也。工爲詩而捷於筆。昔陳君授徒某氏，主人初不知其能詩也。偶集詩人十八輩，作一吟社，擬以一歲七十二候月令爲題，作四會。時方首舉，以「東風解凍」以下十八候咏之。諸人分題構思，坐於館樓下，各賦七律一首。自黄昏至夜半，率皆苦吟未就。陳君於樓上大聲言曰：「苦海茫茫，主人何爲作孽如此？」主人聞之，内不自安，登樓誚讓。陳君笑曰：「分賦不過一題，所詠不過七言八句，乃夜漏已分，尚不成篇，豈非混賬？僕雖不敏，敢借此殘宵，爲賢居停一總了之，奚煩若輩再來相溷，空費酒肴燈火耶？」主人駭曰：「先生果能如所言乎？」陳君即呼生徒，環坐樓之四隅，各給紙筆，每人分題。部署既定，自起蹀躞樓中，每題口授，或一句、或一聯，週而復始。作者吟不絶聲，書者筆不停腕，夜未達曉而七十二候題咏已遍。持與客觀，則篇篇精到，衆皆咋舌歎服，而主人亦從此加禮焉。其詩稿一卷尚在也。余聞而奇之，亟向蕭齋索其詩，而附誌數首於此，以寄景仰，以公同好云。《東風解凍》詩曰：「黍谷陽回淑氣籠，小橋冰泮水溶溶。夜才著雨輕輕没，朝不禁風漸漸融。曲澗乍通青嶂溼，瀫紋新漲緑波濃。敢忘披拂東君意，一點春心已暗通。」《玄鳥至》詩曰：「故壘經年路渺茫，舊家亭館意難忘。迎風細認烏衣巷，冒雨重尋玳瑁梁。掠水尾憎飛絮溼，營巢泥愛落花香。年年春社相逢處，耦語喃喃話别長。」《萍始生》詩曰：「幾日飛花散柳緜，萍封曲沼緑田田。偶因風聚籠鵝柵，長被波分放鴨船。千點白翻鷗影下，一竿青破釣絲牽。濃陰夾岸烟如織，寂寂春藏水底天。」《靡草死》詩曰：「才報春歸便斷腸，羞隨百草鬥容光。啼痕委頓含朝雨，瘦影凄迷怨夕陽。油壁碾殘難辨色，紫騮嘶去不聞香。東君情重相思切，拚逐塵沙殉北邙。」《反舌無聲》詩曰：「倦羽殘聲近若何，懶將簧舌逞懸河。應悲解語傾家國，長恐多言被網羅。五夜月明羞見影，一簾花雨不聞歌。雪兒老去紅兒死，緘口東風別恨多。」《蟋蟀居壁》詩曰：「一徑牆陰偃緑莎，草蟲門户占偏多。定憎卑溼離巢穴，應愛高吟近薜蘿。趯趯身輕因雨出，嘤嘤聲斷覺人過。牀頭轉眼秋聲急，載咏《邠風》《七月》歌。」《天地始肅》詩曰：「角聲吹徹韵沉沉，亂磧驚沙帶夕陰。含雨有雲皆黯澹，吼風無樹不蕭森。悲秋客灑新亭淚，感舊人懷故國心。莫訝邇來遊屐少，泬寥天氣倦登臨。」《玄鳥歸》詩曰：「一簾秋雨點秋波，惜别空梁奈爾何。心戀室家嗟力倦，累牽兒女爲情多。雙飛共挈新雛去，耦語重經舊壘過。記取綵絲親繫足，明年春社莫蹉跎。」《蟄蟲咸俯》詩曰：「層臺曲砌悄無聲，黯澹昆蟲慘不鳴。直以潛身思遠害，敢言服氣學長生。居然斗室藏春意，蕞爾蝸廬避世情。莫笑奄奄才一息，静中滋味獨分明。」《地始凍》詩曰：「雲横雪意接天低，四野荒凉路總迷。踏去板橋聲謖謖，行來石徑冷凄凄。沙飛凍葉敲驢背，草偃霜根滑馬蹄。欲向奚囊探佳句，畏途逆旅不堪題。」《蚯蚓結》詩曰：「非關屈曲愛糾纏，服土凝神氣自全。始信笑啼俱不敢，可知冷暖若爲憐。形同蝌蚪腸應斷，跡近龍蛇地自偏。會得展舒呼吸意，常山首尾勢相連。」《征鳥厲疾》詩曰：「平蕪盡處凍雲屯，倦鳥驚飛暝色昏。剛趁烈風投古樹，急隨殘照落荒村。平驅黑塞催歸隊，亂捲黄沙没遠痕。向晚四山吹篳篥，不逢曲木亦消魂。」詩多不及全載，然其才藻已見一斑矣。

余嘗食新筍，賦《沁園春》一調，末二韵云：「澹泊論心，清虚適口，下箸何勞食萬錢。春將老，怕新篁一霎，叢篠娟娟。」彼時信筆而成，自覺了無張本。沁碧讀之，歎曰：「妙！將前人咏筍詩『急忙且喫莫躊躕，一夜南風變成竹』脱化將來，更覺嫵媚矣。」

海棠爲梅花聘妾，詩家每著於吟咏。余見此二花並栽一處，或但上枝相樛，下根相接者，則梅花盛開而棠花遽少，累驗不爽。殆猶芍藥爲花中之相，牡丹爲花中之王，若植芍藥於牡丹臺内，則芍藥不茂，同一意也。曾賦詩紀之云：「離之兩美合之傷，草木相看亦有常。臺築牡丹休近芍，庭栽梅樹莫依棠。妾容自艷難驕主，相業雖隆合讓王。漫道芳菲有盈詘，化工於此獨斟量。」老友清莽莊君見之，以爲誠哉是言。蓋清莽善莳花木，能參得箇中消息也。

碧筠王君鐕，平江詩人也，余未識其面。適任子稻廬書館平望，携余詩册以去。碧筠見之，大爲傾倒，飛牋題五言絶句三章贈余云：「君家住鴛水，吾廬結鷺湖。可望不可即，窗前月影孤。」「讀遍卷中詩，篇篇氣磅礴。海内孰爲優，二瓢欣有託。」余晚號二瓢，故碧筠稱之。「名山吾景仰，名士我尊師。可憐吴越界，落日幾回思。」余覽其品題甚爲感媿，暇日當拏舟過訪，以酬知己。

嘉慶四年，知郡事耐園伊公湯安開局飭修志乘，余以老諸生備員采訪。爰摭里中□□一及者上之。一日接族弟樵水書，書中述其曾大母韓氏苦節，浼余附入志内，特舉軼事兩端，以徵其生平梗概焉。一氏當窮乏時，除夕不能度歲，里人鄭叔文者，大腹賈也，偵知之，遣人餽食米二斗，氏堅卻而去。

子問其故，氏曰：「我家受物最難。汝曹他日成立，果克報恩，而施恩者，望或不饜；他日不肖，不克報恩，則令我含羞地下。是以不欲受也。」一氏後園多桂，秋日盛開，有鄰嫗携子貿然而來。詢其何爲，則以看花對。氏正色拒之曰：「我孤寡人家，又非庵觀，未便與人放看。」遂不納。子又問故，氏曰：「鄰婦無妨。恐他人援例而來，容之不雅，拒之結怨。我寧謹始而慎微也。」此二事，乃樵水得之家乘者。余覽之，竦然起敬，亟言於當道。時例斷以康熙五十七年爲始，氏節在康熙二十年，凡前乎此者，概不補入而罷。余扼腕太息，成一詩云：「軼事流傳最有聲，吾宗難得老孀嫇。看花未許鄰家過，餽米偏孤俠客情。直以清操成介節，誰將彤管補幽貞？年來輿乘循資格，少卻熙朝一片旌。」以示樵水，樵水曰：「弟即以阿兄此詩編入家乘，已生色多矣，奚必以志爲哉。」時樵水亦有詩紀事，如「具表有懷慚李密，乘槎無路哭張騫」，句頗警策。

詩詞解悟，隨人學問之淺深、見識之雅俗，真有仁者見之謂之仁，智者見之謂之智，毫髮不可度越者。余少時《咏欲雪》一詞，調入《摸魚子》，其結處一韵云：「且坐破黄昏，呵殘凍筆，吟到紙窗亮。」適有二友同閲此詞，一友曰：「從昏呵筆，吟至於曉，毋乃太寒寂耶？」一友曰：「君以紙窗之亮爲天曉乎？不知乃言雪亮也。蓋黄昏未幾，即當下雪，光映紙窗，其亮可待。彼取昔人咏雪詩中『一夜紙窗明似月』之句，豫提於此題作結，正以逼足欲字神理。不然，作自昏達曉解，直呆語矣，奚其妙哉？」余笑而首肯曰：「解人，解人。」

曩余得夏氏仙瓢，愛不釋手，傭書所至，恒以自隨。嘉慶辛酉歲，館西河毛氏，與畦春望衡對宇，益喜得晨夕過從。畦春贈余詩中有聯云：「一瓢以外無餘物，萬卷之中老此生。」頗能爲余寫照。

旦齋邱秀才光華，指雲弟子。指雲館陳氏有年，殁後，旦齋嗣席。余授徒毛氏，與陳氏比鄰，遂得往還無間。旦齋索余集覽之，題詩二律云：「浩浩東流水，雙丸日夕奔。美人愁永夜，芳草怨王孫。千古文章在，平生意氣存。於今談往事，那得不推袁？」「卅載風塵裏，逢人懶折腰。胸羅天末宿，筆走海門潮。款洽殊嫌晚，招尋幸不遥。試歌新樂府，一曲已魂銷。」

余既獲仙瓢，出必與俱，遂自號二瓢居士。丁巳歲，館東河朱氏，以是瓢庋閣書櫥中，一夕爲鼠所齧破，余抱瓢而泣，悲不自勝。忽憶沁碧昔嘗爲余繪圖題句，有「陋彼吴少君，濩落猶矜異」兩言，不意竟成詩讖。益歎萬物之成毁，皆數有前定也。偶爲旦齋言及之，旦齋作《破瓢歌》遺余，云：「山人獲一瓢，厥製特奇妙。山人劇愛之，遂取以爲號。憶昔壯盛時，意氣薄票姚。年來不得志，拂衣事高蹈。破屋任風霜，破田任旱潦。生涯一破氈，見客一破帽。山人頗自適，出入狎耕釣。研破百重愁，外物無所好。兹瓢形獨完，毋乃非同調。忽爲黠鼠齧，如鑿混沌竅。吁嗟物無常，成敗烏足道。作歌遺山人，應亦破涕笑。」詩筆朴老，酷似其師。

「去年元夜時，花市燈如畫。月上柳稍頭，人約黄昏後。今年元夜時，花與燈如舊。不見去年人，淚濕春衫袖。」此朱淑真詞也。後人讀之，輒以爲不貞。余嘗與古香論及，謂讀者錯會耳，豈可重誣彼美乎？蓋淑真生長清門儒族，且居於城市之間，後乃于歸鄉野。所天復村俗，不曉筆墨。淑真此詞之作，正適人之年也。月上爲元夕觀燈之時，所約之人蓋鄰姬族妹之流，同作觀燈之伴侣。次年出嫁，離別情深，際此元宵，自傷寂寞，因賦此詞感舊耳。觀其錯嫁匪人，祇自憐其薄命，抑鬱而終，絶無媮行，概可見已，而可謂其處子時，反有不潔耶？特以辭涉嫌疑，致貽訾議，則可惜夫人當日不擇音而鳴耳。古香曰：「子言甚確，亦殊平允。是以君子脩辭之功，爲不可廢也。」

古香於嘉慶辛酉暮春赴天都少白陳君之聘，余賦二詩贈別。至季夏，寄詩於余云：「清才季重壓黄初，憶得論文數起予。萬類雕鎸愁造化，法身清净苦離居。老懷易迸童烏淚，病骨難支扁鵲書。且有一尊消遣在，悠悠時命莫言渠。」余次韵答之，云：「菡萏花房子結初，朋儕客舍感華予。金蘭雅羨君投契，風雨重憐我索居。六月鵬程方息駕，是秋鄉試，古香以跋涉不赴。三秋雁遞好傳書。陳蕃穩下南州榻，底用興歌夏屋渠。」

旦齋嘗與同人春日遊胥山，作長歌示余，云：「春光轉眼不常好，昔日少年今衰老。百歲人生瞬息耳，胡爲有山不遊，有酒不飲，坐聽啼鴂悲芳草？天姥峻，廬山高，夙夢太白相招邀。呼蒼龍而命駕，跨長虹以爲橋。雲中仙子吹洞簫，千巖萬壑風蕭蕭，爲樂雖暫亦足以自豪。我鄉百里盡平地，藉此一拳快人意。我來狂歌長嘯不顧山靈嗔，但見撲地春風蕩空翠。挈伴侶，恣遨遊，拔劍爲君舞，劍氣沖斗牛。男兒不能投筆萬里封王侯，即合終日爛醉坐卧依糟邱。眼前有酒當飲飲當醉，一醉可以消百憂。君不見古人伏處隱屠釣，未來之事烏可料？春光如此不知樂，局促應被山靈笑。山乎山乎，爾能爲我攢峰列壑堆彎環，我亦爲爾披雲撥霧相往還。吴越興亡不足道，聽之令人凋朱顔。」此篇純摹太白，而用筆兔起鶻落，結語尤爲泠峭。余閑中輒喜讀之，覺一讀一神王也，爰仿其體，作詩贈焉。

詩存集中，兹不録。

余在毛氏寓齋，偶見一閩客扇頭書《田家樂》道情一篇，頗饒興趣，因借録之。其辭曰：「半頃良田，十畝桑園。兩隻畊牛，一對農船。柳杏桃梅，籬間岸間。雞犬豬羊，溪邊樹邊。看了蠶收起絲緜，穿得來花樣鮮妍。過黄梅把青苗插遍，到得那稻花香日，又早是明月團圓。收成好，滿場米穀，柴草接連牽。手擁著爐，背負著暄，抱女呼兒，擦背挨肩。宰一隻鷄肥，打幾箇魚鮮。白米飯如霜似雪，喫得來喜地歡天。完糧日，到城中，買一面蓬蓬小鼓，只等賀新年。」翫其筆致，直高出板橋道人之上，竟不知爲何人所作也。

少蚪夏世兄志達，爲荆園先生季子。辛酉歲，與余同館於禾。首春猥蒙枉顧，余填《摸魚子》詞贈之，少蚪次韵答余云：「漸長空、雨收雲歛，遥天翠靄新沐。寥寥不見尋春侣，吟遍白駒空谷。時序速。記歲暮峥嶸，鄉里抛塵躅。未能免俗。又流轉山城，暌違親舍，兩地繫心曲。　高軒過，檐鵲今朝頻卜。叩門一笑來辱。瑶箋貺我清詞句，早把愁魔降伏。休促促。儘茗話盤桓，作箇偷閑局。論交最熟。擬問字揚雄，簽評許劭，還往遞相續。」少蚪婦翁即余晴川表姪，他日當不愧爲「山抹(溪)〔微〕雲」女壻也。

畦春以近著《樂泌集》見示，中有《咏佛手柑》七律兩首云：「金仙未肯證全空，幻相偏呈掌握中。昔自祇園承瑞露，今來紙閣展香風。真如莫問兜羅軟，妙義先從鼻觀通。倘許悟禪參一指，夢魂端在化人宫。」「嘉實來從嶺海隅，黄金色相鵠紋膚。品同橘柚殊超絶，氣與芝蘭總不如。騷客把留青玉案，佳人愛挂碧紗橱。他時蓋篋藏經歲，猶有餘芬佐藥爐。」體物工雅爲難。又有《懷友》四絶句云：「讀書奉母早歸農，不羡繁華錦繡中。想見黄山最深處，卧看冬嶺秀孤松。少白」「參破先天與後天，蕭蕭白髪欲垂肩。不知老去單寒甚，世上何人割半氊。漁村」「賣藥深村歲月馳，療飢療病兩相宜。窗前寒雪今年甚，問訊梅花定有詩。映雪」「秀水橋邊長水長，雲烟縹緲日荒荒。虀鹽歲月家風古，桑柘陰中一草堂。治堂」饒有逸情，耐人吟諷。

辛酉秋仲，畦春讀余《蘭言萃腋》，即次余自題原韵四律爲贈。筆殊倜儻，不讓家渚翁之作也。詩云：「停雲思夙契，搔首望天涯。齒慧霏談屑，心精聚墨花。文章新感慨，風雅舊豪華。一往情深處，蒼蒼兩岸葭。」「善約千重錦，無殊一味禪。篋中元結集，几上魯訔編。賞識酸鹹外，流連膠漆邊。低徊憐往事，不禁及窮泉。」「鄉關留月旦，早與素心諧。感舊情何極，聯吟興自佳。如椽揮大筆，似雨化深荄。足擬千秋鑑，光華不可埋。」「岑寂書生事，難銷萬古魂。賞心惟友共，公道賴君存。夜雨燈初灺，晴窗蝨可捫。雄談驚四座，期與後人論。」

古歙子銘羅秀才含五以探親至禾，邂逅過毛氏寓齋，與余一見如故，意氣投合，日談詩古文辭，且索余著作流覽，極其推奬。子銘天才駿發，高視闊步，年未三十，已食餼於庠，受業於沈蕡漁先生，自以爲目無流輩，獨與余相得於筆墨間。余作詩贈之，子銘暇日示余《秋柳》四章，筆力清矯，取徑町畦之外。其詩云：「暝色蒼茫露早溥，不堪衰柳一凭欄。蕭騷春意蘼蕪塚，牢落秋聲杜若灘。嶺樹有雲天寂寞，江流無月水瀰漫。盤雕朔雁枝難借，獨向西風乞羽翰。」「北風捲地夜蕭條，秋盡山空泣老鴞。

落月橫江梁苑雨，亂烟吹笛灞陵橋。拋殘飛絮輕狂夢，寬褪羅衣軟瘦腰。一自天涯歸不得，凄凄斷作爨桐焦。」「擊筑商歌百感煎，已殘柯葉抱霜眠。白頭蕭瑟飛花夢，青眼麻茶話別天。衰草江干三尺雨，夕陽樓角一聲蟬。章臺誰認眉深淺，不似東風叫杜鵑。」「亂雲殘照獨徘徊，摇落江潭底事哀。深巷入秋歸燕冷，錦帆無影暮鴉猜。鶯花不殢遊絲恨，霜雪先成落絮胎。莫憤宵砧催別意，孤槎千古卧莓苔。」時子銘鄉試，適當秋風報罷之後，故情見乎辭。余次其韵和之。

辛酉歲，種水館天都，寄余一詞，以代答書，不圖誤落洪喬之手，載沉載浮，余不及見也。歲暮言歸，得閱其稿，爰亟録之。詞頗蒼老，調入《瑞鶴仙》云：「老懷消意趣。只羅帕題情，舊痕如故。輕衫酒頻污。又西風依黯，醉眠何處？飄蓬客路。料應念、天涯伴侣。向滄江、一點相思，屢逐白雲飛渡。重數。黄花開落，赤鴈迴翔，九秋遲暮。凄凉更苦。空書裹，寫愁去。生涯多窘，便成歸計，共唱尊前金縷。也難辭、短袖翩翻，爲君起舞。」

竹廬朱君休甫爲相國國祚文孫，以善書名於時，余神交有年，未獲良晤。嘉慶壬戌，館於余門生吕氏之家，及□□□把臂。竹廬圖幅有餘，撝謙可挹，與余傾蓋，宛若平生。余贈以二詩，竹廬次韵答余，云：「窮經株守魯齊韓，樗櫟空矜耐歲寒。性懶敢云吟筆健，興酣肯放酒杯乾？頻年寄跡同萍梗，何日閑身托釣竿？回首正深離索感，妙香欣得句如蘭。」「邂逅山窗鬥酒卮，探鈎隔座本無私。甕香瀉碧添新釀，燭影摇紅憶舊詞。十載傾心勞我夢，一堂聚首識君姿。相期盈尺留餘地，好待侯芭問字時。」

製衣送死，吾俗名爲歸壽衣。竹廬一日謂余曰：「僕與沁碧爲表昆弟。其病革時，往探之，沁碧語僕曰：『我今者製歸壽衣，因思此題昔人莫有咏者，余特賦之。』遂於枕上，誦其所作，僕時以匆匆失記其詩，深以爲歉。」余退，戲爲亡友補之，以示竹廬云：「此生烏有況於衣，漫擬裁量較瘦肥。聊與棺衾同蔽體，免教塵土驟侵肌。寸絲不挂原無礙，短褐粗完莫見譏。多少珠襦豪貴客，千秋還並劫灰飛。」竹廬慨然曰：「嗟乎！沁碧今已化爲異物矣。君其誌此，留爲藝林之談助，不亦可乎？」

余館七星橋莊上舍魏塘家，齋鄰則其堂兄秋水所居也。秋水故多青衣，有號杏春者，頗饒姿致，秋水絶愛憐之。一日，余與秋水坐齋檻談詩。庭有皂莢一樹，傍垣而生，結子垂垂，杏春欲采其莢，以梯緣牆而上，適露半身。余笑而指曰：「此正所謂『春色滿園關不住，一枝紅杏出牆來』也。」秋水亦笑而詩曰：「先生固吐屬風流，是兒亦差堪不負。」

余嘗有詩一聯云：「荒雞催曉月，殘照落昏鴉。」曹生言綱見之曰：「先生此聯甚佳，奈倒對何？」余曰：「我朝詩人秦紫峰有詩云：『過馬聞沙響，拖霜見雁飛。』亦是此法。袁太史讀而賞之，要是詩中有此一格也。」

蘭言萃腋卷之八

嘉興螟巢吴展成手编

武林西湖中船，往來無張風帆者，惟雲林寺齋飯僧二船使之。昔與同學鄭楚雲鄉試，寓湖上。楚雲語余，故老云「他船張之，恒遭覆溺。惟此二船張之，往來無恙」，亦一奇也。曾記方夫人芷齋有詩云：「烟迷山失浮圖影，風緊船歸齋飯僧。」驗之果然。

詩僧考中者，海昌人。乾隆壬申，來駐錫横塘西涘之芋香庵，與先君子作唱和交。家故望族，姓彭名鐸，少穎悟，讀書應試，冠軍高等。娶妻生子。中年忽有所得，棄家雲遊，剪髮齊額而不薙。兼擅蘭竹，署款則書姓名。問何以不作苾蒭行徑，笑曰：「我本儒家子，遊戲逃禪，他日當返初服，不敢自絕於名教祖宗也。」詩多草稿，成輒棄去。嘗遊天台，懷揣筆墨，走藍橋，倒植其身於迅湍瀑流之上，作《天台賦》，隨得隨書，揮灑石壁，字跡淋漓，旁人疑爲飛仙云。余時方八齡，見必摩頂，語是兒不凡。居無何，欲往蜀中，遂飄然辭去，不復見。後余覓其詩，不可得，僅獲破屏風間蘭竹片紙，題五言絕句云「瀟灑三湘竹，芳芬九畹蘭。平生心醉此，托興寄毫端」而已。長篇鉅製，惜皆亡之。

「九十風光偶作緣，臨歧相送倍情牽。名園尚有閑遊客，隔歲重開餞別筵。」「飛絮粘天渾似夢，緑蕪滿地自生烟。無端棄我堂堂去，忍把銷魂賦一篇。」此余辛酉歲餞春詩也。一友語余曰：「春光已去，花事旋消，送别傷離，倍增於邑，前人有句云：『螻蟻也知春色好，倒拖花片上東牆。』又云：『蜘蛛也解留春住，宛轉抽絲綢落花。』又云：『黄鸝只恐春歸去，啣住飛花不肯啼。』物猶如此，人何以堪？」余曰：「惜春之意，人與物良有同心，顧物不能言，惟詩人得以體之耳。」友曰：「然哉。」

近時吸水烟者多，而禾地尤甚。自衣冠以及販竪、巾幗、方外，殆幾遍焉。余館西河毛氏，几席間每爲常供。友人語余曰：「此風見自近代，昔人無有賦其事者，先生盍咏之？」余曰：「諾。」友遂限以七言排律十二韵，得「忙」字。余口號云：「淡巴制器偏殊絶，静裏消閑別有方。噓吸争誇菸草異，紆回卻受水風凉。冰壺灌入流泉潔，鶴頸延時引韵長。落燼渾疑吹劍吷，鼓腮微似弄笙簧。赫蹏細捲星星爇，絳雪輕霏裊裊香。配合坎離非外鑠，調和炎冷在中央。如金如錫歌淇澳，爲雨爲雲憶楚王。挹彼注兹能自便，拔來報往替人忙。荷囊不遺腰間佩，�管無勞手自將。供應每逢茶酒肆，張羅多赴冶遊場。蘭州見説稱斯美，禾地於今索遍嘗。鈿盒莫嫌收貯少，一筒分作幾筒裝。」

姚孝廉指雲題余《仙瓢圖册》云：「仙人製一瓢，雅適山人口。山人愛一瓢，巧出仙人手。仙人與山人，是一還是二。一瓢成二瓢，高風從此寄。」頃從旦齋處借閲其《百尺樓稿》，竟逸此篇，故録之。

宣城張子羽先生光翰，爲大滌先輩哲嗣。我友沁碧受業於大滌，與子羽有世講之誼，子羽至禾訪之，適沁碧爲余繪《仙瓢圖》在案，子羽欣然即題一詩，云：「吴子獲瓢如獲寶，不啻淵材詡史稿。我友沁碧爲繪圖，筆墨簡易秀且老。吾生嗜奇久成癖，商彝周鼎遍尋考。安得瑰奇似此瓢，不藉人工出天造。何時滿酌甕頭春，與子花前同醉倒。」時奮筆草書，龍蛇飛舞，問年則七十有三矣。惜余不及見之。

地山黄二丈，與余爲前輩。余曾以仙瓢册子屬題，久而不報，未幾下世。其子晚香裔勤持一詩來，曰：「此家大人病中所作，將以奉寄而不逮者。」余覽之，題爲《吴子以仙瓢索題卻之而仍繫以詩誌感□》。詩曰：「螟巢屬咏匏尊圖，數年不就如追逋。又向旁人訴我吝，絶交欲擬嵇康書。嗟哉吴子休胡盧，子喜得瓢我歎吁。憶昔漁閒嘯竹子，拍浮詫客同歌呼。周子得意發狂叫，驪龍翡翠工形摹。自注：昔與周子于邰聯句賦此匏尊，有「皺隱驪龍甲，光摇翡翠紋」之句。其後尺木以粟沽，持匏貽贈思堂娱。原注：尺木，夏嘯竹之子，余壻也。思堂，余弟也。從兹孤影對元亮，蘆花淺水齋中儲。「蘆花淺水」，思堂齋名。一朝合浦求還珠，贈者儲者皆成虚。嗒焉相顧一笑付，棄此燓燓聲煩紆。遷徙何常眼前見，空花還向空中無。楚弓得失可勿論，感彼宿草荒丘墟。時嘯竹、退堂、尺木俱作古。吮墨濡毫哽在口，摩娑老眼枯腸枯。還圖斂手謝不敏，起視烟滅雲須臾。」余知此詩爲丈絶筆，其以不題爲題者，蓋有深意存焉也，遂補書於册後，庶可謂死生兩不相負云。

詩有不著色相，盡得風流，惟詞亦然。清楓涇惕園邵君寄余以所作《蕉隱詞》一卷，云：「僕於此道，留心三十餘年。此爲近作，庶幾有一兩韵，可爲人誦。」余受而讀之，並皆佳妙。而其中最超絶者，則《咏白桃花》調寄《瑶華》一闋也。詞曰：「銀牆半亞，弄影風前，正斜陽初没。相逢未識，錯認是、幾片梨雲梅雪。那回人映，悄不似、去年嬌靨。想被誰、玉洞移來，直與人間春别。也應羞伴桃根，任歌斷烟江，空渡雙楫。白雲迷住，流水外、未許漁郎來折。無言自笑，問誰抱、芳心清潔。好教他、仙李同蹊，澹貯一痕新月。」斯真一片神行之筆，非深於此道者不知費多少爐錘也。

近時婦女□有作散盤髻子，而鬆闊其兩鬢者。友人見而惡之，謂余曰：「服之不衷，謂之服妖。若此髻者，其妝妖乎？」余曰：「非也。此謂之浮渲梳頭，古之宫妝也。」故余賦《女郎踏青》詞調《浣溪紗》云：「浮渲梳頭淺畫眉，翠羅衫罩茜裾垂。」即謂此也。友曰：「君何所考據而得耶？」余曰：「唐劉禹錫詩云：『浮渲梳頭宫樣妝，春風一曲杜韋娘。』足可以證。」

偶與友人同閱《小倉山房詩話》中簡齋咏春草，其時有徐緒、嚴冬友輩屬和。徐云：「踏青渺渺前無路，埋玉深深下有人。」嚴云：「坐來小苑同千里，夢去朱門又一年。」簡齋獨賞徐句，余謂嚴勝於徐。友人曰：「徐句寫生可謂精細之極矣。」余曰：「嚴句摹神則能渾脱，而又移掇不動，所以爲勝。蓋同一著筆，一在題面，一在題情也。」友人首肯。

吾里耕雲鄒上舍桓，荆園老人弟子也。幼擅丰姿，美如冠玉。性不好弄，愛畜異書古硯，名畫法帖。應童子試不售，即援例入闈。家本素封，乃能脱肉食相。於居宅旁闢一小園，築「惜陰樓」爲藏書地，面北有堂，號「杏花春雨山房」者，屬余分書題額。其中有池有廊。有亭有榭，凡花木竹石之類，一一親自位置，蕭然無俗態。與余莫逆。余傭書旋里，時造其園，作竟日留，曾賦詞贈之。耕雲多鈔本書，余每從之借閲，輒慨然不吝，且殷殷屬余較正訛誤。是亦膏粱紈袴中之出類拔萃者，老友胡君稻廬恒亟稱之。

余詩不善五古，故平生概不多作。自知分量，不敢强裝門面，以蹈袁太史之譏。頃在寓齋，閲旦齋邱君近集，其中五古頗多，精於結構。往往静細帖妥，有澹遠之致，不似古香之奥悶沉鬱也。余讀而愛之，爰録其尤者如左。《獨酌》二首云：「亭亭日方午，蜂響倦我神。和風撲襟袖，藹然有餘春。香凝爐中篆，草展階前茵。飛燕憐我寂，絮語來相親。有酒不知飲，好花將笑人。」「清波融前溪，薄烟醉芳甸。春光屬梦尾，感此動遐戀。佳客期不來，獨酌轉清晏。開卷尋古人，千載如覿面。浮雲爾何物，頃刻屢遷變。微醺散鬱陶，相對無一羡。把盞倚情窗，楊花落如霰。」「此生有定分，豈受時命迫？造物容我狂，誰謂身世窄？濃陰落酒卮，盈盈暈深碧。還嗤阮生陋，計此幾兩屐。起共庭鶴舞，翩然振雙翮。一醉冥見聞，杯盤任狼籍。」《歲暮雜詠》四首云：「琴高駕赤鯉，梅福乘青鸞。攬轡崑崙圃，弭節蓬萊山。霞觴酌玉醴，神鼎烹龍肝。仙風暖瑶草，氣候忘嚴寒。我欲從之遊，自顧渺羽翰。荏苒歲將暮，揮涕徒汍瀾。」「我有明月珠，絡以五色絲。光彩可照乘，將以遺所思。至寶羞自獻，恐爲朋友嗤。棄捐篋笥中，歲儉難療飢。不知百年後，愛惜當屬誰？」「盗跖何以壽，顔子何以夭？臣朔何以飢，侏儒何以飽？天公司賞罰，何太無白皂？問天天不言，明者自能曉。當窗理瑶瑟，清韵出塵表。浩歌猛虎行，豈惜知音少。」「窮冬天地肅，百卉經霜死。枯桑獰風號，悴竹深雪靡。啁啾寒雀群，啄粟空田裏。各有稻粱謀，得食良足喜。懿彼貞士心，獨抱温飽耻。時願苟相違，長貧而已矣。」《唤渡》云：「昏鴉噪古木，稚子呼雞豚。連村散春社，人影迷烟痕。扁舟檥曲岸，唤渡人聲喧。一篙深港闊，兩槳微波翻。余亦興盡返，浩歌歸衡門。」

旦齋懷古七律，大似老友蕭齋流派。記其《咏錢王祠》云：「羅平妖鳥兆戈矛，石鏡真人服冕旒。信誓百年留鐵券，湖山半壁鞏金甌。江心潮落飛强弩，陌上花開話舊遊。忠表開門賢節度，祠官香火壓南州。」《蘇小小墓》云：「松柏蕭蕭月上時，西泠橋畔步遲遲。波光瀲灩開妝鏡，山色彎環憶黛眉。跨鳳何年隨弄玉，落花終古怨西施。一抔猶幸埋香骨，回首冬青叫子規。」《西郭外謁岳鄂王祠》云：「精忠遺廟鎮由拳，紀事金陀有粹編。千古難忘君父恨，百年猶見子孫賢。自注：祠爲王裔孫明之所建。地偏遊屐乘春至，風捲靈旗盡日懸。獨立蒼茫迴惆悵，暮鍾一杵起龍淵。」

宋應子和有「蠟炬短燒紅」、「風過落花紅」、「兩岸夕陽紅」，人稱爲「三紅秀才」，名噪一時。余門下士張生斯岡嘗賦《秋日晚眺》詩，有紅字叠韵句云：「荒村野店孤烟碧，古木昏鴉落照紅。」「天連秋水無邊白，帆帶殘霞數點紅。」「兩岸草蟲聲漸急，一燈漁火影初紅。」余亦目爲「三紅秀才」，贈以絶句云：「吟成晚眺落秋風，難得如君叠韵工。肯讓子和誇獨步，秀才應號後三紅。」張生大喜。

近時我禾填詞者，人頗寥寥。余晚交秀水竹廬朱君，初不知其工爲長短句也。歲癸亥冬，忽携所著《紅豆莊詩餘》見示，且邀余商榷可否。余讀之，爲賦《金縷曲》一闋題贈，併擇其清圓瀏亮數作録存之，以志同調之雅。其《無題・桃源憶故人》云：「凌波仙子呈嬌面，香氣曉浮庭院。可惜紅牆遮斷，只是無人見。　弓弓點屐芳蹤遠，肯許蜂迷蝶戀？可惜漏催銀箭，只是無人伴。」《咏梅・東風第一枝》云：「暖律潛吹，寒威乍減，春陽暗逗庭樹。一枝竹外傳香，幾朶水邊才吐。雪晴江路，更疏影、横斜無數。任何人、策蹇衝寒，插遍帽檐歸去。　尋舊夢、自饒佳趣。懷舊雨、暗添愁緒。停橈光福橋邊，問訊司徒廟宇，月明林下，正好是芳魂來處。鎮相思、幾隔星霜，悵斷縞衣仙侶。」《惜春・蘇幙遮》云：「暮春天，春夜雨，未到春歸，早賦留春句。緑暗紅稀春幾許，梁燕啼春，懊惱春將去。寄春愁，春草路，春色撩人，難挽春光駐。無那傷春心最苦，問訊春風，可解春情緒？」《閒情・邁陂塘》云：「乍相逢、幾番調笑，撩人最是眉嫵。梨雲空繞樊川夢，頓化一天愁雨。幽興阻。問此際、鸞漂鳳泊歸何處？衷情莫訴。枉執手丁寧，海棠花下，切切斷魂語。風簾啓，曾傍繡牀閑坐。共看雙蝶飛舞。章臺舊日青青柳，蕭瑟西風誰主？添別緒，渾不省、紅衣零落蓮心苦。孤懷無那。更燈灺香銷，曉鐘殘漏，相憶倍悽楚。」《别意・點絳脣》云：「萍跡勾留，相逢曾記春時節。清秋惜别，盼斷音塵絶。款款情懷，暗訴中宵月。銀蟾缺，回腸如結，留待圓時説。」以上諸闋，皆不媿當行家。蓋竹廬實爲竹垞太史文孫，故淵源有自也。

鹽官杏渚陸秀才鴻，課讀於我里尤氏，余獲交焉。見余所著《啖蔗詞》及《蘭言萃腋》，各有題句。其題《蘭言萃腋》五律云：「漁里吴夫子，携書示陸鴻。有懷皆皓月，無語不春風。交以忘年樂，詩惟入選工。百篇供一覽，俾我俗情空。」其題《啖蔗詞》七絶云：「細研紅豆種相思，想見吟髭笑撚時。齊唱太平新樂府，流鸎聲裏雨如絲。」

金秀才金粟名光烈，爲余老友鍾海六之甥。余食餼保結時，識其一面。是年即入於庠，嗣以書館餬口。年三十五，遽卒於當湖署中。海六嘗稱道其詩。一日偶於唐生俊案頭獲其遺稿，携歸讀之，愛莫能舍，遂録其尤者數首。五言如《歸舟遇雨同戴楚香作》云：「迴風吹急雨，放櫂晚凉侵。寒影隨征鴈，秋聲動遠林。漁樵欣得侣，烟水共論心。何處菱歌起，扁舟入浦深。」《江行》云：「挂席自兹去，西風冷客袍。離心漁浦樹，歸夢曲江濤。返照山光斂，寒雲雁影高。我行猶未已，旅食自勞勞。」《對月寄内》云：「照盡離人淚，清輝一片寒。應憐今夜月，獨我客中看。風急砧聲亂，霜淒木葉乾。高堂衰白早，仗爾勸加餐。」《送陳畹蘭之揚州》云：「此去邗溝路，浩然千里遊。砧聲吴苑晚，山色晉陵秋。風急催征鴈，霜寒點客裘。維摩遺蹟在，到日一登樓。」《客舍同友人作》云：「忽見梅花發，新年非故鄉。夢飛江路闊，愁逐雨聲長。客舍同千里，家書滯一方。男兒不自立，辛苦累高堂。」《懷友》云：「一自扁舟別，旋驚節序新。秋飛横浦雁，天遠晉陵人。暗壑飄青桂，凉波采白蘋。知君還念我，瘦盡苦吟身。」七律如《漁父》云：「仙源莫問武陵遊，浩蕩生涯伴野鷗。寒雨白蘋孤櫂遠，亂山紅樹半江秋。閑過笠澤吟魚具，夢到桐廬冷釣裘。只合莼鱸添小社，烟波一幅寫滄洲。」《陳畹蘭歸自揚州出示遊草賦贈》云：「聽君細數短長程，誰伴江湖載酒行？落葉寒潮京口樹，疏鐘殘月廣陵城。三秋白鴈霜前信，九日黄花客裏情。吟遍竹西歌吹地，風流杜牧足平生。」《秋夜坐咏》云：「闌干星斗夜沉沉，小坐空庭秋氣深。風急蘋洲新雁度，露零桐井暗蛩吟。懷人欲斷三更夢，望遠偏愁獨客心。最是淒凉聽不得，月明何處數聲砧？」《京口雨泊》云：「風物淮南過禁烟，征帆初卸暮雲邊。金山雨色春藏寺，鐵甕潮聲夜到船。送客偶經芳草地，思歸已負落花天。佛貍帳外今宵泊，誰識鰥魚悄未眠。」《射雕》云：「渭城獵騎出晴皋，秋勁盤雕肅羽毛。飛鏃影過平楚疾，彎弧響入暮雲高。黄榆風急迴霜翮，青海沙明耀錦袍。狼臂論功應有日，漢家都尉莫辭勞。」七絶如《仲春雪後懷友山陰道中》云：「料峭春寒破曉生，東風吹雪撲簾旌。夢回忽憶騎驢客，身到山陰第幾程。」《揚州道中》云：「緑到垂楊柳萬條，尋春無處不魂銷。孤篷卧聽瀟瀟雨，人在揚州廿四橋。」佳句甚多，不能全録，是規橅唐音，得其神似者，惜年不永，爲可悼耳。他日余謂海六曰：「金粟之詩，我得而讀之矣。」海六問曰：「何如？」余曰：「以何無忌較之，有過無不及也。」海六莞爾而笑。

偶繙舊帙，得詩一首，題爲《落葉》云：「秋到叢林幾度催，蕭蕭落葉滿蒼苔。每尋促織聲邊去，時向斜陽影裏來。客舍驚殘鄉國夢，寒閨迸入擣砧哀。茶鐺合付騷人煮，吹遍西風掃不開。」又詞一首，調寄《鵲橋仙》，題爲《七夕雨》，云：「黄昏時候，一番絲雨，贏得瀟瀟如許。天孫今夕赴佳期，竟化作、填橋靈鵲，飛飛織羽，濕重怕教難舉。嫦娥深閉廣寒宫，正愁絶、牽牛河渚。」詩詞皆高唐神女。

草稿，字跡模糊，不審何人之作，而風格頗佳，附録於此。

海鹽朱君蘭珍，自號秦溪居士。設帳里南，及余唱和，其詩甚多。余曾覽其集，摘其意淡而神遠者録存數首。五古如《山中即景》云：「夙昔慕山居，結茆當其曲。愛此清陰多，朝暮烟霞足。溪雲亂新晴，松風澹衆緑。夜分山月來，娟娟窺人讀。何年遂初懷，翛然忘榮辱。置身蒼翠間，晨昏媚幽獨。」七古如《遊南山看月》云：「薄暮入山山忽遠，峭壁插天天欲斷。碧雲斷處凉風來，一帶蒼烟吹不散。人行烟際天更高，人登天半風飈飈。天風吹月生烟外，群峰如湧萬頃濤。拂石看天天似水，雲根浮動月光裏。白露滿天歸去來，月墮荒烟寒不起。」五律如《吾氏豈園月下看梅》云：「春露潤黄昏，梅花影滿軒。香清風有韵，烟澹月無痕。老幹同人瘦，孤情共石存。此中真意味，相對已忘言。」《群峰即景》云：「夕陽無遠近，迴照亂山低。時有白雲過，偶從紅樹棲。人家看忽斷，樵唱聽還迷。圓景一以墮，蒼烟天外齊。」七律如《冬日書懷》云：「太息窮鱗瀚海邊，茫茫身世若乘船。無家夜哭先人夢，多病時懷地主憐。欲破愁顔憎惡客，每逢殘臘惜華年。所須卻笑同工部，看取空囊賸一錢。」《秦駐山望海》云：「萬仞秦山枕海流，極天風浪望中收。黄盤口闊翻鰲背，白塔身高結蜃樓。帆影遠隨飛鳥盡，潮聲夜入旅人愁。求仙徐福何時返，香草空憐遍古洲。」七絶如《明妃曲》云：「連天白草去無垠，萬里安危仗婦人。不是塚邊霜不到，青青猶帶漢宮春。」《春草》云：「如絲密雨潑窗紗，一夜青青發嫩芽。生意滿庭收拾盡，捲簾凝望即天涯。」以上諸作，韵格兼長，令人三復不厭。

蘭言萃腋卷之九

嘉興螟巢吴展成手編

梅里王秀才炳虎號秋坪，南田之兄。乾隆乙卯，秋坪書館餘姚，與少府陳鳳鳴友善。陳爲梓行其詩，郵寄及余。其詩以清真淡遠勝。余方編《蘭言萃腋》，遂録存數章。五古如《與田初陽别》云：「安居寡歡悦，爲客多辛苦。餞别落帆亭，悵望芙蓉浦。皎皎明月生，盈盈正三五。醉裏豈知别，醒來不相覩。蕭條曠野風，斷續嚴城鼓。今夜别離情，恍惚隨烟艣。」《秀州道中》云：「峭帆指層雲，遥向碧流渡。西風聲颼颼，紅樹江村暮。回首眺孤城，蒼茫滿烟霧。幽意向誰言，寂寞寒塘路。」五律如《横塘館舍寄金藥夫》云：「一片横塘月，終宵傍客居。離情不可道，之子近何如？舊業青山外，春風抱病餘。别來無限意，腸斷數行書。」《寄懷薛鹵齋》云：「株守終無益，艱難勉此行。故交空有思，異地若爲情？花落春將去，燈殘夢不成。南村高閣在，何日話平生？」《夜雨泊塘棲道中》云：「雲氣山頭合，溟濛暮色侵。江空人語静，市遠柝聲沉。疏樹千家雨，寒燈獨客心。夜闌愁不寐，欹枕起長吟。」七律如《雨中九日》云：「樹又秋陰葉漸紅，蕭辰獨坐思無窮。讀書癖似啣蘁鼠，生計藉於負版蟲。百歲光陰同逝水，半生蹤跡類飄蓬。無由得致茱萸酒，孤負黄花細雨中。」《雨窗遣興》云：「暮雨蕭條舊業蕪，空齋無伴獨踟蹰。風生遠樹知寒近，人去空江覺雁孤。貧後世情多冷落，夢中詩句半模糊。謀生自笑渾無具，三十年來只故吾。」

秀水陳申甫觀圻，號星圃，司馬熷之令嗣也。乙丑歲首春，介余姻戚金和叔，以所著小稿示余。星圃少年，雖績學未淹，而詩情沖澹，得乎天分居多。余友沙青岀、楊文樸、王南田輩，咸稱道之。録其《月夜懷彭厚庵》云：「今夜天邊月，緣階帖碎金。遥憐鄂渚客，相隔楚雲深。黄鶴樓頭笛，晴川閣上琴。思之不得見，霜露滿衣襟。」《少伯祠同文樸作》云：「寂歷范湖曲，荒祠白晝扃。昏鴉啼古樹，溼菌上疏櫺。零落鴟夷宅，沉湮檇李亭。殘碑不可讀，歸路日冥冥。」《得沙青岀先生虎林書知將渡江》云：「新秋鴻雁到，知及渡江干。六幅帆高下，千山樹鬱盤。風清漁浦静，月朗釣臺寒。想見彈琴夜，天高白露溥。」《旅舍夜坐》云：「旅館坐深更，蕭然客思生。疏鐘山寺静，淡月紙窗明。作賦慚王粲，薄遊憐馬卿。終宵眠不穩，愁聽候蟲鳴。」

金秀才和叔爾梅世居梅里，其姑爲余兄子婦，有姻戚之誼。少年使酒，跌蕩不羈。嘗以酒後失檢懲於母訓，遂痛自追悔，涓滴不飲。館横塘西涘，下帷攻苦，以詩質余。覽之，筆姿横逸，好盤硬語，有不屑俯就繩墨之概。余録其五古《偶成》云：「鳳皇應瑞出，九苞焕文章。萬物仰儀采，嗈嗈鳴高岡。嗤彼豹脚狗，守夜分之常。自命爲麒麟，侈與鳳頡頏。枳棘偶托足，下走寧較量。可笑聲嘷嘷，反口肆低昂。龍門百尺樹，終當栖其鄉。攬輝翔千仞，視爾真茫茫。」七古《秦塘逢李昌嗣杜尹陟偕飲酒樓》云：「三月春遊横塘美，畫船十里香生風。隴西公子杜陵老，落落相逢人海中。相逢共道相别久，闌入黄壚酌大斗。茫茫天地知己誰，那惜典衣沽美酒。沽酒沾唇本是福，於今祗當窮途哭。丈夫三十不成名，潦倒平生已可卜。二君腹有書五車，門第亦復饒清華。制府威名重節鉞，尚書世望高烟霞。

祇今猶是倦霜翮，金閨未得通仙籍。百壺相對且開懷，坐使春歸良可惜。」七律《春分日懷友》云：「韶華九十半蹉跎，孤館昏黄客思多。而我生涯今若此，夫君消息近如何？春風南國生紅豆，夜雨東牆長緑蘿。尺一裁成無可寄，漫言魚素託微波。」《寄懷官谿諸子》云：「九十春光暮色催，感時懷舊兩裴回。我生貧賤原時命，公等文章尚草萊。三月鶯花迷鄠杜，一門群從軼鄒枚。扣舷倘憶横塘路，廿里橋邊任往迴。」以上數章，不失先民遺矩。

梅里馮秀才登府，别號柳東，勤攻舉業，復能肆力於詩古文辭。曩者和余《夕陽》詩，余曾有「好山」之目。頃與余唱和《秋柳》、《秋草》諸作，往來酬答。又索余《啖蔗詞》讀之，題《百字令》一闋爲贈，云：「夢窗詞叟，喜擘牋寄我，幾回敲酌。自是新聲傳哲匠，楊柳曉風重託。小笠輕衫，疎林茅屋，最憶漁閒樂。來尋烟水，横塘廿里舟泊。　聞道客本長貧，翁猶未老，舊雨聯吟約。林下偶談清味好，原注：吴氏《林下偶談》著有《甘蔗説》。分得餘甘堪嚼。紅豆生芽，碧蘭浥露，沁齒勝冰酪。井華汲處，歌筵都付菱角。」風流倜儻，不讓作家。第梅里漁里，咫尺鄉園，惜余羈客萍蹤，尚虚把晤，因念古人有言：「河山風雨，不隔神交。」我兩人心寫心藏，當共慰於形骸之外也。

余與馬白眉亮、馮柳東登府同賦《秋草》七律四章，馬、馮二君各有佳作，余讀而善之，節録其尤者，資欣賞焉。白眉詩云：「記曾輕偃落花風，底事秋容便不同？官道露寒凉月下，板橋烟鎖夕陽中。六朝舊恨嘶征馬，三楚新愁落塞鴻。最是王孫歸去疾，翻驚螢火咽寒蟲。」「别來南浦已魂銷，緑減窗前倍寂寥。都被青霜删舊徑，亂鋪黄葉踏歸樵。鷓鴣飛向圓湖渺，蟋蟀聲從古砌調。惆悵離宫三十六，玉鈎斜畔總蕭蕭。」柳東詩云：「零落青旗紅杏村，年年極望最消魂。緑波江浦拖霜影，黄蝶秋原落粉痕。何處凄凉歸漢女，不禁憔悴老王孫。踏春記得清明日，細雨濛濛出郭門。」「邊關萬里磧沙平，莫問琵琶舊日情。夢水荒荒看馬去，縣州歷歷記人行。烟憐夜燒狐眠墓，篳篥寒吹月上城。此際小園蕪已久，只應腸斷庾蘭成。」

偶從友人敝簏中得鈔本《西村詩稿》一册，紙塞零落，卷帙破碎，閱爲朱翁者所作也。翁爲明嘉靖時人，西村是其别號。稿中有與沈石田、文衡山詩。其詩渾朴遒勁處師法少陵，高華矯健處大有李、何風格。余愛之，遍訪於人，未得其詳。顧不忍其湮没，爰節録諸體數首，以供吟玩。《秋夜吟》二章云：「風披披，露凄凄。草蟲互相語，林鳥無定棲。人來不來關塞隔，月出未出天河低，誰家屋頭烏夜啼？」「燈的的，蟲唧唧。香消餘死灰，漏殘咽寒滴。孤螢入屋穿北牖，缺月流光隱東壁，誰家機杼當窗織？」《苦哉行》云：「年荒莫糴糧，糴糧民益荒。歲傷莫賑濟，賑濟歲益傷。虚名及小户，米入官家倉。僅爲公門需，那得充飢腸？苦哉復苦哉，淫雨天降殃。但聞流水聲，不見白日光。菜甲短棲畝，麥苗已萎黄。濕薪及爛䴬，其價十倍强。二月春已半，桃李無艷陽。出門泥淖深，况復多虎狼。苦哉難重陳，淚下沾衣裳。」《寒食行》云：「寒食清明天氣晴，家家上墳齊出城。小家叢塚不栽樹，雖有紙錢無挂處。大家新墳松柏多，羅城石柱高嵯峨。兒孫跪拜婦女笑，杜鵑啼血黄鸝歌。誰家古墳生荒草，滿地落花人不掃。當時送葬極繁華，碑碣猶書鳳鸞誥。鑿地聚土作元宫，術人指點來三公。三公不來術人去，祇有石獸嘶秋風。子孫流落無可奈，翻道此墳風水害。又疑棺槨有金銀，掘作平田向人賣。嗚呼！世間萬事空紛紜，富貴貧賤皆浮雲。生前但有一杯酒，身後何須三尺墳？」《除夜》云：「歲歲逢除夜，家家辨酒觴。留窮殊不惡，却老更無方。夕漏餘寒滴，春燈候曙光。静聽童稺喜，猶憶少年狂。」《答友人見寄》云：「清言猶在耳，良會更無期。歲月頻消息，江湖有夢思。病餘秋草變，天遠雁書遲。自笑疏慵甚，惟應愛爾詩。」《楚江秋曉》三首云：「星河澹澹水悠悠，落木寒雲萬里秋。亂葦風多聯雁起，青楓白月斷猿愁。何人獨向南中老，有客將從嶺外遊。欲采芳蘭弔湘魄，野烟蕭瑟冷空洲。」「練净澄江露未晞，苦吟猶憶謝玄暉。六朝往事青山在，三楚空城白鷺飛。霜落水村菰米熟，石高沙岸柳條稀。重華一去無消息，目極蒼梧淚滿衣。」「卧聞津吏數江程，白鳥青莎岸岸明。秋色遠連溢浦樹，人家多繞漢陽城。殘燈野寺鐘初動，瘦馬河橋客蚤行。三國廢興何處問，荻花風起又潮生。」《和曾尹》云：「千里鄉心去鳥邊，九江春色暮帆前。陶潛解綬才三月，劉寵行囊但一錢。風散竹堂教鶴舞，雨晴桑塢看蠶眠。南豐舊業依然在，萬卷經書二頃田。」《姑蘇臺》云：「夕陽芳草故宫春，麋鹿荒臺不見人。七十二峰南望遠，翠蛾猶學捧心顰。」《白菊》云：「白石蕭蕭碧蘚荒，一枝秋色抱餘芳。開簾不見階前影，月滿空庭夜有霜。」他日友人謂余曰：「子顯微闡幽，殊爲難得。然而世隔勝朝，人爲先輩，何可附於舊雨中耶？」余笑曰：「是何言歟？在昔孟子論交，兼稱尚友，至謂頌其詩。讀其書，不知其人爲不可。矧心賞之而不筆識之乎？每念昔人隻義單辭入於我手者，亦因緣所在，我即以友視之，不必問其身之及不及也。」友人曰：「子真可謂不薄今人愛古人矣！」蓋余輯是編，注意實在於此。按：沈南疑先生選《檇李詩繫》載朱翁名朴，字元素，小傳甚詳，刊詩三十八首。余所録者大半爲其未刻鈔本也。

又漁洋《居易録》亦載「朱翁名朴，海鹽老布衣」云。

金秀才綸晚年多病，自號藥夫，昔年曾題余《夢梅憶吟小影》者。近以《養痾集》寄余，閲之，五七古氣格未諧，五七言今體則條鬯頗耐人讀，摘録數首。《武林夜泊》云：「水郭蒼茫外，江橋遠近間。推篷霜滿野，泊岸月臨關。秋柝傳聲冷，鄉心勒夢還。隔窗明塔火，相對武林山。」《蘇小小墓》云：「明鏡雙隄合，西泠一櫂通。鳥啼春雨暮，花落墓門空。賸粉流終古，芳魂逐斷蓬。蒼凉松柏下，無復繫青驄。」《曹娥祠》云：「哀歌河女曲，宛轉渡頭時。古廟明妝像，殘碑幼婦辭。山花紅勝錦，江草碧於絲。寂寞臨流水，千秋共此悲。」《秋日過平橋感懷先兄養真》云：「市近梅花盡水鄉，平橋一路澹斜陽。西風折木頻驚鬼，秋草緣隄半殺霜。白髮盈頭悲老大，原注：養真有詩云：「試看汝兄悲老大，十年前是黑頭人。」青山卜宅葬文章。鶺鴒聲裏重回首，暝色催人欲斷腸。」《答友人見寄》云：「春草堂前雪作堆，俄聞南雁重裴回。山中高士尋無路，燈下寒爐撥盡灰。衰老新知虛托契，田園情話好歸來。十年空負登臨約，愁對清江數點梅。」《謁禹陵》云：「禹陵直上暮雲寒，平定功從嶽麓看。赤碧雙珪懸日月，熊羆終古護衣冠。春蕪有鳥芸能遍，梁木無龍索尚蟠。窆石亭孤明德遠，臨風瞻拜一盤桓。」其弟秋崖瑋亦能吟，著《春草堂稿》。惜不中壽殁，存詩亦寡，遂附於《養痾集》後，余僅録之，以見一斑。《答何淡泉見寄》云：「閩南有羇客，不見已三年。忽訝音書至，偏當風雪天。暮雲低屋角，朔雁冷江邊。何日歸鄉里，懷君一悵然。」《過謝山人村莊》云：「謝公有別墅，高隱樂其真。引酒傲殊俗，彈琴見古人。山深無舊曆，花發自新春。舉世不相識，白雲時與親。」《秋夜懷故園諸兄》云：「光陰擲過急於梭，回首鄉園近若何。夜雨池塘音信少，秋風山館夢魂多。琴書冷落依螢火，門巷蕭條帶女蘿。何日挂帆一歸去，草堂把酒對牀哦。」

秀水故先達循初萬公光泰，其詩已膾炙人口，當有刊本行世，余僅見於《沽上題襟集》內，非全璧也。詞則未有所見。荆園夏世丈之弟行六者，爲萬公姪倩，一日手草稿數頁示余，曰：「此我先伯岳所填之詞，其優劣我不能知，子盍覽焉？」余讀而瞿然曰：「此公固精於詞者，當不止於數闋而已。」六丈曰：「我所獲者止此。」余亟爲登之。其《咏上林春燕》調《水龍吟》云：「年年金屋尋春，營巢不到鷄棲屋。朝來看遍，帝城烟雨，千花如沐。紫陌泥融，紅溝香潤，翠簾人熟。便紅襟斜展，烏衣軒舉，垂楊外、相飛逐。　二月清明風近。杏花寒、百官傳燭。到來已過，社期前後，還尋舊宿。別院雲深，多應誤了，高禖弓韣。更相呼相喚，翠翹珠珮，向梁間祝。」《咏馬燈》調《江神子》云：「燒春蠟炬一番紅，繞晴空，落花風。吹轉梅花，小角鬧天公。玉轡金鞍光影裏，迷綠駬，亂青驄。　喧喧騎竹衆兒童。領元戎，走飛熊。開府堂前，雲錦賜來同。月滿天街歸路穩，齊唱著，凱歌雄。」《咏醉鄉》調《千秋歲》云：「壺中日月，不在神仙外。放眼處，乾坤隘。樂哉真我土，百萬從誰買？塵世事，任他咄咄書空怪。　別有華胥在。與漢誰爲？大得意處，無人敗。千年顔可駐，萬户侯曾拜。還約誓，糟邱如礪池如帶。」《咏梨花》調《鬲溪梅令》云：「薄寒細雨剪芳叢。失春紅。夢破西窗明月、照庭空。玉人烟霧中。　春愁如雪不能融。怨天公。人世炎喧難到、小園東。閉門呼曉風。」《咏春波漁市》調《南柯子》云：「曉日喧蓬屋，深烟暗柳洲。嘈嘈水語雜山謳。一剪腥風吹度、月波樓。　秋蠏黄堆篷，春蝦翠滿篝。漁鑾赤脚婦科頭。歸路相逢花下，蕩扁舟。」《咏苧村烟雨》前調云：「芳草彌春路，愁雲障晚天。荆門草閣背湖田。一望迷離深樹，撲城壖。 綠漲三農雨，青攢萬井烟。勃鳩聲裏捕魚船。落盡藤花榆莢，不知年。」《咏禁烟》調《鳳簫吟》云：「問今朝，匡廬峰頂，減除多少春雲？笑膩臉紅桃，含羞鎮日，無處藏春。氤氳湖上路，倩微風，斂去餘魂。分明見，孤村白苧，闤市紅塵。 休論。山厨晝冷，入春來，久斷傳薪。喜今番分謗，把無聊景況，散與比鄰。還嗔垂柳影，能驚起，縣上陳人。幽閨悄，鵲爐無焰，鴛被誰温？」以上數闋，不媿南宋諸家，堪爲不磨之作。今六丈亦殁，萬公後嗣式微，其未刊之筆墨，盡皆零落。使不爲崑山片玉之留，人又烏知其精於此道耶？

田秋水病時，急自刻其詩，而詞不及刊以殁。遺子三人，又皆服賈，不知收拾。余門下士呂生清泰與秋水之長子稔，得其詞之草稿不全者一卷，滿紙塗乙，幾莫能辨。生乃倩余清楷而秘藏之，因得録其最佳者於是編。如《春感》調《上林春慢》云：「過了元宵，又是清明，春到海棠深處。紫燕剪花，黄鶯織柳，聲聲唤愁無數。鳳樓人别，漫烟鎖、綠窗朱户。歎年來，不似當時，少年情緒。 不愁他、春光易去。愁只是、空對春光如許。草際蛩蜂，香叢小蝶，還應笑人閑住。翠屏題遍，寫來總是傷春句。撲重簾，又簌簌，一庭絲雨。」《久不見香石寄此》調《百字令》云：「聽風聽雨，又無聊聽到，數聲孤鴈。最恨索居人寂寞，回憶舊時吟伴。碧盌量茶，紅螺貯酒，醉後渾忘倦。揮毫擊鉢，衍波新咏題遍。 誰料一水盈盈，者般間隔，勝似關山遠。一舸鬧紅香裏别，轉眼年光偷换。玉破鱸魚，金舒籬菊，驀地驚秋半。故人來否，燭花更約同剪。」《鳳仙花》調《桂枝香》云：「娉娉裊裊，看倒影參差，小叢開早。幽絶閒庭南北，露濃風峭。頻將顔色多般換，未容他，蝶唧蜂抱。韋家呼客，張家唤婢，品評曾到。　莫良宵、中秋近了。愛一片苔陰，月華低照。狼籍紛紛落瓣，亂蛩憑弔。莫教飛向秦樓去，更留將、染成纖爪。下階兒女，幾番偷摘，金盆夜搗。」《牽牛花》調《惜秋華》云：「細朵圓裁，愛嫩抽弱蔓，舒先七夕。淡淡染成，同他越窑天色。誰憐瘦不禁秋，蘸點點、露珠翠溼。庭僻。正宵來乍凉，哀吟蟋蟀。　易悴最堪惜。把雙星名字，卻被伊輕拆。開並一時，相映豆棚花白。扶持勢借筠竿，笑娉婷、恁般無力。愁寂。怕穿鍼、那人偷摘。」《題王竹岡清溪垂釣圖》調《摸〔魚〕子》云：「漲清谿、鴨頭新緑，垂楊垂柳低嚲。數間隔浦香茆屋，絶少軟紅塵涴。移釣舸。消永日綸竿，豈爲求魚坐。無魚亦可。正林静波澄，忽聞響處，白鷺一行過。　浮生事，早被君家翻破。逍遥天許慵惰。算來泛宅滄波穩，炊飯荻根敲火。烟暝鎖。儘短笛吹闌，好枕簑衣卧。飄蓬笑我。有湖畔漁莊，橋邊蠏舍，此志未曾果。」《寄懷錢雲芝明府用玉田韵》調《壺中天》云：「短長亭畔，記唧杯録别，片帆斜日。惆悵風流雲散後，吟社何人留客？我愧懸壺，君方懷印，千里暌蹤跡。鱗鴻書遞，拆緘欣慰岑寂。　回首故土風光，扁舟夜泛，月挂林梢白。劃破琉璨溪水碧，吹出數聲漁笛。誰料佳遊，而今難再，事往常追憶。江南春蚤，一枝梅待逢驛。」《題塞外夜營圖》調《滿江紅》云：「野草平沙，寫塞外、朦朧夜色。看布圍行帳，一層天隔。窄窄容身低似屋，團團匝地圓如笠。想三更、刁斗正森嚴，無人迹。　凉月上，荒荒白。哀笳起，聲聲急。聽驚風撼樹，更添蕭瑟。雲路斜騫孤鴈影，軍門瘦聳明駞立。笑書生、壯志覓封侯，思投筆。」其幽艷明秀，感慨激昂，自爲有目所共賞也。

呂生清泰嚮學詞於余，積有《婢學詞》一卷，投余書篋中，幾忘之矣。茲以檢篋得之，其中頗有斐然之作。如《題朱梅軒五湖采蒓圖》（調《南浦》）云：「鏡面浄拖藍，漲虹橋，點點緑浮春水。鮫室剪龍髯，冰絲細、蕩漾半縈船尾。呼童小艤，輕柔闌入纖纖指。最是江鄉風味好，收拾騷人吟底。　當年有客貽儂，貯花瓷、滑笏漫誇千里。輸爾泛烟波，瑶華折、勝事畫圖能記。吴鹽一匕。興懷長共鱸魚美。便欲飄然從此去，商略五湖歸計。」《春水和螟巢夫子》（調同上）云：「鏡面麴塵開，碎冰錢，宿霧濛濛初曉。淑氣滿河橋，晴光轉、蘋葉縈迴如掃。湘帬皺處，蔣芽泛出鳧雛小。洄泝武陵谿上路，緑遍舊時芳草。　遥看萬頃拖藍，勝吴淞、半幅并刀剪了。依約柳陰邊，清明近、定有罱泥船到。前灘漸渺。鷺鷥風起柴門悄。回首一犂烟雨外，趁浴烏犍多少。」《秋水》（前調）云：「波静邈長天，雁飛來，叫徹江干秋曉。露冷折殘荷，西風裏、墜却粉紅誰掃？銀濤界處，海門幾點青山小。惆悵遥情都未寄，蛩咽栖栖岸草。　移舟盪破寒烟，試雲和、再鼓悲風過了。笑指白蘋洲，斜陽外、可有采蒓人到？蘆汀渺渺。和螢閃出漁燈悄。唱罷《後庭》忘國恨，腸斷秦淮多少。」《題緑陰圖》調《摸魚子》云：「漲連天、濃陰垂幕，碧紗窗外催暮。朝陽巧射蒙茸裏，篩上星星庭户。啼杜宇。逗一縷清音，歷亂知何處？幽閨姹女。正緑鬢才梳，黛眉慵掃，睥睨暗相妒。　青疑滴，空翠撲來無數。征途好供延佇。年年燕子東風外，不放老紅留住。添别緒。悵前度劉郎，錯認桃花渡。韶光漸去。任楚岸烟昏，隋隄雨暝，遮斷冶遊路。」《題友人雪山歸騎圖》調《金縷曲》云：「去去偏豪縱。慘離情、《陽關》歌徹，故人誰共？萬里寒光生積雪，踏遍西陲山冢。繪不出、凄凉種種。五載征衫憐已破，鬥尖風、綫脱嫌多縫。望親舍，淚長凍。　茫茫入夜鄉心動。怪萍蹤、龍沙鳥道，客邊催夢。見説不如歸去好，忍聽子規聲弄。便一騎、奔塵飛鞚。贏得高堂開笑口，更披圖、喜劇神還竦。醉春酒，拍春甕。」《贈别同學曹區農》調《鳳皇臺上憶吹簫》云：「立雪三冬，校書五夜，故人伴我晨昏。更筆牀茶竈，共寄吟身。底事朋簪星散，萍蹤聚、到處無根。相思字，蠻牋寫徹，雁陣橫分。　銷魂。武陵路杳，前度此劉郎，容易迷津。怪等閑拋卻，鷺約鷗盟。空記花南携手，又誰與、醉踏芳春。從今後，停雲賦裏，悵望夫君。」諸作洋洋具體，能不墮老人衣鉢，可存也。

蘭言萃腋卷之十

嘉興螟巢吴展成手編

曩余館於禾城，與蕭齋、秋水、沁碧、退飛爲填詞五友，互相唱和。蕭齋、秋水、沁碧三人，余不多讓。獨退飛出一頭地，每心折之。頻年以來，三人者相繼謝世，退飛殁爲最後。余則齒髮已凋，精神垂敝，孑然顧影，興會索如，每一念至，不勝故交零落之感。適輯《蘭言萃腋》一書，苦憶退飛筆墨，第惜其老不自愛。未殁時，家已壁立。殁後，子若孫遷徙流轉，又遑計其生前著作耶？爰從篋衍中。搜其示我之句，共得若干調。《題傷春圖・百字令》云：「韶華堆綺，問東君何事，頓生蕭瑟？緑葉成陰枝滿子，添上楊花如雪。少女風微，社公雨過，芳草羅帬色。美人遲暮，斷雲千里凝碧。　我亦惆悵司勛，凄凉園令，怕作江南客。手葬花魂縈短夢，驚醒數聲啼鴂。遠水緘愁，遥山隱恨，終古青衫溼。斜陽畹晚，共君何計消得？」《鈕屏山餽古鏡・渡江雲》云：「遊梁詞賦罷，茂陵倦卧，鬢鬢訝同銀。貽來奩似水，淚漬慵磨，翠袖拭餘顰。凝陰殿上，問江心、鑄自何人？青蓋杳、秦時明月，留照漢宫春。　銷魂。覿河面皺，閲世顔低，勛業頻看盡。拚玉匣、眉長黛淺，影隻鸞昏。吾衰詎有封侯相，悵蔆花、分後猶温。空抱聽，何時再入啼痕？」《蟋蟀・解連環》云：「雨梳烟洗，漸哀蟬落葉，凛秋深矣。正露重、翼鼓酸雞，遍枳落莎籬，素商齊起。絮徹深宵，只訴得、栖栖兩字。歎王孫老去，温風四壁，有何情味。　誰憐小樓自閉？任煎心沸耳，避他無計。聽殷地、沁入心脾，助檐鐵譙銅，滴人清淚。懶婦徒驚，覓古礎、藏渠非易。且呼燈、補取郊詩，悲秋賦裏。」《題河東君小像即柳如是・滿庭芳》云：「草長蘼蕪，園荒紅豆，白楊見説成圍。壞縑零粉，誰與貌崔徽。一代紅顔有托，我聞室、筆墨酣嬉。三眠影，耳邊朱暈，應化彩雲飛。

過江人物少，捐生一擲，讓此蛾眉。幸丹青未没，尚睹芳儀。只恐沉香熏罷，玉丫叉、冷了胭脂。空樓閉，畫梁塵滿，夜夜斷魂歸。」《春暮行語溪道中有感・多麗》云：「片帆輕。風花烟浪波平。映菰蒲、青葱兩岸，覓雛乳燕交迎。盼前村、摇摇酒旆，望山寺、隱隱艑棱。桑柘陰濃，紅蠶火暖，牝姑把後最縈心。悵萍蹤、莫定，水宿幾多程。空贏得，淒迷身世，冷淡平生。

憶韶齡、半衾暖玉，小樓金鴨香清。翠蛾低、親研楚黛，羅襟冷、自製吳綾。風折新荷，雨欹弱蕙，三生夢斷一牀冰。拚付與、空江鷗鷺，漁火伴殘星。彈紅淚，半篝斜月，照我飄零。」《秋夜感懷・一萼紅》云：「坐空齋。對森沉玉宇，夜色隱樓臺。萬里星霜，一城砧杵，無邊秋氣悲哉。鬢絲改、羞窺菱鏡，腸已斷、龍劍久沉埋。剔盡銀荷，燒殘金鴨，無計安排。

閑憶青春花下，有湘裙調瑟，縞袂尋梅。鳳拆鸞孤，雁遥魚遠，驚心地角天涯。聽漏水，寒蛩悽咽，緊西風、落葉最傷懷。不分冰牀雪被，祝夢還來。」《黄氏廢園兩桂爲前明隆慶時植・過秦樓》云：「畫戟門非，歌鐘堂改，小山芳樹猶存。占翠陰幾畝，撫合抱連蜷，古幹團雲。坊曲盡濃芬。問淮南、招隱何人？歎滄桑親閲，喬柯如故，鼻觀空聞。

想焚魚學士，簪朋日，原注：謂葵陽先生。正天香滿袖，大雅扶輪。縱露寒風冷，對嫦娥月殿，折贈偏慇。不見舊池亭，賸頹垣一片荒榛。祇籬邊蟋蟀，金雪繁時，猶絮霜根。」《閨意・鎖窗寒》云：「候館迎秋，離亭送燕，柳疏烟暝。關山望極，滲下一天淒景。縱長林商飆掃空，也愁永夜星河耿。任半規冷月，穿窗入牖，自憐孤影。天迴。長門静。怪玉露無聲，偏濃金井。單棲最苦，諳足風尖霜勁。更龍城千里寄衣，夢魂早向沙塞等。問何時、罷戍歸來，並影窺鸞鏡。」先是退飛已刊《風雨閉門詞》一帙，人皆見之，此則其所未刊者。此君本領，余前卷論之，兹不多贅。

吾里鄒上舍耕雲，既闢園墅，嘉慶甲子冬，購得横涇顧氏湖石一峰。其高二尋，其廣三尺有奇，嵌空玲瓏，頗稱具體，峰腰舊鐫「元石」二字，樹於洗硯池之東，自爲之記，并繫以詩云：「僻處横塘恨少山，移來元石小池灣。峰能皺瘦堪圖畫，洞亦空窿不駑頑。漸喜苔衣青冉冉，還疑峽雨瀉潺潺。一拳鍾毓偏奇特，硯北花南伴我閑。」其記與詩擬刊於石，繪圖裝册，以徵題賞，亦佳話也。余曾填詞二闋咏之，復次其原韵，詩云：「具區西望洞庭山，分得雲根占一灣。西洞庭有山曰「元山」，石之來者由於此。礪齒鳴高端可漱，點頭聽法豈隨頑。穿蘿似帶春風拂，飛瀑還憑夜雨潺。袍笏厎須頻下拜，牆東兀立伴君閑。」

余嘗論始皇但禁書而未焚書，秦滅六國，其搜括圖書典籍不知凡幾，要皆與珠玉錦繡並貯阿房。其時民間或不能藏，而内府固無恙也。迨項羽入關，縱咸陽三月火，而書乃靡有孑遺。是焚書之慘，項羽實浮於祖龍，而人莫知也。曾賦詩云：「漫把焚書罪始皇，當時大半貯阿房。楚人一炬真堪恨，從此鴻文萬古亡。」後見我朝黄石牧太史先有此論，而惜蕭何之不收，實獲我心。

周君秋光字莘野，晚號擷華山人，梅里老名士篙谷先生質之曾孫，與余潯匑師爲表昆弟。家世工詩，尤酷愛吟咏。余弱齡晤於師席，時山人已噪詩名，所作甚富。後爲其門下士金君光烈携稿至當湖署中，夫何金殁於署，稿竟化爲烏有。山人家徒壁立，妻亡子喪，境極難堪。今年踰古稀，孑焉尚在，吁，可哀已。近雖有作，筆墨頽唐。余所見者，强弩之末也。僅存其《咏新蠶豆》及《蘆花》二律，以見一斑而已。《咏新蠶豆》云：「吴蠶老去百花稀，恰喜春田豆莢肥。碧玉乍看村女剥，紅船正及酒人歸。千家入饌同櫻筍，四月堆盤異蕨薇。小市年來愁米價，此時飽啖且忘飢。」《蘆花》云：「蘆荻花開又一時，秋風江上雁先知。月明遠浦渾無影，雪壓荒洲不自持。紅葉參差同入畫，白頭漂泊獨吟詩。短長亭畔迷行路，不見漁人把釣絲。」

族祖姑秋蟾老人巽，梅里閨秀也。余前卷中已載其《聽鴻樓》詩矣。聞尚有《二分明月閣詞》未刊，散失不可復覓。僅從薛丈鹵齋所輯《梅里詞緒》鈔本内，録得一闋。《題外君書懷詩後》調入《三臺令》云：「閉户梅花谿上，讀書携李城南。有婦菜根伴食，簞瓢風味同甘。」按：姑同時唱和，又有史萍園光震之室。王静媛者，記其《閑窗》一絶云：「閑窗静倚聽鳴禽，風度新篁拂翠陰。自怪病餘成懶性，繡床猶有未完緘。」又有王方伯庭之幼女，適徐孝廉剛振。《送外》一詞調入《浣溪紗》云：「清夜張燈話别愁，蕙蘭花發怨經秋。君行不敢苦攀留。　曙色催人情脉脉，燭花凝淚夜悠悠。夢魂萬里隔并州。」此外寥寥罕見矣。族祖姑尚有《妾舉子》詩，沈歸愚先生載入《今詩别裁》中，兹不録。

杏村李秀才貽德，梅里狂生。家計貧窘，胸次洒如。奉母以居，頗能色養。乾隆己亥孝廉蘭之子也。友人以其吟稿質余。覽之，五七古極意學步韓、蘇，而氣格未臻遒勁。今體詩不屑推敲字句，天籟自鳴。惟古樂府擅場，時出别解，迥不猶人。余録其《題衛青傳》云：「昔作平陽奴，今作平陽夫。

公主將軍比肩立，宫花燭底如何呼。漢家天子殊豪粗，此禮此法後世無。」《咏于忠肅》云：「願和不願戰，五國羈徽宗。願戰不願和，英廟歸故宫。持論遠與忠武同，千秋鉅見惟兩公。臣願君返固當死，君賴臣還亦如此。風波亭暗燕市寒，兩少保後爲臣難。」五律如《幽居》云：「幽居遠城市，春色盎莓苔。荒徑少人跡，柴門無日開。花香風自暖，樹長鳥初來。此意足千古，胸中絶點埃。」七絶如《三月》云：「木香風裏怯中單，縠縠蛙聲雨乍闌。飛遍楊花三月暮，河魨吹雪上蘆灘。」《咏楊花》云：「偶因飄泊上征衣，回首天涯昔夢非。滿地落花應羨汝，春風吹到獨高飛。」

南田王君啓曾，秋坪之弟，余之舊雨也。余輯《蘭言萃腋》，徵其詩未至，先以詞來。因得録其《懷秋坪兄》調《品令》云：「客遊應倦。問怎把、殊鄉戀。西窗不寐，懷人獨夜，燭花頻剪。待得抽帆長水，歲華又晚。孤鴻飛斷。正渺渺、江天遠。回思舊事，小樓聽雨，此情何限。春入池塘芳草，夢中尋遍。」《黄葉》調《霜葉飛》云：「秋陰乍霽。報籬根、幾株鴨脚黄矣。颼飀且漫作凄凉，好向柴門倚。映屋角、酣霜尚未。渾疑古隴寒雲起。記小塢陰濃，屈指幾多時，病葉者般憔悴。疎冷還共江楓，衰年易感，短艇沙觜曾繫。燈前相對白頭人，一倍生愁思。且莫説、荒溝舊事。多情未墜寒烟裏。任寂寥山園處，滿目西風，暮鐘蕭寺。」《秋草》調《疏影》云：「萋萋馬首。甚攪人一片，都在秋九。南浦重過，雨冷烟消，而今忍説分手。依稀寒食江村路，渾不見、弓鞵來又。悵一番、鬥罷空歸，賸得夢中人瘦。猶記年時河畔，爲伊魂斷處，凝眺良久。彈指西風，苑古苔荒，那得芳心如舊？無情一帶連天碧，伴落日、塞垣疏柳。問六朝、往事凄凉，遺恨酒邊消否？」《寒蛩》調《齊天樂》云：「訴來終夜何曾歇，聲聲盡成幽咽。小院螢疏，空階雨滴，總付西風蕭瑟。淒悽切切。作如許悲涼，世間何物？暗自消凝，一燈孤枕任明滅。　天涯猶滯倦客，小窗眠未穩，鄉夢空說。斷雁呼雲，疏砧搗月，似與哀音相答。愁生四壁。攪一片秋聲，有誰禁得？不耐多聽，曉來休更急。」詞筆清矯不群，宜楊文樸、丁小鶴輩俱爲傾倒也。

余友稼軒杜秀才中年殂殁，殁時，子方九齡，不及索其生平詩卷。余又傭書，東西萍梗，音問杳然。嘉慶乙丑歲，課讀里中鄒氏，識其家之司質庫者，號天佑，即稼軒之子，蓋不相見者，二十一寒暑矣，言之愴然。爰叩其乃父遺稿，則已散佚，莫可窮詰，僅得口誦二絶句而已。其一《咏鶴》云：「花明繡閣雙翎舞，霜冷清齋一足拳。爲問九皋飛去後，可能容我載腰纏？」其一《咏紫薇花》云：「曾陪青瑣聽鳴鑾，耐久交情似爾難。可惜鳳皇池上月，繁英雖好不曾看。」繼又出一編，號《篔廬詩草》，乃其曾大父韜聲先生庭球之作。録其《喜詒穀弟解組北歸草堂小飲》云：「園蔬村酒漫言珍，珍重歸來萬里人。廿載離群俱白首，一尊相對正秋辰。堂前寥落當年燕，槐蔭依稀舊日春。莫嚮庭柯空歎息，菊籬松徑尚堪新。」《弔岳墓》云：「千古忠魂怨未窮，靈旗高捲訴蒼穹。暮鴉那識興亡恨，自向南枝噪晚風。」先生爲肇余尚書從子。

潛溪周君中規亦梅里人。少與余同受知鶴峰李學使因培入庠。後課徒我里東偏朱家村沈氏，即與余交好，時時晤對。爲人沉静質朴，敦尚古道。長余九齡，以嘉慶八年殁。子鳴盛亦庠生，能繼父志。余徵其詩，則爲兩次祝融所燬，絶無片紙。僅從上乘庵壁間，録得其遊題一律云：「地少遊人跡，林深古佛祠。日移旛影動，風送落花遲。入院心逾静，翻經法未知。雲堂栖鳥集，疏磬暮歸時。」詩如其人。

槎客蔣君次雲，梅里之精於醫者。折肱之暇，兼擅詩詞，和余《夕陽》，有「似爲愁人留一片，旋催暝色帶千家。」「額黄無限騷人咏，頭白還教過客憐」之句。曾介友人示余《柳眼》一律云：「清矑堪擬畫難真，阿堵臨流不染塵。旖旎有情窺繡幕，低徊無限送行人。桃花相顧紅猶淺，燕子偷看緑未勻。莫認春愁含别淚，朝來洒滴露珠新。」又《李篁園招賞碧桃不赴》調《菩薩蠻》云：「春遊處處看花好，遊人自愧花前老。高士故相招，無緣對碧桃。　昨宵風雨驟，竹外花應瘦。留得酒盈卮，來參玉版師。」全稿尚未見也。

梅里丁君墨農芸、毛君溪南琳，二人以詩相契，合刻《同聲詩鈔》。余偶從友人案頭見之，心殊耿耿。頃之，二君聞余輯《蘭言萃腋》，各以著作來。余覽其詩，都有可傳者。因録墨農《秋感》二律云：「霜落河橋野色空，蒼凉景物望何窮。江涵虹影初收雨，樹湧濤聲正挾風。萬里悲秋憐杜老，三更問月憶蘇公。名流千古縈懷抱，太息人生似轉蓬。」「西原雨過小溪渾，一抹斜陽橘柚村。客到何妨巾漉酒，家貧無那席爲門。天寒刀尺征人夢，秋老關河旅雁魂。底事不堪腸欲斷，滿庭蕭瑟又黄昏。」《書懷》一律云：「株守鄉園亦愴然，生涯岑寂酒杯閑。天寒范叔衣仍薄，歲歉黔婁食益艱。風雨無情侵陋室，草蟲何意亂柴關。此身空有桑孤志，冷笑頭顱鬢欲斑。」《送別》二絶云：「一束琴書別故鄉，子規聲裏渡錢唐。江頭楊柳桃花岸，何處春風不斷腸？」「河橋花事可憐春，別酒紛紛不記巡。今夜何妨先醉我，好教容易送行人。」《春閨》一絶云：「繡牀斜倚翠蛾顰，珠箔低垂獨愴神。桃李任他春色好，郎歸才是眼前春。」溪南《田園雜興》五古云：「結屋僅數椽，聊傍桑園側。春水繞門前，修竹翳廬北。所居雖不廣，但使我心適。平生愛村居，朝市恒不識。終年何所爲，惟事稼與穡。與世既無干，我自食其力。春雨苦溟濛，雨過天晴朗。日暮倚柴門，但見溪水長。前村來老農，龍鍾扶竹杖。告我春已暮，田園多草莽。耕耘不努力，秋成安可仰？殷勤謝老農，此言良不罔。前村日影澹，深樹鳥倦飛。行行去草莽，荷鋤返荆扉。歸來日已暝，人影但依稀。家人相慰藉，謂我筋力微。我非不惜勞，所願稻粱肥。人生樂宴安，終年長苦飢。」《春日友人招飲因雨不赴》一律云：「蕭齋春寂寂，折簡忽相招。擬共賓朋醉，無如風雨饒。聯吟虚舊約，良會隔今宵。多謝殷勤意，相思一水遥。」《客舟》一律云：「酒醒篷窗夜欲闌，離愁此際劇無端。聽來漸覺鄉音異，老去從知行路難。野寺疏鐘霜月白，孤舟殘夢曉風寒。來朝莫漫輕回首，雲樹蒼茫不忍看。」二君皆出入晉唐，清机獨引。

荆軻刺秦一舉，詩謬特甚，余每爲歎恨，曾作論痛詆之。頃讀溪南稿内有《咏荆軻》一律云：「悲歌忼慨向西秦，祖道西風起暮雲。雪耻未能誅太子，捐軀先自誤將軍。至今易水空流血，終古燕山但夕曛。恨煞無謀徒恃勇，從來輕諾寡奇勛。」淋漓痛快，可謂先得我心，不禁拍案。其他如《項羽》云：「畢竟輿圖歸漢室，空勞劫火燎秦宫。」《昭君》云：「但知玉貌酬明主，何用黄金買畫師？」俱有見解。

潘布衣鴻謨號芸芝，居里東石佛寺，課徒爲業，不事功名。酷嗜吟詩，寒暑不輟，所作甚夥。嘉慶乙丑，余授徒里門。獨介唐生誠道意，欲執贄爲詩弟子。即以舊作二帙來，先爲加墨。大都繩墨有餘，而神韻未暢，余録其五律《五日》云：「休暇天中節，遲回林下遊。客衣裁白紵，花事到紅榴。采葯携筠筥，開樽對水鷗。招涼凭檻坐，偏愛竹風幽。」《秋江》云：「江晴秋氣新，菱芡滿江濱。柔艣不驚浪，涼波最可人。漁樵逃世網，丘壑寄天真。一舸從吾往，沿流采白蘋。」《客夜》云：「霜月夜深明，風林落葉驚。愁中雙鬢改，客裏一燈清。激切悲歌壯，輪囷醉膽横。攪人寒不寐，何處擣衣聲。」七律《咏山藥》云：「靈根生逐廢畦偏，帶土鑱來濯亂泉。地不藍田還種玉，藥非玄圃也延年。流匙溜溜雲英滑，翻鼎霏霏瓊液鮮。漫説衡陽相贈物，盤餐飽食已如仙。」《杜鵑》云：「一聲叫徹一聲悲，千載冤情底怨誰？古樹春深寒食後，孤村月落四更時。魂傷蜀國江如錦，血濺吴山花滿枝。有客羈窗吟正苦，幾回愁聽鬢成絲。」《無題》云：「鳳簫吹徹坐涼宵，碧海青天恨寂寥。月砌亂翻花幾樹，風簾催换燭三條。相思有曲傳紅豆，積淚無人寄素綃。枕冷衾寒眠未穩，斷魂已逐篆香飄。」七絶《咏白牡丹》云：「露染天香粉未乾，花開端合玉人看。無勞多買胭脂畫，虢國由來本勝韓。」《秋葵》云：「翠袖黄冠妝束單，倚風離立態珊珊。塵凡那許神仙駐，祇遺秋庭半日看。」芸芝擅場古樂府歌謡，有《人火行》最奇，篇長不録，録其《擬古謡》云：「鉛刀一試，勝於干將莫邪。棄置不用，雖龍亦蛇。」《官倉鼠》云：「官倉鼠，食倉粟。粟何來，民之肉。明侵暗蝕曾不足，倚勢聯群肆殘酷。君不見宫獒猶被彌明撲，嵎虎還迎馮婦逐。奈爾官倉鼠，人人空側目。吁嗟乎！爾飽倉粟爾自肥，窮民惟有骨與皮。」

金淡子易字位六，爲藥夫從子。性豪於酒，醉後吟詩，放筆一書，醒輒棄去，不復記憶。壯歲即辭世，所作寥寥，僅從友人處録得《落葉》一首云：「水闊風高天氣寒，霜林無處不凋殘。孤村野店青旗亂，古渡歸舟夕照丹。四壁鳴蛩秋漸老，一行征鴈雨初乾。幽居何限耽吟思，小立柴門著意看。」

布衣朱梅崖休奕爲秀水竹垞太史玄孫，工詩餘。金和叔嘗携其稿來見示。其《病中自嘲·百字令》云：「深秋病作，計卧牀匝月，十分潦倒。誰向蓬門來問訊，獨擁寒衾懊惱。紅友難招，青蚨絶望，未死聲先悄。者般磨滅，形容休怪枯槁。瞥見金滿籯中，米盈囷内，從此堪温飽。多事荒雞啼不住，一霎無端天曉。癡夢才醒，殘燈未滅，早又催租到。命窮如此，愁懷何日能了？」風趣殊佳。又《咏蟬·齊天樂》云：「濃陰一樹無情碧，凉蟬早傳清響。影度妝樓，聲聞香閣，夢破那人鴛帳。頓教惆悵。記昨歲嘶時，驪歌才唱。忽忽經年，斜陽又挂緑楊上。寄語兒童休掇。怕乍離螳臂，旋入蛛網。抱葉潛身，移枝斂翼，怪底井梧飄颺。鬢妝新樣。愛洗遍冠緌，露凝仙掌。只恐秋殘，蜕仙何處訪？」是能清言娓娓，不以堆垛爲高者。

嘉慶乙丑春，淹旬風雨。余授徒里中，作《落花詩》十律，郵寄同人共和。梅里南田王九賡作四章，誦之殊覺眼明，因録其二云：「樹頭樹底已無存，蜂蝶如知合斷魂。門巷草深空曳杖，江亭客散罷開樽。年光付與流鶯説，心事憑將玉笛論。回首繁華成一夢，不堪細數到黄昏。」「捲簾且爲立踟蹰，亂墜空階雪不如。深塢日斜争惜汝，小園客去轉愁余。芳心寂寞三春後，紅粉飄零六代餘。猶記庭前看弄影，月明今夜碧窗虚。」

蘭言萃腋卷十一

嘉興螟巢吴展成手編

有人誦《蠶豆莢》詩云：「江南四月雨霏霏，遶畦豆莢緑漸肥。田家早起携入市，一籃買得價甚微。兒女成團纖手剥，剥來粒粒圓如璣。清光秀色奪人目，未食已可療人飢。釜鬵亦既溉，雜以筍蕨薇。炊來火候足，氣味何芳馡。園蔬爲羹麥作飯，入口祇覺甘如飴。君不見金門豪貴客，珍膳頓頓羅盤匜。萬錢日費難下箸，烹飪猶罵庖人非。膏粱享盡意未稱，此味由來知者稀。人生嗜欲貴有節，致極口腹何窮期。魚羹肉脯詎不美，困於酒食非所宜。乃知甘脆腐腸藥，不如此物堪朵頤。堆盤對客恣一飽，鳴鳩格格巡簷飛。」此詩殊佳，詢爲何人之作，則以鹽邑高秀才對。余訪之翥逵陸君，曰秀才名亮功，爲漢書先生之孫。先生耆年宿學，經術湛深，其著作爲阮學使芸臺所賞。秀才，詩詞兼擅，著有《芸香閣集》。其五古《述懷》云：「陽和當令日，萬象咸歡娱。秋風動地來，百卉皆槁枯。裴回一以望，盛衰何懸殊。歲序聿遲暮，日影在桑榆。功名貴早建，失時將何如？感此三歎息，努力勤詩書。」五律《題畫鷹》云：「定是鍾山産，翻從素練看。天高常縱眼，秋老欲舒翰。絶塞風逾勁，危崖葉漸乾。懸韝能遠逝，狐兔膽應寒。」七律《秦駐山春望》云：「選勝來登萬仞岡，諸峰猶自拱秦皇。接天芳草一條碧，浴日洪濤萬頃黄。沙岸黿鼉丞相碣，東風桃李美人妝。蓬萊對面分明是，欲向春潮問野航。」七絶《吴宫曲》云：「急管繁絃醉未休，風來水殿轉清幽。滿庭梧樹秋蕭瑟，著得君王幾許愁。」《楚宫曲》

云：「雲來雨去態何濃，目斷巫山十二峰。不是細腰無國色，君王偏愛夢中逢。」他若五言《秋色》云：「緑衣紅流葉，青山白吐雲。」《春晴》云：「暖日烘楊柳，輕風破海棠。」七言《春草》云：「魂銷南浦人初去，夢入西堂路可通。」《賣餳》云：「無錢可買何妨换，見鐵方敲不用賒。」原注：賣餳亦用舊物相换。又俗有「見鐵敲糖」之諺。《下第》云：「伏櫪才寧甘鶩下，待年姝尚惜娉婷。」《寓况》云：「愁城灌酒攻仍固，窮鬼憐才送不行。」咸爲膾炙人口。

詞則如《惜春》調《掃花遊》云：「柳眉才展，正乍試單衣，暖輕寒弱。陽春有脚。便城南拆到，緋桃紅藥。紫陌香泥，齊逞鈿車金絡。又誰覺。花事近清明，雨狂風惡。　寂寞傾杏酪。悵鄰娃拾翠，頓乖佳約。悶懷無著。聽呢喃雙燕，也傷漂泊。是處亭臺，收盡秋千紅索。定誰錯。把韶光、等閑負卻。」《咏藕》調《慶清朝》云：「瑟瑟紅間，田田翠底，雪兒還勝香兒。冰盤乍薦，一彎皓腕偏肥。風骨世間應少，想飛來姑射仙姿。玲瓏處，柔情千縷，都是相思。　太液新凉堪賀，正碧筩侑酒，白苧彈絲。沉朱浮碧，任他伴住金卮。嚼出輕鬆纖脆，滿腔寒玉沁詩脾。早忘却，水晶簾外，十丈炎曦。」《咏竹》調《驀山溪》云：「春雷一震，萬个筠簹長。生小便幽閒，何處惹、蝶狂蜂蕩。誰能耐俗，一日竟無君，封病目，掩柴扉，不拄先生杖。　天寒日暮，翠袖休惆悵。風雪縱欺儂，幸締得、梅兄松丈。尋盟來也，倩女慣離魂，人静後，月明中，環珮丁冬響。」《咏唇》調《沁園春》云：「攬鏡頻塗，捲簾慣點，嚴妝乍成。似緑窗鸚鵡，啄餘紅豆，翠襟么鳳，啣出朱櫻。玉筍慵支，瓠犀半啓，笑處渾迷下蔡城。樊姬小，記桃花扇底，鶯囀新聲。　含毫寫出離情。有淡墨留痕破血猩。更晝長人静，詩篇朗誦，夜寒指冷，笛管輕横。梅嚥嫌酸，酒沾怕醉，一抹香紅色轉明。凭肩坐，把如飴暗齧，渴慰狂生。」允爲出色當行之作。

梅里張君浣花應魁，字南有，爲余潯芻夫子表姪。幼即耽吟，詩篇甚夥。後讀余《啖蔗詞》，極其傾倒，復鋭意填詞。二十年前，曾以赴試，與余同宿尊經閣下，作竟夕談，遂成莫逆。嘉慶乙丑，介和叔以書來，併擋其生平諸稿，屬余采入《蘭言萃腋》卷中，意頗敦切。爰録其五律《蟬聲》云：「疏槐殘照裏，遮了不停鳴。履潔超凡品，居高遠俗情。月斜憐鬢影，風細寫琴聲。晚聽生凉思，寥寥天地清。」《聞柝》云：「擊柝可憐子，終宵不絶聲。敲殘新挂月，催起曉登程。漏永音偏急，砧傳聽未清。南鄰兼北里，斷續到天明。」七律《咏剪刀》云：「鏤月雕雲用最奇，閨房利器首先推。並頭花樣關心避，透骨霜威入手知。未破新春閑匝月，潛移清漏弄多時。細將楊柳偷裁出，不信春風也似伊。」《早秋》云：「砌下王孫語短長，早傳秋信到山房。蕭疏雨入千林翠，澹蕩風飄一葉黄。雲閣曉開紈扇静，水亭閑對藕花香。暑消白墮猶堪御，新月梧桐足嫩凉。」詞則集調名《一斛珠》云：「玉樓春去，檀郎消息經年阻，釵頭鳳卜歸期誤。欲訴衷情，十二時難訴。　珍珠簾捲愁無語，生憎乳燕飛還舞，晚來斜倚闌干處。灑濕羅衣，梅子黄時雨。」《咏月・點絳唇》云：「斜上花梢，黄昏漸透疎簾影。羅幃窺進，照箇鴛央並。　斗轉參横，露溼闌干冷。燈初燼，小樓人静，皎皎懸如鏡。」《離情・虞美人》云：「燈前草草離人語，愁債難消去。羅衫點點淚痕斑，惹得相思憔悴，損紅顔。　春風春雨珠簾箔，惆悵花開落。柳絲摇曳曲江頭，因甚青青不繫，玉郎舟。」《西湖好・采桑子》云：「風光三月西湖好，草綠帬腰，水漲春潮，烟柳絲絲颺六橋。　玉鞭遥指雙隄路，遊伴相招，紅袖輕飄，笑折花枝贈翠翹。」

浣花詩佳句甚多，不可棄置。如《送兄》云：「乾坤長作客，風雨一登樓。」《舟行》云：「水村楓樹岸，江路荻花秋。」《山寺》云：「寒雲凝竹色，秋雨響松聲。」《水閣》云：「水滿魚遊埠，陂荒鴨護船。」《燈花》云：「夜長渾欲留春住，枝暖還疑向日看。」《菜花》云：「遍栽庭院應無地，才到鄉村便有香。」《自歎》云：「貧當劇處醫難療，詩到窮時句亦酸。」《咏雪》云：「曉徑惜和雲共掃，夜窗喜與月添明。」《咏簾》云：「寒聲疏隔垂檐雨，艷影晴穿照眼花。」《論詩》云：「但覺性靈從我出，無勞門户傍人尋。」語皆戛戛獨造。

李清華字葆生，爲和叔妹倩，秋錦先生曾孫也。爲諸生有名，早卒，有《漱六軒吟稿》。詩摹選體，組織多而清逸少。余獨賞其《首春同人觴集梅下》云：「寂寞苦無悰，寒葩遲嘉客。今日良燕會，少長共瑶席。是時歲方新，春風吹廣陌。辛盤香乍生，苔紋漸以碧。嗟余薄笨人，何幸共杖策。相聚易爲歡，相别彌可惜。何時插繁花，談笑永晨夕。」《題寄梅上人懶殘憩息圖歌》云：「往聞道品三十七，能勝種種九十六。我今縱目畫圖中，忽見高僧在空谷。法雲生衲衣，慧日曜林木。微聞流泉聲，不問煨芋熟。吁嗟乎！三明六度足洗心，奚必牛首之山稱香林。」《謁范蠡祠》云：「不見南陽宰，空懷范大夫。功名垂竹帛，心迹托江湖。祠廟丹青古，衣冠想像殊。茫茫海上月，何處問陶朱？」《尋裴公島》云：「裴公故渚久荒蕪，蔓草頽垣定有無？自昔殊勛垂竹帛，至今遺跡認菰蘆。林藏古刹春雲暗，水漫空塘夕照孤。放鶴洲前一延佇，野風蕭瑟亂啼烏。」其尊甫朴溪雋老於幕府，亦有集。《送别朱香溪》五律云：「倦遊已數載，近復理征鞍。負米嗟何及，依人良獨難。關城沙路遠，冰雪馬蹄寒。珍重加餐飯，天涯歲正闌。」《贈常州沈敬書》曰：「昔馳燕市馬，今泛越溪篷。忼慨淩霄志，春容若谷衷。水分申浦麗，詩愛隱侯工。莫憶蘭陵月，清輝萬里同。」《客窗咏雪用東坡韻》七古云：「天公剪水作瑞葉，謝庭粱苑看行雪。千塍有慶遺蝗沓，萬竅無聲飛鳥絶。未見前楹冰筯垂，但聞後院霜筠折。虚白紙窗曉更明，通紅爐火撥復滅。歸計頻將曆日推，年華坐惜電光掣。敵寒試傾鸎兒酒，醉眼翻成魚子纈。蹣跚屐齒不得行，那不中庭鋪木屑。雲凝空際旋卷收，風驟檐端尚飄瞥。卻憶當年訪戴船，子猷往事猶能説。天晴待予返輕橈，一望千峰露青鐵。」《登戲馬臺》五絶云：「我登戲馬臺，臺空已百世。想其戲馬時，何知騅不逝。」僅二十字，而議論感慨兼到。

有李向輪名灝者，本宦家子，十齡患痘而喪其明。家貧，以賣卜度日。每倩人誦唐宋名人詩，傾耳會心。一旦忽能詩，有《懷弟客遊》云：「忽爾思兄弟，尊前阻笑歌。高堂有慈母，頭白竟如何？一望音書隔，三春涕淚多。他鄉知我意，歸計莫蹉跎。」《春柳》云：「踠地垂楊滿目新，漢南一帶不勝春。年來舊雨飄零盡，吟到河橋欲愴神。」亦異人也。

竹垞太史曾孫振祖亦能詩。余從亂帙中，偶得其《香溪近稿》一卷，閲之，長於五律。録其《咏草》云：「細雨溼闌干，萋萋一徑看。貍奴眠未穩，蛺蝶夢初殘。漸改青袍色，應添古道寒。王孫歸路遠，駐馬簇金鞍。」《咏蓬》云：「影落秋風裏，飄零仕所之。荻花楓葉候，細雨暮潮時。驚雁忽雙下，歸人只獨知。愁心南浦上，那比釣魚師。」《和友人病起咏懷》二律云：「獨坐溪堂裏，秋深樂不支。詠懷詩愈老，對客酒同持。曲曲村流急，叢叢花放遲。維摩初病起，丈室慰相思。」「歷覽有餘味，翛然憶古人。會心琴作友，得意硯爲鄰。學並揚雄富，清如原憲貧。賣文聊過活，已足動錢神。」前輩典型，恍然在目。

勉齋馮君光熙，詩工七律。《孤舟野泊》云：「新霜欺酒易爲醒，歸夢迢迢未得成。風約遠山寒漏永，月明極浦夜潮生。百年憂樂孤舟味，一榻江湖萬里情。正是苦吟無賴甚，隔林原樹起秋聲。」《曉渡揚子江》云：「夜半潮生萬里長，海門趁曉渡輕航。江天雪浪排雙闕，吴楚風烟接大荒。帆影遠連瓜步樹，濤聲近入廣陵鄉。詰朝試上山堂去，題遍黄花墨瀋香。」頗似漁洋老人。

李榆村金者，梅里窮士，詩以咏物擅場。余最賞其《白菊》一聯云：「夜静影寒三徑月，秋深香冷一籬霜。」又嘗憶友人佳句，如《咏白牡丹》一聯云：「富貴自同廉士潔，品題應作素王看。」《咏柳眼》一聯云：「啼殘六代興亡淚，看盡三春離别人。」俱爲體物中不磨之句也。

鄭君洙庭，别號餘齋，爲余友徐寄樵姑丈，余自少即締交焉。善吟，好遊，後客秋帆畢中丞幕。中丞資其軍前贊畫，遂以軍功議叙州司馬候缺。先是入蜀時，與所親鮑明府鷺江偕行，著有《蜀道聯吟》。余録其《孱陵驛》云：「一帶荆江抱白沙，麴塵風起夕陽斜。遥看古渡船如葉，初試春衫客憶家。夢落當壚新燕子，晴來小店又桃花。亂山青過宜都去，路僻人稀蜀道賒。」《平羌江夜泊》云：「倚舷袛覺意蕭然，淼淼雙流獨未眠。關塞風沙家萬里，蠻荒愁病客經年。鄉心華頂天邊路，旅夢平羌月下船。太息古人遷謫處，不堪江驛遶寒烟。」鷺江有《謁少陵祠》一律云：「白髮諸侯客，艱難蜀道經。朝廷猶戰伐，弟妹況飄零。八咏傳秋興，三巴老使星。浣花溪上水，掩漾草堂青。」二君詩皆清老可誦。

秋畦朱君嘉穀，爲吾邑庠生。秉性恬淡，超於名利。授徒梅里，從遊者數百人。暇輒作韵語，詩如其人。有《咏春風》一律云：「駘蕩春風至，遊人感物華。啼鶯聞野外，飛絮逐天涯。著意憐芳草，無情送落花。江南寒食路，幾處酒帘斜。」《贈古南寺得源上人》一律云：「定公禪寂後，梵語久無聞。今日重過此，還憐得遇君。茶烟深藹藹，花雨散紛紛。無事關長掩，閑階滿白雲。」吟筆在高、孟間。

張蘭皋大德，余潯芻師中表兄弟。乾隆丁酉選拔，丙午孝廉，歷任東甌教授。其詩爲芸臺學使刊入《輶軒集》。余録其未采者，五律如《銅雀臺》云：「洛陽宫闕盡，銅雀起高臺。横槊人何在，漳流去不回。分香思妙妓，作賦憶仙才。咫尺西陵樹，蕭蕭暮雨摧。」七律如《少伯祠》云：「湖天海月兩茫茫，少伯遺祠瞰夕陽。鑄像適全人主德，捧心寧戀女兒妝？五湖蝦菜功名隱，三徙陶朱姓氏藏。此去從遊赤松子，封留猶笑漢張良。」咸有作意。

鄭蕘夫泉，餘齋從子，亦工詩，風韵不及其叔，而朴茂過之。余喜其一本性真，直抒胸臆。五古如《花汀讀書》云：「三里梅花溪，溪盡結茅屋。柴扉終日閉，寂寥如深谷。此中無長物，四時饒卉木。春風展幽蘭，秋露滋叢菊。紅蕖耀緑波，古梅發寒馥。天然有真香，令人悦心目。常持一卷書，獨坐花前讀。晨觀花灼灼，日暮已殘落。羲和鞭莫停，言念心驚愕。大禹惜寸陰，吾儕當奚若？青年不勉勵，白首竟何托？古人遺詩書，意旨頗宏博。夙夜苦心研，猶難盡探索。稽古正未遑，何暇慕好爵？」七律如《秋懷》云：「蟋蟀初驚聲在堂，旋看凉露已成霜。九秋風景悲黄葉，千古登臨怨夕陽。人事蹉跎時易失，壯懷牢落語多狂。含愁無限消何處，菊滿東籬酒滿觴。」「天際浮雲任卷舒，風清月白賦閑居。崎嶇世路難爲客，感慨人情且讀書。有命何勞營富貴，無才只合伴樵漁。生涯澹泊常如此，蒓菜香秔味有餘。」他如詠古饒有名句，如《寇萊公》則云：「洵有威名司鎖鑰，不惟儉德少樓臺。」《岳少保》則云：「功廢十年天地怒，獄成三字古今憐。」《文信國》則云：「五坡失律悲天意，柴市捐軀報國恩。」《方正學》則云：「歎息一僧知義士，悲傷十族付清流。」《姚少師》則云：「詩題鐵甕人先識，兵起金臺姊獨憎。」《王陽明》則云：「龍鱗敢逆龍場去，虎穴曾探虎子來。」《海忠介》則云：「葛帷竹篋生前物，簞食壺漿死後情。」皆他人千椎萬鑿所難得者。

尤師六桐，爲人敦尚古誼，與流俗落落寡合。所作詩，通體平正帖妥，少出色處。有《二分竹書屋稿》。嘗夜分兀坐書屋中，讀少陵、東坡詩，聲振四鄰，鄰人皆駭之，輒曰：「無怪也，其胸中轇轕，藉此稍洩耳。」余録其《送錢潤之之江右》云：「聽徹玲瓏唱，踟躕共驛亭。客懷三月暮，勝地幾程經。彭蠡粘天白，匡廬潑眼青。依依看柳色，飛絮滿前汀。」「離情不可道，尊酒且開筵。賦誦江淹别，鞭輪祖逖先。西窗燈似豆，南浦草如烟。此後相思切，沉吟互短牋。」《夜坐示内》云：「碧天如洗月微黄，露氣娟娟潤粉廊。紈扇秋風千古恨，湘簾人影幾分凉。相思細數從前少，偕隱懸知此後長。倚檻未須挑錦字，含情且學繡鴛央。」《爲友人移居》云：「半壁谿山半壁詩，野塘鷗鷺最相知。携家只合臨流住，秋月春風作釣師。」「一灣新漲水痕添，門外青山六點尖。剥啄不聞來熱客，緑陰如畫畫垂簾。」既又得其叔豫堂名雙玉者，老於幕府，往來楚閩間。所爲詩，精深高渾，美不勝收。僅采數章，以當窺豹。五律如《客中七夕》云：「虛堂逢此夕，花露正新秋。天上渾如舊，人間底事愁。思歸心似箭，望遠月如鈎。孤坐良宵久，銀河欲斷流。」《過西陵》云：「蒲帆争利涉，勝地罷登臨。指點舟人語，愁懷客子心。鴈風篁三竺遠，烟柳六橋深。好約歸江權，湖山一醉尋。」《泊岳州》云：「憔悴携孤劍，浮沉感逝川。迴稟子國，秋浄鷓鴣天。旅夢千山月，鄉心萬里船。一身真似寄，飄忽泊寒烟。」七律如《姑蘇》云：「幾回憑眺古長洲，紅樹青山滿目秋。千里風花西子國，一帆烟雨大夫舟。草縈舊苑人何在，劍去荒池水獨流。一自采蓮歌《水調》，至今吴女盡輕喉。」《洞庭湖》云：「破浪乘風險亦安，片帆飛入爛銀盤。波吹宿霧魚龍戲，天轉浮瀾日月寒。修竹至今悲楚覡，群鴉終古嘯神壇。襟懷洗盡乘除事，應作蓬萊萬里看。」七絶如《風泊瓜洲》云：「蒲帆夾浦喜初收，風湧濤聲岸欲流。試向蓬窗一回首，江豚無數祥瓜洲。」《仙霞嶺》云：「峰崒岝崿路高低，小隊花驄夕照西。翠磴紅亭三十里，榕陰静處鷓鴣啼。」《馬陵關》云：「柳掃歸雲送雨還，拖泥人渡馬陵關。魚梁店外頻回首，猶見淮南一帶山。」皆其集中出色之作，以師六較之，小阮不及大阮多矣。

豫堂、師六兩人俱有詞，各附見於詩集。而薛鹵齋廷文徵輯《梅里詞緒》一書，不知何故，獨遺之，豈渠未之見耶？豫堂《揚州》調《賣花聲》云：「二十四紅橋，橋外停橈。緑楊梟雨漲春條。日暮雷塘燈火遠，歌吹迢迢。　懷古意偏饒，風竹蕭蕭。千年騎鶴去人遥。惟有瓊花臺畔月，伴我今宵。」《寄李稻塍》調《金縷曲》云：「自折鴛湖柳。到而今、春鵑秋蟀，幾番時候。最苦人生離别易，客淚徒教盈袖。忍夜月、浸窗凉透。欹枕頻尋烟外路，覺依稀、夢到梅溪口。燈一點，吐紅豆。　劇憐漂泊天涯久。恨登樓、無依王粲，共誰尊酒？遥羡故人茅屋底，簫譜筆牀茶臼。任閑散、幾多消受。吟遍秋風還憶我，寫相思、片紙投江右。覓朔雁，子能否？」師六《無題》調《菩薩蠻》云：「紅樓四面添秋色，無言獨倚欄干側。豆葉半吟黄，緑窗凉不凉？　晴空天似洗，人在冰壺裏。皓月對樓懸，月圓人未圓。」《送李寶生之武林》調《南浦》云：「疏柳不堪攀，怪短亭、驪駒一曲聲驟。蠻錦納行裝，�篷底、書畫米家都有。晴山百里，漸看螺髻霞邊逗。西陵渡口，盼松柏青青，香車來又。　年時角韵分曹，慣箋拂烏絲，燈懸紅豆。別去太匆匆，斜陽岸、還憶酒壚人否？臨風僂指，算來休恨相思久。早梅放後，掃片石蒼苔，重携吟袖。」誦之頗倜儻可喜，當無庸軒輊也。

蘭言萃腋卷十二

嘉興螟巢吴展成手編

柳東和余《秋草》詩甚佳，余已録之。兹復以行看子數幀索題，併携近稿相示。遂再録其《聞鴈》五律一首云：「萬里關河冷，南來雁一聲。秋蘆今夜白，山月此時明。紫塞寒先到，衡陽夢不成。鄉書如可達，寄語過江城。」《浣花草堂咏杜少陵》七律一首云：「廣厦千間願未酬，詩人卜宅枕江流。文章忠愛關青史，弟妹飄零歎白頭。風雨他鄉難返蜀，干戈滿地獨登樓。浣花谿畔經過處，蕭瑟空悲玉露秋。」《自題柳東放鴨圖》七絶三首云：「一桁波光曲抱村，溼烟堆樹映沙痕。紅闌溪鳥參差見，隄柳絲絲緑到門。」「鴨頭新漲麴塵波，鴨脚青芹貼岸多。鴨嘴小船雙槳去，村邊學唱鴨兒歌。」「春陂烟草影模糊，不減宣和花鴨圖。結得忘機溪畔侣，漁兄漁弟小長蘆。」詩餘三闋，《蟬聲》調《如夢令》云：「何處吹來凄調？吟得秋風先到。一樹曳殘聲，餘響别枝猶裊。遮了，遮了，十里斜陽古道。」《題周桐北小影》調《西江月》云：「門對碧梧舊樹，人吟白苧新歌。石闌點筆細猜摩，畫裏看來真箇。晚色半林烟濇，凉痕一片秋多。待他明月上庭柯，携取玉簫來和。」《自題溪堂深柳圖》調《百字令》云：「花橋老屋，喜吾廬買斷，重開三徑。四面插天都是柳，環卧堂深溪静。烟濇長留，風疏欲曉，萬緑新凉浸。書還讀未，青青看此衫影。　漫想奏賦瓊林，染衣金縷，異竟歸無分。寫入輞川圖畫裏，儘有斯人清興。垞竹山亭，野梅江路，約略南村近。明年春雨，小園添種紅杏。」

余自課徒東郭，與珊客聚首二載。嗣以萍蹤南北，不晤者二十餘年矣。囊輯《蘭言萃腋》，曾登其作。嘉慶乙丑，復寄詩兩帙來，屬余增入。乃又録其《蟋蟀聲》五律云：「蟋蟀雖微細，凉秋作意鳴。豆花風漸起，桐葉露初生。切切吟方厲，寥寥聽轉清。雄心肯銷鑠，壇坫有先聲。」《落葉》七律云：「秋深何處不蕭蕭，日暮江干正落潮。九月霜風吹篳篥，五更暗雨響芭蕉。雁來遠道書磨字，人卧虚堂酒罄瓢。正及吴江飄泊甚，一帆寒色送征橈。」《秋蝶》云：「粉冷香消見亦稀，天寒猶著五銖衣。已知露處無人惜，可奈風前獨自歸。滿院黄花魂惘惘，一籬紅豆影依依。江南春色來年到，擬傍誰家芳徑飛？」《秋日過吴氏齋與朱靖恭話舊》云：「客中滋味許誰長，况及秋風逗早凉。小别談心三見月，論文感舊十經霜。支離病骨憐君瘦，拓落生涯笑我狂。縱遣雄心銷鑠盡，尚期燒燭醉千場。」頗饒寄託興會之致。若七絶則更雋逸，如《别友》云：「青草塘邊送客航，黄梅時節雨荒荒。看君一葉烟波去，何日題詩過草堂。」《漁父》云：「白波之上白頭翁，長竿裊裊一絲風。有魚無魚不挂意，夕陽正在蓼花紅。」《柳枝》云：「嫩於金色軟於緜，十四樓頭月最先。憑藉長條似相識，東風扶上酒人肩。」余讀而喜之。

繆君鶴翎名有光，居吾里東北二里而近，村舍蕭然。少日與余同赴鄉試，偕楚雲、尺木輩同寓湖上，談諧歡謔。生平詩作不多，亦罕留稿。余僅記其自誦《遊韜光庵》五絶一首云：「心爲形役忙，陟此神清爽。試問止巢人，蕭蕭□竹響。」《采菱歌》七絶一首云：「青萍開處一篙浮，盪碎玻璨百頃秋。妾對菱花空照面，郎貪菱角嬾回頭。」

嘯雯岳君振，忠武裔也。居梅里，與珊客友善，珊客每向余稱道其詩。甲子歲，余館西河，曾持珊客手書見訪。嗣即郵寄近稿一卷，號《雲屐編》者，乙丑遊杭作也。余覽其詩，並長諸體，不名一家。五古如《葛嶺》云：「重湖起晝陰，白雲渺千疊。言登葛仙嶺，策杖隨步屧。伊昔抱朴翁，煉丹坐林樾。舊井垂千年，普濟衆生暍。何爲神奇境，忽作臭腐窟。結構半閈堂，左右羅姬妾。坐看順富死，不見襄樊捷。雨中天目崩，王氣竟消歇。俯仰五百秋，穢蹟尚未没。北望寶石峰，大字玷山碣。會須告當塗，沙石快磨扢。更將勾漏泉，萬斛洗山骨。蕭蕭嶺上風，謖謖松梢鬣。朝暾射高臺，敷坐理瓊笈。」五律如《夢謝亭》云：「一覺蒲團夢，危亭記客兒。昔聞謝康樂，寄與杜明師。臺迴翻經處，花深點屐時。西堂春草句，并作後人思。」《蒹葭里》云：「聞説蒹葭里，人家畫不如。竹邊名士閣，花下老僧廬。水色涵清鏡，嵐光挹翠裾。何年遂疏懶，分得一廛居。」五排如《鳳皇山弔宋故宫》二首，其一云：「炎宋偏安日，行宫據上頭。龍翔都會地，鳳舞帝王州。汴水空陵邑，青城痛冕旒。艱難一馬渡，倉猝百年謀。廊廟登奸慝，金繒報敵讐。錢湖開輦道，淮甸劃鴻溝。縹緲需雲殿，蘢葱賞雪樓。吴趨仍霸跡，越絶紀皇猷。不望三京復，應傷二帝留。唐家靈武業，枉向紹興求。」其二云：「百五十年事，依稀夢大槐。一朝降表出，三日怒潮回。刼自紅羊换，歌傳白鴈哀。使臣旋見執，督府又新開。大將雄旗鼓，孱王痛草萊。興亡歸氣數，得失在嬰孩。玉馬朝周室，金人泣漢臺。空宫喧鼠雀，閟殿冷莓苔。此處荆榛地，當時錦繡堆。鳳皇山畔路，弔古有餘哀。」七律如《黄龍洞》云：「峭壁嶙峋挂薜蘿，泉聲隱隱間樵歌。危欄斜壓穿階筍，廢沼枯留折柄荷。幾曲荒途盤洞宇，一層圓笠蓋頭陀。當年卓錫遺蹤在，曾否黄龍此地過？」《竹閣》云：「竹閣蕭然面水濱，閣中人去已千春。當時薇省抛彤管，此地棠陰見碧筠。一半勾留名勝處，三年卧理宰官身。閑披鶴氅題新句，玉局重來爲寫真。」七絶如《薦菊泉》云：「野泉何必資人汲，一琖堪伸薦菊情。石髓不枯寒到骨，梅花與爾共雙清。」

鍾君鼎號月橋，亦珊客友。長於幕學，詩筆楚楚。見其《咏鱸魚》云：「季鷹歸去後，是物貴江東。鮮鱖肥難並，香蒓美許同。半江紅樹雨，一櫂白蘋風。我欲遊三泖，扁舟興不窮。」《秋柳和友人韵》云：「回首河橋秋氣森，千條猶復拂江潯。蟬吟古渡凉初到，燕别空梁月又陰。暮雨征途遊子淚，夕陽樓閣美人心。西風豈解憐憔悴，舞盡纖腰力不禁。」

我朝漁洋山人《秋柳》四章，膾炙海内，後先和者已數百家。其第二章七陽韵，最爲難次。我友馮君柳東次韵示余，余未以爲愜也，因舉似陳君畦春。畦春曰：「先生亦當有作，於意云何？」余出所次之詩示之，畦春默然良久，曰：「遲我三日報命。」越三日，持詩來。其詩云：「雁聲驚落板橋霜，風景離披到玉塘。鏡鎖蹙眉歸畫閣，衣牽金縷疊空箱。尊前歲月憐居易，笛裏關山怨野王。盡日無人添悵望，荒園不獨第三坊。」余讀之，瞿然起曰：「君匪特僕之勍敵，亦抑不讓古人。」畦春曰：「我於此作，再三慘澹經營，屢易其稿。最後吟成，頗爲得當，先生真知我者也。」余之所作在集中。

梅里鋭三陳君光劍工詩，嘉慶乙丑暮春，余賦《落花詩》十首，傳鈔梅里徵和，獨鋭三統次原韵寄至，兼示余以近稿。筆致妥愜，録其《題飛來峰》云：「叠嶂連還斷，深岩晝亦昏。雲開天一線，樹隱佛千尊。藤蔓纏山骨，泉聲吼洞門。蒼茫嵐影裏，風雨欲潛吞。」《瓶梅》云：「紙帳風清候，芸窗夢覺初。

寒香留棐几，疏影卧叢書。雪後春燈冷，花前夜月虚。一枝標格異，春信逗庭除。」《遊横山》云：「蘆花深處入山溪，泊櫂來登百丈梯。落葉聲中紅樹老，夕陽天外碧峰齊。荒苔石冷雲常卧，古洞嵐昏路欲迷。嶺上行吟多逸興，頻聞歸鳥傍林啼。」《贈羽客》云：「鶴髮童顔氣浩然，飄飄徑似一飛仙。守丹夜坐篷壺月，煮石晨分玉井泉。珠樹林中雲作屋，蓮花峰裏日如年。異時重訪知何處，想見烟霞羃洞天。」《湖心亭》云：「岸岸花光入座，峰峰翠色圍欄。濃抹淡妝佳致，客來四面宜看。」《小有天園》云：「問津自「窅窕石如蜂聚，迴環徑似螺盤。行到翠微深處，不知身在雲端。」其他咏物，如《桃核舟》云：「問津自有真仙境，刳木誰登大匠門。」《白蓮》云：「一舸冷雲宵入夢，半塘殘月曉留痕。」體物中上乘語也。

桂軒朱君仁榮，爲我友菊村哲嗣。精繪事，十指間沸沸有生氣，兼擅詩詞，余每過其園亭，輒見縹緗零亂，與案頭丹槧錯置其間，終日吟寫，無外好。不意以咯血死，年才十八耳。菊村哭之慟，暇日裒其遺稿，屬同人題辭付梓。余爲賦二絶句，因得録其《鄧尉探梅》五古云：「殘雪落松頂，夕陽挂山角。尋來白雲中，冷香吹漠漠。偶與春風會，獨行未蕭索。願言此棲遲，回首謝塵縛。」又《偶成》七律云：「陰晴釀出養花天，上巳初過穀雨前。繡户紅藏絲柳下，酒旗青曳畫橋邊。踏殘芳草香粘屐，歸泛春波月滿船。夜色融融風澹澹，肯教欹枕便安眠？」又《自題紅梅》調《點絳唇》云：「春入江南，愛他紅艷南枝早。玉妃嬌小，酒力微嫌少。韵度難描，瘦影姿仍好。相思惱，武陵溪杳，疑是輕霞遶。」《題冷香女史柳絮詩後》調《醉春風》云：「浪跡春時暮，望斷秦淮路。如霜似雪倩誰描，故、故、故。體態輕盈，幾番飄颺，幾番傾吐。愛與梨花互，怯傍蘆花渡。吹來繡閣惹情腸，訴、訴、訴。細訴離愁，恨牽幾許，夢添無數。」

蘇州慶雲堂清音小部，嚮來禾城，悉韶俊伶也。有四壽者，擫笛擅場；有祥生者，精於旦曲，二伶尤爲部中翹楚。嘗於今吾山房主人席上遇之，一吹一唱，玉潤珠圓，殊爲心醉。因即席抽毫，各題二絶於其扇頭以贈焉。贈四壽詩云：「横吹宛轉最關情，三弄桓伊舊有名。羡爾柯亭一莖竹，隔花能作鳳皇鳴。」「未經花底識秦宫，早耳芳名菊部中。倘許尊前留一盼，老夫值得醉顔紅。」題贈祥生云：「清歌一曲一銷魂，贏得青衫涴酒痕。底用柔鄉深處好，雛鶯乳燕足温存。」「何人肯作玉山頽，對爾須傾三百杯。莫悵風塵無賞識，江南尚有老方回。」書罷，席上之能詩者，皆傾倒傳觀，顧二伶捧觴爲壽，余欣然各浮一白，亦一時風流佳話也。

余於嘉慶十一年，始與長房姪析居。一時遷徙家具，敗簏中檢得殘稿鈔本詩，爲孝廉水長公諱德延所著，實余之高祖也。内有二詩，尚能辨識，遂亟録之。一《寓湖上鳳林寺下第還里》云：「名場歷困竟誰知，遁跡空山總未宜。冷暖風塵腸欲結，升沉歲月鬢如絲。泉聲夜咽啣幽恨，鄉夢朝酣動遠思。回首禪關成寂寞，不禁指屈去來時。」一《初夏村行》云：「無端蛙鼓日喧闐，拂户重陰翠影連。寂歷數聲鳴鳩雨，迷離幾縷繚絲烟。竹憐解籜匀新粉，桑爲刲枝角老拳。農事不催人自急，秧鍼早已緑於田。」手澤所存，不翅吉光片羽，無所附麗，爰識於此。

梅里王訥庵焯、吴亭燮昆季以制藝擅場，詩皆罕見。余應童子試時，一晤焉。後以宗姪掄魁娶於訥庵，遂獲見二君吟稿。詩皆摹仿揺錬，余未敢許爲絶詣也。爰録其澹泊夷猶者，以志雅尚前輩之懷。

如《訥庵渡江之揚州》五律云：「繫纜仍江上，青山斷復連。江豚吹細浪，海月墜寒烟。霜露將分夜，風簫何處邊。玉人不可見，惆悵杜樊川。」又《僧舍》云：「不是異鄉客，偏歌行路難。雪深僧寺没，風急雁行單。書札愁中少，關山夢裏寒。梅花溪上樹，破凍幾枝攢。」《不寐》七律云：「落月窺簾夜更幽，寒衾坐擁數更籌。陔蘭有夢慈親健，社燕無書病婦愁。半菽翻驅遊子遠，單衣每戀故園秋。天邊作客非今日，感慨生涯欲白頭。」又《旅話》云：「每憶故園風日好，即須來就故人論。雨餘淩蔓碧於水，溪上藕花香到門。水旱沙田饒稻蟹，枌榆酒盞及雞豚。更憐晚飯雕胡罷，飽讀殘書秋樹根。」《玉河柳枝詞》云：「年年作客信鞭絲，馬上風情柳一枝。今日東華塵底見，江南三月落花時。」「銷魂橋畔種來多，未抵柔條覆玉河。一片凉沙馱細馬，燕南風物奈春何。」吴亭稿亦不多，如《歲暮言懷》五律云：「寒色因風緊，離情向晚催。投林依倦鳥，犯雪對枯梅。筆凍還敲句，爐寒自撥灰。破除今有策，且倒竹根杯。」《落梅》七律云：「園林花信正迢迢，未信横枝已亂飄。殘笛一聲人不見，高巖幾處雪初消。無端墮地生芳草，不覺飛香過石橋。悵望江南共江北，冷烟疎雨竹蕭蕭。」余於二難之詩，寧取其不衫不履，神韵猶存也。

官谿隱商杜君瀾，余曾與之一面，未及交也。嚮聞其能詩，一日稼軒之子天佑携其詩數首來。余覽之，亦頗疎朗條暢。如《村居遣興》云：「披襟出茅屋，一犬吠橋西。試問垂綸叟，何時過小溪？」「村南香稻熟，舍北晚菘齊。聞説鱸魚美，松醪爲爾携。」《送何太原表兄北上》云：「望吴門外柳如烟，萬疊雲峰罨暮川。明月中天懸别夢，青山一路送吟鞭。作賓上國笙歌好，待詔金門禮樂先。前路莫愁知己少，廬江聲慣滿幽燕。」《莊居》云：「編籬芟草慰無聊，鶴鶴仙禽不待招。象簟雙紋秋水席，龍泉小鼎漢宮窑。縱稀舊雨來花塢，賸有閒情寄柳條。時共鄰翁拚一醉，緑陰深處挂詩瓢。」

秦溪朱君蘭珍館於里東魏氏，落落寡偶，惟余爲唱和，郵筒往來。丙寅初夏，把晤於荆園老人齋頭，飲酒談心，忽忽三秋，對菊悵然有懷，爰寄二詩，以申契闊。仲冬之杪，秦溪和云：「屈指别離日，緑陰滿路時。忽驚江上雁，又寄隴頭詩。兩地雲難合，孤懷月共知。可憐衣帶水，脈脈阻相思。」「思君思我久，海水不如深。白髮應非舊，黄梅直到今。千秋誰可語，五字獨高吟。偏向愁人寄，泠泠絃外音。」味澹情深，令人三復。又和余《秋燕》四章，録其二云：「記從春社到華堂，辛苦芹泥帶雨香。去去渾忘誰主客，年年閱盡有炎凉。黄昏應憶梨花月，白首新看荻穗霜。極目天涯秋色裏，不須歸信寄家鄉。」「落葉如蓬次第飄，紅襟此日爲誰嬌？杏花欲賣人初見，桂月將圓路已遥。千里海雲頻作雨，一聲江鴈乍吹簫。匆匆挈伴辭巢去，明日天涯正寂寥。」

詩文一道，作者固難，知者亦不易。余昔遊武林，拜岳、于二少保祠墓下，作《雙忠行》一篇。結語云：「嗚呼！兩公隔世同枯榮，眼前一事恨未平。但把烏金鑄檜卨，惜哉不鑄瑆與亨。謂徐、石也。」有某者見之，輒以筆旁勒其語。或以告余，余付諸一笑而已。噫！索解人不可得，古人之言良足慨也。

與白眉别經年，久乏韵語往來。頃適以孫字韵《春草》詩七律四章寄之，不數日，以和作來，讀之，頗喜其恢恢遊刃。録之，以俟同調者共賞焉，知余非阿好也。詩云：「暗融淑氣入靈根，唤醒紛紛蜂蝶魂。春色未容芟薙氏，東風不許嫁烏孫。滿庭葱鬱憐鋪地，三徑荒蕪愛護門。賺得金蓮嬌小樣，秋千架畔印弓痕。」「野火燒餘不盡根，又從青帝賦招魂。雨昏河畔啼鳩婦，風偃籬邊卧犢孫。入夢也應憐謝客，埋幽可復記吴門？無窮生意新晴後，一色裙腰認有痕。」「舊時南浦種離根，不管愁人欲斷魂。古陌鬥來多稚子，畫樓看盡少王孫。濃沾霽色真孃墓，細鎖斜陽蘇小門。卻喜閑庭如有約，青青添上入簾痕。」「化作螢飛了宿根，春風著意返芳魂。柔香繞砌依雲母，嫩緑盈疇没芥孫。已向柳陰迷野騎，還留花落到閒門。青袍妥帖韶光暖，熨盡從前舊摺痕。」匠心獨造，知非率爾揮毫者所可跂也。

族弟樵水，少善爲詩，輒有佳句。年來老病，以家計付兒子部署，時時默坐攤書。案上寂寥，惟鈔本唐詩數帙及本朝翁山殘集一種而已。偶過其居，見其近作兩首。一《牡丹寓意》五古云：「天生富貴花，愛植人家屋。愛花并愛名，珍重同金玉。富貴如浮雲，聖言曾相勖。富貴非吾願，高人甘幽獨。蕭然環堵間，不種愁無福。華堂既種時，風雨傷春促。去年花蕊多，主人猶不足。今年開更繁，榮華嗟瞬速。栽培苦劬勞，遊賞競徵逐。花神對花嗤，無量人之欲。」一《遊穹窿口號》七古云：「凌霄插漢起穹窿，杳然聲臭疑相通。亂峰作案青歷歷，圓湖似鏡烟濛濛。自有此山稱勝地，艱難創業懷施公。謂道士亮生。三十六區開閎殿，七十二部留真容。三茅行術解元妙，九天垂法糾雷風。雲騰虛壁滿帝座，芝生幽壑來仙蹤。緬想子房别炎漢，飄然學道尋赤松。携籃采葯有遺跡，至今石洞門常封。遊人憑弔春風裏，誰復蒿萊問英雄？登高極目感興廢，月明卧聽空山鐘。」二詩頗見骨格丰神，遂亟録之。

同里宗人范自號許閑，少讀書而淡於功名。一衿後，絶不起鄉試，惟以課徒爲業。爲人落落寡交，即衡宇諸君，不數覯也。丁卯歲，聞余著《甲外餘音》，索而觀之，題一絶云：「我亦年餘甲外人，抛殘書卷度殘春。把君新句開生面，始識青蓮是後身。」余愧謝不敏。

余年來既貧且老，凡平生友朋慶弔，往往不能遍及，遇有登臨遊賞之事，心疏體懶，興每中輟。念此二端，頗爲歉恨。偶閲《隨園詩話》載周去華一聯云：「愁生肺腑登臨少，貧入衣冠慶弔疏。」竟似代余言者。

梅里餘齋鄭君，余束髮交。少時偕其婦兄，朝夕過漁里，與嘯竹夫子、楚雲同學及余互相唱和。後跳身往湖北，參畢秋帆中丞軍務有年。會雙丰將軍由楚調浙，相依南來。夫何將軍薨，餘齋遂家居，鬱鬱不樂。歲丁卯，以避暑挈其如君寓徐氏之虹月軒。且訪余於鄒氏寓室，歡若平生，余賦詩六律贈之。餘齋言日下仍欲北行，恐聚首無幾，即次示余一律云：「一榻重聯意倍勤，膠西經術不忘君。論交似續三生話，投筆曾從萬里軍。舊夢江南隄上草，離心薊北隴頭雲。逝捹匹馬天涯去，翰墨緣深未忍分。」時以雙丰將軍輓詩示余云：「草檄梁園三載留，感恩何止爲依劉。難忘玉駟臨歧贈，未覺金戈入夢愁。虎帳雄談曾獨許，龍門高價竟誰酬？遶枝此日同烏鵲，賸有哀鳴向九秋。」頗佳。

蘭言拾遺卷之一

嘉興螟巢吴展成手編

余嘗謂八庚韵中「榮」字宜入一東，同人皆以爲臆見而不然。後閲沈南疑先生所輯《槜李詩繫》，内載元朝過布衣宗一字貫之一絶句《題禾郡屬顧邑城》云：「寄奴王者亦英雄，更愛風流老顧榮。今日孤城滄海畔，一天紅浪晚來風。」乃知昔時此字曾在東韵，而余不爲臆見也，於是同人始服。

春帆汪秀才正書家居用里，余昔館鄭柳泉家，曾來一晤，後闊别十餘年矣。嘉慶乙丑來設帳吾里，與余同館鄒氏，因得頻相過從，彼此倡和，遂成吟友。戊辰春仲，偕至溪北舊廬看梅。余見壁間舊句有感，復成二絶云：「頻年早作探梅人，今歲偏教負好春。多謝良朋招我去，落花如雪已成茵。」「兀坐雲房興轉賒，摩抄老眼漸麻茶。殘箋半壁留塵句，惆悵東風感物華。」春帆和云：「偷閑片刻作遊人，盼到殘花多少春。又是一番風信早，招邀隨意踏芳茵。」「僧廬路僻未嫌賒，有客登堂慣煮茶。滿壁吟成詩句好，梅花不及此清華。」

我朝西堂尤太史云：「道義未足論交，當財利而始見。富貴何能結客，遇患難而方真。」此錐心瀝血之言，余每每誦之，不覺聲淚俱下。故余嘗有句云：「生前只有錢刀貴，世上無如朋友難。」不禁慨乎言之也。

余弔韓蘄王有句云：「居士騎驢閑歲月，美人遇虎識英雄。」頗自以爲工切，間嘗述於荆園老人。

老人曰：「《隨園詩話續編》内，錢唐張星指先生亦咏是題，一聯云：『卧虎早能知俊傑，跨驢誰復識英雄。』意思對仗，恰恰相似。」余不覺爽然，因歎我所言者，昔人已有言之。老人笑曰：「是自後人喫虧處，無路叫屈。」

朱翁麗臯名維鑑，號蘅洲，余友緑堂之祖也。年三十餘卒。梅里李敬堂集爲作傳，稱其幼穎異，長博學，性和易，詩學昌黎、昌穀。所著有《三素閣詩》、《麗臯存稿》若干卷。余門下士史璜述其清空淡蕩數章，其《咏梅笻》云：「白雲窟裏樹重重，老幹誰將截作笻。風月仍留疏影在，扶持直與故人從。孤標落落堪驚鶴，鐵骨稜稜欲化龍。四百羅浮春欲滿，憑他踏遍最高峰。」《秋夜答李敬堂寄懷》云：「白露瀸秋容，孤月飛天半。砧杵滿江村，西風吹不斷。吟君古調詩，朱絃彈素腕。我欲夢見之，霜落蒹葭岸。」《冬杪友人過齋話别》云：「殘冬兀坐理消摩，好友衝寒下薜蘿。臭味即看今日少，愁思卻比去年多。月明古寺曾觴酒，花放春江憶踏歌。惱煞横塘隄外柳，不留青眼盼征舸。」《館娃宫懷古》云：「當年西子入勾吴，别館岧嶤俯太湖。回首繁華零落盡，春風啼煞夜栖烏。」「響屧廊深艷綺羅，凌波慣唱采蓮歌。黄池争長渾如夢，赢得深宫落葉多。」以上諸作頗見神韵，知不僅以橅擬古人，作虎賁之貌似也。

史生又述其方外詩僧名徹權，字楚瞻，别號瘦圃者，工吟咏，著有《瘦圃詩鈔》。余欲索其吟稿，史生言昔曾有稿，久在案頭，去年瘦圃圓寂他處，已爲其徒子索去，今不可復得矣。衹記其《蔡調夫自京口歸話舊》一律云：「有客到山樓，烹茶話舊遊。阻風登北固，犯雨渡瓜洲。鐵甕迎潮立，金山拍浪浮。何當今夜月，寂寞照邗溝。」

象山賴鵬飛，逸其名，善詩，嘗以所著《清溪大雪吟稿》就正於梅里李敬堂、澉川吴蘭陔兩先生云。余於史生處偶見其題畫一絶云：「一片江南淡墨山，無多雲樹儘蕭閑。溪聲鎮日忘喧寂，秋在疏籬短彴間。」誦其詩，恍然畫也。末題「豫仙書」三字，蓋陰寓予象山人，而不欲留姓名於世之意，亦異人哉。

史生性愛吟咏，余前集中言之矣。數年以來，詩學益進，酷善規少陵、昌黎、東坡諸古體。少從梅里秋坪遊，故秋坪稱其五七古爲勝。近以稿來，呈余加墨。余則取其丰姿動蕩、神韵悠遠者數首録之，以見余賞識於畦町之外。其《烏棲曲》云：「烏啼吴宫天未曉，錦筵紅燭如星小。西施舞罷燭已殘，霜華滿樹烏聲寒。」《送吴丈渚翁之揚州》云：「解纜别秦溪，琴書手自携。一帆春水闊，千里暮雲低。看月過瓜步，聞歌到竹西。梅花香滿嶺，好句待君題。」《登横山尋讀書臺故址》云：「昔賢遺故宅，臺以讀書名。今我尋荒址，空懷弔古情。苔纏山骨冷，葉落寺門清。踏遍雙峰路，惟聞一磬聲。」讀余《啖蔗詞》題後云：「展讀先生《啖蔗詞》，境臻佳處絶無疵。風雲氣壓蘇辛句，冰雪心含秦柳思。一片氊寒惟自慨，卅年裘敝有誰知？莫愁白日駒過隙，陌上花鈿拾未遲。」《楓橋夜泊和瘦圃》云：「秋入吴江冷畫橈，打篷霜葉任風飄。不知今夜鐘聲裏，得到東塘第幾橋？」《殳山懷古・殳仙石》云：「峰轉山坳峭壁開，空遺片石峙莓苔。道逢牛背雙丫髻，指點仙人得道來。」《清江宅》云：「石崖斷處水迢迢，依舊如雲過小橋。助教門空人已去，花開花謝幾魂銷。」《來青堂》云：「處士甘心隱水鄉，反因詩老姓名揚。雙峰終古青長在，不見平原舊草堂。」《公主墓》云：「公主何年葬碧雲，玉魚金盌閟孤墳。空餘一片青蕪色，留與遊人弔夕曛。」《西湖雜咏・段橋》云：「步上段家橋，畫船來不絶。東風吹柳花，點水漾殘雪。」《林和靖墓》云：「鶴跡今何在，梅花詢已無。惟留三尺墓，長伴此山孤。」《蘇小小墓》云：「拾翠到西泠，東風吹客袂。墓旁楊柳枝，依舊如腰細。」《魚樂國》云：「静坐觀魚戲，何殊濠上居。山僧知我樂，知我不知魚。」此等詩，斯可以見性情矣。

生年來頗愛填詞，曾亦以一卷請余加墨，佳句亦多，而苦未能全璧。余録其二闋，差無遺憾。一《咏雁字》調《滿江紅》云：「如許鴻文，偏迅速、摩空而起。想當日、鍾王遺跡，依稀相似。曉色飛殘和落墨，山光點破旋舒紙。數江南、到處有秋懷，應題矣。　摹不盡，青雲意。書不了，紅塵地。歎天涯遊子，羈愁難寄。三折勢横幽渚外，八分影認斜陽裏。倩眉彎、片月補銀鉤，還堪擬。」其一《咏梅花》調《金縷曲》云：「幾蕊疎而瘦。朔風前、幽香暗動，横枝偏茂。贏得乾坤清氣在，那怕凝寒時候。一半是、包珠含豆。宋賦林詩描不盡，數丹青、矩矱空勞囿。書屋冷，圖存否？　阿儂此際巡檐久。喜今宵、移來月影，淡妝如舊。夢到羅浮凡幾度，仿佛佳人相耦。儘可侑、牀頭春酒。黄鶴樓中吹玉笛，按新聲、三弄江城口。漫索笑，雪晴後。」

隱商杜君和余《春草》詩，饒有别致。録其一律以資欣賞云：「酥雨和風鼓舊根，年年爲爾一銷魂。重臺似織鷄呼子，三徑成陰鶴弄孫。我戀牧牛吹短笛，君期賣賦上長門。何當掠妓臨邛道，穩襯弓鞵小步痕。」

雲臺馬生世模，白眉之子也。余既列白眉詩弟子，而雲臺復以平日所作詩詞來閲。雖績學尚淺，而筆致軒爽韶秀。稿中諸體咸具，因摘録以供暇日揮麈之助，兼勖其進於是焉。《苦寒行》五古云：「遠遊復遠遊，朔風正凄凉。朝來步前谿，層冰斷河梁。暮宿月下門，月色更侵霜。荒村景蕭索，四顧天茫茫。鷙鳥巢秃楓，老鴉鳴枯楊。同雲密以布，雨雪旋飛揚。歲華荏苒過，舉目徒悲傷。嗟哉行路難，出門多旁皇。我今往東南，辛苦亦備嘗。范叔擁敝袍，阮孚存空囊。鴛央不獨栖，牛女遥相望。既無賢居停，何不返故鄉？」《觀穫稻》七古云：「西風獵獵荒村寒，腰鐮聲動黄雲殘。黄雲萬頃董節半，擔歸籬落行蹣跚。南村老翁愁蹙額，謂余歉歲飢寒迫。去年禾稼苦無成，今年禾稼還如昔。桔槔戽水乾河梁，天公不雨農夫忙。辛勤佇望苗秀實，豈知秀實終虚望。償租納税期孔亟，擔石無餘賴紡織。薪如桂兮米如珠，紛紛雞鶩空争食。郊原獨望傷帡幪，充飢畫餅將毋同。夕陽影斷前村擔，凉月聲停廡下舂。可憐有司莫以告，猶急征徭忘歲耗。君不見穫稻人歸於邑多，野田黄雀群飛噪。」《贈盛坡銘》七律二章云：「北窗尊酒共論文，别後相思兩地分。竹屋今宵聽灑雪，楓溪何處望停雲。坡銘所居地名楓溪。君真鮑叔能憐我，我媿中郎莫贈君。無限旅懷言不盡，空山鸞鶴悵離群。」「塵寰小謫玉堂仙，車笠相逢有夙緣。半夜共錐蘇季股，中年好著祖生鞭。文章價重推經術，金石交深格地天。藉甚春華須努力，壯心高寄五雲邊。」《聽鶯》七絶云：「趁暖穿花擲柳隄，數聲聽過畫樓西。生憎唤起遼陽夢，又逐東風别處啼。」《明妃墓》云：「白登山外遍黄塵，不見圖中絶代人。至竟漢家多雨露，遠留青塚到千春。」詞則《閨思》調《憶王孫》云：「曉鶯啼破惱春愁，惹得停鍼倚畫樓。生怕無情水自流。望歸舟，人在斜陽天際頭。」《秋閨》調《點絳唇》云：「一抹秋雲，半彎秋月林梢挂。是秋期也，怕見秋燈炧。寂寞秋閨，秋思難描寫。秋聲惹，暗傷秋夜，窗外秋風打。」又云：「秋夕淒涼，小樓秋雨難消遣。想秋娘倦。惟有秋蟲伴。郎約新秋，秋色平分半。辭秋燕，又聞秋雁，秋水盈盈盼。」又《秋燕》前調云：「蕩婦高樓，聲聲聽唱離亭燕。別情無限，只道雙栖慣。軟語雕梁，欲去還留戀。秋娘倦，夢兒驚斷，没箇冬郎伴。」《秋螢》前調云：「無熖秋燈，疎簾巧入相輝映。夜深寒凝，無那懨懨病。小扇輕羅，撲去添愁悶。光難定，照人孤另，飛上鴛央枕。」《秋柳》前調云：「冷落章臺，不堪再送行人別。曉風殘月，張緒風流歇。東角荒園，盡日誰攀折。真淒絶，離愁難説，莫綰同心結。」筆致如此，以白眉所作較之，未必不雛鳳清於老鳳聲也。

前嘉慶五年，三衢山民舉賽社會，於臨溪搭臺演戲。適是日，山中蛟起發洪，頃刻溪流泛漲，淹没一帶村落。次日，錢唐江口浮屍蔽江而下，至有巾褶笄裙未脱而斃者，則梨園子弟也。時退飛老人在杭目擊，歸述其狀於余。余曰：「此真坡公所謂『大江東去，浪淘盡，千古風流人物』矣。此二句東坡《念奴嬌》詞也。」退飛拍案大詫曰：「螟巢何謔浪之工耶？」嗣後逢人語之，相與絶倒。

疾病祈禳之事，固爲儒家所不許。然以情理兼論，則此説亦未見圓融。蓋充類而言，祇可行於己身及妻子耳。若父母疾病，即有所扞格而難以堅持者。余生平最不信巫祝鬼神，然亦不十分拒絶。一日座客閒談，荆園老人謂余曰：「子見良是。即如孔子疾病，子路請禱，子曰：『丘禱久矣。』可也。假令當此之時，叔梁紇未殁，見孔子疾病而或諭以禱，吾知孔子斷不作是語也。」座中諸客咸擊節以荆園之罕譬爲切當。余曰：「老人此段議論，是從《金縢》悟來者。」

梅里王秀才書田，別號逸庵，余少時即與之相識，爲人詼諧頹放，天分既優，學殖亦富，年少於余，詩古文辭，率皆具體兼擅，後起中一人也。特其家世寒微，父爲餅師，皮相者以是藐之。貧窘傭書，東西萍跡，與余同病，迄未得相與詶答。嘉慶丙寅，獲館於蘇，束修豐腆。每醉後大言詩人，以爲生平奇遇，未幾遽疾而殂。吁，可惜已！余所見者，祇《冬日野步》調入《探春慢》一詞而已，詩稿竟未及見，行將訪之。其詞云：「禿樹槎枒，頹山偃蹇，小小風吹吟鬢。迤邐平原，纖鬆殘雪，愛把屐痕微印。隔水村尨吠，指野店、前溪相近。尋他農叟閑談，盪寒且貰新醞。最好霜天晴也。看窈窕溪梢，輕冰消盡。亂塚飢鴉，荒林凍雀，傍晚歸飛成陣。迎面斜陽暖，早作弄、一番春信。欹岸梅花，漸含幾點香粉。」

文樸與余詩篇酬答，前集中詳之矣。亦工長短句，余讀其《寄朱文若時官咸寧》調入《祝英臺近》云：「楝花風，繅絲雨，僂指別來久。問訊雙魚，清興定如舊。一官簿領天涯，晝簾垂處，想此際、豪吟能否？　武昌口。問取前日棲鴉，還存幾株柳。羨煞黃樓，風景落君手。後夜孤鶴橫江，江山如畫，須對月、一酬尊酒。」筆情清矯過其詩。

蔬圃中絲瓜，物既微瑣，題不雅馴，自來咏者絶少。梅里薛丈鹵哉，擅詩詞，兼工寫生繪事。余雖未及相與還往，然夙耳其名。嗣後訪之，則已物故。相傳其有咏是題一詞，調《百字令》云：「三蠶過了，見繅車聲裏，一繩新緑。覓遍青門無此種，卻在野村茅屋。亂竹籬邊，稠桑樹下，密葉青如簇。鵞黃花褪，幾條垂似藍玉。　隨意豆架松棚，牽絲引蔓，涼蔭清於幄。最愛新秋濃露底，摘得翠莖盈握。老婦清齋，田翁小飯，便也輕粱肉。紅鹽白米，勝他摩詰葵菽。」著筆大雅，不落纖巧家數，宜其膾炙人口也。

昔嘗與友人論處世之道。友人曰：「處世者，使人尊敬而不鄙賤，親愛而不憎惡，和樂而不怨毒，則庶幾乎。」余曰：「是固然矣。但是道也，盡於己則爲善士，狗於人則爲鄉愿。此中分寸，又不可不辨也。譬諸桃李春風牆外枝與水邊籬下之梅花，雖遊賞有同心，而丰標故自別也。」友人曰：「善如子雋言，深得晉人風味。」

稻廬任子自揚州從鄭氏會計之役，落托而歸，鬱鬱不得志。余勖以仍理傭書舊業，且贈以詩。任子次韻答余云：「離家六載幾忘年，又撥爐灰死復燃。滿眼烟雲空跨鶴，一身漂泊似乘船。浪遊笑我甘窮餓，旅舍依人苦縛纏。老大不堪終棄置，還期故里索青氈。」

戊辰重九，卧疾於家。夜漏三鼓，夢身在草堂中，見先君子偕一不識面之客來。坐定，客指余向先君子曰：「問郎善吟，余欲試之可乎？」先君子曰：「可。」余前席曰：「吟詩易事，乞命一題。」客曰：「余與尊大人萍水相逢，偶然至此，即以萍字爲題。」時案有紙筆，客執筆伸紙以待。余口占曰：「楊花如夢復如烟，墮落應成隔世緣。漲雨平分波面闊，迎風偶惹釣絲牽。」忽爲梁鼠墜地，瞥然驚覺。轉側久之，復又睡去。仍至草堂，則客與先君子俱不見。惟案上殘牋尚在，因笑曰：「半首詩頗有意思，今當足成全首。」遂續云：「鸞漂鳳泊從魚媵，日暖雲香借鴨眠。畢竟茫茫歸大海，輸他荷葉貼青錢。」續竟，又曰：「惜昨夜之客，不得見此全璧耳。」蓋自以爲醒後之續，而孰知仍在夢中也。次日憶而録之。適荆園老人以西蜀李調元《雨村詩話》借余爲病中消遣之具。偶翻一頁，見所載魯星村璸五言摘句云：「魚負小萍移。」因俯首思之曰：「我此詩中『膢』字不醒，『負』字勝矣。」爰易爲「負」字，留以就質荆園。

「平生湖海士，落落幾遭逢。夫子千秋彦，新詩六代同。相知何太晚，入世豈終窮。松柏蒼然在，應憐半死桐。」「詞曲非君子，風流我輩傳。賞音多曠士，顧誤豈頑仙。已奪周秦席，還齊關馬肩。老夫傾倒甚，手録更加箋。」「古横塘畔路，清嘯起衡門。世擅縹緗業，交從杵臼存。阮公惟有淚，董相并無園。多少摧頹意，難爲伯樂言。」「白日堂堂去，青雲冉冉徂。浮生何所託，同調幾人扶。繡虎輪前輩，雕蟲失壯夫。因君話疇昔，感慨寸心孤。」以上四律，爲退飛題余拙集之作。偶翻簏衍，得而録之，知己之感，棖觸彌深矣。

己巳長夏，偶以曝書，從敝簏中撿得廢稿，爲先君子昔年遺墨。一爲《秦參軍調赴閩任小引》四六一首云：「黄鶴樓前，烟花三月。武昌門外，楊柳千條。君當貧裏辭家，北門生歎；我向春邊送客，南浦增愁。去去别河梁，正巫子戴星而往；行行即長道，同王陽叱馭而前。十年三楚閒曹，此日惟清風兩袖；再就八閩冷宦，他年看載石一車。」一《集唐贈道者》云：「住在華陽第八天皮日休，閑時持麈尾漱春泉權德輿。瑶池宴罷留王母李商隱，丹竈開時共稚川沈傳師。方外盡推爲道友李堯夫，人間豈不是神仙劉真。風霜滿面無人識韓愈，惟有長松見少年張喬。」一《贈隱者》云：「路轉清溪第二村，移家新住趙王孫。小橋種柳低臨水，平岸栽花直到門。亭午酒香傾竹葉，園丁飯飽卧籬根。先生拄杖春來健，日就新詩細討論。」以上集中失載，敬録於此。

族弟樵水讀余所輯《蘭言萃腋》，題五古十韵云：「頃讀舊雨編，摭談足傾倒。搜羅盡珠璣，掇拾亦花草。象外寓微言，箇中得妙道。詼諧既自娱，賞識復不少。憐君遭坎坷，假筆抒懷抱。晦跡謝鵬程，忘機狎鷗鳥。俛仰天地寬，笑傲王侯小。匪直閒情多，頗覺餘義了。浮雲何可期，名山以爲寶。殘年樂無涯，世事空如掃。」

余向有俗語巧對一編，搜街談巷語作聯。禾人見之，咸爲絶倒。鹽邑渚翁大兄，在吾鄉課徒。見之，爲題三絶於後云：「無多幾字著陽秋，大有褒譏在上頭。難得經營狐腋手，天然湊泊集成裘。」「最可嗤邊最入情，斯民直道自公行。蒭蕘負販童謡諺，比似文章翰墨精。」「巷語街譚今古同，才人聲入便心通。憐君少與時宜合，郤寓閑情玩世中。」頗能小中見大，道余意中之事。

郭君琳字龍輔，號芥舟，居吾邑鹽倉坊。勤攻舉業，耐圃于相國視學兩浙，遂受知焉。與余嘯竹夫子爲莫逆交，兼工於詩。曾偕夫子遊洞霄宫，訪貝真人，多所唱和，惜余不及從遊也。余於雲南李鶴峰視學獲雋，時芥舟歲試，首拔冠場，無何中道摧折，士林惜之。殁後，詩都散失，余僅得見其二律。其一《夜泊》云：「漁火江天夜，輕舟泊柳塘。寒侵半艙月，暗捲一篷霜。沽酒尋村市，分燈就野航。明朝歸櫂急，假寐待扶桑。」其一《落葉》云：「冉冉亭臯暮，凄凄木葉秋。影隨寒鳥下，聲雜曉風稠。流水去何急，空山響更幽。偏驚遊子意，和雨攪離愁。」

徐秀才寶璐，别字瀟礜。余食餼保結時，與其兄寶璠爲同事，瀟礜則未之識也。潘君芸芝與瀟礜有邢譚之誼，一日持其所作詩來，余覽之，嫌其拘謹而少風韵，僅録其《食蟹》七律云：「霜風亂葦晚蕭疏，十里漁莊比屋居。江介秋田潮落後，市橋夜火斷收初。携歸不翅千錢值，入饌真成一笑餘。贏得飛揚名姓在，酒徒潦倒尚憐渠。」《送朱柳村遊秣陵》五律云：「匹馬下江皋，涼風動布袍。寒雲京口壘，秋雨石城濤。旅夢回刁斗，狂歌試寶刀。從來參幕府，多半是人豪。」《荷葉》七律兩首云：「菱根荇帶鎮相牽，絶憶生來小似錢。浪説龜遊曾汗漫，須知魚戲解洄沿。緑雲截取扳罾岸，白雨翻迴載酒船。輸與涼篷老漁父，笠檐蓑袂夢江天。」「柳塘不斷翠烟和，妙手誰裁瑟瑟羅？橋路半灣人影瘦，水亭十里露珠多。遮門幾處迷吴客，踏臂頻來笑越娥。向晚銀鷗齊作隊，低飛争覓舊巢窩。」《讀史古樂府》云：「垓下營孤風夜入，美人罷歌君王泣。羽翼俄成四皓來，君王罷歌美人哀。英雄末路乃如此，壯心等爲楚聲死。」《蘇臺柳枝詞》云：「斜日千帆次水門，春風垂柳半江村。不須聽唱吴娘曲，殘笛聲聲已斷魂。」「當年刺史推劉白，曾譜風流絶妙詞。重過皋橋相問訊，畫眉聲裏雨絲絲。」頗不失流風餘韵。

蘭言拾遺卷之二

嘉興螟巢吴展成手編

嘉慶庚午，余館東溪戴氏外家。地真鄉僻，半年以來絶無客至。中秋後，芸芝拏舟，拉唐生誠枉顧。空谷之音，令人狂喜。談次，出其全稿號《瞿溪集》者，屬余選定。覽之，美不勝收，而其最出色之作，則四、五、七言古樂府也。前集所載，登其崖略。兹得詳録數篇，以質同人共賞。《獨漉篇》云：「獨漉獨漉，客行何爲？前車既覆，後車可追。藤自言弱，纏足爲蹶。鍼自言細，刺肌見骨。皚皚白璧，濯濯素絲。亡羊補牢，勿以爲遲。君子燕居，以道深造。蒭蕘之言，永以爲好。」《短歌行》云：「我策我馬，行彼周道。思念故人，中心如擣。翩翩飛鳥，集於中洲。載鳴載啄，顧此同儔。良會苦難，惜别苦易。賴兹斗酒，以紓胸臆。今日臨觴，樂具既張。聽我浩曲，蟋蟀在堂。茫茫宇宙，曷知其極。騢騢烏兔，肯遲其刻。遨當以遊，何用煩憂。智愚同盡，華屋山丘。」《有所思》云：「有所思兮，人莫我知。天高地厚，日月如馳。出門四顧，東西南北將安之？丈夫貴乎意氣豪放，學書學劍。不能立談取卿相，亦須結客少年場，胡爲埋頭一室神沮喪？被我輕裘，策我紫騮，且尋俠士，斗酒遨遊。」《芳塘曲》云：「殘梅學雪妝，新柳弄金黄。烟翳縠波暖，鴛央戲渚旁。渚旁沙淺淺，芳草碧如剪。酒旗柳外飄，畫舫中流轉。儂家朱樓東，花樹曉蘢葱。雲鬟垂薄霧，羅袂曳輕風。所思人不見，蘭浦夷猶遍。落日鳥聲中，欲去情猶戀。」《孔雀東南飛》二首云：「孔雀東南飛，羽毛特奇矯。愛兹瓊樹枝，從風下雲表。

瓊瑶報木桃，與子結永好。區區一寸心，皎皎日在昊。燕婉及良辰，爲樂恒苦少。一朝溝水流，决絶向中道。吞聲不能言，殷憂惄如擣。本是合歡花，翻成斷腸草。」「灼灼桃李顔，從風易摧折。蒼蒼松柏姿，不改歲寒節。爨桐識良材，死馬知駿骨。凄其日後心，當時誰見惜。上山復下山，一路蘼蕪碧。蘼蕪采盈把，浩歌淚嗚咽。顧念疇昔恩，遽忍一朝絶。浮雲倘或開，重睹團欒月。」《古别離》云：「滔滔江上波，嗷嗷雲中翼。遊子將遠行，中夜不敢息。殘燈耿壁光，寒蟾弄霜色。束帶意徬徨，荒雞催漏刻。我車既已駕，我馬既已飭。戚戚别妻孥，涕淚交胸臆。男兒可憐蟲，飄蓬遠鄉國。山水路崎嶇，風波不可測。居者當守義，行者當努力。去去勿復道，與君長相憶。」《白紵詞》云：「館娃宫中更漏長，吴王夜宴開霞觴。美人並進歌且舞，旋風迴雪身輕揚。銀燈照影爍金翠，管絃聲裏君王醉。白紵衣單風露凉，起看秋江西月墜。」《落葉篇》云：「洞庭風起波浪高，霜林落葉聲蕭騷。入雲一行賓雁唳，咽露幾處哀蟬號。蟬號雁唳秋思度，佳人繡閣傷遲暮。乍見梧桐清影疏，忽驚楊柳寒梢露。榭園楓徑映流霞，停車人擬作春花。誰信一宵風雨後，天寒月冷不藏鴉。落葉復落葉，葉落枝還在。來歲春風返舊林，緑陰葱蒨看不改。可憐遊子未曾歸，飄蓬如葉向誰依？朱顔鏡裏傷憔悴，忍對千林萬樹飛。」《長門怨》云：「一自長門閉，君王不復親。最憐宫樹月，獨照舞筵人。」《流螢篇》云：「熠燿隨風飛，莫把霜紈撲。飛入露荷中，照見鴛央宿。」《關山月》云：「一片關山月，霜清畫角哀。征人三十萬，凄斷望鄉臺。」《静夜思》云：「風定獸鐶閒，露冷鴛央瓦。獨立悄無言，明月花陰下。」長短數作，卓然入古人之室，令人百讀不厭。

芸芝集中佳句不一而足，余反覆誦之，愛莫能舍。五言如：「鳥傍寒雲遠，秋隨落葉深。」「屋破炊烟白，山寒獵火紅。」「人疑秋水隔，路轉白雲深。」「遠水明鷗外，斜陽落鴈邊。」「雲自秋來薄，天從雨後涼。」「潮聲時撼郭，嵐氣半沉林。」「江湖千里客，琴酒十年心。」「好花如好色，居市等居山。」「秋色草三徑，美人天一方。」「買山勞夢寐，禪劍感平生。」「掃葉添茶竈，移花帶藥鑱。」「驪駒今古曲，楊柳短長亭。」「蟻穴寒苔剥，烏巢夜月孤。」「砧敲深巷急，鴈度暮雲遲。」「湖山秋色外，城郭夕陽中。」「天高雲暈月，野曠樹屯風。」「雪狂風助力，寒劇酒無功。」「竹聲三徑雨，燈影半牀書。」「生計守株兔，流光赴壑蛇。」「古篆鐫蝌蚪，新聲譜鷓鴣。」「秋聲多聚竹，野色亂侵衣。」「有恨應填海，無資可買山。」「歲晚家仍窶，村寒客罷尋。」「直爲人所黜，貧乃士之常。」「暮色催征櫂，歸心逐斷鴻。」「吟隨蛩更苦，鬢逐葉雙凋。」「受困同鹽驥，無成媿石田。」「客歸草堂月，鐘打槲林霜。」「鳴榔漁艇火，擊柝戍樓霜。」「月冷啼鵑血，春深夢蝶魂。」七言如：「古樹著花春未到，虛庭無月夜還明。」「人道黄金能助色，我憐白雪少知音。」「蠟炬有情紅淚滴，銀河無路碧天高。」「榆莢雨飄餳粥冷，柳絲風漾紙錢輕。」「人當暇日偏逢雨，春到飛花又禁烟。」「南浦魂銷芳草路，東風腸斷落花天。」「溪頭鳥浴平沙水，樹杪雲横過雨山。」「鳥喧竹徑沉秋磬，花落松臺浄妙香。」「有家長作逃禪客，無地堪營避債臺。」「日斜竹閣明書帙，霜落楓林冷紵袍。」「琴尊夜雨三生話，花鳥春風兩地愁。」「彈鋏肯爲門下客，炊粱早悟夢中身。」「一劍空懸豪士膽，千金難買美人心。」「折簡詩酬花徑雨，剪燈話聽寺樓鐘。」「藜燈夜永書聲静，紙帳春深客夢遥。」「芳體已知蘭作骨，歡情不藉酒盈缸。」「烟消極浦開晴景，草緑平沙没漲痕。」「客裏年光驚短夢，貧中生計乏良圖。」「離情十里馬蹄遠，春思半江帆影遲。」「一瞬榮枯成小劫，半生愁病負芳時。」「往事尋春鶯亂囀，新愁送客騎空還。」「鴻爪印來留雪色，馬蹄踏去帶花香。」「神仙那得招黃鶴，歲月空憐過白駒。」「中流擊楫寧無志，長夜飯牛曾有歌。」「會計未能收薛債，負擔空說上秦書。」「釜底有萁燃豆泣，井邊無李代桃僵。」「蛇噛三年防朽索，棊輸一著誤全枰。」「久矣世情真枘鑿，咄哉生計豈匏瓜。」「户暗緑陰蠶月静，簾垂微雨燕泥新。」「江湖未厭浮家遠，霜雪休歌行路難。」「鶯殘好夢鵑啼月，惱亂芳心絮逐風。」以上諸聯，悉皆匠心獨造。使漁洋山人見之，必將爲摘句圖於世矣。

少蚪夏秀才志達爲我里荆園老人季子，表姪晴川之壻也。自幼好學，勤攻舉業，不屑爲時下體裁。間嘗咏詩，筆致出入宋人，豐縟鮮艷，於本朝頗近迦陵。曾讀其《春柳》四章而善之。其詩曰：「幾番紅雨送長川，夾岸垂隄漾碧天。水閣争看枝嫋娜，江亭相對意纏綿。六朝金翠渾無恙，三楚風流絶可憐。見説靈和新樣脚，朝來依舊籠輕烟。」「曾綰章臺舊短條，東風又見拂河橋。腰支肯折征人手，眉黛堪容妊女描。兩岸絮飛鸎語囀，一灣背指艒聲遥。而今再叠《陽關》曲，無限柔情浪裏招。」「不數齊梁故汴河，陳隋風物近如何？岸容占得春光斷，隄影争於水色多。燕子樓臺陰羃䍥，秋千庭院樹婆娑。天涯慣惹遊驄勒，旋捲飛花蘸碧波。」「麴塵波暖雨初酣，影入秦淮一路探。可愛玉容争濯濯，誰教金縷鬥毿毿。別添情緒攢眉嫵，細數風光轉蔚藍。羌笛莫嗟攀折盡，紅亭尚憶話江南。」

老友沁碧薄遊吴門，携余家穀人所填《有正味齋琴言詞》一卷登舟。凡途中題咏，輒用其韵，亦成一卷，號《江南弄》。歸以示余。有三君者，沁碧友也，各題二絶句於前頁。後沁碧以詞付梓，逸其題句不刊，余讀而愛之，聊附於此。鉛山蔣灝詩云：「修禊紅橋醉羽觴，回頭一十九星霜。故人半化遼東鶴，賸爾詞壇獨擅場。」「又作姑胥十日留，江花江草入新愁。譜成樂府還依韻，欲奪吴家七寶樓。」「醉别雲間周之彦詩云：「依韻新詞響入雲，分明鸞嘯九天聞。清真曾和方千里，五百年來又見君。」「醉别勾吴幾歲年，秋風重上木蘭船。篷窗細把江南怨，譜入銀箏十四絃。」秀水吴元潮詩云：「天涯知己並清才，楚尾吴頭挈槧來。譜就一編新樂府，江南腸斷賀方回。」「曝書亭廢采山荒，鐵笛何人叫夕陽？誰料風流天上李，又將絶調占南唐。」

乾隆庚子，偶至郡城三味堂書鋪，翻閲舊書。見一本内夾一緑牋，楷書四絶句在其上，字跡亦不甚佳媚。詩云：「門前谿水碧於油，照見鴛央共白頭。底事雙棲猶未穩，孤飛又作客邊遊。」「誰家横笛叫黄昏，似把關山别思論。只有離人偏入耳，聽來加倍一銷魂。」「今宵尊酒話纏緜，明日凄凉便各天。輸與塞鴻能北鄉，爲君相伴到幽燕。」「不是清華隊裏身，也沾十丈軟紅塵。青衫失路天涯客，兩店霜橋自苦辛。」後款「送外君書館入都，老婦德宜惠氏，草稿呈政。」余獲之大喜，懷歸，竟忘其所夾之爲何書也。遍訪於人，迄無知者，遂亦夾諸書内。嘉慶庚午，編輯《蘭言萃腋》，適憶及之，急起尋覓，則又忘其所夾之爲何書矣。特以四詩，意淡情深，有天籟自然神韻。當時再四吟咏，尚不遺忘，爰録於此。莊生西美一日見之，曰：「翫四詩作意，是巾幗中老手筆。使隨園見之，必大加歎賞，務須搜訪其人，得而後已也。」原牋尚有一朱文圖章曰「醒花女史」，究亦無人知者。

新篁里叔未張孝廉廷濟，讀余集中諸曲，謂余妻姪戴二逵份曰：「吴丈所製諸曲，無論長篇短什，全部雜劇，並皆佳妙，百讀不厭。雖關、馬復生，亦當把臂。」二逵笑曰：「君不能製曲，又烏知《陽春》《白雪》之勝於《巴里》乎？」叔未曰：「不然。譬諸飲食，苟羅珍錯於前，雖傖夫豎子，亦皆可口而饜飫之，初不必盡人而易牙也。」二逵述其語於余，余甚以爲知言。

西美莊生琳，止齋之子。昔從余遊，猶婉孌丱角也。别十餘年晤之，偉然丈夫矣。帖括之暇，亦頗愛作韵語，向余談詩，娓娓可聽。余深器之，録其數作，兼以鼓厲其後。咏《春柳遷鶯》云：「年來罷唱柳枝詞，生怕牽情到所思。黄鳥無心偏得意，春風啼上最高枝。」《秋燈捕蟹》云：「郭索宵征愛向明，一燈漁火盪舟行。寄聲報與持螯客，把酒來朝配橘橙。」《書李太守賡芸華陔草堂文集》云：「偶讀《華陔》一卷文，雄辭偉論獨超群。當年也有揶揄輩，四落孫山誚李君。原注：余小試亦四次不售，故有感云。」《花魂》云：「嫣紅姹紫暗中飄，幾許芳魂不可招。睡到夜深迷蝶夢，啼殘春老罵鶯嬌。」「畫屏尚有餘香在，金谷偏教艷魄消。笛裏吹回風裏去，園亭一任錦幡摇。」獨能用意用筆，不肯草草放過。生以余摘其詩入《蘭言拾遺》中，賦詩寄余曰：「含毫幾度歎腸枯，怪底吟成只漫塗。墨瀋難期書緑字，雪花有幸點紅爐。皮甎萃腋徒存韡，玉恐留瑕或掩瑜。敢借春風一枝筆，流將法乳到迷途。」其虚懷善受，殊可嘉也。

余溽紉業師，有胞弟行四，字季重，幼即天姿潁悟，曾在余齋，適閲《康熙字典》，季重偶拈一頁，默誦兩三遍，掩卷背之，不訛一字，座客皆駭服。顧性情跳蕩不羈，後以得罪於父，不能自容，遂挺身出走河南。以幕學成家，娶妻生子，安土不歸，垂老而死。今則音問杳然，莫可窮詰矣。曾示余《歲朝述懷》一律云：「酒場空憶少年歡，歲月頻催不我寬。粗辨辛盤三日醉，孤吟丙夜一燈寒。文章自悔從前誤，事業還期到後看。風雨小窗同志少，故人蹤跡滯長安。」

桂山凌君昌穀，初名炎，與芸芝居相近，皆古山林下人也。石佛寺號「東南古山林」。余少日曾館其里，見其尊人元公先生，獲親笑語。桂山則兩世交，與余先後遊庠，每遇歲科試，務相握手。惜彼此授徒，未遑唱和。性癖嗜酒，得脾溼疾，遂深自抑損。余不入名場二十年，桂山亦年踰古稀，杜門不出矣。嘉慶辛未，芸芝手其詩一卷來，讀則言言本色，不事雕華。爰録其《遊瑤池灣》五古云：「舍南六七里，地名瑤池灣。我生過半百，足未涉其邊。今年居停處，咫尺池之偏。暮秋天氣好，腰鐮動南阡。出門看穫稻，信步來尋沿。團團約百畝，口只通一船。水深魚潑刺，够音垢灌池上田。灘蘆花捲白，岸楓葉舒丹。繞池八九家，結廬絶囂喧。雖乏千歲桃，居然别有天。」《贈菊叟》七古云：「我來看菊菊正芳，我看菊芳憐菊叟。眼前燦爛殊足觀，種花辛苦君知否？穀雨之前三月初，薙草芟除地一畝。分畦好闢徑三三，鬥艷待逢節九九。我聞劉范兩家譜，名花百六舊傳受。劉譜三十五種，范譜七十一種。東村西墅乞奇種，易其所無以其有。歸來袖中出靈苗，寶獲琅玕與瓊玖。護根須帶故園泥，培土法經老圃手。削牌遍插豎標題，不異牙籤藏二酉。試言澆灌勞，日斟水百斗。取蔭箔低遮，扶莖篠約紐。坼泥嫌晴多，壞根愁雨久。太瘦花不綻，過肥葉空厚。青蟲紫虱上侵蝕，蚓糞蝸涎下藏垢。繞畦睇眄炯雙眸，一日不厭百回走。剛值枝頭吐蕊珠，删摘尤須嚴棄取。一本祇存珠五六，疏密之間寓奇耦。澆花直至半年餘，才見今朝花拆口。侵晨呼童出長鑱，百株次第入瓦缶。參差臚列草堂中，五色紛披環左右。大都種貴開逾遲，好花開到十月後。賢哉主人樂忘疲，客至門開不待叩。恨我病餘久斷飲，花前孤負一壺酒。作詩聊用僩叟勞，乞取一枝延客壽。」《青梅》五律云：「轉眼春光盡，明朝婪尾杯。嘗新先百果，帶葉薦青梅。嚼恐仁心碎，含知苦味回。何當紅綻後，解渴賽茶魁。」《茅鍼》云：「一望燒痕無，靈鍼到處鋪。春風能暗度，大地作洪爐。繡出花如錦，穿餘露似珠。深閨閑鬥草，拈起比容茶。」《蠶豆》云：「四月大江南，田家風味諳。青青新豆莢，采采小筠籃。煮入長腰軟，烹和玉版甘。遥知村落裏，正值養紅蠶。」《寓齋遣懷》七律叠韵云：「親老原應不遠遊，望吴門外一扁舟。路經信宿同千里，人即期頤更幾秋。候雁已知還北塞，看雲獨自倚南樓。劇憐定省多疎缺，珍重高年雪滿頭。」「逍遥吾欲任天遊，到處坳堂一芥舟。病後功夫貪習静，客中況味怕經秋。灌園擬拓三弓地，高卧寧輪百尺樓。問我到家何活計，蠹書幾卷貯牀頭。」

余伯舅祖秀水翟公維蕃，康熙某年知隨州事。其年有蝗，自東徂西，蔽天而下。百姓惶惶，奔走騰沸。時州中下令，督捕嚴急，屬員有捕蝗不實者，立參不貸。先君子適在其幕，與諸幕客咏其事。詩未就，伯舅祖援筆成一律云：「飛蝗何自至，至自海東頭。勢若風飄雪，聲兼葉落秋。未知鄉國路，已過帝王州。感念籌時者，誰先天下憂？」四十字一氣渾成。同人見之，咸歎服閣筆，至比之劉隨州云。

姑惡，鳥名，其聲輒呼二字。相傳昔有媳婦，爲其姑凌虐而死，魂化此鳥，故云然也。余曾作《姑惡歌》云：「林鳥聲聲叫姑惡，新婦聞之雙淚落。支頤刺促向人言，懊恨耶孃嫁儂錯。噫嘻姑婦家家有，那見新婦死姑手？姑惡姑惡爾莫呼，但囑新婦善事姑。」自以爲斡旋大義，可以風世，非苟作矣。

一友誦之曰：「子之歌妙，孰若我所見昔人之作爲尤妙耶。」余叩之，友誦曰：「『姑惡姑惡，姑不惡，妾命薄。』歌僅十字，而不敢斥言，怨而不怒之意盡括於中，無限含蓄，真從《三百篇》來者。子之所作，尚嫌詞費，落入議論，未免太露，少含蓄矣。」余不覺竦然下拜，因歎筆墨所就，其度越有如此者。此歌惜逸其名，不知何人所作。

海鹽布衣陳瑞元，號友蘭，又號東園澹人，以醫術來寓吾里東石佛寺。性嗜古，有潔癖，僦居之地一塵不染。好讀書，暇即披卷咿唔。間賦小詩，隨作隨棄。芸芝嘗爲余誦其所作。一咏荷包牡丹五絶云：「不藉深閨繡，東風巧剪裁。一囊春貯足，也道洛陽來。」一咏睡味五律云：「長日抛書倦，羲皇一枕酣。暫忘塵事苦，頓覺夢情甘。栩栩和誰共，津津趣自含。調梅人已足，容我一身耽。」吉光片羽，惜不多見。

桐軒郭秀才瑜，芥舟琳之弟也。暮年課書，與芸芝共一居停，彼此唱和。爲人極謙下，所作不輕出示人。曾見其和友人花魂一律云：「驚看雨打復風翻，愁絶芳姿賸淚痕。墮向高樓旋化玉，埋來幽徑擬招魂。蒼梧帝子悲湘水，青塚明妃憶故村。腸斷名園誰酹酒，香消滿地月黄昏。」

曩與緑堂朱秀才槐談詩，論及南田王九和余《落花》詩二律，中有兩聯最佳。其一聯云：「芳心寂寞三春後，紅粉飄零六代餘。」其一聯云：「年光付與流鶯説，心事憑將玉笛論。」余舉以問緑堂曰：「子以爲此二聯，尚有低昂否？」緑堂曰：「兩聯未易優劣。細咀味之，『芳心』一聯，題面中兼寓題意，『年光』一聯，則純摹題神，渾脱而仍移掇不動，爲尤妙乎。」余拊掌曰：「子言良是，余前在《小倉山房詩話》中論嚴、徐二公分賦《春草》各一聯，同此機軸。」

屠秀才稼豐，字禮畊，別號秋塍。愛吟詩，有《秋塍吟稿》。嘉慶壬申，余西郭館齋，即嗣秋塍之席。因附莊生西美持稿來，欲余采入《蘭言拾遺》。余摘其《西湖白隄散步和本空上人》五律云：「步出段家橋，荒亭指鶴招。蟲聲青草亂，螺黛夕陽描。雲與詩情契，風催酒力消。暮烟楊柳外，款乃聽歸橈。」《紅葉》七律云：「濃霜染得萬株紅，亂葉横飛打北風。古道夕陽邀客坐，御溝詩句趁波通。啼烏猶在秋林外，舞蝶應迷春艷中。掃得好供烹茗用，汲泉敲火喚山童。」詩筆亦健，惜格未老耳。

春畕戴明經樹滋，居邑之紅橋。能詩，善寫山水。曾爲余寫一便面，蹊徑似巨然一派。余徵其詩入《蘭言》中，不可得。僅於門下士曹區農扇頭，見其題贈區農之皖江五律一首云：「送子河橋去，心隨江上山。一帆新水闊，兩岸緑陰環。地主多敦誼，天都好閉關。詩囊應飽貯，清夢亦安閒。」意致蕭散如其人。

雲樓殷秀才樹柏，家西郭之龍淵塘，爲人淹雅撝謙。余館七星橋莊氏時，即與相識，若少白陳君、守白夏君，皆其契友。特以地偏居遠，不獲時相往還。憶在鹺商方笠田座上，偕送古香之湖南，别後契闊，幾二十年矣。嘉慶壬申，余適授徒西郭張氏，與雲樓密邇比鄰，因得數至寓齋，挑燈促膝，舊雨談心，一夔已足。余投以四絶句，雲樓詶余七律一章云：「一笑相逢十載餘，鄉園咫尺歎離居。於今喜樓春風座，自後常停問字車。矍鑠何須扶老杖，流傳早著等身書。薔薇露盥雙雙手，百讀新詩足啓予。」余媿謝之。雲樓姿學兼優，詩古文辭外，復精書畫。曾爲余寫一便面，出入懷袖間十餘年，至今猶在也。暇日當徵其著作入編，亦平生快事。

蔣明經元龍，號春雨，秀水人，工詩。余夙耳其名，嘗倩友人以《仙瓢圖册》屬題，顧至今未嘗把晤也。若種水、雲樓、退飛、守白諸君，咸推重稱道之。偶於雲樓處獲見其《酒帘》、《秋燕》詩，爰亟録焉。《酒帘》云：「東風摇颺一行斜，獵去春光爛不遮。幾處題詩誇竹葉，有人扶杖趁梨花。小橋流水情無限，野店荒村夢正賒。多少殷勤留盼意，白公隄裏認仇家。」「杏花時節雨濛濛，指點何須問牧童。一帶小樓疎柳外，半竿斜日亂山中。道旁暖眼逢知己，愁裏關心付此翁。不用撩人調笑令，十千買斷是春風。」《秋燕》云：「烏衣巷口冷斜陽，争説當年王謝堂。一自梧桐飛藻井，漸無魂夢到雕梁。可堪別後星河隔，不省來時歲月長。只爲將雛憐計拙，依栖還繞九迴腸。」

海寧鍾君大源，字晴初，博學能文。中年患傷寒而截其足，遂半世卧牀不起。自號東海半人。乃發憤爲詩，出入南北宋諸家。余見其《遺懷》一律云：「長貧高卧且歌商，裹飯憑誰念子桑。病態直如三折臂，人情曲似九迴腸。清狂或可呼狂士，懶漫還應號漫郎。看去平生飛動意，縱填溝壑亦何妨。」《新秋聽雨》一律云：「薄羅雲影叠波風，一片秋聲到雨中。潑水嫩凉生枕簟，跳珠清響隔簾櫳。將疎柳葉可憐碧，欲墜荷花休洗紅。入夜空階聞未歇，蕭蕭颯颯帶吟蟲。」《米罄》一律云：「辟穀從來願，何煩問有無。地寬容畫餅，囊澀省量珠。貧較南鄰甚，居原北道殊。彭亨摩豕腹，笑煞飽侏儒。」《送弟入幕》二律云：「無計能留汝，相看徹骨貧。辭家悲失母，就食媿依人。墨經模糊淚，青氊落拓身。幾回論聚散，此度最酸辛。」「萬種縈懷抱，瀕行俱默然。匆匆傾別酒，數數訂歸年。姜被寒於鐵，蘇裘薄勝緜。臨歧莫回首，誰復倚閭憐？」摘句如《山居》云：「未免有情缸面酒，不求甚解案頭書。」《蟋蟀》云：「梧葉闌干風悉瑟，豆花籬落雨廉纖。」《暮春》云：「蒼苔被徑少人迹，紅雨潑簾多鳥聲。」《落花》云：「欲遮病眼愁無分，較別良朋更繫心。」皆爲人傳誦不輟。

嘉善黄君凱鈞，字南薰，別號退莽者，大布衣也，富而隱於農。工詩，有《友漁齋集》。其詩一本性靈，絶無雕飾。咏古有作，頗具隻眼，議論出人之所未經道處。余見其《明妃曲》云：「黄沙玉貌不堪思，千古人猶怨畫師。不是丹青輕著筆，畢生永巷有誰知？」《讀淮陰侯列傳》云：「七尺昂藏一男子，身不逢時飢欲死。老母進食哀王孫，絶口不言望報恩。投入漢營本亡將，一朝身立三軍上。三齊初定請假王，不及老母千金忘。」能從閒冷處揭出，故妙。其他七律爲多，《東湖訪舊》云：「扁舟載酒泛滄浪，也似尋春杜牧狂。遊女踏青憐細雨，東風吹緑上垂楊。舊題名處墻重粉，前度人來鬢已霜。只有弄珠樓下水，波聲似訴別時長。」《述閑》云：「上巳清明取次過，漸看新緑長庭柯。安排筆格消長日，料理盆池種小荷。衣食隨緣生計足，兒曹替力暇時多。一竿細竹親删得，繫上絲綸伴緑簑。」《梅花庵訪吴仲圭墓》云：「杖藜携過版橋西，疏竹蕭騷路欲迷。守屋無僧門自掩，探梅有客壁留題。佛燈塵積全無燄，石碣年深半没泥。畫手思量問前輩，孤墳三尺草萋萋。」佳作殊不一而足，不及徧録也。

壬申，余既館西郭，與雲樓居至近。日晡時，往往過寓，縱談詩古文辭，洎挑燈始去。顧其詩不輕出示，僅爲余繪一便面，得五律三首。一《蘋花》云：「采采隨流水，蘋花八月時。影翻波渺渺，香斷雨絲絲。夢認苕溪路，情深柳惲詩。汀洲來日暮，無語足相思。」—《蓼花》云：「練塘秋意澹，傍水逗疏紅。瑟瑟枯蓮外，菲菲夕照中。冷花迷雪客，斷岸嫋秋風。影動江湖夢，凌波思不窮。」—《蘆花》云：「秋深葭菼老，露白吐叢叢。遠捲一灘雪，輕翻兩岸風。沙汀扶瘦蟹，烟浦没殊翁。好畫垂綸客，衣添著色紅。」詩筆清空鮮秀。每自言生平詩於古人不喜讀義山，於今人不喜讀種水，此則與余有同志云。

丁酉四月，漁間鄒上舍松坪介茂才姚丈以螟巢先生《蘭言萃腋》屬校。雨窗無事，披閲一過。雖所采未能如漁洋之潔，小倉之廣，而將知盛業，摧朽嘘枯，落筆風流，猶可想見，是足傳也。上舍方欲與先生詩集並謀付梓，搜亡輯佚，其用意尤非世俗所及，因附識數語以歸之。梅花院沈蓮書於愛蘭寓舍。

（姚蓉、王天覺點校）

倣元遺山論詩絶句六十首

傚元遺山論詩絶句提要

《傚元遺山論詩絶句》一卷，據嘉慶間刻《續尤西堂擬明史樂府》本點校。撰者張晉，字雋三，山西陽城人。諸生。有《艷雪堂集》。按據劉汲跋語，此六十首論詩絶句作於嘉慶十八年癸酉。張晉有才學，此詩成於一日間，（劉汲跋語）起自《垓下》、《大風》兩歌，迄於乾隆之袁、蔣、趙、黄（仲則），評騭大抵不離常識，並無新見，然叙述間亦非無裁斷。如唐前詩不遺《孔雀東南飛》，陶詩「王儲韋柳終難肖」；唐詩則李杜歌行與《木蘭詩》合爲一首，初唐歌行亦備一體；宋詩則推老坡之長句及涪翁之宗杜，南宋僅以誠齋與放翁並；似此皆非泛泛之論。論明清詩十七首，於清人最首肯者，一爲陳廷敬，一爲黄仲則，前者或不免有鄉賢之阿，後者則是其真心所嚮矣。周系英序其《擬明史樂府》，謂國朝山右詩人，以張氏與陳廷敬、吴蓮洋鼎足而三，自是過譽，然亦可見其爲時人所重也。

倣元遺山論詩絶句六十首

陽城張晉雋三譔

垓下淒涼雜楚聲，美人名馬總關情。高歌自是文人事，却爲英雄寫不平。

故鄉歸到樂如何，雲氣飛揚感慨多。一代真人推巨手，沛中留得《大風歌》。

房中雅製屬紅顔，古穆深醇不可攀。道藴若蘭誇綺麗，也應低首向唐山。

千秋創體柏梁臺，各不相關各寫懷。已是舍人堪絶倒，不妨曼倩又詼諧。

聲自蒼涼味自和，河梁贈答感人多。雕章琢句都無用，後世何從更揣摩？

別離重疊感行行，疏越朱絃盡可聽。却似曲終人不見，眼前留得數峰青。

盤中詩接羽林郎，絶妙歌辭陌上桑。舊曲演來新意少，笑他優孟慣登場。

《五噫歌》罷《四愁》新，自寫情懷是率真。此調只堪時一見，後來刻畫又何人？

拉雜長篇激楚聲，東南孔雀善言情。若非絶代文人筆，誰識蘭芝與仲卿？

金戈鐵馬看交馳，鼎足英雄角力時。不道老瞞風雅甚，還能横槊賦新詩。

謡入當塗漢業灰，建安風氣一時開。仲宣公幹皆能賦，終讓陳王八斗才。

日飲亡何寄此身，阮公胸次本天真。《詠懷》忽露憂時意，莫把疎狂笑酒人。

潘陸争誇琢句工，可憐靡靡墜宗風。當年誰握如椽筆，一代騷壇左太冲。

坎壈悲歌郭景純，《遊仙》諸詠盡堪存。絶憐當日精風鑒，荒塚江邊鬣石根。

五柳先生趣本奇，不關人力動天隨。王儲韋柳終難肖，絶後空前見此詩。

慘澹經營別一家，謝公風調獨高華。自從蠟屐登臨後，山水千秋屬永嘉。

逸氣縱横筆力高，定推明遠是詩豪。黄河一瀉能千里，比似胸中萬斛濤。

小謝新詩孰與儔，亦饒明艷亦風流。驚人好句知多少，能使青蓮憶不休。

家令當年頗有名，江郎水部漫相争。如何八詠樓中住，偏愛翻新譔四聲。

機聲唧唧意遲遲，絶妙情文絶妙詞。只解歌行推李杜，可曾熟讀木蘭詩。

綺麗由來不足珍，陳隋詩筆屬何人？評量心折惟開府，春水桃花句有神。

《昔昔》歌成格調低，頽波難挽正途迷。不應天子還争勝，妬殺空梁落燕泥。

六代淫哇古意亡，更從漢魏數吾唐。曲江伯玉真高蹈，《感遇》篇篇各擅場。

青蓮才筆劇縱横，炯炯長庚萬古明。髣髴淵源還可溯，鮑參軍與謝宣城。

杜陵詩法老宗工，今古騷壇一舉空。莫道後人工變化，有誰能出範圍中？

左司摩詰擅風流，前數襄陽後柳州。各有精神真面目，漫分誰劣與誰優。

長句篇篇轉韵精，高岑王李擅歌行。初唐略備當時體，風氣才開調未成。

次山宗法本陶公，質樸依然見古風。雅調不求諧俗耳，自臨幽澗撫焦桐。

絶妙黄河遠上詞，旗亭畫壁酒酣時。諸公田舍吾寧妄，笑指雙鬟是可兒。

中唐七律數隨州，秀麗風華筆力遒。接武後來惟夢得，一篇懷古有千秋。

詩成厨嫗亦教知，才大何須用典奇。不分當年《長慶集》，却將白傅並微之。

吏部才雄氣亦豪，精神遠與少陵交。誰知前輩虚心甚，推奬偏能到孟郊。

昌黎東野鬥新奇，險韵争聯力不遺。把讀未完頻咋舌，爲他瞠目立多時。

張王樂府變新聲，别調彈來總可聽。造物生才原不測，又從昌谷洩精靈。

翻新競巧意如何，皮陸同時和韵多。别有錢郎工送客，不勞三疊《渭城》歌。

雪嶺松州句亦奇，義山獺祭未容嗤。後人只愛緣情作，誰解韓碑鑄偉詞？

長句吾尤愛老坡，風流絶世古無多。别從李杜昌黎外，更發驚才浩浩歌。

豈真淺率不成邦，説到坡仙意早降。我愛涪翁宗杜老，人言詩派衍西江。

南渡何人號大家，劍南翁最有聲華。當時不解誠齋叟，愛作兒童捉柳花。

鍾靈合在秀容間，集録中州見一斑。莫笑金源文物少，遺山詩直接眉山。

虞楊范揭舊曾諳，斷獄簪花妙可參。獨有王孫嘆流落，又將哀怨賦江南。

樂府惟君許自誇，風流放誕作生涯。門前桃李如林立，艷絶誰開老鐵花？

郁離子是漢留侯，鼓吹興朝振末流。並世何人稱勁敵，青田而外有青丘。

湘江春草緑茫茫，莫忘茶陵一瓣香。偏是後人輕老輩，翻教比作夥頤王。

信陽北地盡能歌，秀骨豪情兩不磨。解道高徐無絶響，醉人心處不須多。

華泉名與李何齊，歷下談詩路不迷。看到弇州如泰岱，一峰橫絕萬峰低。

抵掌高談岸角巾，山人流落老風塵。同時一任分門户，五字誰如謝茂秦？

幾人草際泣秋蟲，都傍當時數巨公。偏是升菴羞附會，自成一隊不雷同。

黄門高步據詞壇，戛玉鏘金作大觀。一掃鍾譚餘習盡，憑將隻手障狂瀾。

詩才詩筆總難全，阿好何能賺後賢。底事虞山老宗伯，一生傾倒獨松圓。

風華穠郁妙相關，曲折低徊似轉環。若問梅村誰舉似，瓣香應在白香山。

瘴雨蠻烟海盡頭，嶺南三老儘風流。更憐後起傳佳句，柳色依人欲上樓。

北宋南施兩詩老，愚山畢竟韵全殊。獨工五字真清絕，消受漁洋摘句圖。

路人蠶叢造語奇，談龍輕薄亦堪嗤。如何耳食紛紛者，艷誦明湖秋柳詩。

曝書亭集浩無涯，學富才豐格律諧。到底不曾删綺語，教人指摘議風懷。

午亭遥比午橋莊，健筆雄才接混茫。休議唐風太寥落，世間得髓又天章。

别裁僞體有誰如，綺語淫詞一例除。留得後人津逮在，江南一個老尚書。

心餘排奡簡齋輕，一代龍門竟擅名。無那雲松才萬斛，不留餘地一齊傾。

平生心折兩當軒，風骨棱棱似謫仙。前後觀潮推絕作，故應斂手到前賢。

一枝斑管論千秋，放眼終當據上游。海内何人主風雅，莫教滄海更横流。

元遺山《論詩絶句》，漁洋仿之，久已膾炙人口。近小倉山房亦有此作，半屬懷人之句。客歲石芳師嘗以此題試平陽士，竟無作者。昨與雋三先生語及，先生便欣然援筆，立成六十章。揮毫纚纚，醉墨淋漓，摩遺山之壘，而拔漁洋之幟。時方刻先生《續尤西堂明史樂府》適竣，師曰：「是可與《樂府》並傳也。」因附刻之。癸酉立夏日，滬城劉汲跋於太原使院。

（劉奕點校）

梧門詩話

梧門詩話提要

《梧門詩話》十六卷，據臺灣廣文書局影印「中央圖書館」藏底稿本點校。撰者法式善（一七五三——一八一三）原名運昌，乾隆五十年命改今名，字開文，號時帆，又號梧門、詩龕、陶廬。蒙古烏爾濟氏，内務府正黄旗人。乾隆四十五年進士，官至翰林院侍講學士、國子監祭酒。有《存素堂詩文集》等。按法式善與袁枚同爲乾隆詩壇盟主，聲氣雖遜一籌，然以在朝之便，其詩龕與隨園一北一南，差能頡頏於一時。其著《梧門詩話》，頗有與《隨園詩話》争勝之意，《例言》云：「近日袁簡齋太史著《隨園詩話》，雖蒐考極博，而地限南北，終亦未能賅備。余近年從北中故家大族尋求於殘觚破篋中者，率皆吉光片羽。故是編於邊省人所録較寬，亦以見景運熙隆，人才之日盛有如此也。」（載《存素堂文集》卷三）惟梧門僅得中壽，此稿生前未及刊出，故記録雖富贍，當日却未能發生實際影響。梧門論詩趣味近漁洋，與翁方綱相處友善，而與隨園有異。如駁「性靈」，謂與「性情」一字之差而「不同遠甚」，屢舉《隨園詩話》中之評論不當者，不滿之意甚明。然以嗜詩之故，而亦能賞隨園，評詩好用「清」字如「清脱」、「清超」等，亦似隨園。又非如翁方綱之不與隨園相往來。即如此書旨趣，雖欲立異，實亦未能脱《隨園詩話》之影響，所記未必專詳於邊省及北方，而仍以中原與江南人士爲主。又有「第録康熙五十六年以後之人」之時限（同上《例言》），即專録乾嘉以來之當代詩壇，關注盛世士子以詩遣日之風光，至有「苦吟争一死，佳句即長生」之謂，盡顯世風，（卷九）幾與晚唐同趣，而盛世、衰世之生態乃大不同也。梧門曾細勘王豫《群雅集》，以爲與王昶《湖海詩傳》取徑不同，引柳村《種竹軒詩》「古今名讓布衣傳」、「半世功名一卷詩」之句大贊之。（卷十三）其記朝中官宦之好詩者，所謂「官人之詩」，如尹繼善與人門韵，鐵保編《熙朝雅頌集》始末，沈德潛取人贈「宫中自號元才子，聖主終收孟浩然」對聯寫作楹帖，蔣士銓分校秋闈題落卷詩感動落榜生等。朝、野皆詩，所述較《隨園詩話》平實，精彩則不如耳。此書所録多爲五七言短章，然亦非不能識長篇，尤有「紀事之詩委曲詳盡，究以長慶一體爲宜，不得議其格卑」云云，故於同時梅村體名家楊芳燦、陳文述等皆推崇備至，又特録蘇州秀才趙晉函《芝香曲》一首，存人、存詩，復備體。此稿今存兩本，一爲國家圖書館藏十二卷鈔本，闕卷九、十、十一及卷八之一部分；一爲臺灣「中央圖書館」藏十六卷稿本，經對勘，知十二卷本與十六卷本起迄同，十六卷本乃從十二卷本修訂來，爲作者最後之手定本，今人對此有詳考，見張寅彭、强迪藝編校之《梧門詩話合校》，二〇〇五年鳳凰出版社本。又有楊亨壽鈔本一種，藏中國社會科學院文學所，實即十二卷本之重鈔，然鈔併成四卷，所闕亦同，未可謂善也。

梧門詩話卷一

詩龕居士法式善編

歐陽公詩：「一生勤苦書千卷，萬事消磨酒十分。」齊次風召南侍郎衍其意而加脱換曰：「深淺酒杯容酩酊，古今文集幾傳鈔。」方南堂世泰《寄友》曰：「慎勿貪吟忘讀律，但能節飲勝加餐。」則又反其意而言，皆極有味。

嚴海珊遂成長于咏史，《隨園詩話》載其《三垂岡》諸作，俱極新警。其咏物詩亦迴不猶人。《詠桃》云：「怪他去後花如許，記得來時路也無？」《海棠》云：「睡味似逢鶯唤起，酒痕欲借笛吹消。」《梅》云：「殘笛一聲凉在水，遠峰數點碧於烟。」如李龍眠畫入神品，不僅前後梅花擅場矣。

方子雲正澍，歙人，性耽吟咏，不求仕進。畢秋帆制府嘗稱其索居屏跡，有賈浪仙、羅昭諫之風。余尤愛其七言，如《蓮花峰》云：「烟蘿挂壁疑無路，日月行空似有聲。」《村行》云：「酒幔隔花人問路，漁莊臨水鴨知門。」《自文殊洞至岩口》云：「撥雲人上鳥邊路，落日船盤天際江。」《山居》云：「苔上閒行嫌屐重，花間坐久覺衣香。」《過山寺》云：「廢巢鵲去鳩争宿，老樹心空草寄生。」《元夕夜坐》云：「燈熖低知來日雨，梅花遲憶去冬寒。」《鎮海樓》云：「急水與天争入海，亂雲隨日共沈山。」此種警句，皆千錘百鍊而得者。性尤簡默，嘗謁一鉅公，因座上先有俗客，竟日不發一言而去。

羅兩峰聘爲吴季游方南明經畫《槐陰抱膝圖》，翁覃溪學士題句云：「何處苔岑托興深，花之偈子即疏林。」自注云：「兩峰號花之寺僧，因憶周櫟園詩『月明蕭寺憶花之』。」山東沂水縣有花之寺，櫟園又有句云：「佳名獨愛花之寺，隱地誰尋石者居。」臨朐傅某作石者，居於黄雲山中，見《榕槎蠡説》。雪客詞集亦名《花之詞》。

薄補堂岱著《静永堂詩》。七言多佳句，如：「使者旌旗皆雨露，書生襟帶是山川。」「亦知善醉非關酒，縱使多愁不到貧。」「又逢花事閒穿徑，如此春光一上樓。」「茅屋枳籬初雨後，蛤田蝦渚小江南。」皆格律深細，希踪放翁。

余一日詣韋約軒春草山房，見其舊稿積案已二尺許。猶記其《欲詣崇效寺看海棠不果》云：「一株幽艷贊公房，春興頻飛白紙坊。聞道猩紅經細雨，便思螘緑對斜陽。鬢絲禪榻情猶在，竹杖芒鞵嬾未妨。莫笑于花太無意，白髭元不稱風光。」可謂興復不淺。《憶鰲魚》云：「老戀京華卅載餘，江鄉烟雨更何如。春來第一難忘處，上塚家家薦鰲魚。」皆真摯有情味。

王述菴昶侍郎《詠韓蘄王廟》云：「蘄王古廟莽榛叢，殘碣猶書舊日功。半壁江山留戰蹟，一家婦女盡英雄。中朝冤獄悲三字，絶塞蒙塵痛兩宫。驢背歸來何限恨，靈旗日暮捲秋風。」爲歸愚尚書所稱賞，蓋少作也。近見其從軍諸作，如：「明星影聚澄潭水，清露寒凝暑月霜。」「一龕佛火縈琴薦，萬壑猿聲落茗杯。」戎馬問能作如許雋語，可謂别有懷抱。

方宜田制府觀承贈公式濟「人烟補斷山」五字及「破寺門前野冰多」七字，皆有名。而抉南先生又極推制府「馬嚼冰連鐵，狼奔雪帶沙」、「辨面戈攢火，開關鑰墜霜」之句，爲足抗高岑塞上諸作。

方息翁世舉性疎曠，生平肆力于詩，晚年注韓，遂酷嗜之。年八十餘，猶伸紙濡墨，頃刻數百言，而精采曾不少減。《感舊作》云：「花圃有情明月在，酒星無賴曉風孤。」「梧桐心性秋先冷，楊柳風情老更疎。」《江北懷古》云：「春柳帶烟悲宿草，秋螢將雨弔殘花。」皆可誦。

西林相國在江南久，延攬後進，刻《南邦黎獻集》，一時名士多傾心焉。余嘗見其手録《咏懷》詩三首，斜行細字，書法如老松怪石。其詩云：「下策取富貴，上策學神仙。二者成兩失，空勞食與眠。」又云：「多願長惻惻，小心日拳拳。曠達不敢尚，激烈非所安。」又云：「勿爲失者笑，勿爲得者歡。涼風來北窗，得失誰復言？」皆見道之言。

剛烈公鄂虚亭容安，西林相國長子，由翰林歷官督撫，殉節伊犂。生平吟咏最富，作草亦不苟。余於令子襄勤伯五峰處得其遺稿，筆勢軒舞，裝二鉅軸藏之。七言如《登州道上》云：「石含凍雪相忘瘦，樹聚寒烟不覺疏。」《春暮》云：「柳絮未飛吟處雪，梨花已謝夢中雲。」《種松》云：「本性自存天地久，清陰能覆子孫賢。」《舟夜遇風》云：「波濤自是平常事，幽獨應徵恐懼心。」《雪後》云：「常以看梅會春意，偶從煮茗得濤聲。」俱有寄託，兼見性靈。聞其身後殘稿尚多，不知爲何人携去，可惜也。

新建曹文恪公，余庚子座主也。闈中得余卷，已判中而旋失之，遍覓弗獲。或勸以他卷易之，公勃然曰：「渠詩吾已爛熟胸中，非此卷不可。」搜索竟日，忽於帳棚上墮下，公大喜，於是獲雋。每於廣座對客指余曰：「此吾門生中詩人也。」辱賞若此。公老年喜作散文，詩不多見，謹志其少作《蘇竹》云：「碧玉寒無色，春風夜有聲。竿頭潸舊淚，箇字紓餘生。羊角扶雙翼，龍孫映一泓。笋枝幽恨迸，終古藴哀情。」《蘭蓀》云：「九畹滋東圃，芳蓀不忍看。所生驚鄭夢，遺事泣丁蘭。露拂青旂捲，風吹碧影攢。無人駐空谷，對此輒心酸。」情至之言，不徒古藻可挹。

午堂侍郎夢麟天才奇縱，尤長于五、七言古詩。《燕喜堂集》六卷。《嵩雲集》四卷，大抵古體多而今體少。然如《觀象臺》云：「水落風高畫角哀，霜濃野闊一登臺。雲旗天轉桑乾出，日馭烟横碣石開。黑水遐封思禹迹，金方借箸失邊才。漢家養士恩如海，誰伏青蒲請劍來？」「嚴飈吹雪滿西山，原野蒼茫積素間。鉦鼓一軍勞輓粟，風沙十月憶當關。重闉日落銅符在，大漠雲驅塞馬還。驃騎貳師俱寂寞，短衣擬綴羽林班。」沉雄瑰麗，獨出冠時，百餘年來，北方學者未能抗手。

江片石干秀才以《詠鳥巢》詩爲時所稱。近見其《崇川雜感》云：「負米僧歸村樹外，衝烟鶴起戍樓中。」「短褐孤城風雨夜，殘燈四海弟兄心。」《文山春眺》云：「孤戍遠連空野燒，一樓寒擁亂山鐘。」皆有雋致。王柳村《群雅集》稱片石詩多苦調，朱二亭詩「多逸調」，有「淮南二布衣」之目。

潘問奇號雪帆，杭州人。詩有奇氣，「富春近日誰漁父，天子當年是故人」、「鄉心迫似初來雁，木葉衰於漸老人」，俱非凡語。晚客揚州，卒葬平山堂側。著《啼鵑集》。

史梧岡震林，金壇人，丁巳進士，官淮安府教授。其詩如「詩裏故人貧漸老，畫中微雨淡宜秋」、「船泊雉尊春水緑，車停鴉柏晚山紅」、「窮交剩燕投空幕，拙宦隨鳩寄破巢」，皆修潔可愛。著有《西清散記》。

許肖野治先生宰江南，和尹文端詩有「一燈留夜氣，五字破孤愁」句，文端謂十字中見儒者氣象。

先生湖北雲夢人，己未進士。

壬寅六月廿四日，夜雨。英夢堂相國宿直廬，作《喜雨》詩，囑詞館諸君和韵。一時如程魚門、平寬夫、李松雲、吴穀人皆有詩。相國獨賞許石泉編修作，英特不羈。詩云：「元老勤宵直，飛甘雨作濤。雲連三輔潤，天減萬民勞。燈火收光入，蛟龍得氣囂。東南渾水漲，慎勿助風豪。」相國原作「氣逼長檠動，聲連萬葉囂」，亦警句也。石泉名兆棠，雲夢人。

「諸將漢家依日月，故人天上動星辰」，閩中陳某咏子陵釣臺句也。讀者初不覺其用典，却字字典重。

方問亭制府未貴時，詩如「偶成吟便多商調，試聽秋全無好聲」，自是激楚之音。後總制畿輔，乃一變其舊。然少作中如「莫使火驚孤雁宿，且吟詩與大魚聽」，抱負已自可見。

詩有情餘於言者。余最愛施小鐵太常朝幹《悼亡》詩「白水貧家味，紅羅嫁日衣」二語。絶無傷悼字面，深于傷悼矣。

灤陽百年以來，廛市鱗比，成一都會。至者攬其山川，往往有作。吴穀人詩云：「萬峰紫翠互盤迴，歲歲曾經玉輦來。麗正門開初日照，五雲端裏現蓬萊。」「三川滙合足烟波，酈注曾標武列河。留與經幢照奇字，磬錘峰下夕陽多。」「宫殿千秋儉德傳，不施丹雘任天然。堯階迴在層霄上，畫出松雲一片圓。」「印度西來佛教長，高僧誰繼蓋頭堂？普陀寺裏華嚴海，花放金蓮作道場。」「瑶花天上散紛綸，葉落長松挺瘦身。頑石也成羅漢果，雲山面目本來真。」「月黑腥風獵獵從，道傍吹折幾株松。明朝好試飛鎗手，一路寒山躡虎蹤。」「火種刀耕歎歲稀，炊烟滃起隱斜暉。尊前風味年年憶，秔稻登場黄鼠肥。」「新春白粲玉漿含，宿醖紅泥乍拆墰。鮮鯽無鱗蘑釘地，未須蝦菜憶江南。」可備灤河掌故。《有正味齋集》不載，何也？

徐魯南用錫先生《圭美堂詩》，十年前曾閲一過，不甚記憶。今於吾山侍郎鈔本中見其「長路藏於花影内，新詩成在稻香中」、「階前易長妨人草，廊下偏開不種花」、「喜雪生來寒骨相，愛花不似老風情」諸語，殆亦醉心南宋者。

吾山侍郎手鈔詩本，多不寫名姓，亦不録題目。七律最多，大抵皆裴園、蘆村二先生同時過從者所作。如「吟僻有天能造想，談清無地可容愁」、「詩臻險境難爲和，畫着亭臺便可家」、「野色平分容竹長，嶺腰中斷放天來」，皆有意標新者。後署「南麓」二字，不暇辨其誰何也。

許研溪步雲《野望》云：「木葉下空阪，人家依夕陽。」宣鹿砦葵《春江》云：「僧歸花寺月，舟聚柳橋烟。」黄左君鉞《楊花》云：「沾衣雲有影，着水雪難消。」朱潤木極稱之。

僧嶺雲篆玉「屐聲喧夜雨，燈影暗茶烟」，與雪廬復顯「雨驅殘暑去，秋放小庭閒」句，同一淡净。二僧皆浙人。

桃花詩難于清空。甯文山思信有「江左女郎多薄命，祇名根葉不名花」，可謂無刻畫痕。文山，直隸廣寧人。

昆明張明經注我字可園，號雪笠，介其鄉人以《白蘿堂詩》見示。余最愛其《鎮陽竹枝詞》，今録其五首：「竹溪行盡到梅溪，梅葉灣頭梅子低。乍雨乍晴春似酒，鷓鴣啼又畫眉啼。」「半是山家半水家，松門掩映竹籬笆。春風似過花朝橫，吹破墻邊枳殼花。」「檐端一樹茜紅桃，木末峰腰架屋牢。摇動瓜皮小艇子，過江又斫緑松毛。」「半畝茨菇碧玉隈，溪雲斷處石門開。老翁策杖看花去，纔欲過橋山雨來。」「美人枉渚拾紅蘭，翠袖花鈿露未乾。《九辯》、《九歌》江水咽，至今香草怨春寒。」越二年，余官祭酒，注我時肄業太學，以舊業相質。詩文皆雄直，不詭于俗。吾友汪雲壑深賞之。

岳襄勤公鍾琪中歲放歸，十餘年廬於百花潭下，野服蕭然，見者不知爲宿將。好吟詩，有《薑園》、《蛩吟》二集，余訪之而未得也。近見其《次望山相公重遊安素園詩》四首，佳句如：「室繞藏鶯柳，田餘飼鶴粱。」「秧深蛙吠雨，溪淺鷺窺魚。」「塵清馳馬路，笠蔽牧牛兒。」「地僻閑調鶴，苔深久卧槍。」想見緩帶輕裘氣象。

河東范硯雲鶴年，刻其詩曰《寸芹草》。如「溪痕纔露樹，雲勢欲無山」、「萍水纔三月，桃花又一年」、「碉户留雲閉，花巢羨鳥歸」、「柳深黄鳥屋，雲冷白鷗衣」，皆佳。

蔣心餘編修主揚州講席，雅重洪稚存。贈以詩，有云：「鐵崖樂府容齋筆，萬口争傳洪亮吉。誰知二十五年身，一領藍衫尚垂翼。訪我蕪城説經地，開閣延君感君意。衣留黄海萬峰雲，篋守《冬官》一篇記。」彭芸楣參知時爲江南學使，和云：「以硯爲田耕以筆，失得隨人歲凶吉。男兒貧賤慎所因，莫假俗流生羽翼。使者階前幾尺地，吐盡胸中千古意。落筆根源篆籀文，滿胸堆塞瑯嬛記。」稚存由是知名。

詩有字外出力者，如陳其年維崧之「急雪稀聞喧社鼓，迴飈時一送鄰鐘」，英夢堂之「河聲怒欲驅舟轉，夜氣嚴能禁酒溫」是也。

眼前語能佳，由其筆妙。張惟甄旋均「春潮退後溪風急，破網無魚掛落花」，泠雋可愛。張，江陵人，歲貢生。

李丹壑孚青絶句最工。《抵潤州》云：「懷古重經鐵甕城，海門遠共暮雲平。無情一覺春明夢，誤我金山粥鼓聲。」《毘陵舟中寄友》云：「黄鵠山前夜放船，蘭陵郊外望寒烟。廣文乾飯郎中酒，草草杯盤十五年。」雅有唐人風致。漁洋尚書謂：「能抉詩之髓，吴天章而外，孚青一人而已。」

袁子才枚作《生挽詩》，孫補山相國和之，有自挽之言。子才呈詩云：「軍門頒下挽章來，讀罷袁絲笑口開。自是少微歸位日，敢勞星象動三台。」「蒼生方賴謝安石，紫府誰迎韓魏公？就是升天同作佛，也應前輩讓袁翁。」「水星聞説命宫居，十載旌旗住有餘。但恐賡歌無謝脁，江南閒殺沈尚書。」「清凉山下好松楸，露冕行春望見不？一隻太牢文一首，累公告墓我先愁。」可謂善於翻新。

吴園次綺《林蕙堂集》詩，「湘東麗藻三枝管，江左繁哀七寶絃」、「微雨洒紅成徑路，新陰分碧到衣裳」、「碧草漸枯愁裏色，黄花不醉病中身」、「一水繞從花下碧，千峰齊向雪中青」、「萬壑雲歸吹笛路，一林香入煮茶聲」、「旃壇有法長開院，楊柳無情不上樓」，勝處不減西崑也。

釋明中號琴虚，西泠人。七歲投楞嚴寺爲僧。工書善畫，尤嗜詩，與厲樊榭、錢香樹相酬唱。遺集三卷，杭大宗序而刻之。《宿萬峰精舍》云：「我身如孤雲，去住在空谷。偶來萬峰頭，意倦便一宿。

水凉山影沉，樹暝人烟簇。夜静泠吟蟲，秋聲散叢竹。愛此風味清，得句重燒燭。」置之《白蓮集》中，正自難辨。又《題學子西湖雜詩》云：「柳欲垂絲花欲然，春痕緑到寺門前。東風料峭閒遊艇，只有看山不費錢。」風致可愛。

好熱坑者，不知何許人。往來房山，髡首，儒衣垢膩，不襪。晝負薪鬻之，夜宿古廟。時時對人道「好熱坑」。或詢其故，瞑目不答。嘗用石榴皮書觀音寺壁二絶，云：「溪山迴複樹槎枒，犬吠雲中三兩家。日暮擔柴唱歌去，導人歸路是桃花。」「到處狂歌到處春，沙瓶打酒興方新。三間破廟無僧住，惟有觀音作主人。」後不知所往。

顧文鉷，長洲人。僑居任城河干之槐樹灣，花徑竹籬，位置都雅。精賞鑒，有古器書畫者多就正之。著《雲林小硯齋集》。其《湟川早春》云：「雲霞千嶂暮，花鳥百蠻春。」不減徐青藤「騎象百蠻中」之句。

鄭炳也虎文先生，善爲排律詩。館中有難題，輒請鄭擬作，握管輒就，傳誦甚多，然非其至者。如「荒村古渡雞聲月，寒雨空江雁背秋」、「一逕草深香引路，四圍枝亞翠交門」、「疲驢席帽三年客，細雨斜風兩鬢秋」，乃自見性靈之作。

王穀原又曾以「畫橋脱板低新漲，酒旆懸風淡舊題」、「啼遍鵓鳩烟翠合，唱來欸乃月波昏」、「紅圍掩幔才通燕，中婦條桑盡養蠶」等句見稱。近日錢籜石載侍郎删訂其稿，畢秋帆制府序之，讀其詞，居然籜石齋中詩也。中有《送人入蜀》云：「冰絲續續且休彈，其奈尊前蜀道難。明日酒醒君已去，秋風殘樹秣陵寒。」《因是菴白秋海棠》云：「雙樹慈門色是空，墻陰霽翠淡秋叢。佛燈半滅一蛩語，月冷霜清開曉風。」畢制府所謂「取才于衆所不及見，用意於前人所未及發」者，信然。詩名《丁辛老屋集》。

王雪村同年出宰汝陽，持其所著《禮畊堂集》二册，囑余點定。近體居多，如：「鶯聲寒食千家雨，牛背黄昏一笛烟。」「城鏁野雲連樹白，塔懸孤日射帆紅。」《咏蟹》云：「嚴霜遍處冷江皋，挈陣連綿出翠濤。寒影一燈依岸火，夜深孤艇避漁篙。蘆花吹雪風初起，秋水添潮月正高。欲證黄橙香味好，試尋魚舍貰醇醪。」風格酷似元四大家。

代州郎健安錦驤，詩近晚唐。如「踏花犬吠雲千朵，採藥僧携月一籃」，人頗傳之。余謂不如「石垂不到地，雲起欲浮空」二語尤渾成。

余最喜戴松巖五律，有超然之致，而未見其全詩。何蘭士工部爲余誦其《雨後見月》云：「凉秋雨不絶，净洗月團團。月色竟如水，掬來空手寒。閒階梧葉落，別院笛聲殘。家在人烟外，相思玉宇寬。」

錢湘舲棨殿撰入泮第一，鄉試、會試、殿試皆第一。本朝三元，湘舲其首也。翁覃溪先生作《三元喜讌詞》，有「甲乙科連爲世瑞，百千年内幾人能」之句。同時和者甚衆。修撰題余《溪橋詩思圖》六首，用余自題韵。詩云：「姑射僊人絶世姿，水邊竹石坐移時。東風吹落桃花影，點上春衫自寫詩。」「春漲溪流緑到門，小橋楊柳月黄昏。却看蓮炬宮紗籠，知是宵承歸院恩。」「西清掌故至今誇，滿篋琳琅點筆加。一代風騷評屈宋，玉堂從此有傳家。」「經過窄徑砌垣頹，竹屋風亭長緑苔。時有裴航投好句，粼粼輕駕短轅來。」「蓬瀛方丈記清幽，典冑彝倫禮數優。聞道上方親給札，墨花香散鳳池頭。」「小梅破臘弄窗晴，尺幅烏絲爲寫成。擬待城南重挈榼，海棠花底續詩盟。」一時情事，寫來楚楚。

昆明錢南園灃通參居臺諫時，甚著風采。嘗館徐鏡秋檢討家十年，與余踪跡甚密。時方究心館課，未見其各體詩也。頃於書肆購得殘詩一帙，與鏡秋酬倡作極多。《早起》云：「碧樓百八霜鐘曉，曉柝初殘絳燭重。雲動一行迴白鴈，天垂七宿轉蒼龍。官曹獨蝨憐身穩，田獵非熊諸城相國殁，首輔尚未被命。卜户封。奈可故園兄弟弱，東皋烟雨待耕農。」齊次風宗伯生有異禀，目力勝人。夏棲萬松山中，每視雲起，必牽一縷如絲，繫於峰巔，踪跡之，獲石數枚，有文印之，成書畫形。後積漸多，因以作譜。用東坡「石鼓韵」題長歌紀之，所謂「譜從乙亥至丁丑，松嶺日倴蒼髯叟」是也。劉繩菴、杭堇浦、趙石函、方立亭、程存齋諸公皆有和詩。阮吾山侍郎云：「自謂青天雲盪胸，不羨黄金印繫肘。苔花千載繡山靈，松嶺三年契石友。」遂爲一時佳話。

符幼魯曾舊藏梅花研，楊子苑仙見而作歌。查儉堂愛苑仙之才，妻以女，幼魯即贈爲聘，且圖焉。阮吾山賦詩云：「琢就琳腴潑練光，湘奩添得紫雲香。才人一曲《梅花引》，不用吹笙學鳳凰。」「花影娟娟鬟影嬌，東窗紅日麝煤調。玉臺好試珊瑚管，鏡裏春山着意描。」

李載園符清有《津門竹枝詞》六首，並佳。録其一，云：「西浦清歌罷采菱，北斜暝色又收罾。一星欲濕露初白，凉到前沽捕蟹鐙。」

陳布衣毅，江寧人。工詩，著《古漁詩槩》，選《所見》初、二、三等集，流播一時。句如「水氣碧連南浦草，梅花香送上樓人」、「斜照入江天接水，萬山收霧月當樓」、「早霜紅樹藏湖岸，斜日青山滿柁樓」，皆錢、劉佳句也。

馮魚山、洪稚存兩編修皆酷喜遊山。馮主河南講席，遊嵩、洛諸山。時洪在秋帆尚書湖北幕府。己酉歲二月，尚書促其計偕北上，尚迂道留濟源三日，前後與魚山遊太行、王屋諸名勝。每入寺觀，洪見馮詩已在左壁，則亦拂拭右壁和焉。自盤谷以西十數寺皆徧。稚存爲余誦其《雨渡茆津》云：「東巖遠色還如夢，南國春愁黯不開。」《登華山》云：「白帝西來行萬里，黄河東去避三峰。」余謂「白帝」、「黄河」，常語耳，着一「避」字，其力倍大，結響亦沉。

袁子才令陝西日，登華山青柯坪詩云：「白日死厓上，黄河生樹梢」，奇境奇語，可與孟東野「南山塞天地，日月石上生」句並傳。

錢文敏維城未第時，有句云：「天碧欲無山。」人皆知其不凡。

莊舍人復旦少時有神童之目，塾師偶出對云：「老驥伏櫪」，即應聲曰：「飛龍在天。」劉少司空星煒以女妻之。

洪午峰先生，稚存編修尊人也。工詩，早卒。其《三十感懷詩》十二首，内有云：「畢竟茅墳勝花屋，此中留我尚多時。」果未四十而卒，人以爲讖。

賦物詩不脱不離最難。全椒張明經龍光院試《艾人》詩曰：「抱病七年嘗憶爾，多情五日又逢君。」昭文王秀才介祉《牡丹》詩曰：「相公自進姚黄種，妃子偏吟李白詩。」可謂工矣。又有咏胭脂者云：「南朝有井君王辱，北地無山婦女愁。」隸事亦工。

翁覃溪先生生平愛慕東坡，題屋楣曰「蘇齋」。每臘月十九日，懸玉局像，焚香設祭，邀同人飲酒賦詩。論詩宗漁洋，而於漁洋疏處，抉摘不遺毫髮。於近人中頗許樊榭、蘀石兩家。其《題山谷詩集》云：「拜像焚香十二年，又尋舊夢到江船。摩挲雙井重鋟本，瘖寐鄱陽一序前。玉父子畊文並在，青神天社譜誰先？知人論世千秋事，只是難追史會編。」「新津妙悟本拈花，薌室燈光自世家。笛鶴幾年驂玉局，石羊他日叱金華。九成鼎轉丹留火，三折江紋篆印沙。昨剔孼窠書偈子，一峰廬阜倚殘霞。」讀此可以知先生志趣之所在矣。

余以琉球國紙十六幅求覃溪先生作行草。是日大雪，先生吟詠未輟，夜殘燈炧，輒就紙書之。斜行密字，筆墨飛舞。其《題武進張古漁洽畫册》一首云：「借畫參禪張玉川，城南樽酒故依然。江山重覯蘇齋面，秋雁春燈二十年。」自注云：「壬辰秋，羅兩峰南歸，自畫《歸帆圖》，予爲題詩，有『欠伊銷夏迎凉畫，樽酒城南秋雁飛』之句，古漁見而愛之，爲作《樽酒城南圖》。今冉冉十九年矣。」

鄒曉屏炳泰閣學與余同官司業三年，每公事入署，必聯床對語，夜分不休，有疑義輒就商於余。性至儉，余過訪常留飯，一盂而已。論詩少可多否，而酷嗜余詩。一日持一錦册來，展視之，新詩細字，佳句絡繹。五言如「細柳春山驛，寒烟別浦城」，七言如「角斷西風龍磧暗，帳寒邊月鴈沙明」、「半嶺雲深三郡雨，中峰日落五湖潮」，皆非凡響。《泛舟》云：「日落信歸帆，凉蟾在湖水。幽人攬餘景，雲水蒼茫裏。新渚宿春鳧，澄波泛白芷。風微牧唱疏，露久漁燈徙。前山木半落，稍稍見墟里。秋野雖見遠，夕烟寒不起。平橋月如積，長坂風未已。獨立望西齋，惆悵巖居士。」則入王、韋之室矣。

辛卯，余讀書西苑南偏之古寺中。夜夢人引至翠巖頂上，杉檜萬株，參天而上，清猿獨鶴，欻嘯其間。一老人笑而挽之，以筆命題詩。筆幹類枯松，毫端有光，綠烟繚之。前列巨石，瑩潔如鏡。老人先揮洒，余亦繼作，各成五、七律一首。醒猶記四聯，餘俱恍惚。五言云「凉瓢斟石乳，活火煮藤花」，「塞雲千里雁，秋雨一庭花」。七言云「碑腰留穴穿金蚪，佛脚翻波吼木魚」，「繡旂花底雲排陣，銅鏡秋高月浴樓」。竟不知其何謂。其謂幽異，不似人間來也。

賈奠坤國維詩不多見，余於敗簏中得其遺詩，僅七律一册，不載題目。如「竹竈煮茶燒柿葉，瓦盆沽酒薦葵花」、「梁鴻從不因人熱，趙壹何妨徹骨寒」、「買山長策因人慣，填海癡心到死休」，大抵多愁苦之言。

高文良公以元微之自許。詩如「短夜徂如生計迫，凉秋望似遠書遲」、「平時暑月宫衣重，一夕邊風翠幕寒」、「門前綠長新垂柳，花外春深舊小樓」、「客自有情生白髮，天應無力禁閒愁」、「江圍孤寺開三面，菊待遊人剩一分」，皆有長慶風韵。

籜石先生南歸，馮編修敏昌銘端硯二，伴椰杯贈行。一銘云：「筆食葉，名山業。」一銘云：「水巖之璞匠琢之，以佐吾師畫書詩。」先生却，寄以詩云：「千秋已失九秋又，六絶誠難三絶無。北壁石詩南壁石，人心珠勝海心珠。後先鄉里瓊山起，左右衰遲璧友須。椰子一杯花萬樹，明年春好在西湖。」馮，欽州人，號魚山，戊戌進士。

王穀原少日，聚飲綠溪莊。薄醉而宿，夢人贈詩云：「携君入座愛君才，略話三生庾信哀。溪上小軒題夢緑，那年春盡見君來。」穀原賦句：「芙蓉别後應無主，胡蝶飛來不記誰。」後籜石先生校《丁辛老屋集》，題句云：「蝴蝶芙蓉何處是，三生石上月全荒。」自注：「張孟載有《夢緑軒》詩：『溪上緑陰幽草，畫中春水人家。何處江南風景，鶯啼小雨飛花。』所謂溪上小軒者，非耶？」

常理齋紀，奉天承德人。知崇慶州，殉木果木之難。《天雄關題壁》詩云：「江曲真成字似之，牛頭衮衮上來遲。放懷今古無窮思，問着山僧總不知。」後籜石先生過此見之，題詩云：「常君通籍本留都，言貌居平似腐儒。突見牛頭詩洒落，直教馬上淚模糊。金酋已逼捐生竟，玉骨難尋返葬無？心事山僧應不解，招魂萬里仗巴巫。」理齋，丁丑進士，出先生門。

近日王瑶峰爾烈少京兆刻理齋詩，併邀余題其集。五言如「海雲磨劍閣，山翠割刀州」、「蕪田梅雨潤，香水稻雲屯」、「暮色濃深樹，秋容淡遠山」，七言如「壓地黄雲秋漸老，宜人緑樹雨初晴」、「平蕪緑盡青山尾，遠寺紅藏碧樹腰」，皆佳。《龍洞大風雨作》云：「龍洞昏昏雲霧生，怒雷挾雨走江聲。風翻山木裂鱗甲，人在蒼龍背上行。」尤有奇致。

裘文達公《走馬燈》詩：「照地可知原絶影，凌空如此合稱神。」蔣心餘《燈花》云：「孤根自結何須地，長夜能開不待春。」高文良其倬《白燕》云：「遲日不融梁際雪，生綃還戀掌中身。」張瘦銅塤《美人風箏》云：「只想爲雲應怕雨，不教到地便升天。」皆咏物詩佳境。

梧門詩話卷二

詩龕居士法式善編

繆桐村宗儼「莫怪空齋無客過，家貧新燕不飛來」，殊有言外意。

婺源余子疇紹祉以詩酒自隱。嘗見其《題黄山》詩，有「松生絶壁不知土，人住深崖只見烟」之句，誦之，覺三十六芙蓉都在眼前。《郭山夜坐》云：「亂峰都著月，老竹不勝烟。」二語亦佳。

陳伯恭崇本欲以小鬟伴雲易瘦銅舍人香光詩卷，舍人不允，作詩云：「簪花妙格十三行，桃葉桃根漫較量。不使法書離蓋篋，免教精婢出蘭房。圖來省事都緣嬾，老去閒情不甚忙。燕燕鶯鶯隨放過，藥爐經卷共繩床。」後瘦銅又有憶伴雲之作，蓋未能忘情也。

西成字有年，號樗園，檢討在言之子。雍正庚戌同兄魯山西泰登進士榜，當時有「三西」之目。如「老樹浮來春意滿，小窗推去夕陽遲」，人多誦之。

卓誤菴奇圖以諸生老，輯《白山詩存》，未成而没。所作詩如：「散步過横塘，芙蓉花可採。持來曉市中，秋色無人買。」又如「秋色自天地，夕陽無古今」、「晚樹連雲暗，春山帶雪高」、「人烟連柳色，春酒釀梨花」、「風欺老樹雲難駐，雪壓寒塘月不流」，亦佳句也。

王葑亭與張瘦銅唱和爲《九秋詩》，王和《秋花》云：「冷面偏宜笑，芳心不肯紅。」瘦銅極愛之，倩羅兩峰繪圖，録詩其上。王旋乞假歸，瘦銅作《後九秋詩》寄之。《秋山》云：「秋山如静女，能瘦不能肥。」《秋雨》云：「苔階隨意緑，香篆不辭簾。」句極超雋。 葑亭《秋扇》云：「墮來嬌女手，冷到美人心。」亦足相敵。

汪上湖師韓編修詩多警句，如「白墻秋寺題名在，黄葉西風上冢還」、「晴雷紫陌雙車轍，細雨芳洲一釣竿」、「金石勒功從事愈，峒谿奪魄老夫佗」、「未成緑雨桑初葉，不斷黄雲菜盡花」，頗極錘鑪之妙。

楊默堂方立，瑞金人，戊辰翰林。 金檜門德瑛先生輯《西江風雅》，採其詩甚多。 然如「渭水夜浮千艇月，洞庭波散一天風」、「苜蓿盤中詩客味，琵琶湖上宦人情」、「陌上風來塵似海，柳邊人去轡如絲」、「花草六時團蛺蝶，乾坤雙羽寄蜉蝣」、「墨含曉露匀龍尾，草削春風出雁頭」此等佳句，惜未收入。

宋助教茗香大樽，仁和人。 性好山水，《遊天台》詩極佳。《自華頂至桐柏觀》云：「萬山皆水聲，水接天空明。 昨對月中酒，誰吹花下笙？雄風海嶠遠，亂雲瓊臺平。 樓閣疑飛去，飄飄到玉京。」阮雲臺中丞懷稱其詩情超逸，於瓊臺石梁間讀之，飄飄有凌虚之意，不止太白誦謝朓驚人句，搔首問青天也。《憶山塘酒家》云：「美人安在哉，猶在姑蘇臺。 一片五湖月，香魂獨自回。 春風忽吹散，化作桃花開。笑勸當壚女，如何不舉杯？」《憩聖恩寺圓師山房》云：「雲生空翠中，初似烟微濛。 忽已四山白，猶含淡日紅。 昨來望峰影，夜静聞松風。 既入此佳境，何能辭遠公？」以古爲律，有神無迹，真五律高格也。 茗香不喜七律、七絶諸體，偶有所作，名《牧牛村舍外集》。 其《懷王柳村豫》云：「瓜洲渡邊酒侶邀，月明支枕看金焦。 大江東去花如海，又聽何人話六朝。」

景菴先生介福四典春闈，主順天、江浙鄉試者七，門生徒遍天下。 暮年以詩自娱，藥爐茶竈，徜徉嘯歌，人望見爲神仙中人。定圃師嘗手訂其稿。七言如《暮春郊外》云：「水流瓜蔓平橋緑，雲散魚鱗反照紅。」《不寐》云：「活火半爐清濁酒，殘燈午夜淺深花。」《教弩臺》云：「青草夜寒山雨黑，荒村日落土花紅。」《春舟曉雨》云：「兩岸野花三月雨，一溪春水片帆風。」皆情餘於言，深婉可誦。

王西樵謂次韻不過欲省思力。朱竹垞亦往往好用杜韻，客有問者，曰：「無他，只捆了好打耳。」息翁生平叠韻詩極多，晚年刊《春及堂集》，則皆不載也。然如「節過九日風真健，天到三潭月似低」、「生前可審論文細，病後才知用藥低」、「空心酒易三分醉，袖手碁無半着低」、「近知舊社朋情好，喜見豐年米價低」、「將軍都護心能壯，贊普昆彌首自低」，此類置之《林卧遥集》中，魄力無不及也。

息翁從弟南堂與翁齊名，詩多刻厲幽渺之音。晚年自號「洞佛子」，以島瘦自擬。《行路》云：「夕陽寒草白，細雨遠山閒。」《江口即事》云：「澄江惟度鳥，野廟不逢人。」《訪僧》云：「細雨疏疏竹，寒烟漠漠山。」《故山寒食》云：「芳草有情依舊緑，杏花無力未全紅。」皆工於造句。余尤愛其《宿松山寺》云：「碧殿古松間，行人夜扣關。疏星澄止水，白月照寒山。塔影烟中直，磬聲風外閒。勞勞塵土客，百慮一時删。」風神散朗，有物外之致。

許秋岩兆椿侍御，壬辰進士，入翰林。十二歲能詩。《送人之塞上》云：「霜濃行有迹，烟密遠成村。」爲世所傳誦。七言多藴藉，如「九華雲歸秋色老，一江月上晚潮遲」、「春色乍明墻外樹，秋風不到夢中山」、「沅湘雲冷蘭空采，關塞天黄雁自飛」。五言詩淡遠，如「野塘遲水色，清夢上漁舟」、「林香知果熟，溪淺愛魚肥」、「葉落孤村出，霞標一鳥明」、「流水不成夢，孤花相對閒」、「微雲空作影，病葉不禁秋」，皆有意趣。余酷嗜之，每得佳紙，輒往求近作焉。

亡友石泉兆棠編修，秋岩弟也。鄉、會試俱與余同年。《和秋燕詩》云：「半江秋水點漁箱」，人目以爲許半江。《磁州》云：「水田漠漠稻粱秋，夾岸雙渠向北流。平屋寒烟收不起，緑楊陰裏過磁州。」五言如「波濤吞地盡，星斗落江寒」，亦名句也。

覃溪先生《粤東金石略》載「蘇佛兒」一條：乾隆三十五年莅瓊南，試竣，謁蘇文忠公祠。有青衿迎者，稱文忠後人，持家譜一帙，云：「公在儋耳，娶符三婆子，生子名『佛兒』，留海南，今其後也。」然無由直斷其僞。今年秋，學官來省，曰：「此人所恃譜内一語與王氏年譜合，曰蘇公渡海歸，至廉州，於合浦清樂軒，有寄蘇佛兒語耳。」因檢王氏年譜，非「寄」字，乃「記」字。檢公集，此文是八十老人蘇佛兒來，與公論契，而公記其語，豈公之兒哉！張瘦銅題詩于後云：「八十老人綳作孩，林逋梅萼不空胎。符三婆子爲何物，定合兒呼符秀才。」「六如亭下有孤墳，乳漲人亡只憶君。容得蘇家遺裔在，佛兒寒食拜朝雲。」附會言之，亦極風趣。

質親王題補亭總憲觀保遺詩卷云：「先生向書吕文靖門銘，余既命工勒石，並拓寄其子觀豫，俾藏諸家。豫泣且謝，更奉其手蹟一篋。檢視之，字多殘剥，又多其少年應舉文，不足存。惟詩稿若干，則繪影繪聲，宛如接其謦欬。且有陳勾山詩二紙，尤爲不能多得者。蓋補亭先生父東村，學期遠大，著述不輕留稿。先生禀承家學，性復高邁，視生平所著鮮當意者，不自珍惜，隨手散失。勾山於先生有師弟誼，故稿多雜寄先生稿中。雲烟過眼，變幻無端，而鴻爪雪泥，感深今昔，王之好才下士如此。」補亭先生詩，予所見者，《題宋徽宗畫鸜鵒》云：「毛羽至今猶鄭重，衣冠當日太蒼黄。可憐家法惟書畫，南渡多才有壽皇。」《塞館夜話》云：「秋夜不知永，山風吹客衣。猛聞蟲自語，瞥見雁孤飛。」皆有唐人遺致。

朱仕琇號梅崖，建寧人。甲子省元，戊辰庶常。散館，改知山東夏津縣，又改福寧府教授，晚主講鰲峰書院。梅崖天分殊絶，博極群書，肆力古文，磨礲成就，自許不在八家下。一時文士如胡稚威、杭大宗輩，皆推許之。詩非所長，存者無幾。《過松谷簡李櫪園》云：「洲暉已去暄，山氣仍含露。繁陰覆石亭，坐憇得深悟。乍聞前澗響，知有幽禽度。」古淡可愛。有《梅崖居士集》三十卷、《外集》八卷。兄仕玠，以貢生官外黄令，詩學陶、韋，著《筠園》、《正删》二集。

自淮、濟合流，古稱四瀆，實祇存二矣。亦有本屬中水而今則直達海者，如清漳、濁漳，昔入河而今則由津門入海。余最愛稚存編修《夜過漳水橋》一絶，云：「十里平沙兩戍樓，薄寒衣上點春愁。行人莫問銅臺事，漳水如今入海流。」可補桑《經》、酈《注》之缺。

詩有氣象。乙巳、丙午間，畢秋帆尚書撫河南，以亢旱得雨，集同人爲《喜雨》詩，詩多佳者。先生一聯云：「五更驟入清凉夢，萬物平添歡喜心。」詞氣自與諸人不同。

董吉士潮爲「嘉禾八子」之冠，有《芙蓉山莊紅豆樹長歌》，纏綿婉麗，嗣響梅村。七言近體有「受風殘蝶舞荒渚，過雨野花明夕陽」之句，是劉文房一輩人語。

胡少宗伯作梅，字修予，號抑齋，荆門人。康熙壬戌進士，選庶吉士。典試浙江、江西，督學陝西，歷官禮部侍郎，督餉塞外，卒於軍。作詩戛戛生新，不肯蹈襲前人一語。記其《過昭君墓》詩云：「畫工索賂若無聞，密意捐軀答漢君。收拾遠人心一片，不求麟閣紀殊勳。」

程文恭相國童子時，舅氏孫筠庭太史以「月色對燈燈對月」命作對句，即應聲曰：「天河連海海連天。」太史驚歎，知其不凡。

長洲薛孝廉皆山起鳳，高才早世。彭尺木刻其詩三卷爲《香聞遺集》。詩皆獨造，自闢門徑，亦近時有數才也。《月夜渡江》云：「潮隨秋月滿，天與大江平。」《孟蜀宫人詩》云：「蜀國弦悽恨未傳，冰崖碧血冷猶鮮。千秋貞魄歸無處，夜夜山頭拜杜鵑。」「焚香别殿畫張仙，花蕊生歸亦可憐。十四萬人齊解甲，不知殉國有嬋娟。」「峩眉如黛月如鈎，淪落空巖骨未收。一種香魂千古淚，青陵塚樹緑珠樓。」蜀宫人姓袁，名茝，花蕊夫人侍女也。蜀亡，夫人入宋，袁不肯從，過劍閣，自投崖下死。其墜處，石上點點作珊瑚斑，即靈骨所托也。乾隆丁丑降乩，曲阜孔氏自述甚詳。

釋野蠶，一名夢緑，又稱老野。貌寢，眇一目。江南潁州人，祝髪河南相國寺。精篆隸，寫山水竹石亦有奇趣，尤工詩。七古如《雪中作》起四句云：「雪壓老屋屋欲摧，低簷作勢撑寒梅。推枕不知飯已熟，地爐著火喧於雷。」《王蘭坡索畫竹》云：「老夫袒臂忽大叫，十指飛出秋有聲。」皆無蔬筍氣。

盧璉字獻華，號質存，錢塘人。少孤，事母孝。博學通經史，與毛西河友善。康熙壬子貢成均，由嵊縣訓導辟爲湖廣常寧知縣，有政聲。以事解官，卒於客。有手録詩稿四卷。弟琦，内閣學士，常曰：「吾學不如兄，而位過之，吾滋愧矣。」曾孫碧山登俊教習八旗，余官司業時識之，古今體詩俱有奇氣，小詩冲淡有遠致。余尤嗜其五言詩，如《曉鐘》云：「鄉夢逐遥遥，五更猶未了。山寺一聲鐘，千嶂同時曉。」《山行》云：「風送樵聲遠，蒼蒼起暮烟。孤村遥在望，山月引人前。」又云：「山缺雲能補，溪迴石忽當。微風吹不斷，時有野花香。」

江南有胡丐者，乞食肆中，暇則吟嘯，人亦不解其云何。死之日，題詩於壁，云：「生性原來似野牛，閒扶竹杖到江頭。飯籃帶雨留殘月，歌板臨風唱晚秋。兩脚踏翻塵世界，一身歷盡古今愁。從今不傍人門户，猘犬何勞吠不休。」制府高公録以入奏。奉旨表彰，詩見邸抄。嗚乎！蚓唱蛩吟，亦不没於荒烟蔓草，可徵風雅之盛矣。

鄭板橋晚年無子，或有規其宜戒口過者，笑而不答。翌日，寫老竹一枝，旁作孫枝數竿以贈，而題其上曰：「請看孤竹還生竹，始信夷齊有子孫。」其人亦無以難也。隨園有答人絶句云：「若道風情老無分，夕陽不合照桃花。」同一强詞。

武進徐州倅尚之書受，爲茶坪詩老曾孫，與同里趙億生、楊西禾齊名。其《咏紙帳》落句云：「桃花明鏡裏，紅到夜燈前。」《風門》落句云：「預戒春光入，休招燕子嫌。」俱宕往有神。

朝鮮金松園居士履度，辛亥冬初至京師。工書法，亦能詩。余見其《松園小趣》一册，如《次有相齋》云：「關外三年別，城中十日留。寸丹常耿耿，大白共浮浮。梅雨遥連峽，桐陰獨上樓。儂家應有暇，無負菊花秋。」「人事寧無定，吾生固有涯。孤雲誰作伴，五月客還家。林缺鄉山出，江遥峽路斜。齋虚簾影静，風細落榴花。」《幽居》云：「日出名園聞好鳥，雨餘深巷賣新魚。」《秋夜》云：「鶴眠警露知秋早，蟲語專宵訴月明。」皆似放翁。

《蒼下稿》一卷，句如「燕營畫棟飛無定，蛛抱柔絲落不驚」，亦頗清切。蒼下，杞溪人俞漢寯也。以文章名。

朝鮮雪溪叟安錫儆詩云：「洞壁藤蘿春露滴，峽天星月曉江高。」金玉汝《龍門遠眺》云：「天涯水勢迷終始，雲際峰形忽有無。」金進士相穆《秋景》云：「寒天雨意灘先響，静夜霜心雁獨知。」皆可誦也。

辛亥八月，陶然亭同年讌集，余原唱五律，諸公多次韵。伊太守墨卿秉綬七律二首極妙：「年光如水判流東，苹鹿聞歌似夢中。今雨都來聯舊譜，秋山相對坐春風。蘆花傍渚摇空碧，楓葉穿雲露晚紅。共是五更聽鼓客，蕭齋難得一尊同。」「山似秋雲抱郭飛，僧仍老圃築場歸。看花最憶玄都觀，走馬猶疑慘緑衣。我輩酒懷殊卓犖，雨餘天氣漸霏微。若尋簪帽當年桂，聞道蒼蒼已十圍。」石廉訪琢堂韞玉和韵云：「絮飛萍著各西東，偶爾相逢向此中。衮衮群公多舊雨，蕭蕭雙鬢易秋風。蒹葭在水霜華白，琥珀浮尊玉色紅。畫手詩腸誰最勝，伊人高致永和同。」「秋到平林黄葉飛，白雲出岫不知歸。一時主客皆丹轂，十載風塵自素衣。寒樹蕭疏初月上，夕陽明滅遠山微。尺綃收取江亭景，蘆荻騷騷帶水圍。」

京口焦山，竹木蓊鬱，獨有柏無松。鮑海門徵君皐嘗於松寥閣壁間畫一古松，奇姿夭矯，題絶句於上云：「只栽竹柏不栽松，空負青青海上峰。我爲山靈添一幹，莫因風雨又成龍。」後此壁竟頹於江，説者以爲化去。

鮑海門山人臯詩，渾成一氣，不可以字句求。五言如「水光終夜曉，海氣不時秋」、「入天江有色，過樹雨無聲」、「竹争雲上立，鐘入樹間飛」、「山空人各影，泉動物皆聲」、「江明孤火泛，天遠一鷗沉」、「晒麥從山照，栽花得潤陰」，七言如「孤城立馬寒雲闊，絶浦收帆落日平」、「檻石横濤門近海，棧雲懸嶺壁通天」、「江聲蟋蟀喧牀下，日影鼃鼉射枕函」、「明月不言花自夜，青山無恙草還春」、「石壁藤蘿燈火動，海門風雨酒杯翻」、「歸雲南去隨飛鳥，走月東來逆大江」、「月生天海曾無帶，山出雲濤自有根」，皆精警無匹。

王鑑溪綺書《書温飛卿詩集後》五、六云：「從來才子多無行，自古詩人不論官。」雅堂易「行」爲「命」字，鑑溪心折，笑曰：「此吾一字師也。」

姚宗伯成烈未第時，和人重九春字韵云：「聞説江南多苦潦，秋來斗粟未曾春。」有先憂後樂之意。後二十年爲江寧布政。李中丞湖官縣令時，有「未起溝中瘠，空懷天下肥」句，人多誦之。後亦位至封疆，以政事顯。

邵二雲侍講晉涵經學湛深，詩其餘事。近見《題張水屋遊西山圖》云：「西風振客衣，西山落襟袖。窄徑穿盤陀，石與車輪鬥。滑笏鋪層溪，始自何年溜。縈旋百褶雲，破衲紛刻鏤。前林轉忽開，數晦闢廣袤。紺葉蒸斜陽，杖影露鴻脰。古屋撑懸崖，暮靄不能覆。鐮月割半稜，藉草稍停留。直上躡空梯，虚坎松根湊。僕本山中人，新到境如舊。」余甚愛之，水屋促余題詩，遂次其韵。

金壽門自序《冬心續集》云：「雍正癸卯夏五，赴萊東，道經臨淄，邂逅趙秋谷詹事。曰：『子詩造詣，不盜尋常物，亦不屑效吾鄰家雞聲，自成孤調。吾今日爲子增雙明也。』歲乙巳，客於澤州陳幼安壯履學士家四載，學士嘆曰：『君鄉查翰林是吾後進，兔園挾册，吾最薄之。君詩如玉潭靈湫，汲綆不息，是吾師也。』從此執業稱詩弟子。」壽門同里丁敬身《題冬心集後》云：「予愛髯詩，每欲手鈔其七言絶句爲一卷。今書此序，乃語髯曰：『子援趙詹事鄰雞之語，應指新城。特新城未見子耳，使見之，其傾倒必有出於諸公外者，奈何承天水公陽秋口吻乎？』髯無以對。第曰：『吾袖中一瓣香，從未爲過去賢劫諸佛拈却。子言良是，行當爲蠶尾老人作最後之供，以懺此罪過。』」翁覃溪先生曰：「壽門短章精妙，不得以初白限之；至長篇巨製，焉能企及初白。文章千古之事，以平心得師，乃爲善耳。」余謂壽門詩，擇其孤潔冷峭之作，豈惟突過漁洋、初白，直入唐人閫奥。第持《冬心集》與《精華録》、《敬業堂集》衡較，必有能辨之者。七言如「陰壑斷崖泉出樹，飛簷浮柱塔生風」、「日斜黄葉先朝寺，山映青旗賣酒壚」、「水明於月宜同夢，樹老如人又十年」，言皆戛戛獨造，羼提他山，罕臻斯詣。

冬心老人傾倒陳澤州詩，而於新城則有微詞。記其《題午亭山村》詩云：「河嶽精靈絶代誇，恥居王後論詩家。瓣香一脈纔如願，蛛網銅梁拜絳紗。」「溪上青山接太行，午亭便是午橋莊。能消裴令生前憾，繡尾魚今尺二長。」

《小倉山房詩》，人謂其似白香山，又謂其似楊誠齋。而先生詩云：「落筆不經意，動乃成蘇韓。將文用韵耳，揮霍非所難。須知此兩賢，騷壇别樹旛。白象或可駕，朱絲未容彈。畢竟詩人詩，刻苦鏤心肝。」載在辛酉年未散館時。余疑此詩當是晚年補作，皆閲歷深至語，非英年所能。

詩貴幽不貴冷，貴峭不貴澀。洪稚存《白鹿泉》云：「松杉已疑蟄潤龍，闌干亦如飲渚虹。天青下合水泉碧，山緑暗裏樓臺紅。鈴簷飄風看百尺，石徑生雲埋四壁。欲從略彴飲寒泉，怯此巉巗墮危石。」可謂峭而不澀。袁子才《野寺》云：「兩三間屋一溪水，庵久無僧佛墮几。香灰滿地旋作風，松鼠銜旛亂摇尾。我來誤踏野葛花，驚飛蛺蝶成團起。」可謂幽而不冷。

晚行詩最怕説得陰凄，令人讀之有憯憯日瘁之感。鐵嶺李繼前在文一詩頗佳：「新月一痕淡，征人傍晚行。落沙寒雁聚，隔樹爨烟生。江水飛霞影，秋風作雨聲。前程何處宿，村火已微明。」

氣骨語入詩中最足動人。韋約軒先生《題木蘭苑》一絶云：「壁上紗籠舊蹟存，王郎往事不堪論。儒冠餓死尋常事，肯受闍黎一飯恩。」先生少年具此奇概，宜其老而不衰。

黔西詩人較少。頃于友人處見李經亭華國有「牀頭咏月敲冰寫，江上看山借馬騎」二語，喜其伉壯，遂亟録之。近洪稚存學使自黔中回，述田教諭均晉工詩，其《題桃源圖》云：「青壠人耕無税地，紅燈兒讀未燒書。」可云奇警。田，玉屏人，今官甘肅伏羌令。

何南園士永，江寧人。詩爲袁子才所賞，故論詩有「白門從古詩人少，今剩南園與古漁」之句。南園詩有「未製寒衣秋愛暖，偶聞佳譽話疑訛」、「身非無用貧偏暇，事到難圖念轉平。」《初冬口號》云：「寒風吹雨濕簾鈎，鏡裏中年笑白頭。莫唤山童掃黄葉，借渠留住一庭秋。」深婉可味。其弟子方子雲頗能傳其衣鉢。

桐城張文和公秉政時，送弟廷璐歸南云：「七十懸車事竟成，輕裝雅稱秩宗清。幾人隱退能如願，先我歸休似不情。書卷頻緘珍手澤，墓田作供好躬耕。阿兄他日還初服，拄杖花間一笑迎。」可謂情真語摯。公子晴嵐若靄亦工詩。《開徑》云：「聽風聽雨宜栽竹，非惠非莊不愛魚。」自是王謝家子弟，別有一種風格。

前人云看畫如入山中，看山如入畫中，便佳。江南仲蒼璧之琮《崇川舟中即事》云：「灘頭雁與船争渡，人在秋山古畫中。」已得右丞畫中詩三昧。至黃仲則又有句云：「看畫欲排千嶂入。」則更進一層。

五言詩虚字最難下，一字恰當，則字字靈健，否則通首皆隔閡矣。團冠霞昇之「水昏初月夜，山響欲風天」，玩「初」字、「欲」字，皆其極研鍊處也。

南海何夢瑶序松巖將軍福增格《酌雅齋詩集》，謂將軍「遊志藝林，棲心豪素，下至金莖、蘭畹、畫史、書評，無不窮工極妙。」余最愛其《重遊醫無閭山》起四句：「鶴骨插罡飈，横杖巨鰲背。杯水瀉滄溟，白晝青山外。」可謂盤空硬語。又如「别路滿烟水，歸心對夕陽」，抑何綿渺也。

何錢字元鼎，號厚溪，涪州人。康熙己卯舉人，官浙江鄞縣，著《芝田詩稿》。其《普和看梅》云：「酒沽林外野人家，霽日當簷獨樹斜。小几呼朋三面坐，留將一面與梅花。」饒有别趣。

余於似村齋中抄得岳大將軍鍾琪詩，珍如吉光片羽。兹又得其手稿，如「玉關千里月，鹽澤一川雲」、「月寒川上草，松老雪中山」、「馬行黃竹路，犬吠白籬門」、「柳堤沙暖朝調馬，竹院人閒午飼雞」，皆可傳誦。

黃霖，不知何許人。年八十餘，僑居成都。善畫菊，自稱菊花老人。嘗吟詩云：「我愛騎驢婦坐車，兒肩書籍僕擔花。出城未到青羊市，先問橋西賣酒家。」

琢堂修撰與鐵夫孝廉交最篤。鐵夫頗能誦其詩，如「緑榕官舍樹，紅豆訟庭花」、「初月林梢白，秋天雁外青」、「新霽園林初有絮，緑陰門巷更無天」、「紅藕花中雙槳出，緑楊烟外一村明」。鐵夫多否少可，於琢堂佳句則念念不忘。

汪劍潭學博端光，詩筆清艷處，皆去俗萬里。徐州道中，桃花盛開，路人有折枝相贈者，因賦詩云：「長堤風日帶晴沙，來往真成道路賒。莫是去年人面改，江南驛使寄桃花。」「託根無地欲如何，縱有芳時亦浪過。洛女湘妃原自好，美人生不見黃河。」「曹騰卯酒醉顏酡，相見于今別有坡。紅在衣裳香在手，不知何處馬蹄多。」劍潭填詞極工，稚存、鐵夫俱稱之。

施蒙泉源，甲午舉人，客富春董尚書邸第最久。詩才清新，余嘗見其《咏蘆花》，有「風雪相望迷所向，頭顱如許笑何求」之句，極賞之。近見其《贈王鐵夫》云：「若問工夫經百鍊，即論文字亦孤行」、「成佛肯居靈運後，論文曾折李邕行」、「遺書震澤十平聲年讀，絶學陽明一瓣香」等句，隱切鐵夫生平，洵是才人之筆。

竹井相國于役淮上時，宿郯城客舍，見松樹下桃花一株盛開，因賦詩云：「一枝桃蕚最輕柔，誰遣孤松與作儔？絶似虬髯來逆旅，卧看紅拂正梳頭。」沈歸愚見之，以爲殆有所指。公曰：「偶然寄興之作，君遂援以爲案佐耶？」一時傳爲雅謔。

吴純甫錫齡修撰少年登第，旋即殂謝。嘗有句云：「落花滿院一聲磬，無數遠山紅夕陽。」殁後，人謂其出語無驗。林香海樹蕃編修句云：「落花無恨訴春雨，流水有聲悲夕陽。」殁後，人又謂其出語有驗。吴，江南人，乙未狀元。林，福建人，辛卯庶常。

梧門詩話卷三

詩龕居士法式善編

秦小峴瀛《望焦山》句「山積漢時青」，《渡江》句「天入片帆青」，兩押「青」字，俱佳，不減黄莘田「山壓一城青」句矣。又曾賓谷《焦山》詩有「青積漢時烟」五字，亦傳句也。

張補梧邦弼，長洲人。庚子舉人，久困名場，五十而卒。與鐵夫、琢堂交最善，琢堂作《姑蘇六子詩》，補梧其一也。詩工五古，尤工發端。《雨中至惠山》云：「連山嵐氣濃，因風化爲霧。」《瓜步》云：「風静江波清，人家在江底。」《題松樹圖》云：「天風蕩浮雲，濤聲上高樹。」皆突兀有致。若改作接筆，便嫌平直矣，此詩家移步换形法也。嘗自訂其詩稿刻之，未竟。身後吴曇繡觀察捆之而去，許爲重梓以行，迄今尚未見也。

劉石菴先生小詩最有遠致。鐵夫嘗稱其《趙州石橋》一首，云：「一拂生平不盡風，石橋依舊往來通。放牛王老無尋處，春草年年古寺中。」南昌彭尚書又稱其《題蓮社圖》一首，云：「清門廣大誠無礙，根性參差亦有然。靈運伐山終作賊，盧循蹈水可能仙。」有《題趙子固畫水仙》云：「中原盤石全無地，南國微波尚有家。託意不須悲世换，王孫芳草自天涯。」公常向人誦之。

袁子才謂方子雲閉門工索句。余謂子雲好句有不從思索來者，如「夕陽不管天將雨，一角自明湖上山」，又如「欄杆影落春江底，萬里桃花一夜潮」，眼前光景，寫來自然入妙。

黄仲則景仁，初以《太白樓詩》噪名南北。朱竹君先生極賞其《旅夜》一首：「天高野曠肅孤清，落木蕭蕭旅夢驚。病馬依人同失路，冷蟬似我只吞聲。荒城月出夜逾悄，小閣燈殘水忽明。一卧滄江時節改，深杯柏葉爲誰傾？」又如《廢園》云：「草竟長於我，花還開向誰？」又《偶成》云：「危坐忽消燭，孤吟欲振樓。」洪穉存極賞之。皆其年二十時作也，的是傷心人語。

儀徵沙根雲揚與施小鐵、蔡芷衫元春友善，有《玉蘭山館詩》一卷，小鐵欲梓之，未果。五古如「荒城傳海色，木葉凄已聲」、「江入天影青，雲變山色紫」，皆精於造語。又《齋中梅花》云：「暗塵吹檻落，空水入簾飛。」脱盡前人窠臼。

余少雲鵬翀，懷寧人。乾隆丁酉，年二十有二，爲汗漫遊，所至必攬其勝。議論古今，喜出奇語，人或譏其偏宕，不以屑意也。其長句尤魁傑。嘗佐人校勘官書，醉舞酣歌，終夜不倦。同儕苦之，少雲亦不顧。與中州武虚谷億善。《壬寅入關答虚谷》云：「顧氏文章啓秘樞，森然凡例不枝梧。小心好古存甘苦，斯道於今自主奴。」「竹垞聞知近老成，兩端持論未嫌平。年來幾許追前輩，閻博應須遜惠精。」「多嗜轉憐知味少，獨行已遍悟途岐。十年共此乘帷願，皓首匡山未有期。」「覽古今經萬里來，身遥生晚亦堪哀。關山孤陋同儕盡，日把君書闔且開。」其於虚谷可謂傾倒之至矣。少雲没，年纔二十有八。虚谷爲作小傳，叙其生平甚詳。

楊蓉裳比部芳燦，金匱人。駢儷之文上掩庾、徐。以明經出宰伏羌，值逆回滋擾，攖城守禦有功，擢靈州刺史。其詩錯采鏤金，驚才絶艷。如《春陰撥悶》云：「隔簾花醒前塵夢，經宿香留小劫灰。」

《胡園》云：「山静泉聲通竹圃，雨餘虹影帶花樓。」《惠陵》云：「普天齊奉黄初曆，大統終歸赤伏符。」《古墓》云：「魅氣著人狐拜月，燐光照骨鬼思家。」《夜坐》云：「閒館雨深燈影細，遠天雲重雁飛遲。」《答顧立方見懷》云：「春草池塘悲謝客，楊花明月寄龍標。」《題雙芍藥圖》云：「二月韶華吟荳蔻，六朝遺事説櫻桃。」《題梁溪女士小影》云：「嬌如新月真宜拜，瘦到秋花轉耐看。」《小集》云：「客來不速歡尤劇，詩到無題語更工。」《題吴蘭雪秦淮春泛圖》云：「穠花壓檻朝酣酒，香月窺簾夜按箏。風扉樹緑圍鴉桕，露井花紅綻鴨桃。」《秋雁》云：「天高朔漠雲無路，水落瀟湘浪有花。」秋帆尚書謂其博貫群書，屬辭比彩，方之近代，則梅村、迦陵不足掩其華贍。信然。

顧立方敏恒早年與蓉裳競秀梁溪，人以顔、謝擬之。五言如「貧疑天地窄，嬾覺聖賢難」，七言如「水紋似縠難成浪，山影如雲不上天」、「盡日鳩啼紅藥雨，一絲烟颺碧玲風」、「他日不栽閒草木，也應無地著秋風」，並極雋永。

立方諸弟俱有雋才，惜皆不永年。其仲弟敦愉，著有《藹雲草》，五言最佳。《初晴》云：「風輕花自落，樹静鳥忘飛。斷雲涵落月，古澗瀉寒星。」叔弟敬恂，著有《筠溪詩草》。七言如《琴川道中》云：「紅杏烟中鸜鴿鳴，輕寒惻惻近清明。五湖烟水如天遠，盡日征帆雨裏行。」《晚泊秦淮》云：「秦淮秋水碧於烟，曲榭家家鬥管絃。六代繁華如璧月，可憐能得幾時圓？」《燕子磯》云：「後庭玉樹教歌初，一曲春風恨有餘。南内彩牋啣不得，分明尺幅納降書。」頗有鄭都官風致。其季弟才氣尤横逸，十三歲作《禹碑長歌》，下筆千言，未易才也。著有《幽蘭草》。楊蓉裳昆仲爲彙刻《辟疆園遺集》行世。

穆齋侍郎全魁奉使琉球時，王夢樓尚未第，偕徐傅丹隨往，故侍郎詩有「仲宣徐幹俱才藻，况是東阿正少年」之句。侍郎《乘槎集》載《天界寺題壁詩》云：「綠竹爲屏石作門，王城高寺似烟村。松陰繫馬僧無語，人倚蕭蕭秋樹根。」

如皋陳嵩字中岳，號肖生。能詩，精繪事，尤工寫生。性好金石。居京師頗久，名公卿多與之交，然賣畫之外，未嘗輕事干謁，所謂「不使人間造孽錢」者。冶亭宗伯贈楹帖云：「典盡春衣買彝鼎，不除秋氣壓輕肥。」能肖肖生矣。

肖生畫以梅花爲第一。黄左田農部論畫少許可，極推之，謂是北宋人手筆。其仿王元章册子，一時詩人皆有題詠。其詠篁軒軸子，題者亦數十人。肖生將彙刻之。余見其《題白蓮作》云：「十畝横塘翠蓋圍，采蓮人唱櫂歌歸。不知月白風清夜，化作鴛鴦何處飛？」清婉頗近唐人。

拙齋明泰與東村老人友善，補亭、定圃二先生皆以詩就正之。古詩宗漢魏，近體亦必宗唐，著《自我集前鈔》、《後鈔》二十餘卷。五言如「炊烟沈遠樹，暝色入孤城」、「天光淡秋日，山影枕寒流」、「柳爭沿水綠，草藉墮枝紅」、「樹影分天色，雞聲辨遠村」、「千里夢歸月，五更愁入鐘」、「巷犬吠新月，階蛩語夜燈」、「柳色小門静，棗花深院香」、「猿擊齋厨柝，狐翻講席經」，七言如「荒榛冷雨獅兒壘，衰草寒烟燕子樓」、「孤城四面浸流水，折葦一行驚睡鴻」、「寒花暝色人同病，衰草凉烟蝶共愁」、「晚風雙杵搗衣院，寒雨一燈吹笛樓」、「塞上五年三失馬，鬢邊十髮九成絲」、「人銜暝色尋微徑，鐘破寒雲落上層」、「櫻桃門巷簫聲細，荳蔻房櫳燕語深」、「酒沽玉笛聲中月，人買桃花水上船」、「春風定不知恩怨，芳草何曾管别離」，皆能精心獨造，宜定圃師向余稱拙齋嘖嘖不休也。

冶亭侍郎少負逸才，爲人闊達有奇氣。所作當以七言古體爲最。以《聯床對雨》、《容臺》二集囑余勘定，且云此中自有公評，萬不可以世法相處。因就鄙見删存之。長篇大章固多傳作，至其碎金屑玉，尤有可采。五言如《廢寺》云：「古墻屯蝎母，敗壘據蜂王。」《早赴西園》云：「棲禽酣抱樹，落月冷摇風。」《幽棲》云：「寒葩横短砌，鬥雀墮疏櫺。」《小閒》云：「蜂冷低穿牖，花殘卧出籬。」七言如《熱河道中》云：「山徑草肥藏野雉，關門地迥叫天雞。」《古北口道中》云：「秋垂廣野雲陰大，雷入空山雨力雄。」《灤陽道中》云：「荒榛翳霧埋雲竇，飛瀑懸珠下石潭。」《書近況》云：「繞屋黠奴搜敝橐，當階怒馬齧枯箕。」《試馬》云：「萬里途增雙眼闊，四圍山擁一身高。」《山行》云：「草深僻路客談虎，日暮遠山人牧羊。」皆有蒼勁之致。

似村秀才慶蘭詩多冷峭，真樸可愛。如《春日雜咏》云：「買將花種分兒女，試驗誰栽出最多。」又《閒題》云：「痴兒唤阿翁，花上捉新蝶。老眼認分明，霜殘一黄葉。」皆清空如話。余尤愛其「學詩未學書，詩成人代寫。欲使後世傳，無由辨真假」四語，與余合，予亦學詩而拙於書者也。

黄瘦瓢善畫工詩，臨《十七帖》神似。遊江淮間，名大噪。海寧陳某作令寧化，瘦瓢年已八十餘，猶日爲陳作畫。陳爲刻其《蛟湖詩鈔》行世。有句云：「雨脚懸江白，蟬聲接樹青」、「紅滿杏花驕驛路，緑迷芳草秀江南」。伊雲林廷尉贈詩云：「扁舟醉遍秣陵酒，華髮歸來幾夢思。春水緑波江總宅，夕陽紅樹小姑祠。六朝往事吟詩徧，萬里長江入畫奇。最好白門烟柳色，請從東絹寫生枝。」

鄭慎人王臣，甲子北闈副車。工詩，而屢困於場屋。《賦閨情》云：「身似少君能挽鹿，壻除元禮別無龍。」慎人，閩之莆田人。後官蘭州太守，解組後，舟過蘇州，買書數船而去，有其鄉人柯維騏遺風。

陳星齋先生叠「纔」字韵，「緑衣信有公言未，玄髮疑施妙藥纔」、「練事星郎歸騎晚，泥人翠袖曉粧纔」、「曾澆管輅三升未，待醉淳于一斗纔」，皆深穩。

壬午，蔣心餘先生分枝秋闈，覆閲落卷，題三絶句，被黜者聞之，無不淚下。詩云：「六千猛士競横戈，十八霜毫雨點過。不敢輕爲紅勒帛，來朝遼海哭聲多。」「再然犀炬照波心，恐有潛蛟碧海沉。記得當時銜木石，十年辛苦作冤禽。」「不辭倒篋更傾箱，玉尺從新與較量。忽有陽和生黍谷，筆端擎出返魂香。」

楊季重枝遠，雍正己酉拔貢，著有《狎鷗亭詩》，擬古諸作，頗有神似者。如「柴門掩夕陽，落葉滿秋草。悠然望遠空，白雲淡歸鳥」，居然摩詰。「元霜昨夜來，奪此池上緑。萬物皆有秋，人生豈不速」，居然太白。「芙蓉清曉淚，蝴蝶窮秋魂。飛此傷心夢，戀彼斷腸根」，居然東野。「幽蘭媚楚香，濕螢照金井。湘君玉佩秋，寒戛風篁影」，居然長吉。

楊子載屋與汪葦雲軔皆西江人，以工詩齊名。楊以清微勝，汪以刻摯勝。子載句如「江聲遲落日，殘臘入孤舟」、「雲影忽離地，松風時到門」、「千里寒江一飛鳥，半山斜日兩歸人」、「蜃穴寒潮穿井出，龍沙秋草過城來」，汪句如「客子雨中望，春山雲外深」、「吹殘雙鬢雪，渡老一江風」、「月明雨後花凌亂，春在人間水渺茫」、「寒猿下樹飲秋水，老馬嘶風踏夕陽」，並擅勝境。蔣心餘編修贈汪云：「貧賤終成一代身。」許之者至矣。

洪稚存與孫淵如交最深，俱榜眼及第，詩篇酬酢，人以元、白擬之。洪贈孫詩有「何止與君交一世，此心無味總相從」之句。張庶常問陶贈洪詩亦有「交到重泉心不死，他生還作眼前看」之句，可見兩君至性。

船山，遂寧相國之玄孫也。廷試時余以受卷識之。其詩如「野白春無色，雲黄夜有聲」、「沙光明遠戍，水氣暗孤城」、「人開野色耕秦畤，鷹背斜陽下茂陵」、「閒官無分酬初政，舊硯重磨補少年」、「吴楚秋容都淡遠，江湖清夢即仙靈」、「飲水也叨明主賜，題橋曾笑古人狂」，洵未易才也。

戴通乾亨論詩多否少可，最健於談。老年尤喜説詩，往往對婦竪論聲律，人竊笑之，通乾不知也。作令伉直不苟合。晚年刻《慶芝堂集》，傷於繁富，其佳處人不可及。如「雪汩峰頭樹，春遲塞上花」、「鷗行分水葉，燕語落簷泥」、「石氣蒸雲上，山風挾雨來」、「斷雲携雨黑，落日散江紅」、「結屋峰千仞，侵籬水一溪」、「陰崖連户竹，疏磬出山烟」、「遠烟歸鳥路，清磬夕陽山」、「野風生竹細，孤月入懷明」、「過橋通鳥道，穿竹忽泉聲」、「寒潭生月小，空谷受雲多」、「到門寒緑滿，隔岸落花遲」，皆有浣花之遺。

裕軒學士曾以薜荔葉題一詩，招同人飲於飰香草堂。其詩曰：「絳葉飛殘叢石外，黄花開徹短籬東。一壺村酒園蔬脆，待與詩人醉晚風。」和者甚衆，唯錢侍郎載最佳，詩云：「送句城猶分内外，啣杯客漫各西東。饒他柹葉芭蕉葉，却減墻陰一片風。」

三韓蔣臨皋韶年醇篤有至性。少時代父蘿村戍軍臺，蘿村即盧雅雨集中所載生祭文者是也。臨臯嘗師事雅雨，工爲詩，官平度州牧。《過王陵母墓》云：「劉項雌雄尚未分，英彭智略逐人群。母非預識興亡數，有子寧教事二君。」頗有斷制。

前人論十一「真」韵難押，如「人」字、「身」字等韵，一入庸手，便如嚼蠟。余見夢堂相國《春柳疊韵詩》：「斜日故低嘶馬路，淡烟漸隔倚樓人」、「別院曉風初到燕，寒江細雨正愁人」、「細葉藏烏仍往日，故枝繫馬又何人」，押「人」字，俱蘊藉。又見其《朱孝廉止宿草堂》二句：「寒禽曳影頻移樹，片月飛光欲瞰人」，更以奇勝。

阮吾山侍郎爲比部郎時，善于其職。嘗總點十八曹案牘，披閱無虚日。稍暇，輒賦詩自娱。題余詩草云：「作者今餘幾，斯才信絶倫。清言一何綺，淡味迥無塵。共握高談麈，行扶大雅輪。一篇百回讀，結契重松筠。」臨没前數日，猶録近詩一册寄余，中有「霜風欺倦馬，月色淡征袍」、「涼風低檻竹，夜色動墻蘿」、「萬事回頭真嚼蠟，一尊到手任浮蛆」、「渚蓮作態紅先墜，野草無情緑到秋」諸句。余讀之，愀然不懌，謂其幽思渺慮，行將脱屣塵世也。有《七録齋詩鈔》全集三十卷，令嗣方浦鍾琦藏於家。

胡星阿紫鋒詩宗西崑，如「屏深燭影留殘夢，夜久桐陰入小樓」、「紅欄碧樹寒相倚，露索烟鈴語未休」，頗清綺可誦。

王敏字好古，少司寇邁柱之子。嗜讀，多病，然不廢吟咏。詩如「小桃開廢井，高柳閉閒門」、「松碧不藏寺，霞紅猶映村」、「寒鴉幾點暮雲盡，哀雁一聲秋水涼」、「一杯緑柳橋邊酒，十里斜陽馬上山」，可以見其蕭閒之概。

文子侍郎詩，古作擅長。其近體如：「一花如有意，幾樹不知名。」「馬驚行棧窄，雲出斷崖高。」《洛陽道中》云：「曲澗縈回上北邙，斷烟枯木極蒼茫。殘碑仆地烏啼樹，一派平沙落照黄。」亦極嶔崎。

伊侍御福訥字兼五，號柳堂，勤學好問，搜羅文獻，尤留意桑梓遺聞。鈔《白山詩》四十餘卷，裨益掌故。詩多見道語。七言如「春如遠客歸千里，老覺浮生負寸陰」、「巧到窮時成補綴，心於死處見神奇」，五言如「病葉棲寒蝶，疏林閃亂鴉」、「落葉聚空巷，饑烏投遠村」，俱臻老境。

曹定軒侍御錫齡，慕堂先生冢子也，以編修督學雲南。作《憶舊詩》百首，中如《懷耿順之兼柬諸子》云：「春風迢遞玉門關，十載流光似轉環。明月喜逢三五夜，行人空悵萬千山。雲連積石崑崙外，路隔昆池洱海間。遥想汾川歌陟岵，一時齊望大刀還。」音節直逼唐人。《通海道中》云：「仙潮不見跡，寧海潛通脉。終日亂山中，棱棱蹈白石。」俱佳。

李堯臣號約菴，淄川人。嗜奇書，精賞鑒，卷軸插架如雲。與張卯君、蒲留仙舉詩酒會，有句云：「初夏氣猶和，桐陰生漸濃。科頭簷下坐，忽見東南峰。」自然洒脱。

丐者吴章，自言粤西人。携敗册一卷，塗抹糢糊。句如「虎窺防夜汲，蛇梗斷春樵」，寫山鄉險惡如畫，惜不記其全。

宋澹思鳴珂，江西奉新人。余同榜進士，辛亥改補兵馬司指揮。忽得狂疾，自戕死。死之前數月，猶爲兩峰山人題《鬼趣圖》。詩云：「世間有道人，鬼敬僕而侍。世間有趣人，鬼樂麈而至。兩峰道趣濃，善畫得禪意。所以雙瞳青，畫鬼極鬼致。山深日欲落，怪樹衣薜荔。慘慘鬼驚魂，悠悠鬼常例。兩峰所畫鬼，幻不可意計。君兼以趣收，鬼乃用醜媚。烟絲與塵跡，掃滅豈不易。姑存聊示慈，慧力絶思議。君時或顧盼，群鬼盡屏氣。鬼時或跳梁，君試鐵如意。君無他謬巧，但作平等視。摩登夜叉泥，同證大忉利。請回通靈筆，廣寫人間世。聽彼入藕絲，寬大儘游戲。」中後數語頗有鬼氣。

朱運使子潁以「一水漲喧人語外，萬山青到馬蹄前」二語爲時所稱。余謂不如「白菜甜來霜有味，青山瘦去雪無痕」。然猶非其至者，若「易驅萬弩回潮力，難慰三農望雨心」，則嫖姚凌厲矣。此等妙處全在對句之矯變，非究心杜陵者不知。

裘文達公詩如陽春煦物，善氣迎人。心餘先生曰：「是爲吉祥佛，福海無驚瀾。」足以括其詩境。《送友人歸梅川》云：「入秋纔幾日，動與故人違。江上一尊酒，西風生客衣。蕭蕭梧葉落，點點雁聲微。此去虔州路，千山滿夕暉。」《南昌道中》云：「聊命巾車出，鬖鬖一徑賒。平橋圍野色，深樹隱人家。山氣鬱微雨，溪聲喧落花。東風還借問，何處酒旗斜？」

嚴海珊詩，鹽城徐南岡鐸謂其無一字無來歷，筆頭勾得數十斤起，信然。如《常山旅夜》云：「櫓聲離岸小，山氣壓城寒。」《冷泉亭》云：「怪鳥呼風天忽冷，危峰到地晝常陰。」《秋草》云：「斷霞古道無人過，寒雨空城有雁飛。」《七里瀧》云：「水雲不生那容唾，山翠欲落如可餐。」《曲峪鎮遠眺》云：「雕盤大漠寒無影，冰裂長河夜有聲。」《夜泊》云：「壁蟲秋静作人語，露葉夜明如水流。」《題畫》云：「一峰突而弁，白雲縈其趾。飛鳥之所没，去天尺有咫。何人携孤笻，星辰摘五指。下界聲不聞，龍掛珠簾水。」《桐廬道中》云：「緑楊拂水鷺銜魚，一半人家枕竹居。涼雨滿身篷不閉，卧看山色過桐廬。」

英夢堂相國詩云：「酒沽雙屐雨，菊賣一肩秋。」妙絶一世。王鑒溪綺書句云：「緑簑春棹雨，紅杏酒旗風。」庶可匹之。鑒溪又有句云：「山月白到地，林花紅近人。」不減夢堂「萬鴉殘照樹，一笛晚風樓」風格也。

李晴江方膺，通州人。雍正壬子舉賢良方正。善畫，載《國朝畫徵録》。其自題《風竹》云：「畫史從來不畫風，我于難處奪天工。請看尺幅瀟湘竹，滿耳丁東萬玉空。」風致洒然，可想見其爲人矣。晴江又有句云：「風波宦海昔飄蓬，此日關門學畫工。自笑一身渾是膽，揮毫依舊愛狂風。」亦題《風竹》也。

西林相國節制江南時，延攬諸名士賦詩。雲間馮古浦《詠牡丹》：「詩到清平能動主，花雖富貴不驕人。」可謂工於立言。

童山人二樹鈺「古木留殘雪，寒鴉守夕陽」，妙處在一「守」字。「竹虚三徑月，荷老一池星」，妙處在一「老」字。

浙右屠者題岳墳云：「青山長恨埋忠骨，白鐵何辜鑄佞人。」出句平平，對句力透紙背，惜軼其姓氏。

潘荔園，粤西人，弱冠能詩。《懷友》云：「明月花間來，水深人影碧。」《子夜歌》云：「道儂懷袖香，春風透消息。」

靈石何蘭士少年登第，觀政工部。庚戌夏，同寓灤陽僧舍，唱酬無虚日。張水屋運判作《山寺説詩圖》紀其事。蘭士古體多長篇，不具載。近體五言如《歲暮》云：「日蒸千嶂雪，風鑄一河冰。」七言如《晚眺》云：「溪頭烟暝客争渡，樹杪月明鴉亂飛。」《雨後海淀市樓獨酌》云：「溪聲匝岸侵漁市，山色迎人上酒樓。」《秋夜感懷》云：「斜月静涵窗一角，新凉陡健柝三更。」並於穩愜中具警拔之致。

曩於程東冶侍御稻香樓壁間，見分咏虎丘古蹟諸作，皆一時名流。今惟記陳芝房毓咸《咏生公講臺》二句「夜静月孤上，庭空鶴一來」最佳。聞芝房《登金山》七律數首皆警拔，有句云：「下界風雲通楚蜀，上方鐘磬自齊梁。」吾友王惕甫極稱之。

古藤書屋在都城宣武門外海波寺街，國朝朱竹垞、黄俞邰、周青士、蔣京少諸公皆寓居焉。孔東塘《燕臺雜興詩》：「藤花不是梧桐樹，却是年年棲鳳皇」，爲書屋咏也。今爲佘竹西國觀所有。宋芝山葆淳爲畫《古藤書屋圖》，劉澄齋錫五檢討題詩云：「此是當年栖鳳樹，等閒蜂蝶莫輕飛。」蓋用東塘語。

李復堂鱓與高南村、鄭板橋並以畫名。其自題《秋柳》云：「一枝衰柳曲江頭，蕭瑟襟懷寫莫秋。正畏薄寒思中酒，家書重寄木棉裘。」與板橋自題《盆菊》「莫笑田家老瓦盆，也分秋色到柴門。西風昨夜園林過，扶起霜花扣竹根」同一風趣。李又有《題自畫鯈魚》詩云：「但畫魚兒不畫水，此中自信有波瀾。」後於方雪齋見所藏徐文長畫魚一幅，上題一絶，云：「老夫作畫未曾難，頃刻工夫數筆完。單畫魚兒不畫水，此中自信有波瀾。」畫止七八筆，生氣遠出，字亦奇偉，似是真蹟。復堂所題，不知録文長舊句耶？抑徐畫爲作僞，假復堂詩題之耶？

曹震亭學詩，乾隆丙辰進士，歙縣人。耽吟咏，頗得宋人三昧。如「一枕静聽黄葉雨，全家穩占白鷗天」、「濕雲似墨人成雁，野水迎潮屋化螺」、「疏花密竹忘身世，老樹孤雲自主賓」，皆其警句。垂老日，尚與武進黄仲則同遊黄山白嶽，唱和詩盈卷，其風格可知。

史梧岡震林，袁子才稱其好禪，不甚作詩。然如「地瘦每先耕夜月，家貧猶未賣春山」、「鶴邊芳草蘭居半，牛背青簑錦不如」，皆能造意造句，或子才未見也。

商寶意盤「紅燭豐貂成舊夢，青山司馬稱閒身」，與楊樗園廷楝「昨歲同持司馬節，秋風獨上季鷹船」同一用筆。

如皋吴梅原廷燮，年四十餘讀書太學，工詩。如「屈子衣裳惟芰葉，如來心眼是蓮花」、「路穿石磴平頭杖，茶響松濤折足鐺」，皆佳。《題羅兩峰秋苔畫册》二十字：「所思渺何許，漠漠苔痕碧。落葉一寸深，中有故人跡」，尤淡遠有致。

曹友梅鋭曾學詩於沈文慤。由指揮罷官，寓京邸，賣畫自給。書畫皆工於臨摹，嘗見其臨文衡山、董香光諸蹟，無不逼肖，賞鑒家幾不能辨。余友惕甫室人墨琴，友梅愛女也。冰玉論詩，頗不相合。嘗爲余口誦《天津道中》一律云：「凄絶清秋萬壑哀，蕭蕭木落雁飛回。雲扶日影山頭去，風捲濤聲海上來。骨肉艱難空有夢，關河落拓愧無才。黄花佳節愁中過，暮雨江村酒一杯。」自是歸愚門下詩。

嚴海珊《邢臺懷古》云：「日離滄海遠，雲入太行微。」自注：「李滄溟《登邢州城樓》詩：『紫氣東盤滄海日，黃河西抱漢關流。』王弇州《過邢州黃榆嶺》詩：『倚檻邢臺過白雲，城頭風雨太行分。』及身履其地，方知此景了無交涉，習爲大聲耳。」作詩須切合，好作廓落語，一經證佐，便令讀者索然。

舊例，臺灣有巡視御史，歷其疆域，紀以詩歌，亦採風者之一助也。張柳漁湄《勸農詞》云：「梧竹陰森護短垣，群峰飛落聚星園。海翁九十鬢如鶴，門外水田秋稼繁。」《緑珊瑚》云：「一種可人籬落下，家家齊插緑珊瑚。想從海底搜羅日，長就苔痕潤不枯。」范九池咸《竊花詞》云：「女郎元夜踏蒼苔，攀折青枝笑落梅。底事含羞佯不采，月明犬吠有人來。」《七里香》云：「瑶臺原不在人間，素艷何來緑玉環。長見蘂珠宫裏雪，只緣地近補陀山。」《五妃墓》云：「田妃金盌留遺穴，何似貞魂聚更奇。三百年中數忠節，五人個個是男兒。」楊學山二酉《榕橋》云：「誰將玉斧斷仙榕，露葉雲根影萬重。疑是銀橋天上落，不因風雨作神龍。」

周熙臣新命與程寵文同爲中山講解師，著有《翠雲樓詩箋》，頗爲閩中士大夫傳誦。録其《寄程寵文》云：「與子握手別，愁心繞故鄉。驛亭花徑冷，江路草橋荒。客夢隨山月，溪聲落雪堂。故人如問訊，萬里一空囊。」

「茶罏烟定客談久，巷柝聲銷鐘到遲」，此蘭巖閣學恭泰舊句也。鮑雅堂謂與右丞「興闌啼鳥緩，坐久落花多」之句同一意趣，却不抄襲一字，真善於脱胎者。蘭巖之弟晴巖太守公峩有「月淡孤村影，風寒落葉聲」，亦佳。

陸居魯世琦自號遊外散人。雍正元年試繙譯，授中書舍人，官至給事中。著有《番社采風圖考》，凡黎人起居食息之微，以及耕鑿之殊、禮讓之異，命工繪圖，各有題詞，考證精核。兼採歷兹土者詩篇以寔之，可謂有心人矣。如張侍御湄《社師》云：「鵝筒慣寫紅夷字，鴂舌能通先聖書。何物兒童真拔俗，琅琅音韵誦《關雎》。」《戲毬》云：「藤毬擲罷舞秋千，世外嬉怡别有天。月幾回圓禾幾熟，歲時頻換不知年。」《鬥走》云：「競誇麻達好腰圍，健足淩空捷似飛。薩鼓鏗鏘聲近遠，輕塵一道走差歸。」夏侍御之芳《舂米》云：「杵臼輕敲似遠砧，小鬟三五夜深深。可憐時辨晨炊米，雲磬霜鐘咽竹林。」《口琴》云：「不須挑逗苦勞心，竹片沿絲巧作琴。遠韵低微傳齒頰，依稀私語夜來深。」黄侍御叔璥《乘屋》云：「剉竹爲椽扇縛笺，空擎梁上始編茅。落成合社欣相賀，席地壺漿笑語高。」諸羅令周鍾瑄《番戲》云：「蠻姬兩兩鬬新粧，蹀躞花陰學舞娘。珍重一天明月夜，春來底事爲人忙。」「不敲檀板不吹笙，一點鉦聲一隊行。氣味何如初中酒，山花翠羽鬓邊横。」「野氣森森欲曙天，維摩新病未成眠。空餘無限羅伽女，亂把天花散舞筵。」「一曲蠻歌酒一巵，使君那惜醉淋漓。但令風土關王會，我欲從今學畫師。」殊方異俗，瞭如指掌。

居魯又輯《使署閒情》二卷，臺江詩文，略具梗概。網羅舊聞，以補志乘之闕，此書未必無裨。桐城孫郡丞元衡《野宿》云：「秋雲向暮總陰森，竹屋卑栖枳棘林。風外葉鳴山鳥怪，雨中燈静寺鐘沉。瘴烟作祟香先到，積水生寒夜漸深。耳目悲凉成底事，草蟲還爲發孤吟。」漳浦陳夢林《様圃》云：「小圃茅齋曲徑通，參天老樹鬱青葱。地高不怕秋來雨，暑極偏饒午後風。海外雲山新畫卷，窗閒花草舊詩筒。莫愁紙盡無揮洒，纔種芭蕉緑滿叢。」太原楊侍御二酉《新園道中》云：「路轉埤頭近，平山一緑連。野橋低澗水，深竹暗村烟。犬吠花間逕，人鋤屋後田。不知身異域，疑對武陵仙。」皆足傳海外風景。居魯《九日》詩云：「朝來門巷集儒巾，屠狗吹簫共賽神。蝴蝶花殘清入夢，鯉魚風老健於春。酒澆幽菊舒黄蘂，琴鼓飛鳶颺碧旻。並着單衫揮羽扇，炎方空説授衣辰。」寫景入妙。

吴雲巖侍讀鴻，辛未以第一人入詞館，才名噪甚。官十年而没。聞先生没之日，方劇飲，大醉就寢，遲明，家人啓扉，則已化去。是夕，有夢翰林署中騶導呵殿，云吴狀元赴土地任者。閩縣葉毅菴學士觀國爲先生同年至好，三十五歲生日，先生贈詩有「七十眼看君過半，卅年心憶我從頭」之句，故葉學士哭侍讀詩有「七十如今真過半，重拈詩句念衰遲」之句，殆亦讖也。葉又題吴手札後云：「墓前定有聰明樹，世上曾無堅固林。」用意切合。

梧門詩話卷四

詩龕居士法式善編

杭州題西湖詩者名作如林。近見黄莘田任句云:「千樹桃花萬條柳,六橋無地種冬青。孤憤何關兒女事,踏青争上岳王墳。」能以史筆寫其幽思。近武進劉文學宸《西湖雜咏》中有云:「地下若逢于少保,南朝天子竟生還。」則議論不經人道,又過莘田矣。

王少林嵩高太守詩不名一體,近以《少微山房集》屬勘,因就余所嗜者録之。《天門舟次》云:「蟬響五更秋在樹,鴻飛三户水連村。」《秋夕感懷》云:「昏燈别館無蟲語,落木空城有雁過。」《寒溪寺》云:「草荒極浦人初到,葉落空山鳥一啼。」又如:「幽鳥一聲清磬晚,夕陽如水淡空林。」「折得梅花何處寄,滿天風雪大江寒。」皆情餘於言者。

○曲阜顔幼客懋倫「天高風笛水園寺,月上秋城烟滿湖」、李穆堂紱「夕陽千樹鳥聲寂,涼月一庭花影深」,與楊蓉裳「空院月明人夢醒,小樓風緊雁聲低」、張蕚樓「斜日僧歸黄葉寺,曉風人去緑楊城」、汪劍潭「遠浦涼花雙鷺影,夕陽疏樹萬蟬聲」同一幽秀。

○詩貴神似,不貴形似。王翺如起鵬「社雨一番江燕至,春寒十日杏花稀」,與翁霽堂照「一聲啼鳥破春寂,數點落花生晝寒」、王鉢山思「千里懷人逢白雁,一秋卧病負黄花」同一取徑,而翺如、鉢山差蘊藉矣。

方外詩，如見性句云：「梅殘風昨夜，柳潤雨今朝。」紺池句云：「亂松殘雪寺，孤磬夕陽山。」靈淵句云：「梅花三竺雪，柳樹六橋烟。」行罣句云：「夕陽燈火黃茅屋，秋水人家碧樹林。」皆可傳。

樗亭將軍薩哈岱，兩江制府薩載之父也。官黃門最久，得内廷諸詩老指授，故詩多安雅之音。五言如「蒲萄愁處酒，芍藥別時花」、「苔腥留虎跡，樹響出鴉群」、「草軟溪邊路，雲晴郭外峰」、「樹暖蜂喧午，花明燕掠春」，七言如「畫梁塵冷無春色，繡壁苔荒有夕陽」、「鴉緑漸搓垂柳色，猩紅又逗小桃花」，太牢之味與藜藿自別，宜其福澤優屋。

宛平孫最堂維龍作詩多清烈之音。官四川縣令，殉木果木之難。《途中雜詩》云：「我欲探雲根，攀藤躡山脊。入山不見雲，濛濛雨將夕。」「晚宿投荒寺，披衣坐古松。胸中塵萬斛，滌盡一聲鐘。」「人來明鏡中，路轉幽篁裏。林鳥忽背飛，隔岸樵歌起。」俱不朽之作。

伊書庭尚書都立工楷法，得姜西溟、蔡岡南指授。曾以詩質漁洋尚書。余最愛其短章，如《釣雪臺》云：「雙溪天際流，晝夜泉聲咽。怒觸到山根，化作千秋雪。」《挹嵐磴》云：「呼童備蹇驢，躡磴穿雲去。聞説此山嵐，掬之一如絮。」

胡印渚長齡，己酉廷試第一。其《北上》詩云：「落葉似鴉投古樹，凍雲如墨壓吴船。」殊有高寒之致。

咏古事詩以渾融蘊蓄出之乃佳。戴笈圃第元《冏卿弔婁妃》云：「天道未能忘上下，妾心早已辨雌雄。」用古自然。

盛青嶁錦《白蓮詩》盛稱於時，「半江殘月欲無影，一岸冷雲何處香」，風格幽峭，不減厲樊榭《游智果寺》「竹陰入寺緑無暑，荷葉繞門香勝花」二語。厲晚爲廣陵寓公，以標新領異爲揚人倡，故江北之詩皆以疎瀹性靈爲主，然氣亦稍稍薄矣。

胡西垞裘鐏，山陰人。紅橋修禊，有「净緑洗成當檻竹，小紅扶出隔墻花」之句，人多誦之。余謂不如其「半灣流水有情緑，一樹野花無主香」二語。西垞客廣陵，窘甚。時將除夕，以詩投盧雅雨都轉，有句云：「布金地暖回春易，列戟門高再拜難。」盧即延入，贈以厚貲。時張秉彝號南垞，黄裕號北垞，《群雅集》所稱「三垞」是也。

約軒先生於詞館中最推服董東亭潮，嘗誦其《詠落梅》「半樹祇應留别浦，一枝猶是記前村」二語，以爲詩讖。

陳古漁毅最喜韓竹鄰泗芳詩，如「晚霞紅漏天邊月，秋葉黄飄樹底雲」，是其佳句也。近虞山屈上舍培基有「晚月帶霞紅有迹，秋梧過雨緑無痕」之句，與此相似，皆有元人風致。

江都僧葯根湛汎《夜泊瓜渚》云「星光全在水，漁火欲浮天」，與海寧許衡紫燦「湖雲多上樹，山雨忽如烟」句法相類。葯根又有「潮打空城地有聲，一船人卸夕陽村」等句，皆可入畫。著《雙樹軒集》。

放翁詩「細雨僧歸雲外寺，疏燈人語酒家樓」，僧荔村化霖改爲「掃葉僧歸紅樹院，看山人在夕陽樓」，便直致，然的是方外人口吻。荔村，興化人。又有僧寰宗者，涇縣人。詩云：「巢鶴不删荒徑樹，數鴉遲閉夕陽門。」則旨趣深矣。寰宗卒，葬平山堂側，趙星閣青藜爲刻其遺集。

丁星樹珠，潛山人。有「艷到海棠香不得」句，爲袁子才所賞。吾謂星樹「江心浪險鷗偏穩，船裏人多客自孤」二語，尤有理趣。余門人李漁衫懿曾《詠陶靖節》詩云：「《閑情賦》綺心原淡，《乞食》詩卑品愈高。」亦用此句法。漁衫，江南通州人。漁衫高才博學，三中副榜。著《紫琅山館詩集》、《天海樓文集》。

前人云：「文章合爲時而作，歌詩合爲事而作。」王鐵夫孝廉辛亥隨睿王赴灤陽，八月歸，以《塞上詩》見示。中如「憔悴將四十，無肉畏蚤蝨。義山此言悲，讀者初不識。吾今乃其年，瘦甚香桃骨。」又云：「處貴難爲富，處賤難爲貧。未能竟辟穀，粥飯常依人。乞食長安中，六度桃花春。」又有「可憐烏帽抗黃塵，屢看青楓變紅葉」，又有「收將射虎平生手，竟作盟鷗放鴨人」等句。余題四詩於後，其一云：「不是盟鷗放鴨人，年年烏帽抗黃塵。緣何瘦甚香桃骨，六度梨花錯過春。」全用其事。

余題袁子才詩集，有「萬事看如水，一情生作春」之句。子才見之，寄書云：「此二語真大儒見道之言。昔人稱白太傅與物無競，於人有情，即此之謂。僕亦曾刻『寡慾多情』四字印章，聊以自勉。三人者，可謂心心相印，不謀而合矣。」

辛亥夏，子才又寄書云：「記三十年前，曾遇江西相士胡文炳，說僕六十三而得子，七十六而考終。爾時頗不信其言，日後生子之期不爽，則今歲龍蛇之厄似亦難逃。故作自輓詩五章，和者如雲，以孫補山宮保、趙雲松觀察二人爲最超。今同拙作抄呈，乞閣下亦賜一章，他日携至九原，可與淵明快讀也。」余既作五絶句報之。宮保詩如：「文書眯目驗吾衰，腹痛憑誰奠酒杯。囑備一奩磨鏡具，他年高會望公來。」是從對面寫法。觀察詩：「君果飄然去返真，讓儂無佛易稱尊。只愁老境誰同調，獨立蒼茫也斷魂。」「生平花月最相關，此去應將結習删。若見麻姑休背癢，恐防又謫到人間。」是透一層寫法。

賈島云：「夜吟曉不休，苦吟神鬼愁。十字三年得，一吟雙淚流。」韓子蒼云：「窘如老鼠入牛角，難似鮎魚上竹竿。」極形容作詩之苦。張文敏照嘗偕張南華鵬翀侍直乾清門外款語，偶携一漢製白玉羊，小如豆，出與共玩。南華一見，稱賞甫停，便曰：「咏此可乎？」即説四十字，若誦古。云：「玉羊爲質小，雕刻細於螺。宛爾成蹄角，居然或寢吪。封侯爛未得，博士瘦如何？幸不充庖宰，摩挲古澤多。」詩未極工，然倚馬之才，斷推此種。

己酉會試，余爲磨勘官，見高密王直菴寧焯卷，愛其詩文清矯，而未識其人。頃其鄉人閻明經抄直菴詩來，自跋有「苦心五字，幾及二十載。雅意清真，力屏浮靡」之語。讀其詩，信然。《送邑侯張明府南歸》云：「花開客又還，昨夜夢吴關。清鏡覽華髮，明朝歸故山。城邊幾人送，江上一舟閒。挂席應回首，齊州雲海間。」《題從弟貧居》云：「獨住巷深處，柴門時晝扃。荒庭鄰見草，破屋夜看星。菌長疏籬白，苔連古寺青。雨窗常不理，飛入數流螢。」《送甘州郭太守》云：「城邊一爲别，五馬去甘州。迴信憑鄉使，孤燈宿驛樓。野禾故宫月，曉雨華山秋。知出玉關外，還思定遠侯。」真能窺唐賢閫奥矣。直菴今官吏部主事。

余最愛孟襄陽詩，每於寒夜挑燈讀之，至四鼓不倦。擬作十餘章，媿弗肖。近見陳紫瀾浩《舟中夜讀孟山人詩》一章，何其移我情也。詩云：「孟老高吟處，生平夢想間。晚停漁浦棹，遥對鹿門山。烟樹月中遠，沙禽人外閒。賞音誰與共，掩卷嘆塵顔。」

李芝山，貴州遵義人。客蜀，裋褐不完。春日偶之郊外，有酒筵設薛濤井畔，諸客分韵賦詩，逾時不就。芝山窺見艱澀狀，睨笑之。客怒，詰之曰：「若能賦薛濤井詩乎？」芝山應之曰：「能。」援筆立就，即以「能」字爲韵，云：「浣花牋似五雲蒸，我舊聞名見未曾。冽井寒泉空有色，柔荑女子亦多能。欣逢節度高千里，錯過詩人杜少陵。此日招魂吾輩在，銀牀先奠酒如澠。」諸客奉觴爲壽，遂訂交焉。

桐城項章字飲棠，梓近人詩《正聲初集》、《續集》於京師，頗不滿人口，然日下詩篇頗賴以傳。喜作詩，如「花明野菜黄鋪地，枝折垂楊緑染衣」之句，可以傳矣。

余在翰林院清秘堂得句云：「地真清似水，心更冷於官。」極爲莊蘘堂承籛侍講稱誦。近見冶亭侍郎《懷益亭恒裕宫允》亦有「身應窮到骨，心更冷於官」之句。

王鑑溪綺書學博《夢中》句云：「斷虹歸鳥後，落葉晚風前。」又：「前溪十里山塘路，可有明妝到若耶。」余謂後二句當是讖語，然亦無驗。

夢堂相國五言如《初冬》云：「檐禽争曉日，盆菊帶餘秋。」《秋村》云：「落葉不分路，野花開到門。」《冬夜》云：「霜寒增夜氣，葉盡減林聲。」《入山海關》云：「野店人談虎，荒墳客認碑。」又如《靈雨寺》云：「雨餘龍氣留僧鉢，漲後溪痕上石梁。」《登北固山》云：「帆隨雁度低昂白，雨壓潮來遠近青。」皆清新俊逸，直逼古人。

《燕都遊覽志》：「圓殿在太液池東，圍以甕城。有大石橋二。其一跨海子東西，曰『金鰲玉蝀』；其一跨瓊島之南，曰『堆雲積翠』。」《金鰲退食筆記》：「玉熙宫在安裏門街北，金鰲玉蝀之西。明愍帝每宴玉熙宫，作過錦水嬉之戲。自汴梁失陷，竟不復幸。」顔幼客詩云：「玉蝀長橋跨水開，園官十月進紅梅。玉熙宫外一株柳，曾見思陵橋上來。」

陳大士五十八中式，誦李義山詩「夕陽無限好，只是近黄昏」，爲之墮淚。桂未谷中己酉鄉試，年五十四，作詩云：「蛾眉十五嫁王孫，老女裝成獨倚門。莫誦《樂游原》上句，夕陽空自怨黄昏。」未谷詩多不存稿，余記其一，云：「古礀寂無人，危磴通樵路。山空白日長，幽禽啼遠樹。藥苗聞暗香，春色嬾如故。過橋花落深，把酒白雲住。言尋道士居，孤詣杳難泝。惟有石泉聲，松風吹不去。」詩品在蘇州、柳州之間。

狄道張康侯晉由進士令丹徒，上馬馳騁，下馬謳吟，有古豪士風。《銅雀臺》詩極爲孫豹人先生稱賞：「漳水白雲飛，鄴城黄葉下。立馬望高臺，啼烏聲啞啞。西陵烟樹寒，繐帳胡爲者。可憐風雨中，樵子拾殘瓦。」他如《望華嶽》云：「先來謁白帝，相與問青天。」不減王幼華「風烟盤赤壁，波浪下黄牛」句。

詩之工拙，不在字句多少，故有節取轉見蒼莽者。楊笠湖潮觀《柴關見雪》一章，余録四句云：「曉起出茅檐，但覺寒雲密。不知前山中，已是一夜雪。」直是王、孟小詩矣。又有「護花遲剪燭，養火早封煤」句，亦佳。

王惕甫、石琢堂家居時，作碧桃詩會。在會者，張補梧邦弼、顧莪庭禮琥、沈芷生清瑞、趙開仲基、景書常焱，不過六七人。其後相次取科第有名，而惕甫名最盛，琢堂魁天下最顯。惟張、景、沈三人早亡。惕甫、琢堂爲余述舊事，未嘗不慨然，有孟六遺文之歎。張所刻有《補梧詩鈔》，其《雨中過惠山》云：「連山嵐氣濃，因風化爲霧。客子吴閶來，濛濛隔官渡。維舟渺何許，遥指雲中樹。村墟上孤烟，山僧下泥路。菰蘆出漁火，蒼蒼點溪暮。」《讀劍南集》云：「平生感憤竟如何，醉墨詩傳萬首多。射虎南山餘壯志，聽猿西蜀重悲歌。杜陵垂老聞收薊，宗澤臨終唤渡河。北定中原虚祭告，英雄千古涕滂沱。」風調甚高。沈最早慧，年十五，作《揚州懷古》詩，有「瓊花有恨無雙蒂，明月多情只二分」之句。後中癸卯解元，丁未進士，所作六朝小賦尤工。顧善制舉文，詩亦烹鍊，中甲辰進士。張，庚子舉人。景以諸生客死，詩不可得。趙方爲教官於南中，其詩甚富，不復著。沈殁，二子貧無依，爲揚州高旻寺僧。李煦齋逢春守廣陵，嘗因事召諸寺僧訊鞫，二子與焉。李訝其爲良家子，問之，流涕曰：「父江南解元沈某也。」噫！沈以高才成進士，而不能庇其後，亦可悲矣。

康熙己未，詔舉博學鴻詞。海内名宿雲集輦下，月給司農錢以膳。凡試入高等者，授翰林。及期，御試體仁閣下。西清給札，光禄傳餐，實唐宋制科所未有也。海鹽彭羨門孫遹裒然舉首。有《寄内》詩云：「小疊紅牋寄語頻，橫雲初破遠山顰。玉宸昨夜親傳詔，夫婿承恩第一人。」公於館閣諸體尤瓌瑋絶特，一時奉爲圭臬，著《松桂堂全集》。

蔣心餘編修詩，袁子才稱其摇筆措意，横出鋭入，凡境爲之一空。《九日靈巖寺登高》云：「山勢崚嶒據上游，直疑呼吸接神州。千家山郭憑闌見，萬叠雲烟拍座浮。礦穴樹根空洞出，黄河天外混茫流。不妨高咏玄暉句，十二丹城在上頭。」「豪氣凌虚迥不群，重欹烏帽學參軍。墨花四散中峰雨，筆陣全收下界雲。大地烟霞浮指掌，諸天梵唄雜聲聞。臨風莫洒懷鄉淚，古木蒼涼送夕曛。」時心餘年才二十，詩已豪健如此。

黄莘田詩筆之妙，殊近自然，桑弢甫水部調元爲選刻《香草齋詩集》。最愛其一絶云：「一間老屋如斗大，老夫半間花半間。重檐落日雀聲晚，人與黄花相對閒。」真得大自在，不嫌近宋調也。

郎耕莘若伊，山西代州人。辛卯進士，以刑曹按察直隸，旋以病卒。余未見其全詩，馮湘巖兆峋比部嘗爲余述其「黄葉半林風作雨，白沙兩岸月鋪霜」之句。

長洲彭芝庭尚書啓豐，試禮部及廷對俱第一，年甫二十六，其心澹然若弗有。迨侍承明，躋卿貳，欿然若不勝者。致仕後，主紫陽講席，經其裁成，多知名士。記先生官翰林時，賦《瀛洲亭種柳》詩云：「青瑣千門啓匝開，新詞不唱舊章臺。陌頭冶葉寧相識，生自靈和殿上來。」「十年栽木計良難，騐取柔稊蘸碧瀾。莫與三槐比高下，凌雲只待後人看。」「白傅高吟劇有情，風前玉笛弄清聲。官曹笑説閑無事，魁宿堂中柳宿明。」余出入瀛洲亭最久，每際春和晝永，柳緑波明，睠念前徽，風流宛在。

宋熙寧壬子清明，眉山蘇公看花錢塘吉祥寺。後三百年爲明洪武壬子，楊基孟載在西江省掖，清明花開，追和東坡之句，小引云：「爲後三百年張本。」至雍正十年壬子，已六百六十年矣。四方文士集於京師之怡園，獻花賦詩，以踵韵事。芝庭尚書作有「人世清明能有幾，花開况是逢壬子。風流寂寞付天涯，再覩金盤花似綺」之句。噫！流年電瞥，美景飈逝，而三壬子曠代唱詶，後先輝映，不減永和癸丑矣。

平原董元度字曲江，號寄廬，墨菴總憲之孫。乾隆壬申通籍，年四十餘矣，旋由詞館改江西縣令，僅一年，歸秉東昌郡鐸。少日，以《春柳》詩得名，與王文簡《秋柳》詩競響。其《濟南雜感》云：「滿城秋色淡斜暉，瑟瑟西風白袷衣。幾點緑萍隨雨散，一群花鴨背船飛。烟横晚浦同人少，雲冷空亭舊夢非。最是年年縮離别，蕭騷高柳又添圍。」極爲黄崐圃先生推許。又記其《布被》詩云：「漫與公孫等例看，幾年賴爾伴袁安。簟經秋冷頻相憶，夢向春多未忍拚。禪榻偎餘燈一穗，客窗擁到日三竿。翻憐畫省青綾薄，不起廉隅也自寒。」江以南皆傳誦之。

桐城劉大櫆字才父，號海峰，以古文雄海内，詩格亦蒼老。曾於友人處見其鈔本，就所記録之。五言如《送兄荀非之滇》云：「萬里滇南路，長驅冒塞塵。斷烟江館夢，殘月野橋人。爲客不辭遠，居家無奈貧。臨岐更無語，執手淚盈巾。」《江村》云：「山水足嘉遯，徜徉江上村。江樓一夜雨，春色滿平原。出户若有得，歸來無可言。坐傾桑落酒，烟月澹黄昏。」《樓上》云：「世事兼身事，新愁併舊愁。迴風吹薄袂，片雨過南樓。碧草茫茫晚，青山處處秋。獨將千古恨，相逐水東流。」《山居春早》云：「出門無所適，閉户每經時。松葉忽成韵，嶺雲無定姿。午雞啼上屋，春草緑過池。生計從寥落，幽人吉在兹。」《田家》云：「田家秋穫時，禾黍積平野。半夜飯牛人，高歌明月下。」《梧陰館》云：「虚館寂無人，桐葉陰覆地。濛濛夕照殘，猶有樵聲至。」《池上》云：「池上曉風微，山雲迭相送。雨來荷葉喧，驚破雙鷗夢。」皆清微古淡，可入《極玄》、《三昧集》中。

泰州繆侍郎沅字湘芷，一字澧南。生而有「湘」字在頂，初名湘，後改今名。八九歲時，夢至古刹，證前世爲湘山寺僧，每好誦「我本全州清净禪，湘山湘水别多年」之句。後至湘山寺，門徑宛如夢中所見。康熙己丑，一甲進士登第。詩如《東平曉行》云：「汶水湯湯抱郭流，魯陰桑柘散平疇。雨鈴風鐸殘春夢，又上疲驢踏晚秋。」綽有風韵。商寶意題其遺集云：「南施北宋不尋常，秀水他山可頡頏。畢竟扶輪歸大雅，吴陵留得寶蔬堂。」「百榼千鍾世共傳，西清雅集飲中仙。汝陽一事真流恨，未得移封向酒泉。」「紅粉成行且莫迴，九華燈影簇深盃。鄭娘曲曲春風手，腸斷當筵小忽雷。」先生風致，三詩足以盡之。

劉廉使廷璣詩尚淺近，而獨抒性情，有老嫗解頤之趣。如《臘月十五夜對月口號》云：「四時不放月輕還，月亦多情向我圓。獨有今宵圓更好，爲憐一别到明年。」《二月一日諸同人夜集》云：「梅花有意欲留君，共宿寒齋半榻雲。酒到莫辭遊草倦，十分春已去三分。」《納涼》云：「淡淡雲遮月影黄，碧梧深處竹方牀。覺來爽氣從空發，不是風涼是露涼。」

漕帥施世綸號南堂，靖海將軍之子。工詩，有吏才，尤工填詞，刻《倚紅樓詞》一卷。黄原來題其後云：「揚州十里珠簾繞，樊素新能唱《柳枝》。一自廬陵玉堂去，風流輸與《倚紅詞》。」「使君詞占萬花春，今日知音有幾人？五百餘年重崛起，屯田淮海盡州民。」可想見南堂梗概。

裘文達齋中畜五色鸚鵡，羽族之尤也。文達喜寫佛經。儲梅夫爲文達同年，題二詩戲之，云：

「長齋繡佛寫遺經，仿佛隨堂合掌聽。一種天生惜毛羽，紅襟翠袷自娉婷。」「鈎輈學語喚琵琶，可是重來到蔡家。金豆啄餘頻顧影，謝莊彩筆莫争差。」謔不傷雅。

曹江鄭太守方坤號荔鄉，雍正癸卯進士。少時與兄方城齊名，撰《全閩詩話》十二卷、《五代詩話》十卷、《詩鈔小傳》等書，議論雅正，詩境獨開生面，不爲「閩中十子」所囿。《薄暮過趙北口》云：「十日征塵眯眼黄，泠然何處水雲鄉。沙鷗拍拍飛相語，馬矢牛衣作底忙。」「一道裙腰翠色浮，夕陽明滅櫓聲柔。能添雁齒橋如許，便是蘋花柳惲洲。」「家在閩溪曲曲中，清泉白石對丹楓。他年若作江湖長，只辨南塘射鴨弓。」

長洲王宫詹世琛字艮甫，號寶傳。康熙壬辰一甲一名進士，領袖玉堂二十載，多應制之作，記其小詩數首。《石鏡》云：「半帆斜日下寒汀，石鏡熒熒倚翠屏。多少行人照顔色，不知雙鬢幾人青？」《東莞道中》云：「初晴風景似新秋，冉冉歸雲接海流。一髮青山破空碧，滿船明月載羅浮。」「何處風前奏碧簫，沉香浦外木蘭橈。半江明月三篙水，十五珠娘慣弄潮。」「水籠斜日柳籠烟，牽引離情入暮天。斟罷一杯椰子酒，摸魚歌起蜑人船。」

施小鐵太常古文直逼廬陵，間出入於曾、王。古詩侵淫漢、晉，近體亦駸駸唐音。爲秀才時，曾刻《陵陽集》行世，西莊光禄所輯「江左十子」之一也。五言如「遠火深無影，空江静有聲」，「鳥争幽處宿，泉入定中鳴」，「春星兼鳥落，山雨接潮來」，「月華依水滴，春色卷簾多」，「客至鳥聲亂，風生凉氣微」。又《過峩嵋院》云：「流水不可住，孤雲行未還。峩嵋院中月，已照江南山。理自獨遊悟，心隨清夜閒。

他時結茅屋，相對一開顔。」七言如《冬夜即事簡景雲客》云：「山對重城倚檻看，無邊竹柏隱雲端。疏鐘度水一聲静，白月横天萬影寒。早晚魚飱從計拙，關山風雪識交難。猶聞公輩多才者，懷古蒼茫語夜闌。」皆氣韵渾成，必傳之作。

胡書巢德琳，臨桂人。壬申進士，官山左最久。仕已無常，俱不廢詩。《隨園詩話》載其古作，皆佳。七律如《送友人歸潮應試》云：「淡雲徙倚楚天輕，握手山城别有情。二月好風吹袂薄，一江春水映帆明。杜鵑聲裏花初放，鸚鵡洲前草又生。我亦琴書悲落拓，不堪折柳送君行。」五律如《夜行》云：「明月忽墮地，群峰方悄然。稻香微有露，草響暗流泉。凉影侵孤雁，秋聲集亂蟬。静中煩耳目，趺坐亦參禪。」不媿古人。

蔣秋涇德工五言，於汪雲壑修撰處見其《秋苔》云：「履跡最稀處，碧苔秋更深。净延疎雨後，寒帶古墻陰。落葉未須掃，空階一任侵。文通才縱好，難賦寂寥心。」《廢池》云：「畫橋經雨斷，芳岸帶沙欹。照影猶明月，無人自碧漪。芙蓉曾共采，楊柳只虚垂。陵谷原無定，荒凉亦可悲。」皆爲完作。又「人間微雨後，花澹暮雲前」十字，尤足耐人尋味。

帥蘭皋方伯自關外還所，爲龔醇齋光禄作《聽鴻畫卷》寄贈。醇齋出蘭皋門，睹畫凄然欲絶。星齋先生爲題一詩以釋之，云：「居庸一壁界星河，共聽宵來雁陣過。關内蘆花關外雪，縱分凉熱也無多。」可謂妙於語言。

錢塘陳星齋先生兆崙名重海宇，鄉曲末士皆知崇其筆墨。一夕，因公晚宿雁頭逆旅，主人聞先生名，亟索書，烹雞爲餉。先生應其請，戲贈一詩，云：「入門掃榻未安棲，繭紙松煤置案齊。名士尚然輕野鶩，丈人偏不惜家雞。曾聞乞米書成帖，幾見無塵櫝可題。何分此間容煮字，燈前一笑醉如泥。」前輩風流可愛如此。

潼關楊子安鸞近體詩，余所見者最少。邇於馬詹事啓泰齋中見其手抄二絶。如「青山驛路斜陽外，紅樹人家野水邊。數聲好鳥不知處，飛過山家短竹籬」，可當一幅有聲畫看。又於詹事齋中見狄道吴信辰鎮號松厓詩，如「看山雙槳暮，聽雨一篷秋」、「月明如有夢，花落欲無春」。《送人》云：「紅樹迢迢接隴關，白雲深處鳥飛還。送君東去情何極，回首斜陽入亂山。」俱佳。

石東村先生永寧，補亭總憲之父，與李鐵君、陳石閭有「三布衣」之目。生平富於吟咏，老年哀其稿焚之，蓋不欲以詩自見也。定圃師爲余口述句如「紅杏子成春意晚，白楊聲定月光閒」，寄托深遠。《移居盤山》云：「把酒忘榮辱，看花省愛憎。分花删病葉，修竹得新枝。遠水猶將月，孤雲不近風。」可以想其高致。

定圃師贈公顯菴先生明德，性耽岑寂，癖山水，故村居之日多。嘗有句云：「好山親似友，芳樹結爲鄰。」殆天性也。

劉澄齋檢討以《西山紀遊》詩見示。如「衰柳摇沙汀，午烟出茆店」、「蟾光不得下，中有蒼虬舞」、「山果屋角垂，秋蟲砌縫和」等句皆有奇氣。又如「甃玉一池寒，蒼翠覆菰葑」、「陽氣所發舒，山風不能凍」、「知有蛟龍蟠，語僧勿輕弄」，邵二雲侍講謂其清奥似臨川，崛奇似明遠。

胡雪蕉永焕《冬夜得句》云「檐端積雪擱殘月，樹外繁星摇急風」，狀景宛然。又《以無雙譜題作樂府恐驚寐篇》中有句云「山龍一剪春無聲」，頗近長吉。

曉行詩，前人佳句夥矣。近日王葑亭給諫云：「淡月侵尋成曉色，白楊生小是秋聲。」讀之齒牙清脆。又「殘星雞口落，初日馬頭高」，不減劍南「快晴生馬影，新暖拆花房」之句。楊誠齋集亦有「淡晴生馬影」句，僅易一字，味較雋永。近又見鮑野雲明經句云：「殘燒明峰背，清霜上馬蹄。」又七言云：「雁背霜華翻曉日，馬頭山色亂春雲。」尤清警。

臨川李載之編修傅熊，西華少空令嗣也。與弟偉之孝廉傅杰，少年俱以詩名。載之五言如「灘聲連岸轉，雲氣擁山尊」、「帆葉遠仍在，暮江空若無」。七言如《送春》云：「踏枝鳥唱離筵曲，經雨花如病酒人。」又：「《金縷曲》中多懊恅，小紅樓外是關河。」《途中見梨花》云：「小雨微烟作寒食，斷雲華月在江南。」俱清腴有致。偉之五言如「諸峰塞天地，泰岱百兒孫」、「無月夜猶白，湖波一道長」、「夜色辨遥堞，櫓聲争入城」，可謂工於發端。七言《潞河阻凍》云：「遲我行期三日雪，助天寒色一河冰。」俱能造意造句，不落凡近。

京口戴巨來天錫著《松巖詩草》，張塏似、管松厓兩先生序而行之。五言如「芳草多依水，青山半倚樓」、「樹密沉山影，天空落雁聲」、「小樓疎雨後，芳草幾人尋」、「曉色散無跡，秋風聚有聲」、「天闊雲垂野，霜寒月墮樓」，頗近錢、劉。七言如「晚葉黄遮官渡口，夕陽紅上酒家旗」，亦楚楚有致。

袁子才《落花》詩「無人獨自下空山」，丘浩亭謂「空山」不切「落花」，應改「空」爲「春」字，子才深以爲然，併極推崇浩亭詩，恨其遺篇散佚不傳。余於阮吾山侍郎齋中見有浩亭《秋晚兄侣昭歸自南昌》云：「幾回相憶百花洲，聞報鄉書亦倦遊。江上月明初過雁，淮南風冷獨歸舟。小山桂白天香晚，大谷梨紅樹影秋。不少横門棲隱地，仲宣何事遠登樓。」《澄江訪友》云：「天涯孤館益相思，殘葉紛紛落照時。古寺獨行尋舊約，寒燈初上出新詩。江風吹雨驚衣薄，禪榻迎秋覺漏遲。賴有故人同寂寞，破窗遥夜酒盈卮。」因鈔寄隨園，所謂物以少爲貴也。

合肥王鏡心裕銓「春水碧沿沙岸轉，桃花紅壓土墻低」，與徐檢討鏡秋「春水碧從僧寺外，桃花紅入酒樓中」句同一格調。余謂徐立亭準檢討「春草青時中婦怨，桃花紅處酒人多」，尤有風韵。

齊次風熟於《三禮》，尤精地理之學。假歸時，郭韵清先生《送行》詩有「地志似偕章亥步，天官解訂石申書」，可謂工切。

益亭宫贊恒裕，五言如《遊馬氏園林》云：「落葉粘蛛網，寒蜂墮酒卮。」「蒼葭涵夜氣，澄浦過飛星。」七言如《送劉虚白》云：「沙頭弄月銜鷗坐，荻岸維舟帶雨眠。」「澤國陰多浮霧雨，海門秋老偃魚龍。」皆雄快語。

梧門詩話卷五

詩龕居士法式善編

瑶華主人性嗜風騷，工繪事，人得其片幀，恒珍之。余於主人無謀面之雅，輒以大集見示，洋洋洒洒，咳唾珠玉。長幅不及載，記其題畫詩云：「一帶疎籬隱士廬，林烟山翠日相於。小橋有路誰能到，雨後莓苔自掃除。」又《殘菊》句云：「寓色香中標梗概，臨冰雪際濯肝腸。」品性高潔如此。其《和彭尚書扇頭哈蜜瓜畫韵》云：「崖蜜嘗時臈正寒，可能袪暑貯冰盤。玉堂賦出三都雪，芳潤圖將素箑看。」「宗匠千年席不寒，尚書聲價果盤盤。今朝衣鉢傳能者，豈與歐蘇兩等看？」自注云：「劉金門太史館課《哈蜜瓜賦》，膾炙一時。雲楣尚書時教習庶常，愛其賦，圖於便面，屬劉書其賦於後方而自題以句，有『老夫當讓一頭看』句。余見扇讀之，清雋不群，且喜藝林又添佳話也，復倩雲楣轉致劉太史，再書一通於扇，雲楣復叠前韵見贈。余喜不自勝，遂走筆和之，並爲識其始末。」

宋荔裳分巡秦鞏，集蘭亭淳化帖字，勒杜工部《秦州雜詩》二十章。以晉字寫唐詩，向稱二絶，兵亂散佚無存。王笠人寬官陝時，於僧房訪得二石，僅存四首，共百六十字，移置使院壁間，尚望州人續獲全碑，以存名蹟，可謂好事矣。有詩云：「淳化摹天寶，風流宋荔裳。詩遺百六字，碑獲十三行。碎玉傳唐杜，驚鴻識晉王。千秋餘二妙，零落贊公房。」笠人以時藝名，官兵曹郎及御史時，從學甚衆。

余鵬搏字少雲，懷寧人，鵬飛之弟。詩筆峭拔。《遊南嶽》云：「群峭摩天景萬端，携童載酒渡溪南。

行過十里五里竹，露出一間兩間庵。入暮雲中尋路去，立流泉上與僧談。眼前幽意玩不足，一杵鐘聲開晚嵐。」《登獨秀山》云：「野草蒼茫一徑通，相携汗漫踏霜楓。入深松裏衣全緑，倚夕陽邊樓半紅。秋思落誰詩句裏，老僧揖我畫圖中。凌高放眼迴無際，白雁叫雲天宇空。」格律冷峭，似北宋名家。

查心穀結園沽水之西，鋤花莳竹，與園父畦丁分灌溉之勞。凡有所作，以「抱甕」名之。其《自遣》云：「未免有情花索笑，不知許事酒盈盃。」高致可想。

陸重光昶，吴縣諸生。少有隽才，與西莊友善。晚年貧困，詩多沈摯語。《漫興》云：「親朋憎落魄，老病畏逢春。」《荒居》云：「清詩長夏得，良友暮年增。」殁後，病妻弱子，其友石遠梅撫恤之，數十年不倦，述庵稱此誼今人所無。重光著《紅樹樓詩集》，亦遠梅爲梓行之。

吴布衣雲嵐世基，元和人。《淮陰釣臺》云：「不善謀身善謀國，英雄終古泣王孫。」《昭君》云：「聞説立功稱衛霍，紅顔何事到天涯？」論古有識。著《峨嵋山人集》。

任子田《别友》云：「無言便是别時淚，小坐强於去後書。」王柳村《寄袁蘇亭文揆》云：「會面知非今世事，開函猶是去年春。」能令讀者黯然神傷。

施小鐵爲余言，其同年友湘潭張紫峴九鉞，七言古今體灝氣盤礴，大力包舉，有金翅摩天神龍戲海之勢，於本朝六家外，單出獨樹，另標一幟，真詩壇飛將也。五言古今體沈雄超逸，出入李、杜，卓然正宗。惜予未見其全集，僅於石遠梅《同音集》、王柳村《群雅集》中見之。如《自京口買舟夜行至鄧尉看梅花適友人自包山至》云：「忽有梅花信，吹來一笛風。獨乘千里月，飛過五湖東。天白知山近，溪香得路通。今宵吴苑酒，先與故人同。」《京口對月飲酒》云：「他鄉有明月，暢以大江秋。對此不飲酒，其如天地愁。旌旗横北固，歌吹出揚州。一洗金尊裏，我懷隨白鷗。」「月以金焦至，蒼然入客杯。舟前萬里水，仍自故鄉來。忽有使人至，黄封爲我開。好將詩史夢，同繞妙高臺。」「孟生歸漢上，李白去江東。今夜一樽酒，寂寥誰與同？詩人萬古事，舊夢幾宵空。明日騎黄鶴，城南訪戴公。」「江流掃不去，月爲我躊躕。昨夕光仍好，來時恐不如。醉看星斗散，似出海門初。淺月蘆花裏，扁舟任太虛。」七律佳構甚多，不備録也。又聞紫峴十三歲登采石謫仙樓作歌，末四語云：「自從大雅久沈淪，獨立寥寥今古春。待公不來我亦去，樓影蕭蕭愁煞人。」時有「後太白」之目。

張崑南岡工五言，蕭散淡永如其人。《詠梅》云：「薄寒僧共定，殘夢月同孤。」述庵最稱賞之。與沙白岸維杓稱「吴門兩布衣」。張著《古樵詩鈔》，沙著《白岸詩鈔》，載任文田兆麟《吴中詩人集》。

湯陰岳忠武祠，過客多留詩。任丘邊秋崖學士繼祖題云：「痛飲黄龍事不成，將軍閫外令空行。國仇未報心原熱，臣罪當誅氣轉平。千載還鄉餘碧血，百年遺廟有荒城。可憐湖畔冬青樹，響入哀湍咽暮聲。」議論沈摯，寫出忠武心事。洪稚存編修貴州使竣，道過湯陰，有詩云：「古木叢臺起怒風，岳王祠倚堞樓東。何因浣盡孤臣血，不祀前朝嵇侍中。」亦有議論。聞縣本有侍中祠，久圮。官是土者倘能修舉之，與忠武祠後先煇映，則亦教忠之意也。

陳玉符九鼎、沈韻卿含章皆青陽人，同時以工詩稱。陳詩如《曉行》云：「寒犬驚山履，荒雞雜寺鐘。」沈詩如《湖上偶題》云：「楝花遍地無人掃，不見河豚石首來。」「十日東風五日雨，滿湖新水釣舟回。」

釋亦葦禪渡俗家青陽，南中人來，頗道其工詩。《初夏雜詠》一詩頗傳於時，詩云：「雨多寒重麥秋天，未脱春衣又着綿。桑葚正紅秧正緑，半涵新水半含烟。」記《西清散記》中載乩仙四維女子降乩詩十二首，中一絶句云：「暖輕寒重勒花天，喜着單衫又着綿。荒草漸肥人漸瘦，一分酥雨二分烟。」不識亦葦作何以大類仙句，然各有逸致，並録之。

薛竹居懷，江南桃源人。邊頣公入室弟子，花卉禽鳥俱有生趣。詩不經意，亦非俗手。近見其《上元日送友》云：「嫋嫋東風上柳絲，那堪便唱《渭城詞》。誰憐趙榖樓頭月，第一回圓照别離。」《暮春雨中》云：「誰家隔岸起樓臺，雲母窗横傍水開。多謝尋巢雙燕子，銜泥也到草堂來。」

吴夔倫學士孝登嘗出使寧古塔，地爲古東京，今尚有故宫遺跡可考。學士《春雪》詩有「催花信急風三日，壓鬟烟低雪一城。濃於縠雨來青甸，清比梅花放早春」句。

「流到落花能幾日，送將遊子忽經年」，鮑野雲《詠春水》句也，姚姬傳極賞之。余尤愛其《題顧子餘雨中秋柳圖》「美人南浦青蛾老，詞客西風白髮多」句，殊藴藉。

蔡大令甘泉堃，上元人。家有懶園，杜于皇、林茂之俱憩園中。故甘泉《香草堂集》，張紫峴稱其遠出顧、紀諸人之上。余最愛其「風人未老鬟先霜」七字，可爲苦吟者寫照。分校鄉闈，有「燒殘燭影爲遺賢」之句，不失忠厚之遺。甘泉，筆架太守之孫，芷衫詩人之祖。太守即史外所稱「筆架和尚」是也。

國雲浦棟以進士出宰西蜀，洎秉節，不廢吟詠。如「柳未成陰先婀娜，梅因傍水倍精神」，頗爲人所誦。《春日謁賈閬仙祠》云：「杜甫作詩人太瘦，閬仙詩更瘦於人。維公已往事千古，而我何來歲暮春。不信精神自餉饋，但看巖石空嶙峋。黄金鑄佛亦奇想，衣鉢於今誰後身？」亦兀傲有致。

静翁伯仁嵩山，八旗世家。翁獨耽詩，老年通禪理。《宿山家》云：「月出霜水明，喬林起微吹。花影寫石闌，叢竹溢寒翠。」殆希風柳州者。

壬子余再官庶子，翁覃溪先生時任山東學政，《寄懷》云：「點筆石帆亭，心馳庶子廳。共披邊習句，時夢阮翁庭。疏雨斜陽外，殘縑古墨馨。重携湖舫夕，同看鵲山青。期筠圃復來濟南也。筠圃所藏邊仲子手草，原本是「疏雨忽沾衣」，阮翁以紅筆改爲「林雨」耳。」余和云：「端範堂前柳，依稀往日青。重來尋舊雨，老輩比晨星。快讀蘇齋句，如登歷下亭。明明石帆字，好夢記曾經。」先生以「石帆」爲拙號。因拓使院石見寄，復贈詩云：「省記漁洋卜築時，小齋著録已慚遲。幾人黄葉吟秋史，有客金書夢裕之。堤柳着行梳曉月，湖雲片縷皺寒漪。欲摹一軸詩龕寄，認取前身老畫師。適於趵突泉上得王秋史二十四泉草堂石，舊與學使署中一石相配者，故第三句及之。」余雖不克承，然其事殊韵，既裝潢「石帆」二字懸諸龕間，作詩報之，伊墨卿題其後云：「片石流傳定幾年，苔痕猶帶墨華鮮。題詩常侍逢人日，説法生公悟夙緣。雲罨明湖横岸曲，星臨少海落檐前。也知不遂湘江轉，風雨龕中伴醉眠。」

近來尊漁洋者以爲得唐賢三昧，貶之者或以唐臨晉帖少之，二説皆非。平心之論，夫漁洋自有不可磨滅之作，其講格調，取丰神而無實理，非其至者耳。後人式微，不克振其家聲，可爲悼嘆。邇有漁洋從曾孫祖昌文學，字子文，以所作《秋水集》見質，真能延文簡一脈者。《對月懷王中齋》云：「雨過蒼苔令，黄昏獨掩扉。月明花影静，風定竹聲微。悄釋紅螺盞，凉生白袷衣。抱琴彈古調，惆悵賞音違。」《爲周寵錫題金佶畫》云：「家住鐵山下，柴門臨碧溪。持竿坐磯上，曉月秋如珪。别來道里遠，每憶鵁鶄啼。今朝看圖畫，宛到石橋西。」

蔡若璞珽與高文良公其倬少同筆硯，長同館同官，説詩顧不相下。先生没，詩多散佚。余偶於友人處見其《微雨曉坐》云：「衰草緣荒砌，朝扉冷不關。暗風吹柿葉，寒鐸響秋山。野鳥背人下，溪雲帶雨還。可知塵意盡，杖履自然閒。」

長洲吴玉松雲，庚戌進士，癸丑補選庶常。與余初未相識。一日，於謝薌泉編修案上，見玉松箋頭和褚筠心移居詩，愛之，携歸。翌日，薌泉持示玉松除夕同人遊虎丘圖，併索詩。圖爲高士袁竹室慰祖所寫，玉松自題云：「務閒生逸想，物老茁新意。偶兹玩元化，忽已餞窮季。深巷來友生，出門選幽事。放舟曠無程，陟山亦云寄。陰壑哀逾黝，寒巖倦猶翠。蹊荒交鳥蹤，歌散流松吹。虚聽有同聲，澄觀無殊類。搴華良可欣，抱素匪伊僞。動静心各領，登臨顧交遂。悠哉歲將改，來者音誰嗣？」浸淫《選》味，兼大小謝之長。薌泉爲玉松座主，筠心又爲薌泉座主。玉松殿試卷爲廣庭相國激賞，擬定第一人。格於成例，非本科中式，不得預前十卷，深爲惋惜。玉松今嗣靄人信中，戊辰中殿試第一人。

玉松初未與殿試。朱石君先生，其庚戌座主也，出爲安徽巡撫，玉松在幕。先生見其《遊山圖》，爲題詩云：「散人戲流光，虛舟度除夕。不遂坡老蛇，來尋生公石。知子貧非病，家居靜於客。何不早學道，肯令重閬窄？人生苦匆匆，竟著幾兩屐。雞鳴群動起，終歲從所役。夢思安樂界，衣食隨意獲。誰能逃空虛，素心可卜宅。吾言非河漢，悟者解已諜。相與爲天游，瓊樹花壓幘。」詞旨超雋，胎息《南華》。

大瘦子方泰詩，余病其華縟。客有以《天游閣詩草》見示者，其《戲題》云：「醮壇玉檢奏金泥，明水盈缸插柳低。苦菜欲花菠菜老，清齋饞煞太常妻。」頗有風趣，但不知其所指。

富秋浦森泰，丁丑庶常。詩最敏捷，有「那知春水外，一半夕陽寬」之句，爲甘道淵所稱。其子鳳林亦能詩，《題畫松》云：「天然異桃李，不待歲寒時。」身分自見。

朱雅山布衣鐘字子春，筈浦人。屏跡海上，不與俗接，三旬九食，未嘗乞憐於人。徐雪廬推重其行。時阮雲臺撫浙，秦小峴爲杭嘉湖觀察，每致欲見之意，卒不往謁。世以爲周青士、吴野人不及也。《元日食豆腐渣》詩四首，爲時傳播。予尤愛其一，云：「未殊苜蓿先生饌，雅稱蓬蒿處士風。惜處竟如雞肋棄，辨來可與菜根同。略添况味糟糠外，別署頭銜澹泊中。轉鄭饉年治廢圃，朝朝携甕灌葵菘。」他如「花烟明近午，山翠活如雲」、「林淥净朝旭，山光醒曉烟」、「黄葉墮秋影，碧雲留雁聲」，俱佳。著《古白書房詩鈔》。

新安金香涇珊字振之，由貢生官板浦場鹽大使二十年。以好客嗜詩，貧。如《寒素即事》云：「署同僧室冷，官比野人閒。」《遺懷》云：「宦久寧辭拙，山多不厭貧。」《漫興》云：「未證游仙夢，先成乞米書。」《答友》云：「猖狂始覺貧非病，曠達應知死即仙。」《春日》云：「花如解語纔驚俗，士縱能詩不救貧。」又《寄王柳村》有「典却朝衫爲刻詩」之句。窮而工詩，况味如見。著《吟紅閣詩詞集》。

孫蓮水《西湖同阮中丞》云：「到此應知民氣樂，看花船比去年多。」丹徒王子石《舟中寄中丞》云：「水過吴淞清見底，居人争比使君心。」二詩具見中丞撫浙之善。子石名廼正，元名屋，詩人柳村子，中丞目之曰「小村」。

葉毅庵學士《緑筠書屋詩鈔》十一卷，爲主考學使分校時所作。因時紀事，頗資詞林考據。余特嗜其《榕城百詠》，綴輯遺軼，陶寫性靈，不減青丘《姑蘇》諸作。録其數首云：「宣政長街萬樹榕，年來無復緑陰濃。炎天一舍麻溪路，到此應思夾道松。」自注：「宋時，通衢植榕，緑陰滿城，行者暑不張蓋。蔡君謨爲郡守，令諸邑於道旁植松，自大義渡直達泉、漳，人呼爲『夾道松』。」又詩云：「粉盝珠奩褪曉粧，他時香塚枕前岡。臙脂山似臙脂井，留與行人弔夕陽。」自注：「臙脂山在城北，相傳忠懿王郡主梳粧樓在焉。陳金鳳、李春燕死，皆葬此。」又詩云：「蔡《譜》何如徐《譜》詳，紅雲社上列筠筐。佳人休怨沙吒利，配與將軍十八娘。」自注：「徐興公撰有《荔枝通譜》三十卷，嘗作殘荔會，名『紅雲社』。『將軍』、『十八娘』皆荔名。」又詩云：「閩山廟裏看燈回，火齊冰紈滿案堆。怪道臨風三弄好，開元寺買紙簫來。」自注：「舊俗，燈節神廟中各出珍奇，故諺有『閩山廟門寶』之語。相傳開元寺紙簫甚佳，品在好竹之上。」又詩云：「見説詩工能已瘧，不聞畫妙可醫人。平生三絶霞居子，合與台州作後身。」自注：「明高宗吕灐自號『霞居子』，詩書畫皆有名。嘗爲人作畫，其人方患瘧，見之，霍然而愈。

事詳何喬遠《名山藏》。」又詩云：「澄江楓葉清詞擅，古墓梨花好句稀。緑鬢泥中誰似汝，不須長羨范青衣。」自注：「『澄江楓葉老』，陳香初句；『古墓梨花鸛鴿雨』，陳竹逸句。二人皆許氏青衣。又有鄭蘭子亦能詩，周櫟園、朱竹垞並稱之。『泥中雙緑鬢』，徐文長句。王弇州有《范青衣詩》。」

王子乘炘，上海諸生。吟詠外無他嗜好，惟日與糟丘爲鄰，得中滿疾以卒。著《吴淞草堂遺詩》，潘農部奕雋序而刻之。如《題紅拂》有「美人眼爲英雄青」，未經人道。又如「繞籬看竹驚眠犬，入寺尋梅起定僧」、「菰蘆葉戰雨初到，莜麥花明秋欲深」、「薄暮疏鐘時出郭，入春殘雪半遮山」，清刻中獨饒風趣。

吴俗以六月二十四日爲荷花生日，士女齊出葑門外，畫船簫鼓，讌飲爲樂。金匱徐閬齋嵩仿《竹枝》體作詩紀之。摘録三絶，云：「江頭女郎唱采蓮，家家侵早整花鈿。争先持取千錢去，定箇玻璃小快船。」「金壇段郎官長清，臨風清唱不勝情。怪郎面似荷花好，郎是荷花生日生。」「波心瞥過水蘭橈，人面荷花相映嬌。愛煞渡船如走馬，兩枝篙櫓十人摇。吴人謂之「水轡頭」。」又《同袁簡齋遊天台題華頂寺壁》云：「昨日逐雲雲亂逃，白雲怒立如人高。今朝呼雲雲不動，雲亦隨僧出門送。」「華頂峰頭新雨晴，又携藤杖踏雲行。迴身笑與白雲别，我向瓊臺看月明。」《玉山閣遺集》，阮雲臺捐資付梓，蓋同年友也。

「林梢一抹青如畫，知是淮流轉處山」及「滿地碧雲如水流」兩絶句，《淮海集》中高唱也。《宋詩鈔》中亦曾選入。曩閱宋中丞《筠廊偶筆》云：「宦江南時，偶於村壁見之，不知何人所作，因列爲無名氏。」而王漁洋《池北偶談》、沈歸愚近人詩選俱仍其訛。石門吴岱芝宗元《渡淮絶句》有「笑煞談詩王宋輩，著書漫説姓名湮」之句。又歸愚宗伯雖詩壇老宿，而評隲詩文則時有謭陋處。唐賢詩「何應不歸去，淮上有青山」，而沈評以淮上實無山。無論盎山、八公、硤石等皆夾淮而峙，即秦淮海之「知是淮流轉處山」，亦一證矣。而沈云云，則又不止王、宋二公之爲岱芝笑也。

岱芝詩如《西溪早起》云：「西溪人家燈火殘，五更獨起倚疏欄。一聲翠羽山月落，滿徑梅花風露寒。」《晚行山中口號》云：「清泉決決放溝塍，石路盤空策短籐。啼鳥一聲山欲暝，夕陽時有獨歸僧。」「薄暮夭桃紅欲霏，籬笆宛轉護柴扉。山妻汲水月浮澗，樵父伐薪雲滿衣。」《雪柳》云：「佳人自昔蛾眉淡，説與東風總不知。」皆能自出新意。

朱眉洲維魚，浙江海鹽人。貢生，久困京兆，流寓於燕趙、秦晉間幾三十載。著作甚富，其已刻者有《眉洲詩鈔》。七律如《烟雨樓晚眺》云：「溪雲千尺桃花水，春酒一旗楊柳烟。」《野眺》云：「雁銜落葉歸平楚，人背斜陽立小橋。」五律如《野望》云：「一雁下秋色，數峰明夕暉。」《立秋後夜宿青嵐山店》云：「壁燈隨夢遠，山雨入簾疏。」語似賈浪仙。

錢南白説曾亦海鹽人，壬子孝廉。工詞曲，詩不苟作，以生新爲主。《養蠶詞》云：「姑惡聲聲屋角呼，浴蠶多少問村巫。大姑亦有蠶花命，豈必今番遜小姑。」「桃枝璘藉護蠶房，把火辛勤一月忙。待得新絲光似雪，急須摒擋納官糧。」「姤殺鴛鴦織錦機，畫樓裁剪鬥光輝。儂家顦顇依然甚，那有餘絲製嫁衣。」皆得風人之旨。著《退學軒詩草》。

長洲李碩夫果號客山，晚號悔廬。少與沈歸愚尚書齊名。應童子試，旋棄去，傭書鬻文以自給。不肯有所干，亦無有氣力人能振之者，年七十餘以布衣終。客山諸體擅美，五言尤工。《懷葉茎園黄山》云：「黄山好山色，三十六芙蓉。以爾烟霞侣，高居第一峰。松圍秋屋雨，雲渡隔溪鐘。我欲搜奇蹟，憑虚駕白龍。」《題葉茎園畫》云：「自得林泉趣，因之筆墨閒。終朝依老樹，獨坐寫秋山。野鶴隨雲下，孤園踏葉還。不知幽澗水，何日到人間？」《真州》云：「邗水通江郭，真州更買船。桃花開滿路，燕子别經年。野客閒呼酒，村姬正饁田。鍾山看不遠，飛翠到帆前。」皆不減唐人。長沙陳恪勤公云：「余作令信安時，曾於座客扇頭見李子客山《贈别》二章。嘆《劍南》、《石湖》二集，彌天塞地，安得復聞開寶遺音？後往來吴門，問客山於諸名下士，皆莫能舉其姓名。訪之所知，知客山性超異，不妄交一人。其爲詩又不習爲吴松間派，宜乎其名不著於吴，而客山亦夷然不冒投一世之好也。」觀此則客山爲人與其詩概可知矣。

錢辛楣少詹序曹習庵學士《炙硯集》云：「習庵與其同年爲消寒會，旬日一舉，必有詩，或分題，或拈韵。始庚寅，訖癸巳，得詩若干篇。觀其所遊，一時之習尚風雅，遭際太平，流播於後無疑也。」余尤喜學士詠物諸詩，其巧妙不減查悔餘。《氊簾》云：「换却湘筠箔，蠻氊製早成。壓風宵有力，捲雪曉無聲。野馬飛難到，檐禽掠不驚。留香宜寂坐，窣地倍盈盈。」《煤炕》云：「十笏封甎地，縱横石炭藏。煖應同鍛竈，寬更勝繩床。體粟全消凍，盆花易放香。冬烘君莫笑，趺坐即温鄉。」《烟筒》云：「學得餐霞法，筠竿巧製宜。吹嘘長日便，冷煖一心知。入手同操管，隨身等佩觿。賓筵分送早，便抵瀹春旗。」

高文良公季子書勳號石堂。少負俊才，十歲能爲韻語，十七登賢書。以病足廢，坐卧一榻，猶事吟詠。或勸以稍息，曰：「吾性所耽也。」尋卒。記其《秋懷》有「霜欺病葉黄初變，燕點寒雲影不留」、「風蟬抱葉吟難穩，雨蝶尋花影暫留」等句，殆自寫其情事歟？

丹徒吴樸莊布衣樸《秋懷》云：「客孤全仗酒，月好不宜燈。」《無絃琴》云：「才非堪入調，怨自不留音。」《重九後二日小集》云：「秋深花入市，節去客登山。」《客中》云：「病中佳節去，夢裏故鄉來。」音調凄楚，非壽徵也。年三十而殁，著《簾波閣詩集》。

張雪子映斗，烏程人。八歲能詩，查查浦、湯西崖極稱之。雍正癸丑入詞館，乾隆丁卯典試歸，卒於獲鹿驛，人多惜之。著《秋水齋集》十五卷。五言如《答友》云：「醇酒有清德，寒花無媚香。」七言如《沂水道中》云：「重沾白水如鄉味，高揖青山是故人。」《海寧陳氏園》云：「一葉浮波魚有媵，九皋零露鶴生孫。」皆有雋味。又嘗見其爲午塘侍郎書扇二詩云：「老樹藤陰護白沙，枳籬缺處道人家。東風捲地春無迹，一勺野泉浮落花。」「女墻黄土背蘿深，雲樹全歸祇樹林。小坐詩成携不去，但憑風竹寫聲音。」午塘爲先生乙丑分校所取士。

湯陰岳水軒夢淵遊幕東南，諸大吏争相羅致。詩自寫胸臆，時似樊川，如「孤館亂蛩楊柳月，小湖殘照芰荷風」、「天從一氣青中立，水向無邊白際流」等句是也。夢堂相國官郡司馬時，邀朱草衣、李嘯村、姜暘谷、鮑步江諸名士，飲酒賦詩，水軒與焉。

魯亮儕之裕，安徽人。少負奇節，倜儻不羈。歷官觀察，卓識遠見，自謂「殊勳可立建」。中間升沈屢易，亮儕泊如也。七十外豪氣未除，猶能於廣座籌畫細事，無不奇中。《式馨堂詩》前後集，自爲删定者，嶔崎磊落之概，讀之如見其人。《贈僧》云：「眼中怕見榮枯事，盡把花田種芋魁。」《書歌者扇》云：「白雲最是無心者，行到歌筵也不行。」《雉梁漫興》云：「山色荒荒古，泉聲脉脉微。惰禽隨樹集，貪蝶尾香飛。疊石支茶竈，編籐補竹扉。心安無不可，鎮日渾忘機。」亮儕自序謂：「天籟自鳴，未嘗有所規摹以求肖何代何人風格。」其自負如此。

虞山汪杜林先生應銓，以康熙戊戌第一人及第，未散館即擢庶子，蓋異數也。雍正間罷官家居，教授湖湘間。時江蘇巡撫邵公基、兩淮運使盧公見曾、常鎮道馬公維翰，皆先生分校所取士。以書約歸里，不應。邵卒，乃歸而哭之，盧已降官矣，其性情倔强如此。詩特高朗諧暢。《及第後答友》云：「愛詠秋居别選坊，未嫌蝸殼自聊浪。市聲喧隔蕭條巷，雨氣香生瀲灩觴。客屢款門删剩語，僮初移竹問栽方。不才遭遇應過分，只合吟詩不合狂。」讀末語，非胸中忘却「狀元」二字者不能，似羅文恭一輩人。

歸安戴農南永植鴻博報罷，舉戊午順天鄉試，後官邑宰。詩清堅峭拔，不爲靡靡之音。桐城張鏡壑若澄題其《汀風閣集》後，有「一字號君爲戴漁」句，蓋農南有「一隻鷺鷥漁夕陽」句爲時所稱也。其《檇李亭懷古》云：「蕭蕭落木下凉秋，兩國興亡貉一丘。吴越江山多入手，英雄兒女話從頭。偏教臣妾知天意，不謂君王有父仇。半角荒亭殘照裏，五湖容易有扁舟。」最爲歸愚所賞。

詩貴句奇而理平，意豪而事切。如黄仲則句「茅店燈青鴟嘯鬼，荒林月黑虎驅倀」，奇險極矣，然非誕語也。鮑野雲挽王夢樓句：「寶刀夜月横滄海，鐵板秋風唱大江。」蓋夢樓在琉球得一寶刀，時佩之。歸田數十年，終日不廢絲竹，一經拈出，便覺確不可易。金陵孫蓮水《贈夢樓》句云：「風雨驅馳一枝筆，江山歌舞兩船花。」亦肖其爲人。

常履坦撫軍著述甚富，至老猶手一卷不倦，有《醉紅亭詩鈔》、《班餘剪燭集》。雖取逕平易，而吐屬大雅。《平陽道中》云：「廢圃野花飛蛺蝶，官田夜雨吠蝦蟆。」《西平道中》云：「秋隴牛羊眠細草，寒塘鵞鴨泛斜曛。」皆近許丁卯。

元人拜岳王墓詩落句云：「墳畔休栽檜，行人欲斧之。」邊隨園徵君愛其句意之新，爲從來岳墓詩所未及，因附其義而廣之，作絶句二首：「愛人兼愛烏，惡人兼惡蟖。千載岳王墳，栽松莫栽檜。」「同名既可惡，嫌名亦不容。椒山祠堂裏，栽檜莫栽松。」

五人墓詩名作如林，予最愛孫詡齋云：「冢亦璫祠墓，應爲五人惡。何當遷白骨，葬近要離墓。」尤足爲五人吐氣。《諸葛將軍祠》云：「父子戰綿竹，策馬冒陳死。不愧武侯孫，不愧武侯子。」不着議論，自佳。

沈學子大成，雲間人。博習群書，經史外，於象緯、輿圖、律吕、術數及釋老之學，靡不切究。詩多和平安雅之音。香溪閨秀徐若冰以詩相質，稱弟子。沈贈詩云：「漂泊湖山快論詩，酒邊燈畔幾心知？絳紗弟子徐都講，也似西河老去時。」「泛宅新從笠澤濱，石橋南去月如銀。縱饒越女矜風雅，盡向粧臺作後塵。」「腕下春雲指下音，畫簾鬖几坐來深。添香若與縹緗帙，金管先書《女史箴》。」「三宿湖頭雨不休，茶烟禪榻偶淹留。何緣却枉明珠贈，爲寫羈人一段愁。」五言如「人烟含萬井，石氣上孤亭」，亦佳。

「兩岸草聲細，一溪人影涼」，查恂叔禮《遊上方山》句也。時同遊者僧佛雲亦工詩，題澹遠庵壁云：「澹如殘照遠於松，門繞秋山翠幾重。輸與住庵人一著，我心猶爲看雲濃。」

雲間曹劍亭侍御錫寶，丁丑庶常，改部曹，出爲觀察，緣事鐫級。後與王介子方伯同校館書，優敘國子司業。未補，旋授御史，卒於官。侍御精力過人，七十外燈下猶能作細字。詩如《西泠歸棹》云：「無端別去太匆匆，歸夢猶聞天竺鐘。我恨不如湖畔鳥，往來常在兩高峰。」「登臨隨處總堪思，日暖沙明載酒時。更有好懷忘不得，冷泉亭畔坐題詩。」「蹋閣攀林逸興饒，盡攜景色入詩瓢。江南縱有青山好，誰似西泠十二橋？」官御史日，曾特糾大學士和珅家奴劉全諸不法事，爲友所賣，幾遭嚴譴，先生卒未嘗形之詞色也。歿後，嘉慶四年，蒙今上特旨褒贈副都御史，並廕一子入官。先生詩名，更藉風節以彰矣。

儀徵阮公琢庵玉堂，字履庭。康熙乙未武進士，官廣東欽州營遊擊，著《珠湖草堂詩集》、《琢庵詞集》、《箭譜》、《陣法》等書。九溪苗叛，總制張公廣泗信任先生，戰無不捷。力保降苗，所活無算。平苗之功，公爲最。軍中賦詩，雍容和雅，有儒將風。予讀《記懷》詩，見其忠：「軍行無雜念，富貴等雲浮。但計國家事，方爲將帥謀。人情渾似水，時序正逢秋。若久徒無計，征夫白盡頭。」讀《和韋總戎》

詩，見其智勇：「轉戰縣軍入，身先矢石中。但能無喪失，不必計奇功。」讀《庚申除夕》詩，見其仁厚：「南楚歸來日，青陽度歲時。一杯除夕酒，奠爾衆魂知。」讀《春柳》詩，見其抱負：「細分弱柳向鈴轅，每到清明緑染痕。最愛亞夫有風致，滿營春色不開門。」他如《和袁紹三》云：「宦隨秋水淡，心共嶺雲空。」《富川攝篆》云：「民樸勤農事，官清乏酒錢。」其清廉又足法也。公爲雲臺中丞之相。

梧門詩話卷六

詩龕居士法式善編

江都方近雯方伯覲號石川，康熙己丑進士。由編修改御史，官至西安布政使，以廉直著聲。今讀其集，多緣情之什。《即目》云：「芙蓉岸迴柳橋灣，碧瓦如鱗玉水環。荳緑紗窗紅漆檻，有人垂袖看秋山。」《不寐》云：「酒力無多夢不成，殘燈連曉一星明。秋風颯颯兼秋雨，聽盡棠梨落子聲。」

方石川登第，《寄内》詩云：「誰信青雲有路通，馬蹄行處徧春風。一名成就何關汝，三載分離不負公。身外更知多事在，眼前聊放百愁空。餘寒料峭連朝甚，憶殺麟衫兩袖紅。」自注：「鄉俗，報捷例用紅綾書賞帖。去秋，余舉京兆，信至，婦倉卒截衫袖付之家人，戲云：『留取一半待明年。』來書常舉此相勉，故報之云爾。」又《登第》詩云：「榜下看來多欲泣，朝中説去半能知。傳聞上相虚懷甚，却問明珠幾顆遺？」時以爲善於立言。

宋漫堂中丞愛廬山佳勝。康熙乙亥上巳，自題八年前小照，送開先寺方丈，詩云：「看雲坐石西陂叟，雙鬢依然歲月更。今日披圖看一笑，圖中爲弟我爲兄。」「鶴鳴峰下摩苔碣，漱玉亭中聽瀑泉。世出世間緣有在，且將小照寄開先。」可謂善結山水緣者矣。翁覃溪先生過其地，用前韵題二詩云：「孰是宰官來説法，挑燈我忽悟深更。夢中記得東軒詠，自署黄州白髮兄。」「山門留滯事依然，鑒面何須更飲泉。稽首雪堂稱弟子，生天成佛竟誰先？」

錢塘陳雲伯孝廉文述，阮雲臺中丞入室弟子。博學工詩，尤善七言歌行，遠宗浣花，近法婁東。所著《碧城仙館詩鈔》中，如《帝京篇》、《宮人斜》、《阿𦢊曲》、《奢香曲》、《眉樓曲》、《雲䶨娘辭》、《西藏甥舅聯盟碑歌》、《馬楚溪州銅柱歌》、《瓊華島李宸妃粧臺歌》、《金章宗芙蓉殿歌》，皆洋洋大篇，不能録也。近體佳句，五言如《春日渡江》云：「江山自春色，天地此扁舟。」《可莊》云：「晚風長簃起，細雨畫船歸。」《劍池》云：「神龍終變化，池水亦波濤。」《徐州》云：「斬蛇餘大澤，戲馬失高臺。」《昨夜》云：「凉生臨水竹，月上隔簾花。」《客至》云：「寒雪吴船泊，春燈酒甕開。」《贈人》云：「銜杯送凉月，燒燭畫春山。」七言如《秋懷》云：「酒邊說劍邀秋月，花裏停琴送晚潮。」《寄人金陵》云：「斜日烏啼江令宅，青山花落謝公墩。」《西湖歸夢》云：「秋澗白噴龍井雪，春燈紅上馬塍花。」《贈朱水部》云：「才子官宜居水部，詩人家本住山陰。」《送人至浙》云：「春風絳帳琅嬛館，夜雨青山許鄭祠。」《題吴澹川關中草》云：「東闕蒼龍蕭相字，西都金馬賈生才。」「俠客三更灞陵雪，才人二月曲江花。」《出關》云：「白横夜月凋邊草，紅入秋霜冷塞花。」《須彌福壽廟》云：「初地松雲浮白塔，中天花雨下紅臺。」皆卓然名貴，不以艷才掩風骨者。與曼生鴻壽齊名，時稱浙江二陳。

仁和龔素山秀才凝祚《送弟》句云：「貧賤偶教身作客，文章終望爾成名。」《寄友》云：「年壯漸悲分手易，家貧纔覺讀書難。」《留别》云：「人生知己多歧路，客子歸心入暮秋。」《客中除夕》云：「殘歲來朝成過客，故園今夕亦天涯。」《寄弟》云：「早歲文章悲遇合，窮途涕淚寄笙歌。」《題畫》云：「憐他一片瀟湘水，半送秋行半客行。」《謝人招看桃花》云：「我緣漁父曾迷棹，說著桃花便轉頭。重來祇恐花惆悵，依舊劉郎未得仙。」纏緜宛轉，讀之動心。雲伯每喜爲余誦之，自以爲不及。余謂詩境若此，則處境可知。雲伯正以不及素山爲佳，并不願素山之以佳爲佳也。春哭落花，秋悲芳草，亦欲如阮雲臺之箴汪劍潭矣。

朱青湖彭詩，述庵稱其不染厲、杭習氣，杭州詩人允推正宗，惜以諸生終老。阮雲臺以孝廉方正薦，堅辭不受。王柳村贈青湖有「貧賤元吾輩，文章到古人」句，吳澹川謂非青湖不足當此十字，吳遂與定交。青湖著《抱山堂集》。如《新竹》句云：「抱節既殊衆，當春寧久藏。」青湖品誼，亦可覘矣。子閑泉壬，工詩。《寄柳村》云：「歌嘯通千古，金焦聚一樓。」亦極是贈柳村詩。

汪明經飲泉潮生，詩工五字。《竹岡》云：「掃葉孤雲瘦。」五字極可愛。飲泉工詞善畫，著《東柯草堂集》。

丁未一甲二名進士爲孫淵如，一甲三名進士爲董觀橋教增，皆以能詩稱。散館，俱改主事。孫官部曹，後留心金石之學，詩甚少。董詩如《西南草緑樓》云：「十日吳門醉兀兀，酒醒忽到西湖隈。桃李雖殘錦綉段，烟波正作瑠璃堆。胸中宿塵憑一掃，樓上清樽誰與開？人生有興直須盡，少壯逝矣寧重回？」有嶔崎歷落之趣。

陸筱飲詩酷似竹垞。《舟至孤山》云：「步屧春風侶，囊攜買酒錢。小樓微雨後，孤嶼早梅前。白鷺忽招客，斜陽更放船。笙歌返城郭，相背入寒烟。」

歸安吳眉庵，康熙庚子典試河南，雍正己酉復典試河南，旋任河南學政。先生自署爲嵩山學長，彙中州所作詩爲《三使集》。試竣日，旅次見賣元人畫册，各繫以句，其情趣閒適如此。録其四，云：「垂柳陰陰拂釣磯，一雙乳燕掠波飛。披圖要與溪翁約，著個漁舟待我歸。」「江天暮景最堪題，曾憶扁舟霅水西。松火漁燈孤客夢，凍雲寒月五更雞。」「誰將淡墨寫雲泉，不是斜川即輞川。倘許畫圖分一角，還家早辦買山錢。」「雲岩雪竇山迴互，蓼渚蘆汀水曲盤。家在吴興山水窟，却從畫裏飽經看。」

余壬子春日集盧碧山廣文錫埰齋中，羅兩峰繪《春陰圖》，同人題詩於上，以姚春漪孝廉爲最。詩云：「撲地春風漲遠天，情懷中酒似乘船。護花不用開屏障，閣住癡雲在柳邊。」

李石農主事鑾宣，余己亥同年也。貧甚，授徒爲業，後余十三年成進士。善書工詩，爲人題畫，信手立就，有人思索所不能到者，因是求者坌至。石農右執筆，左磨墨，衫袖皆污，不顧也。入官後，益貧，石農安之。爲余題《詩龕向往圖》云：「敦厚温柔回始遺，聖人删後更無詩。柴桑自著田園詠，直匹《豳風·七月》辭。」「輞川清俊襄陽老，佳句蘇州與柳州。出處不同人品異，誰知水乳竟相投？」「光風佳月四時春，位置詩龕孰主賓？我願先生增一席，瓣香還有杜陵人。」可謂婉而多風。

河南吕氏多詩人。坦庵侍郎履恒字元素，康熙甲戌進士，著《夢月岩詩集》二十卷，諸體皆造微，七律胎息杜陵，能遺其跡象。如「水將落日翻沙磧，山倚歸雲斷石樓」、「青草湖依湘女廟，素馨花滿越王臺」、「風月閒時新雁到，江山佳處故人來」、「阪路迴風松葉響，渚田新雨稻花稠」、「村徑香生開桂後，石房烟出焙茶時」、「門外鳥啼烏桕樹，路旁人折紫薇花」、「山餘落日千峰紫，海瀉遥空一氣青」等句，非尋蹊問徑者所能到。

李石亭化楠字讓齋，四川羅江人。乾隆壬戌進士，出爲浙江餘姚令。壬申分校鄉闈，得李祖惠爲解首，一時稱盛。官至順天北路同知。晚年詩益工，人以高常侍目之。如《僧舍》云：「偶來僧舍且安居，門外秋深草不除。更有兩株紅葉在，端宜留待鄭虔書。」又有「落日孤村牛背笛，山橋野店馬蹄塵」，《別密雲縣》句也，縣人至今誦之。

吴興鮑以文廷博藏書最富。家素封，以鬻書中落，刻《知不足齋叢書》盛行於世。嗜吟詠，有《夕陽詩》，和者甚衆，時有「鮑夕陽」之稱。趙味辛舍人懷玉題其詩後云：「人間誰重晚晴時，多事參軍自詠詩。絶唱肯教孤雁占，新愁惟許夕陽知。」

《海沱集》者，汪承茂松、顧洛耆邦英、王泗徵麟書、甘道淵運源、甘子灝運瀚五人所彙刻詩也。李鐵君序之。汪詩《過趙北口絶句》云：「萬樹柳環湖水闊，數家人傍釣船居。客愁無那秋風裏，紅蓼花邊看打魚。」顧詩《姑蘇訪友》云：「幾日江南載酒遊，扁舟清曉過蘇州。春陰天氣山塘路，處處垂楊掩畫樓。」王詩《芙蓉樓》云：「芙蓉樓上一樽酒，芙蓉樓下千株柳。山色湖光入座清，鷺宿鷗飛誰與友？醉來不記下樓時，荷風香上葛衣久。」甘道淵句，如：「烟散水邊蓼，風鳴柳外蜇。」「落日在鴉背，流雲出樹間。」子灝句，如：「華嶽秋雲飛鳥度，峨嵋山月抱琴看。」《縉陽山》落句云：「斷雁一行飛，秋山人去遠。」皆佳。五人中，惟甘道淵余識之。嘗於冶亭侍郎昆季宅分韵賦詩，記有「詩傳三學士」語，時余與冶亭、閬峰皆官學士也。道淵年七十餘，携少妻稚子就丞倅官於粤東，臨行時猶賦詩留别，迄今又五六年矣，聞其豪性不減。

王澮人金英自號菊莊居士，秣陵人。詩工遇嗇，潦倒而没。裘漫士、彭芸楣、蔣心餘諸先生皆禮重之。《秋熱絶句》云：「炙猶可熱秋無力，愁不能攻酒失權。輸與山中樵牧好，萬松深處倚雲眠。」嘗夢中作《種菊》詩，云：「陶潛有地皆栽菊，司馬無時不荷鋤。待得露凝霜降後，秋光也到野人居。」「粧點園林詎等閒，不希妖冶鬥春顔。此花開後真難繼，只有梅堪伯仲間。」

吴中布衣，詩崇尚正軌者，自張永夫、盛青嶁、過春山、沈方舟、沙白岸、張古樵後，繼其聲者陸紅樹、石遠梅、吴瘦夫、楊蓉裳、祝湓樵諸子。蓉裳名安濤，字静瀾，著《柳影樓集》。詩如春岫晴雲，秋江迴月。《言懷》云：「失路才名退，依人儉歲難。」《高木橋晚眺》云：「獨樹暮歸鳥，孤村人飯牛。」《村居》云：「短褐風前飯，全家水上村。百年行樂暫，一飽此生微。」《寄張紫峴》云：「經時獨抱夫容宿，而我相思湘漢深。」皆可吟諷。湓樵名光燦，著《清嘯集》。《訪翟雲屏大坤》云：「蕭閑處士蹤，香林寄幽興。一笑抱琴來，夕陽在蘿逕。」

周文恭公奉使琉球。有徐生者，善鼓琴，自言願隨觀海，藉波濤怪變以進其技，且爲使者譜新詩入操，亦振奇士也。陳星齋先生題文恭公《登舟圖》八絶句中一詩云：「新詩脱口譜隨傳，客爲彈絲主扣舷。非此主應無此客，果然海上有成連。」蓋紀實也。

雲伯嘗呈其尊甫汾川明經時《種藥齋詩》一册，氣息静穆，似學道人語，《幽居》數章尤佳。如「緑借鄰家樹，紅分小圃花」、「松花糝棋局，竹露滴琴床」、「草堂邀乳燕，竹徑待流鶯」、「漁竿臨水檻，酒幔隔花樓」、「野人談稗史，稚子課農書」，質樸中具有翛然出塵之致。

思元主人贈顧𢌿庵有「詩天涵水雲」五字，可稱奇句，非真詩人不解道也。主人著《蔞香閣集》。

楚南陳勤恪公總裁武英殿時，四方文士執業請益者，卷册日成束。先生略一展閲，即置高閣，聚三日，取焚之。人問其故，先生曰：「時調輕薄，若盡目之，恐近墨者黑也。」獨嗜江寧顧秋亭光禄國泰詩，嘗對客背誦至百餘篇，不遺一字。光禄著《樂易堂》初二集，余惜未見。近讀其五言絶句《郊居》云：「閑庭秋色清，一樹凉風好。山童嬾似余，葉落無人掃。」《獨遊海幢寺後山》云：「崇巖人境外，寂歷恣遊賞。微風時一過，衆壑生幽響。」五律《謝墩訪吴侍御不遇》云：「蘭齋清坐久，不見主人歸。樹密孤蟬噪，階空衆鳥飛。淡雲籠遠嶼，疏雨送斜暉。徙倚危欄畔，鐘聲出翠微。」皆其晚年所作。

江陰繆芷庭紱，錢竹初明府壻也。年少工詩。余於趙味辛齋中識之，見其《西湖竹枝詞》：「妾在裏湖深處住，怪郎只上外湖船。」又有《贈内》句云：「一欄細雨幽窗夢，卿藝名花我讀書。」皆工於言情。

裘文達公臨没，語家人曰：「我燕子磯水神也，謫居人寰。自念平生無甚過惡，當不至墮落。我没，可詣正陽門關帝祠禱之，如得『仙風道骨本天生』一籤，則我可復位。」舟過燕子磯，再祈，得此籤，則我竟復位矣。」卒後果皆如其言，相傳以爲異。袁子才自金陵往蘇州，阻風燕子磯，至水神祠，憶及前事，曰：「我已未老同年也。君爲水神，何不助我一帆風？」因題詩壁間，云：「燕子磯邊泊，黄公壚下過。摩挲舊碑碣，惆悵此山阿。短鬢皤皤雪，長江渺渺波。江神如識我，應送好風多。」及返舟，風利，遂達吴門。

熊介玆太史方受嘗夢中得一絶，云：「江左周郎鏖戰回，小喬輕進紫霞杯。兼天白浪通天火，記否同登銅雀臺。」詩極佳，不知何指。介玆送船山回蜀有句云：「搜盡山川奇句出，聽殘風雨客愁來。」才力酷似陳黄門。熊，廣西人，庚戌進士。其尊人名恩紱，壬申庶常，官至大名巡道，死賊匪段文經之難。

劉寄庵大紳，雲南晉寧州人。乾隆壬辰進士，官山東新城令，有治聲，兼嗜風雅。求漁洋後人，得子文秀才，奇賞之，築室桓臺，令讀書其中。一日見過，贈詩云：「朝烟上石橋，宿雲停高樹。一夜不見君，凌晨到君處。人在秋水亭，詩如輞川墅。南望鬱商山，相約采芝去。」《新城縣志》：「鐵山，一名商山。」

丹徒張廉訪學林號圖東，文貞公猶子。官中州時，與桑弢甫論詩彌日。桑序其《圖東集》云：「廉訪生清門，於門才中特雋拔。當康熙末，長安行卷温卷，鱗次響臻，君獨不得一躍名場，其不肯爲桔槔俯仰，風節棱棱可見。而所歷人境合離，年時哀樂之故，一發之於詩。」其推重如此。余見其老年《戲題采選圖》詩云：「快意功名漫詆諆，睛光紙上落如箕。可知得肉甀無味，好是屠門大嚼時。」「相逢何怪宦情濃，名是虚階户實封。才德儘饒功不細，莫教一跌墮高峰。」雖遊戲之作，亦有味乎其言。

圖東《别湘源》有句云：「湘源不乏佳山水，欲畫兼無好畫師。記取嶺雲終古在，他年或有夢來時。」自跋云：「家大人罷杭郡，有口號云：『來時行李去時裝，五夜清天一炷香。畫得西湖屏幛上，只將山水帶還鄉。』」此詩殆用其意，較刻露耳。

王西莊嘗語人曰：「今日江左詩人，當以趙損之爲第一，予與吴企晉、王琴德、曹來殷皆弗如。此論蓋自予創之，惟三君亦以爲然，而世之人或未之知也。」其推重如此。損之自訂《娦雅堂集》，皆未入官時所作，較《娵隅集》，蒼老不及，而標格過之。如《紅橋絶句》云：「垂楊板渚一條條，碎雨零烟伴寂寥。落拓江湖心事改，不堪被酒過紅橋。」「蘋花蘋葉媚清漣，妝閣家家鏡裏懸。依約緑窗人未起，湘簾如水颺茶烟。」「小秦淮接小東門，岸草汀花碧一痕。斜泊船唇畫樓角，不聞《水調》已銷魂。」風流倜儻。後乃殉木果木之難，才人固未可量也。損之名文哲，别號璞函。殁，贈光禄寺少卿。

《娵隅集》中多從征作，風俗之俶詭，山川之險怪，可驚可愕，每於詩傳之。南甸道中多雨，雨則猿啼滿山。璞函詩云：「一峰十萬樹，一樹四五猿。一猿千百聲，雜以風雨喧。一日十二時，一程三十里。一軍六千人，盡在猿聲裏。」口所難言之景，筆能述之。王葑亭太僕有《讀娵隅集感賦》云：「誰教投筆去從戎，洱水岷山類轉蓬。七子聯鑣偏宦拙，六年磨盾剩詩工。虎頭媿乏臺端相，馬革榮逾牖下終。蠻語一編無恙在，劫灰堆裏走長虹。」情文相生，讀之令人歔欷。

高文良公生平最賞許子遜廷鑅詩，每於廣座中吟其佳句。文良以詩商榷，有當改定者，子遜輒爲指彈，曰：「我欲使公必傳。」其負任之重如此。顧屢困公車，丁未榜後，以搜遺卷得閩之武平縣令，實異數也。俄以事去官，享年八十餘，與歸愚尚書主盟吴中，人稱「許沈」。子遜少時有「小青蓮」之目。《别采石》云：「憶泛清秋月，宫袍淡捲烟。江山無太白，寥落一千年。予亦騎鯨客，來乘牛渚船。登樓人不見，春水上青天。」著《竹素園詩》八卷。

王柳村《三山夜泊》云：「今夕三山月，流光照客杯。青天一長嘯，寥落謫仙才。予挂布帆至，誰披宫錦來？相思餘涕淚，况是夜猿哀。」又《宿太白墓》：「月黑天蒼茫，萬古惟秋草。三夜頻夢君，豈獨杜陵老。」自負不淺。

有人以《秋塘放鴨圖》求售者，後題六詩，余記其二，云：「紅日高來水面烟，野人放鴨淺沙邊。緑頭低入水中去，紅掌摇摇倒向天。」「茭苗荷葉擁波光，迮堰花深放拒霜。誰爲裁書寄鷗鷺，清秋那得似南塘？」筆意生新，下著「心月題」三字。庚戌秋，晤張葯房太史，偶談及粤東詩僧願光字心月，乃知爲方外之作。併述其五言佳句，如：「藤蘿仍石棧，燈火已漁舟。」「日沈汀樹暗，潮滿石梁低。」「人倚秋燈暗，螢流叢篠青。」「花零苔緑破，庭卓塔陰清。」惜不記其全，併忘其爲何題也。葯房又言心月有《蘭湖詩》刻本，當購寄。今葯房没，此書不可見矣。葯房名錦芳，己酉進士，廣東四才子之一也。

徐蝶園相國序陸鶴亭《春及堂詩》曰：「今之士大夫競言詩，或唐或宋，各執所尚，抗不相下。余曰詩以道性情已耳。苟能出於性情，勿論唐可，宋亦可也。如其不出於性情，勿論宋非，唐亦非也。」旨哉斯言。鶴亭詩皆寫性情之作，記其《詠茉莉》末句云：「從今莫泥《群芳譜》，自我呼他小玉蘭。」《竹夫人》末句云：「漫言新寵承偏重，團扇而今怨晚凉。」

江孟亭浩然字萬原，嘉興人。少喜讀竹垞詩。稍壯，棄舉子業，客諸幕府，記覽日博。注《曝書亭集》，世頗稱其該洽。詩如《詠春風》云：「愛他寄得多番信，要路開門不世情。」《題宋徽宗白鷹圖》云：「毛羽何須誇白雪，官家曾爲著青衣。」抒詞寄意，皆極深刻。

溧陽尚書任蘭枝官户部時，顧其僚曰：「錢塘符郎真詩人。」視有加禮。符名曾，字幼魯，號葯林，與厲太鴻齊名。喜爲詩，至老不衰，以《牡丹詞》二章著名。其《論詩絶句》云：「霜籟無聲妙境開，音沉不動獨徘徊。記將月底鸞笙奏，好譜《霓裳》散序來。」「腦麝徒嫌是俗氛，幽蘭空谷不相聞。會須境寂人閒處，領取芬陀一縷薰。」「肥膩清虚各自甘，酸鹹嗜好不同諳。世間味外還餘味，舌本香茶幾箇參。」詩家宗派不同，各有所至，世之執一以例百者，觀此當爽矣。竹井相公嘗謂少年曾以詩質幼魯，頗得其教益，而相公詩絶不似幼魯也。

楊寶研《古香堂集・廣陵柳枝詞》云：「啼鶯莫訴春無主，只恐東風嫁海棠。」《秋閨》云：「銀鴨香銷冰簟冷，海棠花已嫁西風。」《白門紀遇詩》云：「濃艷淡香雙映處，海棠真箇嫁梅花。」三用海棠，三用「嫁」字，妙有意致。

韓怡園雲字自爲，歸安人。康熙戊子貢生。鮑西岡鈖有《同怡園暨王載揚訪沈觿翁》詩，云「正是蒲蓮浩如海，菱花風送兩詩人」之句。載揚名藻，吴江詩人，爲李穆堂先生契賞，乾隆丙辰嘗舉鴻博。厲太鴻贈韓詩云：「金粟風流久絶群，弁陽今復見夫君。梨花萬樹營生壙，自説他時葬白雲。」

《澄懷八友圖》，蔡葛山先生侍直尚書房所作。其《自序》略云：「圖作於乾隆丙子夏仲。時同直八人，相與晨夕，談古今，互酬唱，歷有年所。因命畫師即園爲景，各圖其形而肖之。汪文端公爲之記，一時皇子暨當代名公，咸爲詩歌以紀其盛。迄今垂三十年，披閲之下，七人者皆謝世無存，即題詠諸公，亦僅十存三四。愴然傷懷，不禁今昔之感，乃命工鈎摹而勒之石。乾隆四十八年秋九月，重陽前一日也。」先生時年七十有七。今又十年，先生家居，健好如常。流風餘論，展卷猶新，實詞林佳話。卷中詩皆佳，金檜門先生尤詳於叙事，録之，可識端委焉。詩云：「鐘鼎山林各爲友，兩欲兼之天所否。誰意清華講學臣，自然勝地落吾手。皇家毓德開東序，愼選名賢相左右。猶於退食畀安便，賜與芳園餘百畝。曲池魚鳥樂主賓，别院燈光照窗牖。穿花禁漏聽分明，結夏香風透菱藕。路旁車馬自喧闐，塵飛不到萬株柳。記得從前我寓居，風光已是廿年久。未著丹青寫顏面，默數同人在斯某。而今剥啄訪諸君，品畫聽琴事只偶。國有遊觀古不廢，能豁聰明去胸垢。談經治事意氣生，豈是轅駒局趣走。圖裏原非縱逸儔，莫比米顛雅集流不朽。」聞此詩爲蔣心餘代作，不知然否。

蔣約園論古詩最佳。記其有《卧龍岡詠武侯》云：「飛騰割據已無憑，剩水殘山怨不勝。吴信能和曹易滅，公如不死漢中興。千秋史册悲陳壽，萬古雲霄感杜陵。得力生平惟出處，豈專功業到今稱。」筆力嶄絶，意思亦戛戛獨造。

額爾登萼字思胥，官都察院筆帖式，著《廢村集》二卷。有句云：「歸鴻銜雨急無陣，落葉觸階乾有聲。」極冷峭，有别趣。

李鐵君精於史學，所著《尚史》今已刊行。詩雖餘事，頗具出世之概。《蝶巢》前後集梓成，一時紙貴，大江以南無不知鐵君名。如：「落花幽籟細，苦竹夕陽深。」「險愁岩石墮，冷逼洞猿啼。」「荒谿蝕秋水，虚谷轉晴雷。」「病消春草後，心空落花前。」「春草自然緑，夕陽相與閒。」尤工起句，如：「一雁叫雲碧，亂山今夜秋。」「片月落寒白，微風生近林。」「不知侵曉雪，已壓四山深。」「雲塢秋燈白，山深夜復深。」「花宫疏磬夕，雲亦宿閒階。」「秋色無邊遠，蒼然生野烟。」於古人求之，亦不多覯。

金覺夫楹，休寧諸生。幼聰慧，工詩，卒年二十六。詩有逸氣，如《寄友》云：「仙人贈我雜文錦，携到窗間是彩雲。忽遇好風吹又去，天都峰上或逢君。」《雜詩》云：「手持緑玉笛，吹作蒼龍吟。曲罷長風起，天人知此音。」俱非塵中人語。著《嘯月樓集》，其兄吟香明府翀屬王柳村選刻之。

吴澹川《過友人山居》云：「桐影初流月，琴聲不見人。」《歸舟抵家》云：「黄葉欲藏屋，寒雞方候門。」《題滄浪室》云：「秋渚見沙色，暮窗聞棹聲。」《吴涇散步》云：「黄花溪女珮，紅樹野人扉。」《初夏泛舟》云：「樹深溪忽斷，花落徑猶香。」《北岸》云：「雨晴溪女出，風定渚禽歸。」《山舍》云：「風月似前世，漁樵皆古民。」《飲山翁舍》云：「問徑花相引，開門鳥亂啼。」《送人》云：「撥棹野花落，當門秋水來。」《客館病後》云：「雨後春如客，花間夢當歸。」造句新雋，不讓愚山。文簡見之，定入摘句圖也。

竹垞先生與新城尚書手札，薦詩人鄭鉽，有云：「吴語軟，生詩堅；吴人浮，生行狷。」張匠門獲手札墨蹟，裝池成卷，題詩於後，云：「尚肯憐才彦，凄然憶老成。千秋留墨瀋，二老見交情。館閣無窮業，山林不朽名。寓書殊亹亹，薦士得琤琤。詩律堅誰敵，儒修狷克貞。瀾迴吴習俗，綫續漢經生。旅舍迷燈影，寒窗聽雨聲。前賢心獨寫，後死淚雙縈。有客珠光暗，何人鏡照明？撫琴傷秀水，下馬拜新城。筆札當時重，風流海内傾。錦裝三百字，萬古比瑶瓊。」鉽，即鄭炳也先生尊人。《曝書亭集》亦時有與鉽唱和詩。

襄城劉太乙先生青藜，康熙丙戌翰林。鄉舉前一年，夢人持一簡，題云：「太昊陵邊思故鄉，兒女織錦千丈長，那解刀尺作衣裳。」謂先生曰：「此明年科題也。」先生熟思久之，曰：「其『子在陳』章乎？」覺而異之，詩以紀焉：「文通授彩筆，子雲吐白鳳。古來瑰偉人，奇怪事頗衆。而我獨何爲，廋語偏入夢。覺來味厥旨，反覆轉懜懜。十年走名場，鋭氣消磨礱。伯倫醉不醒，嗣宗腹常慟。攘臂復何心，鬼神乃嘲弄。抑豈憐我拙，客居如羈控。發矇指迷途，詭語示微諷。晨昏離庭幃，甘旨缺親貢。衣給陌上桑，虀盈屋角甕。豈必舌爲耕，始足免飢凍。中宵坐且起，歸心勃然動。敢以金石言，蕉鹿等瞢瞢。」

曹楝亭性豪放，縱飲徵歌，殆無虚日。酷嗜風雅，東南人士多歸之。張匠門題其詩後云：「跳丸家法斗量才，筆健凌雲性絶埃。多少時賢誇麗句，可能横槊建安來。」「東南酬倡半耆英，寒碧丘南最繫情。更灑曝書亭上淚，風流誰競萬年名？」「月墮花飛怨奈何，坊間新本小兒歌。斷腸更譜湘蘭曲，魂逐殘香蛺蝶多。」楝亭平生，於此略見。

新淦王芝圃泰甡，雍正甲辰進士，由翰林改户部主事，既躋正郎，復歸庶常。庚戌散館，授職編修，寔異數也。其《改部曹》詩云：「幾年珥筆奏《長楊》，此日承恩拜省郎。豈解度支籌國賦，但能清儉凛官常。新銜雨露司農部，舊夢香烟繞玉堂。碌碌簿書叢裏過，漫將雙鬢笑馮唐。」《散館再授編修》詩云：「瑶宫重得覲天顔，驚喜猶疑夢寐間。三載户曹居下考，一時翰苑忝頭班。涸鱗畢竟歸南海，鞅掌何煩賦北山。縹緲鰲峰容托跡，蓬壺方信隔塵寰。」「鶴禁深嚴去復回，終慚珥筆實非才。夜聞鳳閣數聲雨，曉覲龍顔一笑開。雲帶恩光籠玉署，風傳花氣襲蘭臺。漫將詞藻稱供奉，誰解爲霖沐草萊？」可補入詞林典故。

錢籜石侍郎庚辰分校禮闈，以藍筆爲秦復堂盡牡丹花一枝，陳紫瀾題其上云：「翠結仙雲暎玉沙，眼明喜見洛陽花。畫圖本自來蓬島，顔色何須數魏家。」

陳石閭景元、李鐵君鍇、戴通乾亨稱「遼東三子」，作詩皆以漢魏爲宗。李詩參之太白，戴詩參之少陵，陳則出入於陶、謝間。余見石閭全集，乃其手書，字法希踪晉人。詩近三千首，古體居多，思議超妙。五言如：「秋心和露白，遠火著寒青。」「秋色向人白，野花隨意紅。」「人烟春入柳，僧飯暮炊松。」「野風驅地轉，獨鳥背雲歸。」七言《吴門》云：「吹簫南國英雄老，説劍西風日月低。」《得書》云：「遠戍寒漿秋飲馬，窮邊野月夜飛狐。」五律尤能一氣奥衍。《自大峪還十府村》云：「大峪初開麓，長河欲接天。黄流欺白日，高鳥冒空烟。柳愛春懷早，人存夜氣先。步虚歸虎落，獨抱月光眠。」

張贊皇光裕，丹徒人。康熙丁酉舉人，官湖北興山縣，多惠政。歸田後，建松存閣，課徒以自給，因自號松存，邑中英俊，皆出其門。大令端品植行，邃於經史之學，粹然儒者也。詩格老情深，步武唐賢。其孫寄槎孝廉嘗以眎予。《除夕同友守歲》云：「判别一宵分各歲，團圞萬里合爲家。」《送李濯西歸滇南》云：「三冬冰雪論交足，萬里風雲後會稀。」《清明》云：「天涯節物自芳菲，遊子尊前事事非。春與百花相并老，心隨雙燕一時歸。」「青疇雨過苗初穎，緑浦冰消水漸肥。最憶江南櫻笋節，三年無計到柴扉。」著《長蘆集》、《江門詩鈔》。

錢南園督學湖南時，以天長王用軒雨春詩見示，并言用軒「品端志潔，佐校士閲文之役」云云。《舟過衡陽柬張地山大維》云：「彬水復瀟水，停舟又换舟。衡陽三度過，生事一年浮。與子各華髮，閒情付白鷗。前途正遼遠，斜日下汀洲。」其《紀荒小樂府》，古調新聲，似吴野人，不備録也。用軒，丁卯舉人，著《虚牝集》。與程禹山并稱「石梁兩詩人」。禹山亦是科舉人。

梧門詩話卷七

詩龕居士法式善編

平瑶海聖臺甲戌會試出錢文敏門，公嘗稱其館課「一鈎楊柳外，仿佛上弦初」。及公己卯典試江西，瑶海由庶常改縣令，奉調入闈。公《途中見新月懷瑶海》云：「凉風已見催秋去，碧漢何嘗待客還。不信一鈎楊柳月，此詩只合老途間。」

宗室曉亭侍郎賽爾赫，性至孝，歷官所至有聲。詩多綿麗，余獨愛其清拔之作。如「浮雲能補斷山缺，遲日暗添行路程」，蓋晚年句也。侍郎長子立齋伊都立亦能詩，如「開門紅墮林邊葉，到眼青看屋外山」，所謂克肖者乎。

近時西直門外極樂寺僧藝樹蒔花，冬日治土窖，繚以紙窗。初陽烘射，坐土坑瓦爐側，聞梅花、水仙香，時有出塵想。春、夏、秋花尤蕃衍。復於寺左葺國花堂三楹，繞以曲闌，前有牡丹、芍藥千本，後鑿池築山，養魚其中。墻外則柳色遮天，稻雲千頃。南人對此，往往增故鄉之思。余於佳日每招詩人讌集，相爲娱悦。戴菔塘太常著《藤陰雜記》，於此地有缺焉。余讀静退齋《玉河紀遊》詩，皆極樂寺外、長河迤西一帶景趣，爲補録之。詩云：「秋色西來好，因之謝吏人。卭須金馬客，容裔玉河津。柳拂沙頭老，蟲鳴草際新。轉憐斯路熟，未得及侵晨。西苑啓事，每於四更過此，故云。」「繫馬曾遊處，青帘白石橋。曲闌依窈窕，古塔鬱岧嶢。畫本纔横幅，花枝尚短條。銀河通尺五，未敢問輕橈。」「細水纔如澗，奔濤怒不流。虹梁收别壑，雪瀑濺高秋。但少香茆屋，從添白酒篘。何時携釣具，真作漫郎遊。廣源牐觀水。」「梵唄效祠官，高居太乙壇。古松横爪鬣，陰洞出琅玕。清磬一聲徹，微風三夏寒。竹宫遥拜後，老衲話迎鑾。萬壽寺，辛未重修，爲祝釐之地。」「漢室中常侍，唐家神策軍。斯人能佼佼，奴輩自紛紛。香火歸天帝，蘋蘩紀墓文。窮奇看朽骨，幾保碧雲墳。昌運宫，爲明太監張永建，墻外有墓。」「一徑垂楊下，沿流古道斜。刹竿迷佛火，籬角絡秋瓜。行殿梁窺燕，虚堂慢卷紗。暮笳何處起，蕃馬戲平沙。」《静退齋詩》，菔塘太常尊甫匏齋郎中作，郎中名文燈。

賽音布九如「野日澹無色，寒雲行有聲」、「風定樹猶怒，日高霜正飛」、「千門深閉雨，一雁冷横秋」，蘇章阿雷岩「泉流幽澗細，花落夜堂深」、「巖樹背風響，溪雲壓水飛」，皆以五言勝者。

隨園論詩專主性靈。余謂性靈與性情相似，而不同遠甚。門人鮑鴻起文逵辯之尤力，嘗云：「取性情者，發乎情止乎禮義，而澤之以《風》、《騷》、漢、魏、唐、宋大家，俾情文相生，辭意兼至，以求其合。若易情爲靈，凡天事稍優者，類皆枵腹可辦，由是街談俚語無所不可，蕪穢輕薄，流弊將不可勝言矣。」余深是之。鴻起號野雲，爲論山猶子。少孤貧，力學自重，以辛酉明經入都。未至，而論山已卒，承遺命問業於余。觀其詩，清超警秀，各體皆工。因爲之序其集，謂其獨往獨來，有非海門、論山所能牢籠者。

野雲詩不一格，如「歸帆破浪争飛鳥，急雨横江截斷虹」，壯語也。「雪殘陰嶺花明寺，冰泮春塘水漫橋」，雋語也。「鎮日偕遊無片語，一朝不見便相思」，淡語也。要皆藴藉，故佳。

宗室紅蘭道人岳瑞字兼山，號玉池生。善畫，詩效崑體，亦時近昌谷。《石門驛夜雨》云：「濃烟不散莓苔浥，孤枕涼生銀蠟泣。茅屋疏櫺盡無紙，亂螢避雨紛紛入。」又《塞山》云：「那知暗磧明沙下，半是前朝烈丈夫。」又號東風居士，有「東風無力不飛花」句，爲問亭將軍博爾都所賞也。

詠金山詩極多，方子雲「全山如在舟」、石遠梅鈞「帆迴四面盡樓臺」二語，確切不移。遠梅，吴縣人，著《清素堂詩文集》、《梅清閣詞鈔》，西莊選。

蔣約園攸欽，臨皋長子。幼能背誦杜詩全集。筮仕滇南州佐，旋罷歸，鬱鬱以没。其詩如《秋夜憶弟》云：「艱難餘骨肉，卓犖見平生。」《弔岳武穆》云：「一代存亡三字獄，十年成敗兩河功。」皆傑句也。

約園弟攸銛號礪堂，甲辰進士，官編修。少年入詞館，風度冲雅。尤工詩。余記其《釣臺》二首云：「拂袖東歸物外情，那知隱後轉成名。當年若問歸來意，祇向漁磯寄此生。」「天子何妨是故人，桐江烟月樂吾真。胥潮亦畏先生節，不遣衝波過富春。」著語清婉，得未曾有。

三原李伯修瑛以明經老，精繪事，工詩。余嘗見其《送客》云：「送客村西門，遥見終南山。客不如我嬾，我不如雲閒。白雲住紫閣，我獨住人間。」

奉新甘莊恪公汝來巡撫廣西時，父岐山先生顯祖猶應鄉舉。雍正丙午，先生偕次子汝逢、長孫禾同榜獲雋，喜而作詩，有云：「追隨衆士駑駘後，引領兒孫老驥先。」莊恪在撫署，亦賦詩，有「碧桐秀發新枝早，丹桂香分老榦餘」之句，想見一門盛事。

吴孟舉刻《宋詩百家鈔》，近日嘉善曹六圃庭棟復有《百家詩存》之刻。余亦從四庫書中鈔宋人詩百餘家，皆孟舉、六圃所未見者。六圃著《産鶴亭詩》，大似北宋人。《過趙若涵故居》詩云：「凄迷芳草亂啼鶯，高卧俄驚歲月更。春雨連朝小巷永，賣花聲逐賣魚聲。」《錢菊農别墅》云：「一生心事只烟蘿，壘石疏泉小結窩。鶴去不還梅亦老，緑涼坡下草痕多。」

桑弢甫《前集》十四卷自爲序，有「振筆抒所鬱塞，本不知古作者意，亦不遑用古語」。與劉元歎凡説詩最相契合，題其《于役稿》後云：「掌上驚鴻譜玉笙，當筵劍訣受新聲。香羅争繡紅燈曲，青草年年塚上生。」「圍爐劇飲瀉紅泉，雨雪新詞破玉箋。明鏡何須憎白髮，風流不數柳屯田。」「勾芒消息到龍沙，吹盡春風不見家。一曲何戡能記取，邊城燒燭看唐花。」「垂楊萬縷映池樓，深寫君恩淡寫愁。入暮悲笳聽不得，密雲城上月如鉤。」

華亭詩人劉讓宗維謙聞桑先生名，見訪。過塘棲，坐船頭，快吟得句云：「客醉孤舟月，蛩吟兩岸秋。」不覺墮水。榜人救之登舟。先生爲足其詩贈之云：「何人追太白，高詠擅風流。未許騎鯨逝，還來汎蟻遊。浮沈身世在，我亦一輕鷗。」

李虚谷編修如筠，乾隆丁未進士，江西大庾人。幼時讀書粤東，詩筆奇峭，擅嶺南之勝，洵近今一作手也。余見其《蛾術齋集》一册，抄録過半。小詩亦極拔俗。《廣州竹枝詞》云：「魚珠海上緑成堆，子午潮生白浪催。伐鼓船頭雙槳落，波羅神廟進香回。」「十里魚鰕水氣腥，就中花舫太瓏玲。一聲柔櫓香風過，知是前頭賣素馨。」「劉王花塢百花芳，黄木灣頭艇子忙。荔子糖霜都食盡，海船前日到檳榔。」「牡蠣爲墻檀木扉，女兒香襯雨紗衣。龍船鬧罷扶桑落，但見木棉花亂飛。」不減漁洋空舲峽中「冷雁哀猿」句也。惜壯歲殂亡，未能盡其才耳。

劉文定公舉詞科，尹文端公所薦。文定寒素，通籍，貧不自給，文端以初入館時所服蟒袍見遺。文定謝以詩，云：「探花隊裏壓雕鞍，留作傳衣故事看。依舊香烟雙袖滿，重新雨露一身寬。於今尚憶冷官冷，自昔曾憐寒士寒。記得大功坊底路，青袍落第謁臺端。」

夢堂先生賦《柳色》詩，索文定和作。文定既和其詩，復跋其後云：「夢堂緘詩索和，已因病堅壁報卻，既循繹『青雨林塘，緑烟門巷』云云，視爾時殘月曉風，仍是一家眷屬，似此興復不淺，再支三十年何難？遂用韵紀實，且願與諸老輩共證明之也。」詩云：「嫩麴塵看浄業銷，棲鴉意賦最柔條。囊於劉松裔前輩塵遠樓分賦《新柳》詩，夢堂有「棲鴉恐未勝」之句，距今正三十年矣。卅年人老尊前酒，一月春賒陌上簫。時三月逢閏。山水清音公自領，烟霞錮疾我應饒。歸途驄馬隨司隸，獨苦頭風氣不驕。」一時二老風流，可以想見。

錢香樹先生序錢文敏《茶山集》云：「唐節度使崔鉉年十五，父執韓晉公滉命賦架上鷹，崔應聲呈一絶，滉大喜，曰：『他日位當與我埒。』李公紳諸生時，識者見其《閔農》詩，驚歎曰：『此人後來必爲宰相。』稼軒於乙丑登第後，口占一律，云：『深居判乞過春殘，墨漬青衫尚未乾。曉日忽開三里霧，輕舟竟上九重灘。平生温飽何求足，畢世聲名欲稱難。猶有舊交司户在，十分春色厚顔看。』後數日，同諸生來謁，問就中孰能詩，稼軒退，即取詩本就正。余讀至是作，即批云：『孝廉登上第，無一毫自滿意，他日享盛名、載厚福，詩其左券耶？』」香樹先生爲文敏乙丑座主。

福益庵增格，相國伊桑阿之孫，制府伊都立之子。由副都統爲盛京侍郎。生平屢典戎行，而吟誦不輟，填詞尤工，詩多天趣。《春雨》云：「珠箔燈初冷，紅樓燕亦迷。可憐盤馬地，只是有春泥。」《山行寓目》云：「巖蕚濕幽嵐，青林墜白羽。松巔一片雲，忽作山根雨。」

孫合河相國議徙黄河復故道，裘文達公官少宰，頗以爲不便。時文達新納姬人，錢文敏戲以詩云：「辜負年年杜牧遊，使車空自返揚州。美人意外乘槎到，疑是黄河向北流。」

蕭山陳山堂編修至言，少年時即爲其鄉毛西河所賞。所著《苑青詩集》，風格高騫，宛然毛氏。五言尤勝，如《南樓》云：「碧餘村寺斷，青入草橋寒。」《雪後訪鄭鍊師》云：「草色雪中盡，春聲江上寒。」兩押「寒」字，皆極精卓。《寄西渚周十八丈》云：「結宇招三隱，歸田共五君。門臨一溪水，人對半江雲。地僻花無賴，書成草自焚。風塵渾不到，那用《北山》文？」《重過檇里訪翁二處士》云：「深樹隔西灣，人家小塢間。蘆洲飛白雪，茆屋背青山。帝客初垂釣，侯生老抱關。十年重問訊，容易鬢毛斑。」《薄暮》云：「薄暮鳥聲雜，幽居人跡稀。白來山月近，紅盡海雲微。螢火依花徑，漁燈亂竹扉。江湖生意晚，空戀芰荷衣。」讀之使人翛然自遠。

李穆堂先生以文章雄海内，又能提倡風雅，當世翕然宗之。記《東風》一詩云：「山静東風日夜聞，落花辭樹各紛紛。無端吹動垂楊影，飛入空階一陣雲。」二十八字中，具有活潑潑地光景。

余童子試時，受知於錢塘倪敬堂侍郎。公以甲戌一甲三名官禁近三十餘年，未膺典試，故於督學直隸所拔士，尤留意焉。公詩文集未有刻本，曾以先人穟疇先生《春及堂詩》四十三卷見貽。有《賦夜行船詞》云：「玉河星影落澄潭，小婦操舟明月簪。雙槳不迷春水闊，載君殘夢過江南。」《寄題厲太鴻西溪卜居圖》云：「秦亭山後碧溪斜，君住林嵐第幾家。他日問津迷處所，繞門三百樹梅花。」劉文定謂其詞質而寔綺，臞而實腴，殆不誣也。

詩人朱蔗田以康熙己丑九月病歸華亭，云：「欲令此身不留一物。」躍入江心，有王孫倮葬之意。穟疇先生過其地，弔以詩云：「詞客漂零劇可哀，擬將身葬浪花堆。竟無錦鯉將書至，却望文魚拾翠來。繡佛豈能蘇病骨，水仙應亦愛詩才。江帆暮雨思遺句，浮玉山前首重回。」

明泰官協領，以罪遣戍，妾杜氏步行從之。八年遇赦還，一時卿士大夫皆艷其事。宗室曉亭侍郎爲作紀略詩，穟疇先生題其後，云：「九死能拚竟兩生，八年爐畔酒痕清。人間苦節成甘節，不獨須眉有子卿。」

望山相公由翰林五載至總督，又四十年大拜。生平無他嗜，惟好吟咏，尤好作和章，故錢香樹有「敗走吴江道上」之語，爲公叠韵不休也。公没，袁簡齋刻其詩於金陵，祇其半耳，集中與袁倡和詩十居二三。如《和荷芳書屋即事韵兼以送别》云：「曾寄山房字幾行，重遊舊地感荷芳。花殘豈盡因春雨，樹老仍宜傍短墻。把酒恰逢新漲滿，開窗共納晚風凉。林園賓主知誰是，一片蛙聲送夕陽。」「半窗斜月透疏櫺，草滿階除竹滿庭。老去一身隨處好，年來雙眼爲誰青？琴彈古調原難賞，詩帶離聲反怕聽。怪底野心留不住，小桃源内有山亭。子才山居名「小桃源」。」又《歲暮簿領紛繁偶憶子才山居之樂寄詩》云：「安步從容可當車，閑栽五柳似排衙。堂前日永依萱草，架上書多罩碧紗。風自終朝爲掃徑，山無一處不開花。柴門雖設人難到，静極偏宜鳥語譁。」公入閣後，寄懷袁子才，即用《録寄西園招飲》韻云：「歲暮寒梅對雪看，挑燈記數酒杯乾。老來只覺三年速，久别方知一見難。對鏡自憐搔白髮，看山誰共倚紅闌？花間鳥語天邊月，多少心情寄筆端。」其憐才睠舊之懷，令人想見於楮墨外也。

莊滋圃有恭己未廷對卷中有「不爲立仗之馬，而爲朝陽之鳳」。尹文端公時爲讀卷官，奇其語，極稱揚之，莊果裒然舉首。公督江南，莊亦撫江南；公大拜，莊亦參知。公賦詩賀云：「久知鳴鳳本朝陽，賦筆凌雲擬謝莊。絳帳慙叨一日長，瓊林曾占百花王。不虚民望爲霖早，共勵臣心似水涼。暫對篷窗頻剪燭，良宵話舊引杯長。」「卌載關情首重回，老年懷抱爲誰開？南邦駐節同三至，黄閣宣麻亦再來。好句時歌鮮比雪，春江初漲緑于苔。相期並佐揮絃理，處處薰風拂草萊。」

尹文端公於雍正丁未分校禮闈，得彭芝庭司馬，嗣後未膺典試。乾隆丙戌，公已入相，始拜會試總裁命，上以新婦生子調之。時劉松臺御史爲監試官，自謂生平未與分校，似未字之女。公賦詩云：「杏苑懸弧典故新，每因生子憶生身。凌雲樹老枝分後，可念當年手種人？」「宫花彩映繡衣新，半老依然未字身。自笑殷勤還學養，宜男却又讓他人。」

乾隆辛酉，陳勾山先生典試湖北，得漢陽戴思任俞讓，一時胥賀得人。思任屢困公車，以訓導終。詩格清峭拔俗，如《晚泊》云：「宿鳥投林去，波光四望平。客難今夜寐，月較昨宵明。一柝山城冷，孤舟大澤横。此心空蕩漾，淚對不勝情。」《鏡湖偶興》云：「三眠人柳儘教扶，一片深情入畫圖。山似美人波似鏡，半天吹落小西湖。」極洒落有致。勾山先生最賞其《昭明文選樓》句：「七步以來誰抗手，《六經》而外此傳書。」以爲工切。

錢塘姚春漪孝廉在京師，爲其師倪嘉樹一擎畫《課孫圖》，屬同人題詩，余亦有作。今年，嘉樹孫名稻孫者來京師，而春漪亡矣。見余於詩龕，出《寄槎吟》一卷見示。録其《真州梓潼墩桃花盛開》二絶句云：「連朝吟斷落梅風，宿雨消時緑滿叢。漫説重來比崔護，閒門花較昔年紅。」「古郭依稀認緑楊，桃花流水到溪堂。詞仙去後紅牙香，誰弔當年柳七郎？」稻孫，字米樓，仁和人。

王葑亭給事友亮《秋扇》詩云：「别來嬌女手，冷到美人心。」都肆漚麻織布，曰「冷布」，暑月冪窗以代紗。姚春漪《冷布》詩云：「織從秋婦杼，糊稱冷官窗。」同一雋妙。

○羅兩峰山人自畫《鬼趣圖》，裝成長卷，題者殆遍。乾隆庚戌蜡月，朝鮮軍器寺正内閣檢書朴齊家再入京師，與同寮官柳得恭觀覽此圖，朴題一絶曰：「墨痕燈影兩迷離，《鬼趣圖》成一笑之。理到幽明無説處，聊將伎倆嚇纖兒。」其諷諭者深矣。朴氏爲朝鮮巨族，柳得恭現官摛文院檢書。

秀水汪康古孟鋗品題本朝詞家，以朱竹垞爲第一。詩曰：「落魄江湖載酒行，首低心下玉田生。《洞仙歌》令平生夢，綺語尤難字字清。」竹垞詞名《江湖載酒集》。

宋澹思有句云：「凡百領其要，佳處乃屬我。」可悟讀詩之法。官南城兵馬司正指揮，日事吟詠。自擬在堯峰、井叔之間，蓋汪堯峰琬、葉井叔封皆曾居此職也。有誦其「酒化百酸歸木臟，月啖萬夢到繩牀」之句者，以爲新異，然頗覺陰氣逼人。

仁和王見大文誥負異才，不染塵俗，兼工詩畫。戊申上春，獨遊皋亭山，至太平廢寺，愛其二松奇古，因自署爲「二松居士」。鶴山龍泉，精藍琳宇，所至有詩，且爲援考故事，訂正舊聞。興至則鼓素琴，寫寒花數幅而去。自題《探梅吟卷》曰：「一卷梅花三十里，歸來便與卧遊同。暗香懷袖知多少，仍在皋亭積雪中。」吴穀人撰序云：「古松流水之間，恍曾坐我；茆屋疏籬而外，如可呼君。」可想其風致也。

倪嘉樹耽吟咏，至老不衰。雙目失明，猶能教讀，自題《老盲課孫圖》，有「愛有向陽娱暮舍，愧無點漆讀書矑」。雙行也解輪番授，萬卷仍教逐葉呼」之句。室蘇氏名畹蘭，工詩，教授女弟子，著有《名媛詩話》、《閨林集》。秀禾中采芝山人爲寫《香嚴課讀圖》。

金布衣農字壽門，自號冬心先生。題《自寫小像》曰：「宋時有三朵花，後仙去，能自寫真，東坡先生作詩贈之。予今年七十三歲矣，顧影多慨然之思，因亦自寫壽道士小像於尺幅。筆意疏簡，勿飾丹青，枯藤一枝，不失白頭老夫故態也。舉付廣陵羅聘。聘學詩於余，稱入室弟子。又愛畫，初仿余《江路野梅》，繼又學余人物、蕃馬、奇樹、窠石，筆端聰明，無毫末之舛焉。聘年正富，異日舟屐遠游，遇佳山水，見非常人，聞予名欲識予者，當出以示之，知予尚在人間也。」姚春漪題句云：「前江後山草堂舊，獨立蒼苔老鶴瘦。平生常抱歲寒心，冰雪槎牙出吟袖。」「名滿江湖身在田，畫書詩妙如鄭虔。壽道士真梅花仙，扶杖一笑三千年。」意致蕭散，稱冬心之爲人。

余藏董文恪公邦達《清秋烟翠圖》，蓋公甲子歲直廬筆也。題跋皆同時南齋供奉諸公，計九人。陸丹叔費墀見之，以爲墨寶。余復徧乞今直内廷諸公題詠。彭芸楣相國題云：「濃著礬頭澹著烟，中含神韻得天然。反裘揎袖酣盤薄，記侍揮毫三十年。」「富春山頭雲萬層，富春江水研光綾。圖中風景依稀似，此是頻年下馬陵。」「殘膏賸馥苦相争，老輩風流嬗後生。空與藝林傳故事，更留朵殿作題名。」沈雲椒侍郎和云：「偶拈禿筆寫雲烟，便覺江湖思渺然。如此好山人不到，空教秋色度年年。」「置身貞白最高層，品藻同時賜直綾。前輩風流都在眼，三臺妙蹟紀徐陵。」「位置香光一席争，遠情高韵此中生。文人餘事非容易，作者千秋有大名。」令嗣蔗林相國亦題二詩於後，云：「寶笈總歸天上貯，人間毫楮得應難。秋山澹靄瞻遺墨，敢作雲烟過眼看。」「妙師造化卷還舒，老輩同時集石渠。細玩前題經卌載，遥思清露點蟾蜍。」

楊宣樓州彦，當陽人，康熙己未進士。少失怙恃，耽苦吟，多淒楚之音。如：「江聲流到夜，月性冷如人。」「兩馬隨人穿樹去，片雲拖雨過山來。」《雪夜還家》云：「結廬舊傍萬山斜，滑路衝寒夜抵家。下馬呼童燒竹葉，開門隨我照梅花。」皆戛戛獨造，無軟熟氣。

作詩好説體面話，真趣必減，然無病呻吟，可厭尤甚。如鄭炳也先生「夕陽無力不成霞，枯木何心更作花」，斯兩得之。

沈歸愚尚書作《楊柳枝詞》：「柔條欲折不忍折，留繫吴娘鴨嘴船。」江南士女多歌之。同時和者如王學舒之醇：「三月東風正落綿，鷓鴣啼雨復啼烟。灞橋多少含情縷，難繫離人欲去船。」姚平山廷謙：「簾纖雨過腰應倦，淡蕩風來袖更斜。紫燕黄鸝太無賴，得清陰處便爲家。」宋玉才顧樂：「風流蘇小可憐同，走馬章臺葉葉風。眼欲窺人眉欲語，斷腸不獨爲樓中。」可稱同調。

陳古漁最不喜萬柘坡光泰詩，程魚門顧篤嗜之。袁子才調停其間，謂柘坡工古體，不工今體，此論甚確。併擇其近體中佳句示古漁，載在《隨園詩話》中。余謂柘坡《西湖晚歸》云「雁聲柔櫓動，馬影亂山鋪」十字，能狀難寫之景。他如《平山堂》「水檻數家花上雨，山門一片竹間田」句，皆有清思。

青陽一隸陳姓，忘其名。令方坐衙，隸於階下咿哦不輟。令怪，問之，不答。欲杖之，始言：「得句狂喜，不覺朗吟耳。」令問得何句。曰：「梅花二月白於昔，芳草六朝青到今。」人遂以「梅花隸」呼之。

虞山陳司業祖范以經學名世，詩亦清絶。其贈歸愚先生曰：「宫中自號元才子，聖主終收孟浩然。」比擬確當。歸愚感其言，爲作楹帖。

言刑部朝標工詩，其《初抵西安謁畢秋帆尚書》云：「任昉全家欣有託，禰衡一個儘容狂。」上句謂尚書待程魚門遺孤之厚，下句則指孫淵如在節署，有杜牧之之冶遊也，可謂典切。

管侍御世銘詩極工，歌行尤淩厲一世，爲制藝所掩，不知其詩實出制藝上也。《詠漢武帝茂陵》云：「雄心晚爲泉鳩悔，萬命先應宛馬輕。獨攝衣冠容汲直，不留弓劍待蘇卿。」《高帝長陵》云：「上巳嘉平秦歲月，大風鴻鵠漢文章。一抔俯盡英雄首，偏使儒生有短長。」可稱雅鍊。

用事無跡可尋，方爲超脱。黄仲則有句云：「春水方生君速去，此江東下我西行。」

芝軒閣學詩最清脱，灤陽道中，與余起居必偕，每於馬上聯吟，奇句甚多，惜不記其全。如「明月不知僧已睡，悄移松影入雲青」。又云：「冷花宜入夜，秋雨不離山。」皆可傳。芝軒名瑞保，滿洲人。

少余一歲，今歿已年餘矣。

蔣侍御和寧罷官歸，賦《春柳》有云：「端明堤有鉛華累，靖節門無車馬音。回首龍池千萬縷，青陽恩澤本來深。」可謂凄婉矣。詠古如《湯陰岳忠武廟》云：「九廟傷心人出塞，中原失色帥班師。」《馬伏波廟》云：「薏苡讒誰畀豺虎，丹青畫不到麒麟。」《江陵道中》云：「空灘何處陶公艦，芳草當時庾信袍。」詠物如《白桃花》云：「亡息肯矜紅粉艷，避秦祇覺白衣尊。」皆能以工鍊出之，不作汎響者。

嚴侍讀長明詩思新穎，又善運用古人成句，略一移轉，愈覺生新。記其《咏臘梅》云：「幾時過小雪，一樹却斜陽。」

孫淵如編修改部，有《題嫦娥》詩云：「曾住瓊樓最高處，謫來猶在九重天。」可謂差强人意。

有人詠蘋婆果云：「碧於秋水初生日，紅似朝霞欲斷時。」錢籜石先生咏丁香云：「曉風珠絡索投地，細雨玉玲瓏映山。」俱可謂狀物工妙。

淵如工篆書，苦求之者衆，嘗口占云：「美人笑與名人字，一樣千金買不來。」又曾自製柱帖句，索諸城相公書，世皆以爲狂。其句曰：「能來定是知名士，欲讀曾無未見書。」

稚存少好作詞，有句云：「燕子平生真恨事，不見梅花。」江南閨閣中皆傳誦其句。中年以後又喜作豪語。嘗見其《贈俠客》云：「任醉眼昏昏青轉白。天上也，誰相識？地上也，誰相識？」

稚存西海歸後，愛焦山竹木之勝，嘗招王柳村賦詩漢隱庵中，恒經月不返。柳村嘗誦陳恪勤「不向人間經險阻，那知世上有蓬萊」之句，稚存贈柳村句云：「文章自足超儕輩，風義居然及古人。」兩人交誼可概見矣。

淵如少歲詩筆最佳。稚存於友人處見其一篇，歎爲奇絶，因與訂交。嗣後，兩人踪跡出入，類無不偕。壯歲後，皆留意經史之學，稚存猶間作詩，淵如則幾絶響矣。然少年之作，尚可冠絶流輩。如《宿江上》云：「波心月出天蕩摇，欲上不上知天高。」《偕婦登岸步月》云：「一風吹衣映空碧，欲立溪水行青天。」《偶成》云：「新叢生枝故改色，君看今夕非前夕。」《花下獨飲》云：「繞花百匝枝在身，醉影貼地疑花魂。」近體云：「獨雀度雲影，一星争月光。」「稍看白霧縈天末，便有空江落眼前。」《咏月》云：「一度落如人小别，暫時圓比夢難成。」此例數十篇，皆能獨到。

吕學博星垣詩尚奇險，所謂「語不驚人死不休」者。其贈稚存長歌一篇，末云：「乾坤生才厚中央，前後萬古不敢望。」可謂一語抵人千百。他如「夜月吐雲全是水，暮山凝碧不分天」，亦佳妙。

常州六逸，詩以楊白雲爲第一，其至者與太白如出一手。記其一篇云：「桃花已紅顔，李花已白首。鮑家復值湯惠休，千載風流一杯酒。緑烟滿堂吹不開，明月欲去花徘徊。人間到底不能别，除是襄陽醉裏回。」

遊山之作，有一二語可以包括一山，并不能移至他處者。如畢尚書《華山》詩「三峰三霄通，一嶽一石作」，洪編修《嵩山》詩「四面各萬里，兹山天當中」，又云「赤日照上方，正如心在胸」，則婦豎皆可以知爲嵩、華二山矣。具此才力，方許作五嶽詩。

七言絶句以神韵綿長爲極則。如李勉伯繩「愁心怕見蕪城柳，一路烟絲繫夕陽」，李麗農燔根「至今燕子無歸處，只向秦淮貼水飛」，惲壽平格「寒禽未醒巢間夢，落月無聲烟樹西」，廖古檀景文「獨倚危欄望秋色，半巖黄葉下斜陽」，施竹田「歸來更唱銅鞮曲，燈火荒街曳履行」，周幔亭槃「可憐葉葉隨風起，一葉一聲吟六朝」，皆有不盡之致。吾友何蘭士亦有《西風絶句》云：「西風昨夜到軒楹，無賴寒螿策策鳴。一樹能添幾黄葉，不堪一葉一秋聲。」頗不媿諸公。

余爲秀才時，讀書僧寺。厨下執爨老衲，年逾八十，旦暮擔井水灌花，步履捷如猿猱。佛龕側石牀，可三四百觔，移置殿外，神色不變。人言其有異術，余未之訊也。一夕月下，見其仰卧松樹底，咿唔不絶。問何爲，曰：「適得句。」遂朗吟云：「老僧安即佛，明月壽於松。」

張嘯桐喈字鳳鳴，丹徒諸生。工制藝，間事吟詠，著《半峰樓集》。中如《漫興》云：「書田無吏擾，酒債有兒還。」《送春》云：「去路想應隨柳絮，歸期只合問梅花。」《訪友》云：「纔過小橋尋曲徑，便隨修竹到幽居。」不事雕琢，頗近真率。

潘立夫安禮，南城人。雍正甲辰進士，户部主事，坐事謫官。乾隆丙辰舉鴻博，歷官諭德。其學爲勾山、堇浦心折，所著《東山草堂集》大率以華贍勝。如「蟋蟀鳴前除，空庭戛深竹」、「黄昏微雨過，蕭條散寒緑」、「起坐不成寐，展書燒短燭」，又何清妙也。

李嘯村葂以《賣花吟》著名。余尤愛其《舟次》云：「垂髮女兒知盪槳，不辭風露送人歸。」《垂柳》云：「憑他徹底清流水，也到門前緑一回。」清婉可誦。

梧門詩話卷八

詩龕居士法式善編

張華平亦栻《懷朱草衣》有「黄葉秋湖三徑酒，杏花春雨一江船」，人多誦之。余謂不如竹井相國《贈草衣》句：「獨將白眼存吾道，不負青山見此人。」

吴信辰《聽琴》句：「秋風何處落，明月忽然生。」馬雪嶠詹事極稱之。余最愛其《武當山》一首：「玉虚宫殿鎖烟霞，到此何須更憶家。擬買平疇三十畆，自鞭白鹿種梅花。」

太谷孟補亭澔詩多質語，然有真趣。《新春》云：「雨歇風微拂柳斜，竹溪春暖笋舒芽。兒童報道松醪熟，恰好疏籬正放花。」《太谷南山》云：「鄰舍山隈四五家，清泉石子浄無沙。向陽見説春來早，二月初旬放杏花。」《書齋》云：「池塘緑水浸書幃，簾捲梁間燕子飛。便覺眼前春色好，東風吹破野薔薇。」想見粗服亂頭之致。

朱涇舟本楫，上元人。爲定遠教諭，乾隆辛卯進士，喜爲詩。五言《春望》云：「遠紅春雨合，高緑暮烟分。」七言《攝山夜宿》云：「鐘聲到枕撼殘月，竹影上窗摇活雲。」皆有逸致。

俞子疇紹祉，婺源人。國初爲諸生，工詩。五言《引泉》云：「流來雲滿地，止處月當天。」《弔松》云：「何日化龍去，從今無鶴來。」七言《自述》云：「佛前受戒求寬酒，夢裏多言欲廢詩。」頗能造意。

含羞草高四五寸，葉似槐。《赤嵌集》云：「葉生細齒，撓之則垂如含羞狀，故名。」孫元衡有詩云：「草木多情似有之，葉憎人觸避人嗤。也知指佞今無用，試問含羞却爲誰？」

長尾三娘，鳥名，即練雀也。朱喙、翠翼、褐脊，彩耀相間。尾長盈尺，臺人因而名之。生於諸、彰深山，中土罕有見者。居魯侍御有詩云：「翠羽光華綬帶長，如雲委地美人粧。命名當日非無意，謂勝黄家第四娘。」二物臺灣有之。

時泉閣學圖敏究心漢儒訓詁及《十三經正義》，夢中作囈語，猶朗誦經文，琅琅可聽，其醇篤如此。接友朋尤真摯，詩亦如之。庚戌六月，先生歿於山東泰安旅舍，詩集遂散佚，就余所記憶者録之。如「蘆塘雙鬢雪，松塢一肩雲」、「村烟連樹色，山雨拆江聲」、「江村飛白鳥，霞浦浴紅魚」、「月明疑水近，秋老爲花愁」，皆主試蜀中之作。求其全篇，不可得矣。

徐鏡秋鑑以檢討改官縣令，作詩有「八叉」之目。記其《主試湖南道中》詩：「孤螢湛秋雨，獨鳥縱寒沙」、「酒鄉寬似海，詩境險於山」、「涼蟾過雨破松出，老馬遇風攀草行」。古體詩尤多磅礴之作。

王孺歌廷取字又介，婺源人。爲四川鹽源令，陞馬邊通判，卒於官。五言《江寧道中》云：「堤疏宜補柳，山斷恰安亭。」《平壩》云：「宦情從病減，歸夢入秋多。」《武侯祠》云：「報國《出師表》，傳家《戒子書》。」七言《長干》云：「飛鳥自沈孤塔外，古松曾覆六朝來。」《猓玀關》云：「惡木陰中迴夕照，寒蟬聲裏曳殘秋。」《飛仙關》云：「澄江日出風初定，遠樹天低雨欲浮。」五律《大渡河》云：「古戍當奇險，嵐光印浪文。漢夷雙郡合，南北一河分。石廢韋皋壘，烟荒馬岱墳。渡瀘須考據，遮莫信傳聞。」《林口》云：「人家依嶺住，林口客初經。無雨雲常濕，閉門山亦青。衣邊風瑟瑟，鏡裏髮星星。尚有登天路，携笻入杳冥。」絶句：「重城咫尺阻奔瀾，暫憩蒲團夜正閒。涼雨漸收僧入定，半江殘月一樓山。」

少時客蘇州，作《五人墓》長歌、《白雲泉》五古，膾炙人口，惜不能記憶耳。

胡雪蕉，丁未進士，官工部主事。性嗜吟。幼時遊西湖，咏銀瓶井云：「妾父死風波，妾身死古井。古井無風波，銀瓶抱秋影。」一時傳誦之。來京師，爲瘦銅舍人所賞。嘗和友人《九秋》詩，其《咏秋扇》云：「漫向秋風憐薄命，却疑明月是前身。」座中皆爲閣筆。

程魚門以吏部主事改官編修。生平詩篇最富，老年酬應之作亦不苟，醇篤殆天性也。《題畫》云：「烟中柔艣一枝枝，亂落楊花撲酒旗。頗憶清淮三月盡，半晴半雨倚闌時。」《詠黄葉》云：「清惟鑒澄水，淡不受斜陽。」《桅燈》云：「明光落樹不成映，暖影入波終自寒。」《賦水禽》四章，《鷺》云：「雪頂飄蕭立水隈，漁兄漁弟久無猜。白荷花外秋雲濕，瘦影何從辨去來。」《鸂鶒》云：「泛時汀草連雲秀，栖處堤沙簇錦鮮。水閣有人相對懶，平分暝色掃花眠。」《翡翠》云：「軀幹誠微態最穠，避人悄悄下池東。驀然飛入竹深處，襯託桃花無限紅。」《鸕鷀》云：「曬翅魚梁只片時，又看連隊去長陂。自圖一飽非難事，忍卧依人大是奇。」皆有寄託。

寫景詩，真則不傷膚闊，雅則不落纖巧。德清陸正甫端「亂山銜落日，一鳥下寒空」、巢縣陳寄園天宗「積水明斜日，歸雲失遠山」、錢唐朱青湖彭「入村穿野竹，隔水出桃花」、江都余葭白元甲「亂鳧共浴野塘水，一蝶獨尋寒菊花」、巢縣陳凱亭宷「花映店門人賣酒，日沈松影鳥呼風」、上元王葑亭友亮「高楓幾樹作霞影，柔櫓一行如雁聲」、溧陽狄雪襟繼紳「風吹雪浪漁千網，月上蘆花雁一繩」、桐鄉釋大恒明中

「青落船頭山影重，紅移波西岸花明」、六合釋巨燈緒鴻「影殘燈火人孤坐，香冷梅花月半痕」，皆可倩畫師繪作屏風，以供卧遊。

余少雲論近時詩人，謂武進黄仲則、滁州張竹軒葆光皆奇傑才。黄以天勝，張以學勝。予尤愛其五言多古意。《雜擬》云：「從來車馬地，那得生芳草？從來遊客子，那有好懷抱？」又云：「生長龍尾灣，不知揚子渡。聞歡揚州人，與歡并船去。」《攔江磯》云：「可憐攔江磯，攔江江不住。儂作石尤風，那能斷郎渡？」潘蘭如瑛稱其樂府芳芬悱惻，近漢人。著《竹軒集》。

余秋農旻，江寧人。著《群玉山房集》。七言長篇效法昌黎，有「竹緣瘦削易秋聲」之句，予愛誦之。

雲臺侍郎纂輯揚郡耆舊詩，刊之，名《淮海英靈集》。品詩表人，如《明詩綜》之例。李漁衫呈詩云：「斯文大雅藉扶輪，例仿遺山甲乙陳。品不强分上中下，集猶待補己庚辛。苦吟人往俱含笑，老屋編殘併入春。最是寸衷尤感激，風騷四世荷陶甄。」又云：「一郡八州十二邑，文章奇氣吐虹霓。月旦操持從古有，最難風誼故鄉敦。」侍郎恐搜羅未備，致有遺珠之歎，特留己、庚、辛三集，囑丹徒王柳村暨弟梅叔亨采訪增補。侍郎闡幽表微，宅心之厚如此。

撫棠閣學嵩貴，乾隆辛巳翰林。書法蒼秀，尤工詩。所作極富，購索竟不可得，深爲惋惜。見其《郵囊存略》一卷，督學中州所作也。如「遠水通熊耳，雄關接雁翎」、「殘雪無風還戀樹，好花如蠟亦名梅」、「插天螺髻浮新翠，糝逕魚衣没舊痕」、「種秫緑肥秋後酒，漚麻青漲曉來波」，皆跌宕可喜。

那雨蒼霖少績學，乾隆庚午舉孝廉，已四十餘矣。詩有「三春地冷花開少，萬里人稀雁到多」之句，採之以存其概。

「寫心臨水妙，尋畫得山奇」、「壞墻通月尤宜夜，細篠當窗不厭秋」，皆竹軒句也。幽人懷抱，如或見之。

宜興儲氏六子制藝，傳誦遍海宇。惟六雅大文兼工韵語，詩僅三百首，多可傳者。《獨坐》云：「坐愛青溪路，宜彈白玉琴。蒼山多桂樹，寒浦盡楓林。雲向階前宿，秋從門外深。何須令節酒，始見古人心。」

阮宣廷金堂字懷州，真州諸生。性情淡逸，工詩畫。佳句如「半夜雞聲催月落，一階梧葉約秋來」、「春漲通橋新斷板，野雲出岫暗連山」、「花柳一村雞報午，林泉幾處鳥啼春」，皆可誦。

方子雲「西下斜陽東上月，一般花影有寒温」，較其師袁子才「青苔避日葵争日，同領春風各性情」、「青苔問紅葉，何物是斜陽」等句，似含蓄有味。

劉南廬芳，福建布衣，詩工七律。遨遊四方，所到皆僧人供養。問何不歸家，笑而不答。卒於通州，州人爲葬琅山駱右丞墓側。袁子才過墓，題句云：「一榻昔曾留穉子，九原今喜傍賓王。」南廬嘗客隨園，有「水影到窗知月上，松風過枕覺秋深」之句。

大同任勇烈公舉號東園，少貧，始學爲農，更學爲賈，皆弗就。年十七應募入伍，聯捷武闈，爲名將。性好讀書，間事吟咏，後以提督殉節金川。著有《河套考》、《耕種套地議》。五言詩如《晚渡黄花灣》云：「誰道歸裝薄，還留一劍橫。嘶風來疋馬，閉月見孤城。人渡寒溪影，鐘傳晚寺聲。解鞍何處是，小犬吠柴荆。」《迹懷》云：「別墅清凉地，叢花爛漫時。睡分林外月，醉咏眼前詩。戎馬身將老，風塵我獨痴。欲歸歸未得，心折不勝悲。」七言律如《長城秋望》云：「長城關上值新秋，草白沙明一望收。萬疊雲山争出塞，十年心事獨登樓。臨邊猶自思飛將，清俸還堪作醉侯。極目蒼茫歸去晚，何人不起故鄉愁。」《晚眺》云：「獨立蒼茫望欲窮，一聲雲影送飛鴻。孤踪縹緲寒烟外，萬象蕭森夕照中。塞馬嘶殘青海月，戎衣吹破雪山風。百年事恐終無補，天地飄飄任轉蓬。」七言斷句云：「二十曾爲萬里行，恩叨執戟救龍城。白袍已染鯨鯢血，單騎還思踏虜營。」又：「人生個個性靈虚，便是飛鳶與躍魚。塵慮若餘些子在，閉關再讀十年書。」王露仲庶子讀其詩，嘆曰：「此聖賢之徒也。」蓋節烈之氣，流露筆端，不徒作抑塞僨張語也。其子承恩，以廕入官，亦仕至提督。工詩。惜謝世後無子，殊可傷也。

榆次王世甫系，雍正丁未進士，官教授。乾隆丙辰巡撫石麟薦舉鴻詞，報罷。生平不以韵語著名，身後亦無藏其詩者。嘗於友人處見《潼關懷古》詩云：「水遠山高宿霧濃，羊腸西去是關中。天連華嶽千峰立，地逼黄河一線通。秦晉霸圖争出入，隋唐帝業競雌雄。嬴驂躑躅秋風裏，惟有霜林刺眼紅。」亦自淩厲無前。聞其與同舉王祖庚有倡和詩，今無知者矣。杭堇浦輯《詞科掌録》，遺文剩句，亦未採及。

華亭汪墨莊鯤老而工詩，家貧，喜壯遊，詩學放翁，頗得其妙。余喜其七言，如《園中杏花初謝》

云：「幾番雨氣蒸新菌，一派春光染别枝。」《幽居》云：「海山帶雨鼉鳴穴，榕樹連雲鵲撼巢。」《春日》云：「主張風月門前柳，彈壓江湖野外橋。」《早春野望》云：「古原牛齧新生草，小樹蜂攢乍放花。」《雨霽》云：「扶起桃花憐絶色，攀回竹影愛餘清。」五言如：「湖吞孤嶼白，峰擁半天青。」七絶如《秋感》云：「客裏逢秋先下淚，十年不上故鄉樓。」《詠古》云：「瞿曇會解生生厄，不救臺城索蜜人。」又：「三載圜扉心未死，夜深風雨痛匡山。」皆有别趣。

黔西李懋德華國詩才富有，昔於市中見《雙蔭軒詩》一册，今索之，不可得。五言如「遠樹低疑薺，山濃欲著人」、「燈寒入浪小，雲瘦下溪流」，七言如「緑波千里客凭閣，紅葉半江雲撲簾」、「二分春到梅花白，五兩風迎燕子低」，方之姚秘監、鄭都官，殊不多讓。

雷翠庭副憲鋐，福建寧化人。雍正癸丑翰林，素講程朱之學，爲高安朱文端公、漳浦蔡文勤公所器重。古文法度精嚴。庚午視學浙江，布衣陳石間、李鐵君送之國門，賦詩道别。先生七古如《九瀧歌》、五古如《懷五布衣》詩俱佳篇。長不能全載，《登臨江閣懷石間鐵君》云：「臨江一閣豁塵眸，山自青青水自流。説向老僧參未了，木樨香裏又三秋。」風致翛然自遠。

蔡世英天姿穎異，爲文援筆立就，爲聞軒、石君兩先生拔識，期許甚厚，試輒冠曹。壬辰成進士，改庶常，未散館，病殁，都門人士多嗟惜之。《寄伊雲林》云：「一自詞華亂朱紫，幾人經學問青藍。五花新篳龍文斛，輸與先生一擔擔。」自許許人，均不卑近。又《詠蝨》云：「辛苦將軍甲，飄零宰相鬚。」世英名廷舉，閩縣人。

陳學博理堂夔少負隽才，謝金圃少宰視學江蘇，有郭景純、木玄虚之目。七言如「海陵夜雨春紅粟，淮涘秋風上白魚。」「選樹老鴉知地利，上墻幽草得天憐。」俱脱舊生新。所作《金陵雜詩》，余最愛「紅羅亭外梅千樹，燒尾檀槽解破顔。一自江流沈鐵鎖，更無人唱《念家山》」一首，深婉得風人之旨。

暢春園之萬泉莊平地湧泉，滙于丹稜沜。循沜而西，至西勾注爲小溪。又南爲陂者五六，至東雉村，今名慈家務。水入地中伏行。至六里河重源濬發，合聖水龍泉東注拒馬。明王嘉謨《海泛記》但云丹稜沜水忽顯忽隱，而未究其隱歸何處。《魏土地記》述當時諺云：「高梁無上源，清泉無下尾。」似亦未按地脈而求也。海西謂地下有海，即伏流之説耳。顔幼客《高梁橋歌》云：「十里城西泉，吐納丹稜沜。初日遮楊花，行雲不知旦。走入白玻璃，上下杳無岸。紛紛車馬喧，嘈嘈人語亂。紅墻烏宿啼楊花，抗聲妖唱彈琵琶。當壚十四五，明珠爲瑠脂靨輔。東方夫壻秦羅敷，欲擊縣鼓丞相怒。蓂莢開落今昔殊，天帝沈醉誰能扶？不信但看高梁橋下水，流到東雉村中水也無？」

張卜臣權使廷枚工詩，以能專對三次出使高麗。與沈方舟用濟倡和最多，方舟稱其有古豪傑風。五言如：「映日雙虹斷，盤空一鶚高。」「魚花乘雹出，桐子受霜堅。」《瓶花》云：「折得幽花帶露凉，銅瓶汲水貯清芳。垂簾莫放西風入，留取秋光在草堂。」寄託亦頗遥深。

蔡芷衫元春與陳古愚居相近，並負詩名，時稱「陳蔡」。芷衫五言如《古城》云：「浮雲變壁壘，兵氣隱旌旗。」《古渡》云：「微風交遠樹，落日有横舟。」《古釵》云：「九子唐宫夢，雙飛漢殿妝。」《古松》云：「鶴巢知幾换，龍氣欲盤空。」《獨坐》云：「天心見冰雪，吾道豈江湖。」七言如《荆軻》云：「七首豈能安社稷，高歌亦可壯山河。」《淮陰侯》云：「囊沙水爲師中用，拔戟兵疑天上來。」《項羽》云：「卿子小才何足殺，太公奇貨不能烹。」《蕭何》云：「秦代圖書歸掌上，漢家根本在關中。」皆凝鍊有氣骨。有《在山堂集》，王柳村選刻之，亦高誼也。

秋浦太史年三十即致仕，究心詩古文詞者十餘年，卒年四十有三。其《對雪》詩云：「流水不聞聲，遠山潔欲無。一雪成小春，林枝柔若蘇。坐對一樽酒，悠然還自娱。」《寄益亭絶句》云：「聞説風流恒茂才，昨朝騎馬踏青來。不知村北橋頭酒，任爾狂濡剩幾杯。」又云：「門外落花深一尺，更於何處覓新詩。」初，太史集名《坦園初稿》，詩文甚富。晚年稿名《焚餘》，多口占不經意作，其少時恣肆豪放諸大篇，百不一存，良可惜也。嗣君鳳林，頗能繼聲。

「川原望何極，薄暮不知還。或有鳴琴者，深林早閉關。我來流水外，秋在夕陽間。更羡滄浪叟，長吟一棹間。」雪田《野望》作也。「九天萬里恣超忽，此日凄凉祇自嘆。大野風來飛落拓，高林雨後立孤寒。將同老驥憐筋骨，肯向蒼雕借羽翰？稍待深秋霜翮健，英姿那許世人看？」雪田《病鷹》作也。雪田，癸酉孝廉，名成桂。工草書，詩極清挺，此其一斑耳。

吴瘦夫中奇，吴江布衣，秋笳裔孫。生平未娶，流寓吴門，恃才傲物，窮餓以死，時以青籐、鵞池兩山人目之。予誦其「人生如草怕逢秋」之句，輒爲悽惻。徐雪廬熊飛語其友石遠梅曰：「此江東一鶴，須善視之。」詩有《鴻爪山房集》。

「青天飛片月，掛我門前松。盡夜冰壺坐，滿身秋露濃。」霞峰奇崑《夜坐》詩也。霞峰有雋才，以諸生卒。

顧用方制府琮屢任封疆，閲歷艱鉅，究心濂洛之學，詩無意求工，自饒天趣。如《遊雪峰寺》云：「日夕登雪峰，崎嶇巖壑静。躋攀猶未至，山暝失靈景。白雲自無心，悠悠宿東嶺。月出春山空，石上流泉冷。」可稱修潔。

圖裕軒學士鞳布屢主文衡，後以老疾告休，養疴二十年乃没。性嗜看黄葉，秋風乍起，則晨夕步郊野。人或訪之，多不值，每於蕭蕭落木間遇之。記其《訪友不遇》一詩甚佳，詩云：「偶向南塍駐小車，叩門無犬護田家。主人日暮不知返，零落海棠無數花。」朱石君先生謂其《歸田》諸詩，高者逼陶、韋，即事言景，亦北宋之音也。

吴竹橋蔚光庚子同館選，時方講習律賦，未見其詩，而竹橋詩名噪大江以南者久矣。散館，改儀部。是年十月，乞假南旋，《用陳梅岑題湖田書屋圖韵留别都中親友》四首云：「十分歸興併離情，如夢如塵黯復明。歲晏未能辭遠路，時清何敢謝微名？冰霜歷練差禁冷，車馬奔波只要晴。第一頻年緣不淺，天涯聽飽曙雞聲。」「襆被囊書總覺譁，已經三度去京華。急裝定慰衰親盼，暫假翻勞熱客誇。泉石癖深遲報國，齏鹽累重緩携家。計程到及梅花蚤，臘酒浮梁好再賒。」「平生心性劇迂疏，思向東皋老結廬。緑水繞村分又合，白雲依岫卷還舒。舟輕兼有魚容釣，徑浄原無草待鋤。清福古來慳坐享，校量出處先愁余。」「撫今追昔忽忻然，過眼光陰似逝川。門户艱難撑薄宦，樓臺縹緲著真仙。一番聚散多經歲，萬事升沈久信天。入洛士龍憑寄語，何時纔與賦《歸田》？」用韵詩字字熨貼乃爾，范石湖、楊誠齋集中不多得也。

詩用比儗語貴恰當。余最喜洪寶田元聲「有限晨星如舊友，無心春草似微官」。近於張水屋案頭見洪書册，殊有鄭虔之能。《銀峰晚眺》尤佳，詩云：「醉後登峰眼更寬，夕陽帆鳥入杯寒。笑他櫻筍忙中過，如此江山客裏看。雲到海門都變雨，月沈潭底獨嗚湍。一蓑我欲隨支遁，射鴨陂前理釣竿。」

山陽周曙峰煦工畫，師法北苑。有句云：「竹林曲徑藏僧院，茅屋斜橋繫釣船。」殊有畫意。

鄒若泉擴祖爲胡黄海翔雲畫《俠客圖》，黄海自爲記曰：「若泉，合肥人，僑居秣陵，以丹青著。戊申冬，晤於上新河，豪宕不羈，知詩嗜飲，遂與往來無間。嘗雪夜酒酣，笑余裘狀蒙茸，出便面，呵筆爲寫意圖，成乃虬髯公。余怪不類，若泉曰：『貌俠腸耳。至紅拂、李衛公，點綴而已。』余重其意，兼愛其畫，寶之行篋，於兹三年。給諫王葑亭勸裝池之，因記作畫之由，而繫以詩：『劃雪呵冰爲寫真，俠腸空自託斯人。祇今裘敝金都盡，愁絶腰間劍不神。』『漫漫風雪欲何之，彈鋏歸來只自悲。萍水相逢成一笑，眼光若箇似蛾眉。』」他如童梧岡少詹鳳三句云：「俠腸豪氣天人貌，不寫相逢寫別離。」王葑亭句云：「千古快心能幾事，醉中且展畫圖看。」皆有句外之妙。

錢塘張仲謀賓鶴自號雲汀居士，又號堯峰，蕭疏曠達，不矜細行，酣飲狂吟，惟意所適，人或訾議之，不顧也。受知怡邸，堯峰没，訥齋主人刻其詩以傳。如「花能入夢成香國，醉可名鄉續酒經」、「青錢落杖容沽酒，紅袖歸家學跨驢」，不啻自爲寫照。古體詩亦奇倔，絶句尤有法。《江上》云：「江上起愁心，愁風更愁水。安得喚莫愁，纖手摇艇子。」《題畫》云：「枕石作仙遊，疏風散林樾。夜深清光來，起舞石上月。」《舟中》云：「征篷此夕下清淮，歸夢迢迢去鷁催。夜半月明驚夢破，櫓聲疑是雁飛來。」前二語絶不用意，歸重一結，法出唐人。

錢塘施竹田自序其《舊雨齋集》云：「余幼讀司空表聖《詩品》，犂然有會，輒爲吟諷。世之飲井水者，或尋味於酸鹹之外，引爲同調。如以唐宋派别繩我，則直以之覆瓿耳。」其謙抑如是。《對月》句：「斷甃寒聲啼蟋蟀，壞墻秋影畫藤蘿。」《泛湖》句：「敗荷涼入樽中酒，落木秋明郭外山。」竹田子學濂，乾隆丙戌庶吉士，官侍御，亦以詩名。

靳緑溪太守榮藩，山西黎城人，戊辰進士。博聞强記，熟於史事，輯《吴詩集覽》，世頗傳之。詠史詩獨見其大。如《詠楊修撰慎》詩：「美人乞得酒問書，裙衩生花錦不如。孤負家山雙桂好，年年秋色滿階除。」《詠丁孝子鶴年》詩：「雲斷珠丘寫恨多，欲將詩卷護山河。可憐帷幄經師死，十女墳前拜月娥。」《詠倪高士瓚》云：「筆底青山有化工，浮家不恨故居空。名香一縷茶烟起，人在蒼葭緑樹中。」詞既流逸，意亦清微。

吴江顧瞻秦我魯學詩於沈文慤公，嘗於古體中用「雙親」字，沈易以「二人」，謂「雙親」乃詞曲中字。然《宋史・史嵩之傳》「上以寬九重宵旰之憂，下以慰雙親朝夕之望」，則史有之矣。

雲亭舒瞻，滿洲人。登己未進士，年方弱冠，官浙中縣令，前後十餘年，皆劇邑大都。相與偕觴詠者如厲樊榭、全謝山、杭大宗、金江聲，俱一時名輩。雲亭尤與施竹田稱莫逆。竹田序雲亭詩云：「逖稽往哲，鄭都官之於孫路，不聞月割俸錢；沈廉訪之於吾衍，未嘗代鏤詩版。乃君謬賞弇鄙之辭，既未一字，和唱有間坐酒歌琴於至。日一如年八，者困且病予憫，繼之人廪，貽之裹藥而，劂剞諸謀爲妥，君必掉頭摇膝，互相商榷，求諧律而後止。」全謝山稱其嘗特自禾中來踐水赴祓除之約，其好事可知。詩如：「白鷺晴飛秋水岸，夕陽紅上酒家樓。」「小艇遠來新雪後，故人書聚落燈前。」「芳草緑波思往事，黄塵烏帽又今年。」《留别竹田》云：「莫向風前折柳枝，柔條原不綰相思。人生難得惟知己，天下傷心是别離。半載篝燈同聽雨，何年把酒更論詩？兩泠夜夜添新夢，多在烟江月上時。」情見乎詞矣。

阮方訓承義，招勇將軍玉堂之次子也。幼習武，能詩，事親以孝聞。嘗從軍九谿，以積勞致疾卒。其子亨收拾遺詩，有「馬嘶荒戍月，人語小橋霜」、「四野陰雲駝背落，萬山夕照馬頭飛」等句，王柳村誦之。

林松址豫吉字不飛，福安人。康熙甲戌進士。築室屏山，閉門謝客，以詩文自娱。生平不作七言古體詩，故所傳者僅五言古及五、七言近體。松址嘗言：「文章能從經學出，即小品雜説亦有關世教。若古詩自當學晉魏以上，陶以後便費斧鑿，失天真矣。至律詩須字字揣摩子美，縱不逮，亦毋爲前明慶陽李獻吉、吾閩鄭繼之所擯。蛄語菌花，争一時觀聽，轉眼且視爲厭物也。」五言如「樓雲穿棟白，城日射江黄」、「雁果清秋到，人空老鬢還」、「不雨晨星大，微霜曉月明」、「天遠雲無力，山春花不知」，七言如「隔水樓聞黄鶴笛，異鄉人負白鷗盟」、「竹埤日落山猶影，柳岸風微水自聲」、「繡草慵拈江上緑，踏花愁落雨中紅」，皆工。全集惜未見耳。

沈歸愚論黔省詩，以周漁璜起渭、超軼等倫。近日黔人稱詩，多宗玉屏田端雲榕。端雲以孝廉試授中書，歷官知縣，乾隆辛卯猶重讌鹿鳴。著《碧山堂集》十六卷。西林相國督滇時，端雲爲保山令。一日，制府署中荷花盛開，招僚佐讌賞，諸官揣制府意，胥預製荷花詩置夾袋中。至則制府命以荷葉、荷根等分題拈韵，一時作者俱擱筆，惟端雲邀相國賞，詩名遂著。余於傅竹莊明府寓齋見手鈔端雲詩一册，五言如「林影殘楓柏，人烟失浦橋」、「晴烟看放鴨，夜雪聽叉魚」，七言如「藤花半合杉皮屋，水氣斜猂麃眼籬」、「百年天地餘詩卷，萬里雲山入酒瓶」，《桃源道中》云「終朝鼓棹弄潺湲，松石陰陰鷗鷺閒。怪得蓬窗嵐氣重，武陵源接緑蘿山」，俱極清穩。孫介石太史均豫辛巳入詞館，亦能詩。

伊翼庭爾謹生長富貴而能詩，如「疏雨過城雙塔白，歸雲漏日亂山青」、「春水半侵隤岸柳，晚烟欲没遠村樓」，皆其警策語。

慶復邵亭以勳閥起家，年未三十，内領宿衛，外歷六卿。頗有詩癖。《上巳》云：「雨肥春不老，風送夜來香。」春不老，菜名；夜來香，花名。屬對甚工。《雨中江行》云：「細雨蒲帆剪嫩凉，藕花香過荔枝香。上風下水去來熟，柔櫓聲中午夢長。」《春閨》云：「梳成雲髻出來遲，摘得桃花三兩枝。欲插上頭還住手，偏從人問可相宜？」筆情婉妙。

朱澹翁亮《月下吟》云：「小結數椽屋，許共幽人住。何不月中來，同坐月明處。」詩有悟境。《窗下作》云：「聰明休自信，隔紙便知難。」《除夕》云：「今年只今夕，明日是明年。」淡語殊有致。

錢香樹先生未遇時，困躓場屋。下第後，嘗於玉紅草堂觀劇，口占二絶句云：「飄零我亦是書生，對策從軍兩未成。一自春燈低唱罷，明朝小巷賣花聲。」「三寸黄冠綰碧絲，妝成十六女沙彌。無情最是長眉佛，訴盡春愁總不知。」傳聞是科主試某有「長眉佛」之稱，詩中故及之，可謂怨而不怒矣。

釋偉然字介庵，滇南石城人。喜秦漢文字，工篆隸書。九州遊歷殆遍，老住京師傳經院，一時公卿，多與之遊，得其寸箋片楮爲重，求鐫一印章，非經年不得，由是名譽益隆。九十餘没於寺中。《介庵集》一卷，彭湘南爲刻於白門，皆中年作也。湘南謂其不唐不宋，在貫休、了然之間。余謂《喜晤彭湘南》「黄菊夢殘秋盡蝶，紅燈影斷夜深雞」句，似温飛卿。《驪山懷古》「醉裏笙歌迷帝子，笑中烽火戲諸侯」句，似李義山。絶句如《半雲軒落成》云：「結屋深山愧未能，白雲携得到金陵。莫言全是留雲宿，猶有半間分與僧。」《詠新月》云：「曲曲蛾眉影，纖纖白玉鈎。誰將半規鏡，分破古今愁。」似賈閬仙。至《登豐樂亭》「斜日下滁城，振衣問豐樂。緬懷構亭人，斯意殊卓犖。毋乃陶唐氏，風俗敦素樸。我來豁遠眸，疏烟罥喬木。時聞雲外村，雞聲出茅屋。澹然遺世翁，傍水飲烏犢。空山月浸人，閒歌自叩角」，尤近似右丞。惜老年詩近於頹放矣。

梧門詩話卷九

詩龕居士法式善編

阮載陽茂才承春號竹嶼，賦性高潔，工文知醫。少與胞弟逵陽鴻同應泰州試，有遺金者，俟其來，與之，殊無德色，即與弟同入泮。著有《竹嶼詩鈔》、《顔子内外篇》，其子九如天保刻以行世。五言如「江澄雙岸遠，濤落萬峰青」、「白鷗流水急，紅葉夕陽明」、「涼雲浮遠嶂，秋翠落空潭」，七言如「刪竹喜邀山入座，捲簾怕礙月當窗」、「一杵鐘聲黄葉寺，萬家樵唱夕陽山」，極有風韻。

釋巨超清恒，海寧人。主席焦山，著《借庵集》。有句云：「峰到盡時偏有閣，竹當深處不知江。」的是焦山詩，王述庵最賞之。與古岩悟霈、練塘慧超酬和最密，王柳村合刻爲《京江三上人詩》，洪稚存序之。古岩《竹樓》云：「海氣逼人涼似水，不關風雨亦成秋。」《柳枝詞》云：「畢竟不知攀折苦，長條更比去年多。」皆風人吐屬，不獨無蔬笋氣也。

世傳乩仙詩甚多，畫卷殊少。一日，曹定軒侍御錫齡持其尊人慕堂先生所藏《乩仙山水圖》見示，並囑題詩。畫不用墨，色澤爲之微渺淡遠，靈氣往來，在若有若無之間，乃蓬瀛真面目也。如申拂珊甫「詩惟就畫論，事難以理剖」句、錢籜石「尚染人間跡，未應名氏無」句、徐鄰哉良五絶「滿紙皆雲烟，畫與化工一。吾何知其仙，但覺無凡筆」、蔡葛山先生古詩結句「清時何處覓桃源，願圖五嶽與王會」、蔣心餘古詩結句「是仙非仙皆可憐，雪鴻江月參斯禪」、汪雲壑如洋七絶「紙窗風雨驚人筆，閒説仙源在世間。閒着玉堂無箇事，春晴勝對郭熙山」，措詞命意，各有擅場。卷末吕映微秀才題七言古一章，甚奇倔，中有「桃花出掌一萬點，林屋舟帆妙深淺。欲喚琴仙坐我傍，爲我彈琴訴沈貶。仙人掉頭不肯留，繡囊七寶恣遨遊。玉皇按琯調四氣，廼撫徽操登瓊樓」八句，余謂其獨造，足與畫卷相配。

陸璞堂伯琨，青浦人。長身玉立。未第時，以工書能詩稱，搢紳先生多羅而致之門下。顧屢試不售，庚子入翰林，年已四十餘矣。乙巳御試第一，由編修超擢學士。辛亥與余同罷，改吏部員外，旋遷京堂。生平作詩不輕示人，與余同年同官十餘年，亦未獲睹全稿。僅記其《西苑直廬口占》云：「一頃青蘋掩緑紋，蕭蕭葑葉遠如雲。只應喚作秋聲館，冷燭虚窗隔雨聞。」「雲韶近接禁垣東，一髮清歌颺晚風。玉笛未殘鐘磬響，又聽香梵出花宫。」「夢回薇帳夜堂幽，蓮漏丁丁送晚籌。烟鶴一聲山月墮，松風荷露已如秋。」「小院微陰長碧苔，玉簪濕雨未全開。孤花剩有戎葵在，似傍幽人入户來。」「清蟬夜咽露華濃，絡緯蕭蕭響易窮。莫怪薙花湘簟冷，吟秋先已報寒蟲。」「荷葉蕭疏點翠鈿，翻風多倚采蓮船。凌波不見紅衣舞，孤負雙鴛對月眠。」「幾縷清香裊碧紗，涼風剪剪送年華。杏梁社燕初歸去，落盡秋槐一樹花。」極風華掩映之致，正如東家子不假粉朱，自出物表。

江都蕭雨垓霖辛滇南最久，以事罷職，貧不能返里。好爲詩，顔其集曰「昆海」，志遇也。施小鐵太常爲余誦其佳句，《浪穹雜咏》云：「雉堞湖三面，人烟屋半山。」《普洱》云：「髮白非因瘴，囊空轉近廉。」《秋日懷友》云：「君子道周生杕杜，美人江上采芙蓉。」《夢中得句》云：「雞啄鸜鵒啄殘粒，鵲棲烏鴉棲過枝。」《雲州雜咏》云：「晨興親吏牘，落筆掃紛紜。署冷如蕭寺，官清似廣文。銀鐺宵寂寂，鳥雀日欣欣。偃室何人至，狂歌向白雲。」自注：「囹圄無罪人者三年。」誦此可知雨垓之居官矣。乙丑以其全集屬袁蘇亭文揆寄江南王柳村、江元卿士相，爲付之梓，名曰《曙堂詩選》。王、江未與雨垓謀面，此誼不愧古人。

仲梧孝廉鳳林有琴癖，詩文下筆立就，見者訝爲宿構。或一字不安，徹夜吟諷。性孤潔，不諧俗。五言如「立雲遥見雨，卧樹自成橋」、「疏樹不藏鳥，秋潭可數魚」，七言如「老驥憐群交嚙癢，蒼鷹愛俊自梳翎」、「别院緑屯經夏雨，古墻紅漬隔年苔」、「軟筆狂書走張旭，新絃猛調駭雷威」，不肯寄人籬下。

劉松嵐大觀，丁酉拔貢，出宰粤西十年，今官河東觀察。詩工五言，袁子才謂思清筆老，風格在韋、柳之間。壬子訪余詩龕，留詩一卷而去。《暮春江上》云：「採藥一僧歸，林邊掩竹扉。雨餘江水漲，風定岸花稀。帘下人沽酒，渡頭漁曝衣。寂寥無一事，乳燕向人飛。」《江村偶步》云：「孤村泊舟處，江岸逐漁樵。乞藥尋山寺，看雲過石橋。曉松枝上露，春蕨雨中苗。何處能招隱，名心已漸消。」《率郡人種花木於芳山麓》云：「此樂非吾有，分春與衆同。」《買舟》云：「已當臨去日，還似未來初。」皆幽渺之音。松嵐與其鄉人王吏部寧焯友善，詩境亦相似，皆爲李石桐子喬所深許。

高麗人詩向少長篇，近見柳惠風得恭《泠然集》，可謂傑出。然古詩究不若近體之工，如《題金德亨畫水禽》云：「落日紅於桃臉紅，秋江一線碧磨空。水鄉風物無人管，三兩白鷗飛向東。」《堅城雜詠》云：「不以官居似隱居，蕪城花木雨疏疏。一連峽口丁東鐸，南沃沮人來販魚。」《將雨》云：「樹樹薰風碧葉齊，正濃雲意數峰西。小蛙一種青於艾，跳上梅梢效鵲啼。」《南江謡》云：「月溪溪畔雨空濛，畫卷茶爐静掩篷。去日長愁寒意緊，歸帆叵耐緑莎風。」不減淡雲微雨、菊秀蘭衰情韵。

柳惠風《二十一都懷古》詩，《江陵府》云：「大關嶺外大東洋，蘂國山川半夕陽。野老不知興廢事，田間閒拾古銅章。」自注：「大關嶺在府西四十五里。」《高麗金員外克己詩》云：「秋霜雁未過時落，曉日雞初鳴處生。」《開城府》云：「指點前朝宰相家，廢園風雨土墻斜。牡丹孔雀凋零盡，黄蝶雙雙飛菜花。」自注：「神宗時，參知政事車若松與特進奇洪壽同入中書省，若松問於洪壽曰：『孔雀好在乎？』答曰：『食魚鯁咽而死矣。』因問養牡丹之術，聞者譏之。」余於羅兩峰齋見柳得恭烏絲闌紙鈔本，筆畫纖勁可愛，事蹟足補小史所缺，詩亦可傳。

閬峰閣學後余一科入詞館，喜就余説詩。其詩不求異於人而自與人異。五言如「微風蘇岸草，旭日養林烟」、「風沈林釀露，烟瘦月低山」，七言如「塞草有花沙磧白，野蟬無語緑楊高」、「官柳雨餘秋葉健，遠山雲斷夕陽多」，皆工。

羅兩峰七入京師，士大夫多樂與之遊。詩畫有别趣，記識過人，海内詩家有佳句，兩峰輒於酒酣耳熱後誦之。一夕醺醉，坐樹下朗吟曰：「烟光到樹水先白，雪意在雲山轉青。」「夕照亂翻鴉影去，寒聲直捲馬頭來。」「城窺瘦霧日初醒，柳壓老霜烟亦低。」「魚簾似雨船頭響，塔影無雲郭外看。」「遥空忽聽雁移艣，昨夜始知天雨霜。」坐客有以爲朱竹垞、湯西崖句者，余曰：「此必吴穀人詩。」山人曰：「子何知穀人之深也！」因再誦穀人絶句，《虎丘》云：「虎氣銷沈鶴市荒，東風容易客迴腸。貞孃墓上年年柳，畫了春愁畫夕陽。」「水閣家家風幔開，畫欄曲折粉塘迴。冶香輕似落花過，快櫓瞥如飛燕來。」

「看紅看白數花枝，傳唱朱翁樂府詞。一半櫻桃一半筍，送春天氣不多時。」《秀溪橋》云：「碧沙洲外水風斜，兒女一船聚一家。賺得老翁沽酒去，夕陽曬網馬纓花。」《采花涇》云：「四圍菱葉少花開，烟火空舲此溯洄。十里南風吹不見，鷺鷥頂上晚凉來。」余曰：「此可與竹垞《鴛鴦湖櫂歌》並傳矣。」

程蘭翹贊善昌期，歙縣人。與余鄉、會俱同榜。湛深經史，諸子百家，俱能鈎貫。間事吟詠，亦詞旨綿麗，情餘於文，非撏撦字句者所能，但不肯示人，人亦不知其能詩也。余信宿蘭翹齋中，見其咏物作，愛而録之，蘭翹之可傳者，未必僅此也。《雪意》云：「拄頰看雲有所思，無端又到擁爐時。暝催烟外鴉歸早，寒逼風尖雁下遲。貰酒心情今日甚，打窗消息去年知。天慳肯似詩慳破，莫與梅花約後期。」《潑火雨》云：「倉鳩聲裏雨如塵，村落榆烟染欲勻。墨幨濃初堆未老，乳甌香擬試茶人。星沈漁艇花溪暗，風閃帘燈柳市春。閒客不來書有味，衝泥大好乞比鄰。」《水中丞》云：「簾泉一勺飲何如，恰向冰廳得美除。詞客多情題小相，冬官有意補遺書。文成修竹休彈事，哦到長松肯負余。試把清銜參選格，幾人内熱已全袪。」《金鴨鑪》云：「提携一笑匹雛任，省却蟾蜍齧鎖金。古緑未消吹漲色，寒灰不動警弦心。休疑褰喙來朱鳥，可是收香掛翠禽。纔換夕曛人亦睡，夢尋烟草五湖深。」

劉松嵐爲余言聊城鄧進士謙持汝勤工詩，善病，性最倔强。著《密娛齋詩》一卷，李南澗刻而傳之，非其至者也。小詩數章，超佚塵坱。《即目》云：「極浦杳蒼烟，烟中發漁唱。不見打魚人，月出清波上。」《早行》云：「雞犬静荒村，朝旭淡高樹。十里不逢人，禽聲聞處處。」《懷人》云：「木魚響寂晚鐘遲，三尺枯桐意自知。流水聞聲門巷静，一庭黄葉雨絲絲。」清脆不減錢仲文。謙持爲東有侍郎鍾岳子，故詩有家法。

甘西園編修立猷，奉新人。余庚子進士同年也。樸直有古風，詩亦如之。所著《養雲樓詩》甚富，余特取其風韵者。如《暮春閒詠》云：「燕子來時簾乍捲，梨花落後夢初閒。」《途次德州》云：「垂楊不綰離愁住，又過安陵舊板橋。」《遊春詞》云：「韋杜城南十萬家，春風到處酒旗斜。典衣争向罏邊醉，又倚欄干聽賣花。」置諸《雁門集》中，正復難辨。

黄星巖之紀《隨園遺興》云：「鏡水稽山畫不成，樓臺面面總空明。爲山即是爲文意，滿幅曾無一筆平。」與翁朗夫徵「友如作畫須求淡，山似論文不喜平」同一用意。

山左近日有專工五言者，王考功寧焯、劉大令大觀爲最。二人又盛推其鄉人李石桐、子喬昆季爲最。石桐《送趙玉文東歸》云：「雲中候雁飛，白髮望荆扉。落葉滿山徑，秋風孤雁歸。何時到鄉里，前路授寒衣。知是無人問，空洲理釣磯。」《海南寺感舊》云：「昔日海南寺，松杉蔭緑苔。西堂曾乞住，荒徑獨尋來。僧没鶴猶在，客稀花自開。臨風伫遥念，欲去重徘徊。」子喬《和王介甫晝寢》云：「百年蕭散跡，强半此中居。淡意雲能學，遲情日不知。晝收四壁静，琴在七絃虚。自覺清涼甚，非關潦倒餘。」《詠蟬》云：「應是不能休，非惟無所求。吟長欲竟日，思冷直先秋。過雨山村路，將昏水驛樓。年年爲客聽，知白幾人頭？」石桐學右丞，其旨微；子喬學閬仙，其體潔。各臻妙境，宜考功明府低首也。石桐句如「蒙病覺寒早，獨眠知夜長」、「夕陽晴照雪，歸鳥暮沉烟」，子喬句如「月生棲鶴樹，雲濕挂泉峰」、「峭風當去馬，遠雪滯行人」、「高星秋樹静，孤燭夜堂虚」，皆可傳。又記石桐句「四民中有愧，五字外無能」，子喬句「能除衆有句，獨得古無貧」，則二人之旨趣可知矣。石桐初名憲噩，以字行，遂名懷民。種梧桐十株，顔其居曰「十桐草堂」，人多以石桐稱之。子喬名憲喬，自號少鶴，由明經召試出宰粤江。松嵐刻二李詩，題曰「二客吟」，頗稱簡當。其全集王熙甫刻之。要其七言究不及五言也。

錢集齋尚書詩多紀事。偶閲《香樹齋續集》，云：「壬申正月十七日，延清尚書宣示御製《上元燈詞》八首，典麗雅則，超邁三唐，篇末憂勤惕勵，道合《豳風》，義存《蟋蟀》。心悦誠服，各見恭和詩中。時同人呈本，約投敝齋，及晨彙送東山董宗伯家。稼軒閣學及拙詩已裝入匣子。于耐圃學士脱稿最先，及閲同人詩，有詞義稍同者，復取易之，遲久未至，輒遣長鬚走促，至於再三，未應。及詩成，則漏下四鼓矣。急取讀之，焕若精華，頓爲改觀。鍾太傅云：『羲之學書，池水盡黑。使人耽之若是，未必後之不如前也。』歐陽率更觀索靖碑，至卧其下三日乃去。康熙間，新城王尚書奉使入粤，適竹垞、鈍翁亦客於此。嶺南三家方以詩筆雄長，高會賦詩，取南海廟前木棉花爲題。藥亭詩早出，及見漁洋、竹垞諸人詩，稱疾辭去，凡一晝夜得第二稿，見者驚嘆，以爲莫及。某作詩贈之，曰：『苦吟争一死，佳句即長生。』載藥亭詩集序中。余亦仿前輩遺事，成二絶以嘲耐圃，且使後生知詩雖小道，非殫力研思，未能臻絶誼也。『新詩早見八叉成，重洗鉛華韵轉清。底事苦吟稱太瘦，要從句裏覓長生。』『老夫擁被挑燈讀，赤脚將頭觸柱時。聲價宜知鸞掖重，瓊樓高處賞清詞。』」頗足開導作詩法門。

王偉人相國辛巳及第後，未散館，即掌文衡。三十年來，名公鉅卿多所甄拔之士，相國顧歉然若弗勝者。書法爲世所重，詩不輕作。余見其題畫二小詩，乃直廬筆也：「重巒積翠聳新晴，雲自山腰寺裏生。一道飛泉峰頂落，猶疑萬壑捲松聲。」「樹裏蒼烟石徑開，人家住傍白雲隈。前溪水滿浮漁艇，道是銀河上界來。」不施色澤，自然名貴。

乾隆辛亥，袁子才因相士言，自作《生挽》詩，海内知交多爲屬和。迨相士之言不驗，先生復作《除夕告存》詩七絶句，其一云：「天上匆匆守歲忙，天公未必遣巫陽。屠蘇酒熟先生笑，此是盧循續命湯。」其七云：「過此流年又轉頭，關心枕上數更籌。諸公莫信袁絲達，未到雞鳴我尚愁。」此題此詩，皆創獲也。

王葑亭壻陶怡雲秀才涣悦，持隨園書造詩龕相訪，人甚倜儻。翌日，飲葑亭寓齋，陶以所著《自怡軒詩》見貽，專主性靈。《咏月》云：「天上一輪月，照愁復照歡。清光原一樣，人作兩般看。」《小睡》云：「小睡得好夢，客到驚我醒。忘却閉山窗，落花堆滿枕。」佳句如「經風雲似辭家客，向日花如得意人」、「高簷向日難留雪，小室藏花易聚香」，真得隨園衣鉢者也。

朴次修齊家與柳惠風偕來京師，俱留心翰墨。朴著《貞蕤閣詩》，士大夫多傳之。《贈嚴樵夫》云：「山色共誰看，古琴時一彈。自憐樵指秃，世厭酒腸寬。海國春收釣，松風晝不冠。丁寧因樹屋，頭白種幽蘭。」柳句云：「春風小驛花千樹，暮雨平林水一灣」、「青山盡處堆漁屋，垂柳陰中漾酒船」，皆佳。

皐山制府滿保以翰林出秉節鉞，以政事掩其文學。其《檢心堂稿》中「黄沙落月孤帆遠，緑樹無烟兩岸晴」句，查初白採之，嘗倩畫工繪圖。查，制府同年友也。制府子竹坪吉善司成語余云。

王葑亭給諫少年即以詩名。官中書舍人，與嚴東有、張瘦銅酬唱。辛丑登進士，以未入詞林爲憾。由刑曹改侍御，擢給諫。中間雖吏事雜沓，乘暇偕一二吟儔，吮墨儒毫，洒如也。袁子才序其詩云：「蒯通著書八十一篇，號曰『雋永』。温子昇云：『文章易作，逋峭難爲。』昔夫子與子夏論詩，曰：『窺其門，未入其中，安知其粤藏之所在乎？』前高峰，後深谷，泠泠然不能見其裏，所謂精微者也。夫精微即雋永逋峭之謂也。噫，非葑亭，其誰能語於斯？」古體詩多自出機杼之作，兹不備載。五言《江樓》云：「暮寒村酒貴，春雨渡船高。」《霽望》云：「一塔截飛鳥，數帆生夕陽。」《秋蟲》云：「直使孤燈死，還催白髮生。」《小村》云：「瘦篁腰刻字，老柳腹通人。」《夕次南石槽》云：「一車雙馬影，千樹萬蟬聲。」《夜坐》云：「樹留風小語，雲趁月先行。」七言《清涼山秋望》云：「漫説疑城從古設，可憐辱井至今留。」《晨起》云：「夜長但覺夢尋夢，路遠更教書問書。」《枕上》云：「無眠但聽耳中雨，有酒不銷頭上霜。」《不寐》云：「窗燈焰低螢欲墮，街柝聲斷雞争號。」皆能以清思寫其遠韵，不得以唐宋之界限之。

作詩翻案，恐傷忠厚。沈文慤公《昭君圖》兩首，結句「君王不好色，遣妾去和親」、「無金償畫手，妾自誤平生」，彌覺温柔耐誦。

常州錢竹初維喬詩詞有豪宕感激之風，五言如《舟晚》云：「暮帆經雨重，遠岸入烟低。」《芭蕉》云：「心與丁香結，聲從乙夜疏。」七言如《春草》云：「階前履跡經愁長，陌上裙腰帶雨斜。碧處有情熏夕照，弱時無力襯飛花。」《無題》云：「美人豈惜身爲石，香草誰能目以蘭？」又《梅花》云：「欲折豈宜人遠去，相逢除是歲重寒。」「亂水寒村開幾處，野橋官路折無人。」能於暗香疏影外，自出新意。

仲松嵐門人吴某《豆腐》詩：「燈明野店人初起，香到寒家日已西。」松嵐詩之坐客，以爲俗題能雅，枯題能切。史笠亭曰：「佳則佳矣。次句作『麥飯』亦得，『香到』二字易爲『飯熟』，乃見精切。」坐客稱善。海寧陳萊孝誰園《豆腐詩》十餘首，俱工切。記其警句云：「無邊世味酸鹹外，不盡交情水乳中。」

京師前門外蝎子廟有沈峭者，爲寺僧寫詩，書頗遒勁。《秋興》云：「沙連落葉黄千里，髮染秋霜白十分。」寺僧言沈江南上元人，以武庠遊京華，年五十餘矣。日事吟詠，酒酣，輒於僧墻市壁漫漶書之。

胡雪蕉收得姜西溟《和友人豆腐》二首詩幅，爲録於此：「炊金饌玉飽何時，料理生涯亦有涯。處士盤飧題菽乳，異鄉風物憶黎祁。醍醐兄弟登筵重，服食神仙作法宜。不是便便五經笥，此中真味有誰知？」「五更唱罷渭城翁，擔向街頭日未紅。試手軟應過石髓，探懷直不費青銅。塊登翠釜調羹朧，鏤切荒厨伴芥菘。貧薄曾無食肉相，一鐺期與老僧同。」

晰齋觀察博明亡後，詩多散佚，余訪之而未得也。《清綺集》中載觀察丙子主廣東試，於定遠驛壁間題《廬陽竹枝詞》四首，情韵俱佳。《周瑜》云：「小喬初嫁正風流，繡袴綸巾冠列侯。一曲紅牙三爵後，元戎帳上幾回頭？」《張遼》云：「將軍飛騎過山溪，無數村兒盡不啼。橋上曉風橋下水，蜀山秋草接雲齊。」《曹植》云：「八斗才名紀異材，終焉於此亦堪哀。洛川西望盈盈水，羅襪月明波上來。」《焦仲卿妻》云：「南來孔雀喜雙翔，白馬青廬積恨長。千載人行梧柏路，五更啼斷兩鴛央。」

夢堂相國「江水白消巴蜀雪，女墻青抱秣陵山」、「春雨梅花湖外寺，夜船燈火竹西村」，寫景如畫。《唐詩紀事》：「陳陶自稱布衣，開寶中人見之，或云已得仙矣。『蟬聲將月短，草色與秋長』，張爲取作《主客圖》。」《丹鉛録》：「漢賈捐之議罷珠崖疏云『父戰死於前』數語，唐李華《吊古戰場文》全用其語意。總不若陳陶詩云『可憐無定河邊骨，猶是春閨夢裏人』一變而妙，真奪胎换骨矣。」《北夢瑣言》：「陳陶，劍浦人。著《僻書》十卷。」歸安孫奕升宗承《南劍雜事詩》云：「嵩伯孤標老澗阿，搜尋逸事著書多。秋風白髮春閨夢，一樣詩名無定河。」用事渾括，無襞績痕。

昔於廟市得晚唐詩殘本，書面有題陳陶處士詩二絶句云：「一顧成周願已違，冥鴻却向九霄飛。詞章流播傾江左，誰似先生大布衣？」「拍手行歌藍采和，流年冉冉趁江波。落星何與仙家事，買鮓翻嫌一語多。」書法雅健，絶似松南居士。

《池北偶談》：周方叔撰《卮林》十卷，援據該博。如《水仙賦》是南宋南平王鑠也，水仙乃水上神女。《觚賸》：延平女子題壁詩「野燒獵獵北風哀，細馬氈車去不回」云云。奕升《南劍雜事詩》云：「水仙一賦擅才華，方叔評論不是花。驛舍四詩凄欲絶，青衫淚濕奏琵琶。」奕升曾與杭、厲吟社，入閩，朱梅崖引爲文字交。今八十餘，精神不衰，猶應成均試。

余見馬秋葯郎中畫，多取蕭疏，獨爲韓桂舲觀察與其兄聽秋畫《聽雨圖》，筆墨深厚。二韓題句並皆佳妙。聽秋詩云：「雲月空濛夜氣深，淮南結習楚騷心。何年江上同舟去，依舊讀書松桂林。」桂舲詩云：「四山風雨天傳籟，滿院松杉秋作聲。莫是韶年共鐙火，亂書堆裏坐三更。」

峻德慎齋性豪逸，詩亦淡雅。《歷下別任開宗》云：「東風吹旅雁，北向桑乾鳴。予亦理歸棹，長河春水生。孤篷依岸火，遠夢隔江城。念爾沙棠檝，春江何處行。」《自歷下北歸》云：「來時五月麥風清，歸去微涼馬上生。依舊陰陰槐柳路，亂蟬一路是秋聲。」

藥根《詠菊》云：「我有孀慈今白髮，年年益壽向伊謀。」古岩《咏懷》云：「若教一葦江湖去，恐負春暉寸草心。」借庵《送妙詮》云：「早晚到家聯舊雨，晨昏代我省慈幃。」方外寂滅人，能不忘孝養，尤可風世。借庵又《咏菜圃》云：「天下無饑色，何人知此心？」洪稚存謂其有范文正胸次。

翠屏洲在金焦北岸，春來桃花燦如雲錦，竹木尤幽邃。王柳村家於其上，一時名流韵士，造訪無虚日。阮雲臺中丞考其地，即古之曲江，建亭以存漢蹟。中丞撫浙時，作七古寄柳村，有句云：「此日披圖似夢醒，濤聲還向月中聽。錢唐八月西樓卧，錯認揚州月下亭。」其深情眷戀如此。中丞嘗憩亭中，與柳村纂輯江蘇八郡之詩，徵文考獻，成書二百卷。姚修撰秋農文田題其撰著之室曰「詩徵閣」，旁有阮梅叔聯云：「八月望宜枚叔筆，千年前是廣陵濤。」

屠倬字孟昭，號琴隖，錢塘人。嘉慶戊辰進士，由庶常改知儀徵縣。廉明勤慎，興禮教，懲豪强，士習民風，蒸然丕變，以才人爲循吏，論者謂爲陸玉屏後一人。詩與查梅史揆、郭頻伽麐齊名，著《是程堂集》。《葫蘆嶺》云：「十里不見人，但見松影直。徑轉松亦轉，半松半山色。」真畫不能到。《南屏歸湖舟》云：「雲氣欲成雨，萬山都是烟。烟開見山色，落日又歸船。時有白鷗至，飛來水底天。疏燈出湖口，已泊藕花邊。」飄逸豪宕，以古爲律，惟青蓮腕下有之。

石琢堂廉訪官蜀最久，教匪擾川南，保境安民，頗著勞績。所上方略暨諭民諸條教，愷切仁慈，如讀王文成集、于清端政書，不得僅以文人學士目之也。其詩格高律細，胎息唐賢，王柳村謂與秦小峴、阮雲臺皆江左正聲，非謬也。《息影》云：「息影衡茅下，門無剥啄聲。祇緣行役苦，漸覺宦情輕。詩思山争瘦，琴心鶴共清。著書常閉户，鄉曲不知名。」句如「薄雲凝暝色，疏雨釀秋寒」、「白雲千嶺雪，緑樹萬家烟」、「辨柳知春色，聽雞感歲華」、「曾經憂患後，轉覺死生輕」，具能滌除俗調。著《獨學廬詩文集》。

朝鮮使臣柳、朴二君，以詩謁曉嵐先生，先生各贈一詩，送其歸國。贈柳惠風云：「古有雞林相，能知白傅詩。俗原嫻賦詠，汝更富文詞。才謝《三都賦》，言慚一字師。惟應期再至，時説小姑祠。」贈朴次修云：「貢篚趨王會，詩囊伴使車。清姿逢海鶴，秀語吐天葩。歸國憐晁監，分題感趙驊。他年相憶處，東向望丹霞。」次修和云：「辱題儈孺邸，榮勝李膺車。披扇驚文藻，陳詩愧正葩。蝨心猶示鵠，駑足敢先驊。喜我書厨潤，歸沾玉井霞。」書甚工秀，今存伊墨卿家。

野蠶《詠鶴》詩云：「滄海到來應有夢，溪山深處可無君。」秦小峴見之，歎其佳絶，遂與定交。秦又嘗客遊金陵，遇一僧賣卜秦淮市上，見其《題秋笳外集》云：「何以美人悲出塞，慣教才子怨含沙。王褒去後長爲客，沈炯歸來未有家。」亦以詩訂交焉。後始知僧名碎琴，廣東番禺人。少爲諸生，年二十餘出家吴門。未幾，二僧相繼殁，秦俱爲之傳。

道士侯洤，無錫名家子。詩學韋左司，近體仿高青丘，與秦小峴友善。乾隆丙申秋，小峴官京師，洤餞别於寄暢園，贈詩云：「高閣秋將暮，夕陽明遠岑。烟開摩詰畫，泉響伯牙琴。自愛丘中賞，應諧物外心。如何别林壑，未得謝華簪。」寄暢園者，小峴惠山别業也。逾年，洤死，年三十二。

「心如芥子猶嫌大，事到千思恐未精」，吏部郎任松齋基振易簣時詩也。孫敬軒編修每誦之，以爲知道之言。松齋，高郵人也。己丑進士，官京師十餘年，不挈妻子，校書授讀佐薪水。學通天文，尤潛心小學，注《爾雅》數萬言，未成書。間以指墨，戲作莽牛草蟹，極生動有致。卒時旁無親屬，惟鈍僕一，族人子田殯殮焉。

西湖遊舫俱無檣帆，用帆者惟靈隱寺僧齋飯船也。錢塘魏莖塘棫早慧，工文，有《南屏晚歸》詩，曰：「晚鐘送客歸，山寺隔烟嶺。木落夕陽多，遥見一帆影。」又《春雪》詩云：「紙窗曙更早，啼鳥一聲絶。昨夜海棠開，微紅映春雪。」頗有自然之致。惜年僅二十，未竟其學。從弟春松比部成憲緝其遺詩一卷，曰《莖塘賸稿》。

江南六合有古梅在吴莊，相傳唐宋時物。錢塘布衣何春渚琪急訪之，婆娑數日，作長歌紀事，人多傳之。布衣結廬錢塘北郭之枯樹灣，榜曰「小山居」。石門方薰爲作圖。方亦工詩，有《蘭如集》四卷，十年前曾乞洪稚存爲點定，稚存爲述其佳句云：「曉樹有花落，春原無客行。」此例數十聯，皆似不食烟火人語。

御溝紅葉，千古韵事。錢塘諸生高蘭陔繩武有《擬盧渥酬宫人紅葉詩》云：「寂寞長門裏，春光付等閒。臨流託一葉，情在淺深間。」頗與「看花滿眼淚，不共楚王言」風致相肖。高爲錢唐名諸生，不遇以殁。平生愛蘭，藝蘭數十百盆盎，手自灌植，人呼爲「蘭癖」云。

儀徵阮梅叔亨字仲嘉，嘗隨其兄雲臺中丞浙幕，杭人能詩者争相倡和，因撰《瀛舟筆談》。所著《珠湖草堂詩》佳句甚多，五言如「塔横波影直，潮退岸身高」、「春雨孤帆影，秋風塞馬心」、「亂峰浮冷翠，曉月瀉凉波」，七言如「半港水喧蘆戰雨，四圍風冷竹吟秋」、「人與夕陽争竹徑，秋先疏雨到荷池」、「風挾潮聲喧岸急，月驕燈影上船明」、「夜静烏頭新月白，秋深雁背夕陽紅」、「鄉心似月三秋滿，詩思迎潮一線來」、「鴉舞夕陽楓葉徑，人歸疏雨菊花天」，深得唐賢三昧。又與王柳村同纂《淮海英靈續集》、《廣陵詩事補》等書。

顧弢庵鶴慶工繪事，客都門最久，人得其片楮，争相什襲。其詩清超拔俗，無一字寄人籬下。常有《見懷》詩云：「往事金臺百未工，先生獨許性情同。湖亭暖約尋鮭菜，野寺閒携問菊叢。松葉照空帷夜月，柳絲吹緑是春風。西山嵐翠西涯樹，都在江樓遠夢中。」

弢庵遊覽山水，深悟畫理。嘗往天台、雁蕩，所著遊記，縋幽鑿險，領會獨妙，故所爲詩皆有畫意。如《西湖雜詠》云：「明月不到處，湖雲一半陰。」「長空忽倒影，天與水俱深。」「風驚出簷雀，雲響過湖龍。」「水清魚側見，湖闊燕斜飛。」「月生海角疑含雨，雲到湖心忽變秋。」《剡中雜詠》云：「野水高於艇，山光亂似雲。」「雪消春後寺，雲濕雨中山。」「空洞閟晴雪，夕陽生冷烟。」

梧門詩話卷十

詩龕居士法式善編

言者無罪聞者戒，故曰風。曾記蔣心餘絶句云：「寒飈半渡阻前之，罷誦南風解愠詩。悟到人生無逆境，保全只在轉頭時。」頃見陸筱飲山水小幀上題云：「輕舟齊趁大江東，浪捲濤飛欲拍空。莫以好風帆力健，最難收是急流中。」寄託深遠，並合風人之旨。筱飲名飛，乙酉浙江解元。工詩古文詞，繪事殊絶，所居曰「荷風竹露草堂」。晚年買舟西湖之上，題曰「自度航」，賣畫自給。黄小松易爲刻篆章，曰「賣畫買山」。

吴小匏壽宸家杭州之西馬塍，所居曰「西爽園」，樓名「晚翠」，盡見西湖諸山。小匏讀書其上，吟咏不輟。有《春日園中》句云：「案間一卷紅蠶志，屋後數塍黄菜花。」蓋即景樂事也。後客蒲坂，卒。其弟子陳孝廉文誥刻其遊晉以後詩二卷行世。

納蘭容若成德小詩極有寄託，所作《柳枝詞》，見賞於徐健庵尚書。詩云：「一枝春色又藏鴉，白石清溪望不賒。自是多情便多絮，隨風直到謝娘家。」「春到江南春草生，乍驚摇曳撲簾旌。黄鸝無語昏鴉起，深閉重門待月明。」「半綰長條倚水樓，困人風月懶梳頭。濛濛一抹催花雨，半繫斑騅半繫舟。」

臺灣士人自漳、泉數郡遷徙者居多，風化日盛，詩篇頗有可傳。葉秀才泮英《暮春》云：「春風淡蕩柳條輕，半老山花半老鶯。遲日滿簾飛絮亂，不堪腸斷是清明。」陳孝廉輝「壁破牽雲補，窗疏待月生」、「江帆曉渡波間影，市宅寒炊竹外烟。」《郊行》云：「辛苦遠行人，寂寞溪山路。雲水隔疏村，渺渺横烟霧。雞飛出竹籬，高樹滴微露。負耒有農夫，行歌臨野渡。竹筏散不收，一篙不知處。驚起白鷗飛，低拂蘆花去。」《春日》云：「春來搜索句初成，把酒行吟半日酲。爲是東風吹我醒，海棠花外聽流鶯。」「韶華向曙海天開，紅蘂青枝照水隈。鎮日書窗無客至，畫簾風煖燕飛來。」俱佳。又如傅秀才汝霖「夜月飛銀漁火暗，晚烟積翠戍樓空」、鄭明經應球「鳥吟白日春前樹，人整青山竹外冠」，亦不失閩中十子遺派。

崐山王楙畦孝廉學浩《咸陽懷古》詩曰：「忽燒經籍真無賴，盡廢諸侯大有才。」嬴政之暴，古人無譽之者，此論大奇，正合柳州封建之説，抑具此無賴手段，方做得出耳。孝廉工畫，山水入神品。

王慧音，吴之諸生也。客大吏幕府，道出楚中，維舟湘山寺，入方丈，見有楹帖曰：「白髮無私人自老，青山依舊我還來。」旁注：「慧音書。」驚詢爲誰，則寺中老僧，圓寂四十餘年矣。其死之日，即王生之辰。輪迴之説，自古有之，乃兩世不易其名，又一奇也。

吴中開元寺有無量殿，累甓而成，蓋明人建以藏經者。黄野鴻子雲詩云：「不憑方寸木，奚止一人陶。」以《孟子》入詩，奇妙乃爾。又嘗過鄒縣孟廟，詩曰：「戰國風趨下，斯文日再中。」客有過鄒縣者，夢廟楹縣此二語，風雅之道，通於神明，異哉。

洪桐生梧太守《謁孟廟》詩云：「曾謁宫墻二十年，今來瞻拜嶧山前。廣居氣象垂千古，戰國文章重七篇。霜柏不彫吾道在，震泉同養大宗傳。何人更接昌黎學，俯仰乾坤亦浩然。」亦磊砢有正骨。

屠琴隖詩，不拘古，不循今，以情爲主，足以感人，非矜才使氣家所能道其隻字也。《懷兄禹山秦中》云：「茫茫四海一身孤，風雨漫天逼歲除。馬首秦箏彈老淚，關門越客下單車。堪憐幕府依人計，重展天涯隔歲書。書上殷勤託鄉使，歸期曾説雁來初。」《送吴兼山還虞山》云：「風塵刺促上離筵，滿耳秦聲話九邊。金盡不妨仍結客，時清未可説歸田。無多同調偏嗟别，便約看花已隔年。更憶琵琶查八十，蹇驢歸去又江天。」

屠琴隖、陶鳧香梁、董琴南國華皆負才譽，同登嘉慶戊辰進士，同入詞館。屠第七名，陶第八名，董第九名，同占巍科，亦奇事也。琴南，吴縣人，著《讀書樓初稿》。嘗見其《送友入蜀》云：「凉風動天末，落木助秋聲。到眼總寒色，故人且遠征。」「關河千里夢，烽火十年兵。漫説蠶叢險，書生竟請纓。」

王子石《泊蘭陵》絶句云：「篷背烟冥冥，長河日已夕。微風吹酒香，知近蘭陵驛。」《舟中》云：「夜半聞吴歌，誰言慰寂寞。斗米錢五百，莫唱江南樂。」《蘭陵酒家題壁》云：「蘭陵酒味美如蘭，百盞殷勤慰夜闌。縱是主人能醉客，他鄉寧作故鄉看。」又《虎丘》云：「劍是英雄氣，花爲美女魂。」子石年十六，作詩便能脱化古人，而運筆雋妙乃爾，宜稚存、雲臺兩公稱之。

阮吾山司寇葵生博雅好古，有于鱗、元美遺風。於午門外比部朝房，書杜少陵句爲楹帖，云：「曉漏追趨青瑣闥，晴窗檢點白雲篇。」天然切合，可爲西曹佳話。

《鳴秋合籟》一卷，崔曼亭龍見官頻陽時，與夫人錢浣青、並浣青叔錢竹初倡和之作。浣青尊甫文敏公，乃錢璵沙方伯琦禮闈所得士。方伯題詩云：「驚看玉樹茁新芽，江左門才聚一家。差幸三更明月夜，當年老眼不曾花。」「吾家絶調數湘靈，落日清音滿洞庭。那識數峰江上好，一痕分到小姑青。」卷中題者甚多，此最工切，與韵事相稱。

「飛瀑雨餘穿地白，亂松春老入天青」，吴竹堂進士霽《游齊雲山》句。竹堂兼工山水蘭竹。客皖江最久，日遊采石磯諸勝。能豪飲。所居羅列琴樽，纖塵不染，人比之雲林清閟閣。姬人湘雲亦善畫蘭。

《秋聲館吟》一卷，仁和符聖幾之恒遺詩。聖幾年三十三卒，其友王瞿曾祥手録其詩授梓。其師厲樊榭徵士序之，曰：「澄汰衆惠，清思眑冥；松寒水潔，不可近睨。」讀之信然。尤工五言，如「寒烟棲木末，活水齧城根」、「小橋連野水，虚空貯秋寒」、「鷗寒依葦立，山静見烟生」，絶似咸平處士。又有句云：「幾幅斜陽挂漁網，人家多住柳塘西。」宛然一幅水村圖也。

詩有直用前人句，易一二字而更妙者，「曾爲大梁客，倍感信陵恩」，張紫峴「未爲大梁客，亦感信陵恩」是也。有盡翻前人句而愈妙者，「大都秋雁少，只是夜猿多」，石遠梅「猿多雁少尋常事，只有慈烏易斷魂」是也。

秦小峴序王鐵夫《楞伽山人詩》云：「鐵夫久困，以詩聞於時，京師貴人多譽之者。顧性簡傲，少可多否，遇公卿若平交。人又以是病鐵夫狂，而鐵夫坐是益困。」五言如《蘆花》云：「沙迴雪無色，江空月有聲。」《春眺》云：「芳草碧雙屐，桃花紅一村。」《寄友》云：「新桐數圭白，殘月一梳黄。」《病中》云：「物意争榮悴，秋聲無古今。」《花朝志感》云：「雲陰兼地白，河氣入天黄。」《曉發》云：「亂雞啼宿霧，孤馬踏殘星。」七言如《白桃花》云：「洞口乍來雲没路，觀中重過鬢添絲。」《秣陵館》云：「曲中新調翻聯臂，花缺春聲掛畫眉。」《寫意》云：「才子回頭多是佛，美人彈指各成仙。」俱能抒寫襟抱，不染塵氛。

西域二萬餘里，準、回兩部，居其大凡。準部世資游牧，不事農工；回部雖事農工，利兼畜牧。王鐵夫作絶句六十章，題之曰「西陲牧唱詞」，大抵權輿圖志，或附麗前聞，或質言今制，删取原文，少加融貫，件繫成詩。其文繁富，不能載入。徐朗齋孝廉題句云：「海内稱詩王鐵夫，鐵夫鐵體鐵匡無。中華樂府多陳腐，翻徧朱離西域圖。」

壬辰，余年二十歲，有句云：「何時春入門，瞥見花滿院。」其稿入《西華集》中，爲月阡携去。今見王鐵夫有「不知山風來，但聞山葉響」，與余詩同一用意，句法較老成矣。亦壬辰年作，時鐵夫十八歲耳。

青浦徐補桐方伯恕《緑春詞》三十首，盛稱於時，和者甚衆。如石琢堂之「騷蘭頌橘千篇少，卜鏡占花一夢無」、「空有戲魚蓮葉北，更無歸燕杏花西」，沈芷生之「再生蛺蝶三生燕，四面欄干一面風」、「比翼鳥無孤宿影，叩頭蟲有可憐心」，王鐵夫之「人坐新梅初月底，春扶穲柳未風時」、「刀難斷藕纏綿緒，雪不傷蕉輾轉心」等句，皆能刊落浮艷，自寫孤情者。

沈芷生詩筆清妍似六朝，詞曲亦靈雋。《爲鐵夫題瑶想詞後》云：「鐵夫舊不爲詞，消寒之暇，忽有新篇，辱以見示，因題短句：『從來情種例詞仙，布帽彈箏極可憐。不喜辛蘇厭秦柳，與君商略到

《金荃》。』『我亦新成眉匠詞，自薰麝月寫烏絲。圍爐判賭雙鬟口，遠上黄河唱阿誰。』」

梁溪鮑若舟汀以文名於時，又工畫。困於鄉舉四十年，蹉跎而没。同里顧方伯光旭序其《讀畫山房遺稿》八卷傳之。如《自題畫》云：「江雲漠漠雨霏霏，茅屋人家濕翠微。網得銀魚剛半尺，怕風忙覆緑蓑衣。」「香泥和雨杏花稠，料峭春寒半是秋。燕子不來人又睡，一燈紅上小樓頭。」《青溪雜詩》云：「凉篷艇子打雙橈，丁字簾前問六朝。夾岸柳花都作雪，一時添恨與春潮。」「檀板紅牙勸酒籌，頓楊弟子擅風流。如今芳草都消歇，何處重尋十四樓？」皆輕倩可誦。

錢籜石侍郎，雍正壬子副榜，乾隆丙辰舉鴻博，報罷，至壬申聯捷成進士，年逾五十矣。是年會試在八月，香樹先生賀詩云：「刻成楮葉廿年遲，著論韓公伸紙時。朵殿争看和氏璧，瓊筵笑插菊花枝。」自注云：「今年會試題，即廿年前中副榜題也，與退之《不貳過論》題事相類。」

盧雅雨見曾都運維揚，招集名流，修葺平山堂。一時川沼呈秀，人物争妍，稱最盛矣。都運詩《一起》云：「冶春宴罷風流長，畫船繫遍平山堂。大雅不作山林寂，寒號枉自搜枯腸。」隱然以詩壇長老自命。故嵇拙修相國和詩有「半山襄陽不可作，國朝最數王漁洋。雅雨後出掩前輩，獨以古調傳歐陽」之句。香樹先生亦有詩云：「廣陵春水碧粼粼，三月鶯花到眼新。六十年中誰管領，推官都轉兩詩人。」自注：「漁洋山人官司李時至今六十年。王、盧皆濟南郡人。」

昔王蒙作《岱宗圖》，陳汝言雪中過訪，以小弓彈粉其上，改爲《岱宗密雪圖》。羅兩峰山人工畫，嘗三遊泰山，梁溪秦儀爲作《岱宗圖》，兩峰作記，併録《遊泰山詩》二十四章，可謂豪矣。余最愛《普照寺》一詩，云：「佛閣出林首，幽徑稱閒屧。松風濺澗烟，看花下孤蝶。」

《隨園詩話》稱楊次也《西湖詞》、李嘯村《虎丘詞》、程午橋《虹橋詞》、黄莘田《虎丘詞》冠絶一時。余見鮑海門山人《姑蘇竹枝詞》四十章，亦絶調也。今録其略云：「餘髮垂腰不耐梳，生憎十五對門居。怪來夜半瞞鸚鵡，偷讀春羅小字書。」「東家明月過西家，水底朱欄印碧紗。長笛短篷香雪海，美人魂浸玉梅花。」「小小當壚學數錢，挽郎下馬接郎鞭。郎鞭繫在儂身上，儂酒斟來郎面前。」「隔簾惱煞紫瓊簫，爛醉扶來上畫橈。一路春山青送客，鶯兒啼得酒都消。」「蕩湖船小竹竿長，儂在花溪烟水傍。白石橋梁青石柱，胭脂兩字寫横塘。」「機上無花不是機，衣裳無綉不成衣。春風怪道人争看，蝴蝶渾身上下飛。」「千唤低頭不一迴，背描花樣水窗開。是儂吹笛將船過，兩岸紅妝笑出來。」「水市南頭香壓船，賣郎荷葉買郎蓮。侍兒只愛玲瓏藕，儂道心多不值錢。」「溪上浣衣嬌小娘，鴉頭不着足如霜。人來自有芙蓉隔，底用羅裙掃地長？」

錦江毛振翩號翥蒼，詩得宋元人風格。《半野居士集》，官河間司馬時所刻也。余記其「柳岸日斜千户晚，沙汀風起一帆低」、「山花媚客多欹岸，水鳥依人欲近舟」諸語，不減石湖、雁門也。

「(上缺)滿院一聲磬，無數遠山紅夕陽。」歿後人謂其出語無驗。林香海樹蕃編修句云：「落花無恨訴春雨，流水有聲悲夕陽。」歿後人又謂其出語有驗。吴江南人，乙未狀元。林福建人，辛卯庶常。

吴白華省欽學問該洽。《白華集》古體詩不能備載，五言如：「沙昏前岸雪，潮裂半湖冰。」「水依天到岸，人與月同船。」「一湖全化月，數艇忽衝雲。」「柴門連竹隱，松艇隔花招。」「霜明孤葉定，雲暗一禽翻。」「人烟金雁驛，祠火石犀橋。」「斷雲松葉暗，疏雨豆花凉。」七言如：「燈將水氣螢相似，艣帶秋聲雁不如。」「亂水北吞三峽下，斷峰南擁七星來。」「徑流草露濃於雨，屋起柴烟凍即雲。」五律如《雨後宿山館》云：「前山涌晴翠，雨自後山飛。山氣本如此，人行殊未歸。林端松鼠滿，階下草蟲稀。兹夕望河漢，迢迢秋影微。」絶句如《發南四竈》云：「富場廟頭西日偏，龍珠庵口寒月圓。浦東客上浦西去，黄葉打人風滿船。」《泖口》云：「漁舍田莊入望孤，琉璃千頃界菰蒲。一聲沙鳥背人去，西日半竿黄滿湖。」《松閣》云：「高館生晝凉，碧陰散流水。疏雨落松花，疏風落松子。」皆風格遒上之作。

甲午春，余遊潭柘岫雲寺，宿叢竹中之南閣。次日，童子起報曰：「碗大的桃花在山嘴上紅。」余曰：「是可爲詩。」遂有「碗大桃花山嘴紅」之句。又陳姓僕能詩，有句云：「太陽欲落水烟動，鳥背不如魚背紅。」

褚筠心廷璋先生五言宗韋、柳，七古歌行宗韓、蘇。七律如《鵝洲風阻》云：「暫向荒洲繫荻蘆，終宵拍岸浪花粗。雲回嶺樹身猶寄，秋入江風病欲蘇。白鷺有情雙槳狎，紅魚無信一燈孤。朝來素袷新凉釃，那不蕭蕭感鬢鬚。」殊有晚唐風韵。

己酉秋，予訪筠心先生官菜園上街，劇談至夕，踏月而歸。是日，留素册十六帙乞詩。翌日先生爲書西域諸作，真足當一代詩史。《伊犁》云：「盤雕紅寺朝鳴角，散馬青原夜控絃。」《塔爾巴噶臺》云：「塞月已寒三葉護，邊風猶動五單于。」《額爾齊斯》云：「駱澤風高奔怒馬，金山雪暗下飢鷹。」《吹地名》云：「千屯此日開榆塞，十箭當年阻玉關。」《闢展》云：「黄驅魅磧駝鳴月，白擁天山馬立霜。」《哈喇沙爾》云：「弓掛輪臺飛皎月，劍磨蒲海射晴暾。」《庫車》云：「狐窺計水春流碧，鶻起田山野火紅。」《阿克蘇》云：「壕上射生城落雁，軍前饗士帳鳴鼉。」《喀什噶爾》云：「飲馬雪深尋舊井，晾鷹風勁上高城。」《葉爾羌》云：「月白夜營金甲冷，雲寒秋壘繡旗高。」余題四絶於後，末一首云：「城南短巷菜花香，黄葉聲中話夕陽。未必書生昧邊事，英雄雖老戀沙場。」

張柳漁湄詩取生新，如「花趁䐂風春有信，酒盈衰面老迴波」、「香清小圃花盈盎，水映疏窗酒上船」、「天意與人同藴藉，山容如夢遠依微」、「江樓夜火千家郭，雪屋寒林幾叠山」，絶似程孟陽。

鄂剛烈五古步趨淵明。余尤嗜其《月夜行涇縣道中》一首：「斜陽發南陵，暮色二十里。月出入空山，山深月如水。露下草蟲吟，松香滴石髓。峰巒轉曲折，犬吠隔林起。淙淙石罅泉，流向稻田裏。行役未爲勞，登臨亦可喜。竟夜此中行，月落朝霞紫。」有翛然物外之致。

唐蝸寄榷使英性嗜風雅，詩多適性。有句云：「爲避世氛常獨坐，恐妨鄰睡不豪吟。」「柯蟻身名誰勝負，水蛙聲勢自公私。」其泊然之致可想。《夜行》云：「過橋村漏寒雲碧，度嶺天低凍月黄。羨煞漁樵今夜夢，半歸巖壑半滄浪。」亦渾脱可喜。

楊蓉裳「雲欲浮山去，潮疑帶海來」、鮑野雲「鐘隨雲忽起，山與客俱來」，兩「來」字皆妙。鮑語似奇，不知其題詩處爲來山閣也。

雨村保禄字在中，性孤僻。老年自放於酒，好遊佳山水，雖絶糧不返也。詩頗倔强，然如「夕陽下高樹，山影落空村」、「花香簾外浄，日影酒邊明」，殊平易近人。

陸湄君秀才，袁簡齋之甥。年三十五而殁，簡齋刻其詩二卷。如「春草渡頭生月早，美人衣上落花多」、「細雨寒時黄蝶少，秋階陰處海棠多」、「晚棹撥雲通蟹舍，夕陽隨網下漁村」，皆好句也。《秦淮絶句》云：「秦淮五月雨蕭蕭，只替官河長夜潮。一曲紅欄幾株柳，誰家郎駐木蘭橈？」尤似其舅。

兩峰云：於夢堂相國家見寶瑟主人詩，記有「月明春樹静，燈暗夜堂深」之句，居然唐人風格。又見牧牛子詩，記有「一村黄葉雨，千里白雲秋」，又「鳥語雲中没，泉聲樹裏來」。在朝在野，皆不失爲正宗，然而隱顯著矣。相國置二詩於一處，亦或有意存焉。

膠州高西園鳳翰晚號南阜山人。自幼能詩，工書畫，超超軼塵。康熙庚子辛丑間，馮少司寇景夏牧膠，極賞愛之。雍正壬子，西園膺賢良之薦，發安徽補縣丞，而公適爲方伯。望山制府唱「雁點青天字一行」七律，公命西園和之，一夜成十二章以呈。中如「玉關拂雪留飛白，東海盤雲作擘窠」之句，甚佳，惜忘其全篇矣。其少時《登瑯琊山觀海》詩云：「瑯琊山上瑯琊臺，臺下滄溟萬里開。地是中原初盡處，天從空際遠浮來。」神興略似唐崔顥《黄鶴樓》，惜下半不稱。乾隆己未，西園罷官，右體痺廢，乃以左手作書畫。自揚州渡江，訪鮑西岡於長興，遂至司寇公甪里第。蹣跚寢食，所居得樹軒中，與公談藝甚歡。月餘，揮淚告别，作《得樹軒從遊圖》二幅，一携去，一於蘇州裝潢，隔年餘寄公。題詩云：「得樹軒中得好秋，霜黄踏徧快從遊。老誇健步孫携杖，病怯新寒客裹頭。落葉歸根看結果，空花過眼想風流。禾城他日傳佳話，多恐門生是贅疣。」公閲之，悽然曰：「高生何言之楚也！吾其不久乎？」越半年，公卒。西園平生收聚名畫、硯石、印章最多，得漢衛青玉印，絹裹繫胸，日夜不舍。身後諸物散盡，《從遊圖》爲人携去。孟亭先生官編修時收得，合藏之。司寇，孟亭大父也。自題其詩曰「錦綉段」。

兩峰慶玉詩如「人立花間鷗意淡，秋來天外雁聲凉」，亦清刻，較似村則腴矣。

羅琢堂萬成，遼陽人。以明經老，有《客叟草》二卷，唐實君孫華序之，稱其淡泊古雅，不矜雕飾。如：「孤懷三日雨，危坐一爐香。」《别友》云：「江南三月艷陽天，送君别君神黯然。東風吹柳千條起，不繫今朝離别船。」風調絶勝。

桑弢甫抱不羈之才，賦杭州鎮海樓詩多至四百韵。《爲謝梅莊侍御題首夏軍中學易圖》有句云：「尋常蝟縮牛馬毛，軍營六月圍豐貂。材官羽騎若虓虎，到此意氣何由驕。」可稱奇闢。晚年遍遊五岳，自號五岳詩人，著《五岳集》。

桐城馬樸臣字相如，康熙壬子孝廉，官中書舍人。才氣豪邁，所至傾其座人。與同里方南堂爲石交。詩篇懶自收拾，隨手散去。《自題行看子》云：「二十年前舊馬卿，絛鷹櫪驥可憐生。形神寧道子非我，鬚貌今分弟與兄。芳草緑迷千里夢，海棠紅惱一春情。不知意氣衰多少，興到猶能酒膽横。」有弟曰蘇臣，字湘靈。亦工詩，著《湘靈集》。

仁和陳人驥字柳樊，作宰蜀中。頃從爐城寄書與春漪，道及徐玉崖觀察長發在藏部，每事以七字詩一聯括之。如「馬蹄踏破千山雪，牛背馱餘半月糧」、「偶咀菽乳談何易，欲咬菘根事更難」、「鐃音梵唄聞思静，馬矢牛遺鼻觀參」、「半間窮屋居何陋，萬里提壺事亦奇」之類，凡十四事，屬柳樊以每一句冠首，足成一律。蠻荒風景，如在目前。

徵士陳撰字楞山，又號玉几生。家錢塘，有玉几山房，蓄書畫最富。精賞鑒。初有《繡鋏集》、《秋吟擬古》諸刻。客游儀真，長年不歸，意思瀟澹，屏絶人事。詩格冲逸，《歸途》云：「日暮東風急，歸途雨正繁。泥深黏屐重，雲濕帶林昏。野水喧漁艇，人家揜竹門。遥憐折梅處，回首更西村。」玉几生工畫，其詩不愧有聲畫矣。

桐城劉海峰《梅花》詩「獨酌有樽酒，孤眠聞妙香」，意味超絶。兩峰山人《咏梅花》，有「風陰水亦香」五字，或以爲似荷花，春漪力辨之，《題兩峰出墻梅畫箑》云：「妙語風陰水亦香，水邊林下月蒼茫。冷吟只共梅花醉，唤得鄰醪也過墻。」魏春松比部題句云：「詩中有畫畫中詩，姚合羅含各好奇。墻角月稜墻背雪，一梅花作兩邊枝。」

錢稼軒先生嘗稱，宜興詩人儲玉函最佳。今見《緘石齋詩》，多清麗之作。五言如「别浦花連屋，斜陽燕掠人」、「海月迎人滿，山花背客妍」、「敲冰進孤艇，曝日聚閒門」，七言如「風帆零亂頽陽外，漁火荒寒小雪初」、「一灣水護漁莊冷，幾葉楓添雪屋明」、「緑樹村邊孤寺掩，春陰墻角一花明」等句，皆詩中有畫也。玉函，乾隆辛巳進士選庶吉士，改部曹，出守鄖陽。

張濂號鏡亭，武進人。少以詩名。爲陝西巡檢，不得志。貧病失目，人遂呼爲「張瞽」。坐是益貧，然不廢詩，屬客代書，口如懸河，不加點也。予於鮑雅堂齋中見其詩，多可採者。如《贈李耐庵》云：「此君好奇服，結宅碧雲岑。送客有時出，落花歸路深。狂言不礙理，妙句出無心。近復耽禪悦，相從支遁林。」《潞河獨坐懷周石齋》云：「清風吹薄帷，獨坐理金徽。別調彈《黄鵠》，愁心隔翠微。夕陽在喬木，春水動柴扉。遠憶滄江逸，長竿守釣磯。」《送吴作梅之湖北》云：「及汝掛帆去，瀟湘秋欲生。猿聲聽不得，知近漢陽城。計笑依劉拙，詩憐吊屈清。古來遷謫地，才子有聲名。」《秋夜聽謝繼彈琴》云：「過雨洗塵襟，當窗横素琴。孤雲高不落，獨鶴怨何深。嗟彼坐中客，真知絃上音。曲終成一笑，明月滿藤陰。」《曉發草凉驛》云：「萬事只如此，一官可奈何。馬嘶秋入棧，鶴唳月沈河。荒驛寒燈瘦，横橋落葉多。郫筒新釀熟，一醉睡蠻歌。」大有唐賢風味。

隨園不喜曹震亭詩。然震亭詩幽峻，時有拔俗之致。如：「僧尋古渡迷歸路，犬向迴流吠落花。」「留將老檜深藏寺，補得修篁冷到門。」《龍泉寺》五古云：「樵路滑白雲，翠入烟蘿逕。鶯啼竹影動，催夢松濤定。我曾踏斜暉，古寺飯齋磬。新詩和妙香，只許梅花聽。怪石似憨僧，嫵媚向人佞。遠岫静如睡，東風吹不醒。吟罷澹忘歸，初月一鈎暝。」殊不可及也。

「蕪詞只合作詩奴，換得先生《漁樂圖》。徑欲一竿如畫裏，撅頭船尾釣江鱸。」「莫將文采使人知，拍手惟歌銅斗詞。好是半江紅樹裏，短蓑醉舞月高時。」「不要桃花流水春，清江秋霽鏡磨新。未知兩箇舟相並，此一舟中是恁人。」此無錫鄒小山先生句也，張涇南所書，極精，余于張水屋竹筆筒上見之。

陳啓堂編修有會，閩縣人。庚子館選，寓庶常館，與余訂交。啓堂十年中兩次回籍，往返萬餘里，詩篇散佚甚多。偶見其小詩二首，措語秀婉。《山齋》云：「山齋空復嘆棲遲，撮土猶堪審四時。酒不解愁花解笑，香風偶一醒詩脾。」《曉行》云：「向曉籃輿上翠鬟，層霄咫尺俯烟寰。扶桑一抹朝陽麗，紅半疏林白半山。」

近日蜀中詩人，以李凫塘編修、張船山庶常爲最。張詩已備載。凫塘詩縋幽鑿險，所著《雲棧集》，王蘭泉司寇謂費此度、彭樂齋所不逮。五言如：「萬家舟作屋，一埭月爲燈」、「水聲田上下，山影寺東西」，天機清妙。凫塘，綿州人，名驥元，甲辰進士。兄雨村調元、墨莊鼎元皆官翰林，有詩名。

錢辛楣先生爲益都李南澗文藻己卯鄉試座主。南澗没，先生序其《嶺南詩》，云：「歐陽子謂詩非能窮人，殆窮者而後工。吾謂詩之最工者，周文公、召康公、尹吉甫、衛武公皆未嘗窮。晉之陶淵明窮矣，而詩不言其窮，乃其所以愈工也。若乃前導八騶而稱放廢，家累巨萬而歎窶貧，舍己之富貴不言，翻託於窮者之詞，無論不工，雖工奚益？」其言深中後代作詩之弊。南澗深於經術，詩特風趣。《村行見桃花》云：「頭白遨春笑老傖，桃花一樹最風情。平生不識吴姬面，邂逅江村欲目成。」「昨日春風到海涯，妖紅照水數枝斜。暗香疏影年前盡，汝是江南第一花。」

桐城石文成字聞涿，官湖南令。刻《曉堂集》，裘文達公序云：「余同官夢堂少司農，老詩人也。一日謂余曰：『近於時賢中得佳句，公以爲何人作？』因爲余誦『宦久翻成强弩末，歸遲空夢大刀頭』之句。余曰：『此放翁警句也。何自得之？』夢堂乃爲言石曉堂詩。又言曉堂詩可誦者率如此，求於時賢中，實不可數數覯。」予謂二語金元人已有道及者，尚非其至。今觀集中，五古亦多可傳。《初春山行》云：「水流漸沖融，平野春氣動。溪鳥鳴相求，岸花色已弄。老去耽幽壑，登崖目一縱。山空濕翠多，歸覺衣巾重。」《訪僧》云：「泠泠清磬音，遥自白雲度。我欲往從之，雲深不知路。樵夫向予言，須過山邊渡。更上楓林坡，記取冬青樹。」置諸唐人集中，殊合岑、儲門徑，夢堂先生未及論也。

索泰字介山，後改名春澤。康熙丙戌館選，以編修終。所作詩淳王爲之刊行。讀「古道壓塵三月雨，野田分種各家春」句，可以想其志趣。

大盇山人長海不求宦達，喜購書畫。嘗于途中脱所著衣易古册，緣是中寒成疾，積月不起。病稍瘥，伏枕曰：「所獲多矣！」其癖如此。有「雪壓雞聲冷出籬」句，爲時所稱。余尤愛其《爲巢尚書賦房山六景》詩。《挹嵐磴》云：「峩峩大房山，倚杖時一眺。雪霽數峰青，風吹暮寒到。」《留雲塢》云：「手携青布囊，時貯白雲影。醉枕白雲眠，山風吹不醒。」《獨樹庵》云：「三峰露遠光，一樹遮蘭若。時與山僧期，婆娑明月下。」《天橋》云：「秋水飲垂虹，扶杖過橋去。回望四山雲，隔斷人來處。」《柳橋泉》云：「澄泉石壁間，古柳秋雲冷。道心集虛無，悠然與之静。」《石闕》云：「夕陽淡遠天，嵐影昏石闕。採藥獨歸來，青林吐初月。」得右丞之遺。乾隆九年三月，卒於雷溪大盇庵中。

余於書肆以半百錢買得錢南園通副澧手稿一帙，其第一首即《贈徐鏡秋》詩，餘則與望江令師荔扉範唱酬居多。余今借居鏡秋宅，南園曾此下榻，此帙即其時所作也。適袁蘇亭自滇貽《詩略》二十卷，中録南園詩數十首。越十日，荔扉需次入都，相見於詩龕，又得南園詩兩册，文字緣可謂奇矣。

師荔扉刻《金粟山人集》，不下萬首。余最喜其《霑益道中》云：「萬里辭家無内顧，一身許國正丁年。」《小頓重安江》云：「疏疑小檻催花雨，脆似糟床滴酒聲。」《飛雲厓積雪》云：「非因出岫纔青眼，到得爲霖已白頭。」《姊妹山》云：「春晝掃眉雲共斂，晴江照影月爭圓。」《湖口野泊》云：「遠天浮水欲千里，明月與人同一船。」《泊石頭關》云：「舟瀧水聲聽是雨，風吹雪氣看成雲。」余以「負聲若折鐵，抽秘如繅絲」評之，宜南園推爲三迤一作家也。

沈蘆士侍御孫璉《咏雪》詩云：「寒地鍊成清白相，豐年開作吉祥花。」允爲清華之選。殆與夢堂相國「填平世上崎嶇路，冷到人間富貴家」之句，各占身分，真異曲同工也。

潘德園侍御與余交最善。工詩詞，尤精繪事。余見其《題自畫桃柳小幅》云：「湧金門外水粼粼，除了西湖不是春。千樹桃花萬楊柳，畫橋人看畫船人。」《自畫梅花》云：「酸香吹到石湖舟，銷得春醒解得愁。鄧尉雪兼光福月，移家只合住蘇州。」昔人謂鄭虔三絶，吾於德園亦云。

文明號魯齋，康熙庚辰進士，少年登第，旋以光禄寺署官効力軍營。詩多伉壯，余獨愛其「一縷細泉寒浦雪，半竿落日遠天雲」、「黄葉秋孤携酒寺，紅蘭春補選花詩」，神似晚唐。

張紫峴云：「駡座氣雄非爲酒，典衣金盡尚收書。」孫訒齋吉昌云：「詩果能工窮亦趣，頭如可借事原奇。」程禹山禹卿云：「典衣時補故人貧。」皆豪俠語。訒齋，錢塘人，僑居江都。禹山，天長人，舉人。

近人《南宋雜事詩》徵引甚博，議者病其似作論，不似歌詩。余友汪雲壑修撰有題《唐書列傳後》廿四首，記其略云：「年少天孫盼曙河，雪團雪散恨蹉跎。不知何與文人事，頓惹官家薄制科。」「宏奬風流屬敬之，文章交道兩堪師。濮陽旅瘞無人識，只説江東有項斯。」「腐椽支厦豈雄才，流汗將軍亦可哀。猶是含元舊欄檻，春風惆悵牡丹開。」「鬒髮居然對紫宸，春藤旱藕亦通神。世間草木難驅使，未必終南不笑人。」「强榦何期太弱枝，六州鎔鐵悔應遲。英雄末路真蕭颯，偷剩江東數首詩。」用事貫穿，由其筆妙。雲壑又有句云：「鷙争食竟成餘耳，鷗背盟如學晉秦。」不減明人「先後笥争滕薛長，東西鷗狎晉齊盟」。

梧門詩話卷十一

詩龕居士法式善編

任丘邊徵君連寶字肇畛，號隨園，兩薦鴻博經學。五古似昌黎，七古似太白，皆有奇氣。七絶以風韵勝。《南唐怨》云：「鴛鴦寺主已無家，面洗啼痕走傳車。海内空傳金葉格，秋風吹煞麝囊花。」「鬟雲眼彩總淒然，剗襪香階一夢間。剩有琵琶金屑在，君王時唱《念家山》。」「卷帛攝襟書法遒，可憐墨瀋已東流。衹今惟有澄心紙，留得南朝一段愁。」「舊譜新聲續續彈，曲終翻作水潺湲。誰知絶似安公子，一去揚州更不還。」「汴京邸第月輪孤，疑是當年大寶珠。試問夢中歡一晌，還如南畔畫堂無？」「相思滴淚染丹楓，無限江山一望中。此日檀郎寥寂甚，繡床誰向唾紅絨？」清麗纏綿，足與新城尚書《南唐宫詞》相埒。

袁蘇亭多髯，以詩文友朋爲性命，人以「髯癡」呼之，輒喜。其兄儀雅廣文文典，古詩寢食靖節，因號陶村，滇之學人也。嘗囑蘇亭訪王柳村於金焦葭菼間，選刻其《陶村集》，留憩種竹軒十日乃歸，柳村並録以寄余。《元日桃源道中》云：「新愁携馬上，舊夢到春前。」《出都留别》云：「客中還送别，病裏又驚秋。」《丙戌以後書事》云：「欲蘇郇黍千秋雨，曾奏虞絃八月風。」「哀鴻時復鳴中澤，黄鳥偏宜穀此邦。」「戰埸定欲追三北，杼柚寧當計二東。」《懷人》云：「一官未補《蘭陔》詠，雙燕偏傷杕杜秋。」隸事典雅乃爾，宜吴松厓以燕玉楚蘭擬之。

楚人以江隄蘆草爲利，不知蘆草利於一時之用，而爲江隄之久患也。朱涵齋過其地，賦二詩云：「長堤原爲捍江濤，争説蒲蘆地倍膏。縱使折蘆堪作食，也愁江漲比蘆高。」「江隄原不似蘆洲，隄上根深倍可憂。見説蘆花輕薄甚，不堪和土障江流。」涵齋名倫瀚，正紅旗漢軍人。康熙五十一年武進士，由侍衛改郎中。善畫，供奉内庭。洊陞御史、觀察，至副都統。

嵇文敏公《師善堂詩集自序》云：「曾筠生四歲，先君子應范忠貞公聘，館於制府幕中。次年，遭耿逆之難，被脅不屈，幽囚三載，作《百苦吟》，如『解予手未停批點，曾學携書到父庭』，又『此身若遂沉淪死，留與寒家子弟看』，皆念筠之詩也。」公奉遺詩如庭訓。公詩如《秋杪泛舟》云：「山翠逼丹楓，扁舟入鏡中。禾成兩岸白，霜落一溪紅。清嘯流餘爽，虚襟凈晚風。輕帆葭菼外，驚起有歸鴻。」《獨立》云：「獨立頻搔首，心空有萬端。晚秋還藴暑，未臘已防寒。負米神猶怯，招魂淚暗彈。恐增堂上戚，力疾且加餐。」皆少時作，已自可傳。老年持節浙中，作詩益有關繫，不徒泛咏風月也。

「我來孤山下，不見孤山客。雲際鶴歸來，相映梅花白。」溧陽王雲谷源《孤山》詩也，有絶而不絶之妙。《游翠屏洲》句云：「板橋處處斜通陌，楊柳家家緑到門。」的是翠屏光景，令人神往。

袁陶村《送弟思再之葉榆》云：「又作今年别，今年行更難。愴然餘兩母，不復健三飡。莫以床東近，而忘堂北寒。倚門因爾望，陟岵可同看。」直白如話，此詩之真者。又有「江山奇氣鍊文章」七字，與吳侍御蔭華椿《金山贈王柳村》「天遺江聲助筆花」之句，同一奇妙。

定圃宗伯，余座師也。年十九入詞館，主春闈五，主秋闈三，分校一，提學三，可謂極儒臣之榮遇矣。顧欿然自下，年七十，猶日課一詩。曾爲余書少作二首，《夜泊周家店》云：「新漲三篙没舊痕，輕舟晚泊夕陽村。一帆雲影鴉争樹，兩岸人家水護門。繫纜正當秋晼晚，歌聲偏趁月黄昏。乘槎到處饒佳興，今古情懷敢共論。」《小立》云：「霜花不可止，寒色逼深秋。遠塞雲一抹，空山水獨流。馬頭殘葉墮，鴉背夕陽留。徙倚氊廬外，閒看麋鹿遊。」皆晚唐佳構也。

乾隆乙酉春正月，翰林公讌，補亭總憲時掌院事，定圃師時教習庶吉士，兄弟同首座，人以爲榮。定圃師賦詩云：「大羅天工宴群仙，屈指登瀛已卅年。行輩漸如糠粃播，頭銜差幸鄂跗聯。衣冠矜式推先進，文采風流讓後賢。從此鳳池添故事，海棠雙鵲值傳宣。」和者甚衆。

朱昂字曉思，嘉定人。生有夙慧，凡詩文、詞賦及繪畫、篆刻、音律一究心，輒精其詣。性故不羈，善飲，好狹邪，嘗自述云：「人物精工小李畫，風雲雕琢晚唐詩。佳人錦帳春呼酒，狎客珠樓夜賭棋。」可以想見平生矣。有《鹿樵生稿》。今録其《婁塘晚眺》云：「輕便野服趁西風，小徑逶迤杖策通。岸竹倒添秋水緑，霜林遥借暮霞紅。催歸笛引溪南犢，懷舊書傳塞北鴻。却怪鹿門栖隱地，斷籬荒草夕陽中。」殊清脆可喜。

本源字兀庵，金壇人。山翁忞和尚入室弟子，初從金陵天界寺聽講，歷遊浙西，入太白山參學，以山翁命，開法道峰，自號龍山老人。康熙己酉，寄錫瞟之真如寺，遷於虬江張氏西池。戊午，歸金壇，或云赴上海示寂。有《翠微閣集》、《儕鶴小稿》。張方瓢嘗邀師午齋，罷，語及卜居，師應聲曰：「是水是山隨便得，但教屋角有梅花。」遂於方瓢西梅竹深處，構精舍三楹以居之。師口占云：「虬江高士家，春月鋪漁路。邀我夜煮茶，恰傍梅花住。」自此晨夕唱酬。又如「雲蓋三椽屋，池分半畝居」、「寒梅樹下詩同調，明月池頭影共吟」、「携鶴過橋君起早，灌蔬抱甕我眠遲」、「菜香夢醒花間蝶，飯熟雲留竹裏人」，皆其佳句。方瓢名懿實，嘉定諸生。

詩能包括史事，一語勝人千百者，施小鐵「平世受凡才」、「年飢出吏才」是也。張寄槎有「文章損吏才」，王柳村「能傳不負才」，用「才」字韵并佳。

舒瞻字雲亭，乾隆己未進士。出宰浙江，與厲樊榭、施竹田友善。《初夏過角里山》云：「扁舟望遥山，山影落波底。渚禽如導人，飛向翠微裏。横斜竹外枝，零亂一溪水。入春無幾時，渲染已如此。」《九月十日乍川舟次》云：「登高餘興在，重泊泛湖船。黄菊已明日，西風又一年。寒雲迷古堞，折葦亂秋烟。向晚横塘外，菱歌幾處傳。」

臺灣多野牛，千百爲群。欲取之，先置木城，驅之入則扃閉而飢餓之，然後徐施羈靮，豢之芻豆，與家牛無異。孫元衡有「蘋苗田鹿喜，蔗葉野牛馴」之句，自注云：「山有野牛，網而縶之，馴以蔗葉。」

應地山讓，丹徒諸生。《招隱寺》云：「寺鳥不驚鐘。」張寄槎云：「鐘聲落野花。」同一説鐘，而造境各妙，可悟作詩貴用意之旨。

長白佛喜字怡仙，著《友蓮堂集》。《燈夕》云：「空説蓉城春似錦，誰知燈火不開花。」又云：「自幸琉璃存一盞，慧光常照水雲僧。」與朱子潁《却友人餽酒》云：「無限酒腸都化水，一瓢冰雪過屠門」，同一會悟。

張孝廉寄槎學仁詩宗尚唐賢，風格高峻，詞采清華，京江七子之一也。《坐冷泉亭》云：「在山心自冷，泉響入亭流。萬壑盡奇石，四時惟早秋。峰高宿靈鷲，洞古隱潛虯。坐久不知暑，風篁晚更幽。」可稱佳構。七言如《送石遠梅》云「横江白雨沈孤鳥，斜日青山夢六朝」、《舟次紹興》云「夜雨寒生江上夢，歸舟青送越中山」等句，不愧錢、劉。

嘉定王補亭太史晦字樹百，康熙壬辰進士。詩格在樊川、閬仙之間，不屑規橅宋人。爲諸生三十年，始舉京兆。又十七年，登甲科，入史館。有詩云：「五雲方曉日，一第已斜陽。」「同心轉惜科名晚，游子常懷怙恃悲。」蓋痛遲暮之不及養也。越明年癸巳，長子敬銘登上第，遂乞假旋里。偃仰草堂，時約二三朋舊，談笑移日。疾革時，猶以長子爲念，口吟云：「雁字傳來天末少，葉聲吹向枕邊多。」嗚咽不及成篇，遂成絶筆。敬銘字丹思，號未巖。

未巖殿撰丁父憂，旋里，患奇疾而没，年僅二十六。佳句如《春日漫書》云：「紅薰午夢霧濃處，白盪丁簾月淡時。」《觀淮城》云：「人與蛟龍争片壤，水窺城市沸驚瀾。」《山影》云：「樹色半巖遮去緑，杯心一朵落來青。」易簣前十日，猶强起，手録《種菜詞》十三首示家人。記其二云：「晉世空餘靖節花，青門誰數故侯瓜？崐岡舊業公孫澤，五百年來種菜家。」「淡飯當時爲甚來，似經打撇瓮齏開。天教留此家風在，苦菜還須著意栽。」時在灤陽寓廬，群誇紅藥翻階，殿撰獨寄興菜根，亦足觀其況味矣。

楊九娘，嘉定農人女。父命夜守桔槔，蚊嚙不易其處，竟以羸死。居邑之東南，至今名孝女里，里人祀之。張撰方作歌紀其事云：「楊九娘，生無兄弟爲女郎。阿爺終朝汗流漿，搬水救活田中秧。木棉風起天色暮，含啼結束出門去，去守桔槔替爺苦。花鷹宿鴨鬧如雲，仿佛秦郵邗水濱，千秋同作露筋人。土人廟祀於此土，手把銀釵擊神鼓，秋賽年年比田祖。君不聞田家踏車河水堤，桔槔日夜聲淒淒。」撰方字道營，又字同夫，雲章季子，康熙丁酉順天孝廉，有《米堆山人詩鈔》。

京師貯酒多用砂壺，形羸且醜，因名之曰「黑小子」，以其貌寢而驅使便也。臨川李孝廉作歌紀之，云：「二豪罷侍劉伶側，小子來前鐵同色。梳粧不解學青奴，我鬢星星讓君黑。五年北地飽燒春，以漆投膠吾兩人。篘花落盡童子睡，與君斟酌還相親。醉鄉酒泉任馳突，人奴或具封侯骨。短小依然精悍無，漆身黧面形兀兀。更愁墻角隨短檠，而翁中道乖恩情。青衣行酒紅袖侑，狂浮大白翻銀甖。有時脚跟立不正，小人爲沙聊共命。誰方骨醉憐此嫗，早學神清異中聖。吁嗟乎！調笑當壚幾霍家，飲逢毷氉君無嗟。別君歸泛秋江水，翻倒荷筒放烏鬼。」孝廉名傳杰，玉漁編修弟。

朱嵩齡字予齋，錫爵子。才大性豪，與桑弢甫友善。没之前三日，作小詞懷桑，有「憐我惟渠，愛我惟渠。醉也欷歔，夢也欷歔」之句。弢甫題一詩云：「痛絶平泉道，銘旌返舊廬。浮生共憐愛，後死獨欷歔。才大班資小，情親會合疏。難將寢門淚，重報秣陵書。」

張文和公序勵文恭公詩云：「今之爲詩者，争以新麗相尚。夫新與麗非詩之旨也，古人間亦有之，亦自然而新，自然而麗，而無容心焉。若求新與麗，而轉以蔽性情之真，則不知其詩爲何人作也。」文恭詩如《新秋》云：「一葉落何處，翛然物候更。涼生湘簟滑，風透葛衣輕。伏雨還成陣，秋蟲乍有聲。坐來天宇浄，新月露華清。」《踏青詞》云：「花作春山柳作堤，鞦韆架在畫橋西。高樓深鏁誰家院，聽得黄鸝鎮日啼。」「小閣輕寒掩繡幃，熏籠猶自怯春衣。多情不及南窗燕，也向粧臺故故飛。」所謂新麗而不蔽性情者與？

武進管青村𢓜爲令有政聲。尤工詩，與同里邵青門友善，一時有「二青」之目。《野步》云：「雅陣横空蔽夕陰，薄寒新月上衣襟。霜林昨夜來風信，葉落街頭一尺深。」《馬坡塘觀荷雜詠》云：「觸熱城南跨馬行，涼風花氣曉來清。胡床密柳移陰坐，隔水時聞打稻聲。」「菰白茭青水滿川，鳧雛鴨母傍沙眠。溪南緑柳垂垂處，一派濃陰噪晚蟬。」「水宫樓閣若浮空，越女羅裙一色紅。出繭修眉風下立，半池花影夕陽中。」「蕩槳迎風艇似飛，醉餘香氣襲人衣。釣船欲動鷺鷥去，水面明霞送落暉。」「野風翕翕起微波，明月新涼何處多。向晚白蘋洲畔過，歸橈齊唱采菱歌。」皆有出塵之致。

高峴亭大令岑，商丘老詩人也，著《眺秋樓詩》八卷。沈歸愚謂其歸田以後，益精于詩。余特愛其少作，如《題潯陽送客圖》云：「楓葉蘆花夜月孤，琵琶聞怨隔船呼。青衫不用燈前拭，聲到無時淚亦無。」「一曲清商動綺羅，兩行官燭照青蛾。蘇州腸斷江州泣，都向情場唤奈何。」「潯陽江上恨誰知，再見揚州杜牧之。千古傷心有同調，《琵琶行》與《杜秋》詩。」漫堂先生不得專美於前矣。

西江崔謨字念陵，乾隆壬戌進士，博學工詩。室人許宜媖亦喜吟咏，閨中唱和無虚日。許没，繼配李鸞媖以節烈聞，念陵爲作《白鳳篇》，《隨園詩話》載其事特詳。念陵詩如《江南曲》云：「層城畫閣杳難分，山帶嵐光水帶雲。記得仍忘何處見，一帆烟雨李將軍。」「古堞雲平帶晚潮，漫將風雨泛雙橈。高橋一望人烟起，十里紅樓認六朝。」「畫舫中流樹兩行，一聲欸乃破斜陽。薰風不動秦淮水，荷葉荷花十里香。」此其少作，已自風格遒峭。

興化鄭板橋燮跌宕不羈，官縣令一如其落拓時。生平以三絶自許，世人譽之者半，毁之者半。余謂其畫有逸趣，字有别趣，詩有風趣。如「看月不妨人去盡，對花只恨酒來遲」之句，輒令人神往。又記其《小廊》一絶云：「小廊茶熟已無烟，折取寒花瘦可憐。寂寂柴門秋水闊，亂鴉揉碎夕陽天。」取徑新奇，不屑寄人籬下。

星齋先生春日下直，車中偶得一聯，屬孫虚船足成之，約他日集中並載。後追想前因，乃更續完首尾。詩云：「自詫朝回晚，輪蹄爾許忙。有情惟酒琖，無分是春光。瓦隴見新草，堤腰思故鄉。祇應携薄醉，索夢就匡床。」虚船詩云：「五字哦佳句，蕭寥味共嘗。有情惟酒琖，無分是春光。官冷言愁易，鄉遥遣夢長。聯吟謝何遜，枉瘦沈東陽。」二公交情與風趣同勝也。

汪厚石孟錩序其弟豐玉仲鈖《桐石草堂詩》，謂：「豐玉於宋人中酷愛山谷、半山二家，視時俗拾何、李唾餘以詭附盛唐者，則心焉薄之。其詩密栗深嚴，叶韵而不爲韵叶，使事而不爲事使，有獨開生面之妙。」今玩其詩，誠然。七言小詩與王穀原極相類。如《病中雜感》「休更科名羡靈種，紫雲寸地幾芟蕪」、「攤書算負槐花夏，漸漸莎雞到佛堂」等句，可以覘其清藴矣。裘文達題其後，云：「天下無雙雙井黄，流傳句法剡寒鋩。憑君更導西江派，净洗鉛華印妙香。」文達爲豐玉座主。

陳梅岑司馬熙工詩，王葑亭極稱其近體無塵俗氣。一日，余入直西苑，見一人岸然立柳陰下，葑亭趨告余曰：「此詩人梅岑也。」余急欲把臂，適吏部呼名，梅岑徑去，終未接一語。葑亭遂舉其近詩，如「乍晴草色有新意，隔歲梅花如故人」、「老圃入春花尚發，貧家無客燕仍來」、「行隨芳草難爲别，看過桃花不負春」諸語，可謂名下無虚。

凌進士廷堪字仲子，歙人。幼不工制藝，專心史學，於金元人逸事尤爲殫洽。癸卯，入太學，余始勸其爲四書文，奇情逸氣，馳騁不羈，余甚重之。以《遊燕集》一卷質余，古茂可喜。記其《讀遺山集》云：「二寸秋毫成野史，百年老淚洒空山。」《王家營》云：「長河東注沙無力，秋色西來夜有聲。」《蒙陰縣》云：「秋影馬頭樹，夕陽牛背人。」皆佳句也。

近日袁子才刻《生挽詩》不下百餘章。偶閲興化王西齋仲孺集，載《生挽酒人洪丹霞》詩云：「洪郎縱酒常拚死，教我生前作挽歌。莫似還山孫處士，詩成不去奈君何。」已有先爲之者。

南土氣候暄暖，花木多早於北方。于子先覺世有《嶺南臘月見桃花》一詩云：「冬殘臘盡寒猶劇，水遠山長更一涯。風動閒階飛落葉，雪消簷角見桃花。」然近來京師冬月，唐花最盛，碧桃置盆盎間，花開尤繁艷，題咏者亦漸少矣。

顧于觀字萬峰，一字澥陸。善書工詩，與鄭板橋、施竹田友善，著《澥陸詩鈔》。余愛其《釣舟》一詩云：「扁舟似趁鳥相呼，欸乃衝烟出緑蒲。數點輕鷗沈浦溆，一竿斜日傍菰蘆。官司貸爾供租賦，風雨闌君入畫圖。轉盡蓮塘三十六，晚來歸去鰕魚湖。」聞萬峰嘗際春秋佳日，偕一二友人，放舟於吴江烟水間，此詩殆自爲寫照。萬峰、板橋與李復堂鱓稱「楚陽三才子」。

桐城方觀察正瑗字引除，晚年自號連理山人，刻《金石集》四卷。山人嘗謂人曰：「詩無工拙，但能深人諷誦，感人歌泣，乃爲佳耳。」五、七言律詩不襲前人皮毛，而能得其精髓，今難悉載。七言絶句戛戛獨造，深合唐人風格。《新緑》云：「十里五里緑無數，千枝萬枝春不閒。黄鸝愛煞新陰裏，啼過南山又北山。」《夜醉鏡水亭》云：「風起寒庭木葉飛，夜殘白露滿秋衣。一回看月一回醉，醉到月歸人未歸。」《過江》云：「遠天一碧雲無影，衰柳數枝秋不堪。渡口人家賣簑笠，半篷寒雨過江南。」《暮蟬》云：「空亭落日鶴歸遲，寂寞臨風小立時。秋在樹間人不覺，一聲蟬送下高枝。」《贈野老》云：「一頃南山種豆田，豆花開處足幽眠。臨潭照見鬚眉緑，不入城門五十年。」張芝田廷琪題其集後云：「一簾春影紅蕉雪，十里秋情碧樹烟。誰畫詩人方處士，醉斜烏帽側吟肩。」爲一時所重如此。

蔡方麓先生以康熙戊辰一甲一名進士登第，同里費俊字鶺峰，亦以是年捷武闈。李安溪擬費爲第一人，旋以弓馬改第八。費與蔡少固同學也，安溪深惜之。費上安溪詩結語有「猶聞李供奉，曾薦郭汾陽」之句。其《咏新燕》云：「上苑春光次第回，墻頭初見杏花開。羡他燕子差池羽，一度東風一度來。」《送友赴邊》云：「白羽雕弓壯士裝，芙蓉寶劍挾秋霜。玉關舊是封侯地，莫讓班生姓獨香。」方之前明王威寧、郭定襄，殆不減也。

華亭王礪齋太守祖庚字孫同，爲相國文恭公冢孫。幼穎異，公愛其類己，且生同甲，名而字之。文恭以鴻博起家，礪齋亦由進士薦鴻博。詩集五卷，黄唐堂作序。乾隆甲子，以隰州守留史局校書。《感懷》云：「無端潘鬢已星星，誤我懷鉛檢汗青。滿地落紅人已往，傷心猶坐草玄亭。」「悔讀《南華》恨八叉，半生虚願向誰賒？東塗西抹成何事，潦倒風塵日已斜。」蓋深以不入翰林爲憾也。

王寶雲字芳玉，武進人，采薇女史之弟。詩有宗法，其奇險處幾與洪稚存、孫淵如相埒。七言如「膩月上衣花影重，瘦鴉吹霧鬢烟濃」、「雙燕啄花紅露尾，斷魚生草緑盈眸」、「兩頭吴艇烟中緑，四角秦菱棹上紅」、「桃心捲雨紅棲箔，麥尾拖烟緑上山」，幽靚何減昌谷也。孫淵如題其集云：「不辨仙才與鬼才，奇思如水瀉瓶來。幽吟我感秋墳唱，無復文章答大雷。自注：詩與令姊甚似。」「春風野草苦吟初，居易長安可易居。却信仲卿才調異，未應寂寞久傭書。」洪稚存題其集，亦有「怪底新詩負奇險，欲兼雙李壓飛卿」之語。

丹徒管兆桂字秋巖，少時與鮑海門、張石帆曾結詩社，老而不遇，住京師前後五十餘年，與符藥林、盛青嶁同客夢堂相國第。尋山問水，京圻名勝，遊歷殆遍。精岐黄術，王公貴人争羅致之，秋岩實不欲以醫名也。《舟中見歸雁》句云：「只爲稻粱謀食遠，不辭辛苦返家遲。」詞旨亦可悲矣。老年益艱苦，《詠古松》句云：「頂秃猶存節，心空不改容。」又何壯也。吉渭崖大理深賞之。

何淵若溥康熙辛丑與兄浩同登進士，後以刑部主事死準夷之難。幼時有句云：「錢飛榆莢難沽酒，玉破梨花不染泥。」識者知其必有志節。

常安字履坦，以諸生起家，歷官巡撫，著《受宜堂集》。《野望》云：「山圍古寺樹圍灘，滿眼斜陽雪未殘。一段冷雲閒出岫，無心也作有心看。」語淺而有味。

讀野雲詩，至「秋深無一花，入林香不斷」二語，真自爲寫照，恐人間山水，不足當此刻畫。

張石帆負才傲物，而詩甚清婉，與海門齊名。《焦山》云：「烟鳥去無盡，風潮來不知。」《八公洞》

云：「落日人獨立，春風鳥一吟。」七言如「處士烹茶水亦廉」，鍊句尤妙。

吴明經澹川文溥，嘉興人。清才偉識，兼精韜略，嘗參苗疆、臺灣諸戎幕，爲諸公所引重。其詩各體俱工，五言清微澄淡，直造斜川、輞川妙境，宜阮雲臺中丞《定香亭筆談》稱爲浙江詩士之冠。《古詩》云：「門前野花落，始覺春風歸。」《圃居》云：「盤飧豈必多，童稚皆怡然。作苦亦自適，坐食非所希。衆鳥散初景，群雞逐空田。」《早春雨後》云：「時和蕃美澤，土甘多壽人。」皆非吟風弄月家所能道其隻字也。在臺灣時，檄文多出其手，有句云：「一紙將軍檄，賢於十萬師。」澹川之抱負可知。著《南野堂詩集》七卷，《南野堂筆記》十二卷。

阮雲臺祖昭勇將軍征苗，曾以全家保降苗，所活數千人。雲臺督學兩浙，以將軍所佩刀出示諸生，并命賦詩。吴澹川爲作長歌，雲臺閲至「白是刀光赤人血」，已拍案驚異，及閲至「此刀殺人復活人」句，乃向澹川且笑且揖，曰：「得子七字，使先王父含笑重泉矣。」

熊尚書賜履爲諸生時，遊學安鄉。張澄湖一見異之，延至家，禮遇甚厚。熊後自京寄詩云：「朱雞湖裏曉行舟，兩岸蘆花一色秋。人在塵中牢著眼，風吹江上懶梳頭。敲棋玩月頻開興，沽酒烹魚亦散愁。憶昔交遊貧且賤，至今回首鳳皇洲。」

庚寅夏，僧了然自江南來，寓天津，言休咎頗驗。武進錢伯坰訪之，不值，見壁上題句，有曰：「一句兩度訪支公，怪底聞空見亦空。此即吾師親説法，不相逢處已相逢。」不知了然見之，當下何轉語。

昭文景秋浦茭侍父於西寧觀察任。父爲讐家構陷，將及於難，茭求解不獲，投繯殞命。讐始懼而悔，父得安於官。曾見其《眉娘詞》二首，云：「洛下曾聞唱《竹枝》，眉娘又見好新詩。劇憐憔悴江東客，不是尋春杜牧之。」「一曲紅綃不記名，遠山眉翠想含顰。桃花細雨江村路，爲爾閒吟獨愴神。」又《驪山諸咏》云：「犬牙千里盡王封，一笑回頭便舉烽。覽古不銷離黍恨，檿弧妖讖滅周宗。」「蓬萊初日照神山，徐福求仙去不還。剩有橋陵冠劍在，黃金鳧雁出人間。」「天開繡嶺接咸陽，古木陰森澹日光。舊是君王遊讌地，長生遺趾總荒涼。」「霓裳歌舞最繁華，指授分明出内家。高閣朝元何處是，空留法曲按紅牙。」「百折渠通渭水頭，開元遺事已千秋。斜陽立馬徘徊遍，嗚咽泉聲出御溝。」殆古之傷心人歟！眉娘不知何許人。壩頭旅舍有題壁詩，秋浦見之，有感而作，其原詩云：「燕子江村路未遥，桃花細雨石闌橋。春來何處添惆悵，紅袖長拈碧玉簫。」

昌平城東北十八里有劉娘娘墳，明武宗所納宣府樂工楊騰妻也。江彬、錢寧輩以母事之。從幸揚州，彬等欲選處女、寡婦供奉，以姬諫而止。歸京師，居豹房，寵冠一時，然終帝世無位號。其卒當在世宗時，紀傳莫考。乾隆戊辰，盜掘姬墓，多獲珍寶，縣官捕焉。淮陰吴山夫作長歌記其事，程魚門編修亦有和章。其略云：「康陵石馬嘶寒緑，鬼唱秋墳夜來曲。松隧紅門守衛嚴，魚燈奕奕泉臺燭。別有荒祠卧斷碑，居人指點説劉姬。蒼茫二百年來事，誰念承恩複道時？武皇外傳稽前史，火照離宫中夜起。作使惟稱江令家，輕驂徑度桑乾水。宣府繁華舊擅名，朱樓夢雨不勝情。君王半醉山村酒，小部催傳樂伎名。」篇長不能全憶。按：「村酒」句係用武宗本詩「野花偏有艷，村酒醉人多」語也。

侯竹愚坤，無爲州人。五言如《不寐》云：「月華不出樹，湖水欲成烟。泉落不知處，隨風響到門。

一身觀劍影，萬事入雞聲。」《三元洞》云：「山落忽無地，江飛欲捲樓。」《夏夜僧院觀荷》云：「清影鷺相對，淡香水不知。」七言如「眼底文章皆雪爪，花間觴酒亦桑田」、「烟寺塔如無地著，遠江樹欲與天浮」、「雞蠅到枕各千意，車馬填街同一聲」等句，皆佳。

羅兩峰嘗誦金壽門《老馬》詩曰：「百戰場中數箭瘢，悲凉老馬憶桑乾。而今衰草斜陽裏，止作牛羊一例看。」嘆其工絶。壽門性倔强，不諧俗。嘗手寫詩數百篇刊之，甫印三十部，遽毁其板，沈於河，故流傳絶少云。

桂未谷馥，曲阜人，庚戌進士，刊有《東萊草》一卷。其《題騎驢圖》云：「風雪灞橋來，詩成大快意。莫遇吕徽之，窮哉説驢事。」絶有風趣。自注云：「陳剛中策蹇，遇吕徽之，因互論驢故事，剛中至四十餘事而止，徽之多記三十餘事。事見陶南村《輟耕録》。」其他佳句如《歲暮》云：「讀書未了頭先白，作宦無成債苦多。」《别萊州故人》云：「住一年來如故里，别諸君去又他鄉。」《還長山官舍》云：「東髮而遊都是夢，除官以外更無家。」皆不作軟熟語。

翁覃溪先生《題劉松嵐詩卷後》二詩云：「仲則云亡蘭雪病，君才二子欲兼之。前年愧我新城宿，遜爾毗陵弔墓詩。」自注云：「劉曾買舟至毗陵展仲則墓，而余自濟南往青州，欲拜漁洋墓，未果，故云。」「海東吟到嶺西村，心匠何人與細論。只合金針能度繡，石溪詩話寄梧門。」自注：「君有姬人繡石溪看花詩卷，昨吴生蘭雪手書吴下女士金逸題此繡卷六詩，以寄梧門學士編入《詩話》也。」

胡印渚祭酒詩才敏捷。乙卯夏，與余同事太學。一日，在彝倫堂試士，判牘畢，諸生尚未納卷，印渚揮毫灑墨，和余《示士》詩四章，後快不減坡、谷。翼日，朱葯齋孝廉以《望嶽樓圖》乞余詩，印渚先有題詞，亦適興書也。詩云：「平鋪雲海插芙蓉，排闥青來面面逢。百尺樓頭峰卅六，此中真合卧元龍。」「古道西風落照間，鈴聲替戾不曾閒。與君十載聯吟處，破帽疲驢望嶧山。」「莫道長安不易居，紛綸經義大春如。惟餘一事苦相憶，黄菜何村伴著書。」葯齋新著經解，故末章云然。又於册尾題二詩云：「我家小築城之北，數點秋山不礙墻。行到石橋西畔去，叢篁深處讀書堂。」「長安久客憶吾廬，比見君廬是小巫。今日與君齊大小，幾人能住畫中無？」不假思力，自然超妙。

郭頻伽詩清雄，屠琴塢詩超拔，查梅史詩瑰麗，三君可稱鼎峙。梅史著《菽原堂集》。五言如《葛林園晚步》云：「棲鳥聞鐘定，春潭得月空。」《留别》云：「行李和愁重，文章與命争。」《過二松齋》云：「黄花如我瘦，秋燕與人疏。」七言如《錢塘詠古》云：「城闕桃花楊妹子，天涯芳草趙王孫。北來孤艇藏劉洪，南渡遺民怨趙歧。箏響尚疑中使鴿，髻高猶戴孟家蟬。」《哭張笠谿》云：「家如可託何妨死，夢即相逢已隔生。」《柳敬亭傳》云：「誰教跋扈韓霜露，解識滄桑汪水雲。」《與友小飲》云：「名在轉添文字障，病多真損少年人。」

張孝叔學仲號秋榭，寄槎孝廉之弟。有《秋夜感懷》詩云：「荒庭衰草亂鳴蟲，萬念紛投濁酒中。感逝孤燈沉夜雨，知交落葉散秋風。隴頭鼓吹真成夢，海上樓臺本是空。曠達牢騷俱故態，醉鄉好覓睡朦朧。」又有句云：「難勝惆悵偏聞雨，自有凄凉不爲秋。」「蟲善鳴秋堪破寂，燈還伴我不愁孤。」《謁陸忠烈公祠》云：「五庚運已終全宋，四子書猶勖幼冲。」

梧門詩話卷十二

詩龕居士法式善編

何蘭士於琉璃廠翰墨林見納蘭良明詩翰一册，愛其筆墨清脱，買置几案。因冶亭侍郎購白山詩，藉余送選，然其人則無可考。紙尾小印有「端默」二字，詩中有「懷王徵士梅沜」一章，當是乾隆初年人。杭大宗《詞科掌録》「峻德」條後附載王藻《城南看花賦詩》，皆一時名流，納蘭氏則居其三，意必是良明也。録其二首。《尋刺梅園》云：「散步城南路，惟聞暮鳥喧。更從葭葦岸，一問刺梅園。處處苔鋪徑，家家水到門。悠然塵外趣，燈火近黄昏。」《夏夜憶詢水村》云：「清風起蘭末，明月鑑華軒。獨倚北窗坐，忽憶東皋村。斜陽下山麓，芳草到柴門。何限滄洲趣，悠悠誰與言？」有野徑疏花之致，亦鐵君、石閭一流。

張開東字賓陽，楚北詩人也。初頤園督學記其小詩，嫣然有致。《橋上》云：「天寒雲暗石城邊，送別橋頭各黯然。共倚西風愁不定，蘆花如雪滿前川。」

錢南園通參詩，多雄伉之音，古體尤擅場。殁於京邸，其手迹零落殆盡。近見其七律數章，備録之。《江南送客》云：「楊柳西風起暮濤，獨將鞍馬去江皋。燕臺客到黄花滿，楚澤書迴白雁高。善藥舊憐洴澼絖，繁聲新度《鬱輪袍》。鴛鴦湖水多明月，知有愁心憶大刀。」《客思》云：「客思更闌一倍多，起看涼月下明河。大江穡事經秋稔，絶徼軍書抵夜過。捕鯉久違供夕膳，斬鯨誰與荷霜戈？處幽莫遂同山鬼，薜荔空披帶女蘿。」《望北邙》云：「隴尾西來勢幾何，北邙猶界洛州過。偃師城下曉雲冷，扣馬祠前春草多。彌望可勝愁白骨，自注：唐人詩「白骨多於城下土」。剗除何以障黄河。五噫處士之東後，但有荒林牧豎歌。」《元日登偃師城》云：「獨上孤城眺洛東，異鄉新歲喜春融。輕冰齊下三州水，修樹遥連二室風。商邑到今餘細麥，宋陵鎮夕轉枯蓬。三年不與椒盤薦，却見天南返塞鴻。」《病起同李大西郊閒步》云：「行藥城西步屧長，連山巇巇海茫茫。深溝孤鷺窺清水，高樹群鴉噪夕陽。老圃瓜稀憐不摘，殘僧芋熟許分嘗。何堪吹鬢西風緊，踏破新烟過芰塘。」《午睡》云：「午睡瞢騰夢不分，起行屋角又斜曛。官壕馬曳城邊練，村舍牛屯樹底雲。當户已叨諸弟力，操舂并覺寡妻勤。殘軀懶慢荒文史，那遺鞭鸞舊侶聞。」《送彭南池》云：「廣寧門外雨連天，戚戚孤踪又去燕。誰識退之真怪物，可應方叔是癯仙。驛槐借與長途蔭，林竹尋將舊銼烟。垂淚若逢蘇叔黨，道予宦況亦堪憐。」南園小楷書遒勁，古體文亦奇奥，今如晨星敗葉矣。

羅兩峰畫得唐宋人法，老年頹放，多不經意之作，且多其門弟子僞託。然其所可傳者自在，詩亦如之。近於蘇齋見其小詩，如《秋池》云：「板橋紅冷夕陽明，荷芰香銷水淺清。粘岸枯萍深一尺，寒龜曳尾曝秋晴。」《韓侯釣臺即目》云：「艇子衝波去復來，荒蘆一桁古城隈。寂無洴澼絖人見，獨上韓侯舊釣臺。」「破壁頽檐照晚晴，碧花紅穗俯潭清。秋風幾日欺人老，無賴蜻蜓翅有聲。」皆紙裘生一派，冬心見之，當亦增雙眼明也。

張水屋州判名道渥，浮山人。入蜀，携余《詩龕圖》而去。逾年，客自蜀中來，乃將圖至，水屋題二詩於幀：「一別金臺萬里餘，晨星落落感離居。不知近日詩龕外，更有何人敢墜驢？」「感君索句意纏綿，珍重笥中已半年。一幅青山仍寄去，累他陪我上青天。」味之，頗有逸趣，知其狂態不減曩昔。徐朗齋孝廉亦題一詩云：「家住梁溪楊柳村，竹籬微雨約開尊。桃花岸口鴛鴦水，一夜春潮緑上門。」風調絶佳。

全椒吴鼒字山尊，秦端崖司業丁酉所拔士。司業屢向余稱其才。壬子，冶亭典江南試，獲售。遊京師，士大夫皆優禮之。山尊睥睨一世，善持議論，口如懸河。工駢體文，操筆立就，哀艷感人。贈余一扇，皆五言舊作，因録之。《園居有懷》云：「一雨一庭陰，柴門掩徑深。故人似遥月，濕霧隔重林。草積芳先歇，鴻飛響易沈。小樓閒獨倚，未厭暮寒侵。」《車中》云：「車中寒夢已，景物望中新。遠霧白於水，初陽低近人。馬蹄悦平坂，吾意感勞薪。官柳如相識，依然送去塵。」《出都懷朱習之》云：「相依非不久，小别亦傷神。對我無凡語，如君能幾人？千秋疾名殁，萬里爲家貧。此夕平生志，燈前只自陳。」《秋行暮望》云：「一徑入蒼色，幾家横翠微。人尋稻香去，鳥傍炊烟歸。野樹足秋意，鄉心懸落暉。濛濛北樵路，山下有荆扉。」《題畫梅》云：「繞屋槎枒影，月明曾見來。夢中騎白鶴，凉夜踏莓苔。香海三千里，歸帆何日開？平生冰雪意，一見一徘徊。」清微孤峭，增人幾許凄楚，不減「船行巫峽時」也。

李載園大令詩，逸致出塵。甲寅春，邂逅津門，余與覃溪先生、吴銘茶學士同時扈蹕，載園出《海門集》屬勘。余最愛其《連州江口》云：「峽中霧重天沈沈，千山萬山嵐氣深。雨昏風緊行不得，鷓鴣啼徹芭蕉林。」《英德道中》云：「湞陽峽口烟初暝，彈子磯邊雨半斜。竹雞格磔啼不歇，西風吹落山茶花。」皆古峭有天趣。載園補博士弟子，舉京兆試，皆出覃溪先生門。先生極賞之，題一詩於集後，有「李生《海門》自名集，近與鮑皋思并峙。時和不識賦役繁，數卷殘縑自料理」，觀此，知不同俗吏所爲矣。

杭大宗自謂：「吾經學不如吴東壁，史學不如全謝山，詩學不如厲樊榭。」齊次風侍郎特愛杭作淹博，嘗集蘇詩及大宗句爲一卷，戲題曰「蘇杭雜貨」。餘姚黄璋《論詩絶句》云：「安石胸中三篋書，瞻詞捷給決瀾渠。當年緒論曾參座，經史詩皆説不如。」「藥師一誤謫千年，差比髯蘇仙佛兼。小卷短書齊禮侍，《蘇杭雜貨》手題籤。」蓋謂此也。

曹六圃居魏塘之瓶山，山有佛阜，鍵户著書三十年，所坐木榻穿而復補。又於城北門外里許築生壙，旁架屋，顔曰「永宇溪莊」，繞壙種梅花成林。黄璋有句云：「榻穿佛阜趺痕隱，壙築梅花手植多。」亦是紀實。晚年自號「慈山翁」。

王右丞寫孟山人像於郢之刺史亭，鄭誠題曰「孟亭」。初，頤園自楚北學使回，以孟亭殘石琢爲研，摹孟公像於背見贈，知余服膺襄陽詩也。覃溪先生爲銘曰：「詩龕墨緣，詩境證之。」併題二詩，云：「日日梧門夢鹿門，梧桐疏雨意誰論？詩龕詩境拈來笑，著相翻多石墨痕。」「廬峰青共寫巉巖，泥著亭名自鄭誠。袖有瀟湘千里碧，故應郢曲叩時帆。」余亦有詩：「淡雲微雨孟家詩，詩境詩龕一證之。却羨秋風亭子上，巖青湖翠已多時。」覃溪先生近日爲頤園題《瀟湘圖》卷，余和韵焉。

宗室薌嬰居士文昭，顏其居爲「紫幢軒」。所著有《古瓻集》、《松風塵餘集》、《飛騰集》、《知田集》、《松風文集》、《東屯集》、《蟄吟在告集》、《交春古瓻續集》、《龍鍾集》、《臺溪集》、《石盂集》、《盤山紀遊草》、《瓢居草》、《畫屏齋稿》、《槐次吟艾集》、《檜棲草》。薌嬰爲紅蘭主人從孫，學詩於王漁洋，具有承授。吟咏最富，家蓄古瓻，草就，輒投其中，積久盈篋。衍例當得大官，因病乞閒，益肆力於詩歌。聖祖嘗諭近臣曰：「宗室文昭，詩學甚好，可惜身有殘疾，不能行走。」故居士《紀恩》詩有「温泉召試記吾曾，天語重聞感倍增。多病頻煩明主念，工詩每向近臣稱」之語。天潢工詩者，當以《紫幢軒集》爲最富有。郭元釪謂其「健比牧之，清如坡老」，似非諛詞。

湖南朱解元景英字幼芝，自記其前世爲閩人。後官閩之榕城，至許氏園，恍惚如識其處，因問其家有春雨樓乎，園丁頷而異之，走告許夫人。夫人出謁，幼芝洞然若有悟者，遂賦二詩，題夫人所繪花卉草蟲册云：「曼陀羅與水仙王，配食都宜近古香。惟有寫生兼繡佛，得消清福便無量。」「江聲湛湛落楓林，一箇秋蟲一葉吟。今日歸來成記憶，夕陽粉本洞庭心。」蓋寓言也。幼芝與黄莘田爲文字交，莘田題其集有「君詩道州派，一字一華星」之句。

黄莘田有硯癖，名其居曰「十硯齋」。夫人莊氏亦性愛硯，嘗畜一佳者，字之曰「生春紅」。夫人殁，莘田哭之，云：「端江共汝買歸舟，翠羽明珠汝不收。裹得生春紅一片，至今墨瀋淚交流。」取鐫硯背。朱幼芝詠其事云：「生春紅硯感情文，未必能同蝶化裙。鐫得端江詩一首，何如元相咏巫雲？」詩與事俱韵。張子白云：「生春紅硯後歸華亭沈大成學子，學子歸於翁布衣石瓠，少年時猶及見之。」

李芝字吉山，四川富順人。生而穎妙，未易齒而殤，父母慟不已。一日，撫其家呼名哭之，忽荒塚間一小兒應曰：「我芝也。」匍匐而至，孌然前立，投父母懷，啼且抱。貌雖不類芝，而其聲音儼然芝也。一時悲喜無從辨，因攜歸。後讀書成進士，著有《鴻爪集》一册，余於楊主事彦青處得之。其詩飄忽似太白，如「亂水晴邊渡，斜陽雨外山」、「遥知前夜雨，緑盡隔溪山」、「燈前霜後雁，愁外夢中山」、「懷人新雁至，聽雨客燈孤」、「時逢樵者路，遥禮磬邊雲」、「月明人在水，風過樹先秋」、「開雲生野色，落葉是秋心」、「人鋤雲脚雨，烟出樹頭山」，皆根宿慧。

桐城布衣張尹字吾未，一字苦竹。貧而工詩，人無知者。吴太史貽詠從其孫飄遊，記其《晚眺》一聯云：「燒殘野草春還覺，凍煞梅花雪不知。」惜未窺其全豹。

諸生方于昌字在西，桐城人。以書畫擅名，兼精韵語詞曲。有狂疾，臨死盡焚其稿，故著述不傳。吴太史貽詠童時曾見爲兄貽誠畫山水便面。畫訖，題一絶句云：「懶散曾無洗硯工，昨宵作賦墨花融。曉來賸得些些意，點作溪山似不同。」又於敗笥中見其《咏十月桃花》云：「論命後先皆是薄，較春肥瘦不争多。」《詠斷劍》云：「生原忘利鈍，死不記恩仇。」蓋詩如其人云。從弟于興字蘆川，亦能詩，尤工屬對，如「白帝山川多杜宇，錦官城郭盡芙蓉」，頗得清雄之氣。太史兄貽誠登皖郡大觀亭，得句云：「過江山色九華來」，屬方對之，方無以應。隔歲，遊湖南，寄書云：「曩句吾已對之矣！曰『帶雨布帆三楚落』。」一時笑其迂。後數年，梁階平先生視學安徽，有試古學者，襲此二語，公擊節歎賞，拔第一。王葑汀入婺源界，有「密竹園樓影，長橋接碓聲」之句，爲人襲入試帖，學使朱笥河學士拍案讀之，其人遂得食饐。事頗相類。

松裔侍郎留保致仕後，築含青樓於浄業湖之東南隅，春秋佳日，約同志三五人，酌酒賦詩於其上。辛未秋，望山相公以同館後進過訪，作詩。先生和云：「臨流橐筆對秋空，岸幘高吟坐此中。飛盡暮霞天似水，一簾湖影兩詩翁。」「落盡紅蓮結小房，風來殘葉有餘香。秋光何處撩人甚，柳下輕舟一葉涼。」想見當時高致。

子穎《懷友》云：「階下寒梅樹，故人別後栽。梅花開復落，不見故人來。」《古原曲》云：「勒馬古原邊，涼飈起高樹。原上古人墳，原下今人路。」古勁處全以意勝。明拙庵《秋郊》云：「采菊贈同心，美人隔秋水。長歌歸去來，前路疏鐘起。山家各掩門，鳥外殘陽入。人語晚烟深，暝色西風急。」全以韵勝。

《爾雅》：「萍，蓱。」但言其大者「蘋」，郭注亦不詳其形色。而明人李時珍《本草綱目》謂四葉合成如「田」字者，蓋「荇」之誤也。又誤分其葉爲蕁，花爲萍蓬草，不知合而言之，即此花也。姚世鈺有句云：「白蓮比貌差相似，《本草》呼名却亂真。」最爲的當。姚詩激盪悽清。爲沈綸翁之甥，綸翁嘗曰：「此吾家師川、駒父也。」生平吟咏最富。余見其《孱守齋遺詩》一卷而已。《答陳楞山寄畫白蓮》云：「白蓮塘外冷雲清，一笑開緘妙寫生。宛是舍南池上見，水花風葉月朧明。」《黄梅》云：「水雲城郭數吴興，曲港重湖一碧澄。添得黄梅三日雨，家家門外有魚罾。」風調絶勝。

姚寬《西谿叢話》：「楚襄王與宋玉遊高唐之上，見雲氣之異，問宋玉。曰：『昔先王夢遊高唐，與神女遇，玉爲《高唐》之賦。』先王謂懷王也。宋玉是夜夢見神女，寤而白王。王令玉言其狀，使爲《神女賦》。後人遂謂襄王夢神女，非也。」吴興董熜《賦朝陽臺》云：「楚懷夢逐陽臺雨，暮暮朝朝無處所。詞人假託陳諷諫，巧爲襄王述覼縷。」足正今刻「王寢，夢與神女遇」及「白王」云云之謬。熜字訥夫，著《南江詩集》四卷。

曾虞臣益爲中山文秀，好讀書，尤長於詩。早歲登仕版，以陪貳來閩，晉秩正議大夫。與閩中陳昌其元輔稱莫逆，陳爲刻其《詩草》。《遊西湖》云：「西子湖頭别有天，醉看花鳥盡嫣然。六橋柳色摇晴緑，三竺鶯聲帶曉烟。走馬客過桃葉岸，吹簫人上酒家船。飛來一片峰前立，爲問林逋放鶴年。」

蔡聲亭鐸官中山正議大夫。康熙戊辰冬，奉貢至閩，亦與陳昌其友善。詩有「十里柳堤雙槳曲，半陂僧語一鐘孤」、「疏林孤磬淩空響，斜日輕鷗映水雙」之句。

晉水何毓琦云：「僕嘗病起日到水明樓中，新月初上，草露欲泫，客有爲商聲數引者，泠然相感，不知其病之在吾體也。客退，忽忽若中酒，如是者累日。及讀樂清詩，如或遇之。」樂清名懋倫，顔幼客之弟也。如「平橋短樹騎驢路，野水寒烟賣酒聲」、「菜花欲老人初起，燕子方來日漸長」、「斜陽落網魴魚美，甜水浮甌豆粥香」，俱極水流花開之妙。有《舊止堂集》行世。

《丹鉛摘録》：「右軍蘭亭修禊，春禊也。《魯都賦》：『素秋二七，天漢指隅。人胥祓禳，國子水嬉。』此謂七月十四日，秋禊也。」柳漁詩云：「烏鵲投林倦不飛，《樵書》：「七月望夜，烏鵲集林木不飛。」塗塗清露暗侵衣。金波演漾放燈水，纔與群賢修禊歸。」柳漁名湄，錢塘人。阮雲臺督學浙中，有《蘭亭秋禊詩序》。

元遺山詩：「攢青疊翠幾何般，玉鏡修眉十二鬟。嘗著一峰烟雨裏，苦才多思是金山。」紀心齋侍御用其意，云：「才名一代仰遺山，清絶詩吟十二鬟。肺病秋來貪穩睡，苦才多思不如閒。」心齋名復亨，余見其《蘭夢軒詩》鈔本，皆少年作也。如《雙溪》云：「鵓鴿原上斷晴雲，翡翠城邊對夕曛。腸斷雙溪寒食路，小桃花下一孤墳。」《野眺》云：「萬里高原上，三秋獨客前。孤雲晴入海，密樹遠圍天。故國親知盡，勞身歲月偏。蒼凉徒極目，何處問林泉？」沈吟怊悵，已能繼響二劉矣。

《輟耕録》：「《白翎雀》，國朝教坊大曲也。雀生於烏桓沙漠，雌雄和鳴，自得其樂。伶人碩德製曲以名之。」德清戚我雝《白翎詩》云：「碩老琵琶舊有詞，雕籠長日伴孤羈。夢醒忽聽鈎輈語，疑是春山叫畫眉。」「雪山晴照雪衣明，不羨朝陽掌上擎。雀雪衣而體輕，類燕。一樣堂前王謝燕，春來秋去太無情。」我雝名振鷺，著《晴川詩》五卷。

《本草》：「芋魁，一名黄獨。」黄魯直論杜詩云：「詩人空腹待黄精。」恐誤用，見《冷齋詩話》。苕溪吴五亭賦詩云：「蓱虀豆粥咄嗟成，争似田頭碧葉擎。杜老夙耽烟火食，莫將黄獨誤黄精。」

韓昌黎《青龍寺》詩「火傘赬虯」，終篇不言所咏何物。先時，鄭虔亦寓此寺，取柿葉學書，韓所咏乃柿也，見《東坡集》。五亭賦詩云：「簌簌霜簷九月初，紅雲如幕罩前除。至今猶憶青龍寺，葉葉飄零三絶書。」五亭名斯洺，詩源出大蘇，時論乃云不入唐格。方桑如云此房次律之以車戰敗績，失據者也。五亭没，友人楊沅爲刻《補閣詩鈔》。

唐奕恩，歷城人。與孫襲公以詩締交。澄夐似趙宫贊，峭蒨似馮舍人，蓋能超軼羼提門徑，而又不墮辟支小果者。《過韓侯嶺題壁》云：「生平動業三奇戰，一世恩仇兩婦人。」不加褒貶，而是非自見。又有句云：「亂峰村舍少，老樹夕陽稀。」亦有畫意。

王秀才麟書字香圃，葑亭太僕子，性不羈。詩刻露清新，讀者爲之掩抑。古體不如律詩，七言尤佳。如「緑楊堤上二三里，紅葉村中一兩家」、「山影偶然成霧氣，蘆花一半作秋聲」、「落霞浸水有餘色，遠樹過蟬時一聲」，皆饒遠致，此雲林於無筆處有畫也。

吴勵堂秀才棟材工近體詩。年三十以諸生終。有《山林即事》云：「布襪芒鞋出北郊，肯將山色等閒抛。紫苔徧地埋蛩語，碧樹參天護鶴巢。字暗殘碑當道臥，門扃古寺有僧敲。雙龍飛去寒泉在，坐聽秋聲擬結茅。」人稱其體近義山，余謂其神似微之。秀才爲竹橋同年族孫，竹橋謂其强識博聞，深於經術，詩其餘事耳。

河南蘇星嵒孝廉如溱有句云：「自檢所增惟白髮，相看無恙是青山。」「氣爲難平深自抑，骨因多傲耻人憐。」「梧梢斜掛初三月，楝蘂遥傳廿四風。」「層嵐含雨千重翠，疏柳摇風一半黄。」語意絶似放翁。孝廉與武虚谷、孫襲公結吟社。謁余詩龕，白髮蕭騷，雙眸炯炯，談鋒犀利，跳踉藝苑。自題其詩曰「詅癡符」，取《顔氏家訓》語也。

有錢近仁者，以攻皮爲業，賃書讀之，幾及萬卷，人稱補履先生。乾隆壬子夏，老病死，吴中士大夫爲營葬虎丘之麓，廉訪汪稼門表其墓。許穆堂侍御有挽詩二首，松江王子乘炘和之，云：「生死惟鉛槧，飢寒到白頭。與君無一面，此淚亦千秋。食豈吹簫乞，名同織屩留。伯通高義在，題碣表山丘。」「麥飯詩人祭，梅花處士阡。地從僧舍闢，塚傍劍池穿。山晚孤雲歛，林空夕照懸。漆燈今已爇，安穩此長眠。」子乘著《吴淞草堂詩鈔》，品格在坡、谷之間，客死後，張子白爲校刻行之。

馬秋葯爲余題詩龕，有「梅花一樹鼻功德，茆屋三間心太平」句，一用釋典，一用道經，可謂妙合。又有贈某縣令詩云：「白荷花比部民多。」亦新。又有《秋泛大明湖望鵲華山》詩云：「天抛秀氣成孤注，我縱心兵已萬周。」可謂雕刻萬象矣。

「客驚瘦骨容長懶，天放詩人許暫閒」，孫襲公句。孫名世封，己亥舉人，以詩文自豪。辛亥秋會於陶然亭，次日，謁余詩龕，曰：「適從友人處扶乩，得七律一章，盛稱前一日讌集事。余以公前生問乩，批彭澤後身。」併誦其詩，語甚壯伉，謂崆峒筆也。余意必襲公知予嗜淵明詩，有託而云。

虞山蘇甘漁孫瞻能詩工畫。吴竹橋太史寄示予《耐寒小草》一册，詩中五言如「江光寒欲暮，山色淡於秋」、「但見雲來往，不知峰是非」、「窗虚人坐月，天闊雁横秋」，七言如「黄花影瘦宜明月，紅葉聲多爲早霜」、「夏口夕陽留醉客，匡廬空翠擁吟身」、「一湖風月數聲笛，兩岸樓臺三面山」、「香消硯北惟留夢，春老江南獨閉門」，皆逋峭可愛。

漢樂府中《羽林郎》、《陌上桑》、《董嬌嬈》等章，詩中之變風也，後人擬之，未必盡得古人遺意。王悔生灼有《古意》二絶句云：「黄金爲絡紫絲繮，雜佩珊瑚七寶裝。可惜男兒好容采，春風長是客他鄉。」「楊柳青青君別離，芙蓉開盡蕙蘭衰。柔腸日夜車輪轉，不爲思君知爲誰？」讀之，有淡宕不盡之音。王爲桐城孝廉，三訪詩龕不值，録桐城詩人三十餘家見寄，亦留心風雅者也。

李峰字奠南，號雲崖，廣東德慶人。己亥舉人，大挑知縣。下筆跌宕有奇氣，文詞取諸胸臆，千載而下，難以意測。五言如「愁中詩膽大，病後酒腸寬」、「梵餘僧坐石，飛倦鳥栖烟」、「書迷衡嶽雁，人隔洞庭霜」、「病餘琴有約，愁到酒無權」，七言如「掬水有人行澗底，乘風獨我坐樓頭」、「長蘆淺水鷺閒立，疏柳夕陽鴉亂飛」、「故人書待經年得，新雁聲從昨夜聞」、「村外水環黄葉路，雁邊山倚碧雲天」，頗有嶺南三子遺音。

張明經本，楚北人。肄業太學，工詩。嘗記其《題袁簡齋太史集後》云：「奄有衆長緣筆妙，未臻高格恨才多。」恰合此老身分。

蘇州蔣于野秀才莘學詩于簡齋，嘗以《清嘯樓詩稿》乞序於余。稿中五言如《老梅》云：「月曉留真色，花多發古香。」《山行》云：「寺古藤當瓦，溪幽樹作橋。」《遊何氏園》云：「眼高無俗物，心冷即名山。」七言如《表忠觀》云：「鐵券已分唐土地，璽書曾奉宋春秋。」《莊子》云：「夢中物我隨蝴蝶，世上春秋笑蟪蛄。」《友人山居》云：「滿院竹聲和露冷，半山樹色借烟青。」《殘柳》云：「肯爲窮途迴老眼，飽知人世有離情。」語皆清峭。

王明經德新有《臘雪和安桂甫用東坡聚星堂雪韵》詩：「一夜嚴飈獵餘葉，曉踏燕堂六街雪。已慣東頭尋二仲，況有先生擅三絶。孤吟跨蹇帽簷斜，大笑入門屐齒折。促坐環鑪火漸紅，起視堆階級俱滅。紛來鄉思蟻醅消，半没年光蛇尾掣。繪盤何須金錯刀，錦屏漫繞茱萸纈。詞客風情壓兔園，志士經綸到木屑。願及歲華猶未晏，莫遣飈塵去若瞥。清詩爲作洛生哦，遥旨快得匡鼎説。比鄰知己更天涯，醉倒那覺衣鋪鐵。」明經，江夏人。精熟西漢人文。遊京師，有聲太學，無所遇而歸。甲寅，余官祭酒，集太學諸生決科，前列十人，獲雋者爲莫晉、陳超曾、劉嗣綰、盧澤、陳球、許會昌、蕭培厚、張樹穀，而明經與溧陽陳兆栻則報罷也。

李書源廣文元滬以所著《鶴坪詩草》示予，中有《貞石歌》一篇，其序云：「密城東雲隴山有大石，相傳明天啓中，縣令某爲魏璫建生祠，擬規作拜石。既出坑，百計挽之，不能動，乃置之。後人題曰『貞石』。」歌中所云「崩角嵩呼九千歲，逆祠獻媚争牲牲。火木巨石盡蒙垢，山靈夜泣聲爲吞。兹石偶此遭物色，千鎚雷動摧山垠。太璞雖離五丁死，萬牛喘呀車折轅。當事驚吁舍之去，堅貞永葆蒼崖根。我聞擬下米顛拜，祇疑中有東林魂」，蓋紀實也。武虚谷明府億題其後云：「嘗聞北山愚，尚可感山靈。豈其聚衆力，不能輦以行。君疑憑有物，斯疑未得情。當時迫斯役，特以勢軋傾。或有俠者流，知勢未可争。呼邪虚應募，掉臂視若瞪。舉之實不力，抗之莫聽鳴。故欲聳其事，陰將奪逆萌。使知一物耳，不爲暴力儜。矧其滔天惡，能欺蚩蚩氓。新莽肆凶焰，厥子懷怦怦。假之鬼神告，血塗門與�閎。此意得毋然，願君細與評。胡獨詠斯石，先被以佳名。吾欲補故牒，大書彰彪綳。標例傳役夫，勿俾埋其貞。」詞旨甚高，足以振頑起懦。李、武皆洛人。虚谷爲余同年進士，嘗宰山左，罷歸，與書源爲友。丙辰四月，書源春闈報罷，謁余詩龕，談藝甚歡。出《鶴坪詩草》示余，五言有六朝風格，余極稱之。虚谷寄書云：「書源，中州詩人也。」書源亦以奇士許虚谷。虚谷宰山左極有聲，則又循吏矣。嘉慶己未秋，天子知其人，特詔起用。詔使至門，虚谷已先卒，朝野惜之。

館陶耿伯符大令錫觀有詩名，遺稿零落，存者絶少。嘗見其《古意》三首云：「高樓高百尺，窈窕凌清空。仙人跨鸞鶴，飛出光明宫。抗節撫哀絃，靡響凄長風。餘音入人耳，三田爲之聾。此曲誰當識，此意無終窮。」「前人去已遥，曠古無相識。矯首問八荒，莽莽何終極。清風激頽波，日月忽西匿。我欲操絲桐，其聲悽以惻。中夜起徘徊，淚下不可拭。」「杖策登層臺，蒼茫見落日。迢遞太行山，天半倚崒嵂。其下古戰場，中有毅士血。一旦歸丘墳，寂寂成異物。不如飲美酒，飲酒髮如漆。」絶類阮嗣宗《詠懷》諸詩。劉松嵐爲伯符鄉人，最服膺伯符詩，搜訪遺章，欲爲梓行，而殘縑斷楮不可多得，當以此三詩寄之。

譚蘭楣光祥少宰，古愚先生之子。癸丑進士，朝考第一，選庶常，改儀部。詩宗三唐。乾隆甲辰，在江寧應南巡召試，時年十八。《訪隨園主人不值》句云：「春風不相識，吹落辛夷花。」蔣苕生前輩亟賞之，以爲神來之句。頗好内典。丁未下第，寓麻線胡衕，與朱滄湄文瀚聯吟，得句云「夜燈凉雨味如僧」，殆夙因云。

潘魚門大令絙爲劉石庵門下士，嘗有句云：「老樹拙於我，秋花愁似人。」爲時輩所賞。又嘗與友即席限字爲詩，得「秋深黄葉路，松老緑陰天」之句，大醉不得終篇，次日乃續成之。然所續之句氣韵殊減，乃知詩貴自然，唐祖詠賦終南積雪未成，自謂意盡而止，真解人語。魚門又有《和高青丘梅花詩》九首，爲石庵所賞。石庵自言，丙子典試廣西，因駢體文工麗中式者二人，一爲陳蘭森，一即潘絙也。陳，丁丑翰林，今官湖北觀察使。

單明經汝瑛近體詩工於造句，五言如「烏穿乍凋樹，日入漸昏山」、「雁過月初墜，衾寒霜正侵」、「帳來穿壁鼠，燈引入窗蟲」、「鳥栖深樹暗，僧定夜潭空」，七言如「天邊鶴影岳雲冷，霜後秋聲風葉乾」、「好友乍離如中酒，青山重過當還家」、「風迴帆捲穿雲月，波動船摇隔岸燈」、「篷底詩情江水澹，渡頭人影晚烟青」，皆昔人所謂詩要一兩字工夫者也。

稚存編修詩刻於《英才集》者，天才飈舉，雄睨海内。秋帆制府謂其奇思獨造，遠出常情，可謂知言。編修近以全集囑余勘定，讀一過，目不暇賞。如《山行》云：「斜行入深谷，人馬祇見半。匡空響易徹，隔嶺遞相唤。」寫景真絶。近體如「怪雲都上殿，野水忽平樓」、「殘鶯驛路聲無緒，瘦馬岩山骨不支」、「名花作果香偏異，野鶴依人性亦疏」、「樓頭雨勢連雲白，海底星芒戛日紅」，在集中别是一種風趣。

稚存《小遊仙詩》，如「忽然萬里紅雲破，流下仙人濯足泉」、「蒼龍白虎司天闕，却放騎驢道士來」、「忽然海水浮天去，無數星官盡跨魚」、「玲瓏玉樹交無影，空裏聞香不見花」、「再轉一山雲氣隔，松花如雨落琴聲」、「勅取海魚三百尾，放來天漢待成龍」、「鶴背乍凉還乍暖，不知人世幾春秋」，皆佳。又一章云：「怪得雙成玉手温，榑桑三日弄朝暾。鯨魚死後滄溟漲，添得天南緑一痕。」成親王最賞其末一首，以爲夙根人語。云：「上方光景若飛烟，臺殿空明徹四邊。三十一天無月看，月輪只照兩重天。」

倪鴻侶者，不知何許人。嘗有句云：「荒雞啼野水，獨犬吠寒星。」幽峭可喜。

葛雲臞鶴，宣城人，詩有鬼才。嘗記其句云：「燈紅小市沽零酒，月黑孤螢入破樓。」「孤墳草冷骷髏泣，古道天低蝙蝠飛。」「遠道魚書空洒淚，殘秋鬼籙亂登人。」葛苦貧，年不及中壽卒，可哀也。

何響泉錦好吟詠，初無指授，劉松嵐以唐人《主客圖》詩示之，遂工五言。如「衆鳥林邊盡，一峰江上閒」、「負郭花爲市，出橋風滿舡」、「秋雨不終日，夕陽還到檐」、「舊醅成獨酌，新句喜人譏」、「幽禽先客在，香氣隔林寒」，皆近自然。

梧門詩話卷十三

詩龕居士法式善編

近日浙西詞壇以高東井爲雄長，詩名與江左黄仲則埒，二君高才早逝，世頗惜之。覃溪先生採輯仲則詩八卷，劉松嵐爲鏤板以行，趙渭川近又刻其集外詩甚多。東井全詩今存慎大令處，不知何日始能付梓。戴簏塘太常以其手録稿三册見示，皆少作也。紙厚寸許，纖字密行。節存小詩數章，以志梗概。《觀劇》云：「國士相知不易逢，暫時蒲伏豈難容。千金倘便成孤注，誰割臨淄萬户封。」「花滿河陽次第開，一株還許傍簾栽。小君不比朱家虎，值得黄金搭膝來。」「雁門受命守崤函，指掌千川與萬巖。愁讀梅村新樂府，傷心覆轍坐軍監。」「鍘誓銷磨剩淚凝，夢鞋擲酒兩無憑。都緣世少黄衫俠，李十郎今被鬼憎。」「曲江宴上探花回，試看師門却費才。端莫輕他由竇客，許多卿相此中來。」《玉湖櫂歌》云：「金佛何如鐵佛牢，芙蓉不及飛英高。却憐石塔年年減，不没南湖碧一篙。」「便把西湖視玉湖，西湖有此夾山無？年來小棹秋光裏，飽聽西風話碧蘆。」「水居寺前楊柳青，風光瀁水碧泠泠。疏林晒網帆梢日，一路遠山張畫屏。」「郎愛湖綿被體歡，儂思薛鏡共團圞。綿稀尚有同功繭，鏡缺真成獨照鸞。」「天寒水落試魚叉，生計吴儂只浪誇。他日烏臺詩案出，網竿真不剩螺蝦。」「金鵞飛去孝鵞悲，共説當年慶樹碑。祇爲織簾貧乞相，大家俎豆侍中祠。」「吴羌山好學媌娥，餘不溪清宛慰羅。山月似眉溪似鏡，曉天愁煞翠鬟多。」「浮玉山前翠欲流，玉湖碧浪自悠悠。儂心似水終年碧，郎意如山到底浮。」「烏榜延緣釣舍寬，櫂娘湖上唱歌闌。一聲欸乃不知處，紅蓼數枝開滿灘。」皆《吴會英才集》所未采者。

太常寺仙蝶，戊申冬，大宗伯德明進呈御覽，製詩紀瑞。戴菔塘記其始末甚詳，繪《太常仙蝶圖》，一時題詩甚多。太常博聞强識，於日下掌故尤徵殫洽，近梓《藤陰雜記》，足匹漁洋。見其《題汪民部啓淑擷芳集後》云：「黄海人豪富五車，瑶函新捧出天家。以獻書拜《圖書集成》之賜。曹倉鄴架胸羅備，餘事偏教闡絳紗。」「博採巾箱十六年，烏絲寫出富金荃。琉璃研匣垂佳唱，合并珩璜女史傳。」「翠袖天寒得句多，採風誰復徧岩阿。苦心百倍《然脂集》，長恐幽芬閟女蘿。」《擷芳集》者，民部所輯本朝閨詩，多至二千餘家，可謂勤矣。

有亭侍郎雙慶作詩多不矜意，如「山冷無飛鳥，林疏見遠人」、「石亂泉多阻，林深鳥不飛」、「亂雲垂野暗，芳樹抱村深」、「花叢欹雨笠，樹杪露風帆」、「蟬聲清露氣，鳥影破溪光」、「蟲響暗移砌，螢光高入林」、「山鳥慣啼雨，野僧專養花」、「客夢與山静，禽聲時夜聞」，皆有閒逸之致。

白衣保鶴齋詩無塵坱語，如：「鶴曳孤雲至，龍驅急雨來。」「亂水客争渡，夕陽僧獨還。」「鳥夢荒林月，牛耕古墓烟。」《芳樹窩》云：「秋深失濃影，葉葉隨風墮。山人倦掃除，抱膝樹根坐。」皆有輞川餘音。

大學士文成公阿桂，文勤公阿克敦子也。英濟韋平，位兼將相，錫宴於千叟者二，圖像於紫光閣者三。初，文勤艱於得子，嘗夢一老僧，手拈桂花以示己而生公，遂命是名。乾隆丙戌八月，爲公五十初度，時駐雅爾城，有詩自紀，云：「洞中老衲記前因，岩桂花開示夢真。四十九年前一日，世間原未有斯人。」不持襟期超曠，亦且吐屬雋永。公不以詩名，而詩之工若此。

大興州元丞相帖木兒紀功碑，土人誤指爲李陵所建。康熙三十五年，談未庵九乾以吏部選郎從師討賊，經過其地，賦詩云：「酬勳寶帶又珠衣，立馬高峰勒石歸。一自《白翎》遺調冷，鴐鵞不向上都飛。」《白翎雀》，元世祖即位後，伶人石德閭所製曲也。元時，駕幸上都，先有鴐鵞飛去。上都即興州錫山諸處。

明薊遼總督王忬餽嚴分宜薏苡酒，分宜曰：「酒却一年佳一年，官却一年不佳一年。」桂未谷《詠薏苡酒》詩云：「百斛明珠釀乳泉，色如秋菊氣如蓮。冷官風味常依舊，酒却一年佳一年。」用事可謂穩切。

顏運生大令記誦過人，採古今詩話數百卷，徵引博洽，極藝圃之瑰觀。而情深旨徵，洞徹三昧，作詩多不存稿。近見其《摩墨亭詩》，多可傳，小詩尤有風韵。《任丘》云：「魚君陂上雪初晴，扁鵲城邊春草生。幾處曉風吹去雁，濛濛殘月照人行。」《秋夜試茶》云：「瓦鼎山泉小峴春，吴甌初酌碧粼粼。空階月影凉於水，促織當門啼向人。」《泗上》云：「茆屋葦籬竹作床，魴魚入饌黍登場。一聲何處《烏鹽角》，知有人家在夕陽。」《王秋泉故宅》云：「陸家老屋自三間，人去堂空燕亦閒。一片寒雲無處著，夕陽紅過佛頭山。」入之《濤音集》中，亦當參上乘禪。

余佐治亭輯《八旗詩集》，搜羅長白詩人不下數百種，時有佳句，必默記之。五言如佟仲感應「蒼苔資水緑，碧草怨霜黄」、西在言庫「烟濃疑樹近，雲重覺天低」、吴子瑞麟「寒流侵夜急，殘月入城荒」、傅子元澤布「日落凉生樹，秋深瘦到山」，七言如常德潤裕「極浦霞蒸紅柏樹，空江秋冷白蘆花」、諸道南穆泰「江山鐵甕猶今日，詩酒金陵已昔年」、羅西園泰「野泉鑿壁歸新甕，古木支墻晒舊衣」、僖用拙同格「二寸魚游三尺水，獨身樹放並頭花」、方次山泰「緑楊影障嘶風馬，紅藕香薰啅雨魚」，各有勝處。〔眉批〕詩成後，冶亭刻成進呈，仁廟賜名「熙朝雅頌」。

武人能詩者，近日有劉虚白淳。虚白詩不多作，一字未安，苦吟不已。見其贈人句「挑燈不語酒邊坐，匕首如霜低首看」，確有幽燕老將風氣。《吴儂曲》云：「天涯若咫尺，青絲結成索。咫尺若天涯，車輪生四角。」用意婉約可思。

襄平汪蒼嵓松以詩名，與劉耕南、盛青嶁善，早年稿即劉、盛二君手訂也。集中句如「雲水依僧定，鶯花對客新」、「潤香流軟碧，雲濕鎖空青」、「麥肥春雨足，花艷夕陽多」、「古樹含殘雨，疏花媚晚天」、「人臨斷壑不知路，寺隱寒雲只見山」，皆佳。

小滄浪亭在明湖西北隅，即昔之北渚也。魚鳥浮沈，水木明瑟；白蓮彌望，青山嚮人。乙卯夏，學使阮雲臺偕馬秋葯、桂未谷、顔運生、武虚谷、朱朗齋宴集於此，適孫淵如觀察兖沂，雲臺以詩促其之官，云：「濟南池館傍湖開，湖上西風且漫催。萬朵荷花五名士，一時齊望使君來。」觀察報詩云：「芙蓉池館報花開，驛騎傳詩一夕催。不爲時需訪碑使，也應天與聚星來。」未谷和詩云：「湖裏蓮花四照開，道傍驛騎遞番催。人間天上中秋近，可更乘槎犯斗來。」緣湖中花事將殘，最後得碧蓮一枝，四朵並帶，而觀察又以足疾遲至，故云。秋葯和韵句云：「唱與滄浪亭子聽，百年曾見幾人來？」皆雋永有味。

問亭將軍有吟癖，同時名輩如汪鈍翁、王漁洋、梅耦長、陳其年皆與唱和。問亭自治東皋草堂，高柳數百株，其地南臨惠河，東枕涚溪，小舠直從几案前過，林間桔槔聲相續。題詩云：「結宇依東皋，隔林環溪水。沙雲宿簷端，樹影入窗裏。」蓋紀實也。又《題退谷》云：「天朗風擎鶴，山空雲濕衣。欲留雲裏宿，恐與鶴俱飛。」詩境可謂清絶。

李虎觀司馬邦燮，滄雲京兆之子。學有家法，工韵語，沈著似嚴海珊，空靈似查初白。五言如《夜發》云：「蟲吟兩岸月，雁語一天霜。」《冬日》云：「短卷隱寒樹，夕陽啼凍禽。」七言如《舟中》云：「遠浦帆歸黄葉冷，滄江人倚碧天秋。」《夜集》云：「隔院月明孤篴短，重簾風細夜燈疏。」《出都》云：「天外斷鴻流急響，馬前黄葉繪殘秋。」皆雋永名貴，不落凡近。其《遊田盤詩》一卷，古體尤佳，惜篇長不能盡録。

詩有一二句佳者，如龔素山之「夜從花影轉，秋帶樹聲聽」、朱青湖之「江雲初過雨，春水欲平帆」、楊時庵試昕之「近水月先明」、吴淡川之「鸜鵒飛來雪中緑」、屠琴隖之「蝴蝶飛來避秋雨」、陳雪樵之「四山黄葉一扁舟」、潘蘭如瑛之「野老岩居不識雲」、陳壽蘇之「南朝春雨燕來初」、孫訒齋之「美人如夢隔春烟」、張竹軒之「四山雲葉夕陽冷，萬樹桃花春水聲」、石遠梅之「茅屋夕陽飛燕子，釣船春水載桃花」、金香涇之「曉風楊柳有時緑，斜日蘼蕪何處香」、季雲崖耀南之「花塢夕陽雙槳過，柴門流水一人歸」、唐菊坪培英之「暝色漸生衰草岸，秋聲都在夕陽樓」，皆足耐人咀味，例以黄葉、桐花，正復未易軒輊。

姚春木椿，松江人，一如方伯令儀之子。少年雋上，工駢儷文，所著《伍員賈誼論》、《蜀中懷古賦》、《横雲山賦》，老輩皆心折之。記其《秋雁》云：「衡陽南去渾無路，碣石東歸尚有家。」近於楊蓉裳處，見其《出都雜感》，録二。詩云：「長安多落葉，歸卧五湖春。北海空知我，西山久笑人。筆枯慵賦别，金盡拙言貧。薄爲微名累，栖遲有老親。」「借酒存豪氣，將詩避俗名。心惟傾我輩，世已目狂生。學道書難讀，遊仙夢不成。徒將少年日，催付馬蹄聲。」沈鬱蒼凉，大有幽燕之氣。

與春木齊名者，有常熟吴兼山嵰，二人之年與才皆相若也。其《送許青士》云：「關山有月誰知夜，風雨無情又入秋。」《軍中》云：「心傷白髮當關死，流涕紅蓮滿地開。」兼山父某，以縣尉隨征，没於軍。

邵夢餘詩善寫性靈，才筆清艷，阮雲臺稱爲商寶意後一人，名篇雋句，《定香亭筆談》已詳載之。近見所爲《可哀曲》八章，合無題、遊仙而一之，短歌激楚，騷人之遺。佳句如「緑蟻午尋幽客夢，紅鵑夜哭麗人墳」、「曉抱蜕蟬呼澹月，春騎癡虎看青山」、「江静水仙歌竹葉，月明山鬼唱梨花」、「鶴語似聞生紫玉，藕花曾見葬西施」、「射壁雲留前墮箭，詩巢花護未攤書」，芬芳悱惻，可泣可歌。

涂石渠炳，雲南金齒人。爲詩縋幽鑿險，迥不猶人。五言如「夜氣入庭樹，秋聲動客心」，七言如「風遞蟬聲尋客夢，月邀溪影上僧樓」、「迢遞鄉心同旅雁，凄凉客味在秋蟲」，皆苦吟幽思，似張瘦銅。

汪劍潭詩境幽俊。《秋花》四首，率多自傷語，如「莫怪芙蓉春及第，爲人遲暮兩番紅」、「以色事人先鄭重，風情垂老更須憐」，才人落魄，同此浩嘆。然其中又有句云：「桂到山崖成藥樹，菊當籬落引丹泉。」「夜半錦城風露起，更無蜂蝶敢横飛。」自負不凡，可占後福。歲甲子，其嗣竹海全泰、竹素全德同舉京兆，次年竹素聯捷入翰林，俱有文名，時稱大竹、小竹。

大竹詩如《夜行》云：「斷雲依水出，孤月背城明。」《贈萬廉山》云：「劍匣收師表，弓衣捲戰書。霜葉愁千里，秋花吊六朝。」小竹詩如《過舊宅》云：「雁惜依人暖，鴉傷背樹飛。」《寄兄》云：「關河各蓬鬢，天地此孤舟。」《春日》云：「身如病樹當春卧，心似寒潮入夜平。」酷似其家法也。

吴興戴春溪孝廉鼎恒，菔塘鴻臚之子也。《八達嶺》句云：「山雲蒸暮紫，邊日落荒紅。」《塞下曲》云：「思婦漫歌《金縷曲》，征人不怨玉門關。」不惟工整，并得忠厚之旨。

小説紀載半出文人寄託，不足盡憑。宋玉《高唐》一賦，有識者猶知其僞，若《越絶書》之載西子、《天寶遺事》之紀太真，皆指其人以實之，重以後人附會，使古人蒙不白冤。邵夢餘《詠西子》云：「國破空傳一舸東，鴟夷肯逐美人終。胥江倘有魂歸夜，應上蘇臺望故宮。」破浮江之疑也。袁簡齋《詠太真》云：「可惜雲容出地遲，不將讕語訴人知。《唐書》新舊分明在，那有金錢洗禄兒？」雪錦綳之誣也。惟息夫人爲楚所虜，賦「穀則異室」之詩，與息君皆自殺，載在《列女傳》。而世人信左氏之誣，不敢翻案，即杜樊川「千古艱難惟一死，傷心豈獨息夫人」二句，空作原心之詞，無當表微之義。近見仁和錢謝庵吏部枚詩云：「朝居息宫暮入楚，朝爲夫人暮爲虜。可憐妾貌太娉好，生小何嘗解歌舞。楚宮佳麗紛横陳，楚王還愛陽臺雲。未知車騎向何處，潛步出門逢故君。君家茅土不自保，妾心誓同白日皦。君死社稷妾死君，異室何如同穴好。血淚難銷斑竹枝，香魂不化金鐙草。河山回首盡烟塵，賸得蛾眉報主身。無言結子誰傳説，空遣桃花笑殺人。」闡幽明節，先得我心；貞魂有靈，定呼知己。所據在《韓詩外傳》、劉向《列女傳》，非杜撰也。

謝庵爲嶼沙方伯琦子。方伯與簡齋友善，謝庵始生之日，適簡齋至，即以簡齋名之。後謝庵亦中己未進士，是可異也。所爲詩空靈淡遠，自然入古。論詩最愛司空表聖「澹不可收」一語，謂非伐毛洗髓之功不能。古詩如「下士役群動，至人孩一心」，造語殊妙。近體倜儻不群，五言如：「猿聲秋入峽，星氣夕沈江。」七言如《泰安道中》云：「雁影掠迴沙草白，馬頭擁過嶽雲青。」《察哈爾》云：「天低白草遮春色，風捲黄雲壓雁聲。」余尤愛其絶句。《江上》云：「揚子江頭玉篴聲，千條楊柳向愁生。客中畏見傷心色，一夜微霜下石城。」《淮上》云：「秋聲驚起睡朦朧，怕有瀟瀟雨打篷。却是西風吹兩岸，葦花開在月明中。」皆詩中有畫。

徐朗齋嵩少負異才，畢秋帆雅重之。後改名鏴慶，從軍楚南，由縣令洊歷司馬。不數年，自縊於寓舍。才人屯阨，可爲婉惜。近讀《玉山閣集》，雄駿悲壯，繼響唐賢，蓋少時所作，僅存十之二三耳。《絶塞》云：「絶塞不辭苦，遠行人未還。西風驅萬里，落木滿三關。獵火黄龍磧，軍書青海灣。城南有思婦，腸斷大刀環。」《横笛曲》云：「隴客吹横笛，梅花滿玉關。此花開又落，不見一人還。漢將屯青海，單于度雪山。燕支年少婦，十五損紅顔。」其佳句如《村落》云：「年豐春酒賤，鄉社老農尊。」《揚州》云：「孤花含暮雨，殘笛隱秋潮。」《祖帳》云：「酌酒勸行客，異鄉無少年。」七言如《琉璃河》云：「宿雨萬家新柳色，春波一片曉鶯聲。」子濤、潢皆有才名，潢號梅墅，早卒，詩附刻《玉山閣集》後。

毛海客大瀛，江蘇寶山人。初名思正，字又長，西莊所選「練川十二子」之一也。詩有奇氣，尤工詠古。爲畢秋帆制府屬官，所到皆偕行。後從惠瑶圃制府征西藏有功，洊擢簡州牧。值邪教滋事，率鄉兵禦於安岳接壤之槐洲，力戰死。嘗見其《謁羊太傅祠》云：「豈能事業皆如意，未有英雄不好名。」可想其爲人。又《襄陽詠古》云：「兒郎莫怪皆豚犬，乃父平生祇好鷹。」尤有風趣。著《醉嘯軒》、《戲鷗居》諸集。孫申甫嶽生克承家學，詩格在昌黎、東野間。

南海吴荷屋榮光編修詩學施愚山。《詠梅》句云：「四圍香在水，一榻冷侵衣。野鶴立孤影，霜禽啼斷魂。」儼然《學餘集》手筆也。又《珠江雜詠》數十首，予記其一云：「五層樓俯郡城東，五里花開十里風。約略踏青時節好，一天酥雨木棉紅。」

桐鄉蔡浣霞儀部鑾揚，己未進士。年少才美，詩境幽異，善作奇語。古詩如《景州道中望積雪》云：「銕凍馬蹄滑，土裂獸内碎。」《書姚春木詩後》云：「鼙鼓壓歸夢，干戈錬詩魄。劍鋩鬥鷩雹，琴語悲古月。」《龍泉寺夜坐》云：「危檐摇碎星，碧火定荒殿。飢鼠嚙鬼臂，冷螢閃佛面。」《夜集》云：「簷缺吹碧燈，冷星壓秋院。」《寒食》云：「碧桃抱幽魂，背雨孤香出。」追攝精靈，直入長吉之室。近體如《周劉雲寓齋》云：「小山通屐冷，秋竹閉門高。」《夜坐感懷》云：「樓閣月沈昏似夢，關山星落凍無聲。」《春夜小集》云：「碧桃隔院作香夢，素月對人如古禪。」《移居》云：「臨市簫孤門太冷，隔林鐘定燭無聊。」縋幽鑿險，無一語拾人牙慧也。

「詩無秋氣不能高」，邵壽民舍人葆祺句也。近見郭頻伽《九秋》詩，中如《秋潮》云：「暮雨人歸黄歇浦，西風病起廣陵城。」《秋寺》云：「蟲聲滿地僧歸院，松影如潮月到門。」《秋衾》云：「象牀宛轉和愁疊，銅輦荒凉待夢過。」《秋蝶》云：「幾處羅裙虚夜月，有人團扇亦西風。」《秋燈》云：「樓頭刀尺思千里，寒雨江湖動十年。」以牢落情寫蕭瑟況，真覺秋聲來紙上矣。

江寧孫蓮水韶，隨園弟子，著《春雨樓集》，以少時曾以《春雨》詩得名也。余見其《湖上紀遊》云：「碧山小雪烟中寺，畫舫清歌鏡裏人。」《落葉》云：「金井風疏秋有信，洞庭月小水微波。」皆情韻不匱，足耐尋諷。《春雨》句如「入夜最宜新種竹，捲簾可惜早開花」、「孤枕夢驚千里斷，小樓人坐一燈聽」，纏綿宛轉，寄託遥深，宜其傳唱旗亭也。

錢塘陳壽蘇秀才文湛，雲伯孝廉之弟也。刻意吟詩，頗得哲兄家法，惜少年早夭，未盡其才。《紅蕉館遺詩》一卷，多可採之作。中如《贈友》云：「青山秋説劍，紅袖夜談禪。」《舟行》云：「帆移好山去，潮擁落花來。」《秋夜》云：「亂螢濕殘雨，一雁背星河。」《春日》云：「風裏落花紅不定，雨中新柳緑初齊。」《秋興》云：「薜荔夜寒山鬼怨，芙蓉秋老水仙愁。」《即目》云：「鶴尋寒雪得詩意，鷗立晚烟參畫禪。」《偶成》云：「春早花如初嫁女，夜殘月似欲歸人。」名篇雋句，秀色可餐。

山陰何仙帆上舍湘，慎齋觀察之子。少年負美才，落筆動有新色。五言如《秣陵》云：「秋草平三閣，春燈照六朝。」《春詞》云：「蝴蝶夢春緑，鷓鴣啼早紅。」七言如《小園》云：「春柳淺於嬌女黛，梅花瘦似浪仙詩。」《贈内》云：「偶呼明月來窺影，新種梅花爲索詩。花月人稱比肩里，春山我愧畫眉才。」佳偶爲李紉蘭女士，宜其心折如此。

韓城相國以老乞休，特恩予告，寵錫便蕃，洵太平之盛典也。一時同館後輩七十餘人，皆有詩餞之，以陳荔峰嵩慶七律八首爲最。如「一生道比朱絃直，四海和徵玉燭調」、「西華賜第仙雲近，東閣和羹玉鼎春」、「幾輩人材歸藻鑑，九州節鉞半門墻」、「新銜特進三公秩，常禄還頒少府錢」、「洛下耆英陪杖履，關中文獻待增删」諸聯，語皆徵實，尤臺閣詩體所難。荔峰爲雲臺中丞督學時所拔士，旋以大考第一超遷侍讀學士。琅嬛弟子，固是不凡。

荔峰詩亦有極清峭者，如《送人入蜀》云：「猿啼巫峽急，鳥度棧雲平。」《送弟曼生令粤東》云：「古驛菊花瘦，隔江楓葉明。」具有幽冷之趣。

錢塘陳曼生鴻壽槃槃大才，具兼人之禀。精小學，善古文，尤精書畫篆刻，落筆奏刀，得者珍爲拱璧。與荔峰、雲伯爲族兄弟。詩清微孤峭，與雲伯迥異，而名相埒。以拔貢得官縣令，是又一楊蓉裳矣。嘗爲余題《移竹圖》云：「種竹勝種花，花謝竹尚香。種竹勝種樹，樹短竹已長。江南好烟水，土潤宜蒼筤。自踏東華塵，秋夢遲南塘。殘暑未全退，茶瓜開虚堂。展此秋一幅，未雨心先凉。似聞西涯西，古寺頽斜陽。茶陵栽竹地，至今盛篔簹。主人抱仙骨，詩筆如修篁。愛竹等愛詩，微波吟瀟湘。移此碧鸞尾，玉立森成行。瀟洒杜陵僕，不厭畚鍤忙。澆以玉泉水，枝枝摇青蒼。新籜迸蘚礆，細雨鋪琴床。暮影上雪壁，晨氣清風廊。暎帶萬芙蓉，瘦骨立奇礓。不羨緑天緑，無復黄塵黄。有時詩心閒，幽韻敲琳瑯。頗似輞川館，清吟和裴王。佳兒與快壻，一一青鳳皇。竿頭勵直節，雲路騫翱翔。題詩刻蒼玉，寸心誌不忘。畫手古石田，先生今東陽。」樸屬微至，面面皆到，題者甚多，推此爲最。

孫古雲均相國，文靖公之孫也，以祖蔭襲封三等伯。工書法，精繪事，設色精妙，似惲南田。詩如《蜀道》云：「南來客有刀州夢，西去吾慚《劍閣銘》。桃竹路通巴子國，芙蓉花暗錦官城。」《入楚》云：「猿啼暮雨愁斑竹，馬入春雲踏落花。」《懷人》云：「細雨落花江上酒，暗潮春柳寺門船。」韋平世業，王謝家風，固非尋常所及。

海寧查又山孝廉有鈞，聲山宮詹裔孫也。少時爲詩極富，中年潛心經史，盡焚少作，遂不多見。余見其《贈友》云：「誰爲鳳閣真才子，我是龍山舊酒徒」、「五千卷入崔儦室，廿四橋尋杜牧樓」，豪語自佳。若「落葉吟蛩無賴夜，澹烟斜月可憐秋」、「金鴨香銷春醉淺，玉蟲花落夜談深」，則又柔情似水矣。

錢塘方紫卿懋朝有俊才，嘗見其《揚州絶句》二首，云：「蕪城楊柳暮栖鴉，啼煞隋皇舊苑花。春草不知亡國恨，雨中青到玉鈎斜。」「隔江花月話南朝，一點漁燈照暮潮。賸有青衫狂杜牧，高樓夜夜聽吹簫。」又石遠梅云：「蜀岡楊柳六朝烟，玉笛悲愁客未眠。幾點殘螢風色冷，夜深猶傍采蓮船。」俱有情味，不得僅以丰神目之。

李湘芷元塏，虎觀司馬之子。學有家法，年未弱冠，而詩境頗高。如《送陳竹士至揚州》云：「黄葉下蕭蕭，秋聲急暮潮。揚州舊明月，歸夢小紅橋。此夕別初覺，重逢期尚遥。留君亦無語，刻燭坐殘宵。」詠史如《韓信》云：「早知末路終烹狗，悔不當年乞釣魚。」《賈生》云：「絳灌原難知國士，鬼神應更重蒼生。」《李白》云：「後世論詩齊杜甫，當年憂國識汾陽。」《宋太祖》云：「空説封樁籌塞北，祇聞卧榻念江南。」論古有識。

卞玉京墓在龍山錦樹林，吴梅村詩所謂「金粟堆邊烏鵲橋，玉孃湖上蘼蕪路。油壁曾聞此地來，誰知即是西陵墓」是也。蓉裳農部亦有七古一章。近見梁溪顧簡塘秀才翰七律四章，一往情深，纏綿悱惻。中一首云：「我是吟詩謝茂秦，板橋西畔弔殘春。梨花香冷珠簾夢，楊柳春寒畫閣人。離恨已捹金鑄淚，舊愁誰惜玉成塵。慈雲默解優曇義，難却人間未了因。」語尤悽婉。簡塘爲詩人立方敏恒子。

吴門三蔣，兄弟皆才。于野之詩，余既久録之。仲氏蔣山徵蔚學問淹博，尤工駢麗，阮雲臺中丞折輩行訂交，所著《經學齋詩》力追唐人。《夜坐》云：「秋月在簾鈎，清輝似水流。秋風與秋露，和月作新愁。秋露下河漢，秋風凉女牛。若爲傳此意，西北是高樓。」《寄人》云：「曾傾肝膽心猶熱，爲隔江湖夢亦寒。」皆於抒寫性靈之中不失風格。其弟希甫夔，詩格頗似其兄，著《青荃集》。余憶其《别友》句云：「日殘鴉背影，江冷雁聲秋。」

蘇州陳竹士秀才基詩善寫性靈，而造語精到，無率易之病，是善學隨園者。如《板橋望月》云：「秋心雙槳雨，花氣一湖烟。」《松寥閣》云：「海霞延暮色，江水變春聲。」《園林》云：「放雲尋鶴去，移竹帶秋來。」《雨後晚步》云：「一湖花氣多銷雨，四面簾波不隔烟。」《湖堤》云：「出簾花氣隨人遠，吹月簫聲近水凉。」皆清新大雅之作。

季布衣雲崖，丹徒人，著《雙峰閣集》。五言如《焦山》云：「山瘦松盤石，枝空鳥墮雲。」《村居》云：「囊空呼酒倦，老去對花愁。」《金陵道中》云：「遠火明山谷，繁星壓戍樓。」七言如《贈張竹軒》云：「冰雪照人清氣骨，文章入手化波瀾。」《湖上》云：「朱絃白舫憐春夜，衰鬢黃花感暮秋。」雲崖與嘉興李旭齋日華、仁和黃秋谷至馥、同里繆香山鑌爲詩友。

陳古漁《春草》云：「五侯門第年深改，一代樓臺戰後耕。」《秋雲》云：「怪底世情如此薄，須知秋氣本來清。」《西平樓》云：「天低長路夕陽闊，樓破遠山秋色來。」《燕子磯》云：「大廈誰家容燕子，長江無日不波濤。」又《懷人》云：「江店垂楊緑到船。」春容大雅，絶似施愚山。

吴澹川明經詩格高峻，其精到處直造古人堂奥。余最愛其五律。《吴大帝廟》云：「殿角響琅璫，松陰壓畫廊。神鴉寒觸火，石馬夜窺霜。山色金陵在，江流玉殿荒。飛揚懷古意，烟月墮茫茫。」《登華山落雁峰》云：「黄河洗秋色，太華削青金。飛雁不到處，白雲吹滿襟。天清玉女下，日出蓮花深。我欲此爲宅，蒼然萬古心。」又如「馬背江南夢，春星滿客衣」、「殘雪欲無白，暮寒溪水生」、「何物送歸舟，青山滿柁樓」、「不覺送君去，居然萬里人」、「一棹落花裏，孤村春水香」、「妻孥飢不得，驅爾遠依人」，工於發端，非胎息初盛唐不能也。

吴澹川《酒後客來》絶句云：「酒後客來重酌酒，飛花留客送殘春。主人醉倒不相勸，客轉持杯勸主人。」澹川每喜自誦此詩。純乎自然，不由人力，近人所謂性靈詩，能及此否？

武人談詩，每如書生騎馬，草枯雪盡，控縱如飛，世或有之，殊不易覯。近見山陰陳默齋騎尉廣寧

《壽雪山房詩》一卷，中如「泉響清滴秋，竹陰冷化水。時有溪上雲，飛破花間雨」，冷雋澹遠，神似樊榭。近體如《宛陵道中遇雨》云：「隄邊路斷青蕪濕，樹杪烟昏白雨來。」默齋本名諸生，性孝友，詩文之外，兼精賞鑒，書畫金石，見即辨其真僞。以胞伯薪庵殉臺灣之難，襲雲騎尉。淵源有自，固不當於武人中求之。

丹陽武生於亦川震，才氣揮霍，詩筆雄秀，與鮑海門、張石帆爲林澤遊。好面譏笑人，使人不能堪，卒坐是窮餓以死。《陳少陽祠》三首爲時所稱，有句云：「不信九關司虎豹，直留三疏動風霜。」「草野詎關興復計，公卿無那諫書稀。」「封章五夜羞臺省，姓字千秋壯辟雍。」又《新燕》云：「池塘雨過夕陽斜，又見銜泥掠淺沙。歲歲飄零偏識主，年年辛苦爲無家。閑門社日仍芳草，舊巷春風半落花。好待將雛新壘就，飛飛一任到天涯。」海叟以《白燕》得名，此詩殆過之。

王柳村以所選《群雅集》四十卷見寄，予細加校勘，去取皆具卓識，與述庵侍郎《湖海詩傳》并行。第侍郎所選，兼收宋派，此選獨收唐音，蹊徑微不同耳。予囑其郊鄧孝威《詩觀》之例，續纂二、三、四集，俾沈文慤《別裁集》後七十年風雅，無遺珠之嘆。故予寄柳村詩有「海陵鄧孝威，選詩黃葉村」，又「此集時續成，携過秋菘園。白頭兩詩翁，林下傾清尊」之句。

王柳村《種竹軒詩》，予嘗謂其清微澄淡，有松石間意，品在襄陽、輞川間。五言如《晚望》云：「斜陽傍鳥下，江月與帆飛。」《焦山》云：「苔痕江雨碧，竹翠海雲深。翠積半空雨，青垂四面雲。」《訪友》云：「到門鶴欲舞，握手花俱飛。」《寒江步月》云：「水月淡無際，霜江净若空。」《閉户》云：「鳥静都依竹，雲孤不出山。」《冥棲》云：「雲來千嶂夕，風定一花飛。」《村居》云：「篬竹碧三徑，溪花香四時。」《茅屋》云：「逕曲爲臨水，村孤喜近山。」《三泖漁莊》云：「門開泖水碧，夢醒溪花香。」《雙溪橋》云：「草痕青過雨，柳氣白通潮。」全首如《遣興》云：「舍抱東西瀼，青連遠近山。看雲終日静，出岫幾時還。客罕雪封徑，寒深竹掩關。偶因探梅去，仍與暮禽還。」《逢漢上友人》云：「憶汝愁無盡，相逢愁更多。妻孥隔荆楚，憔悴各風波。魂斷丁年曲，心傷子夜歌。久嗟丹穴鳳，難覓玉山禾。」八句皆對，能一氣神行，化板爲活，非寢食盛唐不能具此格律也。七言如《贈石遠梅》云：「酒温竃帳聽狐泣，血滿雕弓帶虎還。」《贈程禹山》云：「無家兄弟關河隔，絶代文章患難來。」《寄友》云：「行經滄海心偏壯，傳到文章士亦窮。」「月如故友雲偏隔，秋入空江水亦悲。」《焦山》云：「江寺月明惟竹樹，海門風定亦波瀾。」《悼吴澹川》云：「身經關塞空垂老，天與飢寒亦愛才。」《攝山和李漁衫》云：「高人棲托原遺世，名士飄零始悔才。」皆沉雄清壯之音。至「古今名讓布衣傳，半世功名一卷詩」，柳村之以詩爲命，於此覘之。

梧門詩話卷十四

詩龕居士法式善編

焦山古鼎，王西樵始據韓吏部如石言爲京口某公家物，嚴分宜奪之，後歸山中。康熙中人競以爲詩歌故實，然自嘉靖以後，明人書集從無此説，蓋如石臆語耳。阮雲臺中丞得西漢定陶鼎，以官牘達鎮江府，付焦山寺僧，以配周鼎，並餞以詩云：「碧山一角浮春潮，中有周鼎開雲歊。古文十行照江水，百家詠釋窮秋毫。千年古篆變爲隸，西漢款識多鑿雕。我有漢鼎五十字，隃麋汧鑄供定陶。斗斤兼記古權量，汾陰好畤同禋祧。濟水東流帝陵起，巨莽掘厨金不銷。齋中拭刷出古澤，鼎雖轉徙猶堅牢。烟雲過眼莫浪擲，送爾安穩栖松寥。卣鈃觶爵共相餞，雁鐙翦燭吟清宵。壬戌之秋木葉脱，海門風起江飛濤。蛟鼉踏浪避金景，蒼然古意生罼椒。此時此鼎入山去，江天寶氣騰輕艘。海雲堂中多古木，兩鼎扃耳初相遭。周儀可補覲禮闕，漢事志傳徵班曹。倉籀字破鬼夜哭，八分不似周王朝。一波一礫湛水石，同隱有似由與巢。胎禽仙去亦偶耳，華陽銘尚鐫𡶴嶢。可知古人皆好事，以詩媵鼎各訂交。他時得暇孰相訪，雲帆一片橫金焦。」周銘漢器，照耀江山，洵佳話也。并有二跋，一則辨焦山本作「譙山」，孝然事附會之訛；一則辨證周鼎舊説，尤非尋章摘句者所能。

焦山舊有仰止軒，在水晶庵内，祀楊忠愍公，久圮。阮雲臺同王柳村留憩山中，讀山志，至姜如須「六義風流今不滅，十行疏草未全焚。原因報國成忠愍，翻似完身傍隱君」之句，乃於漢隱庵隙地葺精舍，以奉忠愍栗主，并以忠愍手書疏草墨蹟付寺僧藏之。姜詩蓋先爲之兆也。

孫子瀟孝廉原湘，江蘇昭文人。博學工詩，往往有奇闢之境。嘗見其《龍池篇》云：「撥開白雲一串月，石骨中藏水晶窟。大池蕩蕩居龍王，次池龍婦爲椒房。小池龍子一部落，水泛金光射日角。老僧咒水水忽飛，一鱗浮動青玻璃。摘珠弭首蝘蜓服，身是龍身目龍目。青天倒影天亦驚，地底隱隱鞭雷聲。隆冬萬物不長養，莫作出山雲雨想。」雲譎波詭，洞心駴目。若《春草》云：「青到明妃塚，香生屈子祠。」則又耐人尋諷矣。

彭愛園藏馬湘蘭小印，上刻「浮生半日閒」五字，旁有款識，爲董香光、藍田叔諸人社集西湖，席間何雪漁爲湘蘭作也。羅兩峰因印補圖。王秋塍宰睢陽時，集同人爲銷寒會，以此分題。此圖今歸蓉裳農部，農部作長歌紀其事。又蔣青荃於金陵市上得一舊硯，四圍皆刻梅花，中有銘云：「額點含章，眉描京兆。寫韵簪花，粧臺春曉。」款署「眉生」二字，蓋横波夫人眉樓中物也。時值秋闈，孫淵如、陳桂堂集大江南北名士，賦詩於小西湖，即以梅花硯命題，皆一時佳話也。

朱野雲鶴年，泰州人。有俠氣，旅食京華，賣畫養親，蕭然屢空，宴如也。畫師三王，尤近鹿臺，興酣潑墨，直欲突過驊騮。所居擬陶詩屋，名流雅人，昕夕過從，投贈篇章，輝映四壁。余最愛韓東老《古詩》云：「泉明屋南窗，野雲六南牖。而以擬陶名，無可亦無否。人生貴適意，著相便掣肘。茫茫塵海中，凡類各從偶。榮名及利養，碌碌到白首。浮蹤如浮家，隨身載雞狗。尋君横街南，扃户人無有。載訪珠巢廬，几榻拭塵垢。掃壁懸書幢，選石安茶臼。開軒面叢薄，凝望矗高阜。烟嵐出城頭，潭水面澤藪。遠近多精藍，蒲牢亦時吼。主人老畫師，烟雲滿雙手。此皆好粉本，螺子潑一斗。船山與秋藥，不速慣索酒。清和長養天，蔬菜緑盈畝。窗中納元化，座添樂餘叟。古琴偷兒遺，百衲斷紋久。鏗然絃外音，夜聽鞠通走。我亦新移家，料量到罌瓿。素心樂晨夕，自謂師五柳。請觀東坡翁，三蕉略沾口。和陶詩最佳，十篇類八九。同師古之人，尚論復尚友。」東老名是升，號樂餘，蘇州人，桂舲中丞之尊人也。胸次高曠，詩亦如之。

朱野雲詩不多作，畫至得意處輒題小詩，動有逸致。余最賞其五言絶句，云：「絮雲冒崇椒，山腰路如織。遥指空江人，片帆挂秋色。」「茆屋幾人家，漁磯水一涯。東風昨夜至，吹放隔籬花。」「敗葉積危橋，茆庵隱深谷。空山寂無人，斜陽下寒緑。」意境幽冷，詩中亦有畫境。

沈芷生風神散朗，文似六朝。爲童子時名沅南，諸城劉石庵相國督學江南得之，喜曰：「子如芝草鳳皇，清時之瑞也。」爲更名清瑞，既果以鄉薦第一聯舉進士。乃年未三十而卒，石琢堂修撰韞玉爲搜其遺稿刻之，零膏賸翠，美不勝收。五言如《玉山修禊》云：「落花琴上寒，春山座中近。」《秋懷》云：「秋色雁邊下，夕陽池上寒。」《龍潭道中》云：「數螢隨露下，獨鳥背烟飛。」七言如《寄人楚中》云：「雲生晚郭連山色，雪盡春江見岸痕。」《遊古龍庵》云：「遊人屐底飛瀑響，老僧衣上春雲生。」並極清雋。尤工絶句，如《自嘉興至石門》云：「秀州城邊芳草春，射襄橋外暮鐘昏。殃央湖水更南去，一路桃花過石門。」絶似漁洋、竹垞。芷生年十六時，賦《廣陵懷古》詩，有句云：「瓊花有恨無雙蒂，明月多情祇二分。」識者訝其不祥，竟成讖語。

余舊宅在松樹街，鼓樓響牐，近在尺咫。以《西涯集》考之，知近文正故居。又於畏吾村訪得文正墓，自謂前生有香火緣。夫文正在朝之日，穆御好遊，奄竪竊柄，若非善於調護，國事將不可問，逶迤遲回，有不得已者。海寧陳仲魚孝廉鱣爲余題文正畫像七古一章，中云：「劉希賢、謝于喬，一歸洛下一餘姚。若使當日竟同去，後來遇事誰争朝？」持論可稱平允。仲魚通經史小學，舉嘉慶元年孝廉方正。

紀事之詩，委曲詳盡，究以長慶一體爲宜，不得議其格之卑也。然元、白合作亦少，至梅村而始臻極盛，則此體自當以婁東爲大宗。近日學此體者雖不乏人，若獨擅勝場者，則蓉裳、香涇、雲伯外，以蘇州趙艮甫秀才晉函爲佳。嘗見其《芝香曲》云：「吴趨舊是烟花里，夾道香塵畫樓起。春洞癡凝一段雲，秋波愁織千重水。選勝曾過紫燕家，酒酣耳熱聒箏琶。祇憐党尉銷金帳，不見蘇娘油壁車。聞説瑶珠靈水閟，貯嬌别有塘坳地。夙慧先諳絲竹音，國香果夢芝蘭賜。三五剛逢碧玉年，便教子夜侍歌筵。五銖衫衩香桃弱，九子釵梁翠鬌偏。蕙性冰心出流輩，金吾枉自投私愛。姹女何曾工數錢，湘妃不肯輕邀佩。犀辟紅塵玉辟寒，别營仙館碧欄干。自憐四海琴心少，轉覺三生鈿約難。文酒流連集詞客，吴郎才調神仙謫。玉臺閒詠識羅生，鶗鴂知名呼李益。曼睩流光乍見時，翠眉低語兩心知。三年窺宋聊酬願，一石留髡莫更辭。玉虎絲牽鹿盧井，鏁蓮燈照神雞枕。誓訂雙携並燕歸，那拚獨立窺鸞影。雲母窗前賦定情，棗花簾底訴飄零。錦幔暖圍金屈戌，檀槽凉徹玉瓏玲。蓼香梔子同辛苦，真箇雙針縁一縷。密意惟憑緑鳳猜，深情總向銀虬吐。短簿祠邊載酒來，真娘墓上踏青回。拈將紅豆聲聲記,乞得金蘐處處栽。柳綿撲帳春歸早,滿架荼蘼花事老。妾夢方爲楚峽雲,郎行却走燕關道。惜别分飛蠟淚斜,青山無數路難遮。櫻桃須記門前樹,蝪蜥新籠壁上紗。旗亭無奈驪駒促,雙槳横塘浮浄緑。爲唱黄河遠上詞,不歌《金縷》閨中曲。帽影鞭絲去馬驕,歸來院宇更無聊。冥冥繡户看風絮,寂寂銅鋪聽雨蕉。筌篌縛却笙囊束,自檢名香坐幽獨。杯珓晨催侍婢投,金錢夜向花神卜。點屧何心下紫苔,避風無意下層臺。鸞鳩漫擬通殉牒,青雀誰知是鴆媒。聞道長安花似錦,檀郎應就壚頭飲。北地胭脂爛熳多,章臺楊柳蕭疏甚。秋蟀春鶊更不歸,西鶼東鰈漫徘徊。憶雲那識泥中苦,化石空生江上悲。緘恨難憑翠衿鳥,寄愁祇有紅心草。可惜霜埋澧浦春,終嫌露泣湘皋曉。鏡檻晨開不點脣,香奴無復唤真真。聊將薛媛簪花筆,寫作崔徽畫裏人。犀合珠璫雙約指,封題鄭重紅魚尾。只言燕子在樓頭,休使銀瓶沈井底。月午虚疑杜宇魂,花陰沸盡藥爐聲。痕垂玉筯枯猶滴,口嚼紅霞咽更生。我聞此語情如訴,火宅誰將妙蓮度。擘絮難禁杜牧狂,燃脂替賦元稹句。城上烏啼望月彎,天涯草長夢烟鬟。若求故劍龍津合,會見明珠合浦還。」此詩爲吴門校書蔣如蘭作。校書與某生有三生之約,生入都,校書自畫小像椷寄,艮甫爲作此詩。風流宛轉,蕩氣迴腸,洵婁東的派也。年甫逾冠,其所詣尤未可量。

海寧楊致軒守知官河防司馬,詩工近體,性靈獨絶。如《送人》云:「往事再提同説夢,行期雖改只明朝。」《無題》云:「樹色與人同病後,雁聲和雨落愁邊。」《道中》云:「有心避客鷗深没,無力争風蝶退飛。」其詠物尤工。《秋海棠》云:「自從春睡全無力,可惜西風又斷腸。」《牡丹》云:「才似謫仙何礙醉，貌如妃子不嫌肥。」《菊花》云：「問渠何苦凌霜出，舍我誰能冒雨尋。」《杜若》云：「夕陽江上天微醉，春水洲前草又芳。」詠物至此，可謂遺貌取神，别有風格。《隨園詩話》僅録《西湖竹枝詞》，未盡所長也。

黄葯林司馬騂，興化人。工詩，善畫蘭竹，尤精于奕，瀟洒有晉人風趣。爲甘肅靖遠令，擢平凉鹽茶同知，卒於任。張子白誦其《静寧題壁》詩云：「書畫通靈泥醉歌，過江名士入秦多。秋痕零落香光老，一片騷愁奈爾何？」「賜環洪邁還戈壁稚存，乞病錢郎返葦門竹初。寄語楊家好兄弟蓉裳、荔裳，對床姜被幾時温？」「亦含愁緒亦含香，占得秋光不算凉。記取三更茆店月，有人比瘦立空廊。」蓋畫蘭菊於壁，題此詩也。含思悽惋，未幾下世。子白題一絶句，云：「殘墨寥寥已五年，又從客館證花禪。叢蘭瘦菊空留影，腸斷離騷廿五絃。」

唐人從軍之作多擅勝場，誠以倚馬磨盾，足以激發風雲之氣也。仁和孫相國文靖公，自軍機中書洊至大學士，歷任封圻，屢典戎行。嘗從令孫古雲襲伯處，讀公軍中紀事諸詩，格律蒼老，忠義奮發，始知以勛業受知高廟，非倖致也。從征金川時，《老官屯與趙璞函夜話》云：「鼉鼓聲中對短檠，攤衾歷歷話征程。詩題勸我留亡僕，藥裹憐君仗老兵。帳外風腥妖火落，林間月黑鬼雄行。壯心未肯牽鄉夢，起看霜天北斗横。」總督兩廣時，《治兵渡臺書事》云：「樓船東去斬長鯨，屈指郵籤日幾更。天策佇膺圭卣錫，佽飛争赴鼓鼙聲。平臺記應紅羊刼，渡海師傳白鹿迎。爲道恩循多反覆，莫教輕築受降城。」西藏詩尤佳，《常多塘夜雨宿蠻民黑帳房》云：「冒雨渡江津，千山夜色屯。濤聲圍黑帳，爨火雜青燐。眼望流亡復，心馳捷報頻。夢中還草檄，敢脱虎紋巾。」《丹達山雪中弔亡者》云：「丹達山，何窈窈。丹達雪，何皛皛。綿延七十里，長空絶飛鳥。盛夏儼懔冬，滉漾八荒表。我友謂惠瑶圃。持節來，時乃仲春杪。層城既嵯峨，翻虞復繚繞。馬如鷁退飛，人比蟻旋獠。罡風復助虐，玉山竟推倒。遂使二童子，膏血埋荒草。茫茫大澤中，此時骨應槁。何況擔簦人，軀命焉可保。夸父迄難逢，愚公今亦少。悲哉萬古冤，長夜天杳杳。我思沃雪方，厥事類征討。火牛百道攻，獠夫萬帚掃。要令露巑岏，庶免塗肝腦。殘胔聚一丘，飢鷹勿使飽。魂兮願入關，視我旗與旐。垂鞭立踟躕，寸心惄如擣。」俱有龍標、嘉州風格。此外，佳句如《法源寺看菊》云：「初地曾因佳客過，此花不稱少年看。」《秋夜懷人》云：「魚雁豈能忘舊約，雲山况復有歸人。」《朝天關題壁》云：「雨後村雞争息樹，客中秋燕慣依人。」《東湖驛》云：「風雜魚腥催曉市，秋依鷺影罨迴塘。」《黔西東山寺》云：「坐久無風開北牖，夜凉有月上東山。」《晤表弟莊肯園》云：「老境未完婚嫁事，瘴鄉還結弟兄緣。」絶句尤佳。《淮浦》云：「漕河烟樹鬱參差，水驛吹紅上柳枝。六月行人渡淮去，峭帆如葉雨如絲。」《昭化道中舟行》云：「竟日輕陰罩野航，谿花如雪水聲凉。戍樓一角開秋影，知是回峰逗夕陽。」

西藏於《禹貢》爲析支地，故於河源崑崙爲近。舜徙三苗於三危，即斯地。三危者，爲喀木，爲危，爲藏。藏者，今後藏；危者，前藏也。統名曰藏者，以邏娑川南百里藏河之所流也。乾隆辛亥廓爾喀之役，金匱楊荔裳方伯以中書從嘉勇公相福康安戎幕，遂徧經沙度繩行之地，足之所歷，形之歌詠，前人從軍詩所未有也。如《日月山》、《通天河》、《崑崙山》、《星宿海》諸長篇，難以悉録。録其近體數聯，亦足見本朝武功之盛、人材之奇矣。《彭多河》云：「嚴霜封短樹，斜日冷危碉。」《前藏》云：「三軍超乘過，千佛頂經來。」《曉發春堆》云：「遥瞻日東出，時見水西流。」《青海道中贈方葆巖》云：「飛書然夜燭，鑿雪事晨餐。」《呈福公相》云：「中宵鼓角横戈聽，絶域山川聚米看。」「摩雲遠過閻浮界，計日應收的博城。」「伏弩連營飛硬雨，横刀斫陣捲長風。」如見冰山雪嶠，磨盾草檄也。

荔裳爲蓉裳農部胞弟，少日並擅才名，早有軾、轍之譽。西崑一體，酷似其兄。如《遊小有天園》云：「紅消花上露，緑暈竹梢烟。」《夜泊澄江》云：「江聲驚短夢，星影入扁舟。」《滹沱河》云：「冰疑前夜合，雪到幾時消？」《夜泊滕王閣下》云：「烟昏樹杪秋無色，潮落江心夜有聲。」《不寐》云：「病骨欲争黄葉瘦，秋衣還勝緑蕉輕。」與《芙蓉山館詩》如出一手。

蓉裳之詩，人但知其驚才絶艷，不知其清峭幽冷處，尤入王、孟之室。如：「風威搜暗牖，露氣冷枯琴。」「落葉澹楓樹，疏燈明葦花。」「犬吠人争渡，鴉啼月上樓。」「夜長星替月，秋冷水生烟。」「行人衝虎過，古寺近龍居。」「雪樹有遠色，風燈無近明。」「芙蓉墮殘露，湖水澹無波。」「幽花寒不落，獨鳥夜還飛。」「水落魚分子，天寒鵲補巢。」「華風吹缺月，半夜上南樓。」「夜凉秋在樹，月明潮到門。」「遠烟沈暝色，老樹聚寒聲。」蓉裳自謂宗法玉溪，竊謂此種境也，玉溪猶當遜之。子承憲，年甫及冠，亦有詩名。

仁和陳超山孝廉庭松，受業齊息園宗伯之門，古文具有淵源，詩不事雕刻，頗多佳境。如《曉過湖上》云：「殘雲低塔影，曉月墮鐘聲。」《客中觀劇》云：「絲竹中年易生感，烏啼月落況他鄉。」意味俱深。子大麓秀才光典亦能詩，如《廣陵》云：「玉鈎妃子月，金帶相公花。」「梅林今雪海，草色古雷塘。」

並有才調。

嘉慶庚申，翰林院修撰趙介山文楷、内閣中書李墨莊鼎元奉命敕封琉球，道出武林，適阮雲臺中丞撫浙，賦詩爲餞，並命其門下士和之。同作者數十人，以仁和錢金粟福林爲第一。古詩千七百言，篇幅太長，不能録也。餘若顧鄭鄉之「高文新典册，屬國舊屏藩」、「花濃新紫帕，春盎小紅螺」，陳荔峰之「萬方玉帛來中土，四聖圖書鎮大荒」，陳曼生之「花裏樓臺秋拜月，枕邊風雨夜聞潮」，陳雲伯之「蕉園雪霽眠烏鳳，櫻島潮生上緑螺」、「中朝恩大同滄海，天使心清比瑞泉」，徐雪廬之「中山貢賦通王會，南海風雲護簡書」，李白樓方湛之「佛桑花發朱輪到，絶似瀛洲對紫薇」，標新領異，並擅勝場。

花南老屋，李徵君秋錦之故居也。其元孫旭齋秀才客邗上，出圖，乞同人賦詩。余最愛季雲崖云：「茅簷面面盡栽花，點染宛湖畫裏家。底事年年歸未得，相逢依舊在天涯。」具有唐人風調。

顧星橋《詠屈原》云：「不是蛾眉誰更妬，可知謡諑亦知音。」可謂善於解嘲。星橋名宗泰，字景徽，元和人。乾隆己亥進士，歷官高州府知府。著《月滿樓詩文集》。星橋與西莊同受業於沈文慤，復又受業西莊門下，所選「江左十子」，星橋與焉。

袁竹室云：「乾坤毓我輩，元氣得以活。」吴澹川云：「自非冒險絶，何以壯詩境。」讀此四語，可開拓胸襟，增長神智。要非苦心孤詣，不解道也。

楊時庵詩本至性，耐人吟諷。《送弟》云：「他鄉傷寂寞，况爾更言歸。相别寧無淚，何人可共依？加餐慎行李，好語慰庭幃。莫使懷天末，凄其綻客衣。」《詠梨花》云：「玉闌干外漸黄昏，烟月迷濛隔遠村。仙館未通遊子夢，素衣誰返美人魂？花含宿霧低垂檻，香怯輕寒早閉門。我亦江南怨春色，一枝和雨寄王孫。」體物工細，神韻綿渺，徐雪廬稱爲絶唱，因呼爲「楊梨花」。又周曙峰有「睡餘合藉雲爲夢，澹極翻嫌月有痕」，亦妙。

顔澹園光猷讀中秘書時，携古琴自隨，詩成多中節奏。出守黔南，值安順營伍有變，不動聲色，出片言定之。談笑樽俎，折衝千里，其得敦厚温柔之旨深矣。《曲阜詞》云：「陰陰楊柳鎖春臺，池畔荷花獨自開。明月畫船無客醉，吹簫時有玉人來。」「石門半落短籬遮，時有仙翁飯紫霞。雲去天空山鳥亂，年年風落碧桃花。」「樓外春溪引逕斜，覆堤桃李爛明霞。河陽兄弟渾無事，尊酒年年趁落花。」其聲調不減《蠶尾集》。

徐雪廬熊飛，武康人，嘉慶甲子舉人，著《白鵠山房詩文集》。《群雅集》詩話稱其清耿介特，風骨泠然，有超然意，詩筆雄駿踔厲，如神駒下九坂，蒼隼掠層霄，不可逼視。其冲和超永，又兼有王、孟之長，洵近時人才眉目也。《過家春田志鼎放鷳亭新居》云：「劍外山川一萬里，天涯消息十三年。歸來且結藏書屋，老去仍無負郭田。屈指舊游紛涕淚，驚心殘夢續烽烟。孤雲倦鳥知誰是，抱瓮投綸亦可憐。」《乍浦》云：「海風高捲戍旗開，壯士戎衣走馬來。山色終朝環雉堞，潮聲半夜上樓臺。魚龍氣接閩天暗，檣櫓春從日本回。一片平沙征戰地，至今畫角有餘哀。」二律猶見少陵風格。雪廬與石遠梅、王柳村共相切劘，爲復古之學，述庵《湖海詩傳》盛稱之。

錢鶴山之鼎，丹徒人，紫芝大令子。嘉慶庚午舉人。爲諸生，屢試冠軍，學使玉硯農自爲江左一珠。著《三山草堂詩集》。鶴山七歲工詩，世所傳《關山月》、《聞雁》二律皆十二歲時作也。《關山月》云：「清影隔秦關，迢迢萬里山。蒼茫青海上，雁陣逼秋還。絶塞生歸思，深閨多苦顔。分明楊柳怨，莫向笛中攀。」《聞雁》云：「疏星臨大漠，孤燈照頽楹。獨坐不成寐，遥聞一雁聲。邊關沙月冷，荒徼嶺雲横。况是深秋夕，難爲遊子情。」思筆沈雄，已近少陵。其七古超逸，頗似謫仙人。大令官貴定知縣，愛民如子，居心如水。罷官日，篋中僅存斷硯，笑謂人曰：「此予宦囊也。」鶴山賦《斷硯行》以表先烈。又《詠懷》云：「家有殘書父手批。」大令之清貧，可想見矣。

吴白華省欽學問該洽。《白華集》古體詩不能備載，五言如：「沙昏前岸雪，潮裂半湖冰。」「水依天到岸，人與月同船。」「一湖全化月，數艇忽衝雲。」「柴門連竹隱，松艇隔花招。」「霜明孤葉定，雲暗一禽翻。」「人烟金雁驛，祠火石犀橋。」「斷雲松葉暗，疏雨豆花凉。」七言如：「燈將水氣螢相似，艣帶秋聲雁不如。」「亂水北吞三峽下，斷峰南擁七星來。」「逕流草露濃於雨，屋起柴烟凍即雲。」五律如《雨後宿山館》云：「前山湧晴翠，雨自後山飛。山氣本如此，人行殊未歸。林端松鼠滿，階下草蟲稀。兹夕望河漢，迢迢秋影微。」絶句如《發南四竈》云：「富場廟頭西日偏，龍珠庵口寒月圓。浦東客上浦西去，黄葉打人風滿船。」《泖口》云：「漁舍田莊入望孤，琉璃千頃界菰蒲。一聲沙鳥背人去，西日半竿黄滿湖。」《松閣》云：「高館生晝凉，碧陰散流水。疏雨落松花，疏風落松子。」皆風格遒上之作。

青陽陳梅緣蔚字豹章，家九華之麓，一門之内，兄弟子姪凡十二人，皆負才工詩，分韵迭賡，刻《陳氏聯珠集》行世，可稱極盛。《溪行》云：「人家隔春水，釣艇繫桃花。」《田居》云：「鶯依屋語門多柳，蝶入簾飛案有花。」《翠微亭》云：「當年九日簪黃菊，終古孤亭接翠微。」《同友江行》云：「萬頃烟波千里月，半囊詩草一船花。」《暮返武進》云：「流水夕陽人洗馬，春風歸棹鶴隨船。」皆宋人佳句。其兄郁庭芳，諸生，著《華溪草堂集》。乾隆戊子舉人，官平谷知縣，著《天柱詩草》。馭華驊枋，己亥舉人，著《醉草堂集》。弟魯濱秉烈，監生，著《涔園詩鈔》。郁庭《山行》云：「久視苔花動，始覺緒風微。」《九日》云：「卷簾收夕照，移坐接秋山。」《醉吟》云：「兒爭移榻知憐月，婦勸開樽解惜花。」《春興》云：「探勝最宜新雨後，賞春都在落花前。」《望海樓》云：「接天春易雨，近海夜多風。」《贈大令淇泉正》云：「十口家三處，孤舟病半年。」《平谷官署》云：「政簡能藏拙，民貧易養廉。」《題梅緣借山園》云：「地曠妙於幽徑曲，墻低喜得近山園。」馭驊《歲暮》云：「塵封杵臼兒求米，雪滿庭階婦問薪。」《送兒躍亭之閩》云：「餞兒愧乏壺中酒，贈我須分縣裏花。」魯濱《憶兒》云：「乞乳窺娘意，攤書學父聲。」《寄姪衷》云：「多因家是累，自覺客難歸。」《讀澄城主簿李忠節傳》云：「身方入鑊詞偏厲，賊縱燃箕骨肯枯。」俱作手也。

陳上舍越之域著《虛航集》，諸生庭愷堅著《鐵門詩草》，綉輿壤著《梅田詩草》，明經景蘇坡著《諫亭詩草》，皆梅緣猶子也。子諸生熟之塾著《亞堂詩草》，靖之堉著《雲泉詩草》，樂郊垌著《百花庵集》，孫石三磊著《澗南吟稿》。越之《夏夜》云：「溪邊客度樹驚鳥，簾外兒歸囊滿螢。」《小礫山莊》云：「小艇坐人烟外渡，亂花圍屋雨中春。」庭愷《萬羅山》云：「石壓天門迴，潭空玉鏡平。」《冬日》云：「嶺峻餘殘雪，林疏見遠村。」《贈洪北江》云：「節飲尚垂欹器戒，投荒特許荷戈行。」綉輿《夏晚》云：「池淺鷗容宿，簷低燕礙飛。」《羅漢墩》云：「忽聞清磬響，便與老僧歸。」《文殊院》云：「石奇成五色，松小亦千年。」景蘇《稠嶺》云：「瘠土人鋤月，枯松鳥啄霜。」《借山園》云：「園過飯後門初啓，客到花間主不知。」熟之《宿白鶴山莊》云：「鐘隨流水動，雲與鶴同歸。」《飛來石》云：「岩室大如斗，山僧枯似松。」《翠微堤》云：「半湖春水摇山影，一路香泥印馬蹄。」《遊黄山》云：「空谷翠飛都雨色，寒松風定亦濤聲。」靖之《課雪》云：「凍影連千嶂，吟聲滿一樓。」樂郊《醒樓》云：「詩因閒易就，酒與夢同醒。」石三《春晴》云：「捲簾看霽色，移榻就花香。」陳氏多才，宜洪北江稱之。

彭湘南廷梅，湖廣人。詩名噪日下，卿大夫多延致之。有《據經樓詩選》，采輯頗富。湘南詩以清微淡折爲上品，如「尋幽住此山，秋色即吾性。一閣銜夕陽，半江紅不定」一篇，余最嗜之。

厲樊榭《宋詩紀事》注：「『薛春遊』因《春遊詩》得名。五代時劉姓有《夜坐篇》，爲時傳播，時以『劉夜坐』對『薛春遊』，可掩『陳驚坐』、『趙倚樓』之工。」近日洪稚存「循吏幸依崔不意，專家應學董無心」，則又以典勝。

鮑步江臯《虎丘竹枝詞》：「儂自倒行郎自看，省郎一步一回頭。」一時稱之。何嘯容時《西湖竹枝詞》：「妾唱菱歌郎飲酒，郎如湖水妾湖烟。」尤妙。

粤中棹歌云：「一丈蓮莖三丈花，枝枝高過釣魚槎。」又云：「蓮花二丈穿蓮葉，蓮葉雖長不及花。」質而不俚，惜忘作者姓氏。

甲午春，余遊潭柘岫雲寺，宿叢竹中之南閣。次日，童子起報曰：「碗大的桃花在山嘴上紅。」余曰：「是可爲詩。」遂有「碗大桃花山嘴紅」之句。又陳姓僕能詩，有句云：「太陽欲落水烟動，鳥背不如魚背紅。」（按：此則已見卷十。）

華亭王荔亭太守錫奎由翰林出守潁州，鋤强去暴，頗著政聲。殁後，阮梅叔亨選其詩入《瀛舟筆談》，因編定六百首，爲《嘉藻堂詩集》。五言如「雨從千嶂合，風到五更寒」、「水光浮地白，山色過江青」，七言如「殘葉鴉翻秋影墮，晚禾人擔夕陽還」、「春雲行篋苕溪畫，秋雨歸帆笠澤詩」，可想見太守風概矣。

屠琴塢嘗語予云，儀徵阮小雲常生字壽昌，雲臺侍郎子。風儀玉立，舉止軒揭，而讀書好古，絶無貴介氣。詩筆高秀。五言如「湖舫緑楊岸，山家黄菊籬」、「夢清疑化蝶，酒醒忽聞蟬」、「湖遠射明鏡，城高鎖碧烟」、「江水白於練，暮雲青化山」、「雨意淡疏竹，秋心冷碧苔」、「風定潮初落，天高月正圓」，七言如「更深人静天尤静，風急雲飛月亦飛」、「山空不礙青雲路，楓冷難彫古木心」、「六代空餘佳夢在，萬松青化碧雲流」、「半簾花影初三月，一片簫聲廿四橋」、「萬里燈寒星影滅，五更風捲月輪飛」、「弓彎遠塞雙雕落，笛倚空江一雁横」、「凉痕浮地碧雲動，清響到簷秋雨飛」，奇情逸調，宜琴塢之傾倒也。

西湖第一樓在詁經精舍之左，阮雲臺侍郎所建。侍郎自題云：「學海經神收兩漢，江聲湖氣入雙峰。」王蘭泉司寇云：「掄才欲樹千秋業，釋詁先徵六藝功。」孫淵如觀察云：「回瞻玉宇三霄近，平視吴山萬仞低。」阮梅叔上舍云：「六星文耀垂三浙，四海才人聚一樓。」陳曼生大令云：「馬帳生徒人似玉，鄰侯風度望如仙。」屠琴塢嘗爲予誦之。

楊蓮谿鑄字子堅，時庵之弟。《送石遠梅遊匡山》云：「二峰一飛瀑，流出洞邊雲。雲裏不藏月，山中來照君。梅花何處好，仙樂半空聞。萬仞香鑪頂，高歌酒未醺。」《八公洞喜時庵兄至》云：「翠微聞笑語，風卷白雲開。初熟松花釀，君隨明月來。山光寒照酒，竹乳濕浮苔。痛飲休辭醉，同遊得幾回？」張船山稱其空靈以凝鍊出之，此境正不易得。

杜楚香蘅與張棧雲杰爲詩友，俱以錢、劉爲宗。楚香詩如《與友人別後》云：「同作他鄉客，君歸我獨留。離情似飛絮，飄蕩入春愁。悵望蕪城夕，相思楚水流。依依江上樹，余亦泛扁舟。」棧雲詩如《柳溪泛舟登曲江亭》云：「溪口盡苔磯，溪窮見竹扉。亂紅浮短棹，新緑上春衣。知有江亭在，遥看翠鳥飛。高人此棲托，客至亦忘機。」

梧門詩話卷十五

詩龕居士法式善編

桐城閨秀多能詩者。張文端淑配姚夫人未字時,《詠繡毬花》有句云:「緑鬢團圞到白頭。」後夫婦偕老,優游林下者十年,詩爲之兆也。其《詠新月》云:「玉梳深入髪,冰鏡乍開囊。」自然入妙。女適姚氏,亦秉母教。《咏杜鵑》云:「到來每不過三月,聽去偏多在五更。」

閨秀鄭昭和芳靄,河南夏邑人。知詩,有潔癖,嘗答人云:「不潔而常存,固不如潔而速朽。」適許石泉編修,年三十四卒。臨終有句云:「散花天已笑來遲。」未畢其詞而没。後見夢於石泉曰:「散花天之約可遂矣。」未幾,石泉亦卒。

桑水部調元買得《元人百家詩》,後黏小牋,題云:「『典及琴書事可知,又從案上檢元詩。先人手澤飃零盡,世族生涯落拓悲。此去雞林求易得,他年鄴架借應痴。亦知長别無由見,珍重寒閨伴我時。』丁巳又九月九日,厨下乏米,手檢《元人百家詩》付賣,以供饘粥之費,手不忍釋,因賦一律媵之。陳氏坤維題。」蓋故家才婦以貧鬻書者,惜不知其里居顛末。厲樊榭有和詩載集中:「姓氏深閨豈易知,偶傳紙尾賣書詩。難追寫韵仙家事,應共牽蘿絶代悲。彤管更添高士傳,墨卿别注有情痴。迴腸似共緗縑往,惆悵令人展卷時。」

梁溪女子余碧喜作六言小詩,以苦吟咯血卒,年十八。其父賈人,痛其夭折,舉篋中殘編賸墨拉雜燒之，世僅傳其《山塘雨霽》詩云：「夢裏緑陰幽草，鏡中春水人家。一夜江南絲雨，滿城開遍桃花。」《錫山道中曉行》云：「密樹陰中小艇，亂山缺處孤城。簾外曉鶯初囀，柳梢殘月猶明。」《墨濤閣夜坐》云：「雨過山呈淺黛，雲來松起長濤。清簟疏簾看奕，碧天凉月吹簫。」「綉閣香簾秋水，枕函紅淚春冰。夜半夢回人杳，竹間一點寒燈。」《梅花下偶成》云：「曉樹垂垂滴露，遥峰隱隱栖霞。幽夢不離鶴逕，前身合是梅花。」《秋夜》云：「清磬敲殘曉夢，疏鐘撞碎鄉愁。梧葉凄凉辭樹，蟲聲作意鳴秋。」幽奇靚艷，非鬼非仙。

岳大將軍鍾琪夫人高氏，素嫻武略，兼工詩。其《雨中看芙蓉得句》云：「相對莫愁秋寂寞，一生顔色不傷春。」不作尋常巾幗語。

蘭陵閨秀王采薇玉瑛，孫淵如觀察之室。著《長離閣詩集》，幽香冷艷，合長吉、飛卿爲一手，真閨閣奇才也。嘗見其手書古詩四首，《昆靈曲》云：「宫槐曨曨向青曙，蠹粉梁空燕無主。玉笢不動踏堂塵，簾底菱花學眉語。」「蟬絲細帳蟲織成，秋簟夜碧啼潛英。翻翻小蝶隨裙幅，跡跡衰梧作履聲。」《華清曲》云：「玉魚如冰冷犀齒，雪色靈禽作仙使。石扇龍鐶守别魂，不似蟾宫敞千里。」「蓬萊山高無落紅，釵盒夜泣悲禂空。雨零石磴荒夫草，網暗宫門縊女蟲。」《蘭芝曲》云：「啼鬟垂雲粉黄落，夜半嚴妝起幽閣。已分單棲似伯勞，劇憐薄命逢姑惡。」「紅桐掩墳秋骨灰，阿母淚落心當回。莫爲怨魄隨波去，合化幽魂促織來。」雖長爪生錦囊佳句，何以過之。淵如贈句云：「眉痕祇覺瘦來濃，指爪多從病後長。」光景可想。年未三十而殁。後於乩上致《寄外》八絶，自言尸解仙去，居忉利宫，掌上界書籍三百架。慧業文人，定生天上，其信然耶？張子白云尚有《春夜寄淵如》詩云：「滿院露光團作雨，四山花影下如潮。」奇艷欲仙，微乎微矣。

錢恭人浣青孟鈿，崔曼亭太守龍見室，學士雲客之母，錢文敏公女也。素以詩名，士大夫多推稱之，尤爲錢璵沙、袁子才二公所許。錢題詩云：「尚書朝罷袖烟清，侍硯朝朝立小楹。笑取生花一管筆，傳將嬌女作門生。」「西溪瘦立影横斜，重傍疏枝小住家。郎種甘棠兒視草，修來福命勝梅花。」袁題詩云：「尺五真疑戴皂紗，風裁不似女兒家。也因氣得江山助，簪徧秦關蜀嶺花。」恭人詩如《雨夜不寐》云：「客思亂無着，秋光唤不醒。蛩吟凄永夜，雁字落空汀。峽束江聲急，燈含雨氣青。十年游子淚，付與嶺猿聽。」《舟行即事》云：「路轉溪橋挂夕陽，平田漠漠水泱泱。緑荷包飯提筐去，蝦菜秋風似故鄉。」皆佳製也。

曼亭官秦中，分校入闈，浣青贈以詩云：「當日霓裳宴曲池，亭亭三五少年時。而今冷落閒脂粉，也向西風學畫眉。」曼亭弱冠成進士，故云。比杜羔妻寄詩事更雅韻。

俞守貞淑貞號蘭谷，又號冰壺女史，江南嘉定人，嚴時簡室。善畫花卉，著有《猗園草》。《山居遇雨》一章，余删作短篇，則王、孟絶調也。詩云：「空山雨欲來，涼風先入户。遠樹迷空烟，遥山似沉霧。天低水氣寒，日陰雲影護。山泉忽亂流，林杪飛瀑布。蟋蟀止復鳴，流螢濕不度。」《江南曲》云：「儂家住江南，江南何所有。孤棹白蘋洲，春風種楊柳。」亦有唐人餘韻。

閨秀趙翬年《戒酒》句云：「聖賢無限安心法，酌盡醇醪或未如。」似學道人語。

武林方芷齋夫人芳佩，滁山秀才德發女，汪又新中丞新之室。少受詩法於翁霽堂徵君，能爲擘窠大書，骨力遒勁。《在璞堂吟稿》皆未字前作，霽堂、堇浦所手訂也。氣格清醇，無閨閫氣，名媛中一大作手也。如《偶至小園》云：「韶光偏到野人家，數點尋巢乳燕斜。芳事關心清夢短，夜來風雨瘦梨花。」《冬日山居》云：「折竹聲繁不耐聽，曉來袖手對雲屏。尋梅欲問春消息，寒勒花梢凍未醒。」《咏紙鳶》云：「剪紙爲形骨相寒，常依稚子博悲歡。偶然得藉微風力，却要旁人仰面看。」《夏日即事》云：「細草幽花繞砌栽，筠床石磴絶纖埃。揮毫欲寫新詩句，拗取蓮房洗硯來。」

趙裘萼殿撰熊詔配陸恭人，武進世族。有淑德，工吟詠。趙年十五以五經補生員，三十七歲始舉京兆試，又十年成進士。先生叔、若弟皆先掇科第，先生獨不遇。恭人嘗慰其失意，云：「天香不是尋常種，莫怨東皇花信遲。」《贈公車》云：「縹緲一鞭遥指處，杏花蕊發正當期。」既而竟魁天下。能於侘憏無聊中不失和平之旨，宜其言之卒驗。

楊恭人名鳳姝，吴縣太守李心畊室。著《蘋香女史集》、《鴻寶樓詩鈔》。《名媛綉鍼集》稱其咏古詩於成敗得失，實有見地，彤管中史才也。予愛其《南軒賞菊》云：「小軒暮色幽，棐几列明燭。茶烹紫芽開，酒釀黄花熟。黄花時正放，數朵香滿屋。酒味宛如花，茶淡甚於菊。賞玩忘宵分，花影卧苔緑。」思致清婉，有林下風。

山右閨秀，推陽曲張氏一門最盛，學雅姊妹七人皆工吟咏。父佚，僑居吴中，故所適皆三吴士族。學雅字古什，許字金壇于給事中沚，未嫁而卒，著《綉餘集》。句云：「半庭黄葉日初暝，蝴蝶一雙飛鏡臺。」「斗帳麝寒思欲寢，侍兒扶到綉床邊。」學典字古政，吴門楊易亭室，著《花樵唱和集》。句云：「燕尋新畫壘，春到舊簾櫳。」「蘭燭背人風自落，枕邊斜墮玉釵聲。」學儀字古容，于中沚室，著《滋蘭集》。句云：「修眉不整因傷别，碧檻慵欹怯曉凉。」學聖字古誠，金壇于廷機室，著《瑶草集》。句云：「杉松半簾日桃柳，一溪烟花縣雨晴。」「新燕語柳營，風暖早鶯啼。」學賢字古明，金壇于星暐室，著《華林集》。句云：「池滿雨初過，春殘花徧開。」皆有致。《江蘇詩徵》蒐羅極博，亦缺其二，俟再采訪可也。

王汝琛字瑶娟，三韓人，高司馬木庵室。好鼓琴，喜爲詩。其《花港觀魚》七絶云：「滿堤蓮影亂斜陽，一曲溪流映靚妝。無數游鱗忽驚散，又隨落瓣吸餘香。」爲時傳誦。

張滋蘭字允滋，號清溪，匠門先生曾孫女，任兆麟室，著《潮生閣集》。與從妹芬字紫蘩并擅美才，嘗與里中名媛如江珠字碧岑、陸瑛字素窗、李嬿字婉兮、沈纕字蕙孫、沈持玉字皎如、尤澹仙字素蘭、席蕙文字耘芝、朱宗淑字翠娟輩，結林屋十子吟社，分箋角藝，裒然成帙。兆麟刻以行世，流播海内，真從來所未有也。十女士與丹徒王愛蘭瓊號碧雲詩筒唱和最密，以所著《愛蘭集》附刻於吟社集後，碧雲題詩云：「十載題襟林屋洞，才人都屬掃眉人。」

張青溪詩，予最愛其《憶李婉兮陸素窗》二十字，頗近唐人。詩云：「不滅三年字，長留一卷詩。那堪重省憶，又是菊花時。」婉兮，陸昶號紅樹之室，北平漫翁之女，著《琴好樓集》。素窗，紅樹之姊，羅康濟室，著《賞奇樓集》。

沈蕙孫號散花，又號玉香，廣文起鳳女，林衍潮室，著《翡翠樓集》。識高才俊，一空凡艷。《讀詩》

句云：「後世爲文藻，古人爲性情。」殆巾幗中復古之士，世以比張蠹窗。

林屋吟社諸女士詩，席耘芝以蒼健勝，尤素蘭以超邁勝，名構甚多，予姑各舉一二。耘芝《過十二峰》云：「哀猿啼處樹重重，雲鎖高唐舊楚宫。人在夕陽疏柳外，淡烟微雨近巴東。」素蘭《聽琵琶》云：「切切嘈嘈撥不停，清江一曲思冥冥。分明十五年前事，倚馬凉州月下聽。」《山中》云：「門啓月先入，路迴雲逆行。」紫蘩《卓文君》云：「錦江山色斂眉痕，棄擲由人早斷恩。何必《白頭吟》寄怨，夫君自解賦《長門》。」《和王碧雲楊花》云：「淡烟明月迷隋苑，玉燕珠簾憶謝家。」紫蘩兼工六朝駢體文，著《兩面樓集》。素蘭著《曉春閣集》。

江碧岑，甘泉鄭堂上舍之妹。博通經史，能詩工詞，善舞劍，與鄭堂齊名，適吳中吳半客。半客一生幕遊，碧岑授徒於虎阜緑水橋側以自活，才筆雄健，不可一世。句如「才人終古屬蛾眉」，其自負如此。他如「拈毫消永日，力學課三餘」，真不櫛書生也。著《青藜閣集》。

蘭陵蔣氏多才女。洪稚存，蔣氏出也。言其從母適王氏者隨宦四川，思鄉頗切，臨卒，寄里中弟兄詩八篇，末句云：「水濱菰米亦名蔣。」擲筆而絶。其家書作駢體一篇，亦極凄婉，載蔣舍人紹孟《寒塘詩話》中。

女史莊燾字磬山，徐香沙學博祖鎏繼室也，年逾三十始歸徐，刻《剪水山房詩》，王夢樓侍讀序之。如「苔階積潤埋花細，蘿逕停陰滴雨疏」、「幽砌落花秋蝶静，孤村細雨午雞鳴」，皆恬適之音。

鴛湖女史朱淑德，翰林履端女孫也，適湖北按察使成虚齋汝舟。詩有家數。《清明》云：「曉起新烟處處生，緑楊枝上聽啼鶯。踏青紅粉知多少，衹向桃花深處行。」「香炧金凫漾縷微，無聊獨自理琴徽。棗花簾外春風度，紅楝時兼白楝飛。」《禾中懷吴門徐表妹》云：「等閒花月足清談，論到心知只二三。烟外有湖樓外水，秋風秋雨憶江南。」

昭文吴静字定生，勵堂秀才女。年十八嫁項生肇基，三年而寡。欲自經，姑力諭之乃止。二年姑亡，絶食七日不死，復自經，叔母救之，得免。未幾卒，年二十四。生平好觀《資治通鑑》，臨歿時，集所爲詩，題曰《飲冰集》，咏史詩居多。《讀綱鑑》云：「直接麟經聖筆修，紫陽書法果無儔。統歸漢室姦雄斥，帝在房州公論留。徽士特標元亮節，大夫聊係子雲羞。整襟讀罷凭欄坐，始信真儒學識優。」《自題集後》云：「風花雪月非吾事，困苦艱難是我詩。一瓣清香何所得，敢誇真率不誇奇。」「四載孤燈慘復悽，驚心怯膽命如雞。從今絶筆無留戀，不作人間烏夜啼。」其志亦可悲矣。

竹亭夫人爲鐵冶亭侍郎室，憶庚戌余同冶亭于役灤陽，見夫人寄外家書，内附烏絲闌小詩一册。如《秋日》云：「幾陣黄花雨，當階擁落紅。開簾見秋色，多在月明中。」《立秋夜雨》云：「急雨連宵送曉寒，池塘庭院水漫漫。秋風吹老槐花色，一夜新凉露未乾。」又句云：「幾縷斷霞山外雨，半廊疏影月中花。」《詩品》云「神出古異，淡不可收」者，庶幾似之。

江碧岑評沈蕙孫詩云：「其艷也，媚不傷骨；其淡也，簡有餘味。」而兩女史腹笥俱富有。張滋蘭詩云：「羡煞蘇臺兩博士，碧桃花下共吟詩。」

王鐵夫芑孫早歲稱詩，累躓場屋。偶來輦下，一時公卿大夫重其才，咸與訂交。孝廉顧疏放自喜，視名位泊如也。辛亥春，在劉石庵督學幕中，石庵既爲書「楞伽山房」額及《楞伽經》第一偈，又爲鐵夫室人曹墨琴貞秀書「寫韵軒」額及《沉香山子賦》。鐵夫既合裝一卷，題四詩於後，云：「戟院沉沉畫鼓停，硯池新月點疏星。相公自試高麗墨，午夜明燈寫佛經。」「詩人老去鶯鶯在，甲秀題籤見吉光。乞取簪花偏不肯，自繙古賦寫沉香。」「寫韵軒中月已斜，倡酬仙舫自仙家。多緣未是維摩室，不散天華散墨華。」「公今老矣日蕭疏，我亦蕭疏較甚初。公不還山吾不第，供人需索日臨書。」墨琴亦題詩云：「曾將勁健許無塵，花蕊宫詞跋尾新。濃墨重重題不了，祇慚未是管夫人。」「詠絮簪花總未工，自家松雪亦難同。侍書聞有青琴在，已到波瀾莫二中。」「緑窗小坐試焚香，楷法同參把玩長。愛好未能真個好，錯教人怨十三行。」「櫻桃小館裊茶烟，寫韵題軒筆似椽。自比彩鸞生命好，不書《唐韵》也須傳。」蓋相國有侍姬善學公書，每每混真，故鐵夫有「鶯鶯」之句，墨琴所云「青琴」，亦指此也。相國嘗言婦人愛好，不宜寫十三行，故詩中並及之。

余又於石琢堂修撰齋中見《鐵琴合璧》一册。墨琴詩如「兩岸荻花迷驛路，一林楓葉帶秋聲」、「漁網迴塘人語亂，酒旗深巷燕交飛」，皆有句法。琢堂題句云：「秋燈如豆雨聲疏，重展文園舊著書。交友不交楊得意，漢廷誰解薦相如？」「似水交情久不疏，鴻來頻帶塞垣書。劉綱夫婦神仙侣，正恐鷗波未必如。」鐵夫和云：「月自孤清雨自疏，懷君月下與君書。吾今落拓君瀟洒，人海中流兩自如。」「未覺孫陽相馬疏，漢廷争誦萬言書。依然共喫桃花粥，比湛甘泉我不如。」墨琴小楷甚工，鐵夫嘗有句云：「墨琴終日寫《蘭亭》，小楷能書塼塔銘。朝士商量争購取，冷金裝界玉蠣屏。」蓋紀實也。

龍溪李太君仲姬，著《二如居集》。《植竹示子》云：「虚心能破石，轉眼已凌雲。」後子威成進士，官刑部主事，亦有詩名。

曹淑人「紅藕花殘風信急，碧梧葉落雨聲寒」，黄孺人「芳草緑波人別後，小樓紅雨燕來初」，程孺人《別母家》云「杏子紅衫染淚多，洒窗花影月婆娑」，同一風致。曹爲習庵學士室，黄爲芳亭文蓮孝廉室，程爲孝廉璐母，皆江南一時才媛也。

女史静庵，秋浦太史女。十歲能詩，嫁二年而死，死時年十九。《春郊》云：「近郭孤村又早春，柳絲如剪草如茵。柴門一帶臨流水，無主碧桃花笑人。」《柳枝詞絶筆》云：「烟暗長堤翠染磯，沿河草瘦雨霏微。東風一夜吹春去，那許楊花不亂飛。」又有女史敬庵者，張靄亭太守肇祥女。《寄母》句云：「去家三百里，回首一千朝。無限白雲恨，秋風長短橋。」宛然唐音。壻庸不知書，家又中落，敬庵乃日事井臼，自謂不識字，故所作悉散失。初，秋浦娶靄亭姊静庵，與敬庵爲中表姊妹，幼時同事筆硯，嘗戲稱「吟閨二傑」。然一夭死，一以困頓終，可悲也。

横波女史顧眉生字智珠，號眉莊，工畫花卉，著《柳花閣集》。嘗畫桃花楊柳一幅，自題云：「郎道花紅如妾面，妾言柳緑似郎衣。何時得化鶼鶼鳥，拂葉穿花一處飛。」後署「壬申社日」。味其語，似是未歸合肥時作也。墨琴女史題云：「畫裏情深緩緩歸，花如人面尚依稀。異時真化鶼鶼鳥，却向桃花源外飛。」

沈蕙孫《咏東晉》云：「立國應憐螳後雀，浮江共識馬中龍。」《齊》云：「地上生蓮妃子步，堂中種柳小兒吟。」對屬工妙，宜《名媛詩話》以「女相如」目之。

詠桃花詩極多，予最愛華亭張玉珍女史「花光不定夕陽天」七字，爲傳神之句。

徐德音字淑則，清獻公女孫，江都許迎年室，佩璜母。著《净緑軒集》，林女史亞清駢體序極工。熟精《文選》，老年猶日閲一寸書。有句云：「潮來初拍岸，雲起忽遮樓。」鮑、謝遺音。《出塞》云：「六奇枉説漢謀臣，從此和戎是婦人。若使邊庭無牧馬，娥眉也合畫麒麟。」王瓊《名媛詩話》稱爲絶唱。

廣陵女史楊曉憐精於繪事，設色寫生，絶似甌香館手筆，詩亦工雅。如《秋日過倚虹園》云：「雁聲壓水蘋花瘦，蟾影窺香桂露濃。」《弔玉鈎斜》云：「殿脚繁華從古少，宫腰消瘦此中多。」並清婉可誦。

錢塘陳秋穀長生，勾山先生女孫也，適歸安葉琴柯太史紹楏。所著《繪聲閣詩集》，從容大雅。《渡江》云：「濤湧金焦山作柱，地分吴楚海爲屏。」《茆津渡濟河》云：「望裏三峰皆北向，尊前九曲自西來。」《春園偶賦》云：「樓外軟風鶯夢暖，籬邊疏雨蝶衣凉。」《沔川舟次》云：「雲外鐘聲樊口渡，雨中燈影洞庭船。」《黄陵廟》云：「花深紺殿飛蝴蝶，月冷青山叫鷓鴣。」《登岳陽樓》云：「帆來遠浦春潮外，人在重樓暮雨中。」《懷姊》云：「惜别每嗟人異雁，重逢應待水如螺。」《閨中夜坐》云：「茗碗潤添蘭葉露，金鈴低語柳絲風。」《寄小姑》云：「藏鈎暖泛梨花酒，聽雨寒生杏子羅。」並極工麗。

女史鮑畹芳之蘭，陳逸仙恭人長女，詩筆秀整。《題寶蓮庵》云：「塵心臨澗洗，清磬隔林飛。」《華陽道中》云：「人争青鳥上，徑畏白雲封。」《凌雲亭》云：「鷲嶺雲移天塹斷，海門濤叠石樓空。」《落葉》

云：「閒窗月淡微留影，永夜燈青聽有聲。」次妹茝香之蕙，詩人張舸齋室。《登韜光寺》云：「陰崖含雨氣，疏磬落天風。」《湖樓》云：「簷敞看山遠，窗低近水寒。」《探梅》云：「蕊褪連朝凍，禽窺向午枝。」《懷論山兄》云：「惜別驚春早，看雲怪雁遲。」《坐雨》云：「窗潤生虛白，山低斂暮青。」《西湖泛舟》云：「柳邊朱檻緣湖曲，沙際青蕪抱郭彎。」《七夕立秋》云：「人間一葉驚飛早，河畔雙星待渡遲。良會却當初永夜，輕裾可怯乍涼時。」王夢樓常稱茝香詩律工細，過於其兄。季妹浣雲之芬適孝廉徐喬生。《暮春懷論山兄》云：「花飛草長又今年，觸處魂銷送別天。認得巢歸惟舊燕，催將人去是啼鵑。攀崖蔓葛高於樹，得水浮萍碧似蓮。莫道韶華三月過，殿春金帶奪春妍。」又《寄兄》云：「知名終不慚前輩，立脚還應鑑後來。」俱不類巾幗語。姪女蘭舟淑，適諸生余樵。嘗見其《送弟野雲入都》五古一首，真摯蒼涼，居然作手，因篇長不能備録。閨幃風雅，其盛如此，益歎海門山人之流澤長也。

近年來，詩龕藏惕甫、墨琴夫婦墨蹟甚多。一日，吴蘭雪止宿齋中，見墨琴十三行臨本，甚愛重，因以爲贈。蘭雪翌日將令妹菊人所繪《秋芳圖》見酬，題四絶句云：「吾家季妹亦工文，生小閨中説左芬。閒對鏡花臨粉本，一枝斑管欲生雲。」「淺碧輕紅襯折枝，沉思全在吮毫時。生綃一卷同芳榭，余與蕙風女士所居。題滿蘭兄蕙嫂詩。」「故園秋色畫圖中，恰認籬邊最小叢。開便略遲花更好，不將榮悴問春風。」「洛神墨妙貯緗囊，鴻影初驚鶴未翔。却與詩龕添本事，一叢花換十三行。」余因以示惕甫。墨琴見之，亦題一詩云：「豈非抵鵲問塗鴉，敝帚千金享太賒。誰道凍蠅書一幅，化成天女手中花。」

葛秀英字玉貞，長洲人，秦澹園鑒側室也。年十九而没，澹園憐其才，爲刻《澹香樓詩》二卷。詩云：「窗前花氣透輕紗，妝罷凭闌心事賒。昨夜夢回何處覓，分明春在海棠花。」「翦翠秋波珠淚滴，斷紅雙臉鬢雲斜。春風暗褪荼蘼半，蛺蝶無情尚殉花。」「夢飛鴛帳別魂消，鏡裏雙蛾懶去描。十二欄干誰倚遍，鶯聲啼碎落花嬌。」「日高花影叠珠簾，新恨還將舊恨兼。鸞鏡不知藏色相，病容延上小眉尖。」

句曲女史駱綺蘭，號佩香，詩才情極富，著《聽秋軒集》。又以名公卿題贈之作刻之，名《聽秋軒唱和集》。余於謝薌泉侍御箑頭，見其自寫《小游仙詩》云：「誰懸明鏡畫樓前，一片清光萬古圓。不是姮娥拚獨處，何人領袖廣寒天。」「瑶臺女伴笑聲譁，同赴金池阿母家。傳道東華祇從過，一時相避入桃花。」「虚皇欲御衮龍袍，半載天孫機杼勞。特勅來年銀漢水，比教往日淺三篙。」「瓊宫帝女好年華，學繡初飛綵線斜。偶棄吐絨紅一點，人間開作半年花。」並極新穎。其第一首則儼然自寫照也。王愛蘭贈以詩云：「玉尺量才名最著，金杯飛月影同孤。」亦確是佩香身分。

吴門閨秀吴畹蘭字佩芳，自號秋塘居士。其父德基爲海州訓導，江南老名士也。畹蘭年十七適王氏，早寡，以節孝稱。有《至節》詩云：「翠匝新奩開百福，紅摇殘燭減雙銀。」頗見工秀。

王碧雲著《名媛詩話》，持論嚴峻，有功詩學。其兄柳村嘗録一帙見寄，中有一則云：「士君子每每癖佛，而閨人尤易乃。張太恭人《示兒雯》云：『老人自覺修齋好，不爲兒曹講佛經。』如此正論，出之巾幗，千古罕有。」恭人，田侍郎雯母，著《茹荼集》。又云：「凡詩文立言，宜持正教，不宜崇尚虚無。番禺方彩林恭人《薤上露》云：『服食求神仙，仙成竟何時？守道以待終，令名庶可乘。』陳求仙之謬，以守道令名爲不朽，粹然儒者之言。」

吴蘭雪序《灘江遺草》云：桂林陳氏瑩英字端文，文恭公女。能詩，兼工小楷。所適非耦，屏居一室，日在藥烟書卷中。年甫逾笄，鬱鬱以死。今録其詩若干首，咽泉零雨，清響彌哀，秋士讀之，蓋有餘惆。《秋夜》云：「小雨初過晚更晴，碧天如洗嫩凉生。花陰露重秋山薄，自倚闌干愛月明。」《遺恨詞》末一首云：「他生未卜更何如，草草浮生廿載餘。殉葬思量無別物，未成詩稿讀殘書。」可以想其爲人。《中秋》句云：「生怕圓從來夜減，盡將詩向此宵題。」亦有風致。蘭雪室人劉蕙風題詞云：「花雨霏紅上鏡臺，傷心麗句更誰裁。綵衣不共春暉暖，合化羅浮蛺蝶來。」「爐烟藥裹太凄清，甘共梅花過一生。命是春冰才似綺，惺惺誤汝爲聰明。」「自鈔《唐韵》坐詩寮，見説簪花字體嬌。甲帳繡襦天上謫，綵鸞何福嫁文簫。」「黄絹傳來絶妙詞，墨雲慘澹涴塵絲。灘江一味無情緑，斑竹年年淚滿枝。」蘭雪季妹菊人題詞云：「錦樣詩篇玉樣人，頌椒吟絮總酸辛。丹山有鳳同飄泊，從此桐花不算春。謂錢塘袁氏機。」「誰將片石補情天，生在蘭閨亦枉然。第一傷心風雨夜，好花未放月初圓。」

順德女士陳静齋廣遜工書法，兼精繪事，寫竹風枝雨葉，神似管仲姬。嘗見其《自題畫竹》云：「風風雨雨任離披，直節淩雲總不移。一幅瀟湘寫秋影，月明曾過女英祠。」可謂雅音。又《咏老將》云：「萬里邊塵銷組甲，十年戰血繡刀鐶。」句亦豪邁。

寶應劉澗芳女史蘩榮，著有《青藜館詩稿》，劉端臨廣文女，阮小雲常生室。幼承庭訓，工詩詞，嫻禮教。五言如：「欲別情偏密，臨行話轉移。」「月明啼鳥歇，風細落花遲。」「倚桂思千里，迴廊度一螢。」

「木落萬山瘦，天高一雁斜。」「曲樹多臨水，高山半倚樓。」七言如：「魚吹細浪浮池面，蝶趁飛花到袖邊。」「十里曉鐘三竺外，半輪殘月六橋西。」「一片雲翻明鏡裏，半湖香散夕陽邊。」「春滿西湖人別後，草生南浦燕來天。」「紅雨欄邊詩袖倚，緑楊陰下釣絲長。」「東風也解留春住，故遣蛛絲網落花。」屠琴隖稱其詞句名雋，可班於徐淑則、張浄因之間。

南海女士陳瓊號瓊華，花卉師惲南田，與陳静齋女史齊名。亦能詩，嘗有《曉起》句云：「嫩寒緑瘦池塘草，小雨紅肥鏡閣花。」風致可想。

海寧查紉芳女史有蕙，孫古雲襲伯室。《閨中》句云：「對月憐雙影，分燈讀六朝。」《春日》云：「忽覺緑蒲短，方知春水生。」《惜春》云：「捲簾紅雨無情甚，春要桃花瘦幾分。」並極超妙。

汪女史逸令句云：「好山偏媚客，活水自生雲。」吴絳卿云：「臨風時放鶴，欲雨早扶花。」王采薇云：「隻鳥時依樹，孤螢不上衣。」徐若冰云：「隴樹寒無色，邊沙暖不春。」皆中晚佳句也。逸令字景山，歙縣人。絳卿字荔娘，閩縣人。若冰字暎玉，崑山人。

趙性成號桃源主人，丹徒錢大令紫芝母。《寄紫芝都中》云：「解得慈親凝望久，得官兒便早歸來。」讀此二句，世之爲人子者當何如。

「家貧還惜舊藏書」，太倉女冠王悟源《贈張月樓》句也。今住吴郡寂居庵。詩見《群雅集》。

趙西園太史兆穀之姊適納蘭氏，早寡。能詩。其《賦春草》云：「花徑暗留珠履跡，柳堤頻送玉珂聲。」《閒居》云：「酒力欺人金橘釀，茶香破雨玉泉春。」句法特似元人。

余提調功臣館事，識畢韞山孝廉耀曾。孝廉爲秋帆先生從子，詩有家法。鄉舉出吾友何蘭士之門。甫謀面，即賦詩贈余，有「萬卷幾人窮白髪，十年遲我上青雲」句，余亦賦詩答之。復以其室人胡氏《月華樓詩》百篇見示，皆寒食憶舊遊和韵作，凡五疊韵。余擇其數首，不復次第之，朗吟一過，儼然一筆書也。其詩云：「婁水名園似習池，評量七字友兼師。頻年半住蘇臺畔，題徧滄浪酬唱詩。」「鴨頭新漲緑迢迢，一剪輕風拂柳條。樓閣參差斜照裏，百花洲畔小紅橋。」「烟水蒼茫客路賒，楚天欲望白雲遮。片帆記別瀟湘雨，一路看山直到家。」「漁莊隱隱隔林居，散遍新烟夕照餘。鶯脰風光如畫裏，一竿春水上銀魚。」「吴孃船放月中行，遠寺鐘聲向晚鳴。懊惱流鶯啼一霎，人生過得幾清明。」

益都李茝畹女，新城耿維莘室，工詩。《江上》云：「朝來雨雪晚來晴，雲捲江干見月明。明日北風好相送，揚帆直到石頭城。」王子文謂不愧爲詩人之婦，余謂尤不愧爲詩人之女。

梧門詩話卷十六

詩龕居士法式善編

吴若雲字絳衣，號香城，一號瓊華女史，嘉定秀才勤光之女，毛明府大瀛室。及妹鳳儀、柔儀、淑儀俱能詩，若雲尤佳。著《吹蘭詩鈔》、《罷綉偶吟》、《香城詞》、《無皋雜説》等書。嘗著《海上小遊仙詞》十四首，柔儀題其後云：「丹書金札寫遊仙，譜就巾箱位業篇。三十六峰來往熟，雲璈低奏閬風顛。」淑儀云：「釵痕湘卷譜瑶京，記向蓬萊閲淺清。凉月一天環珮冷，侍兒解唱步虛聲。」若雲工五古，《題畫》云：「烟霧開層嵐，秋空正蕭爽。蒼蒼山色幽，鬱鬱松陰廣。石磴寂無人，白雲自來往。」《對月》云：「開軒凉月佳，幽韵獨參領。流螢入疏簾，風露下金井。天空林籟微，萬象散寒影。虛牖既閴寥，竹色復閒静。慮淡神彌清，心閒俗自屏。宵分猶未眠，斷續爐烟冷。」又如「獨樹迎殘照，歸禽點暮烟」、「帆開揚子人千里，夢落秦淮月萬家」，皆集中高唱。

「把酒送春春去後，數聲啼鳥落花時」，鳳儀《山房即事》句也。鳳儀字淑英，號香楣，諸生朱綿生室。

錢塘龔雨卿潤，陳雲伯孝廉之室也。《春日》句云：「緑齊芳草蛙争語，紅過桃花燕學飛。」《詠牡丹》云：「傍人莫訝開偏晚，領袖春風要此花。」《蟋蟀》云：「一函便抵將軍壘，半壁曾編宰相經。」《春遊》云：「二月鶯聲三月柳，一湖春水半湖花。」《送弟之粤》云：「此去江山多古跡，終軍陸賈盡奇才。」

《偶成》云：「夜燈詩卷繙初白，春雨湖山吊小青。」《冬夜》云：「暖閣裝成燈火密，寒衣製就剪刀閒。」並莊雅可誦。雨卿爲詩人素山女弟，才筆極相似，如令暉之於明遠也。

雨卿妹雪君涵亦能詩。有句云：「經霜葉似將歸客，著雨花如薄命人。」出語不祥，年未三十而殁。

湘花女史周氏，蘇州人。姿性明麗，歸山左詩人劉松嵐爲簉室。蘭雪贈以字曰「湘花」，潘榕臯農部奕雋爲畫蘭代照，蘭雪詠其事，傳誦於時。湘花因繡《蘭雪夫婦石溪看花詩》相報，江以南題詠甚衆。金纖纖女士題六詩，云：「敢向嬋娟説報遲，新詞傳唱遍當時。美人解得才人意，不繡名花繡好詩。」「一篇脱手萬花飛，絶代才名似此稀。親見玉人挑錦字，勝他傳織上弓衣。」「墨雲濃潑繡生華，想見欹針倚碧紗。説與詩人供養法，一甌清茗一枝花。」「花枝摇漾石溪清，便好聯吟過一生。可惜未拈金線繡，儂家新句亦雙聲。」「吴綾半幅白無波，消受知君福幾何。蘭麝未須薰百遍，粉痕脂暈著來多。」「小詩敢道稱籠紗，扶病閨中寫絳霞。添得湖山新故事，艷詞繡筆説三家。」真絶唱也。

纖纖，吴縣人，氏金名逸，一字僊僊，瘦吟樓其居也。歸陳竹士秀才基，年甫二十五病殁。遺詩四百餘篇，哀艷淒響，落紙成秋。嘗於蘭雪扇頭見一詩，云：「積水一庭白，梨花寒不寒。東風扶病起，繞徧雕欄干。烟明苔漬暈，露重林生瀾。羅袂薄如此，撫琴還一彈。」不特詩佳，書亦簪花格也。

癸亥春，竹士來京師，始得盡讀《瘦吟樓全集》，空靈幽澹，美不勝收，不止世所傳誦「夜涼彈醒水仙花，蝴蝶逢秋瘦一分」數語也。豪宕如「愁來天地容身窄，秋老湖山放眼空」，沉著如「家近不歸如夢遠，花寒未放識秋遲」，温雅如「瘦到梅花須有骨，倚來修竹更無人」，清峭如「樹頭殘月白墮水，湖上曉山青入船」，皆有淩雲之氣。若「一一怕將蝴蝶數，秋風恐是美人魂」、「莫道清才勝頑福，命寒於水薄於雲」、「人間那有癡於我，病到無聊轉讀書」、「紙樣羅衣秋樣瘦，那能禁得水天涼」，則又其本色矣。竹士《悼亡》句云：「仙原暫謫留難住，事太傷心淚轉無」，較玉溪生《錦瑟》之篇，尤爲酸楚。纖纖與王愛蘭、金説之兑齊名，説之兄學蓮嘗欲合三子詩鈔。

竹士繼室王清字梅卿，山陰人，亦才女也。所著《問花樓詩稿》，筆力豪放，兼工填詞。《出郭》云：「近村微有月，遠水不分雲。」《映山庵》云：「湖光通夜白，山氣一樓青。」《翠屏洲》云：「吹來何處雨，盡是碧桃花。」《花間草堂》云：「月好剛臨水，花多不辨香。」《按曲圖》云：「鸚鵡夢閑深院靜，管絃聲急落花多。」俊逸清新，雖纖纖復生，正亦未易軒輊。

纖纖嘗與竹士同夢至一所，秋碧如畫，樓臺隱烟，仿佛有人告之曰：「此秋水渡也。」因共聯句。覺而憶「秋水樓臺碧近天」一句，不解所謂。嗣復夢至前境，閲十日而卒。雲伯賦《秋水樓臺篇》紀其事。纖纖遺詩，陳雪蘭、楊蕊淵、李紉蘭三閨秀爲校刊於京師，亦佳話也。

金纖纖與王愛蘭論詩投契，酬和極多。如《讀愛蘭集》云「蘭荃香徹骨，一卷碧雲吟」、《秋夜和韵》云「涼意不可耐，况兼離別情」、《和秋懷》云「抱琴憶之子，乃在暮雲端」、《病起寄懷》云「病畏新寒張曉幔，瘦拈舊線改秋衣」等句，宜世有金玉之目也。

紉蘭女士名佩金，老友李滄雲京兆棃女孫也。工於填詞，蓉裳農部以詞名海内，自以爲不及。詩善寫性靈而風格遒上，居然作家。嘗見其《秋雁》四律云：「無端燕市起悲歌，帶得商聲又渡河。千里歸心隨月遠，一年愁思入秋多。水邊就夢雲無影，天際驚寒夜有波。屈宋風流零落盡，那堪重向洞庭過？」「晚來風雨曉來霜，不爲悲秋也斷腸。蘆葦作花多冷澹，鷺鷗無語亦凄涼。途歧容易迷歸路，棲穩何如在故鄉。一種白頭緣底事，田田祇解覆兒央。」「誰倚高樓一篴横，憑空吹落苦吟聲。能鳴未必真爲福，有迹多嫌累此生。入世豈容矰繳避，就人終覺羽毛輕。越鳧楚乙從題品，識字何曾爲近名。」「夜庭飛度恨漫漫，多恐江南到亦難。偶聽弓絃驚瘏痱，久疏牋字報平安。筝無急柱寧辭鼓，琴有哀音未忍彈。可耐西風吹别調，離群還較此間寒。」可謂寄託深遠。餘若《蜀中》云：「雲深劍閣春將老，夢到蓉城夜未闌。」《驛柳》云：「春閨别恨風前思，故國殘陽笛裏秋。」《秋夜》云：「明月多情來獨夜，西風作意送秋聲。」皆有骨力。

滄雲爲四川學使，紉蘭隨其祖母在蜀，與趙凌霄女士鳳芝倡和。女士有《巢雲閣詩》，格力遒上。如《武侯祠》云：「開濟兩朝功，伊周大節同。心期恢漢室，策早定隆中。帝業傷分鼎，臣忠瘁鞠躬。星芒如斗落，千古泣英雄。」《泊嘉州》云：「小艇泊嘉州，江山四望收。九峰環郡立，二水抱城流。烟色寒凝樹，江聲冷到舟。漁歌聞幾叠，清夜意悠悠。」《聞雁》云：「疏雨過汀洲，清霜滿客舟。一聲關塞雁，唤起洞庭秋。高枕難成夢，懷人正倚樓。鄉書如可達，轉益别離愁。」三詩脱盡紈綺之習，亦閨閣中異才也。凌霄，丹徒人，瀘州刺史趙薌湖立忠女。余在滄雲齋頭見其集，録歸，補入《詩話》。

琴川女士蔣蓉岑慧珠，紉蘭令弟湘芷秀才元塏婦也。始從紉蘭授詩法，近則駸駸欲度驊騮前矣。

《吴門春日》云：「緑生短簿祠邊水，紅到長洲苑裏花。」《女工》云：「殃央繡片裁香枕，蝴蝶春羅製裌衣。」《春日》云：「湘簾不下東風急，閒看雙鬟掃落花。」皆極清麗芊眠之致。

徐瑶仙，江陰人。《獨坐》云：「柳外鶯啼清晝永，雨中花落暮寒深。」似南宋人語。

前明吴郡才女葉小鸞，沈宛君夫人之女。工詩，早死。所著《返生香集》，俱載《午夢堂》中。金匱女史楊蕊淵芸題其後云：「瓊雲散影仙姝泣，海上桃花幾回碧。十二飛樓弱水西，返生香斷何從覓？空留妙句寫烏絲，鏤雪團香絶妙詞。千古玉臺遺跡在，鮑家小賦謝家詩。吟邊想像人如玉，林下風清絶塵俗。巧掠鳴蟬薄鬢青，雙描出繭修蛾緑。姊娣聯吟擘彩牋，疏香妝閣冶春天。芭蕉影裏風如扇，荳蔻梢頭月乍弦。一家詞藻人間罕，雙成合作飛瓊伴。午夢初回倚繡牀，晚妝纔試拈花管。愛仿官奴寫《洛神》，曾摹周昉畫朝雲。綺琴夜拂銀鉤手，金氈朝繙貝葉文。吴江波冷湘娥弔，惆悵含顰不成笑。紅縷纔聯幔外緣，緑章已赴雲間召。夜雨燈昏翡翠屏，蓮韡輕躡鳳凰翎。三生慧業知重證，一枕遊仙怨早醒。猊床肯下真師拜，靈姿合受人天戒。出世原無不死方，忘情且説無生話。懺除綺語竟歸禪，穩坐耆尼九品蓮。莫向三山談舊事，又勞天上葬神仙。」小鸞詩本名《疏香閣集》，以死後所刊，故名「返生香」。其從泐大師受戒，亦死後事。詳見《天寥窈聞》。隨園以小鸞爲廣東人，固非；褚稼軒以受戒爲生前事，亦未是。皆未見《午夢堂集》也。蕊淵此詩宛轉詳盡，可作一篇小傳讀。蕊淵爲蓉裳農部女，學有家法，尤工填詞，與紉蘭齊名，號「楊李」云。

蕊淵又有《小遊仙詩》，云：「璧月玲瓏照曲墀，香桃齊亞合歡枝。華燈夾道明珠翠，王母今宵嫁侍兒。」「小輦斑龍駕一雙，軟風徐引碧油幢。不愁路隔銀河水，又結群花作畫艭。」「百頃瓊田接上清，白榆花老易飄零。春來却怪濃陰少，柳宿光中要種星。」靈氣往來，非復凡境。又嘗集古今閨閣詞翰爲《金箱薈説》三十卷，網羅閎富，兼擅别裁，洵今之班、左也。

沈宛字季婉，號蕙如，德清人，歸金匱楊公子承憲。詩極清麗。嘗見其《春感》四首云：「燕歸人病易斜曛，春到江南已十分。楊柳緑牽紗幔月，海棠紅閣畫樓雲。曾因願證瑶清夢，記得親書貝葉文。我自鏡臺參妙偈，袖羅新換水沉熏。」「水晶簾捲夜明樓，風信争傳到玉鈎。細覺茶烟扶夢緑，凉於雲影背花流。雪鸚解語原憑慧，青鳥傳書祇寄愁。濕透紅棉惟有淚，濃春如此却悲秋。」「鏤雪裁雲意惘然，珍珠密字記華年。花陰留月應知幻，蘭氣熏衣欲化烟。弄玉新爲滄海使，飛瓊曾拜大羅仙。夢回檐角風鈴語，恍聽湘靈五十絃。」「雕管無聲夜漏迷，凝眸乍見玉繩低。瓊窗寒重通靈蛤，黛帳風輕觸響犀。待浣芙蓉心上露，頻拈鸚鵡夢中題。宵長莫更彈清淚，又唱花冠碧樹雞。」一片氤氲，不減瘦吟樓手筆。女兄孟嫻，名宜，適華亭進士張子白，著《紅蘭館詩草》。

陳雪蘭女士德卿，江西新城人，玉方比部希祖、雪香學士希曾之女弟也。詩工五言，極有標格。五律如《秋夜》云：「階前一葉落，簾外已秋風。墜露兼螢影，流星帶竹叢。雲侵鄰苑樹，夢引故園鴻。爽籟延清賞，微凉此夜中。」《落葉》云：「天高風落木，地迴日初沉。秋氣雲俱薄，寒空月更深。栖鴉無定影，去雁有遺音。判袂人千里，蕭條寄遠心。」皆格律完整，超然遠俗。餘若《偶成》云：「晴窗晝永渾無事，自洗冰瓷供白蓮。」《詠梅》云：「不妨香到人間世，寒透空山暮雪天。」《寒夜》云：「閒愁萬種借詩遺，清福一生隨命來。」《憶雪》云：「有人正憶寒江棹，無句難銷薄暝天。」《爲吴蘭雪題新田十憶圖》云：「春山都在柳梢頭，影入迴塘翠欲流。如此風光不歸去，落花芳草替人愁。」仙心遠韵，秀絶人寰，蓉裳農部謂爲閨中王、孟，不虚也。

《芙蓉館詩》，吴江女史王畹蘭淑英著。《春日》云：「亂紅作雨隨風落，新緑如雲渡水來。」《晚眺》云：「新月照春水，殘雲變晚霞。」《畫樓》云：「闌干七十二，面面對春山。」《冬日》云：「梅瓣白成蝶，橘花香聚蜂。」《塞下曲》云：「琱弓弦却月，古劍血生花。」《偶成》云：「楊柳態如張散騎，桃花艷過息夫人。」《吴門咏古》云：「可憐一綫蛾眉月，猶照西施響屧廊。」靈心慧舌，足見一斑。畹蘭爲王蘭江侍御祖武女，隨父官京師日，嘗與楊、李諸女士唱和，故所詣如此。

松江女史許林風庭珠，姚春木秀才室。嘗見其《寄生香館女史》一律云：「相思滿江水，歲歲望君歸。一雁背愁去，孤雲帶恨飛。夜長秋夢短，燈瘦雨聲肥。驗取當時别，啼痕尚在衣。」格律渾成，洵未易才。

一門兄弟皆才，世不多覯，若姊妹皆才，則更少矣。近見江右楊氏諸女詩，長筠心女史正則著《留雲閣詩》，句如《感懷》云：「碧殘延壽草，紅泣斷腸花。」《雨過》云：「芳草猶含淚，梧桐不受風。」《驛柳》云：「萬樹栖烏啼月落，一聲早雁報秋歸。」《寫懷》云：「枕上淚珠新舊雨，愁邊心血往來潮。」次芸芬女史仲則著《映萱堂詩》，句如《憶梅》云：「冷夢花千樹，江聲月一灘。」《即事》云：「窺簾眉影初三月，對鏡花枝第一人。」季織雲女史順則著《縷脂軒詩》，句如《晚晴》云：「雨後雲山真萬變，曉來風月定雙清。」《驛柳》云：「江南春早花如雪，塞北秋高夜有霜。」《水仙花》云：「疏香易醒春前夢，冷艷難禁雪後天。」詠絮吟椒，一門唱和，可謂極閨閣之盛矣。

丹徒王愛蘭女史，柳村之妹，著《愛蘭集》、《名媛詩話》。柳村長女廼德，字子一，著《竹净軒集》。次女廼容，字子莊，著《浣桐閣集》。愛蘭《歲暮感懷》云：「朔風侵紙帳，吹雪上梅花。」《晚望》云：「夕陽不在山，春烟生木末。」《春夜》云：「小婢亦憐春，背人拜新月。」《白荷花》云：「明月墮空翠，白雲流淡香。」《秋夕》云：「一雁落遥渚，千峰入夕陰。」子一如《秋夜》云：「池邊鶴欲眠，秋思半簾月。」《盟鷗溆》云：「我心如閑鷗，隨流泛新月。」《寄侯香葉》云：「風送三山色，江空六代秋。」「樹密忽成雨，江深易入秋。」《村居》云：「窗閒啼鳥倦，竹净夕風凉。」子莊如《江上》云：「儂家住江上，祗愛看青山。」《春夕》云：「偶見前溪雲，散作半簾雨。」《喜姑母至》云：「茶香删舊句，雨過看新秧。」《題張净因集》云：「好句比蘭茝，其人如鳳凰。」阮雲臺中丞稱三女史所作詩得斜川、輞川之遺意，詩人天趣，亦因所居而得其妙耳，因選其詩刻之，名《王氏聯珠集》。

愛蘭之姊名淑，適白沙詩人季雲崖。女如蘭芳，十一歲，即工韵語，著《環翠閣集》。《哭三舅父柳溪》有「最苦孤兒纔八歲，問人爺睡醒何時」之句，天籟也，爲時所稱。他如：「何事鶯聲啼不住，離愁偏在落花中。」阮中丞愛其詩格之清，附刻《聯珠集》後，故柳村《和如蘭》詩有「兩家兒女工吟咏，喜煞村翁昔授書」句。風雅之盛，令人羡絶。

武林閨秀向推孫碧梧雲鳳、侣松雲鶴兩女士，近又有孫秀芬玉。雲伯爲余誦其《秋日湖上》云：「流水小橋人不見，一湖秋影白蘋花。」《冬日》云：「一天寒雨未成雪，幾樹古梅初著花。」兩押「花」字，並佳。

吴門閨秀蔣采蘩蘋，詩人蔣山之妹也。有《擬宫中曉寒曲》云：「星娥唤月歸瓊島，景陽鐘漏催天曉。霏霏薄霧剪朝霞，珠帳殘陰爇龍腦。」「苑花綴露如新淚，碧樹叢叢入遥翠。羅屏半掩鏡中鸞，枕檀幾叠香雲墜。」「珊瑚敲斷玉闌干，鸚鵡金籠報曉寒。冷磬蘭烟破昏夢，瓊籤歷歷明星殘。」「低蟬紅玉香堆雪，扶起春風入肌骨。柳外朦朧有曉鶯，芳魂猶戀桃花月。」摹仿《金荃》，可云神似。其妹香蘭，十二歲，《咏芭蕉》詩有「秋聲都向此中來」句，洵夙慧也。

錢塘女士查織素素有《繡花絶句》云：「胡蝶尋芳草，宛央隱玉沙。兒家都不繡，只繡女貞花。」雲伯常爲余誦之，云舅氏之女，嘗從學詩者也。

蘭雪季妹名媛，字素雲。嫂氏蕙風贈以詩，有「書味濃於酒，花枝澹似人」之句，因自號爲「菊人」。吟咏之暇，喜畫著色花卉，筆意殊秀。辛亥初冬，蘭雪北上，寫《杏花雙燕圖》爲餞，並題云：「嫩蕊新枝濈濈紅，倩他雙剪拂斜風。曲江賜宴花千樹，合向樽前憶畫中。」蘭雪答云：「社日纔過燕早回，濃春著樹錦成堆。簪花記奉花前酒，雙剪捎紅拂袖來。」「預擬繁枝壓帽偏，曲江何日醉瓊筵。歸來重倩吴綾畫，十里紅雲到馬前。」蕙風閣女士題云：「阿妹拈毫落綵霞，阿兄新句稱籠紗，去時恰似辭巢燕，歸日應簪及第花。」「征騎衝寒雪滿衣，畫圖長與駐春暉。上林見説花如海，願學紅衿只並飛。」同時閨秀並有和作。碧雲彭氏儷鴻云：「左妹才名擅一時，贈行重與畫新詩。尚書句裏春無限，此是東風第一枝。」「花邊乳燕語喃喃，小幅繁英二月酣。記得儂家分袂日，也將春雨畫江南。外子丁未入都，有《杏花春雨圖》，即於是年登第。」修月王氏秋玉云：「寫贈難兄託意工，杏花雙燕語東風。謝家柳絮飛成雪，不及春雲半剪紅。」「珠玉香生讀畫餘，絳仙才調本相如。曲江宴後歸來日，姊妹花前好著書。」壬子三月，蘭雪客京師，蕙風寄詩有「不及畫中雙燕子，花開一度一歸來」之句。蘭雪復題圖後云：「新枝和露買剛回，供向銀瓶恰半開。忽憶故園寒食節，半簾紅雨燕歸來。」「聽雨依然卧小樓，一春詩夢澹於秋。花開又自分飛日，説與紅襟欲替愁。」

蘭雪佳偶字蕙風，丹徒女史王玳梁玉燕爲寫《蘭蕙聯芳圖》，中州女士陳花想爲繡作横幅。方芷齋夫人題句有云：「聞道繡花人絶世，買絲更繡繡花人。」以花想貌美也。玳梁乃夢樓太守女孫。

李槎仙芹，江右臨川人，適錢塘監生蔡棨。年二十八而寡，矢志撫孤，數十年如一日。有《聞雁》一絶云：「兩兩哀鴻叫斷烟，晚秋時節蓼花天。西風江上無窮恨，避弋歸來更可憐。」讀之凄然。子壬，辛酉進士，官庶常。嘉慶七年以節孝旌其門，亦足以慰苦節之貞矣。

長洲孟浩軒文輝，不知何許人。嘗見其《晚香樓詩》一卷，蓋亦故家才婦也。句如《秋海棠》云：「睡去不須銀燭照，夜深明月傍墻來。」《冬夜》云：「賓鴻夜柝驚殘夢，寒月凄風入破簾。」《偶成》云：「小榻迎風臨晉帖，月明蝙蝠一雙飛。」句並幽冷。

梁溪女冠韵香，舊家女也。善書，尤工小楷，殘縑斷楮，得者比之《曹娥》、《洛神》。亦能詩，句如《彈琴》云：「明月自秋色，孤絃有正聲。」《偶成》云：「寫得金經惟供佛，裁將玉版爲抄詩。」「懺除綺語思焚草，銷盡凡心不種花。」皆有泊然塵外之致。又有句云：「福慧雙修成底事，今生無分再生遲。」則又情餘於詞矣。「福慧雙修」，其所居庵名也。

湘江女史，不知何許人。雄縣旅店壁間題一律，云：「寒生客館掩重關，度盡深宵事事閒。報喜燈花開易落，鐫愁詩草蔓難刪。半窗月影鄉心起，一枕雞聲旅夢還。車馬紛紛人又動，怕臨清鏡照塵顔。」

上海歸珮珊懋儀《題史閣部像》云：「六宫争學舞，四鎮自稱兵。」《小病》云：「畫爲無聊卷，書多和睡看。」《秋霽》云：「木落空餘山骨瘦，風高遥送雁聲寒。」《感懷》云：「愁似有憑連夕至，燈如無力向人明。」《秋病》云：「弱骨苦寒需被早，小窗經雨得秋先。」《春盡》云：「緑蕪有意延春色，紅雨無聲送夕陽。」《絶句》云：「添得描金新匣子，半藏詩稿半藏花。」並清婉可誦。佩珊，李復軒秀才之室也。

錢塘女子徐茝仙，善作四言詩，《彈琴》云：「愔愔者琴，泠泠者音。一彈再鼓，山高水深。冰絃澀指，苦調傷心。湘簾不卷，明月相尋。」《春日》云：「濃花滿鏡，澹香著衣。空階無人，蝴蝶自飛。芳草行跡，落紅網絲。碧雲欲來，東風未歸。」《小樓》云：「楊柳一碧，芙蓉四青。瓶花開未，簾鈎亞丁。繡規秦女，書摹雒靈。一行新雁，瀟湘畫屏。」《偶成》云：「小樓無人，殘月如客。」《梅花》云：「天地如夢，空山一枝。」《水榭》云：「落葉驚寒，夗央相語。」《秋夜》云：「水螢照花，海棠紅冷。」濃麗如子山小賦，清遠如表聖《詩品》，與梁溪女子專賦六言詩者相似。

錢塘方蕊卿珠，芷齋夫人姪女。詩筆清麗，具有淵源。有句云：「鷗臨秋水真宜瘦，鶴守梅花慣耐寒。」適陳壽蘇秀才，年未三十而寡。又《寄弟揚州》云：「春雲已散花神廟，夜月仍來繡女祠。揚子暮潮流短夢，江南江北雨絲絲。」

上海女史朱秀甫文毓，水部郎朝源女，歸琅邪王鈺。嘗於夢中得句，云：「銀蟾抱月沉西去，碧落秋清浩風露。仙山樓閣不分明，獨躡青霞向何處？」自謂不祥。未幾而卒。嘗見其《旦華樓遺詩》一卷。《咏水仙花》云：「夜静聞素琴，月明花在水。」《早梅》云：「早開不藉東風力，冰雪中含太古春。」並極清峭。至《見甥》絶句云：「母死誰憐汝，相携更痛心。呱呱啼不住，猶是姊聲音。」則渾然天籟矣。

王碧雲詩，清超絶俗，西沚宗伯擬以蘭質蕙心，紙上有香氣，述庵司寇有「秋水芙蓉」之喻。一時名媛如張霞城絢霄、畢智珠慧、孔經樓璐華、劉書之文如、江瑶峰秀瓊、侯香葉芝、張浄因因、鮑茝香之蕙、張小榭少蘊皆寄聲定交，賡和盈帙，華亭女史王凝香燕生選刻之，名《曲江亭唱和集》。予嘗見瑶峰《寄碧雲》詩云：「冰雪聰明絶點塵，芙蓉出水句清新。聯吟雅集珠成串，一代才人是美人。」茝香云：「仙居江上遠紅塵，唱玉聯珠字字新。林下高風今未歇，卷中奇句尚驚人。」凝香云：「詩句籠紗障遠塵，翠屏風景入春新。桃花紅雨梨花雨，一樣江頭送别人。」自注：「時外子仲嘉將入浙江節署，故云。」

畢智珠，秋帆尚書愛女，與其母霞城夫人選訂《全唐詩》行世，有别裁僞體之功。《踏青詞》云：「一樣春風弄顔色，桃花含笑柳含愁。」有味外味。視方子雲「西下斜陽東上月，一般花影有寒温」，更覺超妙。

經樓夫人，孔子七十三代嫡長孫女，兄雲臺中丞室。性天敦厚，崇尚雅音。《雷塘》云：「細雨初過荒草緑，斜陽欲落晚凉生。」真許丁卯集中佳句也。有《唐宋舊經樓集》。

張净因，甘泉黄秋平明經文暘室，著《緑秋軒集》。工畫花鳥，精天文之學。《湖上》云：「蝶隨芳草集，柳近畫樓多。」《和秋平》云：「歲歉藏無酒，厨豐供有藜。」《四十初度和秋平》云：「每笑敲詩成勁敵，有時並坐似枯僧。」語意真率，想見賢媛風範。

熊澹仙璉字商珍，如皋人。幼許字某，有隱疾，某辭婚，澹仙依兄家，苦吟度日，誓不改志。近日名媛，才奇命薄，未有如澹仙者。《螢火》云：「水面光先亂，風前影更輕。背燈兼背月，原不向人明。」《見蝶》云：「曉霧零香粉，春風拂畫衣。輕紈原在手，未忍撲雙飛。」讀二詩，亦可悲矣。又如《哭母》云：「脉脉無言對落暉，臨風孤影更何依。傷心不及天邊鳥，猶得含哺傍母飛。」情詞真切，足以感人。澹仙詞宗宋人，駢體文俱有逸趣，著《澹仙詩文集》、《澹仙詩話》。

本朝閨秀之盛，前代不及。汪紉庵駕部啓淑所纂《擷芳集》，一千七百餘家，人各繫以小傳，真大觀也。其中能以學勝，不徒絺章飾句者，如張蠹窗、柴季嫻外，不多覯也。

近日江寧侯香葉淹貫經籍，學守程朱，所謂理而不腐，樸而不陋。誦其韵語，足敦風教，宜王碧雲《名媛詩話》以女宗推之。如《送外甥王卿圖廣州入贅》云：「瑯琊原令族，門户近淩替。既無可耕田，又乏著足地。裕後在一身，胡乃爲贅壻？獨飽亦何榮，要念歲時祭。」又云：「我聞古之士，勵德以勵志。善小亦須爲，過小亦須記。毋恃一身安，要令百行備。歲寒亦有時，次第春風至。」《答外抱孫》

云：「作婦從來在事親，敢將菽水語辛勤。奉匜養缺無兼味，種秫家貧只薄醺。負米自難餘擔石，典錢猶幸有衣裙。閨中細事皆如此，忍把窮愁説與君？」又云：「敢説羹湯諳食性，自緣菽水愛清貧。懷人芳草將三月，觸目春暉又一年。」《寄卿圖》云：「荒墳衰草年年緑，麥飯何人覆一盂」，如此等詩，乃不失風人之旨也。抱孫爲隨園高弟，香葉詩隨園卒未一見，其品詣可知。

朱清畹蘭，甘泉人。學畫於袁竹室，學詩於王柳村。馮墨香《畫識》極稱之。《詠荻》云：「潔與楊花迴不分，荻汀寒色逼斜曛。一江盡日飛晴雪，兩岸無風帶白雲。」刻劃之工，近於自然。著《夢香集》。又《夢仙謡》云：「瑶池侍宴留春色，醉壓碧桃兩鬢花。」真吐納烟霞人語。

張小謝號素庭，丹徒人，解元深之姊，孝廉鄒錫純室。學詩於伯母茝香，故筆端有秀逸之致。《小遊仙》云：「嵐輕霞重滿春山，萬樹紅桃鎮日閒。鎖住玉溪東去水，落花不遣到人間。」

吴香溪字淑儀，儀徵人，程秋渚室，著《織餘集》。香溪苦節撫孤，子掌衡、仲芳、蘅衫皆有文名，母教也。嘉慶十年旌表。《秋夜》云：「兒曹都到黑甜鄉，檢點寒衣趁夜長。添綫可知慈母意，堅冰未至有嚴霜。」訓誡嚴切，勿徒作韵語讀也。

姚允廸字藴玉，金山人，戴鳴球室，著《秋琴閣集》。藴玉以苦節聞，詩多沉摯語。《除夕》云：「風急沙狂牧馬悲，去年兹夕滯邊陲。相依繐帳惟形影，同在天涯又别離。往事回頭真可痛，此身不死亦何爲？艱難數口還鄉土，猶是全枰未竟棋。」讀之如聞哀鴻叫霜，孤猿啼月，必傳之作也。

王碧雲詩以超逸爲宗，《秦良玉》一作抑何雄駿乃爾。詩云：「指揮石砫陣雲横，環珮能傳大將名。未必丈夫皆報國，最難女子善談兵。帳中舞劍龍蛇走，天下如君盜賊平。愧殺當年諸大帥，妬功二字誤蒼生。」

王子一《獨坐》云：「閒看高鳥歸，静愛幽花吐。傍夕覺微寒，入夜響疏雨。」子莊《春晚》云：「修篁抱幽谷，雨過流空青。坐惜春光去，落花知此心。」此種五絶，是津逮於王、孟者。其母徐佩蘭腹笥博洽，詩不多作。《哭張浄因》云：「嗟予老眼無多淚，洒向西風只爲君。」

養易齋主人，朱澹翁室也。工詩，如《遊翠微山和子嵩山韵》云：「顧我多閒興，頻來訪翠微。翠微常不俗，閒興亦何違。草色青粘杖，松濤緑上衣。石巖吟坐外，磵鳥破雲飛。」《山亭野眺》云：「千木瘦寒宇，一鴻悲遠空。霜澄灘水白，日没嶺雲紅。」《秋晚將諸子子婦寓北山别業》云：「居易樂幽境，守經窮道源。月秋人晏坐，霜晚雁群喧。沼水添松影，山花補竹痕。兒童方罷讀，吟笑早關門。」正復落落大方。

○劉書之文如，阮雲臺侍郎副室，與經樓夫人唱和如良友。予於張浄因夫人《緑秋書屋集》中讀其《閨中雜詠》數十首，句如《春樹》云「接葉巢鶯香更妙，分枝繫馬影初斜」、《春晴》云「游絲無力依芳樹，飛絮多情託緑波」等句，皆工穩可誦。至《澆花》云：「要借西湖泉水潤，莫將北苑晚花殘。」《秋陰》云：「秋陰未必如春重，也覆江城十萬家。」《熨衣》云：「簾前一桁安排好，却念貧家織未成。」具此胸次，安得以巾幗中人語目之？

真州風俗侈靡，民皆務鹽爲活。婦女不知紡織，陰雨連旬，輒啼饑號寒。屠琴隖令其地，下車力除私梟，懲棍匪，以安善良。復捐俸市棉花，勸諭紡織，并於郭外植桑飼蠶，民被其利，洵善政也。一時歌詠甚多，如王愛蘭女史《真州竹枝詞》云：「署齋日啖菜根香，不種奇花但種桑。陌上清陰墻下緑，春風比户祀蠶娘。」子一女史云：「不徒折獄擅神明，教養能兼雅化行。士女已更游惰習，書聲未斷有機聲。」子莊女史云：「化及閨人蘋藻香，玉屏去後此循良。月明絃管都消歇，促織聲中秋夜長。」愛蘭女史兄子子石云：「俗尚驕奢是白沙，使君德政最堪誇。柔桑十里親栽植，不羡河陽縣裏花。」又云：「劉公藹與屠公布，衣被蒼生賴兩人。」

（姚蓉、周丹點校）